Peter Robinson
WENN DIE DUNKELHEIT FÄLLT

Peter Robinson

WENN DIE DUNKELHEIT FÄLLT

Roman

Aus dem Englischen
von Andrea Fischer

Ullstein

Der Ullstein Verlag ist ein Unternehmen der
Ullstein Heyne List GmbH & Co. KG
www.ullstein-verlag.de

Titel der amerikanischen Originalausgabe: Aftermath
Copyright © 2001 by Peter Robinson
Published by Arrangement with Peter Robinson
Dieses Werk wurde vermittelt durch die Literarische Agentur
Thomas Schlück GmbH, 30827 Garbsen
Amerikanische Originalausgabe 2001 by William Morrow,
New York
Übersetzung © 2003 by
Ullstein Heyne List GmbH & Co. KG
Das Buch erscheint im Ullstein Verlag
Alle Rechte vorbehalten
Satz: LVD GmbH, Berlin
Gesetzt aus der Aldus
Druck und Verarbeitung: GGP Media, Pößneck
Printed in Germany
ISBN 3 550 08419 6

Für Richard und Barbara,
gute Freunde und wunderbare Gastgeber

The evil that men do lives after them
Was Menschen Übles tun, das überlebt sie

William Shakespeare, *Julius Caesar*

PROLOG

Als sie zu bluten begann, wurde sie in den Käfig gesperrt. Tom war schon seit drei Tagen drin. Er weinte nicht mehr, aber er zitterte. Es war Februar, der Keller war nicht geheizt, und beide waren nackt. Zu essen würde es auch nichts geben, das wusste sie. Erst dann wieder, wenn sie so viel Hunger hatte, dass es sich anfühlte, als würde sie von innen aufgefressen. Es war nicht das erste Mal, dass sie in den Käfig gesperrt wurde, aber diesmal war es etwas anderes. Früher wurde sie reingesteckt, weil sie etwas falsch gemacht oder nicht getan hatte, was von ihr verlangt wurde. Jetzt gab es einen anderen Grund: Sie hatte sich verändert, und das machte ihr große Angst.

Sobald die Tür oben an der Treppe verschlossen wurde, hüllte die Dunkelheit sie ein wie ein Pelz. Die Dunkelheit strich ihr über die Haut, schmiegte sich an ihre Beine wie eine Katze. Sie begann zu zittern. Sie hasste den Käfig mehr als alles andere, mehr als die Schläge, mehr als die Demütigungen. Aber sie würde nicht weinen. Sie weinte nie. Das konnte sie nicht. Der Gestank war unerträglich; es gab keine Toilette, nur einen Eimer in der Ecke, der erst geleert wurde, wenn sie herausgelassen wurden. Und wer wusste, wie lange das noch dauern würde.

Noch schlimmer als der Gestank waren die leise scharrenden Geräusche, die begannen kurz nachdem sie eingeschlossen worden waren. Gleich würde es anfangen, kleine Füße würden über ihre Beine oder ihren Bauch huschen, sobald sie wagte, sich hinzulegen. Beim ersten Mal hatte sie versucht, in Bewegung zu bleiben und Krach zu machen, um sich die Tiere vom Hals zu halten. Aber irgendwann war sie müde geworden und eingeschlafen, irgendwann war ihr egal gewesen, wie viele es waren und was sie machten. Die Bewegungen und das Gewicht verrieten ihr auch im Dunkeln, ob es Ratten oder Mäuse waren. Die Ratten waren schlimmer. Eine hatte sie sogar mal gebissen.

Sie versuchte Tom zu trösten. Sie nahm ihn in den Arm, damit ihnen beiden ein wenig wärmer wurde. Um ehrlich zu sein, hätte sie selbst ein bisschen Trost gebrauchen können, aber es war niemand da, der ihn hätte spenden können.

Mäuse huschten ihr über die Füße. Hin und wieder ruckte sie mit dem Bein, und quiekend prallte eine Maus gegen die Wand. Oben wurde laute Musik gespielt, der Bass brachte die Käfigstangen zum Vibrieren.

Sie schloss die Augen und versuchte, tief in sich eine Zuflucht zu finden, einen Ort, an dem alles warm und golden war, an dem sich das dunkelblaue Meer am Strand brach, das Wasser warm war und angenehm wie Sonnenlicht. Aber es gelang ihr nicht. Sie konnte den Sandstrand und das blaue Meer, den Garten voll bunter Blumen, den kühlen grünen Sommerwald nicht finden. Wenn sie die Augen schloss, gab es nur rot gestreifte Dunkelheit, fernes Gemurmel, Schreie und eine entsetzliche Angst.

Immer wieder nickte sie ein, die Mäuse und Ratten beachtete sie nicht mehr. Sie wusste nicht, wie lange sie unten gewesen war, als es oben laut wurde. Ein anderer Lärm. Die Musik war längst aus, es war ganz still im Keller, abgesehen vom Gescharre und Toms Atem. Sie meinte, draußen ein Auto halten zu hören. Stimmen. Noch ein Auto. Dann ging jemand oben durchs Zimmer. Fluchte.

Plötzlich war die Hölle los. Es klang, als würde ein Baumstamm gegen die Haustür gerammt, dann gab es ein knirschendes Geräusch, gefolgt von einem lauten Knall. Die Tür hatte nachgegeben. Tom wachte auf und wimmerte in ihren Armen. Sie hörte Geschrei und Getrampel, als liefen oben viele Erwachsene herum. Nach einer Ewigkeit wurde das Schloss der Kellertür aufgestemmt. Ein bisschen Licht fiel herein. Unten war keine Lampe. Dann stachen die Lichtkegel greller Taschenlampen ins Dunkel, kamen näher, so nah, dass sie sie blendeten. Sie hielt sich die Augen zu. Der Lichtstrahl blieb auf ihr ruhen, und eine seltsame Stimme rief: »Du meine Güte! Ach, du meine Güte!«

1

Maggie Forrest hatte einen leichten Schlaf und wunderte sich deshalb nicht, als sie eines Tages Anfang Mai um kurz vor vier Uhr morgens von Stimmen geweckt wurde, obwohl sie sich vor dem Schlafengehen überzeugt hatte, dass alle Fenster im Haus fest verschlossen waren.

Wäre sie nicht von den Stimmen wach geworden, hätte etwas anderes sie geweckt: das Zuschlagen einer Wagentür, wenn jemand früh zur Arbeit musste, der erste Zug, der über die Brücke ratterte, der bellende Nachbarshund, altes Holz, das irgendwo im Haus knarzte, der sich ein- und ausschaltende Kühlschrank, eine im Abtropfgitter verrutschte Pfanne oder Tasse. Oder ein Geräusch der Nacht, das sie schweißgebadet und mit klopfendem Herzen aufschrecken und nach Luft schnappen ließ, als würde sie nicht schlafen, sondern ertrinken: der Mann (sie nannte ihn Mr. Bones), dessen Stock beim Gehen rhythmisch auf das Pflaster klopfte, ein Kratzen an der Haustür oder das gequälte Schreien eines Kindes in der Ferne.

Oder ein Albtraum.

Ich bin momentan einfach zu schreckhaft, redete Maggie sich ein und lachte über sich selbst. Aber da war es schon wieder! Stimmen, deutlich zu hören. Eine laute Männerstimme.

Maggie stieg aus dem Bett und tappte zum Fenster. Die Straße namens »The Hill« zog sich den Nordhang des breiten Tales hinauf. Ungefähr auf halber Höhe, wo Maggie wohnte und die Eisenbahnbrücke verlief, standen die Häuser auf der östlichen Straßenseite gute sieben Meter höher. Die Böschung war mit Büschen und Sträuchern bewachsen. An manchen Stellen war das Gestrüpp so dicht, dass Maggie kaum den Fußweg vom Haus zum Bürgersteig fand.

Der Blick von Maggies Schlafzimmerfenster ging auf die Häuser an der Westseite von The Hill und über sie hinweg auf eine Patchworklandschaft aus Wohnsiedlungen, Ausfallstraßen, Lagerhäusern, Fabrikschornsteinen und Feldern, die sich über Bradford und Halifax bis zu den Pennines erstreckte. An manchen Tagen saß Maggie stundenlang am Fenster, genoss die Aussicht und grübelte über die seltsame Kette von Ereignissen, die sie hierher geführt hatte. Jetzt allerdings, im fahlen Licht vor Einbruch der Morgendämmerung, leuchteten die bernsteinfarbenen Lichthöfe um die Straßenlaternen geisterhaft, als sei die Stadt noch nicht ganz real.

Maggie stand am Fenster und beobachtete die andere Straßenseite. Sie hätte schwören können, dass direkt gegenüber, in Lucys Haus, die Lampe im Flur brannte. Als sie wieder etwas hörte, wurde ihr klar, dass sie sich nicht geirrt hatte.

Es war Terrys Stimme, er schrie Lucy an. Maggie konnte nicht verstehen, was er rief. Dann hörte sie einen Schrei, splitterndes Glas und einen dumpfen Aufprall.

Lucy.

Maggie befreite sich aus ihrer Starre, griff mit zitternden Händen zum Telefon neben dem Bett und wählte 999.

Janet Taylor, Police Constable in der Probezeit, stand neben ihrem Streifenwagen und sah zu, wie der silberne BMW brannte. Sie schirmte die Augen vor dem gleißenden Feuer ab, der Wind trug den übel riechenden Qualm von ihr fort. Ihr Kollege, Police Constable Dennis Morrisey, lehnte neben ihr am Wagen. Ein, zwei Schaulustige spähten aus ihren Schlafzimmerfenstern, ansonsten zeigte niemand großes Interesse. Brennende Autos waren in dieser Gegend nichts Besonderes. Nicht mal um vier Uhr morgens.

Flammen in Orange und Rot, in der Mitte tiefblau und dunkelgrün, gelegentlich violett züngelnd, flackerten in der Dunkelheit und schickten dicke schwarze Rauchwolken in den Himmel. Selbst auf der windabgewandten Seite roch

Janet brennendes Gummi und Plastik. Sie bekam Kopfschmerzen, und Uniform und Haar würden noch tagelang stinken.

Der Einsatzleiter der Feuerwehr, Gary Cullen, trat zu ihnen. Er wandte sich an Dennis, klar, tat er ja immer. Die beiden waren Kumpel.

»Und, was meinst du?«

»Aus Spaß geknackt.« Dennis nickte Richtung Auto. »Wir haben das Kennzeichen überprüft. Wurde am frühen Abend gestohlen in einem gutbürgerlichen Viertel in Heaton Moor, Manchester.«

»Aber warum steht's gerade hier?«

»Keine Ahnung. Wird schon einen Grund haben, eine offene Rechnung oder so. Vielleicht wollte der sich abreagieren. Oder Drogen. Aber darüber sollen sich die da oben den Kopf zerbrechen. Die werden schließlich fürs Denken bezahlt. Wir sind erst mal fertig. Alles im grünen Bereich?«

»Alles unter Kontrolle. Und wenn da einer im Kofferraum liegt?«

Dennis lachte. »Dann ist er inzwischen gut durch, was? Wart' mal kurz, das ist unser Funk, oder?«

Janet ging zum Streifenwagen. »Ich mach das schon«, sagte sie über die Schulter.

»Zentrale an 354. Bitte kommen, 354. Over.«

Janet griff zum Funkgerät. »354 an Zentrale. Over.«

»Uns wurden Familienstreitigkeiten in The Hill, Hausnummer 35 gemeldet. Ich wiederhole: The Hill. Nummer 35. Bitte übernehmen! Over.«

O nein, dachte Janet, bloß keine beschissenen Familienstreitigkeiten. Die brachten jeden Bullen auf die Palme, besonders zu dieser Uhrzeit. »In Ordnung«, seufzte sie und schaute auf die Uhr. »Drei Minuten.«

Sie rief Dennis, der die Hand hob und noch etwas zu Gary Cullen sagte. Die beiden Männer lachten, dann kam Dennis zum Wagen.

»Du hast ihm diesen Witz erzählt, stimmt's?«, fragte Janet und setzte sich ans Steuer.

»Welchen?«, gab Dennis zurück, die Unschuld in Person.

13

Janet ließ den Motor an und fuhr zur Hauptstraße. »Weißt du genau, den mit der Blondine, die zum ersten Mal einem Kerl einen bläst.«

»Ich weiß überhaupt nicht, was du meinst.«

»Tja, leider hab ich aber gehört, wie du ihn dem neuen Constable auf der Wache erzählt hast, diesem Milchbubi, der sich noch nicht mal zu rasieren braucht. Lass ihn sich doch selbst eine Meinung von Frauen bilden, Denny, statt ihn gleich von Anfang an zu versauen.«

Das Auto wurde beinahe aus der Kurve getragen, als Janet zu schnell in den Kreisverkehr am oberen Ende von The Hill einbog. Dennis klammerte sich krampfhaft ans Armaturenbrett. »Du meine Güte! Frauen am Steuer. Das war doch nur ein Witz! Verstehst du keinen Spaß?«

Janet grinste, ging vom Gas und schlich auf der Suche nach Nummer 35 am Bürgersteig von The Hill entlang.

»Langsam geht mir das nämlich auf den Senkel«, sagte Dennis.

»Was denn? Wie ich fahre?«

»Das auch. Aber in erster Linie dein ständiges Gemecker. Als Kerl kann man ja heute schon nicht mehr seine Meinung sagen.«

»Jedenfalls nicht, wenn man nur Müll im Kopf hat. Das ist Umweltverschmutzung. Die Zeiten ändern sich, Denny. Und wir müssen uns mit ihnen ändern, sonst geht's uns am Ende wie den Dinosauriern. Übrigens, dein Leberfleck da!«

»Was für ein Leberfleck?«

»Der auf deiner Backe. Neben der Nase. Mit den Haaren drauf.«

Dennis griff sich an die Wange. »Was ist mit dem?«

»An deiner Stelle würde ich damit schleunigst zum Arzt gehen. Sieht nach Krebs aus, finde ich. Aha, Nummer 35. Hier ist es.«

Sie parkte einige Meter weiter am rechten Straßenrand. Die Nummer 35 war ein kleines, frei stehendes Haus aus Ziegeln und Sandstein zwischen Schrebergärten und einer Ladenzeile. Es war nicht viel größer als ein Cottage, hatte ein Schieferdach, eine niedrige Mauer um den Garten und rechts daneben einen neuen Garagenanbau. Im Moment war alles still.

»Im Flur brennt Licht«, sagte Janet. »Gucken wir mal nach?«

Seinen Leberfleck betastend, seufzte Dennis und murmelte etwas, das Janet als Zustimmung auffasste. Sie stieg als erste aus und ging den Fußweg hinauf. Dennis trottete hinter ihr her. Der Vorgarten war zugewachsen. Janet musste Zweige und Sträucher zur Seite biegen. Jetzt wurde sie ein klein wenig aufgeregt, wie immer bei Familienstreitigkeiten. Die meisten Kollegen hassten diese Einsätze, weil man nie wusste, was einen erwartete. Es kam durchaus vor, dass man die Frau zuerst gewaltsam vor dem Mann schützen musste, und sie anschließend die Seiten wechselte und mit einem Nudelholz auf einen losging.

An der Tür hielt Janet inne. Immer noch war es still, nur Dennis hinter ihr schnaufte. Es war zu früh, als dass die Leute schon zur Arbeit gingen, und die meisten Nachtschwärmer lagen inzwischen in den Betten. Irgendwo in der Ferne begannen die ersten Vögel zu zwitschern. Wahrscheinlich Spatzen, dachte Janet. Fliegende Mäuse.

Da sie keine Klingel fand, klopfte sie an die Tür.

Nichts geschah.

Sie klopfte lauter. Das Hämmern hallte die Straße hinunter. Immer noch nichts.

Janet kniete sich hin und spähte durch den Briefkastenschlitz. Undeutlich sah sie am Fußende der Treppe eine Gestalt auf dem Boden liegen. Eine Frau. Das reichte wohl als Voraussetzung für gewaltsames Eindringen.

»Wir gehen rein!«, entschied sie.

Dennis drückte auf die Türklinke. Verschlossen. Er machte Janet Zeichen, aus dem Weg zu gehen, und warf sich mit der Schulter gegen die Tür.

Wie ungeschickt, dachte sie. Sie hätte Anlauf genommen und mit dem Fuß getreten. Aber Dennis hatte ja Rugby gespielt, fiel ihr wieder ein, da war er mit den Schultern im Laufe der Zeit gegen so viele Arschlöcher geprallt, dass sie kräftig sein mussten.

Schon beim ersten Versuch flog die Tür auf. Dennis stolperte in den Flur und suchte Halt am Geländer, um nicht über die reglose Gestalt zu fallen.

Janet folgte ihm auf dem Fuß, im Vergleich zu ihm allerdings gemesseneren Schrittes. Sie schloss die Tür, so gut es ging, kniete sich neben die Frau und fühlte ihren Puls. Schwach, aber gleichmäßig. Das Gesicht war blutüberströmt.

»Mein Gott«, murmelte Janet. »Denny? Alles klar?«

»Schon gut. Pass auf sie auf! Ich guck mich mal um.« Dennis ging nach oben.

Ausnahmsweise störte es Janet nicht, Anweisungen zu erhalten. Auch ärgerte sie sich nicht, dass Dennis automatisch davon ausging, es sei Frauensache, das Opfer zu versorgen, und der Mann breche zu ruhmreichen Taten auf. Na gut, es störte sie schon, aber sie sorgte sich ehrlich um die Verletzte, deshalb wollte sie keine Diskussion vom Zaun brechen.

So ein Schwein, dachte sie. Der das getan hat. »Es ist alles gut«, sagte sie, obwohl die Frau vermutlich nichts hörte. »Wir rufen einen Krankenwagen. Ganz ruhig.«

Das meiste Blut kam scheinbar aus einer tiefen Wunde direkt über dem linken Ohr, auch wenn ein bisschen um Nase und Lippen verschmiert war. Sah nach Schlägen aus. Um die Frau herum lagen Scherben und Narzissen, auf dem Teppich war ein nasser Fleck. Janet nahm ihr Funkgerät aus der Koppel und rief einen Krankenwagen. Sie konnte von Glück sagen, dass es hier oben auf der Straße funktionierte; die UHF-Geräte hatten eine deutlich geringere Reichweite als die in die Streifenwagen eingebauten UKW-Modelle und standen in dem Ruf, die Funklöcher im Empfangsgebiet geradewegs zu suchen.

Dennis kam kopfschüttelnd zurück nach unten. »Oben versteckt sich der Dreckskerl nicht«, sagte er. Mit dem Kopf auf die Ohnmächtige deutend, reichte er Janet eine Decke, ein Kopfkissen und ein Handtuch. »Hier.«

Janet schob der Frau das Kissen unter den Kopf, breitete vorsichtig die Decke über sie und drückte das Handtuch auf die blutende Wunde an der Schläfe. Jetzt bin ich aber baff,

dachte sie. Immer für eine Überraschung gut, unser Denny.
»Glaubst du, er hat sich verdrückt?«, fragte sie.

»Keine Ahnung. Ich guck mal hinten nach. Bleib du hier,
bis der Krankenwagen kommt.«

Ehe Janet etwas erwidern konnte, steuerte Dennis auf den
hinteren Teil des Hauses zu. Er war keine Minute verschwunden, da hörte sie ihn rufen: »Janet, komm mal her
und guck dir das an! Schnell! Das kann wichtig sein.«

Janet war neugierig. Sie warf einen Blick auf die Verletzte.
Die Wunde blutete nicht mehr, im Moment konnte sie für
die Frau nichts weiter tun.

»Los, komm!«, rief Dennis wieder. »Schnell!«

Janet sah sich noch einmal nach der liegenden Gestalt um
und ging nach hinten. Die Küche war dunkel.

»Hier unten.«

Sie konnte Dennis nicht sehen, nur hören. Hinter einer
Tür zu ihrer Rechten führten drei Stufen zu einem Treppen-
absatz, der von einer nackten Birne erleuchtet wurde. Durch
eine zweite Tür gelangte man wohl in die Garage, und um die
Ecke führte eine Treppe in den Keller hinunter.

Unten stand Dennis vor einer dritten Tür, auf der das Poster einer nackten Frau klebte. Sie lag mit weit geöffneten Beinen auf einem Messingbett, zog mit den Fingern die Scham-
lippen auseinander und lächelte den Betrachter über ihre
dicken Brüste hinweg an, lud ihn ein, lockte ihn herein. Dennis stand davor und grinste.

»Du Schwein!«, zischte Janet.

»Verstehst du keinen Spaß?«

»Das *ist* nicht witzig.«

»Was das wohl zu bedeuten hat?«

»Weiß ich nicht.« Unter der Tür schien Licht hervor,
schwaches, flackerndes Licht wie von einer fehlerhaften
Glühbirne. Außerdem roch es sonderbar. »Was riecht denn
hier so?«, fragte Janet.

»Woher soll ich das wissen? Schimmelige Wände? Ab-
flussrohre?«

Aber für Janet roch es nach Fäulnis. Fäulnis und Sandel-
holz. Ein Schauder überlief sie.

17

»Sollen wir reingehen?«, fragte sie flüsternd, ohne zu wissen, warum.

»Ich denke, ja.«

Janet ging die wenigen letzten Stufen auf Zehenspitzen hinunter. Jetzt schlug ihr das Herz bis zum Hals. Langsam streckte sie die Hand aus und versuchte, die Tür zu öffnen. Verschlossen. Sie ging aus dem Weg, und diesmal nahm Dennis den Fuß. Das Schloss brach heraus, die Tür schwang auf. Dennis machte einen Schritt zur Seite, verbeugte sich wie ein höflicher Kavalier und sagte: »Ladies first.«

Janet betrat den Keller. Dennis war dicht hinter ihr.

Ihr blieb nur Zeit für einen flüchtigen Eindruck: viele Spiegel, auf dem Boden unzählige brennende Kerzen um eine Matratze, darauf ein nacktes, gefesseltes Mädchen, etwas Gelbes um den Hals, ein trotz Räucherstäbchen penetranter Gestank von verstopften Abflussrohren und verwestem Fleisch, anstößige Zeichnungen an den geweißten Wänden. Da ging es schon los.

Plötzlich war jemand hinter ihnen. Dennis wirbelte herum und griff nach seinem Schlagstock, aber er war nicht schnell genug. Eine Machete fuhr ihm über die Wange und schlitzte sie vom Auge bis zu den Lippen auf. Noch ehe Dennis die Hand heben konnte, um das Blut aufzuhalten, ehe er einen Schmerz verspürte, holte der Mann abermals aus und zog ihm die Klinge quer über den Hals. Dennis gab ein gurgelndes Geräusch von sich und sackte in die Knie, die Augen weit aufgerissen. Warmes Blut spritzte Janet ins Gesicht und sprühte abstrakte Muster an die geweißten Wände. Der süßliche Geruch brachte sie zum Würgen.

Ihr blieb keine Zeit zum Nachdenken. Die hat man nicht, wenn es hart auf hart kommt. Janet wusste nur, dass sie Dennis im Moment nicht helfen konnte. Noch nicht. Der Mann mit dem Messer war noch da, sie musste ihn ausschalten. Warte, Dennis, flehte sie stumm. Warte.

Der Mann wollte weiter auf Dennis eindreschen, war noch nicht fertig mit ihm. Das gab Janet Gelegenheit, ihren Schlagstock mit Seitengriff zu lösen. Es gelang ihr, den Griff so zu fassen, dass der Stock schützend an der Außenseite ihres Unterarmes lag. Der Mann ging auf sie los. Er machte ein überraschtes, verwundertes Gesicht, als die Machete nicht in Janets Fleisch versank, sondern vom harten Knüppel pariert wurde.

Damit war Janet im Vorteil. Scheiß auf Technik und Training. Sie holte aus und traf den Mann an der Schläfe. Er verdrehte die Augen und fiel gegen die Wand, rutschte aber nicht herunter. Sie trat einen Schritt näher und zielte auf die Hand, in der er die Machete hielt. Krachend brach sein Gelenk. Er schrie auf, die Waffe fiel zu Boden. Janet stieß sie mit dem Fuß in die hinterste Ecke, zog den Knüppel aus, umschloss ihn mit beiden Händen, holte aus und schlug erneut seitlich gegen den Kopf. Der Mann wollte zu seiner Machete kriechen, aber sie knallte ihm abermals mit voller Wucht den Stock auf den Hinterkopf, auf die Wange und auf die Schädelbasis. Er bäumte sich auf, noch immer kniend, Obszönitäten sprudelten aus ihm heraus, und sie hieb ein letztes Mal zu und zertrümmerte seine Schläfe. Er fiel gegen die Wand und zog mit dem Kopf einen langen dunklen Streifen über die weiße Tünche, bis er mit ausgestreckten Beinen liegen blieb. Rosa Blasen schäumten aus seinem Mund, dann war Ruhe. Janet gab ihm noch einen, mit beiden Händen um den Knüppel drosch sie von oben auf den Schädel. Dann nahm sie die Handschellen und schloss ihn an eines der Rohre unten an der Mauer. Als er stöhnte und sich bewegte, schlug sie ein letztes Mal zu, wieder beidhändig von oben auf den Kopf. Als er sich nicht mehr regte, ging sie zu Dennis.

Er bewegte sich noch, aber inzwischen quoll weniger Blut aus der Wunde. Dunkel erinnerte sich Janet an ihre Ausbildung in erster Hilfe. Sie faltete ihr Taschentuch zu einer Kompresse und drückte es fest auf die durchtrennte Arterie, um die Enden zusammenzuhalten. Dann versuchte sie, auf ihrem Funkgerät einen Notruf abzusetzen: Kollege braucht dringend Hilfe. Aber es funktionierte nicht. Es rauschte nur. Ein Funkloch. Was sollte sie machen? Sie konnte nur sitzen bleiben und auf den Krankenwagen warten. So wie Dennis zugerichtet war, konnte sie nicht nach draußen gehen und ihn allein lassen.

Und so hockte sich Janet im Schneidersitz hin, legte Dennis' Kopf auf ihren Schoß, wiegte ihn und murmelte ihm sinnloses Zeug ins Ohr. Der Krankenwagen kommt gleich, sagte sie. Es wird schon wieder, immer mit der Ruhe. Aber so fest sie die Kompresse auch auf die Wunde drückte, das Blut sickerte trotzdem auf ihre Uniform. Sie spürte die warme Flüssigkeit an ihren Fingern, an Bauch und Oberschenkeln. Bitte, Dennis, warte, flehte sie, warte bitte.

Über Lucys Haus zog die schmale Sichel eines zunehmenden Mondes einen blassen silbernen Bogen um den dunklen Neumond. Der alte Mond in den Armen des neuen. Ein schlechtes Zeichen. Seeleute hielten dieses Himmelsphänomen, besonders durchs Fernglas betrachtet, für den Vorboten von Sturm und vielen verlorenen Menschenleben. Maggie erschauderte. Sie war nicht abergläubisch, aber die Erscheinung machte sie frösteln. Der Mond streckte die Hände aus und versuchte sie aus einer fernen Zeit zu erreichen, als die Menschen den Zeichen des Himmels, wie beispielsweise den Mondphasen, mehr Bedeutung zumaßen.

Maggie schaute wieder aus dem Fenster. Ein Polizeiwagen hielt an, eine Beamtin stieg aus, klopfte an Lucys Tür und rief etwas. Dann brach ihr Kollege die Tür auf.

Danach hörte Maggie eine Weile nichts – vielleicht fünf oder zehn Minuten lang –, bis ein herzzerreißendes, klagendes Geheul aus den Tiefen des Hauses drang. Aber das konnte sie sich auch einbilden. Der Himmel war mittlerweile heller geworden, und der Chor der Morgendämmerung hatte eingesetzt. Vielleicht war es ein Vogel gewesen? Aber kein Vogel klang so verloren und gottverlassen wie dieser Schrei, nicht einmal der Seetaucher über dem Teich oder der Brachvogel oben im Moor.

Maggie massierte sich den Nacken, ohne das Nachbarhaus aus den Augen zu lassen. Kurze Zeit später hielt ein Krankenwagen. Dann ein zweites Polizeiauto. Dann ein Notarzt. Die Besatzung des Krankenwagens ließ die Haustür offen, so dass Maggie sehen konnte, wie sich die Sanitäter neben eine Gestalt im Flur knieten, über die eine rehbraune Decke gebreitet war. Sie hoben die Person auf eine fahrbare Trage und schoben sie den Fußweg hinunter zum Krankenwagen, dessen Hecktüren wartend offen standen. Es ging alles so schnell, dass Maggie nicht genau erkennen konnte, wer auf der Trage lag, aber sie glaubte flüchtig Lucys pechschwarzes Haar auf dem weißen Laken gesehen zu haben.

Also doch, wie sie sich gedacht hatte. Maggie kaute am Daumennagel. Hätte sie früher eingreifen sollen? Natürlich hatte sie einen Verdacht gehabt, aber hätte sie es verhindern können? Was hätte sie tun sollen?

Dann traf ein Mann ein, der wie ein Polizeibeamter in Zivil aussah. Bald folgten fünf oder sechs Männer, die sich weiße Einwegoveralls anzogen, bevor sie das Haus betraten. Vor das Gartentor wurde weiß-blaues Band gespannt, der Bürgersteig wurde bis zur Bushaltestelle abgesperrt, außerdem die Fahrbahnseite, an die Nummer 35 grenzte. Jetzt gab es auf The Hill nur noch eine Fahrspur, damit die Fahrzeuge von Polizei und Rettungsdienst genug Platz hatten.

Maggie fragte sich, was da los war. So viel Aufhebens machten die doch nicht, wenn nicht etwas wirklich Schlimmes geschehen war, oder? War Lucy tot? Hatte Terry sie letztendlich umgebracht? Möglich war das; die Polizei kam immer erst, wenn es zu spät war.

Als es heller wurde, bot sich ihr ein noch seltsameres Bild. Weitere Polizeiwagen trafen ein, dann noch ein Krankenwagen. Als die Sanitäter eine zweite Trage herausrollten, fuhr der erste Bus die Straße hinunter und versperrte Maggie die Sicht. Die Fahrgäste drehten die Köpfe und die auf Maggies Seite Sitzenden standen auf, um zu sehen, was passiert war. So entging Maggie, wer auf der Trage lag. Sie sah nur zwei Polizisten dahinter einsteigen.

Dann stolperte eine vornübergebeugte, in eine Decke gehüllte Gestalt den Fußweg hinunter, von uniformierten Polizisten gestützt. Zuerst wusste Maggie nicht, wer das war. Eine Frau, dachte sie, nach der Figur und dem Schnitt des dunklen Haares zu schließen. Sie meinte eine dunkelblaue Uniform zu erkennen. Die Polizeibeamtin. Maggie hielt den Atem an. Was war mit dieser Frau geschehen?

Inzwischen herrschte eine Aufregung, wie Maggie sie sich am Schauplatz eines Ehekrachs niemals hätte träumen lassen. Eine ganze Handvoll Polizeiwagen war eingetroffen, darunter Zivilfahrzeuge. Ein drahtiger Mann mit kurzem dunklen Kraushaar war aus einem blauen Renault gestiegen und in das Haus marschiert, als wäre es seins. Ein anderer, der hineinging, sah wie ein Arzt aus. Jedenfalls trug er eine schwarze Tasche und tat sehr wichtig. Die Nachbarn gingen zur Arbeit, fuhren die Autos aus den Garagen oder warteten an der Ersatz-Haltestelle, die die Verkehrsbetriebe kurzfristig eingerichtet hatten. Grüppchenweise standen Anwohner in der Nähe des Hauses und gafften, bis die Polizei kam und sie verscheuchte.

Maggie schaute auf die Uhr. Halb sieben. Seit zweieinhalb Stunden hockte sie nun am Fenster, aber es kam ihr vor, als hätte sie eine schnelle Folge von Ereignissen beobachtet, die wie im Zeitraffer vor ihr ablief. Als sie sich aufrichtete, knackten ihre Knie. Der Teppich hatte tiefe rote Streifen in ihre Haut geprägt.

Inzwischen spielte sich vor dem Haus nicht mehr viel ab; Polizisten und Kriminalbeamte kamen und gingen, stellten sich zum Rauchen auf den Bürgersteig, schüttelten den Kopf und unterhielten sich mit gesenkter Stimme. Die kreuz und quer vor Lucys Haus geparkten Wagen verursachten einen Rückstau.

Müde und verwirrt zog Maggie eine Jeans und ein T-Shirt an und ging nach unten, um sich eine Tasse Tee und Toast zu machen. Als sie den Kessel mit Wasser füllte, merkte sie, dass ihre Hand zitterte. Die Polizei würde mit ihr sprechen wollen, ganz bestimmt. Und was würde sie dann sagen?

2

Der kommissarische Detective Superintendent Alan Banks
– »kommissarisch«, weil sein unmittelbarer Vorgesetzter,
Detective Superintendent Gristhorpe, sich bei der Arbeit an
seiner Trockenmauer den Knöchel gebrochen hatte und mindestens zwei Monate außer Gefecht gesetzt sein würde –
schrieb sich um kurz nach sechs Uhr morgens in das Tatort-
Logbuch an der Pforte von The Hill 35 ein, holte tief Luft und
betrat das Grundstück. Eigentümer: Lucy Payne, zweiundzwanzig Jahre, Darlehensberaterin bei der Zweigstelle von
NatWest oben in der Fußgängerzone, und Ehemann Terence
Payne, achtundzwanzig Jahre, Lehrer an der Gesamtschule
Silverhill. Keine Kinder. Keine Vorstrafen. Allem Anschein
nach ein perfektes, erfolgreiches junges Paar. Erst seit einem
Jahr verheiratet.

Im Haus brannten alle Lichter, der Erkennungsdienst war
schon an der Arbeit. Wie Banks trugen alle Beamten den vor-
geschriebenen sterilen weißen Overall, Überschuhe, Hand-
schuhe und Kapuze. Sie glichen einem geisterhaften Putz-
trupp, wie sie einstäubten, staubsaugten, Spuren sicherten,
eintüteten, beschrifteten.

Im Flur hielt Banks kurz inne, um ein Gefühl für das Haus
zu bekommen. Es wirkte wie ein ganz normales gutbürger-
liches Heim. Die korallenrote Textiltapete sah neu aus. Rechts
führte eine mit Teppich bespannte Treppe zu den Schlafzim-
mern hoch. Wenn überhaupt, roch es hier ein bisschen zu
stark nach Raumspray mit Limonenduft. Das einzig Störende
war der rostrote Fleck auf dem beigen Teppich im Flur. Lucy
Payne stand momentan im Allgemeinen Krankenhaus von

Leeds unter Beobachtung von Ärzten und Polizei, während ihr Mann, Terence Payne, einige Zimmer weiter um sein Leben kämpfte. Besonders viel Mitleid hatte Banks nicht mit ihm; Police Constable Dennis Morrisey hatte den Kampf um sein Leben deutlich schneller verloren.

Und im Keller lag ein totes Mädchen.

Banks war auf dem Weg nach Leeds von Detective Chief Inspector Ken Blackstone über Handy informiert worden. Die übrigen Informationen hatten die Notärzte und Sanitäter beigesteuert. Der erste Anruf von Blackstone hatte Banks kurz nach halb fünf aus einem unruhigen, leichten Schlaf gerissen, momentan wohl sein Schicksal. Er hatte geduscht, war in seine Sachen geschlüpft und ins Auto gesprungen. Eine CD von Zelenka Trios hatte ihm geholfen, im Wagen die Ruhe zu bewahren und keine riskanten Fahrmanöver auf der A1 zu veranstalten. Insgesamt hatte er für die achtzig Meilen von seinem Cottage in Gratly bis nach Leeds ungefähr eineinhalb Stunden gebraucht, und wenn ihm nicht so viel durch den Kopf gegangen wäre, hätte er auf dem ersten Teil der Fahrt das Herandämmern eines herrlichen Maimorgens über den Yorkshire Dales bewundern können, in diesem Frühling bisher selten genug. Doch so sah er außer der Straße vor sich nur wenig, nahm nicht einmal die Musik wahr. Als er den Ring um Leeds erreichte, war der montägliche Berufsverkehr bereits in vollem Gange.

Banks machte einen Bogen um die Blutflecke und Narzissen auf dem Teppich und ging in den hinteren Teil des Hauses. Jemand hatte sich in die Küchenspüle übergeben.

»Einer von den Sanis«, erklärte der Beamte des Erkennungsdienstes, der Schubladen und Schränke durchsuchte. »War das erste Mal für ihn, der arme Kerl. Wir können von Glück sagen, dass er es noch nach oben geschafft hat und nicht quer über den Tatort gekotzt hat.«

»Mensch, was hat der denn heute Morgen gegessen?«

»Sieht aus wie rotes Thaicurry mit Pommes.«

Banks stieg die Treppe zum Keller hinunter. Er registrierte die Tür zur Garage. Sehr praktisch, wenn man jemanden, den man entführt, möglicherweise betäubt oder bewusstlos geschlagen hatte, unbemerkt ins Haus bringen wollte. Banks öffnete die Tür und warf einen kurzen Blick auf das Auto. Ein viertüriger dunkler Vectra mit einem Nummernschild, das mit »S« begann, also 1998 ausgegeben worden war. Die letzten drei Buchstaben waren NGV. Nicht aus Leeds. Banks nahm sich vor, das Kennzeichen bei der Kfz-Meldestelle in Swansea überprüfen zu lassen.

Aus dem Keller drangen Stimmen. Blitzlicht leuchtete auf. Das musste Luke Selkirk sein, der erstklassige Tatortfotograf, der gerade eine von der Armee bezahlte Fortbildung in Catterick Camp absolviert hatte. Er hatte gelernt, wie man den Schauplatz terroristischer Anschläge fotografiert. Nicht dass er diese Zusatzqualifikation heute gebraucht hätte, aber die Gewissheit beruhigte ungemein, mit einem hervorragend ausgebildeten Profi zu arbeiten, einem der besten.

Die Steinstufen waren stellenweise ausgetreten, die Backsteinwände weiß gestrichen. Die offene Tür unten war mit weiß-blauem Band abgesperrt. Der engere Tatortbereich. An dem Band würde niemand vorbeikommen, ehe Banks, Luke, der Doc und die Spurensicherung nicht ihre Arbeit getan hatten.

Auf der Schwelle hielt Banks inne und schnupperte. Es roch fürchterlich, nach Verwesung, Schimmel, Räucherstäbchen und dem süßen, metallischen Geruch frischen Blutes. Er duckte sich unter dem Absperrband hindurch, und der schreckliche Anblick traf ihn mit einer solchen Wucht, dass er ein paar Schritte rückwärts wankte.

Natürlich hatte er schon Schlimmeres gesehen, sogar viel Schlimmeres: Dawn Whadden, die Prostituierte aus Soho mit dem aufgeschlitzten Bauch, den enthaupteten Taschendieb namens William Grant, die stellenweise angefressenen Körperteile der jungen Bardame Colleen Dickens und viele von Schrotsalven durchsiebte und mit Messern zerstochene Körper. Er konnte sich an alle Namen erinnern. Aber die grausam zugerichteten Leichen waren nicht das Entscheidende, hatte er im Laufe der Jahre begriffen. Es ging nicht um Blut und Gedärm, nicht um Eingeweide, die aus dem Bauch quollen, nicht um fehlende Gliedmaßen oder klaffende Wunden, die obszön grinsten. Das war es nicht, was einem letztlich an die Nieren ging. Das waren Äußerlichkeiten. Mit etwas Überzeugungskraft konnte man sich einreden, dass ein Tatort wie dieser ein Filmset oder eine Theaterprobe war, dass die Leichen lediglich Requisiten waren und das Blut künstlich.

Nein, was ihm am meisten zu schaffen machte, war das Mitgefühl, dieses tiefe Mitleid, das er inzwischen für die Opfer der von ihm ermittelten Verbrechen empfand. Er war in den ganzen Jahren nicht abgestumpft oder gefühlloser geworden, obwohl es vielen so erging und er anfangs damit gerechnet hatte. Jedes Verbrechen war eine frisch aufplatzende, gerade verheilte Wunde. Besonders das hier. Banks riss sich zusammen, machte seine Arbeit und konzentrierte sich, damit die Galle in seinen rumorenden Eingeweiden blieb, aber innerlich zerfraß sie ihn wie Säure und hielt ihn nachts wach. Schmerz, Angst und Verzweiflung sickerten aus diesen Wänden, so wie sich der Ruß aus den Fabrikschornsteinen über die alten Häuser der Stadt gelegt hatte. Nur konnte man dieses Grauen nicht mit Sandstrahl entfernen.

Sieben Menschen in einem engen Keller, fünf davon lebendig, zwei tot; das würde ein logistischer und forensischer Albtraum werden.

Die Lampe unter der Decke, eine nackte Glühbirne, war angeknipst worden, aber überall flackerten Kerzen. Von der Tür aus konnte Banks den Arzt sehen, der sich über die fahle Leiche auf der Matratze beugte. Ein Mädchen. Die einzigen äußerlich sichtbaren Zeichen von Gewaltanwendung waren mehrere Schnittwunden und blaue Flecke, eine blutige Nase und eine gelbe Plastikleine um den Hals. Das Mädchen lag mit gespreizten Armen und Beinen auf der schmutzigen Matratze. Die Hände waren mit derselben gelben Wäscheleine an Metallnägel gebunden, die in den Betonboden eingelassen waren. Das Blut aus PC Morriseys durchtrennter Arterie war ihr auf Füße und Schienbein gespritzt. Fliegen hatten den Weg in den Keller gefunden, drei summten um das verkrustete Blut unter ihrer Nase. Um den Mund hatte sie Blasen oder eine Art Ausschlag. Im grellen Licht der Glühbirne wirkte das Gesicht der Toten bläulich-blass, ihr übriger Körper weiß.

Was das Ganze so schlimm machte, waren die großen Spiegel unter der Decke und an zwei Wänden, die den Anblick wie auf der Kirmes verhundertfachten.

»Wer hat die Deckenlampe angeschaltet?«, erkundigte sich Banks.

»Die Sanis«, antwortete Luke Selkirk. »Sie waren nach Taylor und Morrisey die ersten am Tatort.«

»Gut, wir lassen es erst mal an, damit wir besser sehen, womit wir es zu tun haben. Aber ich will, dass der Tatort später auch im Originalzustand fotografiert wird. Nur bei Kerzenlicht.«

Luke nickte. »Das hier ist übrigens Faye McTavish, meine neue Assistentin.« Faye war eine blasse, magere Frau von Anfang zwanzig. Sie hatte einen Ohrstecker in der Nase und so gut wie keine Hüften. Die schwere alte Pentax, die sie um den Hals trug, sah aus, als könne Faye sich damit kaum aufrecht halten.

»Freut mich, Faye«, sagte Banks und schüttelte ihr die Hand. »Schade, dass wir uns unter solchen Umständen kennen lernen.«

»Gleichfalls.«

Banks wandte sich dem leblosen Körper auf der Matratze zu.

Er wusste, um wen es sich handelte: Kimberley Myers, fünfzehn Jahre, seit Freitagabend vermisst. Sie war von einem Tanzabend im Jugendclub, der nur eine Viertelmeile von ihrem Haus entfernt war, nicht nach Hause zurückgekehrt. Kimberley war ein hübsches Mädchen mit langem blondem Haar und schlanker, durchtrainierter Figur, wie alle Opfer. Jetzt starrten ihre toten Augen in den Spiegel unter der Decke, als suchten sie eine Antwort auf ihr Leiden.

In ihrem Schamhaar glänzte getrocknetes Sperma. Und Blut. Samen und Blut, die uralte Geschichte. Warum nahmen sich diese Ungeheuer immer hübsche junge Mädchen?, fragte sich Banks zum hundertsten Mal. Ach, er kannte die ganzen Theorien. Er wusste, dass Frauen und Kinder geeignetere Opfer abgaben, weil sie körperlich unterlegen waren, sich von männlicher Dominanz besser einschüchtern und überwältigen ließen. Auch war ihm bekannt, dass Prostituierte und Straßenkinder beliebte Opfer waren, weil sie nicht so schnell vermisst wurden wie jemand aus geordneten Verhältnissen, wie zum Beispiel Kimberley. Aber es steckte noch mehr dahinter. Solche Taten hatten immer auch ein verborgenes, dunkles, sexuelles Motiv. Um das Interesse des Täters zu wecken, musste das Opfer nicht nur schwächer sein, sondern Brüste und eine Scheide besitzen. Nur so konnte der Peiniger sich befriedigen und sein Gegenüber ultimativ schänden. Eine jugendliche, unschuldige Ausstrahlung schadete auch nicht. Das Ziel des Täters war, die Unschuld zu rauben. Männer brachten sich gegenseitig aus zahlreichen Gründen um, im Krieg zu Tausenden, aber bei solchen Verbrechen musste das Opfer eine Frau sein.

Der erste Beamte am Tatort hatte so viel Voraussicht besessen, einen schmalen Pfad auf dem Boden abzukleben, damit nicht alle wild herumtrampelten und Indizien vernichteten. Doch dafür war es wohl eh zu spät, nach dem, was mit den Kollegen Morrisey und Taylor passiert war.

PC Dennis Morrisey lag gekrümmt in einer Blutlache auf dem Boden. Sein Blut war teilweise an die Wand und einen Spiegel gesprüht. Das Muster hätte Jackson Pollock zur Ehre gereicht. An den weiß gestrichenen Wänden hingen pornographische Fotos aus Zeitschriften. Dazwischen waren mit bunter Kreide kindlich anmutende, obszöne Strichmännchen mit gewaltigen Penissen gemalt, die an den Riesen von Cerne Abbas erinnerten. Außerdem einige linkisch gemalte okkulte Symbole und grinsende Totenköpfe. Neben der Tür war eine zweite Blutlache. Ein langer, dunkler Streifen zog sich an der Wand hinunter. Terence Payne.

Das Blitzen von Luke Selkirks Fotoapparat riss Banks aus seiner Trance. Faye schwenkte die Videokamera. Der andere Mann im Raum drehte sich um: Detective Chief Inspector Ken Blackstone von der West Yorkshire Police, tadelloses Äußeres, wie immer, selbst in Schutzkleidung. Das graue Haar lockte sich über seinen Ohren, seine scharfen Augen wurden von der Brille mit dem Drahtgestell vergrößert.

»Alan«, sagte er, und es klang wie ein Seufzer. »Sieht aus wie im Schlachthaus, was?«

»Schöner Wochenanfang. Wann warst du hier?«

»Vier Uhr vierundvierzig.«

Blackstone wohnte Richtung Lawnswood, er konnte höchstens eine halbe Stunde für den Weg zu The Hill gebraucht haben. Banks als Leiter der Truppe von North Yorkshire freute sich, dass Blackstone den West-Yorkshire-Teil des gemeinsamen Ermittlungsteams leitete. Die Sonderkommission trug den Namen »Chamäleon«, weil der Mörder sich bislang verstellt, in der Dunkelheit Schutz gesucht hatte und immer unbemerkt verschwunden war. Bei Kooperationen wie dieser führten unvereinbare Persönlichkeiten oft zu Kompetenzstreitigkeiten, aber Banks und Blackstone kannten sich seit acht oder neun Jahren und hatten immer gut zusammengearbeitet. Auch sonst kamen sie gut miteinander aus, teilten eine Vorliebe für Pubs, indisches Essen und Jazz-Sängerinnen.

»Hast du mit den Notärzten gesprochen?«, fragte Banks.

»Ja«, sagte Blackstone. »Sie haben das Mädchen auf Lebenszeichen untersucht, aber keine gefunden. Deshalb haben sie sich erst um die anderen gekümmert. PC Morrisey war auch schon tot. Terence Payne war mit Handschellen an das Rohr da hinten gefesselt. Er hatte schlimme Kopfverletzungen, atmete aber noch, deshalb haben sie ihn schnell ins Krankenhaus gekarrt. Einige Spuren am Tatort wurden vernichtet – in erster Linie, was die Position von Morriseys Leiche betrifft –, aber das ist minimal, angesichts der ungewöhnlichen Umstände.«

»Ken, die Scheiße ist, dass wir hier zwei Tatorte haben, die sich überlagern – vielleicht sogar drei, wenn man Payne mitrechnet.« Banks hielt inne. »Vier, wenn man Lucy Payne oben dazuzählt. Das wird Probleme geben. Wo ist Stefan?« Detective Sergeant Stefan Nowak war als Tatort-Koordinator zuständig für den Kontakt zwischen Erkennungsdienst und Ermittlern. Er war noch neu im Revier der Western Division in Eastvale. Banks hatte Stefan in die Soko geholt, weil er von seinen Fähigkeiten beeindruckt war. Um seine Aufgabe hier war Stefan nicht zu beneiden.

29

»Irgendwo im Haus«, entgegnete Blackstone. »Als ich ihn zuletzt gesehen habe, wollte er nach oben.«

»Sonst noch was Wichtiges, Ken?«

»Eigentlich nicht, nein. Wir müssen warten, bis wir uns eingehender mit der Taylor unterhalten können.«

»Wann wird das sein?«

»Heute Nachmittag. Die Notärzte haben sie mitgenommen. Sie hat einen Schock.«

»Das wundert mich nicht. Wurde sie …«

»Ja. Ihre Klamotten sind eingetütet, und der Polizeiarzt war im Krankenhaus und hat alles erledigt.«

Das hieß, er hatte unter anderem die Fasern unter ihren Fingernägeln gesichert und Abdrücke von ihren Fingern genommen. Man vergaß schnell – vielleicht nur zu gerne –, dass Janet Taylor, Police Constable in der Probezeit, im Moment keine Heldin war; sie war verdächtig, bei der Verhaftung unverhältnismäßigen Zwang angewandt zu haben. Wirklich unangenehm.

»Wonach sieht es für dich aus, Ken?«, wollte Banks wissen.

»Rein gefühlsmäßig.«

»Als hätten sie Payne hier unten überrascht und in die Enge getrieben. Er ist sofort mit dem Ding da auf die beiden losgegangen und hat Morrisey verletzt.« Blackstone wies auf eine blutbefleckte Machete auf dem Boden. »Man kann sehen, dass er Morrisey zwei- oder dreimal erwischt hat. Die Taylor muss genug Zeit gehabt haben, um den Schlagstock herauszuholen und ihn gegen Payne einzusetzen. Sie hat richtig gehandelt, Alan. Der Typ muss wie ein Wahnsinniger auf sie losgegangen sein. Sie musste sich wehren. Selbstverteidigung.«

»Ist nicht unsere Entscheidung«, sagte Banks. »Was für Verletzungen hat Payne?«

»Schädelbruch. Mehrfach.«

»Bäh. Trotzdem. Wenn er stirbt, spart er den Gerichten ein bisschen Geld und auf lange Sicht eine Menge Ärger. Was ist mit seiner Frau?«

»Sieht aus, als hätte er sie mit einer Vase oben auf der Treppe geschlagen und sie ist runtergefallen. Leichte Gehirnerschütterung, ein paar blaue Flecke. Davon abgesehen keine ernsthaften Verletzungen. Sie kann von Glück sagen, dass es keine schwere Kristallvase war, sonst wäre sie jetzt da, wo ihr Mann ist. Sie ist noch bewusstlos, wird überwacht, aber das hat sich bald wieder. Detective Constable Hodgkins ist im Krankenhaus.«

Wieder schaute sich Banks in dem Raum mit den flackernden Kerzen, den Spiegeln und obszönen Zeichnungen um. Auf der Matratze neben der Leiche entdeckte er Glassplitter. Als er sein Ebenbild darin sah, wurde ihm klar, dass sie von einem zerbrochenen Spiegel stammten. Sieben Jahre Pech. »Roomful of Mirrors« von Jimi Hendrix würde von jetzt an anders klingen.

Zum ersten Mal, seit Banks den Keller betreten hatte, schaute der Arzt von der Leiche auf. Er reckte sich und gesellte sich zu den beiden Kripobeamten. »Dr. Ian Mackenzie, Rechtsmediziner vom Innenministerium«, stellte er sich vor und schüttelte Banks die Hand.

Dr. Mackenzie war ein Mann von schwerer Statur mit vollem braunen Haar, gescheitelt und gekämmt, einer fleischigen Nase und einer Lücke zwischen den oberen Schneidezähnen. Das bringt Glück, hatte Banks' Mutter immer gesagt. Vielleicht war es ein Gegenzauber zum zerbrochenen Spiegel. »Was können Sie uns sagen?«, erkundigte sich Banks.

»Für Tod durch Erdrosseln sprechen punktförmige Blutungen, Blutergüsse am Hals und die Zyanose. Höchstwahrscheinlich wurde sie mit der gelben Wäscheleine erdrosselt, aber das kann ich Ihnen mit Bestimmtheit erst nach der Obduktion sagen.«

»Anzeichen für sexuellen Missbrauch?«

»Kleine Risse im Vaginal- und Analbereich, ein paar Spermaspuren. Aber das sehen Sie ja selbst. Auch dazu werde ich Ihnen später mehr sagen können.«

»Zeitpunkt des Todes?«

»Vor kurzem. Noch nicht lange. Es gibt noch keine Hypostase, der Rigor hat noch nicht eingesetzt, sie ist noch warm.«

»Wie lange ist es her?«

»Zwei oder drei Stunden, würde ich sagen.«

Banks sah auf die Uhr. Nach drei Uhr also, kurz vor dem Ehestreit, der die Frau auf der anderen Straßenseite zum Telefon hatte greifen lassen. Banks fluchte. Wenn der Anruf nur ein bisschen früher gekommen wäre, einige Minuten oder eine Stunde eher, hätte Kimberley vielleicht gerettet werden können. Andererseits konnte der Zeitablauf interessant sein, weil er Fragen über den Grund des Streits aufwarf. »Woher kommt dieser Ausschlag um den Mund? Von Chloroform?«

»Kann sein. Wurde wahrscheinlich bei der Entführung eingesetzt, vielleicht auch, um sie später ruhig zu stellen. Da hätte es aber auch angenehmere Möglichkeiten gegeben.«

Banks warf einen Blick auf Kimberleys Leiche. »Ich glaube nicht, dass unser Mann sich große Mühe gegeben hat, es dem Mädchen angenehm zu machen, oder, Doktor? Ist Chloroform leicht zu beschaffen?«

»Eigentlich schon. Wird als Lösungsmittel verwendet.«

»Todesursache ist es aber nicht?«

»Würde ich nicht sagen, nein. Das weiß ich mit Sicherheit natürlich erst nach der Öffnung, aber wenn es die Todesursache wäre, müssten wir weitere starke Blasenbildung in der Speiseröhre finden, außerdem wäre die Leber beträchtlich geschädigt.«

»Wann können Sie anfangen?«

»Wenn es auf der Autobahn keine Staus gibt, müsste ich heute Nachmittag mit den Autopsien beginnen können«, erwiderte Dr. Mackenzie. »Wir haben eigentlich ziemlich viel zu tun, aber … na ja, manches geht halt vor.« Er schaute erst Kimberley, dann Morrisey an. »Er starb offenbar an Blutverlust. Halsschlagader und Halsvene sind durchtrennt. Eine Sauerei, aber es geht schnell. Seine Kollegin hat wohl getan, was sie konnte, aber es war zu spät. Sagen Sie ihr, sie soll sich keine Vorwürfe machen. Sie hatte keine Chance.«

»Danke, Doktor«, sagte Banks. »Nett von Ihnen. Wenn Sie mit Kimberley anfangen könnten …«

»Sicher.«

Dr. Mackenzie machte sich auf, um alles in die Wege zu leiten. Luke Selkirk und Faye McTavish knipsten und filmten weiter. Schweigend betrachteten Banks und Blackstone die

Szenerie. Es war nicht mehr viel zu sehen. Der Anblick würde sich dennoch in ihr Gedächtnis einbrennen.

»Was ist das für eine Tür?« Banks wies auf die Tür hinter der Matratze.

»Keine Ahnung«, sagte Blackstone. »Hab noch nicht nachgeguckt.«

»Dann sehen wir uns das mal an.«

Banks drückte den Griff hinunter. Die schwere Holztür war nicht verschlossen. Langsam schob er sie auf. Sie führte in einen kleineren Raum, dessen Boden aus Erde bestand. Der Gestank hier war noch schlimmer. Banks tastete nach einem Lichtschalter, fand aber keinen. Er schickte Blackstone los, eine Taschenlampe zu holen, und versuchte etwas in dem Licht zu erkennen, das aus dem großen Kellerraum hereinfiel.

Als sich seine Augen an die Dunkelheit gewöhnt hatten, glaubte Banks, an einigen Stellen Pilze aus dem Boden wachsen zu sehen.

Dann ging es ihm auf …

»Oh, Gott«, stöhnte er und sackte gegen die Wand. Vor ihm wuchsen keine Pilze. Es waren Zehen, die aus dem Boden ragten.

Nachdem sie hastig gefrühstückt hatte und wegen ihres Notrufs von zwei Beamten der Kriminalpolizei befragt worden war, wollte Maggie einen Spaziergang machen. Bei der ganzen Aufregung auf der anderen Straßenseite würde sie heute eh nicht viel arbeiten können, auch wenn sie sich vornahm, es später zu versuchen. Im Moment war sie nervös. Sie musste einen klaren Kopf bekommen. Die Polizeibeamten hatten überwiegend sachliche Fragen gestellt. Sie hatte ihnen nichts über Lucy erzählt. Dennoch hatte Maggie das Gefühl, dass zumindest einer von ihnen mit ihren Antworten nicht zufrieden gewesen war. Die würden wiederkommen.

Sie wusste immer noch nicht, was überhaupt geschehen war. Die Polizisten hatten natürlich nichts durchblicken lassen, hatten ihr nicht einmal verraten, wie es Lucy ging. Die Lokalnachrichten im Radio waren auch nicht sehr aussagekräftig. Momentan berichteten sie lediglich, eine Privatperson und ein Polizeibeamter seien am frühen Morgen verletzt worden. Und die Meldung kam auch erst nach dem derzeit aktuellen Aufmacher über Kimberley Myers, dem Mädchen, das am Freitag auf dem Heimweg von einem Tanzabend im Jugendclub verschwunden war.

Maggie ging die Haustreppe hinunter, vorbei an den Fuchsien, die bald blühen und ihre schweren rosaroten Dolden über den Gartenweg hängen würden. Vor Hausnummer 35 war jetzt mehr los; Nachbarn standen in kleinen Grüppchen auf dem Bürgersteig, der mit einem Seil von der Straße abgesperrt war.

Ausgerüstet mit Schaufeln, Sieben und Eimern, stiegen Männer in weißen Overalls aus einem Einsatzwagen und eilten durch den Garten zum Haus.

»Sieh mal an!«, rief ein Nachbar. »Der hat Eimerchen und Schaufel dabei. Will wohl an den Strand!«

Keiner lachte. Langsam dämmerte allen, dass in The Hill 35 etwas wirklich Abscheuliches passiert sein musste. Ungefähr zehn Meter weiter, hinter einem schmalen Gang, begann die Ladenzeile: ein Pizza-Lieferservice, ein Frisör, ein kleiner Supermarkt, ein Zeitungshändler, eine Fish-and-Chips-Bude. Polizeibeamte diskutierten mit den Inhabern. Sie wollten bestimmt öffnen, vermutete Maggie.

Polizisten in Zivil saßen auf der Gartenmauer, unterhielten sich und rauchten. Funkgeräte krächzten. Es sah aus wie der Schauplatz einer Katastrophe, eines Eisenbahnunglücks oder Erdbebens. Der Anblick erinnerte Maggie an die Folgen des Erdbebens 1994 in Los Angeles, sie war mit Bill vor ihrer Hochzeit dort gewesen: ein eingestürztes Mietshaus, drei Stockwerke in wenigen Sekunden auf zwei verkürzt, Risse in den Straßen, Abschnitte der Autobahn weggebrochen. Hier waren zwar keine Schäden zu besichtigen, aber der Schauplatz vermittelte dasselbe Gefühl, diese Erschütterung wie nach einem Krieg. Zwar wusste noch niemand, was passiert war, dennoch waren die Menschen niedergeschlagen und machten sich Sorgen um die Auswirkungen. Über der Nachbarschaft lag eine böse Ahnung und das tief empfundene

Grauen, dass die Hand Gottes eine zerstörerische Macht hatte walten lassen. Alle wussten, dass vor ihrer Schwelle etwas von großer Tragweite geschehen war. Schon jetzt spürte Maggie, dass das Leben hier nie wieder wie früher sein würde.

Sie bog nach links und ging The Hill hinunter, unter der Eisenbahnbrücke hindurch. Am Ende der Straße lag ein kleiner, künstlich angelegter Teich zwischen Wohnblöcken und einem Industriegebiet. Nichts Tolles, aber besser als nichts. Dort konnte sie sich immerhin auf eine Bank ans Ufer setzen, Enten füttern und zusehen, wie die Leute mit ihren Hunden spazieren gingen.

Außerdem war der Teich ungefährlich – eine wichtige Überlegung in diesem Teil der Stadt, wo große alte Häuser wie das von Maggie Schulter an Schulter mit neueren, schlichteren Sozialbauten standen. Einbruchdiebstahl war weit verbreitet, Mord nicht unbekannt, aber hier unten am Teich war man nicht weit entfernt von den zweistöckigen Häusern an der Hauptstraße, und es gingen so viele normale Menschen mit ihren Hunden spazieren, dass Maggie sich nie allein oder bedroht fühlte. Überfälle geschahen am helllichten Tage, das wusste sie, aber hier war sie relativ sicher.

Es war ein warmer, angenehmer Morgen. Die Sonne schien, doch der frische Wind machte eine leichte Jacke erforderlich. Hin und wieder schob sich eine hohe Wolke vor die Sonne, verdunkelte sie einige Sekunden lang und warf Schatten auf die Wasseroberfläche.

Enten füttern hatte etwas Beruhigendes, fand Maggie. Fast etwas von Trance. Natürlich nicht für die Enten, die keine Vorstellung davon hatten, was Teilen bedeutete. Warf man ihnen Brot hin, schossen sie darauf zu und balgten sich lautstark darum. Maggie zerkrümelte das trockene Brot und warf es ins Wasser. Dabei rief sie sich ihre erste Begegnung mit Lucy Payne in Erinnerung. Das war erst zwei Monate her.

Damals – es war ein außergewöhnlich warmer Märztag gewesen – hatte sie in der Stadt nach Zeichenutensilien gesucht, war dann zu Borders auf der Briggate gegangen, um ein paar Bücher zu kaufen, und schließlich zufällig durch das Victoria-Viertel zum Kirkgate-Markt geschlendert. Da war ihr Lucy entgegengekommen. Sie hatten sich schon vorher auf der Straße und beim Einkaufen gesehen und gegrüßt. Aus Schüchternheit – auszugehen und Menschen kennen zu lernen hatte nie zu Maggies Stärken gehört –, aber auch mit Absicht hatte sie in ihrer neuen Heimat keine Freundschaften geschlossen, abgesehen von Claire Toth, der schulpflichtigen Nachbarstochter, die offenbar einen Narren an Maggie gefressen hatte. Schnell spürte Maggie jedoch, dass Lucy Payne eine verwandte Seele war.

Vielleicht weil beide Frauen fern ihrer gewohnten Umgebung waren, wie Landsleute, die sich im Ausland treffen, blieben sie stehen und sprachen miteinander. Lucy sagte, sie hätte ihren freien Tag und gehe ein bisschen einkaufen. Maggie schlug vor, im Café von Harvey Nichols eine Tasse Tee oder Kaffee zu trinken, und Lucy war einverstanden. So nahmen sie Platz, gönnten ihren Füßen eine Pause und stellten ihre Einkäufe ab. Lucy las die Namen auf Maggies Tüten – darunter eine von Harvey Nichols – und sagte, sie würde sich nicht trauen, in einen so schicken Laden zu gehen. Ihre Tüten stammten von schlichten Kaufhäusern wie BHS und C & A. Diese Zurückhaltung hatte Maggie bei Menschen im Norden schon öfter beobachtet. Sie kannte die Geschichten über die typischen Einwohner von Leeds mit Anorak und Schiebermütze, die man niemals in ein exklusiveres Geschäft wie Harvey Nichols bekäme. Aber Maggie wunderte sich doch, dass Lucy es so unumwunden zugab.

Denn Maggie fand, dass Lucy eine auffallend schöne und elegante Frau war. Ihr glänzendes, rabenschwarzes Haar fiel ihr den Rücken hinunter, und sie hatte eine Figur, die Männer in Zeitschriften beglotzten, für die sie bares Geld hinblätterten. Lucy war groß und vollbusig. Ihre Taille und ihre Hüften wölbten sich an den richtigen Stellen. Das schlichte gelbe Kleid, über dem sie eine leichte Jacke trug, betonte ihre Figur, ohne sie in den Vordergrund zu stellen, und lenkte den Blick auf ihre wohlgeformten Beine. Sie war nicht stark geschminkt, das hatte sie nicht nötig. Ihre blasse Haut war so glatt wie ein Spiegel, die schwarzen Augenbrauen waren elegant geschwungen, die hohen Wangenknochen streckten das ovale Gesicht. Ihre schwarzen Augen funkelten wie Feuersteine, in denen sich das Licht fing, wenn sie sich umsah.

Der Kellner kam an den Tisch, und Maggie fragte Lucy, ob sie einen Cappuccino trinken wolle. Lucy sagte, sie habe noch nie einen probiert und wisse nicht genau, was das sei, wolle es aber versuchen. Maggie bestellte zwei Cappuccino. Nach dem ersten Schluck hatte Lucy Schaum auf den Lippen, den sie mit der Serviette wegtupfte.

»Mit mir kann man nirgendwo hingehen«, lachte sie.

»Das ist doch Unsinn!«, entgegnete Maggie.

»Nein, wirklich. Das sagt Terry immer.« Sie sprach sehr leise, so wie Maggie es in der ersten Zeit nach der Trennung von Bill getan hatte.

Maggie hätte fast gesagt, Terry sei ein Dummkopf, hielt aber den Mund. Lucys Mann beim ersten Treffen zu beleidigen, wäre nicht sonderlich höflich. »Wie finden Sie den Cappuccino?«, erkundigte sie sich.

»Sehr lecker.« Lucy trank noch einen Schluck. »Woher kommen Sie?«, fragte sie. »Ich bin doch nicht zu neugierig, oder? Ihr Akzent ist nur …«

»Nein, überhaupt nicht. Ich bin aus Toronto. Aus Kanada.«

»Kein Wunder, dass Sie so kultiviert sind. Ich bin noch nie weiter gekommen als bis zum Lake District.«

Maggie lachte. Toronto kultiviert?

»Sehen Sie!«, sagte Lucy und zog eine Schnute. »Schon lachen Sie mich aus.«

»Nein, nein, tue ich nicht«, widersprach Maggie. »Ehrlich nicht. Es ist bloß … hm, ist wohl alles eine Frage der Perspektive, oder?«

»Wie meinen Sie das?«

»Wenn ich zu einer New Yorkerin sagen würde, Toronto ist kultiviert, würde sie sich kaputtlachen. Für Toronto spricht eigentlich nur, dass es sauber und sicher ist.«

»Aber darauf kann man doch stolz sein, oder nicht? Leeds ist keins von beiden.«

»So schlimm ist es auch wieder nicht.«

»Warum sind Sie weggezogen? Ich meine, warum sind Sie hergekommen?«

37

Maggie runzelte die Stirn und suchte nach einer Zigarette. Noch immer schalt sie sich einen Dummkopf, mit dreißig das Rauchen angefangen zu haben, wo es ihr bis zu dem Zeitpunkt gelungen war, dem üblen Kraut aus dem Weg zu gehen. Sie konnte es natürlich auf den Stress schieben, auch wenn der durch das Nikotin am Ende nur noch schlimmer geworden war. Sie erinnerte sich an das erste Mal, als Bill den Rauch in ihrem Atem gerochen hatte, an diese blitzartige Veränderung vom besorgten Ehemann zum *Monsterface*, wie sie das Gesicht genannt hatte. Rauchen war gar nicht so schlimm. Sogar ihre Psychiaterin meinte, es sei keine schlechte Idee, sich hin und wieder mal an einer Zigarette festzuhalten. Sie konnte ja aufhören, wenn sie glaubte, dass sie ihr übriges Leben in den Griff bekam.

»Also, warum sind Sie hergekommen?«, beharrte Lucy. »Ich will nicht neugierig sein, aber es interessiert mich. Wegen einem neuen Job?«

»Eigentlich nicht. Ich kann überall arbeiten.«

»Was machen Sie?«

»Ich bin Grafikerin. Ich illustriere Bücher. Hauptsächlich Kinderbücher. Im Moment arbeite ich an einer Neuausgabe von *Grimms Märchen*.«

»Ach, das hört sich ja toll an!«, staunte Lucy. »In Kunst war ich früher immer schlecht. Ich kann nicht mal ein Strichmännchen malen.« Sie lachte und hielt sich die Hand vor den Mund. »Nun sagen Sie schon, warum sind Sie hier?«

Maggie kämpfte eine Weile mit sich, zögerte. Dann geschah etwas Seltsames. Sie hatte das Gefühl, in ihr würden sich Ketten und Riemen lösen, ihr Raum geben und ein Gefühl des Schwebens vermitteln. Da saß sie hier im Victoria-Viertel, rauchte und trank einen Cappuccino mit Lucy und empfand plötzlich eine unerwartet aufwallende Zuneigung für diese junge Frau, die sie kaum kannte. Maggie wollte sie zur Freundin. Sie malte sich aus, wie sie mit Lucy Probleme besprach, ohne ein Blatt vor den Mund zu nehmen, wie sie sich gegenseitig trösteten oder Ratschläge gaben, so wie es mit Alicia in Toronto gewesen war. Lucys Tollpatschigkeit, ihr naiver Charme weckte in Maggie eine Art instinktivem Zutrauen; da war jemand, bei dem sie sicher war, das fühlte sie. Ja, auch wenn Maggie die »Kultiviertere« von beiden sein mochte, spürte sie doch, dass sie mit Lucy mehr gemein hatte als auf Anhieb ersichtlich. Maggie konnte es nur schwer zugeben, aber sie hatte das dringende Bedürfnis, sich jemand anderem als ihrer Psychiaterin anzuvertrauen. Warum nicht Lucy?

»Was ist?«, sagte Lucy. »Sie schauen so traurig.«

»Ich? Ach … nichts. Also, mein Mann und ich«, begann Maggie und stolperte über die Wörter, als sei ihre Zunge so groß wie ein Steak, »ich … äh … wir haben uns getrennt.« Sie merkte, dass ihr Mund trocken wurde. Trotz der gelösten Ketten war es doch weitaus schwerer, als sie sich vorgestellt hatte. Sie trank noch einen Schluck Kaffee.

Lucy runzelte die Stirn. »Das tut mir Leid. Aber warum so weit weg? Viele Leute trennen sich, deshalb ziehen sie aber nicht gleich in ein anderes Land. Es sei denn, er ist … ach, du meine Güte!« Sie gab sich einen Klaps auf die Wange. »Lucy, ich glaube, du bist mal wieder ins Fettnäpfchen getreten.«

Maggie konnte sich ein schwaches Lächeln nicht verkneifen, obwohl Lucy die schmerzhafte Wahrheit angedeutet hatte. »Schon in Ordnung«, sagte sie. »Ja, er war gewalttätig. Ja, er hat mich geschlagen. Man könnte behaupten, dass ich vor ihm davonlaufe. Das stimmt. Zumindest in nächster Zeit will ich nicht im selben Land sein wie er.« Die Heftigkeit, mit der diese Worte herauskamen, überraschte Maggie selbst.

Lucy bekam einen sonderbaren Gesichtsausdruck, dann schaute sie sich um, als suche sie jemanden. Unter dem Bleiglasdach der Einkaufspassage bummelten Passanten hin und her, Tüten in der Hand. Lucy berührte Maggies Arm mit den Fingerspitzen. Ein leichter Schauer überlief Maggie, fast hätte sie reflexartig den Arm zurückgezogen. Noch eben hatte sie gedacht, es täte gut, sich jemandem anzuvertrauen, ihre Erlebnisse mit einer anderen Frau zu teilen. Jetzt war sie davon nicht mehr vollends überzeugt. Sie fühlte sich nackt, ungeschützt.

»Tut mir Leid, wenn es Ihnen unangenehm ist«, sagte Maggie mit einer gewissen Schärfe. »Aber Sie haben mich gefragt.«

»Oh, nein«, entgegnete Lucy und umklammerte Maggies Handgelenk. Ihr Griff war überraschend fest, ihre Hände kalt. »Das dürfen Sie nicht denken. Ich habe Sie doch gefragt. Das mache ich immer. Ist mein Fehler. Aber es ist mir nicht unangenehm. Es ist nur … Ich weiß nicht, wie ich das sagen soll. Ich meine … *Sie*? Sie kommen mir so klug vor, so beherrscht.«

»Ja, genau das dachte ich damals auch: Wie kann so etwas ausgerechnet mir passieren? Geht das nicht eigentlich nur anderen Frauen so, armen, weniger erfolgreichen, schlecht ausgebildeten, dummen Frauen?«

»Wie lange?«, fragte Lucy. »Ich meine …«

»Wie lange ich mitgemacht habe, bevor ich abgehauen bin?«

»Ja.«

»Zwei Jahre. Und fragen Sie mich nicht, wieso ich so lange geblieben bin. Ich weiß es nicht. Daran arbeite ich noch mit meiner Psychiaterin.«

»Aha.« Lucy dachte nach. »Warum haben Sie ihn schließlich verlassen?«

Maggie überlegte kurz. »Eines Tages ist er einfach zu weit gegangen«, sagte sie. »Er hat mir den Kiefer und zwei Rippen gebrochen, dazu hatte ich innere Verletzungen. Ich musste ins Krankenhaus. Als ich da lag, hab ich ihn wegen Körperverletzung angezeigt. Und wissen Sie was? Kaum hatte ich Anzeige erstattet, wollte ich sie wieder zurückziehen, aber das hat die Polizei nicht erlaubt.«

»Warum nicht?«

»Ich weiß nicht, wie es hier ist, aber in Kanada hat man es nicht mehr in der Hand, wenn man jemanden wegen Körperverletzung angezeigt hat. Man kann es sich nicht einfach anders überlegen und die Anzeige zurückziehen. Egal, das Gericht erließ ein Unterlassungsurteil. Ein paar Wochen lang war Ruhe, dann stand er mit einem Blumenstrauß vor meiner Tür und wollte reden.«

»Was haben Sie gemacht?«

»Ich hab die Kette vorgelegt. Hab ihn nicht reingelassen. Er hat einen auf zerknirscht gemacht, mich angefleht, mir

Honig um den Bart geschmiert, beim Grab seiner Mutter geschworen. Nicht zum ersten Mal.«

»Hat er sein Versprechen gehalten?«

»Kein einziges Mal. Jedenfalls wurde er aggressiv und fing an, mir zu drohen. Er hat gegen die Tür gehämmert und mich beschimpft. Ich hab die Polizei gerufen. Er wurde verhaftet. Als er wieder draußen war, verfolgte er mich. Da hat mir eine Freundin vorgeschlagen, mich eine Zeit lang zu verstecken, je weiter weg, desto besser. Ich kannte das Haus auf The Hill. Es gehört Ruth und Charles Everett. Kennen Sie die beiden?«

Lucy schüttelte den Kopf. »Nur vom Sehen. Aber ich hab sie schon länger nicht mehr gesehen.«

»Nein, können Sie auch nicht. Charles hatte ein Angebot, ab Januar für ein Jahr an der Columbia University in New York zu unterrichten. Ruth ist mitgegangen.«

»Woher kennen Sie die beiden?«

»Ruth und ich haben denselben Beruf. Ist eine relativ kleine Welt.«

»Warum gerade Leeds?«

Maggie lächelte. »Warum nicht? Erstens ist hier das Haus, das nur auf mich gewartet hat, und zweitens kommen meine Eltern aus Yorkshire. Ich bin hier geboren. In Rawdon. Wir sind weggezogen, als ich noch klein war. Es war jedenfalls die ideale Lösung.«

»Sie wohnen also ganz allein in dem großen Haus?«

»Ganz allein.«

»Ich glaube, ich habe auch sonst niemanden rein- oder rausgehen sehen.«

»Um ehrlich zu sein, Lucy, sind Sie so ziemlich die erste, mit der ich spreche, seit ich hier wohne – abgesehen von meiner Psychiaterin und meinem Agenten, meine ich. Nicht dass die Leute nicht nett wären. Ich bin wohl einfach … hm … unzugänglich, denke ich. Etwas reserviert.« Lucys Hand lag noch immer auf Maggies Arm, hielt ihn aber nicht mehr umklammert.

»Das verstehe ich. Nach dem, was Sie mitgemacht haben. Ist er Ihnen nachgereist?«

41

»Glaube ich nicht. Ich glaube nicht, dass er weiß, wo ich bin. Ein paarmal hat spät nachts das Telefon geklingelt, und wenn ich drangegangen bin, wurde aufgelegt, aber ich glaube nicht, dass er das war. Nein. Alle Freunde drüben haben mir geschworen, nicht zu verraten, wo ich bin, und Ruth und Charles kennt er nicht. Für meine Arbeit hat er sich nie sonderlich interessiert. Dass er von meinem Umzug nach England weiß, bezweifle ich, aber ich würde ihm durchaus zutrauen, es herauszubekommen.« Maggie musste das Thema wechseln. Sie hörte schon wieder das Summen in den Ohren, merkte, wie sich die Einkaufspassage verschob und ihr Kiefer zu schmerzen begann, wie das Buntglasdach über ihr sich wie ein Kaleidoskop drehte, ihre Nackenmuskeln steif wurden, wie immer, wenn sie zu lange an Bill dachte. Psychosomatisch, sagte die Psychiaterin. Als ob ihr das half. Maggie erkundigte sich nach Lucys Leben.

»Ich habe eigentlich auch keine Freundinnen«, entgegnete Lucy. Sie rührte mit dem Löffel im restlichen Schaum. »Ich war immer ziemlich schüchtern, schon in der Schule. Ich weiß nie, was ich sagen soll.« Lucy lachte. »Mein Leben ist nicht besonders spannend. Die Arbeit in der Bank, das Haus, mich um Terry kümmern. Wir sind noch kein Jahr verheiratet. Er will nicht, dass ich alleine ausgehe. Auch nicht, wenn ich frei habe. Wenn er wüsste … Fast hätte ich es vergessen.« Sie sah auf die Uhr und wurde nervös. »Vielen Dank für den Kaffee, Maggie. Ich muss jetzt wirklich gehen. Ich muss den Bus erwischen, bevor die Schule aus ist. Terry ist Lehrer, wissen Sie.«

Jetzt war es Maggie, die Lucys Arm umklammerte und sie davon abhielt, überstürzt aufzubrechen. »Was ist, Lucy?«, fragte sie.

Lucy wandte den Blick ab.

»Lucy?«

»Nichts. Nur was Sie eben erzählt haben.« Sie senkte die Stimme und schaute sich um, bevor sie weitersprach. »Ich weiß, was Sie denken, aber ich kann jetzt nicht darüber reden.«

»Terry schlägt Sie?«

»Nein. Nicht wie … ich meine … er ist sehr streng. Aber nur zu meinem Besten.« Sie sah Maggie in die Augen. »Sie kennen mich nicht. Ich bin ein ungezogenes Kind. Terry muss mich erziehen.«

Ungezogen, dachte Maggie. Erziehen. Ein sonderbarer, alarmierender Wortgebrauch. »Er muss also auf Sie aufpassen? Sie überwachen?«

»Ja.« Lucy stand wieder auf. »Bitte, ich muss jetzt gehen. Es war toll, mit Ihnen zu sprechen. Vielleicht können wir Freundinnen werden.«

»Ja«, entgegnete Maggie. »Wir müssen uns wirklich wieder treffen. Es gibt Hilfe, wissen Sie.«

Lucy warf ihr ein schwaches Lächeln zu und eilte Richtung Vicar Lane.

Als Lucy fort war, saß Maggie wie betäubt da. Mit zitternder Hand leerte sie ihre Tasse. Der milchige Schaum war trocken und kalt.

Auch Lucy ein Opfer? Maggie konnte es nicht glauben. Diese starke, gesunde, schöne Frau sollte ein Opfer sein, so wie die schmächtige, schwache, elfenhafte Maggie? Das war doch nicht möglich. Aber hatte sie nicht dieses Gefühl gehabt? Hatte sie nicht Verwandtschaft, Gemeinsamkeit gespürt? Das musste es sein. Das war es, worüber sie am Morgen mit der Polizei nicht hatte sprechen wollen. Maggie wusste, dass sie irgendwann damit herausrücken musste, je nach Ernst der Lage, aber sie wollte es so lange wie möglich hinauszögern.

Bei dem Gedanken an Lucy rief sich Maggie den einzigen Grundsatz in Erinnerung, den sie bisher über Gewalt in der Ehe gelernt hatte: Es ist völlig egal, wer oder was man ist. Jeden kann es treffen. Alicia und die anderen engen Freundinnen zu Hause hatten ihre Verwunderung kundgetan, wie eine so kluge, intelligente, erfolgreiche, rücksichtsvolle, gebildete Frau wie Maggie Opfer eines Schlägers wie Bill werden konnte. Maggie hatte ihre Blicke gesehen, hatte registriert, dass die Gespräche verstummten oder das Thema gewechselt wurde, sobald sie einen Raum betrat. Irgendetwas mit ihr konnte nicht stimmen, sagten alle. Genau das hatte auch sie gedacht, genau das dachte sie immer noch. Weil auch Bill allem Anschein nach klug, intelligent, rücksichtsvoll, gebildet und erfolgreich war. Es sei denn, er setzte das Monsterface auf, aber so kannte ihn ja nur Maggie. Und sie fand es komisch, dass niemand auf die Idee kam zu fragen, warum ein intelligenter, wohlhabender, erfolgreicher Anwalt wie Bill das Bedürfnis hatte, eine Frau zu schlagen, die fast dreißig Zentimeter kleiner und um die vierzig Kilo leichter war als er.

Selbst als die Polizei kam, weil er gegen ihre Tür hämmerte, nahmen ihn die Beamten in Schutz – er wäre nicht mehr bei Verstand, weil seine Frau unvernünftigerweise ein Unterlassungsurteil gegen ihn erwirkt habe, er wäre nur sauer, weil seine Ehe in die Brüche gegangen sei und seine Frau ihm keine Gelegenheit gebe, es wieder gutzumachen. Nichts als Ausreden. Maggie war die einzige, die wusste, wie er sein konnte. Jeden Tag dankte sie Gott, dass sie keine Kinder hatten.

Mit diesen Gedanken kehrte sie in die Gegenwart zurück, zu den Enten im Wasser. Lucy war eine Leidensgenossin, und jetzt hatte Terry sie krankenhausreif geprügelt. Maggie fühlte sich verantwortlich, sie hätte etwas tun sollen. Weiß Gott, sie hatte es versucht. Als bei zahlreichen heimlichen Treffen mit Kaffee und Kuchen – Maggie hatte sich zu absoluter Verschwiegenheit verpflichten müssen – allmählich offenbar wurde, wie Lucy von ihrem Mann körperlich und seelisch misshandelt wurde, hätte Maggie etwas tun müssen. Aber im Gegensatz zu den meisten Menschen wusste Maggie genau, wie es aussah. Sie kannte Lucys Lage und wusste, dass sie nicht mehr tun konnte, als Lucy zu überzeugen, sich professionelle Hilfe zu suchen und Terry zu verlassen. Und genau das versuchte Maggie.

Aber Lucy wollte ihren Mann nicht verlassen. Sie sagte, sie habe nichts und niemanden, wo sie hingehen könne. Eine gängige Ausrede. Und es war ja auch etwas dran. Denn wo geht man hin, wenn man sein eigenes Leben hinter sich lässt?

Maggie hatte Glück gehabt. Sie hatte Freunde, die sich um sie kümmerten und ihr zumindest eine vorübergehende

Lösung anboten. Die meisten Frauen in ihrer Lage hatten dieses Glück nicht. Lucy fand, ihre Ehe sei noch so jung, sie wolle ihr eine Chance geben, ihr etwas Zeit lassen. Sie meinte, sie könne nicht einfach gehen, sie wolle sich mehr anstrengen. Auch das war eine gängige Reaktion von Frauen in Lucys Lage, wusste Maggie, aber sie konnte ihr nur immer wieder versichern, dass es nicht besser werden würde. Was Lucy auch tat, Terry würde sich nicht ändern, früher oder später würde sie ihn verlassen, warum also nicht früher und sich die Schläge ersparen?

Aber nein. Lucy wollte es noch etwas länger aushalten. Wenigstens ein kleines bisschen. Hinterher sei Terry immer so lieb, so nett zu ihr. Er mache ihr Geschenke, kaufe Blumen, verspräche, er würde es nie wieder tun, wolle sich ändern. Maggie wurde schlecht, wenn sie das hörte – im wahrsten Sinne des Wortes, denn einmal übergab sie sich unmittelbar nach Lucys Besuch –, all diese beschissenen Gründe und Ausreden, die sie sich selbst und den wenigen engen Freundinnen gegenüber angeführt hatte, die Bescheid gewusst hatten.

Aber sie hörte Lucy zu. Was sollte sie auch sonst tun? Lucy brauchte eine Freundin, und Maggie war eine Freundin, komme, was wolle.

Und jetzt das.

Maggie warf die letzten Brotkrumen in den Teich. Sie zielte auf das schäbigste, kleinste, hässlichste Entlein von allen, ganz weit hinten, das bisher noch nichts von dem Schmaus mitbekommen hatte. Es nützte nichts. Das Brot landete wenige Zentimeter vor seinem Schnabel, aber bevor es danach schnappen konnte, kamen die anderen in einem wilden Pulk angepaddelt und schnappten es ihm weg.

Banks wollte sich The Hill 35 gründlich von innen ansehen, bevor der Erkennungsdienst loslegte und alles auseinander nahm. Er wusste nicht, wozu es gut sein würde, aber er musste ein Gefühl für das Haus bekommen.

Außer der Küche mit der kleinen Essecke befand sich im Erdgeschoss nur noch das Wohnzimmer mit einer dreiteiligen Couchgarnitur, einer Stereoanlage, einem Fernseher,

Videorekorder und einem kleinen Bücherregal. Zwar war das Zimmer wie der Flur mit weiblichem Geschmack eingerichtet – Rüschengardinen mit Spitze, korallenrote Tapete, flauschiger Teppich, beige Decke mit Stuckleiste –, aber die Videos im Schrank unter dem Fernseher zeugten von männlichen Vorlieben: Actionfilme, zahlreiche Kassetten von den Simpsons, Horror und Sciencefiction, unter anderem die vollständigen Reihen von *Alien* und *Scream* sowie ein paar regelrechte Klassiker, beispielsweise *Das Omen,* die Originalversion von *Katzenmenschen* und *Der Fluch des Dämons* sowie eine Geschenkbox mit David-Cronenberg-Filmen. Banks stöberte herum, fand aber keinen Porno, nichts Selbstgedrehtes. Vielleicht hatte der Erkennungsdienst mehr Glück, wenn er das Haus auf den Kopf stellte. Die CDs waren seltsam gemischt. Ein bisschen Klassik war dabei, größtenteils Zusammenstellungen aus Klassiksendungen im Radio, dazu ein Paket *Best of Mozart,* ebenso fand er Rap, Heavy Metal und Country & Western. Ein eklektischer Geschmack.

Auch die Bücher waren ein Sammelsurium: Schönheitsratgeber, Spezialausgaben von *Reader's Digest,* Handarbeitsanleitungen, Liebesromane, Okkultes, Wahre Verbrechen der anschaulicheren Sorte, reißerische Biografien über berühmte Serientäter und Massenmörder. Die Abendzeitung vom Vortag lag ausgebreitet auf dem Couchtisch, ein paar Videos waren nicht in die Hüllen zurückgeschoben, aber im Großen und Ganzen war das Zimmer sauber und aufgeräumt. Nippesfiguren schmückten den Raum, Märchenfiguren und Porzellantierchen, die Banks' Mutter nicht im Haus geduldet hätte, weil sie das Staubwischen erschwerten. Im Esszimmer stand ein großer Vitrinenschrank mit edlem Royal-Doulton-Porzellan. Ein Hochzeitsgeschenk, vermutete Banks.

Im ersten Stock waren zwei Zimmer, das kleinere wurde als Büro genutzt, dazu ein WC und ein Badezimmer. Keine Dusche, nur Waschbecken und Badewanne. Toilette und Bad waren tadellos sauber, das Porzellan blitzte, schwerer Lavendelduft hing in der Luft. Banks untersuchte die Abflüsse, sah aber nur poliertes Chrom, keine Spur von Blut oder Haaren.

David Preece, der Computerfachmann der Polizei, saß im

Arbeitszimmer und ließ die Finger über die Tastatur fliegen. In der Ecke stand ein großer Aktenschrank. Den würden sie ausräumen und den Inhalt in die Asservatenkammer nach Millgarth bringen müssen.

»Schon was gefunden, Dave?«, erkundigte sich Banks.

Preece schob die Brille hoch und drehte sich um. »Nicht viel. Ein paar Bookmarks von pornographischen Seiten, Chatrooms und so. Bisher nichts Illegales, wie es aussieht.«

»Bleiben Sie dran!«

Banks betrat das Schlafzimmer. Auch hier erinnerte die Wandfarbe ans Meer, allerdings war sie nicht korallenrot, sondern blau. Azurblau? Kobaltblau? Himmelblau? Annie Cabbot wüsste den genauen Farbton, ihr Vater war ja Maler. Für Banks war es einfach Blau, wie die Wände in seinem Wohnzimmer, nur ein oder zwei Töne dunkler. Auf dem kleinen Doppelbett lag eine aufgeschüttelte schwarze Daunendecke. Die Schränke waren Kombiprogramme aus heller skandinavischer Kiefer. Auf einem Gestell am Fußende des Bettes stand ein zweiter Fernseher. Im Schrank war eine Sammlung von Softpornos, wenn man der Beschriftung glauben durfte, aber nichts Illegales oder Selbstgedrehtes, nichts mit Kindern oder Tieren. Die Paynes standen halt auf Pornos. Na und? Das tat mindestens die Hälfte aller Erwachsenen im Land, hätte Banks gewettet. Aber die Hälfte aller Erwachsenen lief nicht herum und entführte und tötete junge Mädchen. Einer der jungen Constables würde das Glück haben, sich vor die Kiste setzen zu dürfen und den ganzen Kram von vorne bis hinten durchzuglotzen, um zu bestätigen, dass Inhalt und Titel zusammenpassten.

Banks durchstöberte den Kleiderschrank: Anzüge, Hemden, Kleider, Schuhe – hauptsächlich Damenschuhe –, nichts, das er nicht erwartet hätte. Alles würde von der Spurensicherung eingetütet und gründlichst untersucht werden.

Auch im Schlafzimmer stand allerlei Nippes, Porzellan aus Limoges, Schmuckschatullen mit Melodie, lackierte, handbemalte Schachteln. Eine Schale mit Duftmischung, die auf dem Wäschekorb unter dem Fenster stand, verbreitete den Geruch von Moschusrose und Anis.

Das Schlafzimmer ging auf die Straße, und als Banks den Spitzenvorhang zur Seite schob, konnte er die Häuser auf der kleinen Anhöhe gegenüber sehen, halb verdeckt von Büschen und Bäumen. Unten auf der Straße herrschte reges Treiben. Banks drehte sich um. In seiner absoluten Sterilität war das Zimmer irgendwie bedrückend. Es hätte aus dem Katalog eines Einrichtungshauses zusammengestellt und gestern angeliefert worden sein können. Das ganze Haus – der Keller natürlich ausgenommen – vermittelte dieses Gefühl, hübsch und modern, so wie ein aufstrebendes, angesagtes junges Pärchen aus der Mittelschicht vermeintlich wohnte. Durchschnittlich, aber nichtssagend.

Mit einem Seufzer ging er nach unten.

3

Kelly Diane Matthews verschwand während der Silvesterparty im Roundhay Park am Rande von Leeds. Sie war siebzehn Jahre alt, ein Meter fünfundsiebzig groß und wog lediglich fünfundvierzig Kilo. Sie wohnte in Alwoodley und ging zur Allerton High School. Kelly hatte zwei jüngere Schwestern: Ashley, neun Jahre, und Nicola, dreizehn.

Der Anruf bei der örtlichen Polizei erfolgte um 9:11 Uhr am 1. Januar 2000. Mr. und Mrs. Matthews waren in Sorge, weil ihre Tochter nicht nach Hause gekommen war. Sie hatten selbst gefeiert und waren erst um kurz vor drei zurückgekehrt. Als sie feststellten, dass Kelly noch nicht im Bett war, hatten sie sich keine großen Gedanken gemacht, weil Kelly mit Freundinnen unterwegs war und Silvesterpartys oft bis in den frühen Morgen gingen. Außerdem wussten die Eltern, dass Kelly genug Geld für ein Taxi bei sich hatte.

Beide waren müde und ein wenig beschwipst von der Feier, erzählten sie der Polizei, deshalb gingen sie direkt ins Bett. Als sie am nächsten Morgen aufwachten und sahen, dass Kellys Bett immer noch unbenutzt war, machten sie sich langsam Sorgen. So etwas war bisher noch nicht vorgekommen. Zuerst riefen sie die Eltern der beiden Freundinnen an, mit denen Kelly unterwegs gewesen war. Die Matthews schätzten die beiden Mädchen als zuverlässig ein. Beide Freundinnen, Alex Kirk und Jessica Bradly, waren um kurz nach zwei nach Hause gekommen. Adrian Matthews informierte die Polizei. Police Constable Rearden, der den Anruf entgegennahm, bemerkte die aufrichtige Besorgnis in Mr. Matthews' Stimme und schickte unverzüglich einen Kollegen vorbei.

Kellys Eltern sagten, sie hätten ihre Tochter zuletzt gegen sieben Uhr abends am 31. Dezember gesehen, als sie sich verabschiedete, um sich mit ihren Freundinnen zu treffen. Sie habe eine blaue Jeans, weiße Turnschuhe, einen dicken Pullover mit Zopfmuster und eine dreiviertellange Wildlederjacke getragen.

Bei einer späteren Befragung sagten Kellys Freundinnen aus, dass sie während des Feuerwerks voneinander getrennt worden seien, sie sich deshalb aber keine großen Sorgen gemacht hätten. Schließlich waren um die tausend Partygäste unterwegs. Die Busse fuhren noch, Taxis waren unterwegs.

Adrian und Gillian Matthews waren nicht ausgesprochen reich, aber doch wohlhabend. Adrian betreute das Computersystem eines großen Einzelhandelsunternehmens, und Gillian war stellvertretende Geschäftsführerin einer Bausparkassenfiliale im Zentrum. Sie besaßen eine Doppelhaushälfte im georgianischen Stil unweit des Stausees von Eccup, ein Stadtteil im Norden Leeds, der näher an Parks, Golfplätzen und schöner Landschaft lag als an Fabriken, Lagerhallen und düsteren Reihenhäusern.

Nach Aussagen von Freunden und Lehrern war Kelly ein gescheites, sympathisches, verantwortungsbewusstes Mädchen. Sie hatte ausnahmslos gute Noten und würde mit Sicherheit an der Universität ihrer Wahl angenommen werden. Momentan favorisierte sie Cambridge, wo sie Jura studieren wollte. Außerdem war Kelly die beste Kurzstreckenläuferin der Schule. Sie hatte herrliches goldblondes Haar, das sie offen trug, und mochte modische Klamotten, Tanzen, Popmusik und Sport. Für Klassik hatte sie ebenfalls etwas übrig, sie spielte recht gut Klavier.

Dem ermittelnden Beamten wurde schnell klar, dass Kelly Matthews keine jugendliche Ausreißerin war. Er veranlasste die Durchsuchung des Parks. Drei Tage später wurde sie ergebnislos abgebrochen. Zwischenzeitlich hatte die Polizei Hunderte von Partybesuchern befragt, von denen einige glaubten, Kelly mit einem Mann gesehen zu haben, andere mit einer Frau. Auch Taxifahrer und Busfahrer wurden befragt, ebenfalls ohne Ergebnis.

Eine Woche nach Kellys Verschwinden fand man ihre Umhängetasche in einem Gebüsch in der Nähe des Parks; sie enthielt ihre Schlüssel, ein Tagebuch, Kosmetik, eine Bürste und ein Portemonnaie mit über 35 Pfund in Scheinen und etwas Kleingeld. Ihr Tagebuch lieferte keine Anhaltspunkte. Der letzte Eintrag vom 31. Dezember 1999 bestand aus einer kurzen Liste von Vorsätzen für das neue Jahr:

1. Mum mehr im Haushalt helfen
2. jeden Tag Klavier üben
3. netter zu meinen kleinen Schwestern sein

Banks streifte die Schutzkleidung ab, lehnte sich gegen sein Auto und zündete sich eine Zigarette an. Es würde ein heißer, sonniger Tag werden. Nur gelegentlich trieb der leichte Wind eine hohe Wolke über den blauen Himmel. Leider würde Banks den Tag hauptsächlich im Haus verbringen, entweder am Tatort oder in Millgarth. Er ignorierte die Leute auf der anderen Straßenseite, die stehen blieben und glotzten, und verschloss die Ohren vor dem Gehupe der sich stauenden Fahrzeuge. Inzwischen hatte die örtliche Verkehrspolizei die Straße vollkommen abgeriegelt. Die Presse war da; die Journalisten drängten sich vor der Absperrung.

Banks hatte gewusst, dass es so weit kommen würde. Jedenfalls hatte er mit etwas Ähnlichem gerechnet, seit er sich bereit erklärt hatte, den North-Yorkshire-Teil der Soko zu leiten, die sich aus der Kriminalpolizei zweier Grafschaften rekrutierte. Sie ermittelten im Fall der vermissten Mädchen: insgesamt fünf junge Frauen, drei aus West Yorkshire und zwei aus North Yorkshire. Oberster Verantwortlicher war der Assistant Chief Constable, der stellvertretende Polizeipräsident (Verbrechensbekämpfung) von West Yorkshire, aber der saß im Grafschaftspräsidium in Wakefield, so dass Banks und Blackstone ihn selten zu Gesicht bekamen. Sie waren dem Leiter der Kripo unterstellt, Area Commander Philip Hartnell in Millgarth in Leeds, dem offiziellen Ermittlungsleiter. Hartnell überließ es ihnen, ihre Arbeit zu tun. Der Besprechungsraum der Soko Chamäleon war ebenfalls in Millgarth eingerichtet worden.

Für Banks und Blackstone arbeiteten mehrere Detective Inspectors und eine ganze Reihe von Detective Constables und Sergeants, die sie aus der Grafschaftspolizei von West und North Yorkshire ausgewählt hatten. Des Weiteren standen der Soko fähige Zivilbeschäftigte zur Seite, dazu Tatort-Koordinator DS Stefan Nowak und als beratende Psychologin Dr. Jenny Fuller. Sie hatte in Amerika am Nationalen Analysezentrum für Gewaltverbrechen der FBI-Akademie in Quantico (Virginia) Profiling studiert, hatte aber nicht die geringste Ähnlichkeit mit Jodie Foster. Davor war Jenny bei Paul Britton in Leicester gewesen. Sie galt als einer der aufgehenden Sterne am relativ jungen Himmel der Kriminal-Psychologie.

Seinen ersten Fall in Eastvale hatte Banks zusammen mit Jenny Fuller bearbeitet, und sie waren enge Freunde geworden. Beinahe mehr, aber irgendwie war immer etwas dazwischengekommen.

War wohl besser so, redete Banks sich ein. Aber wenn er Jenny sah, wollte ihm das häufig nicht einleuchten. Lippen wie denen von Jenny begegnete man selten, höchstens bei französischen Sexgöttinnen mit Schmollmund. Ihre Figur wölbte sich an genau den richtigen Stellen, und ihre Kleidung, meistens teure Sachen aus grüner oder rostbrauner Seide, schien an ihr zu schweben. Das war die »Verflüssigung der Kleider«, die der Dichter Robert Herrick besungen hatte, der alte Schwerenöter. Banks hatte Herrick in einer Lyrikanthologie entdeckt, die er durchackerte, weil er sich in dieser Hinsicht immer peinlich unbeschlagen vorgekommen war.

Zeilen wie die von Herrick blieben bei ihm hängen, so auch die über die »reizvolle Unordnung im Kleid«, die ihn aus irgendeinem Grund an Detective Sergeant Annie Cabbot erinnerte. Annie besaß nicht die augenfällige Schönheit von Jenny, nicht ihre Sinnlichkeit. Sie gehörte nicht zu den Frauen, denen Männer auf der Straße bewundernd hinterherpfiffen, aber sie war von einer tiefen, ruhigen Schönheit, die Banks sehr stark ansprach. Leider hatte ihm seine lästige neue Aufgabe nicht besonders viel Zeit mit Annie gegönnt. Stattdessen hatte er durch den Fall mehr und mehr Zeit mit Jenny verbracht und dabei festgestellt, dass das alte Gefühl, das unerklärliche, spontane Prickeln, nie vollständig erloschen war. Passiert war nichts zwischen ihnen, aber manchmal hatte es auf des Messers Schneide gestanden.

Annie wurde ebenfalls von ihrer Arbeit beansprucht. Im Dezernat »Interne Ermittlungen« der Western Division war die Stelle eines Detective Inspector frei geworden, und Annie hatte sich beworben, weil es die erstbeste Aufstiegsmöglichkeit gewesen war. Es war nichts Besonderes und trug mit Sicherheit nicht zu ihrer Beliebtheit bei, aber es war ein notwendiger Schritt auf ihrer Karriereleiter. Banks hatte sie dazu ermutigt.

Detective Constable Karen Hodgkins fädelte ihren kleinen grauen Nissan durch die Lücke, die die Polizei für sie in der Absperrung öffnete, und lenkte Banks von seinen Grübeleien ab. Sie stieg aus und kam auf ihn zu. Im Laufe der Ermittlungen hatte sich Karen als tatkräftige, ehrgeizige Mitarbeiterin erwiesen. Banks konnte sich vorstellen, dass sie es weit bringen würde, wenn sie ein Näschen für polizeiinterne Politik entwickelte. Sie erinnerte ihn ein wenig an Susan Gay, seinen ehemaligen Constable, mittlerweile Sergeant in Cirencester. Aber Karen hatte weniger Ecken und Kanten und wirkte selbstsicherer.

»Wie ist die Lage?«, erkundigte sich Banks.

»Unverändert. Lucy Payne steht unter Beruhigungsmitteln. Der Arzt sagt, wir können erst morgen mit ihr sprechen.«

»Haben wir die Fingerabdrücke von Lucy und ihrem Mann?«

»Ja, Sir.«

»Was ist mit ihren Sachen?« Banks hatte vorgeschlagen, die von Lucy Payne getragene Kleidung zur forensischen Untersuchung zu bringen. Im Krankenhaus würde sie sie eh nicht brauchen.

»Die müssten schon im Labor sein.«

»Gut. Was hatte sie an?«

»Ein Nachthemd und einen Morgenmantel.«

»Was ist mit Terence Payne? Wie geht's dem?«

»Hält noch durch. Aber die Ärzte sagen, selbst wenn er

durchkommt, wird er ... na ja ... nur vor sich hin vegetieren ... sein Gehirn ist wohl ernsthaft beschädigt. Man hat Schädelsplitter im Gehirn gefunden. Es sieht so aus ... hm ...«

»Ja?«

»Der Arzt meinte, es sähe aus, als hätte die Kollegin, die ihn k. o. geschlagen hat, ein bisschen mehr Gewalt angewendet als nötig. Er war ziemlich sauer.«

»Ach ja?« Scheiße. Banks sah schon ein Gerichtsverfahren kommen, wenn Payne mit Hirnschaden überlebte. Damit sollte sich AC Hartnell herumschlagen, dafür war er schließlich da. »Wie kommt die Taylor zurecht?«

»Sie ist zu Hause. Eine Freundin ist bei ihr. Eine Kollegin aus Killingbeck.«

»Gut, Karen, ich möchte, dass Sie fürs Erste die Verbindung zum Krankenhaus aufrechterhalten. Wenn sich der Zustand der Patienten verändert – beider Patienten –, möchte ich das unverzüglich erfahren. Dafür sind Sie verantwortlich, verstanden?«

»Ja, Sir.«

»Und wir brauchen einen, der die Todesnachricht überbringt.« Er wies auf das Haus. »Wir müssen Kimberleys Eltern Bescheid sagen, damit sie es nicht aus den Nachrichten erfahren. Außerdem müssen wir dafür sorgen, dass sie die Leiche identifizieren.«

»Das mache ich, Sir.«

»Nett von Ihnen, Karen, aber Sie haben schon alle Hände voll zu tun. Und es ist eine undankbare Aufgabe.«

Karen Hodgkins ging zu ihrem Auto. Ehrlich gesagt, war Banks der Meinung, Karen besäße nicht das nötige Feingefühl für die Überbringung der Todesnachricht. Er konnte es sich bildlich vorstellen: der Schock der Eltern, ihr Gefühlsausbruch, die peinlich berührte, schroffe Karen. Nein. Er würde Dickerchen Jones hinschicken. Detective Constable Jones mochte schlampig sein, aber Mitleid und Anteilnahme sickerten ihm aus jeder Pore. Der Mann hätte Pastor werden sollen. Wenn man eine Soko aus einem so großen Kreis zusammenstellte, ergab sich unter anderem das Problem, dass man die einzelnen Kollegen nie gut genug kennen lernte.

Was nicht hilfreich war, wenn es um die Zuweisung von Aufgaben ging. Bei der Polizei brauchte man den geeigneten Beamten für die jeweilige Arbeit, eine falsche Entscheidung, und die gesamte Ermittlung war ruiniert.

Banks war einfach nicht daran gewöhnt, ein so großes Team zu leiten, und die Organisationsprobleme hatten ihm mehr als einmal Kopfschmerzen bereitet. Die Verantwortung machte ihm gehörig zu schaffen. Er fühlte sich nicht befähigt, damit umzugehen und so viele Bälle gleichzeitig in der Luft zu halten. Er hatte bereits kleinere Fehler gemacht und Situationen mit Kollegen falsch eingeschätzt. Es war schon so weit, dass sich bei ihm der Gedanke einschlich, seine Kompetenz im Umgang mit Menschen sei ausgesprochen gering. Mit einer kleinen Mannschaft zu arbeiten, war einfacher – Annie, Winsome Jackman, Sergeant Hatchley. Da konnte er jede winzige Kleinigkeit im Kopf behalten. Diese neue Art von Arbeit hatte er zwar schon bei der Metropolitan Police, der Hauptstadtpolizei in London, verrichtet, nur war er da noch Constable beziehungsweise Sergeant gewesen und hatte Befehle erhalten, anstatt sie zu erteilen. Selbst als Inspector hatte er in London auch zum Schluss niemals so viel Verantwortung tragen müssen.

Gerade hatte sich Banks die zweite Zigarette angezündet, da fuhr ein weiterer Wagen durch die Absperrung. Dr. Jenny Fuller stieg aus. Sie mühte sich mit einer Aktentasche und einer prall gefüllten ledernen Umhängetasche ab und war wie immer in Eile, als komme sie zu spät zu einem wichtigen Termin. Ihre zerzauste rote Mähne fiel ihr über die Schultern. Ihre Augen waren so grün wie Gras nach einem Frühlingsregen. Die Sommersprossen, Krähenfüße und ihre etwas schiefe Nase, über die sie sich immer beklagte, sie ruiniere ihr Aussehen, machten sie nur noch attraktiver.

»Morgen, Jenny!«, grüßte Banks. »Stefan wartet schon im Haus. Alles klar?«

»Was soll das denn sein? Vorspiel auf Yorkshire-Art?«

»Nein. Das soll heißen: Bist du wach?«

Jenny zwang sich zu einem Lächeln. »Schön, dass du fit bist, und das zu dieser unmenschlichen Uhrzeit.«

Banks sah auf die Uhr. »Jenny, ich bin schon seit halb fünf auf den Beinen. Jetzt ist es gleich acht.«

»Sag ich doch«, gab sie zurück. »Unmenschlich.« Sie schaute zum Haus hinüber. Eine Vorahnung huschte über ihr Gesicht. »Es ist schlimm, oder?«

»Ja, sehr.«

»Kommst du mit?«

»Nein. Ich hab genug gesehen. Außerdem muss ich los und AC Hartnell informieren, sonst macht der mich zur Schnecke.«

Jenny holte tief Luft und wappnete sich. »Okay«, sagte sie. »Wohlauf! Los geht's!«

Dann ging sie ins Haus.

Das Büro von Area Commander Philip Hartnell war, wie es einem hohen Tier gebührte, groß. Und ziemlich leer. Hartnell hielt nichts davon, sich häuslich niederzulassen. Dies ist ein Büro, schien das Zimmer zu rufen, nichts anderes. Einen Teppich gab es natürlich – ein Area Commander hatte ein Anrecht auf einen Teppich –, ebenso einen Aktenschrank und ein Regal mit Handbüchern über technische und verfahrensrechtliche Fragen. Auf dem Schreibtisch lagen eine jungfräuliche Schreibunterlage und eine Aktenmappe aus Leder, daneben stand ein eleganter schwarzer Laptop. Das war alles. Keine persönlichen Fotos. An der Wand hing lediglich ein Stadtplan. Das Fenster gab den Blick auf den unüberdachten Wochenmarkt und den Busbahnhof frei. Hinter dem Bahndamm ragte der Glockenturm der Parish Church von Leeds in den Himmel.

»Alan, setzen Sie sich!«, grüßte Hartnell. »Tee? Kaffee?«

Banks fuhr sich mit der Hand durchs Haar. »Ein schwarzer Kaffee wäre nett, wenn's keine Umstände macht.«

»Aber nicht doch.«

Hartnell bestellte telefonisch Kaffee und lehnte sich in seinem Stuhl zurück, der bei jeder Bewegung quietschte. »Muss das dumme Ding ölen lassen«, sagte er.

Hartnell war ungefähr zehn Jahre jünger als Banks, musste also Ende dreißig sein. Er hatte von dem beschleunigten Beförderungsverfahren profitiert, das zum Ziel hatte, fähigen jungen Menschen wie ihm eine Chance in Führungspositionen zu geben, bevor sie alte Tattergreise waren. So eine steile Laufbahn war Banks nicht beschert gewesen; er gehörte noch zu denen, die sich mühsam hoch gearbeitet hatten. Er war den schweren Weg gegangen und hegte wie viele seiner Kollegen, die es wie er gemacht hatten, ein gewisses Misstrauen gegenüber denen auf der Überholspur. Die kannten sich mit allem aus, nur nicht mit dem A und O, dem knallharten Polizeialltag.

Das Komische war, dass Banks Phil Hartnell mochte. Er hatte eine unkomplizierte Art, war ein intelligenter, engagierter Mann und ließ die Kollegen, die ihm unterstellt waren, in Ruhe ihre Arbeit machen. Im Verlauf der Chamäleon-Ermittlung hatte sich Banks regelmäßig mit ihm getroffen. Hartnell hatte zwar hin und wieder einen Vorschlag eingebracht, manchmal sogar einen sinnvollen, aber kein einziges Mal versucht, sich einzumischen und Banks' Kompetenz in Frage zu stellen. Er sah gut aus, war groß und hatte die breiten Schultern eines sporadischen Bodybuilders. Hartnell stand in dem Ruf, ein kleiner Charmeur zu sein. Er war unverheiratet, und man ging allgemein davon aus, dass er noch eine Weile solo bleiben würde.

»Erzählen Sie mir, was uns erwartet!«, forderte er Banks auf.

»Eine Riesenscheiße, wenn Sie mich fragen.« Banks berichtete ihm, was man bisher im Keller von The Hill 35 gefunden hatte und in welchem Zustand die drei Überlebenden waren. Hartnell hörte zu und legte den Finger an die Lippen.

»Es besteht also kein großer Zweifel, dass er unser Mann ist? Das Chamäleon?«

»Eigentlich nicht.«

»Das ist schon mal gut. Da können wir uns auf die Schulter klopfen. Der Massenmörder ist dingfest gemacht.«

»Das geht nicht auf unsere Kappe. War pures Glück, dass die Paynes zufällig einen Ehestreit hatten, eine Nachbarin das mitbekam und bei der Polizei angerufen hat.«

Hartnell reckte die Arme hinter dem Kopf. Er zwinkerte

mit seinen graublauen Augen. »Wissen Sie, Alan, uns wird ständig in den Arsch getreten, wenn das Glück gegen uns ist oder es mal wieder nicht vorwärts geht, auch wenn wir noch so viele Leute dransetzen. Da würde ich sagen, wir haben das gute Recht, uns diesmal als Sieger hinzustellen und ein bisschen rumzuprahlen. Alles reine Ansichtssache.«

»Wenn Sie das sagen.«

»Das sage ich, Alan, das sage ich.«

Der Kaffee kam, und beide tranken schweigend. Banks genoss ihn, denn er hatte heute noch nicht seine üblichen drei, vier Tassen heruntergeschüttet.

»Aber wir haben eventuell ein ernsthaftes Problem, oder?«, fuhr Hartnell fort.

Banks nickte. »Die Kollegin Taylor.«

»Genau.« Hartnell pochte auf die Aktenmappe. »Janet Taylor, Police Constable in der Probezeit.« Er schaute kurz zum Fenster hinüber. »Ich kannte Dennis Morrisey übrigens. Nicht besonders gut, aber ich kannte ihn. Anständiger Kerl. Kommt mir vor, als wäre er schon ewig bei uns. Wird uns fehlen.«

»Und die Taylor?«

»Die kenne ich eigentlich nicht. Sind die entsprechenden Vorschriften befolgt worden?«

»Ja.«

»Noch keine Stellungnahme?«

»Nein.«

»Gut.« Hartnell stand auf und schaute eine Weile aus dem Fenster, den Rücken Banks zugewandt. »Sie wissen genauso gut wie ich, Alan, wie die Vorschriften aussehen. Die polizeiliche Beschwerdebehörde muss einen Ermittler aus einer anderen Einheit schicken, der sich mit der Angelegenheit befasst. Es darf auf keinen Fall der Eindruck entstehen, dass wir etwas vertuschen oder jemand eine Sonderbehandlung bekommt. Natürlich täte ich nichts lieber, als das selbst in die Hand zu nehmen. Schließlich war Dennis einer von uns. Genau wie Constable Taylor. Aber das ist nicht drin.« Er kehrte zu seinem Stuhl zurück. »Können Sie sich vorstellen, wie sich die Medien darauf stürzen werden, besonders wenn Payne abnippelt? Superpolizistin stellt Massenmörder und kommt wegen exzessiver Gewaltanwendung vor Gericht? Selbst wenn das entschuldbare Tötung war, wird es für uns kein Zuckerschlecken. Wo momentan der Hadleigh-Fall verhandelt wird ...«

»Stimmt schon.« Wie jeder andere Polizist hatte sich Banks mehr als einmal mit der wütenden Ohnmacht von Menschen auseinander setzen müssen, die bei der Verteidigung ihrer Familien oder ihres Eigentums Verbrecher ernsthaft verletzt oder getötet hatten und anschließend wegen tätlichen Angriffs oder, schlimmer, wegen Mordes verhaftet wurden. Im Moment erwartete das Land die Entscheidung der Geschworenen im Fall eines Bauern namens John Hadleigh, der mit seiner Schrotflinte auf einen unbewaffneten sechzehnjährigen Einbrecher geschossen und ihn getötet hatte. Hadleigh wohnte auf einem abgelegenen Bauernhof in Devon. Knapp ein Jahr zuvor war schon einmal bei ihm eingebrochen worden. Man hatte ihn zusammengeschlagen und ausgeraubt. Der junge Straftäter hatte eine ellenlange Vorstrafenliste, aber das war unwichtig. Wichtig war, dass sich die Eintrittslöcher der Schrotkugeln über die Seite und den Rücken des Jungen verteilten. Das ließ darauf schließen, dass er auf der Flucht gewesen war, als auf ihn geschossen wurde. In seiner Tasche fand man ein geschlossenes Schnappmesser. Der Fall hatte ein paar Wochen lang für sensationslüsterne Schlagzeilen gesorgt und sollte in wenigen Tagen von den Geschworenen entschieden werden.

Eine Untersuchung bedeutete nicht unbedingt, dass Janet Taylor ihren Job verlor beziehungsweise ins Gefängnis musste. Glücklicherweise gab es höhere Instanzen, beispielsweise Richter und Polizeipräsidenten, die in solchen Fällen Entscheidungen treffen mussten, dennoch war nicht zu leugnen, dass sich der Fall auf ihr berufliches Fortkommen bei der Polizei negativ auswirken konnte.

»Tja, das ist *mein* Problem«, sagte Hartnell und rieb sich die Stirn. »Aber diese Entscheidung will schnell gefällt sein. Wie schon gesagt, ich würde den Fall gerne bei uns behalten, aber das kann ich nicht machen.« Er hielt inne und sah Banks an. »Andererseits gehört die Taylor zu West Yorkshire, und wenn mich nicht alles täuscht, könnte man North Yorkshire billigerweise als fremde Einheit bezeichnen.«

»Stimmt«, sagte Banks und bekam ein ungutes Gefühl.

»Auf diese Weise würde es so nah wie möglich bei uns bleiben, meinen Sie nicht?«

»Denke schon«, sagte Banks.

»Zufällig ist ACC McLaughlin ein alter Freund von mir. Es könnte sich lohnen, mal ein paar Sätze mit ihm zu wechseln. Wie sieht's mit dem Dezernat Interne Ermittlungen bei Ihnen aus? Kennen Sie da jemanden?«

Banks schluckte. Jetzt war es egal, was er sagte. Wenn die Sache an die Abteilung Interne Ermittlungen der Western Division ging, würde sie fast zwangsläufig bei Annie Cabbot landen. Die Abteilung war klein – Annie war der einzige Detective Inspector –, und Banks wusste zufällig, dass ihr Vorgesetzter, Detective Superintendent Chambers, ein fauler Hund mit einer besonderen Abneigung gegen Kolleginnen war, die sich emporarbeiten wollten. Annie war eine Anfängerin, und sie war eine Frau. Keine Chance, sie aus der Sache rauszuhalten. Banks sah schon, wie sich der Alte frohlockend die Hände rieb, wenn die Anweisung kam.

»Meinen Sie nicht, dass es vielleicht ein bisschen zu nah bei uns ist?«, versuchte er es. »Vielleicht wäre Greater Manchester oder Lincolnshire besser.«

»Überhaupt nicht«, gab Hartnell zurück. »Wenn wir es der Western Division geben, glauben die Leute, dass wir nach Vorschrift handeln, aber gleichzeitig vermeiden wir das große Aufsehen. Sie kennen doch bestimmt jemand in der Abteilung, dem Sie verklickern können, dass es in unser aller Interesse ist, Sie auf dem Laufenden zu halten?«

»Detective Superintendent Chambers leitet das Dezernat«, antwortete Banks. »Er findet bestimmt jemand, den er mit dem Fall beauftragen kann.«

Hartnell grinste. »Gut, ich spreche heute noch mit Ron, und dann sehen wir, was passiert, okay?«

»Okay«, sagte Banks und dachte: *Sie bringt mich um, sie bringt mich um,* auch wenn ihn keine Schuld traf.

Als sie durch die Kellertür trat, DS Stefan Nowak hinter ihr, registrierte Jenny Fuller angewidert das obszöne Poster. Dann verdrängte sie ihre Gefühle und betrachtete es distanziert als Beweisstück. Das war es schließlich. Es bewachte das Tor zur dunklen Unterwelt, in der Terence Payne seinen großen Leidenschaften frönte: Herrschaft, sexuelle Unterwerfung, Mord. Hinter diesem anstößigen Wächter galten die Gesetze nicht mehr, die das menschliche Miteinander regelten.

Jenny und Stefan waren allein im Keller. Allein mit den Toten. Jenny kam sich vor wie ein Voyeur. War sie ja auch. Und wie eine Heuchlerin, weil sie das Gefühl hatte, mit allem, was sie sagte oder tat, nichts ausrichten zu können. Beinahe hätte sie nach Stefans Hand gegriffen. Beinahe.

Hinter ihr knipste Stefan das Licht aus, und Jenny zuckte zusammen. »Entschuldigung. Es war eigentlich aus«, erklärte er. »Einer von den Sanis hat es angemacht, um besser zu sehen, womit sie es zu tun haben. Dann haben sie es wohl angelassen.«

Jennys Herz beruhigte sich wieder. Sie nahm den Duft von Räucherstäbchen wahr, daneben andere Gerüche, die sie nicht identifizieren wollte. Das also war sein Arbeitsumfeld – Ehrfurcht gebietend, wie in einer Kirche. Inzwischen waren einige Kerzen heruntergebrannt, manche tropften vor sich hin, aber mehr als ein Dutzend flackerte noch, durch die Spiegel verhundertfacht. Ohne die Deckenbeleuchtung konnte Jenny die Leiche des Polizisten auf dem Boden kaum ausmachen, wahrscheinlich ein Segen. Das Kerzenlicht milderte auch den schrecklichen Anblick des toten Mädchens. Es verlieh der Haut einen rötlich-goldenen Schimmer, so dass Kimberley fast lebendig gewirkt hätte, wäre da nicht ihre anormale Ruhe gewesen und die Art, wie die Augen in den Spiegel an der Decke starrten.

Keiner da.

Spiegel. Wohin Jenny auch blickte, sah sie das Spiegelbild von sich, Stefan und dem Mädchen auf der Matratze, gedämpft vom flackernden Kerzenschein. Er sieht sich gern bei der Arbeit zu, dachte sie. Fühlt er sich vielleicht nur auf diese Weise lebendig? Wenn er sich beobachten kann?

»Wo ist die Videokamera?«, fragte sie.

»Luke Selkirk ist …«

»Nein, ich meine nicht die von der Polizei, sondern die von Payne.«

»Wir haben keine Kamera gefunden. Warum?«

»Schauen Sie sich diese Bühne an, Stefan. Dieser Mann sieht sich gerne bei der Arbeit zu. Es würde mich wirklich wundern, wenn er seine Taten nicht irgendwie festgehalten hätte, oder?«

»Jetzt, wo Sie das sagen, ja«, erwiderte Stefan.

»So was ist normal bei Sexualmorden. Er braucht ein Souvenir. Eine Trophäe. Und meistens auch ein visuelles Hilfsmittel, damit er sein Erlebnis erneut durchleben kann, bevor er wieder aktiv wird.«

»Wir wissen mehr, wenn die Spurensicherung mit dem Haus durch ist.«

Jenny folgte dem phosphorisierenden Streifen, der den Weg zum Kellervorraum auswies. Die Leichen dort waren noch nicht berührt worden, sondern warteten auf den Erkennungsdienst. Im Schein von Stefans Taschenlampe sah Jenny die Zehen aus dem Boden ragen. An anderen Stellen vermeinte sie Finger, eine Nase, vielleicht ein Knie zu erkennen. Die Menagerie des Todes. Vergrabene Souvenirs. Sein Garten.

Stefan wurde unruhig, und Jenny merkte, dass sie sich an ihm festhielt, ihm die Fingernägel in den Arm grub. Sie kehrten in den kerzenbeleuchteten Keller zurück. Jenny stellte sich vor Kimberley und musterte ihre Wunden, die kleinen Schnitte und Kratzer. Sie musste weinen, konnte nichts dagegen tun. Lautlose Tränen liefen ihr die Wangen hinunter. Jenny wischte sich mit dem Handrücken über die Augen und hoffte, Stefan habe nichts gemerkt. Wenn doch, war er wohlerzogen genug, um nichts zu sagen.

Plötzlich wollte sie weg. Es war nicht nur der Anblick von Kimberley Myers auf der Matratze, der Geruch von Räucherstäbchen und Blut, die im Kerzenlicht flackernden Spiegelbilder, sondern all diese Eindrücke zusammen. Dort zu stehen und mit Stefan das Grauen zu betrachten, flößte ihr Platzangst und Übelkeit ein. Sie wollte nicht mit einem Mann hier sein und das fühlen, was sie gerade empfand. Es war abstoßend. Es war etwas Abstoßendes, das Männer Frauen antaten.

Jenny versuchte ihr Zittern zu verbergen und berührte Stefans Arm. »Fürs Erste habe ich genug gesehen«, sagte sie. »Gehen wir! Ich würde mir gerne den Rest des Hauses angucken.«

Stefan nickte und ging zur Treppe. Jenny hatte das verfluchte Gefühl, dass er genau wusste, wie es ihr ging. Verdammt noch mal, dachte sie, auf meinen sechsten Sinn kann ich im Moment gut verzichten. Das Leben war schon kompliziert genug, wenn sie die normalen fünf beisammen hatte.

Sie folgte Stefan am Poster vorbei die ausgetretenen Stufen hoch.

»Annie! Liegt grad was an bei dir?«

»Um die Wahrheit zu sagen, liegt an mir ein knielanger dunkelblauer Rock, rote Schuhe und eine weiße Seidenbluse. Willst du auch wissen, was ich drunter habe?«

»Mach mich nicht heiß! Ich nehme an, du bist allein im Büro?«

»Mutterseelenallein.«

»Hör zu, Annie, ich muss dir was sagen. Dich vorwarnen, besser gesagt.« Banks saß in seinem Wagen vor dem Haus der Paynes und telefonierte mit dem Handy. Der Leichenwagen hatte die Toten abgeholt, und Kimberleys Eltern hatten ausdruckslos ihre Tochter identifiziert. Bisher hatte der Erkennungsdienst zwei Leichen im hinteren Raum gefunden, beide in einem derart fortgeschrittenen Zustand der Verwesung, dass es unmöglich war, sie ohne weiteres zu identifizieren. Man würde zahnärztliche Unterlagen prüfen, DNA-Proben nehmen und mit denen der Eltern vergleichen müssen. Es würde alles seine Zeit dauern. Eine zweite Mannschaft durchsuchte immer noch das Haus, packte Papiere, Rechnungen, Fotos, Briefe et cetera in Kartons.

Banks hörte nichts, nachdem er Annie die Aufgabe geschildert hatte, die seiner Meinung nach in naher Zukunft auf sie zukommen würde. Er hatte sich überlegt, es sei am besten, den Fall positiv hinzustellen und Annie zu überzeugen, dass sie die Richtige für diesen Job sei und der Job gut für sie. Er konnte sich nicht vorstellen, damit sonderlich erfolgreich zu sein, aber den Versuch war es wert. Er zählte die Sekunden. Eins. Zwei. Drei. Vier. Dann kam die Explosion.

»*Was* hat er vor? Soll das ein schlechter Witz sein, Alan?«

»Kein Witz.«

»Wenn ja, dann kannst du sofort damit aufhören. Das ist nicht komisch.«

»Es ist kein Witz, Annie. Ich meine es ernst. Und wenn du mal kurz drüber nachdenkst, verstehst du auch, was für eine super Idee das ist.«

»Selbst wenn ich den Rest meines Lebens darüber nachdenke, wird da keine super Idee draus. Wie kann er es wagen … Du weißt genau, dass es keine Möglichkeit für mich gibt, heil aus so einer Sache rauszukommen. Wenn ich ihr irgendwas nachweisen kann, hasst mich die gesamte Polizei und jeder andere normale Mensch im Land. Wenn ich ihr nichts nachweise, schreit die Presse Schiebung.«

»Nein, tut sie nicht. Hast du eine Vorstellung, was für ein Monster Terence Payne gewesen ist? Die Presse wird in Jubel ausbrechen, dass der Gerechtigkeit Genüge getan wird.«

»Manche Zeitungen vielleicht. Aber nicht die, die ich lese. Oder du.«

»Annie, du kommst da heil raus. Bis dahin ist die Sache längst in den Händen der Staatsanwaltschaft. Du bist doch kein Richter oder eine Geschworene oder ein Henker. Du bist nur eine kleine Ermittlerin, die versucht, Tatsachen zu klären. Warum soll dir das schaden?«

»Warst du das, der meinen Namen ins Spiel gebracht hat? Hast du Hartnell gesagt, ich wäre die Beste für den Job? Ich kann nicht glauben, dass du so was tun würdest, Alan. Ich dachte, du magst mich.«

»Tu ich doch. Ich habe überhaupt nichts gemacht. Hartnell kam von ganz allein drauf. Und du weißt genauso gut wie ich, was passiert, wenn er das Ganze an Detective Superintendent Chambers übergibt.«

»Na, wenigstens in dem Punkt sind wir uns einig. Mensch, das fette Schwein nörgelt schon die ganze Woche an mir rum, weil er nichts gefunden hat, womit er mich so richtig ärgern kann. Herrgott noch mal, Alan, konntest du nichts machen?«

»Zum Beispiel?«

»Ihm vorschlagen, es nach Lancashire oder Derbyshire abzuschieben. Irgendwas.«

»Hab ich versucht, aber Hartnell hatte sich längst entschieden. Er kennt ACC McLaughlin. Außerdem glaubt er, dass ich auf diese Weise einen gewissen Einfluss auf die Ermittlungen habe.«

»Ha, wenn er sich da mal nicht täuscht.«

»Annie, das ist eine sinnvolle Sache. Für dich selbst, für die Öffentlichkeit.«

»Fang bloß nicht an, an meine gute Seite zu appellieren. Ich hab nämlich keine.«

»Warum bist du eigentlich so vehement dagegen?«

»Weil es eine Scheißarbeit ist, und das weißt du genau! Sei wenigstens so ehrlich und versuch nicht, mir Honig um den Bart zu schmieren.«

Banks seufzte. »Ich bin nur die Vorhut. Schieß nicht auf den Boten.«

»Dafür sind Boten schließlich da. Du meinst, ich hab keine Wahl?«

»Man hat immer eine Wahl.«

»Ja, zwischen richtig und falsch. Keine Sorge, ich werde keinen Aufstand machen. Aber wehe, wenn du dich geirrt hast mit den Folgen!«

»Glaub mir! Ich habe Recht.«

»Und morgen früh kannst du mir immer noch in die Augen sehen, klar.«

»Hör mal, apropos morgen früh. Ich fahre heute abend nach Gratly zurück. Das wird wohl spät werden, aber vielleicht hast du Lust vorbeizukommen? Ich könnte auch auf dem Weg bei dir vorbeigucken.«

»Weshalb? Für 'ne schnelle Nummer?«

»Schnell muss es nicht sein. Ich schlafe momentan so

schlecht, meinetwegen können wir die ganze Nacht durchmachen.«

»Bestimmt nicht. Ich brauche meinen Schönheitsschlaf.
Vergiss nicht, ich muss morgen früh gut ausgeruht sein, um
nach Leeds zu fahren. Tschüs!«

Banks hielt das stumme Handy noch einen Moment am
Ohr und schob es dann in die Tasche zurück. Junge, dachte er,
das hast du aber wirklich prima hingekriegt, Alan, was? Echt
kompetenter Umgang mit Menschen.

4

Samantha Jane Foster, achtzehn Jahre alt, ein Meter dreiundsechzig groß und sechsundvierzig Kilo schwer, studierte Englisch im ersten Semester an der Universität von Bradford. Ihre Eltern wohnten in Leighton Buzzard, wo Julian Foster Steuerberater und Teresa Foster praktische Ärztin war. Samantha hatte einen älteren Bruder, Alistair, arbeitslos, und eine jüngere Schwester, Chloe, die noch zur Schule ging.

Am Abend des 26. Februar besuchte Samantha eine Dichterlesung in einem Pub in der Nähe des Universitätsgeländes und brach gegen Viertel nach elf allein zu ihrem möblierten Zimmer auf. Sie wohnte ungefähr eine Viertelmeile entfernt in einer Nebenstraße der Great Horton Road. Als sie am Wochenende nicht zur Arbeit in der Buchhandlung Waterstone's im Stadtzentrum erschien, machte sich eine Kollegin, Penelope Hall, Sorgen und rief in der Mittagspause bei Samantha an. Samantha sei zuverlässig, erzählte sie später der Polizei, wenn sie nicht zur Arbeit kommen könne, weil sie krank sei, melde sie sich immer ab. Diesmal nicht. Weil Penelope befürchtete, Samantha könne ernsthaft krank sein, überredete sie den Vermieter, die Tür des möblierten Zimmers zu öffnen. Es war niemand da.

Die Wahrscheinlichkeit, dass die Polizei von Bradford Samantha Fosters Verschwinden nicht ernst genommen hätte – wenigstens anfangs –, war ziemlich groß, wäre da nicht die Umhängetasche gewesen, die ein gewissenhafter Student am Abend zuvor auf der Straße gefunden und gegen Mitternacht abgegeben hatte. Sie enthielt eine Lyrikanthologie mit dem Titel *New Blood*, einen schmalen Gedichtband mit der Wid mung »Für Samantha, zwischen deren seidige Schenkel ich gerne meinen Kopf betten und silbrig züngeln würde« und dem Autogramm des Dichters Michael Stringer, der am Abend die Lesung im Pub gehalten hatte. Des Weiteren fand sich darin ein Spiralblock voll lyrischer Gedanken, Beobachtungen und Reflexionen über Leben und Literatur, darunter Zeilen, die dem diensthabenden Beamten wie Beschreibungen halluzinogener Zustände und entkörperlichter Erfahrungen vorkamen. Außerdem eine halbleere Schachtel Benson & Hedges, eine rote Packung Rizzla Zigarettenpapier und eine kleine Plastiktüte mit Marihuana, weniger als sieben Gramm, ein grünes Einwegfeuerzeug, drei einzelne Tampons, ein Schlüsselbund, ein tragbarer CD-Spieler mit einer Tracy-Chapman-CD, eine kleine Kosmetiktasche und ein Portemonnaie mit fünfzehn Pfund in bar, einer Kreditkarte, einem Studentenausweis, Quittungen für Bücher und CDs und noch ein paar anderen Kleinigkeiten.

Die beiden Indizien – eine gefundene Umhängetasche und ein vermisstes Mädchen – erinnerten den jungen Constable, der mit dem Fall beauftragt wurde, an einen ähnlichen Vorfall am Silvesterabend im Roundhay Park in Leeds. Daher begannen die Ermittlungen noch am selben Morgen mit Anrufen bei Samanthas Eltern und engen Freunden. Aber niemand hatte sie gesehen oder gehört, dass sie ihre Pläne oder ihren Tagesablauf geändert hatte.

Kurzzeitig wurde der Dichter Michael Stringer, der im Pub aus seinem Werk gelesen hatte, verdächtigt, weil er die anzügliche Widmung in den Gedichtband geschrieben hatte, aber mehrere Zeugen sagten aus, er habe in der Innenstadt von Bradford weitergetrunken und hätte gegen halb vier zurück ins Hotel gebracht werden müssen. Die Hotelangestellten versicherten der Polizei, dass er nicht vor fünf Uhr nachmittags aus dem Bett gekrochen sei.

Befragungen an der Universität förderten eine weitere Zeugin zutage, die gesehen zu haben glaubte, dass Samantha mit jemandem sprach, der im Auto saß. Jedenfalls hatte das Mädchen langes blondes Haar gehabt und dieselben Sachen getragen wie Samantha, als sie den Pub verließ, Jeans, wadenhohe schwarze Stiefel und einen langen, weiten Mantel. Das Auto hatte eine dunkle Farbe, und die Zeugin erinnerte sich an die letzten drei Buchstaben des Kennzeichens, weil es ihre eigenen Initialen waren: Kathryn Wendy Thurlow. Sie sagte, sie hätte keinen Grund gehabt anzunehmen, dass es ein Problem gebe, deshalb sei sie in die Straße eingebogen, in der sie wohnte, und nach Hause gegangen.

Die letzten beiden Buchstaben eines Nummernschildes verweisen auf den Ort seiner Ausgabe, und WT steht für Leeds. Die Kfz-Meldestelle in Swansea erstellte eine Liste von über tausend potenziellen Fahrzeugen – Kathryn hatte die Suche nicht auf ein Fabrikat oder wenigstens eine Farbe einschränken können –, und die Fahrzeughalter wurden von der Kripo Bradford befragt. Ohne Ergebnis.

Die folgenden Erkundigungen und Befragungen ergaben keine neuen Erkenntnisse über das Verschwinden von Samantha Foster, und so begannen die Buschtrommeln der Polizei zu dröhnen. Zwei Vermisste in knapp zwei Monaten und rund fünfzehn Meilen Entfernung waren genug, um ein paar Alarmglocken schrillen zu lassen, für eine ausgewachsene Panik reichte es noch nicht.

Samantha hatte nicht viele Freunde, aber die wenigen, die sie hatte, waren ihr gegenüber loyal und mochten sie, insbesondere Angela Firth, Ryan Conner und Abha Gupta. Sie waren erschüttert von Samanthas Verschwinden. Ihren Aussagen zufolge war Samantha eine nachdenkliche junge Frau, die oft grübelte und gerne Lebensweisheiten von sich gab. Sie hielt nichts von belanglosem Gerede, Sport und Fernsehen. Trotzdem hätte sie einen vernünftigen Kopf auf den Schultern, beharrten die Freunde, und alle waren sich einig, dass sie nicht zu den Frauen gehörte, die aus einer Laune heraus mit einem Fremden gingen, auch wenn sie noch so oft davon redete, wie wichtig es sei, sich auszuleben.

Als die Polizei andeutete, Samantha könne unter dem Einfluss von Drogen die Orientierung verloren haben, entgegneten ihre Freunde, das sei unwahrscheinlich. Ja, gaben sie zu, sie rauchte gelegentlich gern einen Joint – angeblich half es ihr beim Schreiben –, nehme aber keine härteren Drogen;

sie tränke auch nicht viel und hätte an dem betreffenden Abend nicht mehr als zwei oder drei Glas Wein getrunken.

Momentan hatte Samantha keinen Freund und schien auch nicht die Absicht zu haben, einen zu finden. Nein, sie sei nicht lesbisch, auch wenn sie davon gesprochen habe, gern einmal sexuelle Erfahrungen mit anderen Frauen zu machen. Samantha mochte auf gewisse Weise unkonventionell sein, erklärte Angela, aber sie besäße sehr viel mehr gesunden Menschenverstand, als andere manchmal nach der ersten Begegnung vermuteten. Sie sei alles andere als leichtsinnig und interessiere sich für vieles, über das andere lachten oder als spinnert abtaten.

Nach Aussage ihrer Professoren war Samantha eine exzentrische Studentin, die zu viel außerhalb des Curriculums las, aber einer ihrer Tutoren, der selbst ein wenig Lyrik veröffentlicht hatte, gab seiner Hoffnung Ausdruck, sie könne eine gute Dichterin werden, wenn sie bei ihrer Technik etwas mehr Selbstdisziplin übe.

Zu Samanthas Interessensgebieten, sagte Abha Gupta, gehörten Kunst, Lyrik, Natur, östliche Religionen, psychische Grenzerfahrungen und Tod.

Banks und Ken Blackstone fuhren zum Greyhound hinaus, einem rustikalen Pub mit niedrigen Holzbalken und unzähligen Toby-Jugs im Dörfchen Tong, eine Viertelstunde vom Tatort entfernt. Es ging auf zwei Uhr zu, und beide hatten noch nichts zu sich genommen. Banks hatte, ehrlich gesagt, nicht viel gegessen, seit er am Samstag in den frühen Morgenstunden von der fünften vermissten Jugendlichen gehört hatte.

In den vergangenen zwei Monaten hatte er manchmal geglaubt, sein Kopf würde unter dem bloßen Druck der Informationsmenge zerspringen, die er mit sich herumtrug. Oft wachte er frühmorgens auf, gegen drei, vier Uhr, und die Gedanken wirbelten ihm durch den Kopf und ließen ihn nicht wieder einschlafen. Dann stand er auf, kochte sich eine Kanne Tee, setzte sich im Schlafanzug an den Kiefernholztisch in der Küche und machte sich Notizen für den bevorstehenden Tag. Irgendwann ging die Sonne auf und warf ihr Honiglicht durch das hohe Fenster, oder der Regen peitschte gegen die Fensterscheiben.

Es waren stille, einsame Stunden. Auch wenn Banks sich an die Einsamkeit gewöhnt, ja, sie lieb gewonnen hatte, fehlte ihm doch manchmal sein altes Leben mit Sandra und den Kindern im Haus in Eastvale. Aber Sandra war fort, würde bald Sean heiraten, und die Kinder waren groß und hatten ihr eigenes Leben. Tracy studierte im dritten Semester an der Universität von Leeds, und Brian tourte mit seiner Rockband durchs Land und wurde immer besser, seitdem die erste, unabhängig produzierte CD hervorragende Kritiken erhalten hatte. Banks musste zugeben, dass er die beiden in den letzten zwei Monaten vernachlässigt hatte, besonders seine Tochter.

An der Theke bestellten Blackstone und Banks die letzten beiden Portionen Lammeintopf mit Reis und zwei Pints Tetley's Bitter. Es war warm genug, um draußen an einem der Tische neben dem Cricketfeld zu sitzen. Die örtliche Mannschaft hatte Training, und die tröstlichen Geräusche des Schlagholzes, das gegen das Leder prallte, begleiteten ihre Unterhaltung.

Banks zündete sich eine Zigarette an und erzählte Blackstone, Hartnell wolle die Ermittlung in Sachen Janet Taylor an North Yorkshire geben, und er, Banks, sei sich sicher, dass sie auf Annies Schreibtisch landen würde.

»Das wird ihr gefallen«, bemerkte Blackstone trocken.

»Sie hat ihre Gefühle schon sehr deutlich zum Ausdruck gebracht.«

»Hast du es ihr erzählt?«

»Ich hab versucht, es positiv hinzustellen, damit sie sich besser fühlt, aber … der Schuss ging irgendwie nach hinten los.«

Blackstone grinste. »Seid ihr beiden immer noch zusammen?«

»Ich glaub schon, irgendwie, aber oft weiß ich es nicht genau, um ehrlich zu sein. Sie ist ziemlich … schwer festzunageln.«

»Ach, die Frauen mit ihren süßen Geheimnissen.«

»Das wird's wohl sein.«

»Kann es sein, dass du zu viel von ihr erwartest?«

»Wie meinst du das?«

»Weiß nicht. Wenn ein Mann seine Frau verliert, dann will er gerne die erstbeste, die sich für ihn interessiert, als neue Frau.«

»Heiraten ist wirklich das letzte, was ich im Kopf habe, Ken.«

»Wenn du das sagst.«

»Ganz bestimmt. Für so was hab ich überhaupt keine Zeit.«

»Wo wir gerade vom Heiraten sprechen: Was, glaubst du, hat seine Frau, Lucy Payne, mit der Sache zu tun?«, fragte Blackstone.

»Keine Ahnung.«

»Sie muss was gewusst haben. Schließlich hat sie mit dem Kerl unter einem Dach gelebt.«

»Vielleicht. Aber du hast doch gesehen, wie das Haus gebaut ist. Payne hätte zig Frauen durch die Garage reinschmuggeln und in den Keller bringen können. Wenn er unten alles dicht gemacht und verriegelt hat, muss keiner was gemerkt haben. Es war ziemlich schalldicht isoliert.«

»Tut mir Leid, aber du kannst mir nicht weismachen, dass eine Frau mit einem Mörder wie Payne zusammenlebt und nichts mitbekommt«, entgegnete Blackstone. »Wie soll das praktisch aussehen? Steht er nach dem Essen auf und sagt, er geht jetzt mal eben in den Keller und vergnügt sich mit dem Mädchen, das er entführt hat?«

»Er muss ihr doch nichts sagen.«

»Aber sie *muss* etwas damit zu tun gehabt haben. Selbst wenn sie nicht seine Komplizin war, muss sie mindestens etwas *geahnt* haben.«

Der Cricketball wurde mit voller Wucht getroffen, vom Spielfeld erklang Beifall.

Banks drückte seine Zigarette aus. »Wahrscheinlich hast du Recht. So oder so: Wenn Lucy Payne irgendwas mit dem Keller zu tun hat, bekommen wir das raus. Im Moment kann sie nicht weg. Aber solange wir nichts finden, vergessen wir besser nicht, dass sie in erster Linie Opfer ist.«

Banks wusste, dass der Erkennungsdienst womöglich wochenlang am Tatort beschäftigt sein und The Hill 35 sehr bald wie ein Haus bei einer Komplettsanierung aussehen würde. Man würde Metalldetektoren, Laserlampen, Infrarotlicht, UV-Ausrüstung, Hochleistungssauger und Pressluftbohrer heranschaffen, würde Fingerabdrücke, abgeschürfte Haut, Fasern, getrocknete Sekrete, Haare, abgeblätterte Farbe, Visa-Rechnungen, Briefe, Bücher und persönliche Unterlagen sicherstellen, die Teppiche herausreißen und Löcher in die Wände schlagen, den Boden im Keller und in der Garage aufbrechen und den Garten umgraben. Alles würde zusammengetragen werden, möglicherweise mehr als tausend Beweisstücke würden beschriftet, in HOLMES eingegeben und in der Asservatenkammer in Millgarth gelagert werden.

Das Essen kam, und beide langten zu. Hin und wieder vertrieben sie eine Fliege. Der Eintopf war herzhaft und angenehm scharf. Nach einigen Bissen schüttelte Blackstone langsam den Kopf. »Komisch, dass Payne nicht aktenkundig ist, findest du nicht? Die meisten von der Sorte sind irgendwie schon mal auffällig geworden. Entblößung vor Schulkindern, sexuell auffälliges Benehmen.«

»Gerade bei seinem Job. Vielleicht hat er einfach Schwein gehabt.«

Blackstone dachte nach. »Oder wir haben nicht gründlich genug gearbeitet. Erinnerst du dich noch an die Vergewaltigungen in Seacroft vor ungefähr zwei Jahren?«

»Das Monster von Seacroft? Ja, ich kann mich erinnern, davon gelesen zu haben.«

»Den haben wir damals nicht geschnappt.«

»Meinst du, das könnte Payne gewesen sein?«

»Möglich ist es, oder? Erst war Schluss mit den Vergewaltigungen, dann verschwanden die ersten Mädchen.«

»DNA vorhanden?«

»Sperma. Das Monster von Seacroft war ein Sekretor und hat sich nicht mal die Mühe gemacht, ein Kondom überzuziehen.«

»Dann vergleich es mit dem von Payne. Und prüf nach, wo er damals gewohnt hat.«

»Klar, machen wir. Übrigens«, fuhr Blackstone fort, »einer der Constables, der die Aussage von Maggie Forrest aufgenommen hat, du weißt schon, diese Frau, die den Ehekrach gemeldet hat, der hatte den Eindruck, sie würde ihm was verschweigen.«

»Ach. Was meinte er denn?«

»Dass sie ihm auswich, etwas verheimlicht hat. Sie hat zugegeben, die Paynes zu kennen, sagte aber, sie wisse nichts über sie. Der Kollege glaubt, dass sie ihm nicht die ganze Wahrheit gesagt hat, was ihre Beziehung zu Lucy Payne angeht. Er meint, die beiden ständen sich viel näher, als die Forrest zugeben wollte.«

»Ich rede später noch mal mit ihr«, sagte Banks und schaute auf die Uhr. Er blickte sich um, sah den blauen Himmel, die von den Bäumen wehenden weißen und rosaroten Blüten, die weiß gekleideten Männer auf dem Cricketfeld. »Mensch, Ken, ich könnte den ganzen Tag hier sitzen bleiben«, sagte er, »aber ich fahr mal besser zum Haus zurück und guck nach, ob sich was ergeben hat.«

Wie Maggie befürchtet hatte, konnte sie sich für den Rest des Tages nicht mehr auf ihre Arbeit konzentrieren. Entweder beobachtete sie aus dem Schlafzimmerfenster das Treiben der Polizei oder sie lauschte im Lokalradio den neuesten Nachrichten. Zuerst drang nur wenig an die Öffentlichkeit, aber dann gab der für den Fall verantwortliche Area Commander eine Pressekonferenz, auf der er bestätigte, dass man die Leiche von Kimberley Myers gefunden hatte und das Mädchen allem Anschein nach erdrosselt worden sei. Er ließ sich auf keine weiteren Fragen ein, betonte nur, dass der Fall geprüft werde, Fachleute der Forensik am Tatort seien und in Kürze mehr Informationen zur Verfügung ständen. Er wies darauf hin, dass die Ermittlung noch nicht abgeschlossen sei, und appellierte an jeden, der Kimberley nach elf Uhr am Freitagabend gesehen hatte, sich zu melden.

Als es um halb vier an Maggies Tür klopfte und der vertraute Ruf »Ich bin's nur« ertönte, war Maggie erleichtert. Sie hatte sich Sorgen um Claire gemacht. Maggie wusste,

74

dass das Mädchen zur selben Schule ging wie Kimberley Myers und Terence Payne dort als Lehrer unterrichtete. Seit Kimberleys Verschwinden hatte sie Claire nicht mehr gesehen und befürchtet, dass das Mädchen halb wahnsinnig vor Sorge sei. Die beiden waren ungefähr im gleichen Alter und mussten sich gekannt haben.

Claire Toth schaute auf dem Heimweg von der Schule oft bei Maggie vorbei, denn sie wohnte nur zwei Häuser weiter. Ihre Eltern waren beide berufstätig, ihre Mutter kam nicht vor halb fünf nach Hause. Außerdem vermutete Maggie, dass Ruth und Charles dem Mädchen die Besuche ans Herz gelegt hatten, um Maggie ein wenig im Auge zu behalten. Neugierig auf den Neuankömmling, war Claire anfangs lediglich vorbeigekommen, um sich vorzustellen. Gebannt von Maggies Akzent und ihrer Arbeit, war sie ein regelmäßiger Gast geworden. Maggie hatte nichts dagegen. Claire war ein liebes Mädchen, ein bisschen frischer Wind, auch wenn ihr Mund nicht eine Minute still stand und Maggie oft völlig erschöpft war, wenn der Teenager ging.

»Ich glaube, ich hab mich noch nie so schrecklich gefühlt«, sagte Claire, ließ ihren Rucksack auf den Wohnzimmerteppich fallen und warf sich aufs Sofa, Beine ausgestreckt. Das war seltsam, da sie normalerweise direkt auf die Küche zusteuerte und sich die Milch und die Chocolate-Chip-Kekse holte, die Maggie für sie bereithielt. Claire schob die langen Strähnen hinter die Ohren. Sie trug ihre Schuluniform –, grüne Jacke, grüner Rock, weiße Bluse und graue Strümpfe, die ihr auf die Knöchel hinuntergerutscht waren. Sie hatte ein paar Pickel am Kinn, stellte Maggie fest. Entweder hatte sie was Falsches gegessen oder sie hatte ihre Tage.

»Weißt du Bescheid?«

»Heute Mittag wusste es jeder in der Schule.«

»Kennst du Mr. Payne?«

»Er ist mein Biolehrer. Und er wohnt direkt bei uns gegenüber. Wie kann er so was machen? Dieses Schwein! Wenn ich mir vorstelle, was der im Kopf hatte, als er mit uns die Fortpflanzungsorgane durchgenommen und Frösche seziert hat und das alles … bah.« Sie erschauderte.

»Claire, noch weiß man nicht, was er getan hat. Bisher ist nur raus, dass sich Mr. und Mrs. Payne gestritten haben und er sie geschlagen hat.«

»Aber sie haben doch Kim gefunden, oder? Außerdem wären da drüben nicht so viele Bullen, wenn er einfach nur seine Frau geschlagen hätte, oder?«

Wenn er einfach nur seine Frau geschlagen hätte. Maggie war oft erstaunt, wie leichtfertig Gewalt gegen Frauen akzeptiert wurde, schon von einem so jungen Mädchen wie Claire. Sicher, sie meinte es nicht so, wie es herauskam, und wäre erschüttert, wenn sie Näheres über Maggies Leben in Toronto gewusst hätte. Trotzdem sagte sich das so einfach. Seine Frau geschlagen. Nebensächlich. Unwichtig.

»Das stimmt schon«, erwiderte sie. »Es ist mehr passiert. Aber wir wissen nicht, ob Mr. Payne für das verantwortlich ist, was mit Kimberley passiert ist. Das kann auch jemand anders gewesen sein.«

»Nein. Er war es. Er ist es. Er hat die ganzen Mädchen umgebracht. Er hat Kim umgebracht.«

Claire begann zu weinen, und Maggie wurde verlegen. Sie holte eine Packung Taschentücher und setzte sich neben Claire aufs Sofa. Das Mädchen legte den Kopf an Maggies Schulter und schluchzte. Innerhalb von Sekunden war die dünne Schutzschicht jugendlicher Coolness dahin. »'tschuldigung«, sagte sie. »Normalerweise heul ich nicht so rum wie ein Baby.«

»Was ist denn?«, fragte Maggie und strich ihr übers Haar. »Was ist, Claire? Du kannst es mir ruhig sagen. Du warst ihre Freundin, oder? Kims Freundin?«

Claires Lippen zitterten. »Ich fühle mich einfach so furchtbar.«

»Das kann ich verstehen.«

»Kannst du nicht! Das kannst du nicht. Verstehst du das nicht?«

»Was denn?«

»Dass es meine Schuld ist. Es ist meine Schuld, dass Kim ermordet wurde. Ich hätte am Freitag bei ihr sein sollen. Ich hätte bei ihr sein sollen!«

Als Claire das Gesicht wieder an Maggies Schulter vergrub, klopfte es laut an der Tür.

Detective Inspector Annie Cabbot saß an ihrem Schreibtisch, verfluchte Banks immer noch stumm und wünschte sich, niemals die Beförderung ins Dezernat Interne Ermittlungen angenommen zu haben, auch wenn es nach der bestandenen Prüfung zum Inspector die einzig freie Stelle in dem Dienstgrad gewesen war. Natürlich hätte sie als Detective Sergeant bei der Kripo bleiben oder als Inspector der Verkehrspolizei wieder für eine Weile in die Uniform schlüpfen können. Aber Annie war zu dem Schluss gekommen, dass Interne Ermittlungen eine Stufe auf der Karriereleiter war, die sich lohnte und nur so lange währte, bis sich eine geeignete Stelle bei der Kripo bot. Das würde über kurz oder lang geschehen, hatte Banks ihr versichert. Die Western Division wurde fortwährend umstrukturiert, das betraf teilweise auch die Stellen. Momentan rückte die Ermittlungsarbeit gegenüber der Devise in den Hintergrund, mehr Präsenz auf den Straßen zu zeigen und beim Bürger stärker in Erscheinung zu treten. Aber der Tag würde kommen. Auf diese Weise sammelte Annie wenigstens Erfahrungen im Rang eines Inspectors.

Das einzig Gute an ihrer neuen Stelle war das Büro. Die Western Division hatte das Gebäude neben dem alten Revier mit der Tudor-Front übernommen, die beiden Häuser gehörten zum selben Komplex. Man hatte die Zwischenwände herausgerissen und das Innere renoviert. Annie hatte zwar kein großes Zimmer für sich wie Detective Superintendent Chambers, verfügte aber über einen abgetrennten Bereich in einem Großraumbüro, der ihr eine gewisse Privatsphäre sowie einen Blick auf den Marktplatz gewährte wie von Banks' Büro aus.

Hinter der Milchglasabtrennung saßen die beiden Detective Sergeants und die drei Constables, die zusammen mit Annie und Chambers das Dezernat Interne Ermittlungen der Western Division bildeten. Korrupte Polizeibeamte waren in und um Eastvale kein besonders heikles Thema. Der schlimmste Fall, an dem Annie bisher gearbeitet hatte, war der eines Streifenpolizisten, der im Golden Grill getoasteten Teekuchen geschenkt bekommen hatte. Es stellte sich heraus, dass er mit einer der dortigen Kellnerinnen gegangen war und sie sich auf die Weise in sein Herz geschlichen hatte. Eine andere Kellnerin war eifersüchtig geworden und hatte die Angelegenheit dem Dezernat Interne Ermittlungen gemeldet.

Wahrscheinlich war es ungerecht, Banks die Schuld zu geben, dachte Annie, als sie am Fenster stand und auf den geschäftigen Marktplatz hinunterblickte. Vielleicht tat sie es nur, weil sie irgendwie unzufrieden mit ihrer Beziehung war. Sie wusste nicht, woran es lag oder woher es kam, nur dass sie sich langsam unwohl fühlte. Wegen des Chamäleon-Falls hatten sie sich natürlich nicht besonders häufig gesehen, und manchmal war Banks so müde gewesen, dass er schon vorher eingeschlafen war ... aber das war es gar nicht unbedingt, was sie störte, sondern eher die selbstverständliche Vertrautheit, die ihre Beziehung bekommen hatte. Wenn sie zusammen waren, benahmen sie sich immer mehr wie ein altes Ehepaar, und das wollte Annie nicht. Es war unlogisch, aber bei dieser Gemütlichkeit und Vertrautheit fühlte sie sich entschieden unwohl. Es fehlten nur noch Hausschuhe und Kamin. Wobei, in Banks' Cottage gab es das sogar schon.

Annies Telefon klingelte. Es war Detective Superintendent Chambers, der sie in sein Büro nebenan bestellte. Sie klopfte und trat erst ein, nachdem er »Herein!« gerufen hatte, so wie er es gern hatte. Chambers saß hinter seinem unaufgeräumten Schreibtisch – ein dicker Mann in einem Nadelstreifenanzug, dessen Westenknöpfe sich über Brust und Bauch spannten. Annie wusste nicht, ob die Flecken auf seiner Krawatte vom Essen stammten oder ein ausgefallenes Muster darstellten. Chambers hatte ein Gesicht, das immerzu anzüglich grinste, und Schweinsäuglein, von denen Annie sich schon beim Betreten des Zimmers entkleidet fühlte. Seine Hautfarbe erinnerte an ein rohes Stück Fleisch, und seine Lippen waren wulstig, feucht und rot. Annie erwartete beinahe, dass er beim Sprechen sabberte und geiferte, bisher vergebens. Noch war kein Tropfen Speichel auf seine grüne Schreibtischunterlage getropft. Er besaß den Akzent der

Grafschaften um London und fand sich deswegen unglaublich vornehm.

»Ah, DI Cabbot. Nehmen Sie bitte Platz!«

»Danke.«

Annie setzte sich so bequem wie möglich hin, achtete aber darauf, dass ihr der Rock nicht zu weit die Oberschenkel hinaufrutschte. Wenn sie heute Morgen gewusst hätte, dass sie in Chambers' Büro gerufen werden würde, hätte sie eine Hose angezogen.

»Mir ist gerade ein höchst interessanter Auftrag hereingereicht worden«, sagte Chambers. »Wirklich höchst interessant. Ein Fall, der ganz nach Ihrem Geschmack sein dürfte, wie man so sagt.«

Annie wusste genau Bescheid, ließ sich aber nichts anmerken. »Ein Auftrag, Sir?«

»Ja, es wird langsam Zeit, dass auch Sie hier Ihren Beitrag leisten, DI Cabbot. Wie lange sind Sie jetzt schon bei uns?«

»Zwei Monate.«

»Und in dieser Zeit haben Sie … was genau getan?«

»Den Fall um Constable Chaplin und den getoasteten Teekuchen gelöst. Ein Skandal konnte in letzter Minute vermieden werden. Zufrieden stellende Lösung für alle Beteiligten, wenn ich das sagen darf …«

Chambers wurde rot. »Nun, dieser Fall könnte durchaus dazu beitragen, dass Sie von Ihrem hohen Ross herunterkommen, Inspector Cabbot.«

»Ja?« Annie hob die Augenbrauen. Sie konnte einfach nicht aufhören, Chambers zu reizen. Er hatte so eine arrogante, eingebildete Art, die schlicht dazu einlud, ihn zu piesacken. Annie wusste, dass es nachteilig für ihre Karriere sein konnte, aber sie hatte sich trotz ihres wieder erwachten Ehrgeizes geschworen, der Beruf sei es nicht wert, ihre Seele zu verkaufen. Außerdem vertraute sie darauf, dass die guten Bullen wie Banks, Detective Superintendent Gristhorpe und ACC McLaughlin in Zukunft mehr zu sagen haben würden als Saftsäcke wie Chambers, von dem jeder wusste, dass er ein fauler Hund war, der nur auf seine Pensionierung wartete. Allerdings war sie bei Banks anfangs mit ihrem Mundwerk auch nicht vorsichtiger gewesen, und sie konnte von Glück sagen, dass ihn ihre Aufmüpfigkeit angezogen und betört hatte, anstatt ihn gegen sie aufzubringen. Gristhorpe, der Ärmste, war ein Heiliger, und den roten Ron McLaughlin hatte Annie nur selten getroffen, also noch keine Gelegenheit gehabt, sich bei ihm unbeliebt zu machen.

»Ja«, fuhr Chambers fort und lief nun langsam warm, »ich könnte mir vorstellen, dass das hier ein kleiner Unterschied zu getoastetem Teekuchen ist. Da wird Ihnen das Lachen schon vergehen.«

»Möchten Sie mir vielleicht Näheres darüber verraten, Sir?«

Chambers warf ihr einen schmalen Schnellhefter zu. Er rutschte über die Schreibtischkante, fiel auf Annies Knie und dann auf den Boden, bevor sie ihn zu fassen bekam. Sie wollte sich nicht bücken und ihn aufheben, damit Chambers lüstern auf ihre Unterhose gaffen konnte. Annie rührte sich nicht. Chambers kniff die Augen zusammen, mehrere Sekunden starrten sich die beiden an. Schließlich mühte sich der Alte von seinem Stuhl und hob die Mappe auf. Vor Anstrengung wurde er rot im Gesicht. Noch heftiger als zuvor knallte er den Ordner vor Annie auf den Tisch.

»Sieht aus, als ob es in West Yorkshire eine Kollegin auf Probe mit ihrem Schlagstock ein bisschen übertrieben hat. Wir sollen uns drum kümmern. Das Problem ist: Leider steht der Bursche, dem sie eins übergezogen hat, im Verdacht, der lange gesuchte Chamäleon-Mörder zu sein, was, wie selbst Ihnen klar sein dürfte, ein ganz neues Licht auf die Angelegenheit wirft.« Er klopfte auf die Mappe. »Alles Weitere steht hier drin, so wie die Dinge momentan liegen. Meinen Sie, dass Sie damit zurechtkommen?«

»Kein Problem«, erwiderte Annie.

»Ganz im Gegenteil«, gab Chambers zurück. »Das gibt, glaube ich, jede Menge Probleme. So etwas nennt man einen Fall von oberster Priorität, und aus dem Grund kommt da mein Name drunter. Sie sehen doch bestimmt ein, dass ein kleiner Inspector, der noch grün hinter den Ohren ist, unmöglich die Verantwortung für einen Fall von solcher Tragweite übernehmen kann.«

»Wenn das so ist«, entgegnete Annie, »warum ermitteln Sie dann nicht selbst?«

»Weil ich im Moment leider zu viel zu tun habe«, sagte Chambers mit schiefem Grinsen. »Außerdem, wenn man einen Hund hat, warum soll man dann selbst bellen?«

»Stimmt. Warum bloß? Sicher«, sagte Annie, die genau wusste, dass Chambers sich sogar in seiner eigenen Wohnung verlaufen würde. »Ich verstehe voll und ganz.«

»Das dachte ich mir.« Chambers strich sich über sein Doppelkinn. »Und da mein Name drunterkommt, wird hier nichts vermasselt. Genauer gesagt, wenn bei dieser Geschichte irgendwelche Köpfe rollen, dann zuallererst Ihrer. Sie wissen ja, bei mir steht die Pension vor der Tür. Über die Karriereleiter brauche ich mir nicht mehr den Kopf zu zerbrechen. Sie allerdings … Na ja, Sie verstehen bestimmt, was ich meine.«

Annie nickte.

»Sie werden mir natürlich persönlich Bericht erstatten«, fuhr Chambers fort. »Ich erwarte tägliche Berichte, es sei denn, es gibt wichtige Entwicklungen. In dem Fall setzen Sie mich unverzüglich davon in Kenntnis. Verstanden?«

»Genauso hätte ich es auch gemacht«, sagte Annie.

Chambers kniff die Augen zusammen. »Ihr loses Mundwerk wird Ihnen noch mal Probleme bereiten, junge Dame.«

»Das hat schon mein Vater gesagt.«

Chambers grunzte und verlagerte sein Gewicht. »Da ist noch was.«

»Ja?«

»Es gefällt mir nicht, wie ich diesen Auftrag bekommen habe. Irgendwas ist daran faul.«

»Wie meinen Sie das?«

»Ich weiß nicht.« Chambers runzelte die Stirn. »Der kommissarische Detective Superintendent Banks von der Kripo leitet unseren Teil der Chamäleon-Ermittlung, stimmt das?«

Annie nickte.

»Und wenn ich mich richtig erinnere, haben Sie als Sergeant unter ihm gearbeitet, bevor Sie hierher kamen, richtig?«

Wieder nickte Annie.

»Nun, ich kann mich ja irren«, sagte Chambers, wich Annies Blick aus und schaute an die Wand. »Kann sein, kann nicht sein, wie man hier sagt. Aber andererseits ...«

»Ja?«

»Behalten Sie ihn im Auge! Lassen Sie sich nicht in die Karten gucken!«

Dabei sah er ihr auf die Brust, und Annie musste sich unwillkürlich schütteln. Sie stand auf und ging zur Tür.

»Und noch etwas, Inspector Cabbot.«

Annie drehte sich um. »Ja?«

Chambers grinste blöde. »Dieser Banks. Nehmen Sie sich in Acht! Er hat den Ruf, ein Frauenheld zu sein, falls Sie das noch nicht wussten.«

Mit rotem Kopf verließ Annie das Büro.

Banks folgte Maggie Forrest in ein Wohnzimmer mit dunkler Vertäfelung und düsteren Landschaftsbildern in schweren Goldrahmen. Das Zimmer ging nach Westen. Die spätnachmittägliche Sonne warf tanzende Schatten durch das Laub der Bäume auf die Wände. Der Raum hatte nichts Weibliches an sich. Er erinnerte eher an die Kaminzimmer, in die sich Männer in Historienschinken der BBC auf einen Portwein und eine Zigarre zurückzogen. Banks spürte, dass sich Maggie unwohl fühlte, obwohl er nicht hätte sagen können, was ihm diesen Eindruck vermittelte. In der Luft hing ein leichter Zigarettengeruch, im Aschenbecher lagen zwei Stummel, daher zündete Banks sich eine Silk Cut an und bot auch Maggie eine an. Banks warf einen Blick auf die Schülerin auf dem Sofa. Sie hielt den Kopf gesenkt, hatte den Daumen im Mund und die nackten Knie zusammengepresst. Das eine hatte sie sich offenbar unlängst bei einem Sturz aufgeschürft.

»Möchten Sie uns nicht vorstellen?«, fragte er Maggie.

»Detective ...?«

»Banks. Kommissarischer Detective Superintendent.«

»Detective Superintendent Banks, das ist Claire Toth, die Tochter meiner Nachbarn.«

»Freut mich, Claire«, sagte Banks.

Claire schaute zu ihm auf und murmelte etwas zur Begrüßung. Dann zog sie eine zerdrückte Zehner-Packung Embassy Regal aus der Jackentasche und tat es den Erwachsenen nach. Banks wusste, dass jetzt nicht die Zeit war, um einen Vortrag über die Gefahren des Rauchens zu halten. Hier stimmte etwas nicht. Die roten Augen und Tränenspuren im Gesicht des Mädchens verrieten ihm, dass sie geweint hatte.

»Ich habe wohl etwas verpasst«, sagte er. »Würde mich bitte jemand aufklären?«

»Claire ist mit Kimberley Myers zur Schule gegangen«, erklärte Maggie. »Jetzt ist sie natürlich verstört.«

Claire wurde nervös, ihre Augen flitzten hin und her. Sie rauchte in kurzen, hektischen Zügen und hielt die Zigarette affektiert mit ausgestrecktem Arm und abgespreiztem Zeige- und Mittelfinger. Beim Ziehen ließ sie sie los. Sie inhalierte nicht, sondern paffte wohl nur, um erwachsen zu wirken. Oder vielleicht auch, um sich erwachsen zu fühlen, denn nur der liebe Gott konnte wissen, wie aufgewühlt Claire innerlich sein musste. Und es würde noch schlimmer werden. Banks erinnerte sich an Tracys Reaktion auf den Mord an einem Mädchen aus Eastvale, Deborah Harrison. Tracy und Deborah hatten sich nicht besonders gut gekannt, kamen aus unterschiedlichen Gesellschaftsschichten, waren aber ungefähr im gleichen Alter gewesen und hatten sich mehrmals getroffen und unterhalten. Banks hatte versucht, die Wahrheit vor Tracy so lange wie möglich geheimzuhalten, aber schließlich hatte er sie nur trösten können. Tracy hatte Glück gehabt, war darüber hinweggekommen. Manchen gelang das nie.

»Kim war meine beste Freundin«, sagte Claire. »Und ich hab sie im Stich gelassen.«

»Wie kommst du darauf?«, fragte Banks.

Claire warf Maggie einen kurzen Blick zu, als suche sie ihr Einverständnis. Fast unmerklich nickte Maggie. Sie war eine attraktive Frau, stellte Banks fest. Nicht unbedingt vom Äußeren, denn sie hatte eine längliche Nase und ein spitzes Kinn, aber ihre elfenhafte Art und die sehnige, jungenhafte Figur gefielen ihm. Nein, es waren ihre Freundlichkeit und Intelligenz, die ihn stark ansprachen. Es lag in ihren Augen.

In ihrer Sparsamkeit zeugten noch ihre simpelsten Bewegungen von künstlerischer Anmut, wenn beispielsweise ihre großen Hände mit den langen, schmal zulaufenden Fingern die Asche von der Zigarette schnippten.

»Ich hätte bei ihr sein sollen«, sagte Claire. »War ich aber nicht.«

»Warst du auf dem Tanzabend?«, fragte Banks.

Claire nickte und biss sich auf die Lippe.

»Hast du Kimberley da gesehen?«

»Kim. Ich hab sie immer Kim genannt.«

»Gut, Kim. Hast du Kim da gesehen?«

»Wir sind zusammen hingegangen. Es ist nicht weit. Oben am Kreisverkehr vorbei und die Town Street entlang, da beim Rugby-Feld.«

»Ich weiß, wo du meinst«, entgegnete Banks. »Das ist die Congregational Church gegenüber der Gesamtschule Silverhill, stimmt's?«

»Ja.«

»Ihr seid also zusammen zum Tanzen gegangen.«

»Ja, wir sind da hin und … und …«

»Lass dir Zeit«, sagte Banks, als er merkte, dass sie gleich wieder weinen würde.

Claire zog noch einmal an der Zigarette und drückte sie aus. Es gelang ihr nicht recht, die Asche schwelte weiter. Claire schniefte. »Wir wollten zusammen nach Hause gehen. Ich meine … wir wussten ja Bescheid … Sie wissen schon … es war im Radio und im Fernsehen gewesen und mein Vater hatte gesagt … Wir sollten aufpassen und zusammenbleiben.«

Banks selbst hatte die Warnungen ausgeben lassen. Von Vorsicht zur Panik war es nicht weit, das wusste er. Er hatte zwar vermeiden wollen, dass eine Paranoia um sich griff, wie es beim Yorkshire-Ripper Anfang der Achtziger geschehen war. Dennoch hatte er klarstellen wollen, dass junge Mädchen nach Einbruch der Dunkelheit vorsichtig sein sollten. Solange man keine Ausgangssperre verhängte, konnte man die Leute allerdings nicht zwingen, vorsichtig zu sein.

»Was passierte dann, Claire? Hast du sie aus den Augen verloren?«

»Nein, das nicht. Ich meine, eigentlich nicht. Sie verstehen das nicht.«

»Dann hilf uns, damit wir es verstehen, Claire«, sagte Maggie und nahm die Hand des Mädchens. »Wir möchten dir helfen. Hilf du uns!«

»Ich hätte bei ihr sein sollen.«

»Und warum warst du nicht da?«, hakte Banks nach. »Habt ihr euch gestritten?«

Claire schwieg und schaute zur Seite. »Es ging um einen Jungen«, sagte sie schließlich.

»Kim war mit einem Jungen zusammen?«

»Nein, *ich*. Ich war mit einem Jungen zusammen.« Tränen liefen ihr die Wangen hinunter, aber sie sprach weiter. »Nicky Gallagher. Den finde ich schon lange toll, und er hat mich gefragt, ob ich mit ihm tanzen will. Dann hat er gesagt, er würde mich nach Hause bringen. Kim wollte kurz vor elf los, sie musste pünktlich zu Hause sein, und eigentlich wollte ich mit, aber Nicky ... der wollte unbedingt noch mal langsam tanzen ... ich dachte, es wären jede Menge Leute unterwegs ... ich ...« Sie brach erneut in Tränen aus und vergrub den Kopf an Maggies Schulter.

Banks atmete tief durch. Claires Schmerz, ihr Schuldgefühl und ihre Trauer waren so unverfälscht, dass er einen Kloß im Hals bekam. Maggie strich ihr übers Haar und murmelte tröstende Worte, Claire ließ den Tränen freien Lauf. Irgendwann hatte sie sich ausgeweint und putzte sich die Nase. »'tschuldigung«, sagte sie. »Echt. Ich würde *alles* darum geben, wenn ich diesen Abend noch mal erleben und alles anders machen könnte. Ich *hasse* Nicky Gallagher!«

»Claire«, sagte Banks, dem Schuldgefühle nicht fremd waren. »Es ist nicht seine Schuld. Und ganz bestimmt nicht deine.«

»Ich bin eine egoistische dumme Kuh. Ich hatte Nicky, der mich nach Hause gebracht hat. Ich dachte, er würde mir einen Kuss geben. Ich *wollte*, dass er mir einen Kuss gibt. Ja? Ich bin eine richtige Schlampe.«

»Red keinen Unsinn!«, schimpfte Maggie. »Der Superintendent hat Recht. Es ist nicht deine Schuld.«

»Aber wenn ich bloß nicht …«

»Wenn das Wörtchen ›wenn‹ nicht wär«, sagte Banks.

»Aber es stimmt doch! Kim hatte niemanden, deshalb musste sie allein nach Hause gehen, und Mr. Payne hat sie geschnappt. Er hat bestimmt ganz schreckliche Sachen mit ihr gemacht, bevor er sie umgebracht hat, oder? Ich hab schon viel über solche Leute gelesen.«

»Was auch immer in der Nacht passiert ist«, sagte Banks, »es ist nicht deine Schuld.«

»Wer ist dann schuld?«

»Niemand. Kim war zur falschen Zeit am falschen Ort. Es hätte jede …« Banks biss sich auf die Zunge. Keine gute Idee. Er hoffte, dass Claire seinen Gedankengang nicht erraten hatte, leider vergebens.

»Ich hätte es sein können? Ja, ich weiß. Das wäre besser gewesen.«

»Das meinst du doch nicht ernst, Claire«, sagte Maggie.

»Doch. Dann müsste ich jetzt nicht damit leben. Ich bin an allem schuld. Weil sie nicht das fünfte Rad am Wagen sein wollte.« Wieder begann Claire zu weinen.

Banks fragte sich, ob es Claire ebenfalls hätte treffen können. Sie war der richtige Typ: blond und langbeinig wie so viele junge Mädchen im Norden. War es reine Willkür? Oder hatte Payne schon die ganze Zeit ein Auge auf Kimberley Myers geworfen? Jenny mochte da ein paar Theorien haben.

Er versuchte sich vorzustellen, was passiert war. Payne parkt sein Auto in der Nähe des Jugendclubs, weil er weiß, dass am Abend Disco ist, weil er weiß, dass das Mädchen da ist, auf das er ein Auge geworfen hat. Er kann natürlich nicht damit rechnen, dass sie allein nach Hause geht, doch wer nicht wagt, der nicht gewinnt. Die Möglichkeit besteht immer. Es ist sicher ein Risiko, aber das ist es ihm offensichtlich wert. Sein sehnlichster Wunsch. Alle anderen waren nur Übung. Dieses Mädchen ist das einzig Wahre. Sie ist es, die er von Anfang an gewollt hat, in der Schule hat er sie vor Augen gehabt, hat sie ihn gequält, Tag für Tag.

Wie Banks musste auch Terence Payne gewusst haben, dass Kimberley zweihundert Meter weiter wohnte als ihre

Freundin Claire Toth, hinter der Eisenbahnbrücke, und dass es dort einen dunklen, einsamen Straßenabschnitt gab, auf einer Seite nur Feld, auf der anderen die Kapelle der Methodisten, die zu dieser Uhrzeit dunkel ist. Methodisten sind nicht unbedingt für ihre ausgelassenen Partys bis spät in die Nacht bekannt. Als Banks am Samstagnachmittag, dem Tag nach Kimberleys Verschwinden, dort entlanggegangen und dem Weg gefolgt war, den sie nach der Disco genommen haben musste, hatte er gedacht, es sei eine ideale Stelle für eine Entführung.

Payne konnte sein Auto ein Stück vor Kimberley geparkt und sich auf sie gestürzt haben, vielleicht hatte er sie auch gegrüßt, der vertraute, ungefährliche Mr. Payne von der Schule, hatte sie irgendwie ins Auto gelotst, mit Chloroform betäubt und durch die Garage in den Keller gebracht.

Langsam wurde Banks klar, dass Payne sein Glück vielleicht gar nicht hatte fassen können, als Kimberley sich allein auf den Heimweg machte. Er war wohl davon ausgegangen, dass sie von ihrer Freundin Claire oder jemand anderem begleitet würde. Vorher hatte er nur hoffen können, dass die anderen näher an der Schule wohnten als Kimberley und sie den letzten, kurzen, einsamen Abschnitt allein zurücklegen musste. Aber da sie von Anfang an allein gewesen war, konnte er ihr sogar angeboten haben, sie mitzunehmen. Er musste nur vorsichtig sein und aufpassen, dass ihn niemand sah. Sie vertraute ihm. Vielleicht hatte der gute, freundliche Nachbar sie sogar früher schon einmal mitgenommen.

»*Steig ein, Kimberley, du weißt doch, dass es für ein Mädchen in deinem Alter gefährlich ist, zu dieser Uhrzeit allein auf der Straße zu sein. Ich bring dich nach Hause.*«

»*Ja, Mr. Payne. Vielen Dank, Mr. Payne.*«

»*Du hast Glück, dass ich gerade vorbeikomme.*«

»*Ja, Sir.*

»*Jetzt schnall dich an.*«

»Superintendent?«

»Entschuldigung«, sagte Banks, in seine Gedanken versunken.

»Ist es in Ordnung, wenn Claire jetzt nach Hause geht? Ihre Mutter müsste inzwischen zurück sein.«

Banks schaute sich das Mädchen an. Claires Welt war zusammengebrochen. Das ganze Wochenende musste sie sich gemartert haben, was passiert sein mochte, musste den Augenblick gefürchtet haben, als das Gespenst ihrer Schuld Wirklichkeit wurde und sich ihre Albträume als wahr entpuppten. Es gab keinen Grund, Claire hier zu behalten. Sollte sie zu ihrer Mutter gehen. Er wusste, wo sie war, falls er noch einmal mit ihr sprechen wollte.

»Nur noch eins, Claire«, sagte er. »Hast du Mr. Payne an dem Abend irgendwo gesehen?«

»Nein.«

»Er war nicht da?«

»Nein.«

»Hat er nicht vor dem Jugendclub geparkt?«

»Nicht dass ich wüsste.«

»Hast du sonst irgendjemand gesehen, der sich da herumtrieb?«

»Nein. Aber ich hab auch nicht drauf geachtet.«

»Hast du Mrs. Payne gesehen?«

»Mrs. Payne? Nein. Warum?«

»Schon gut, Claire. Du kannst jetzt nach Hause gehen.«

»Gibt es etwas Neues über Lucy?«, fragte Maggie, als Claire fort war.

»Es geht ihr gut. Sie kommt zurecht.«

»Sie wollten mich sprechen?«

»Ja«, bestätigte Banks. »Nur ein paar offene Fragen nach der Befragung heute Morgen, das ist alles.«

»Ach?« Maggie nestelte am Halsausschnitt ihres T-Shirts herum.

»Nichts Wichtiges, denke ich.«

»Worum geht es?«

»Einer der Beamten, der mit Ihnen geredet hat, hatte den Eindruck, Sie hätten ihm nicht die volle Wahrheit über Ihr Verhältnis zu Lucy Payne erzählt.«

Maggie hob die Augenbrauen. »Aha.«

»Würden Sie sagen, dass Sie eng mit ihr befreundet sind?«

»Befreundet schon, aber nicht eng. Ich kenne Lucy noch nicht lange.«

»Wann haben Sie sie zum letzten Mal gesehen?«

»Gestern. Sie hat am Nachmittag vorbeigeschaut.«

»Worüber haben Sie sich unterhalten?«

Maggie betrachtete die Hände in ihrem Schoß. »Über nichts Besonderes. Das Wetter, die Arbeit, solche Sachen.«

Kimberley lag nackt und gefesselt im Keller der Paynes, und Lucy hatte vorbeigeschaut, um über das Wetter zu reden. Entweder war sie wirklich unschuldig, oder ihre Bösartigkeit übertraf bei weitem alles, das Banks bisher untergekommen war. »Gab sie Ihnen jemals Anlass zu der Vermutung, dass bei ihr zu Hause etwas nicht stimmt?«, fragte er.

Maggie schwieg kurz. »Nicht so, wie Sie meinen. Nein.«

»Was meine ich denn?«

»Ich nehme an, dass es mit dem Mord zu tun hat, oder? Mit dem Mord an Kimberley?«

Banks lehnte sich im Sessel zurück und seufzte. Es war ein langer Tag gewesen, und er war noch nicht zu Ende. Maggie war keine überzeugende Lügnerin. »Mrs. Forrest«, begann er, »im Moment ist alles, was wir über das Leben in The Hill 35 herausfinden können, nützlich für uns. Und damit meine ich wirklich alles. Ich habe langsam denselben Eindruck wie mein Kollege – dass Sie mir etwas verheimlichen.«

»Es ist nicht relevant.«

»Woher wollen Sie das wissen, verdammt noch mal!«, schnauzte Banks sie an. Er erschrak, als sie bei seinem barschen Tonfall zusammenzuckte. Kurz huschten Angst und Unterwerfung über ihr Gesicht. Sie schlang die Arme um sich und starrte in die Ferne. »Mrs. Forrest … Maggie«, sagte er sanfter. »Hören Sie, es tut mir Leid, aber ich habe einen schlimmen Tag hinter mir, und langsam ist es wirklich frustrierend. Würde ich jedesmal einen Penny bekommen, wenn mir jemand sagt, eine Information wäre irrelevant für meine Ermittlung, wäre ich längst ein reicher Mann. Ich weiß, dass wir alle unsere Geheimnisse haben. Ich weiß, dass es Dinge gibt, über die wir lieber nicht reden möchten. Aber wir ermitteln hier in einem Mordfall. Kimberley Myers ist tot. Un-

89

ser Kollege Dennis Morrisey ist tot. Nur Gott weiß, wie viele Leichen wir noch ausgraben werden, und ich muss hier sitzen und mir anhören, dass Sie Lucy Payne kennen, dass sie Ihnen möglicherweise bestimmte Vermutungen und Informationen anvertraut hat und dass Sie glauben, es sei nicht relevant. Bitte, Maggie, tun Sie mir das nicht an.«

Das Schweigen schien Jahre zu dauern, ehe Maggie es mit leiser Stimme unterbrach. »Sie wurde misshandelt. Lucy. Er … ihr Mann … er schlug sie.«

»Terence Payne misshandelte seine Frau?«

»Ja. Ist das so seltsam? Wenn er junge Mädchen umbringen kann, ist er bestimmt in der Lage, seine Frau zu verprügeln.«

»Hat sie Ihnen das erzählt?«

»Ja.«

»Warum hat sie nichts dagegen unternommen?«

»Das ist nicht so leicht, wie Sie glauben.«

»Ich sage nicht, dass es leicht ist. Und bilden Sie sich nicht ein zu wissen, was ich glaube. Was haben Sie ihr geraten?«

»Ich habe ihr natürlich gesagt, sie soll sich professionelle Hilfe suchen, aber sie hat es vor sich hergeschoben.«

Banks kannte sich mit Gewalt in der Ehe insofern aus, als dass er wusste, wie schwer es den Opfern oft fällt, sich an öffentliche Stellen zu wenden oder den Partner zu verlassen. Sie schämen sich, sind der Meinung, selbst schuld zu sein, fühlen sich gedemütigt, würden es am liebsten für sich behalten und glauben, dass sich alles noch zum Guten wendet. Viele können nirgends hin, kennen es nicht anders und haben Angst vor der Welt draußen, auch wenn es bei ihnen noch so brutal zugeht. Außerdem hatte Banks das Gefühl, dass Maggie Forrest aus erster Hand wusste, wovon sie sprach. So wie sie bei seinem scharfen Tonfall zusammengezuckt war, wie sie sich geweigert hatte, über das Thema zu reden, wie sie nicht mit der Sprache herausrücken wollte – das waren viel sagende Anhaltspunkte.

»Hat sie je davon gesprochen, dass sie ihren Mann anderer Verbrechen verdächtigt?«

»Nein.«

»Aber sie hatte Angst vor ihm?«

»Ja.«

»Haben Sie sie zu Hause besucht?«

»Ja, manchmal.«

»Haben Sie etwas Ungewöhnliches bemerkt?«

»Nein. Nichts.«

»Wie benahmen sich die beiden zusammen?«

»Lucy wirkte immer nervös, zappelig. Wollte ihm gefallen.«

»Haben Sie jemals blaue Flecken bei ihr gesehen?«

»Es gibt nicht immer blaue Flecken. Aber Lucy schien Angst vor ihm zu haben, Angst, etwas falsch zu machen. Das meine ich.«

Banks notierte sich etwas. »Ist das alles?«, fragte er.

»Wie meinen Sie das?«

»Ist das alles, was Sie mir verschwiegen haben, oder gibt es noch mehr?«

»Sonst war da nichts.«

Banks stand auf. »Verstehen Sie jetzt«, sagte er an der Tür, »dass es doch relevant ist, was Sie mir erzählt haben? Sehr relevant.«

»Ich verstehe nicht, warum.«

»Terence Payne hat schwere Gehirnverletzungen. Er liegt im Koma und wird eventuell nie mehr daraus erwachen, und selbst wenn, ist es möglich, dass er sich an nichts erinnern kann. Lucy Payne wird sich ziemlich schnell erholen. Sie sind die Erste, die uns überhaupt irgendetwas über sie verraten konnte, und es sind Informationen, die ihr helfen könnten.«

»Inwiefern?«

»Es gibt nur zwei Fragen in Bezug auf Lucy Payne. Erstens: War sie seine Komplizin? Und zweitens: Wusste sie Bescheid und hat den Mund gehalten? Was Sie mir gerade erzählt haben, ist das Erste, das die Waagschale zu Lucys Gunsten verändert. Damit haben Sie Ihrer Freundin einen Dienst erwiesen. Schönen Abend noch, Mrs. Forrest. Ich werde dafür sorgen, dass ein Beamter ein Auge auf Ihr Haus hat.«

»Warum? Meinen Sie, ich bin in Gefahr? Sie haben gesagt, Terry ...«

»Das meine ich nicht. Die Journalisten. Die können ganz schön hartnäckig sein, und ich möchte nicht, dass Sie denen erzählen, was Sie mir gerade erzählt haben.«

5

Leanne Wray war sechzehn, als sie am Freitag, dem 31. März, in Eastvale verschwand. Sie war ein Meter fünfundfünfzig groß, wog nur vierundvierzig Kilo und lebte als Einzelkind bei ihrem Vater, Christopher Wray, einem Busfahrer, und ihrer Stiefmutter Victoria, Hausfrau, in einem Reihenhaus nördlich des Stadtzentrums von Eastvale. Leanne besuchte die Gesamtschule Eastvale.

Leannes Eltern erzählten der Polizei später, sie hätten sich nichts dabei gedacht, ihre Tochter am Freitagabend ins Kino gehen zu lassen, auch wenn sie von den beiden Vermissten, Kelly Matthews und Samantha Foster, gehört hatten. Schließlich wollte sie mit ihren Freunden hin und musste spätestens um halb elf zu Hause sein.

Das Einzige, was Christopher und Victoria vielleicht nicht recht gewesen wäre – hätten sie es gewusst –, war die Gesellschaft von Ian Scott. Christopher und Victoria wollten nicht, dass Leanne sich mit Ian abgab. Zum einen war er zwei Jahre älter als sie, und das machte in dem Alter viel aus. Zum anderen aber hatte Ian den Ruf, ein Tunichtgut zu sein. Schon zweimal war er von der Polizei verhaftet worden, einmal wegen Autodiebstahls und ein zweites Mal wegen Verkaufs von Ecstasy in der Bar None. Außerdem war Leanne ein sehr hübsches Mädchen, schlank und wohlgeformt, mit wunderschönem goldblondem Haar, einem fast durchscheinenden Teint und blauen Augen mit langen Wimpern. Die Eltern nahmen an, dass ein älterer Junge wie Ian nur aus einem Grund Interesse an ihr haben könne. Dass er eine eigene Wohnung hatte, sprach auch nicht gerade für ihn.

Aber Leanne trieb sich einfach gern mit Ians Clique herum. Ians Freundin, an dem Abend auch mit von der Partie, hieß Sarah Francis, siebzehn Jahre, und der Vierte im Bunde war Mick Blair, achtzehn Jahre, ein Freund. Alle sagten übereinstimmend aus, sie wären nach dem Kino eine Zeit lang durch die Innenstadt geschlendert und dann auf einen Kaffee ins El Toro gegangen. Bei weiteren Ermittlungen fand die Polizei allerdings heraus, dass die vier in Wirklichkeit im Old Ship Inn in einer Gasse zwischen North Market Street und York Road Alkohol getrunken hatten. Sie hatten also gelogen, weil Leanne und Sarah noch minderjährig waren. Damit konfrontiert, sagten alle, Leanne sei gegen Viertel nach zehn direkt vom Pub aus aufgebrochen und zu Fuß nach Hause gegangen, ein Weg, für den sie nicht mehr als zehn Minuten gebraucht haben konnte. Sie kam aber nie an.

Obwohl Leannes Eltern sich aufregten und Sorgen machten, warteten sie bis zum Morgen, ehe sie die Polizei verständigten. Bald war eine von Banks geleitete Ermittlung in vollem Gange. Überall in Eastvale wurden Poster von Leanne aufgehängt; jeder, der an dem Abend im Kino, im Old Ship Inn oder im Stadtzentrum gewesen war, wurde verhört. Nichts. Es wurde sogar eine Rekonstruktion des gesamten Ablaufs durchgeführt, ebenfalls ohne Ergebnis. Leanne Wray war wie vom Erdboden verschluckt. Nicht einer wollte sie nach dem Verlassen des Old Ship gesehen haben.

Ihre drei Freunde gaben an, sie seien anschließend in einen anderen Pub gegangen, The Riverboat, der eine spätere Sperrstunde hatte. Schließlich seien sie in der Bar None am Marktplatz gelandet. Auf den rund um die Uhr arbeitenden Überwachungskameras war zu sehen, wie sie dort gegen halb eins auftauchten. Die Wohnung von Ian Scott wurde vom Erkennungsdienst gründlich nach einem Beweis für Leannes Anwesenheit untersucht, aber man fand nichts. Wenn sie dort gewesen war, hatte sie keine Spuren hinterlassen.

Bald stellte Banks fest, dass es in der Familie Wray Spannungen gab. Nach Aussage einer Schulfreundin, Jill Brown, verstand sich Leanne nicht besonders gut mit ihrer Stiefmutter. Sie stritten sich oft. Leanne vermisste ihre leibliche

Mutter, die zwei Jahre zuvor an Krebs gestorben war. Gegenüber ihrer Freundin hatte sie geäußert, Victoria solle sich einen Job suchen, anstatt »ihrem Dad auf der Tasche zu liegen«, der eh nicht viel verdiente. Finanziell war es bei den Wrays ein bisschen knapp, sagte Jill. Leanne musste eher strapazierfähige als schicke Sachen tragen. Die Kleidung musste länger halten, als ihr lieb war. Mit sechzehn fand sie einen Samstagsjob in einer Boutique in der Innenstadt, wo sie schöne Klamotten mit Personalrabatt kaufen konnte.

Es bestand also die schwache Hoffnung, dass Leanne vor einer schwierigen Situation davongelaufen war und die Aufrufe in den Medien überhört hatte. Dann wurde im Gebüsch eines Gartens, an dem sie auf dem Heimweg vorbeigekommen sein musste, ihre Umhängetasche gefunden. Die Hauseigentümer wurden verhört, entpuppten sich aber als ein über siebzigjähriges Rentnerehepaar, das schnell entlastet war.

Am dritten Tag wurde Banks beim stellvertretenden Polizeipräsidenten Ron McLaughlin vorstellig, worauf Gespräche mit Area Commander Philip Hartnell von der West Yorkshire Police folgten. Innerhalb weniger Tage wurde die Sonderkommission »Chamäleon« ins Leben gerufen und Banks zum Leiter des North-Yorkshire-Zweigs ernannt. Das hieß: mehr finanzielle Mittel, mehr Arbeitskraft, mehr Grips und Energie. Leider hieß das auch, dass man jetzt von einem Serienmörder ausging. In null Komma nichts sprang die Presse darauf an.

Leanne sei eine mittelmäßige Schülerin, sagten ihre Lehrer. Sie könne besser sein, wenn sie sich mehr Mühe gebe, aber sie hätte keine Lust. Sie beabsichtigte, die Schule zum Jahresende zu verlassen und sich eine Stelle zu suchen, vielleicht in einer Boutique oder einem Musikgeschäft wie Virgin oder HMV. Sie mochte Popmusik, ihre Lieblingsgruppe war Oasis. Wie sehr über die Band auch hergezogen wurde – Leanne blieb ihr treu. Ihre Freunde fanden, sie sei ein relativ zurückhaltender, aber unkomplizierter Mensch, der gern über die Witze anderer lachte und nicht unbedingt zum Grübeln neigte. Leanne litt an leichtem Asthma und hatte immer

einen Inhalator dabei, der mit ihren übrigen persönlichen
Gegenständen in der Umhängetasche gefunden wurde.

Wenn das zweite Opfer, Samantha Foster, ein wenig über-
spannt wirkte, so war Leanne Wray ein völlig normales
Yorkshire-Mädchen aus der unteren Mittelschicht.

»Doch, ist schon okay, ich kann reden, Sir. Kommen Sie rein!«

In Banks' Augen sah Janet Taylor nicht okay aus, als er um
kurz nach sechs bei ihr vorbeischaute, aber schließlich hatte
jeder, der sich am Morgen einen Serienmörder vom Hals gehalten und den Kopf des sterbenden Kollegen im Schoß ge-
wiegt hatte, das Recht, schlecht auszusehen. Janet war blass
und abgespannt, und ihre schwarze Kleidung unterstrich
diese Blässe.

Janets Wohnung lag über einem Frisör in der Harrogate
Road, unweit des Flughafens Leeds/Bradford. Im Treppenhaus roch es nach Haarfestiger und Kräutershampoo. Banks
folgte Janet die schmale Treppe hinauf. Sie bewegte sich apa-
thisch, schlurfte mit den Füßen. Banks war fast so müde wie
Janet. Er kam gerade von Kimberley Myers' Obduktion. Es
hatte zwar keine Überraschungen gegeben – Tod durch Erdrosseln –, aber immerhin hatte Dr. Mackenzie Spermaspuren in Vagina, Anus und Mund gefunden. Mit etwas Glück
würde die DNA-Analyse Terence Payne überführen.

Janet Taylors Wohnzimmer sah vernachlässigt aus – typisch
für die Wohnung von allein stehenden Polizeibeamten. Banks
kannte das nur zu gut. Er versuchte, sein Cottage möglichst
sauber zu halten, aber das war mitunter schwer, da er sich
keine Putzfrau leisten konnte und selbst nicht genug Zeit
hatte. Wenn er mal ein bisschen Freizeit hatte, war Haus-
arbeit das Letzte, das ihm in den Sinn kam. Janets kleines
Zimmer war ganz gemütlich, auch wenn eine Staubschicht
auf dem Sofatisch lag, T-Shirt und BH über der Rückenlehne
des Sessels hingen, Zeitschriften herumlagen und halb leere
Teetassen auf dem Tisch standen. An der Wand hingen drei
gerahmte Poster von alten Bogart-Filmen – *Casablanca, Der
Malteser Falke* und *African Queen* –, auf dem Kaminsims
standen Fotos, darunter eines mit einer stolzen Janet in Uni-

form zwischen einem älteren Paar, wohl den Eltern. Die Topfpflanze auf der Fensterbank sah aus, als machte sie es nicht mehr lange, sie welkte vor sich hin, die Blattränder waren braun. In der Ecke flimmerte ein Fernseher, der Ton war abgestellt. Es liefen Lokalnachrichten, Banks erkannte die Umgebung von Paynes Haus.

Janet nahm T-Shirt und BH von der Rückenlehne des Sessels. »Setzen Sie sich, Sir.«

»Könnten wir mal kurz lauter machen?«, fragte Banks. »Wer weiß, vielleicht gibt's was Neues.«

»Klar.« Janet stellte lauter, aber es wurde lediglich die Presseerklärung von AC Hartnell wiederholt. Janet stand auf und knipste den Fernseher aus. Sie bewegte sich langsam und sprach schleppend. Banks vermutete, dass es an den Beruhigungsmitteln lag, die ihr die Ärzte verabreicht hatten. Oder es lag an der halbvollen Flasche Gin auf dem Sideboard.

Am Flughafen startete ein Flugzeug. Zwar erschütterte der Lärm die Wohnung nicht in ihren Grundmauern, war aber doch laut genug, um ein Glas klirren zu lassen und die Unterhaltung für ein, zwei Minuten zu unterbrechen. Es war sehr warm in dem kleinen Zimmer. Banks merkte, dass er zu schwitzen begann.

»Deshalb ist es hier so billig«, sagte Janet, als der Krach zu einem fernen Brummen geworden war. »Mich stört es nicht besonders. Man gewöhnt sich dran. Manchmal hocke ich hier und stelle mir vor, dass ich da drinsitze und in irgendein tolles Land fliege.« Sie stand auf und goss sich einen kleinen Gin ein, den sie mit Tonic aus einer offenen Flasche Schweppes mischte. »Auch was zu trinken, Sir?«

»Nein, danke. Wie kommen Sie zurecht?«

Janet setzte sich wieder und schüttelte den Kopf. »Das Komische ist, ich weiß es nicht. Ich glaube, mir geht's ganz gut, aber ich fühl mich irgendwie benommen, als ob ich gerade aus der Narkose aufgewacht wär und noch ganz in Watte gepackt bin. Oder als ob ich träume und morgen früh aufwache, und dann ist alles vorbei. Ist es aber nicht, oder?«

»Wohl nicht«, entgegnete Banks. »Es wird eher noch schlimmer.«

Janet lachte. »Na, danke jedenfalls, dass Sie mir keine Scheiße erzählen.«

Banks grinste. »Gern geschehen. Hören Sie, ich bin nicht hier, um Ihr Verhalten in Frage zu stellen, sondern ich muss wissen, was in dem Haus passiert ist. Fühlen Sie sich in der Lage, darüber zu sprechen?«

»Klar.«

Banks beobachtete ihre Körpersprache. Sie verschränkte die Arme vor der Brust und schien in die Ferne zu blicken. Er vermutete, dass es für eine Befragung noch zu früh war, aber da musste sie durch.

»Ich komme mir vor wie ein Verbrecher«, sagte Janet.

»Wie meinen Sie das?«

»Wie der Arzt mich untersucht hat, meine Sachen eingetütet und meine Fingernägel abgekratzt hat.«

»Das ist Routine. Das wissen Sie doch.«

»Ja, sicher. Weiß ich. Aber wenn man selbst betroffen ist, kommt es einem anders vor.«

»Das glaube ich. Hören Sie, ich will Ihnen nichts vormachen, Janet. Das Ganze kann ein Riesenproblem werden. Vielleicht ist es in null Komma nichts vergessen, ein kleines Schlagloch in der Straße, aber es kann auch hartnäckig werden und Ihnen das Leben schwer machen ...«

»Ich nehme an, mit meinen Berufsaussichten sieht es schlecht aus, oder?«

»Nicht unbedingt. Es sei denn, Sie wollen nicht weiter.«

»Ich muss zugeben, dass ich nicht viel darüber nachgedacht habe, seit ... Sie wissen schon.« Sie lachte bitter. »Tja, wenn wir in Amerika wären, wäre ich jetzt ein Held.«

»Was passierte, als Sie den Funkruf erhielten?«

Janet erzählte in kurzen, stockenden Sätzen von dem brennenden Auto, dem Funkruf und dem Moment, als sie Lucy Payne bewusstlos im Flur fanden. Hin und wieder unterbrach sie sich, um einen Schluck Gin Tonic zu trinken. Ein- oder zweimal verlor sie den Faden und starrte zum offenen Fenster hinüber. Die Geräusche des Abendverkehrs drangen von der viel befahrenen Straße herauf, gelegentlich landete oder startete ein Flugzeug.

»Dachten Sie, Lucy Payne wäre ernsthaft verletzt?«

»Ernsthaft schon. Aber nicht lebensgefährlich. Ich bin bei ihr geblieben, während Dennis oben nachgesehen hat. Er kam mit einer Decke und einem Kissen zurück, das weiß ich noch. Das fand ich nett von ihm. Es hat mich gewundert.«

»War Dennis nicht immer nett?«

»Nett würde ich ihn nicht unbedingt nennen, nein. Wir hatten oft unterschiedliche Ansichten, aber eigentlich kamen wir ganz gut miteinander aus. Er ist in Ordnung. Lässt halt gerne den Macho raushängen. Und ist von sich eingenommen.«

»Was haben Sie dann gemacht?«

»Dennis ist nach hinten gegangen, in die Küche. Die Frau war ja geschlagen worden, und wenn es ihr Mann gewesen war, dann konnte er noch irgendwo im Haus sein. Oder? Tat sich wohl gerade selbst Leid.«

»Sie sind bei Lucy geblieben?«

»Ja.«

»Was passierte dann?«

»Dennis rief mich, also ging ich zu ihm. Ich hatte es ihr ganz bequem gemacht mit der Decke und dem Kissen. Sie blutete schon fast nicht mehr. Ich dachte, sie wäre außer Gefahr. Der Krankenwagen war ja unterwegs …«

»Sie haben keine Gefahr in dem Haus gespürt?«

»Gefahr? Nein, gar keine. Ich meine, nicht mehr als bei anderen Familienstreitigkeiten. Das Blatt kann sich gegen uns wenden. Ist alles schon vorgekommen. Aber … nein.«

»Gut. Warum sind Sie in den Keller gegangen? Dachten Sie, der Mann könnte da unten sein?«

»Ja, dachten wir wohl.«

»Warum hat Dennis Sie gerufen?«

Verlegen schwieg Janet.

»Janet?«

Sie schaute Banks an. »Sind Sie unten gewesen? Im Keller?«

»Ja.«

»Dieses Bild an der Tür. Mit der Frau.«

»Hab ich gesehen.«

»Dennis hat mich gerufen, damit ich es sehe. Das fand er witzig. Das meinte ich mit Macho.«

»Aha. Stand die Tür auf? Die Kellertür?«

»Nein, sie war zu. Aber es kam Licht unten durch, es flackerte irgendwie.«

»Konnten Sie jemanden dahinter hören?«

»Nein.«

»Hat einer von Ihnen laut gerufen, Sie seien Polizeibeamte, bevor Sie reingegangen sind?«

»Weiß ich nicht mehr.«

»Gut, Janet. Sie machen das toll. Erzählen Sie weiter!«

Janet hatte die Knie fest zusammengepresst und knetete die Hände im Schoß. »Wie schon gesagt, unter der Tür kam flackerndes Licht durch.«

»Die Kerzen.«

Janet schaute ihn an und erschauderte. »Außerdem roch es komisch, nach Abflussrohren.«

»Gab es zu dem Zeitpunkt Grund, Angst zu haben?«

»Eigentlich nicht. Es war zwar unheimlich, aber wir verhielten uns vorsichtig, wie immer in solchen Situationen. Routine. Er konnte schließlich bewaffnet sein, der Mann. Das war uns bewusst. Aber wenn Sie damit meinen, ob wir auch nur die geringste Ahnung hatten, was uns dort erwartet, dann nein. Wenn ja, hätten wir auf dem Absatz kehrt gemacht und Verstärkung geholt. Dennis und ich, wir sind beide keine Draufgänger.« Sie schüttelte den Kopf.

»Wer ist zuerst reingegangen?«

»Ich. Dennis hat die Tür eingetreten und einen Schritt zurückgemacht, wie … Sie wissen schon, als ob er sich vor mir verbeugt.«

»Was passierte dann?«

Sie zuckte heftig mit dem Kopf. »Es ging alles so schnell. Wie im Zeitraffer. Ich kann mich an Kerzen, Spiegel, das Mädchen, obszöne Zeichnungen an den Wänden erinnern, das hab ich aus dem Augenwinkel gesehen. Aber die Bilder sind wie aus einem Traum. Einem Albtraum.« Janet atmete schneller, kauerte sich im Sessel zusammen, zog die Beine unter das Gesäß und schlang die Arme um sich. »Dann kam er. Dennis war direkt hinter mir. Ich hab seinen Atem in meinem Nacken gefühlt.«

»Woher kam der Mann?«

»Weiß ich nicht. Von hinten. Aus der Ecke. Blitzschnell.«

»Was hat Dennis gemacht?«

»Er hatte keine Zeit, was zu machen. Er muss etwas gehört oder gemerkt haben und hat sich umgedreht. Dann hab ich nur noch Blut gesehen. Der Typ hat laut geschrien. Ich hab den Knüppel rausgeholt. Der Kerl hat Dennis aufgeschlitzt, und das Blut ist auf mich gespritzt. Es war, als hätte der Typ mich gar nicht gesehen oder als wäre ich ihm egal oder er würde sich später um mich kümmern. Als er auf mich losging, hatte ich den Schlagstock schon draußen. Er wollte mich auch töten, aber ich konnte ihn abwehren. Dann hab ich ihn geschlagen …« Sie begann zu schluchzen und rieb sich mit den Handrücken über die Augen. »Es tut mir Leid, Dennis. Es tut mir so Leid.«

»Schon gut«, sagte Banks. »Machen Sie es sich nicht so schwer, Janet. Sie halten sich wirklich klasse.«

»Er hat mit dem Kopf auf meinem Schoß gelegen. Ich wollte die Arterie zudrücken, so wie wir es in Erster Hilfe gelernt haben. Aber es ging nicht. Ich habe das noch nie gemacht, nicht bei einem richtigen Menschen. Es hörte einfach nicht auf zu bluten. So viel Blut.« Sie schniefte und fuhr sich mit dem Handrücken über die Nase. »Entschuldigung.«

»Schon gut. Sie machen das toll, Janet. Aber was haben Sie getan, bevor Sie versuchten, Dennis zu retten?«

»Ich weiß noch, dass ich den Mann mit den Handschellen an ein Rohr geschlossen habe.«

»Wie oft haben Sie ihn geschlagen?«

»Weiß ich nicht mehr.«

»Mehr als einmal?«

»Ja. Er ist immer wieder auf mich losgegangen, da hab ich ihn noch mal geschlagen.«

»Und noch mal?«

»Ja. Er ist immer wieder hochgekommen.« Sie schluchzte. Als sie sich beruhigt hatte, fragte sie: »Ist er tot?«

»Noch nicht.«

»Das Schwein hat Dennis umgebracht.«

»Ich weiß. Und wenn ein Kollege umgebracht wird, dann muss man was dagegen tun, oder? Wenn man nichts tut, ist es schlecht fürs Geschäft, schlecht für alle Bullen.«

Janet glotzte ihn an, als sei er verrückt. »Was?«

Banks schaute zu Bogart in der Rolle von Sam Spade auf. Offensichtlich hingen die Poster dort nur zur Zierde, nicht aus großer Begeisterung für die Filme. Sein lächerlicher Versuch, die Situation etwas aufzulockern, war in die Hose gegangen. »Egal«, sagte er. »Ich hab gerade nur überlegt, was Ihnen dabei durch den Kopf gegangen sein mag.«

»Nichts. Ich hab keine Zeit gehabt, um stehen zu bleiben und nachzudenken. Der Typ hat Dennis aufgeschlitzt, und als Nächstes wollte er mich aufschlitzen. Nennen Sie es Selbsterhaltungstrieb, wenn Sie wollen, aber es war kein bewusster Vorsatz. Ich meine, ich hab nicht gedacht, ich schlag ihn jetzt besser noch mal, sonst kommt er hoch und schlitzt mich auf. So war es nicht.«

»Wie war es dann?«

»Wie ich schon gesagt hab. Verschwommen. Ich hab den Mörder kampfunfähig gemacht, ihn mit den Handschellen an ein Rohr geschlossen und versucht, Dennis das Leben zu retten. Ich hab nicht mal mehr zu Payne rübergeguckt. Um ehrlich zu sein, war es mir scheißegal, wie es ihm ging. Nur Dennis.« Janet schwieg und betrachtete ihre Hände, die das Glas umklammert hielten. »Wissen Sie, was mich wirklich fertig macht? Kurz vorher war ich gemein zu ihm gewesen. Und das nur, weil er dem Feuerwehrmann diesen bekloppten Machowitz erzählt hat.«

»Wie meinen Sie das?«

»Wir hatten uns gestritten, mehr nicht. Kurz bevor wir ins Haus gegangen sind. Ich hatte zu ihm gesagt, sein Leberfleck könnte Krebs sein. Das war gemein von mir. Ich wusste ja, dass er sich alle möglichen Krankheiten einbildet. Warum hab ich das getan? Warum bin ich so ein furchtbarer Mensch? Dann war es zu spät. Ich konnte ihm nicht mehr sagen, dass ich es nicht so gemeint hatte.« Sie weinte wieder. Banks hielt es für das Beste, wenn sie ihren Gefühlen freien Lauf ließ. Es würde mehr als eine tränenreiche Sitzung vonnöten sein, um sie von ihrem Schuldgefühl zu befreien, aber wenigstens war es ein Anfang.

»Haben Sie sich mit der Gewerkschaft in Verbindung gesetzt?«

»Noch nicht.«

»Machen Sie das morgen! Sprechen Sie mit Ihrer Vertrauensperson! Die kann Ihnen mit psychologischer Beratung helfen, wenn Sie das wollen, und auch mit ...«

»Einem Rechtsbeistand?«

»Ja, wenn es dazu kommen sollte.«

Janet stellte sich hin, schwankte mittlerweile stärker und wollte sich noch einen Gin einschenken.

»Finden Sie das klug?«, fragte Banks.

Janet gönnte sich einen ordentlichen Schuss und setzte sich wieder. »Dann sagen Sie mir, was ich sonst tun soll! Soll ich mich zu Dennis' Frau und Kindern setzen? Soll ich versuchen, denen zu erklären, was passiert ist? Dass alles mein Fehler war? Oder soll ich meine Wohnung kurz und klein schlagen, in die Stadt gehen und in irgendeinem Pub eine Schlägerei vom Zaun brechen? Das würde ich nämlich am liebsten tun. Wohl kaum. Das hier ist bei weitem die harmloseste Alternative, verglichen mit allem, was ich jetzt am liebsten tun würde.«

Banks sah ein, dass sie nicht völlig falsch lag. So ein Gefühl hatte er schon mehr als einmal gehabt, er hatte sogar sein Bedürfnis befriedigt, war in die Stadt gegangen und hatte Streit angezettelt. Es hatte nichts genützt. Er würde ihr etwas vormachen, wenn er behauptete, er könne nicht verstehen, warum man im Alkohol Vergessen suchte. In seinem Leben hatte es zwei Phasen gegeben, in denen er sich auf diese Weise getröstet hatte. Beim ersten Mal, als er in den letzten Monaten in London, vor seiner Versetzung nach Eastvale, das Gefühl bekam, er sei bald völlig ausgebrannt, und das zweite Mal vor etwas mehr als einem Jahr, als Sandra ihn verlassen hatte.

Die Leute behaupteten zwar, es würde nicht funktionieren, tat es aber doch. Kurzfristig, um vorübergehend zu vergessen, gab es nichts Besseres als die Flasche. Außer vielleicht

Heroin, aber das hatte Banks nie probiert. Vielleicht hatte Janet Taylor also Recht, und es war das Beste für sie, sich am heutigen Abend zu besaufen. Sie litt, und manchmal musste man einfach still vor sich hin leiden. Saufen half, den Schmerz so lange zu betäuben, bis man umfiel. Morgen würde sie einen fürchterlichen Kater haben, aber bis dahin war ja noch Zeit.

»Sie haben Recht. Ich find alleine raus.« Spontan beugte sich Banks vor und küsste Janet zum Abschied auf den Scheitel. Ihr Haar roch nach verbranntem Plastik und Gummi.

Am Abend saß Jenny Fuller zu Hause in ihrem Arbeitszimmer. Alle den Fall betreffenden Unterlagen und Notizen waren in ihrem Computer, da man ihr in Millgarth kein Büro zur Verfügung gestellt hatte. Das Fenster ging auf The Green hinaus, einen schmalen Grünstreifen zwischen ihrer Straße und der East-Side-Siedlung. Durch die Lücken zwischen den dunklen Bäumen konnte sie die Lichter der Häuser erkennen.

Die enge Zusammenarbeit mit Banks hatte Jenny so einiges in Erinnerung gerufen. Sie hatte einmal versucht, ihn zu verführen, entsann sie sich beschämt, und er hatte ihr mit der höflichen Erklärung widerstanden, er sei glücklich verheiratet. Aber er fühlte sich von ihr angezogen, das wusste sie genau. Glücklich verheiratet war er auch nicht mehr, hatte aber eine »kleine Freundin«, wie Jenny Annie Cabbot betitelt hatte, ohne sie überhaupt zu kennen. Zu dieser Freundin war es gekommen, weil Jenny lange im Ausland und nicht in der Nähe gewesen war, als Banks und Sandra sich trennten. Wenn sie da gewesen wäre … hm, vielleicht wäre alles anders gelaufen. Stattdessen war sie eine katastrophale Beziehung nach der anderen eingegangen.

Als sie letztendlich kleinlaut aus Kalifornien zurückgekehrt war, hatte sie sich eingestehen müssen, dass Banks einer der Gründe für ihre lange Abwesenheit gewesen war. Sie war ihm aus dem Weg gegangen, denn die ungezwungene Nähe quälte sie furchtbar, auch wenn sie tat, als sehe sie alles ganz locker und abgeklärt. Und jetzt arbeiteten sie eng zusammen.

Mit einem Seufzer machte sich Jenny an die Arbeit.

Ihr Hauptproblem war, dass bislang so gut wie keine Informationen von der Forensik und über den Tatort vorlagen. Ohne diese Informationen war es so gut wie unmöglich, eine anständige Tatortanalyse zu erstellen, eine erste Einschätzung, die bei der Ermittlung als Richtungsvorgabe dienen und der Polizei Anhaltspunkte geben konnte, wo genauer nachzuforschen war, von einem komplexen Täterprofil ganz zu schweigen. Sie hatte sich bisher fast ausschließlich auf Viktimologie beschränken müssen. Diese Umstände hatten ihren Kritikern in der Sonderkommission – und die waren Legion – natürlich jede Menge Munition gegeben.

England befand sich noch im Mittelalter, was den Einsatz von beratenden Kriminalpsychologen und Profilern anging, besonders im Vergleich zu den USA. Ein Grund dafür war, dass es sich beim FBI um eine nationale Einrichtung handelte, der Finanzmittel zur Entwicklung von nationalen Programmen zur Verfügung standen. In Großbritannien hingegen gab es mehr als fünfzig eigenständige Polizeiverbände, die völlig autonom arbeiteten. Außerdem waren die Profiler in den USA oft selbst Bullen und wurden schnell akzeptiert. In England waren Profiler meistens Psychologen oder Psychiater, und denen misstrauten Polizei und Gerichte generell. Beratende Psychologen konnten schon von Glück sagen, wenn sie in einem englischen Gericht in den Zeugenstand gerufen wurden. Als Sachverständige gehört zu werden, wie in den USA üblich, war ein Ding der Unmöglichkeit. Selbst wenn es Profiler in den Zeugenstand schafften, trauten Richter und Geschworene ihren Aussagen nicht, und postwendend karrte die Verteidigung einen anderen Psychologen mit konträrer Theorie heran.

Mittelalter.

Nüchtern betrachtet, war Jenny durchaus klar, dass die meisten Polizisten, mit denen sie arbeitete, in ihr nicht viel mehr als eine Kaffeesatzleserin sahen. Sie wurde nur deshalb zu Rate gezogen, weil es einfacher war, als eine Begründung dagegen zu finden. Aber sie kämpfte. Auch wenn sie bereitwillig zugab, dass Fallanalyse immer noch eher eine Kunst als eine Wissenschaft war und ein Täterprofil selten oder eigentlich nie auf einen bestimmten Menschen wies, war sie doch überzeugt, dass ihre Arbeit die Suche eingrenzen und die Fahndung fokussieren konnte.

Die Fotos auf dem Bildschirm zu betrachten, reichte Jenny nicht. Sie breitete sie auf dem Schreibtisch aus, auch wenn sie alle im Kopf hatte: Kelly Matthews, Samantha Foster, Leanne Wray, Melissa Horrocks und Kimberley Myers, alles hübsche blonde Mädchen zwischen sechzehn und achtzehn.

Von Anfang an waren für Jennys Geschmack zu viele Punkte als gegeben hingenommen worden, unter anderem die wesentliche Annahme, alle fünf Mädchen seien von derselben Person oder denselben Personen entführt worden. Schon mit den wenigen Informationen, die ihr vorlägen, könne sie, hatte sie Banks und seiner Mannschaft erklärt, fast ebenso schlüssige Beweise dafür konstruieren, dass die fünf nichts miteinander zu tun hatten.

Unablässig würden junge Mädchen verschwinden, hatte Jenny argumentiert; sie stritten sich mit ihren Eltern und liefen von zu Hause fort. Aber Banks hatte ihr berichtet, sie wären durch gründliche, erschöpfende Befragungen von Freunden, Angehörigen, Lehrern, Nachbarn und Bekannten zu dem Schluss gekommen, dass alle Mädchen – außer vielleicht Leanne Wray – einen stabilen familiären Hintergrund hatten. Abgesehen von den üblichen Streitereien über Freunde, Klamotten, laute Musik und so weiter, hatten sie nichts Ungewöhnliches oder Auffälliges erlebt, bevor sie verschwanden. Diese Mädchen, betonte Banks, seien nicht die üblichen jugendlichen Ausreißer. Außerdem waren da noch die Taschen, die jeweils unweit des Ortes gefunden wurden, wo die Mädchen zuletzt gesehen worden waren. Da ihnen die verpfuschte Yorkshire-Ripper-Ermittlung immer noch wie ein Klotz am Bein hing, wollte West Yorkshire nichts riskieren.

Das vierte Mädchen verschwand, dann das fünfte, aber die bewährten Methoden führten zu keiner einzigen Spur: weder Jugendhilfegruppen noch die landesweite Hotline für Vermisste, Aufrufe im Fernsehen, postergroße Vermisstenanzeigen, Presseappelle oder die Arbeit der örtlichen Polizei.

Irgendwann hatte Jenny Banks' Argumente akzeptiert und

war ebenfalls davon ausgegangen, dass die Vermissten zusammengehörten. Dennoch hatte sie sich alle Unterschiede zwischen den einzelnen Fällen notiert. Es dauerte nicht lange, bis sie feststellte, dass es weitaus mehr Parallelen als Unterschiede gab.

Viktimologie. Was hatten die Opfer gemeinsam? Alle Mädchen waren jung, hatten langes blondes Haar, lange Beine und eine sehnige, sportliche Figur. Das war wohl der Mädchentyp, den der Täter bevorzugte. Jeder Täter hat einen eigenen Geschmack.

Bei Opfer Nummer vier hatte Jenny das Steigerungsmuster erkannt: fast zwei Monate zwischen Opfer Nummer eins und zwei, fünf Wochen zwischen zwei und drei, aber nur noch zweieinhalb Wochen zwischen Nummer drei und vier. Der Druck in ihm wurde stärker, hatte sie damals gedacht, und das konnte bedeuten, dass er fahrlässiger wurde. Jenny hätte darauf gewettet, dass die Persönlichkeit des Täters inzwischen langsam zerfiel.

Der Täter hatte seine Tatorte gut gewählt. Open-air-Partys, Pubs, Discos, Clubs, Kinos und Popkonzerte waren Orte, an denen man mit Sicherheit junge Leute fand, die irgendwie nach Hause mussten. Jenny wusste, dass ihm die Soko den Namen »Chamäleon« gegeben hatte, und konnte bestätigen, dass er bei der Wahl seiner Opfer ein hohes Maß an Geschicklichkeit an den Tag legte. Alle waren nachts in städtischer Umgebung entführt worden – auf einsamen, schlecht beleuchteten oder leeren Straßenabschnitten. Außerdem hatte er sich von den Überwachungskameras ferngehalten, die inzwischen in vielen Innenstädten und auf Marktplätzen installiert waren.

Eine Zeugin hatte ausgesagt, sie habe gesehen, wie Samantha, das Opfer aus Bradford, mit jemandem in einem dunklen Auto gesprochen habe. Das war der einzige Hinweis auf die mögliche Entführungsmethode.

Während die Silvesterparty, das Popkonzert in Harrogate, das Kino und der Uni-Pub allgemein bekannt und daher nachvollziehbare Jagdgebiete waren, hatte sich Jenny seit Samstagmorgen mit einer Frage herumgequält: Woher hatte der Mörder von dem Tanzabend im Jugendclub gewusst, nach dem Kimberley Myers entführt worden war? Wohnte er in der Nähe? War er Kirchenmitglied? War er einfach zufällig vorbeigekommen? Soweit Jenny wusste, wurde außerhalb der betreffenden Gemeinde keine große Werbung für solche Veranstaltungen gemacht, vielleicht sogar nur bei den eigentlichen Clubmitgliedern.

Jetzt wusste sie die Antwort: Terence Payne wohnte nur einige Häuser weiter und lehrte an der örtlichen Gesamtschule. Er kannte das Opfer.

Einiges, was sie an diesem Tag erfahren hatte, erklärte nun auch andere verwirrende Umstände und Fragen, die sich im Laufe der Wochen angesammelt hatten. Von den fünf Entführungen waren vier freitagabends oder in den frühen Morgenstunden zum Samstag geschehen. Daraus hatte Jenny geschlossen, dass der Mörder eine normale Fünftagewoche hatte und am Wochenende seinem Vergnügen nachging. Melissa Horrocks, die einzige Ausnahme, hatte ihr Kopfzerbrechen bereitet, aber da Jenny nun wusste, dass Payne Lehrer war, ergab auch die Entführung am Dienstag, den 18. April, einen Sinn. Es waren Osterferien, Payne hatte frei gehabt.

Aus diesen spärlichen Informationen – alles vor der Entführung von Kimberley Myers – hatte Jenny gefolgert, dass sie es mit einem Entführer zu tun hatten, der zuschlug, wenn sich eine Möglichkeit ergab. Er trieb sich in der Nähe geeigneter Örtlichkeiten herum und hielt nach einem bestimmten Opfertyp Ausschau. Fand er ein Mädchen, handelte er blitzschnell. Es gab keinen Anhaltspunkt, dass eines der Mädchen am Abend der Entführung oder schon vorher verfolgt worden war, aber Jenny musste diese Möglichkeit im Hinterkopf behalten. Sie hätte wetten können, dass er alle Tatorte ausgekundschaftet, jeden Zugang und Fluchtweg, jedes Eckchen, alle Perspektiven und Blickwinkel studiert hatte. Ein gewisses Risiko wohnte solchen Unternehmen immer inne. Vielleicht gerade genug, um für den Adrenalinschub zu sorgen, der bestimmt einen Teil des Nervenkitzels ausmachte. Jetzt wusste Jenny, dass er Chloroform zur Betäubung eingesetzt hatte; das verminderte das Risiko.

Bisher hatte Jenny keine Informationen über den Tatort einbeziehen können, denn es hatten ja keine vorgelegen. Es könne viele Gründe geben, warum man keine Leichen fand, hatte Jenny behauptet. Sie könnten an unzugänglichen Orten abgeladen und noch nicht gefunden worden sein, könnten im Wald verscharrt, ins Meer oder in einen See geworfen worden sein. Doch als die Zahl der Vermissten stieg, die Zeit verging und dennoch keine Leichen auftauchten, neigte Jenny langsam zu der Theorie, dass der Gesuchte ein Sammler war. Ein Mensch, der voller Genuss seine Opfer ausweidete und die Leichen anschließend wie ein Schmetterlingsjäger aufhob, die Trophäen präparierte und aufspießte.

Mittlerweile war sie in dem hinteren Raum gewesen, wo der Mörder die Leichen vergraben oder besser teilweise verscharrt hatte. Jenny war überzeugt, dass er mit Absicht unsauber gearbeitet hatte. Sie glaubte nicht, dass die Zehen der Opfer aus dem Boden schauten, weil Terence Payne nachlässig gewesen war. Es sah so aus, weil er es so wollte. Es war Teil seines Wahns, denn es törnte ihn an. Es gehörte zu seiner Sammlung, zu seinen Souvenirs. Zu seinem Garten.

Jetzt musste Jenny ihr Täterprofil revidieren und alle Beweise einarbeiten, die in den nächsten Wochen aus The Hill 35 zu Tage gefördert wurden. Außerdem musste sie so viel wie möglich über Terence Payne herausfinden.

Und außerdem musste sich Jenny mit Lucy Payne befassen.

Hatte Lucy gewusst, was ihr Mann tat?

Sie konnte zumindest einen Verdacht gehabt haben.

Warum hatte sie sich nicht gemeldet?

Vielleicht aus einer falsch verstandenen Solidarität heraus – immerhin war es ihr Ehemann – oder aus Angst. Wenn er sie in der vergangenen Nacht mit einer Vase geschlagen hatte, konnte er sie auch bei anderen Gelegenheiten verprügelt und sie vor dem Schicksal gewarnt haben, das sie erwartete, wenn sie sich jemandem anvertraute. Das wäre für Lucy die Hölle auf Erden gewesen, aber Jenny konnte es sich durchaus vorstellen. Viele Frauen verbrachten ihr ganzes Leben in so einer Hölle.

Oder hatte Lucy mehr damit zu tun?

Ebenfalls möglich. Jenny hatte schon einmal vorsichtig angedeutet, die Entführungsmethode weise darauf hin, dass der Mörder einen Helfer gehabt haben könne, der das Mädchen ins Auto lockte oder ablenkte, während Payne sich von hinten anschlich. Eine Frau wäre perfekt für diese Aufgabe gewesen, es hätte die Entführung erleichtert. Junge Mädchen, die vor Männern auf der Hut waren, beugten sich viel eher zu einem Autofenster hinunter und gaben Auskunft, wenn eine Frau um Hilfe bat.

Konnten Frauen so böse sein?

Ganz bestimmt. Und wenn sie gefasst wurden, war die öffentliche Entrüstung viel größer als bei einem Mann. Man musste sich nur die Reaktion der Öffentlichkeit auf Myra Hindley, Rosemary West und Karla Homolka in Erinnerung rufen.

War Lucy Payne eine Mörderin?

Banks war hundemüde, als er kurz vor Mitternacht in den schmalen Weg zu seinem Cottage in Gratly einbog. Er hätte in einem Hotelzimmer in Leeds übernachten sollen, wie er es schon öfter getan hatte, oder Ken Blackstones Angebot mit dem Sofa annehmen, aber er hatte unbedingt nach Hause gewollt, auch wenn Annie sich geweigert hatte, ihn zu besuchen. Das Fahren machte ihm nicht viel aus. Es entspannte ihn.

Auf dem Anrufbeantworter waren zwei Nachrichten. Die erste war von Tracy. Sie sagte, sie hätte die Nachrichten gehört und hoffe, es ginge ihm gut. Die zweite war von Leanne Wrays Vater, Christopher Wray, der die Pressekonferenz und die Abendnachrichten gesehen hatte und wissen wollte, ob die Polizei die Leiche seiner Tochter im Haus der Paynes gefunden hatte.

Banks rief keinen von beiden zurück. Erstens war es zu spät, zweitens wollte er heute mit niemandem mehr sprechen. Das konnte er alles am nächsten Morgen erledigen. Endlich zu Hause, war er sogar erleichtert, dass Annie nicht gekommen war. Die Vorstellung, in dieser Nacht Gesellschaft zu haben, selbst wenn es Annies war, gefiel ihm nicht, und nach allem, was er heute gesehen und erlebt hatte, war der

Gedanke an Sex ungefähr so prickelnd wie ein Besuch beim Zahnarzt.

Stattdessen goss er sich ein großzügiges Glas Laphroaig ein und suchte nach einer passenden CD. Er wollte Musik hören, wusste aber nicht, welche. Normalerweise hatte er kein Problem, in seiner großen Sammlung etwas Geeignetes zu finden, aber heute missfiel ihm beinahe jede CD, die er in die Hand nahm. Er wusste, dass er keinen Jazz, keinen Rock und nichts Wildes oder Einfaches hören wollte. Wagner und Mahler kamen nicht in Frage, genauso wenig wie die Romantiker, Beethoven, Schubert, Rachmaninow und so weiter. Das gesamte zwanzigste Jahrhundert schied ebenfalls aus. Schließlich wählte er eine Interpretation von Bachs Cellosuiten von Rostropowitsch.

Die niedrige Steinmauer zwischen der unbefestigten Straße und dem Wildbach vor Banks' Cottage besaß eine Ausbuchtung und bildete so einen kleinen Balkon über Gratly Falls. Eigentlich war es kein Wasserfall, sondern nur eine Reihe von höchstens eins zwanzig oder eins fünfzig hohen Staustufen im Bach, der quer durch das Dorf und unter der kleinen Steinbrücke hindurchfloss, dem Haupttreffpunkt des Dorfes. Seit Banks im vergangenen Sommer in das Cottage gezogen war, hatte er sich angewöhnt, bei gutem Wetter zum Abschluss des Tages dort draußen zu stehen oder sich sogar auf die Mauer zu setzen und die Beine über dem Bach baumeln zu lassen. So genoss er vor dem Zubettgehen einen Schlummertrunk und eine Zigarette.

Die Nacht war still und roch nach Heu und warmem Gras. Das Tal zu seinen Füßen lag schweigend da. Am gegenüberliegenden Hang schienen ein, zwei Lichter in Bauernhäusern, aber abgesehen von den Geräuschen der Schafe auf den Feldern jenseits des Baches und der Nachttiere im Wald war nichts zu hören. In der Dunkelheit konnte er so gerade die Umrisse der fernen Hügel ausmachen, die bucklig und schartig in den Nachthimmel ragten. Er glaubte, hoch oben im Moor den unheimlichen Ruf des Brachvogels zu hören. Der Neumond spendete nicht viel Licht, aber es waren mehr Sterne am Himmel, als er seit langem gesehen hatte. Eine

Sternschnuppe fiel durch die Schwärze und zog einen dünnen milchigen Schweif hinter sich her.

Banks wünschte sich nichts.

Er war niedergeschlagen. Das Hochgefühl, mit dem er bei der Enttarnung des Mörders gerechnet hatte, wollte sich einfach nicht einstellen. Er hatte nicht das Gefühl, dass etwas zu Ende gegangen, etwas Böses gesühnt sei. Irgendwie hatte er das komische Gefühl, dass das Böse gerade erst begann. Er versuchte die Vorahnung abzuschütteln.

Banks hörte ein Miauen und drehte sich um. Es war die dünne orangebraune Katze aus dem Wald. Seit dem Frühjahr war sie des Öfteren vorbeigekommen, wenn Banks spät nachts allein draußen stand. Beim zweiten Mal hatte er ihr Milch hingestellt, die sie aufschleckte, bevor sie wieder zwischen den Bäumen verschwand. Er hatte sie noch nirgendwo anders und zu keiner anderen Uhrzeit gesehen. Einmal hatte er sogar Katzenfutter gekauft, aber sie hatte es nicht angerührt. Sie miaute einfach nur, trank die Milch, strich ihm einige Minuten um die Beine und verschwand wieder dahin, woher sie gekommen war. Banks holte eine Untertasse mit Milch und stellte sie ihr hin. Sich selbst goss er Whisky nach. Die bernsteingelben Katzenaugen glänzten zu ihm auf, bevor das Tier zu trinken begann.

Banks zündete sich eine Zigarette an, lehnte sich gegen die Mauer und stellte das Glas auf den unebenen Steinen ab. Er versuchte, die furchtbaren Bilder des Tages aus seinem Kopf zu vertreiben. Die Katze rieb sich an seinem Bein und lief in den Wald zurück. Rostropowitsch spielte noch immer. Bachs präzise, mathematische Klangmuster bildeten ein seltsames Gegengewicht zur wilden, brausenden Musik der Gratly Falls, die vom jüngsten Tauwasser angeschwollen waren. Wenigstens für kurze Zeit gelang es Banks, sich in Gedanken zu verlieren.

6

Nach Aussage ihrer Eltern machte Melissa Horrocks, siebzehn Jahre, gerade eine rebellische Phase durch, als sie am 18. April nach einem Popkonzert in Harrogate nicht nach Hause zurückkehrte.

Steven und Mary Horrocks hatten nur eine Tochter, sie kam als später Segen, als Mary schon Mitte dreißig war. Steven arbeitete im Büro einer ortsansässigen Molkerei, Mary hatte einen Teilzeitjob bei einem Grundstücksmakler im Stadtzentrum. Mit ungefähr sechzehn Jahren begann Melissa sich für die Art von Rockmusik zu begeistern, die auf der Bühne mit dem Satanismus liebäugelt.

Auch wenn Freunde Steven und Mary beruhigten, es sei völlig harmlos – eine Trotzphase von Teenies – und bestimmt bald vorbei, waren die Eltern doch bestürzt, als ihre Tochter allmählich ihr Aussehen veränderte und Schule und Sport vernachlässigte. Zuerst färbte sich Melissa das Haar rot, dann schaffte sie sich einen Nasenstecker an und kleidete sich in Schwarz. Die Wände ihres Zimmers waren mit Postern von ausgemergelten, dämonischen Sängern wie Marilyn Manson und mit okkulten Symbolen geschmückt, die ihren Eltern unheimlich waren.

Ungefähr eine Woche vor dem Konzert fand Melissa, das rote Haar sei doch nichts für sie, und trug wieder ihr natürliches Blond. Banks vermutete, dass ihr das rote Haar womöglich das Leben gerettet hätte. Daraus folgerte er, dass sie vor ihrer Entführung nicht beobachtet worden war – wenigstens nicht lange. Das Chamäleon würde keine Rothaarige verfolgen.

Harrogate, eine blühende viktorianische Stadt in North Yorkshire mit rund siebzigtausend Einwohnern, bekannt als Konferenzzentrum und Rentnerparadies, war nicht unbedingt der geeignete Veranstaltungsort für ein Konzert von Beelzebub's Bollocks, aber die Band war neu und musste sich einen Vertrag mit einer größeren Plattenfirma erst noch verdienen; langsam arbeitete sie sich zu größeren Gigs hoch. Wie immer hatten pensionierte Offiziere und die üblichen Wichtigtuer, die sich jeden Dreck im Fernsehen reinzogen, um Protestbriefe schreiben zu können, lauthals ein Verbot gefordert, doch waren ihre Rufe ungehört verhallt.

Ungefähr fünfhundert Jugendliche pilgerten in das umgebaute Theater, darunter Melissa und ihre Freundinnen Jenna und Kayla. Um halb elf war das Konzert vorbei, und die drei Mädchen standen noch eine Weile draußen herum und ließen die Bühnenshow Revue passieren. Um ungefähr Viertel vor elf trennten sie sich und gingen ihrer Wege. Es war ein milder Abend, Melissa wollte zu Fuß gehen. Sie wohnte nicht weit vom Stadtzentrum entfernt, und ihr Heimweg führte fast ausschließlich über die geschäftige, hell erleuchtete Ripon Road. Später meldeten sich zwei Zeugen und sagten aus, Melissa um kurz vor elf gesehen zu haben, als sie an der Kreuzung West Park und Beech Grove in südliche Richtung ging. Um nach Hause zu gelangen, musste sie die Beech Grove nehmen und nach ungefähr hundert Metern abbiegen, aber sie kam nie dort an.

Die fortdauernden Streitereien mit den Eltern ließen zuerst die Hoffnung keimen, dass Melissa ausgerissen war. Aber Steven und Mary versicherten Banks übereinstimmend mit Jenna und Kayla, dass das nicht der Fall sein könne. Insbesondere die beiden Freundinnen sagten, sie hätten mit Melissa über alles geredet und deshalb gewusst, wenn sie vorgehabt hätte, wegzulaufen. Außerdem trug Melissa keinerlei Wertgegenstände bei sich und hatte den anderen gesagt, sie freue sich darauf, sie am nächsten Tag im Victoria Centre zu treffen.

Aber auch der Satanismus-Aspekt war nicht auf die leichte Schulter zu nehmen, wenn ein Mädchen verschwand. Man

114

befragte die Bandmitglieder und so viele Zuschauer, wie noch aufzutreiben waren, aber es führte zu nichts. Als Banks später die Aussagen las, musste selbst er zugeben, dass das Ganze reichlich zahm und harmlos war. Die schwarze Magie war reines Theater, wie seinerzeit bei Black Sabbath und Alice Cooper. Beelzebub's Bollocks bissen auf der Bühne nicht einmal Hühnern den Kopf ab.

Als man zwei Tage nach Melissas Verschwinden ihre schwarze Umhängetasche im Gebüsch fand, als wäre sie aus dem Fenster eines fahrenden Autos geworfen worden, und das Geld nicht angerührt war, gelangte der Fall zur Kenntnis von Banks' Soko Chamäleon. Wie schon Kelly Matthews, Samantha Foster und Leanne Wray war Melissa Horrocks wie vom Erdboden verschluckt.

Jenna und Kayla waren erschüttert. Kurz bevor Melissa in die Dunkelheit aufgebrochen sei, hätten sie noch Witze über Perverse gemacht, erzählte Kayla, aber Melissa hätte auf ihre Brust gedeutet und gesagt, das okkulte Symbol auf ihrem T-Shirt würde böse Geister abwehren.

Um neun Uhr am Dienstagmorgen war das Besprechungszimmer der Soko Chamäleon bis auf den letzten Platz besetzt. Mehr als vierzig Kripobeamte saßen auf den Tischen oder lehnten an der Wand. Rauchen war im Gebäude untersagt, deshalb kauten viele Kaugummi oder fummelten mit Büroklammern und Gummibändern herum. Die meisten hatten von Anfang an zur Sonderkommission gehört. Alle hatten Überstunden gemacht, hatten sich voll in die Ermittlung eingebracht, seelisch wie körperlich. Jeder Einzelne ging auf dem Zahnfleisch. Zufällig hatte Banks erfahren, dass die Ehe eines unglücklichen Constables in die Brüche gegangen war, weil er so viele Stunden fern von zu Hause verbracht und seine Frau vernachlässigt hatte. Früher oder später wäre es eh passiert, redete Banks sich ein, aber ein Fall wie dieser setzte die Beteiligten unter Druck, brachte Krisen zum Ausbruch, besonders wenn das Ende sowieso kurz bevorgestanden hatte. Auch Banks hatte momentan das Gefühl, sich einem Scheitelpunkt zu nähern, konnte aber nicht mit Bestimmtheit sagen, wo der sich befand und was geschähe, wenn er ihn erreichte.

Jetzt ging es wenigstens auf eine gewisse Weise voran, auch wenn alles noch völlig im Unklaren lag. Die Luft summte vor Spekulationen. Alle wollten wissen, was passiert war. Die Stimmung war gedrückt. Zwar sah es so aus, als hätten sie den Gesuchten, aber ein Kollege war getötet worden und eine Kollegin sollte durch die Mangel gedreht werden.

Ziemlich mitgenommen betrat Banks den Raum – er hatte wieder schlecht geschlafen, trotz eines dritten Laphroaig und der zweiten CD von Bachs Cellosonaten. Schlagartig wurde es still, alle warteten auf Neuigkeiten. Banks gesellte sich zu Ken Blackstone, der vor einer Pinnwand mit den Fotos der Mädchen stand.

»Also«, sagte Banks, »ich will mal kurz skizzieren, wie weit wir jetzt sind. Der Erkennungsdienst ist noch am Tatort, und es sieht aus, als ob er noch eine ganze Weile beschäftigt ist. Bisher wurden im Kellervorraum drei Leichen freigelegt, mehr Platz ist da aber wohl nicht. Im Garten wird nach der vierten Vermissten gegraben. Keines der Opfer wurde bisher identifiziert, aber Nowak sagt, die Leichen sind alle jung und weiblich, deshalb können wir im Moment davon ausgehen, dass es sich um die verschwundenen Mädchen handelt. Wir sollten heute noch mit der Identifizierung weiterkommen, wenn wir die zahnärztlichen Unterlagen überprüft haben. Gestern Abend hat Dr. Mackenzie Kimberley Myers obduziert und bestätigt, dass sie mit Chloroform betäubt wurde, der Tod aber durch Versagen des Nervus vagus eintrat, verursacht durch Erdrosselung. In der Wunde am Hals fanden sich gelbe Plastikfasern von der Wäscheleine.« Banks seufzte und fuhr fort. »Außerdem wurde sie anal und vaginal missbraucht und zur Fellatio gezwungen.«

»Was ist mit Payne, Sir?«, fragte jemand. »Kratzt der ab?«

»Meine letzte Information ist, dass er am Kopf operiert werden musste. Terence Payne liegt noch im Koma. Niemand kann sagen, wie lange das dauert oder wie es ausgeht. Wir wissen jetzt übrigens, dass Terence Payne in Seacroft gewohnt und unterrichtet hat, ehe er im September vorletzten Jahres zum Schulbeginn in den Westen von Leeds gezogen ist. Kollege Blackstone lässt im Computer prüfen, ob er als Vergewaltiger von Seacroft in Frage kommt, da wird bereits die DNA gecheckt. Ich möchte, dass ein Team zusammen mit der zuständigen Kripo die Unterlagen von dem Fall durchgeht. Stewart, können Sie das übernehmen?«

»Sicher. Das müsste die Kripo Chapeltown sein.«

Banks wusste, dass Chapeltown ganz heiß darauf sein würde. Es wäre ein Rundumschlag – eine einfache Möglichkeit, mehrere offene Akten auf einen Streich zu schließen.

»Des Weiteren haben wir Paynes Kennzeichen bei der Kfz-Meldestelle in Swansea überprüft. Er hat falsche Schilder benutzt. Sein eigenes endet auf KWT, wie die Zeugin im Samantha-Foster-Fall beobachtet hat. Die Spurensicherung hat die Schilder in der Garage gefunden. Das bedeutet, dass er bereits von der Kripo Bradford verhört worden sein muss. Ich könnte mir vorstellen, dass er anschließend die Schilder ausgewechselt hat.«

»Was ist mit Dennis Morrisey?«, fragte jemand.

»PC Morrisey starb an Blutverlust, verursacht durch eine durchtrennte Halsschlagader und Halsvene, wie Dr. Mackenzies Untersuchung am Tatort ergeben hat. Er wird heute noch obduziert. Sie können sich vorstellen, was für eine Schlange unten im Leichenkeller ist. Der Doc kann Hilfe gebrauchen. Hat jemand Lust?«

Nervöses Lachen.

»Was ist mit Janet Taylor?«, fragte einer der Beamten.

»Sie kommt zurecht«, erwiderte Banks. »Ich habe gestern Abend mit ihr gesprochen. Sie war in der Lage, mir zu schildern, was im Keller passiert ist. Wie Sie wohl alle wissen, wird gegen sie ermittelt. Halten wir also lieber ein bisschen Abstand.«

Buhrufe wurden laut. Banks bat um Ruhe. »Das ist Vorschrift«, sagte er. »Auch wenn uns das nicht passt. Keiner von uns steht über dem Gesetz. Aber wir wollen uns davon nicht ablenken lassen. Unser Job ist noch lange nicht vorbei. Eigentlich fängt er jetzt erst an. Es wird bergeweise Material von der forensischen Untersuchung kommen. Das muss alles beschriftet, protokolliert und abgelegt werden. HOLMES ist immer noch in Betrieb, es müssen also die grünen Zettel ausgefüllt und eingegeben werden.«

Banks hörte Carol Houseman aufstöhnen, die zur HOLMES-Spezialistin ausgebildet war: »Oh, verdammt noch mal!«

»Tut mir Leid, Carol«, sagte er mit verständnisvollem Lächeln. »Geht nicht anders. Sagen wir mal so: Egal, was passiert ist, wir haben fürs Erste genug zu tun. Wir müssen Beweise sammeln. Wir müssen ohne jeden Zweifel beweisen, dass Terence Payne der Mörder der fünf vermissten Mädchen ist.«

»Was ist mit seiner Frau?«, fragte jemand. »Die muss doch was gewusst haben.«

Genau das hatte Ken Blackstone auch gesagt. »Das wissen wir nicht«, entgegnete Banks. »Zunächst einmal ist sie Opfer. Aber ob sie möglicherweise beteiligt war, gehört zu den Fragen, mit denen wir uns näher beschäftigen müssen. Es ist bekannt, dass Payne möglicherweise einen Komplizen gehabt hat. Ich werde wohl noch heute Vormittag mit ihr sprechen können.« Banks schaute auf die Uhr und wandte sich an Sergeant Filey. »Bis dahin, Ted, hätte ich gerne, dass Sie eine Mannschaft zusammenstellen, die noch einmal sämtliche Aussagen überprüft und alle Personen befragt, die nach den Vermisstenmeldungen bereits vernommen worden sind. Familie, Freunde, Zeugen, alle. Okay?«

»Geht in Ordnung, Boss«, sagte Ted Filey.

Banks konnte es nicht leiden, »Boss« genannt zu werden, sagte aber nichts. »Besorgen Sie sich ein paar Fotos von Lucy Payne und zeigen Sie sie allen, mit denen Sie sprechen. Vielleicht kann sich jemand erinnern, sie im Zusammenhang mit den vermissten Mädchen gesehen zu haben.«

Das Gemurmel wurde lauter, Banks sorgte erneut für Ruhe. »Fürs Erste möchte ich, dass alle engen Kontakt zum Dienststellenleiter halten, unserem Kollegen Grafton …«

Jubel wurde laut, Ian Grafton errötete.

»Er verteilt Aufgaben und Anweisungen zur Zeugenbefragung, und davon wird es jede Menge geben. Ich möchte wissen, was Terence und Lucy Payne zum Frühstück essen und wie oft sie aufs Klo gehen. Dr. Fuller vermutet, Payne könnte seine Taten zur Erinnerung bildlich festgehalten haben – am wahrscheinlichsten auf Video, aber vielleicht auch auf normalen Fotos. Bisher haben wir am Tatort nichts gefunden, aber wir müssen eruieren, ob die Paynes eine Videoausrüstung besitzen oder gemietet haben.«

Bei der Erwähnung von Jenny Fuller registrierte Banks skeptische Blicke. Die typische Engstirnigkeit, dachte er. Beratende Psychologen besaßen zwar keine magischen Kräfte und konnten nicht innerhalb weniger Stunden den Namen des Mörders nennen, aber nach Banks' Erfahrung halfen sie, die Suche einzuschränken und das geografische Umfeld zu begrenzen, in dem der Täter mutmaßlich lebte. Warum sollte man keinen Psychologen zu Rate ziehen? Im besten Fall half er, im schlimmsten Fall störte er nicht weiter. »Vergessen Sie nicht«, fuhr er fort, »dass fünf Mädchen entführt, vergewaltigt und ermordet wurden. *Fünf* Mädchen. Ich muss Ihnen wohl nicht sagen, dass jede davon Ihre Tochter sein könnte. Wir glauben, dass wir den Schuldigen haben, aber es ist noch nicht heraus, ob er allein gehandelt hat. Bis wir bewiesen haben, dass er es gewesen ist, egal wie es ihm geht, gibt es keine Schlamperei in dieser Mannschaft! Verstanden?«

Die versammelten Polizisten murmelten: »Ja, Sir«, dann löste sich die Gruppe langsam auf. Einige zog es nach draußen zur ersehnten Zigarette, andere lehnten sich im Stuhl zurück.

»Noch etwas«, sagte Banks. »Die Constables Bowmore und Singh in mein Büro. Sofort.«

Nach einer kurzen Unterredung mit Area Commander Hartnell – er warf ihr tiefe Blicke zu, hundertprozentig – und Banks, dem die Situation offenbar unangenehm war, überbrückte DI Annie Cabbot die Zeit in dem ihr zugewiesenen kleinen Büro, indem sie die Akte von PC Janet Taylor las. Da Janet Taylor nicht verhaftet war, sondern freiwillig kam, hatte Hartnell persönlich entschieden, dass ein Büro eine weitaus weniger einschüchternde Umgebung für ein Vorgespräch sei als der schmuddelige Vernehmungsraum.

PC Taylors Akte beeindruckte Annie. Es bestand wenig Zweifel, dass sie vom beschleunigten Beförderungsverfahren profitieren und es innerhalb von fünf Jahren zum Inspector bringen würde, wenn sie in allen Punkten entlastet werden konnte. Janet Taylor kam aus Yorkshire, aus Pudsey, hatte A-Level in vier Fächern abgelegt und einen Abschluss in Soziologie von der Universität Bristol. Sie war erst dreiundzwanzig Jahre alt, ledig und wohnte allein. In allen Zulassungsprüfungen hatte sie hohe Punktzahlen erreicht und verfügte nach Einschätzung derer, die sie geprüft hatten, über ein klares Verständnis von der Komplexität der Polizeiarbeit in einer mannigfaltigen Gesellschaft sowie über die kognitiven Fähigkeiten und die Ambition, Probleme zu lösen – gute Voraussetzungen für einen Kriminalbeamten. Janet war bei guter Gesundheit und nannte als Hobbys Squash, Tennis und Computer. Während des Studiums hatte sie im Sommer für die Gebäudesicherheit eines Einkaufszentrums in Leeds gearbeitet, Kameras überwacht und in der Fußgängerzone ihre Runden gedreht. Außerdem hatte Janet freiwillige Arbeit in ihrer Gemeinde geleistet und alten Menschen geholfen.

Das alles klang für Annie, die in einer Künstlerkommune in der Nähe von St. Ives inmitten von komischen Käuzen, Hippies und Sonderlingen aller Art aufgewachsen war, ziemlich langweilig. Annie hatte erst spät zur Polizei gefunden. Sie besaß einen Universitätsabschluss, aber in Kunstgeschichte – keine große Hilfe bei der Polizei. Sie war nicht in den Genuss des beschleunigten Beförderungsverfahrens gekommen, weil es an ihrer alten Dienststelle einen Zwischenfall gegeben hatte: Auf der Feier nach ihrer Beförderung zum Sergeant hatten drei Kollegen versucht, sie zu vergewaltigen. Einem war es gelungen. Erst danach hatte sie sich wehren können. Traumatisiert hatte sie den Vorfall erst am nächsten Morgen gemeldet, nachdem sie stundenlang in der Badewanne gesessen und alle Beweise fortgewaschen hatte. Der Vorgesetzte hatte trotz Annies Aussage den drei Beamten geglaubt, die zwar einräumten, dass alles ein bisschen außer Kontrolle geraten sei, weil die betrunkene Annie sie angemacht habe, aber darauf bestanden, dass sie sich in der Gewalt gehabt hätten und kein sexueller Übergriff stattgefunden habe.

Für lange Zeit war Annie ihre berufliche Laufbahn ziemlich egal gewesen. Das Wiedererwachen ihres Ehrgeizes hatte niemanden mehr überrascht als sie selbst. Dazu gehörte, sich mit der Vergewaltigung und ihren Folgen auseinander zu setzen – eine komplizierte, traumatische Erfahrung, die ein Außenstehender nicht nachvollziehen konnte –, aber sie hatte es geschafft. Und jetzt war sie ein ausgewachsener Inspector und untersuchte für Detective Superintendent Chambers, der offensichtlich einen Riesenbammel vor dem Auftrag hatte, einen polizeipolitisch brisanten Fall.

Es klopfte, und eine junge Frau trat ein. Sie hatte kurzes schwarzes Haar, das einen ziemlich leblosen Eindruck machte. »Man hat mir gesagt, Sie wären hier«, sagte sie.

Annie stellte sich vor. »Setzen Sie sich, Janet.«

Janet nahm Platz und versuchte, es sich auf dem harten Stuhl bequem zu machen. Sie sah aus, als hätte sie die ganze Nacht nicht geschlafen, was Annie nicht im Geringsten wunderte. Janets Gesicht war blass, unter den Augen hatte sie dunkle Ringe. Abgesehen von den Spuren des abgrundtiefen Grauens und der Schlaflosigkeit, war Janet Taylor möglicherweise eine hübsche Frau. Auf jeden Fall hatte sie wunderschöne Augen mit sandfarbenen Pupillen und hohe Wangenknochen, der Grundstein so mancher Modelkarriere. Sie wirkte sehr ernst, niedergedrückt von der Last des Lebens, aber das konnte auch die Folge der jüngsten Ereignisse sein.

»Wie geht's ihm?«, fragte Janet.

»Wem?«

»Sie wissen schon, Payne.«

»Er hat das Bewusstsein noch nicht wiedererlangt.«

»Wird er überleben?«

»Das weiß man noch nicht, Janet.«

»Okay. Ich meine, ist nur weil … hm, es macht wohl einen Unterschied. Für meinen Fall, meine ich.«

»Wenn er stirbt? Ja, macht es. Aber darüber wollen wir uns zunächst mal keine Gedanken machen. Ich möchte, dass Sie mir erzählen, was in Paynes Keller passiert ist. Anschließend werde ich Ihnen ein paar Fragen stellen. Dann möchte ich Sie bitten, Ihre Aussage schriftlich niederzulegen. Das hier ist keine Vernehmung, Janet. Sie haben in dem Keller bestimmt die Hölle durchgemacht, keiner will Sie wie eine Straftäterin behandeln. Aber es gibt Richtlinien für solche Fälle, an die wir uns halten müssen, und je eher wir damit anfangen, desto besser.« Annie sagte nicht die volle Wahrheit, aber sie wollte Janet Taylor nicht unnötig belasten. Ihr war klar, dass sie ein wenig bohren und nachhaken musste, vielleicht sogar hin und wieder hart durchgreifen. Das war ihre Fragetechnik; schließlich kam die Wahrheit oft erst unter einem gewissen Druck heraus. Annie wollte es drauf ankommen lassen, und wenn sie Janet Taylor ein bisschen würde zusetzen müssen, dann sollte es so sein. Scheiß auf Chambers und Hartnell. Wenn sie diesen Scheißjob machen musste, dann richtig.

»Keine Sorge«, sagte Janet. »Ich habe nichts gemacht, was ich nicht durfte.«

»Bestimmt nicht. Dann erzählen Sie mal!«

Janet Taylor berichtete ziemlich gelangweilt und distanziert, als sei sie alles schon hundert Mal durchgegangen oder schildere die Erlebnisse eines anderen Menschen. Annie beobachtete ihre Körpersprache. Janet rutschte auf dem Stuhl herum und knetete die Hände im Schoß. Als sie auf die schrecklichen Momente zu sprechen kam, verschränkte sie die Arme vor der Brust. Ihre Stimme wurde flacher, ausdrucksloser. Annie ließ sie weiterreden und machte sich Notizen zu Punkten, die ihr wichtig erschienen. Janet beendete ihre Schilderung nicht, sondern verlor sich in Gedanken, nachdem sie beschrieben hatte, wie sie schließlich auf den Krankenwagen gewartet hatte, Dennis Morriseys Kopf auf ihrem Schoß, sein warmes Blut auf ihren Oberschenkeln. An dieser Stelle ihres Berichts hob sie die Augenbrauen und runzelte die Stirn. Sie hatte Tränen in den Augen.

Als Janet verstummt war, schwieg Annie eine Weile. Dann fragte sie, ob Janet etwas trinken wolle. Sie bat um Wasser, und Annie holte ihr einen Becher vom Wasserspender. Es war warm im Zimmer, deshalb brachte sie sich selbst auch einen mit.

»Noch ein paar Fragen, Janet. Dann lasse ich Sie in Ruhe, damit Sie Ihre Aussage niederschreiben können.«

Janet gähnte. Sie hielt die Hand vor den Mund, entschuldigte sich aber nicht. Normalerweise hätte Annie ein Gähnen als Zeichen von Angst oder Nervosität gedeutet, aber Janet Taylor hatte guten Grund, müde zu sein, deshalb maß Annie dem jetzt nicht so viel Bedeutung bei.

»Was ist Ihnen durch den Kopf gegangen, als es passierte?«, fragte Annie.

»Was mir durch den Kopf gegangen ist? Ich glaube nicht, dass ich irgendwas gedacht habe. Ich hab nur reagiert.«

»Haben Sie an Ihre Ausbildung gedacht?«

Janet Taylor lachte, aber es klang gezwungen. »Auf so was wird man in der Ausbildung nicht vorbereitet.«

»Was ist mit Ihrem Schlagstocktraining?«

»Darüber musste ich nicht nachdenken. Das kam von selbst.«

»Sie fühlten sich bedroht.«

»Zu Recht. Der Typ hatte Dennis aufgeschlitzt und wollte als Nächstes auf mich los. Das Mädchen auf dem Bett hatte er auch umgebracht.«

»Woher wussten Sie, dass sie tot war?«

»Was?«

»Kimberley Myers. Woher wussten Sie, dass sie tot war? Sie sagten, es wäre alles sehr schnell gegangen. Bevor er Sie angriff, hätten Sie sie nur aus dem Augenwinkel gesehen.«

»Ich … ich bin wohl einfach davon ausgegangen. Ich meine, sie lag da nackt auf dem Bett mit einem gelben Strick um den Hals. Die Augen waren offen. Das konnte man schon annehmen.«

»Gut«, sagte Annie. »Also kam Ihnen nicht in den Sinn, sie zu retten, zu schützen?«

»Nein. Ich hatte nur Dennis im Kopf.«

»Und was als Nächstes mit Ihnen passieren würde?«

»Ja.« Janet trank einen Schluck. Wasser rann ihr das Kinn

hinunter und tropfte auf ihr graues T-Shirt, ohne dass sie es zu bemerken schien.

»Deshalb haben Sie den Schlagstock herausgeholt. Und dann?«

»Hab ich doch gesagt. Er kam mit diesem verrückten Blick auf mich zu.«

»Und er hieb mit seiner Machete nach Ihnen?«

»Ja. Ich konnte den Schlag mit dem Knüppel abwehren. Ich hatte ihn seitlich am Arm, wie wir es gelernt haben. Dann hab ich ausgeholt und ihn getroffen, bevor er wieder mit der Machete loslegen konnte.«

»Wo haben Sie ihn als Erstes getroffen?«

»Am Kopf.«

»Wo genau am Kopf?«

»Weiß ich nicht. Hab ich nicht drauf geachtet.«

»Aber Sie wollten ihn außer Gefecht setzen, oder?«

»Ich wollte ihn daran hindern, mich zu töten.«

»Also mussten Sie ihn so treffen, dass es wirkte?«

»Hm, ich bin Rechtshänderin, deshalb nehme ich an, dass ich ihn auf der linken Seite am Kopf getroffen habe, irgendwo an der Schläfe.«

»Ist er hingefallen?«

»Nein, aber er war benommen. Er konnte nicht mehr mit der Machete ausholen.«

»Wo haben Sie ihn dann getroffen?«

»Am Handgelenk, glaube ich.«

»Um ihn zu entwaffnen?«

»Ja.«

»Klappte das?«

»Ja.«

»Was haben Sie dann gemacht?«

»Ich hab die Machete in die Ecke getreten.«

»Was machte Payne?«

»Er hielt sich die Hand und fluchte.«

»Bis dahin hatten Sie ihn einmal auf die Schläfe und einmal aufs Handgelenk geschlagen?«

»Genau.«

»Was haben Sie dann gemacht?«

124

»Ich hab ihn noch mal geschlagen.«

»Wohin?«

»Auf den Kopf.«

»Warum?«

»Um ihn kampfunfähig zu machen.«

»Stand er da noch?«

»Ja. Davor hatte er auf den Knien gehockt, weil er nach der Machete gesucht hat, aber dann ist er aufgestanden und auf mich zugekommen.«

»Unbewaffnet?«

»Ja, aber er war trotzdem größer und stärker als ich. Und er hatte diesen verrückten Blick, als hätte er noch jede Menge Kraft.«

»Deshalb haben Sie ihn noch mal geschlagen?«

»Ja.«

»Auf die gleiche Stelle?«

»Keine Ahnung. Ich hab den Schlagstock wie vorher gehalten. Also, ja, ich denke schon, es sei denn, er hat sich halb zur Seite gedreht.«

»Hat er das?«

»Glaube ich nicht.«

»Aber möglich ist es? Ich meine, Sie haben es ja gerade selbst gesagt.«

»Es wird wohl möglich sein, aber ich wüsste nicht, warum.«

»Sie haben ihn zu keinem Zeitpunkt auf den Hinterkopf geschlagen?«

»Ich glaube nicht.«

Nun begann Janet zu schwitzen. Annie sah Schweißperlen an ihrem Haaransatz und dunkle Flecken, die sich unter ihren Armen ausbreiteten. Sie wollte der armen Frau nicht noch mehr zusetzen, aber sie musste ihre Arbeit machen, und sie konnte hart sein, wenn es nötig war. »Was ist passiert, nachdem Sie Payne zum zweiten Mal auf den Kopf geschlagen haben?«

»Nichts.«

»Wie meinen Sie das, nichts?«

»Nichts. Er ging trotzdem wieder auf mich los.«

»Da haben Sie ihn noch mal geschlagen.«

125

»Ja. Ich hab den Knüppel in beide Hände genommen, wie einen Cricketschläger, damit ich mehr Kraft hatte.«

»Zu dem Zeitpunkt hatte er nichts, womit er sich wehren konnte, oder?«

»Nur seine Arme.«

»Hat er sie denn hochgehalten, um sich vor dem Schlag zu schützen?«

»Er hat sich das Handgelenk gehalten. Ich glaube, es war gebrochen. Ich hatte was knacken hören.«

»Sie hatten also freie Hand, ihn so heftig zu schlagen, wie Sie wollten?«

»Er hat mich einfach nicht in Ruhe gelassen.«

»Sie meinen, er ging weiterhin auf Sie los?«

»Ja, und er hat mich beschimpft.«

»Wie hat er Sie beschimpft?«

»Mit dreckigen Wörtern. Und Dennis hat gestöhnt und geblutet. Ich wollte zu ihm und gucken, ob ich ihm helfen kann, aber erst durfte Payne sich nicht mehr bewegen.«

»Sie hatten nicht das Gefühl, ihn zu dem Zeitpunkt mit Handschellen ruhig stellen zu können?«

»Auf keinen Fall! Ich hatte ihm schon zwei- oder dreimal eine übergezogen, aber es schien ihm überhaupt nichts auszumachen. Er hörte einfach nicht auf. Wenn ich ihm zu nahe gekommen wäre und er mich zu fassen gekriegt hätte, dann hätte er mich so lange gewürgt, bis Schluss gewesen wäre.«

»Auch mit gebrochenem Handgelenk?«

»Ja. Er hätte mir den Arm um den Hals gelegt.«

»Aha.« Annie machte eine Pause, um sich etwas zu notieren. Sie konnte Janet Taylors Angst fast riechen, wusste nur nicht genau, ob sie ein Überbleibsel aus dem Keller war oder von den gegenwärtigen Umständen rührte. Annie zögerte das Schreiben hinaus, bis Janet herumrutschte und nervös wurde. Dann fragte sie: »Was meinen Sie, wie oft haben Sie ihn insgesamt geschlagen?«

Janet wich Annies Blick aus. »Weiß ich nicht. Ich hab nicht mitgezählt. Ich hab um mein Leben gekämpft. Ich hab mir diesen Verrückten vom Hals gehalten.«

»Fünfmal? Sechsmal?«

126

»Hab ich doch gerade gesagt. Ich weiß es nicht mehr. So oft wie nötig. Damit er endlich Ruhe gab. Er wollte einfach immer wieder auf mich los.« Janet schluchzte auf, und Annie ließ sie weinen. Es war das erste Mal, dass sich die Gefühle Bahn brachen. Es würde ihr guttun. Nach ein, zwei Minuten riss Janet sich zusammen und trank etwas. Sie schämte sich offenbar, vor einer Kollegin Gefühle gezeigt zu haben.

»Ich bin jetzt fast durch, Janet«, sagte Annie. »Dann lasse ich Sie in Ruhe.«

»Gut.«

»Irgendwann haben Sie es dann geschafft, ihn unten zu halten, oder?«

»Ja. Er ist gegen die Wand gefallen und runtergerutscht.«

»Hat er sich danach noch bewegt?«

»Nicht groß. Er hat ein bisschen gezuckt und laut geatmet. Er hatte Blut am Mund.«

»Letzte Frage, Janet: Haben Sie ihn geschlagen, nachdem er zu Boden ging?«

Ihre Augenbrauen zogen sich vor Angst zusammen. »Nein. Glaube ich nicht.«

»Was haben Sie dann gemacht?«

»Ich hab ihn mit den Handschellen an das Rohr gefesselt.«

»Und dann?«

»Bin ich zu Dennis gegangen.«

»Sind Sie ganz sicher, dass Sie ihn nicht ein weiteres Mal geschlagen haben, nachdem er zu Boden gegangen war? Nur um auf Nummer sicher zu gehen?«

Janet wandte den Blick ab. »Hab ich doch schon gesagt. Ich glaube nicht. Warum sollte ich?«

Annie beugte sich vor und legte die Arme auf den Schreibtisch. »Versuchen Sie sich zu erinnern, Janet.«

Aber Janet schüttelte den Kopf. »Es nützt nichts. Es fällt mir nicht mehr ein.«

»Gut«, sagte Annie und erhob sich. »Befragung beendet.« Sie schob Janet ein Erklärungsformular und einen Stift hin. »Halten Sie bitte so ausführlich wie möglich fest, was Sie mir gerade erzählt haben.«

Janet griff zum Stift. »Was passiert jetzt?«

»Wenn Sie fertig sind, meine Liebe, gehen Sie nach Hause und trinken einen. Ach, trinken Sie zwei!«

Janet rang sich ein schwaches, aber ehrliches Lächeln ab, und Annie schloss die Tür hinter ihr.

Mit einem betretenen Gesichtsausdruck spazierten die Detective Constables Bowmore und Singh in Banks' provisorisches Büro in Millgarth. Na wartet, dachte Banks.

»Setzen Sie sich!«, sagte er.

Sie nahmen Platz. »Worum geht's, Sir?«, fragte Singh bemüht ungezwungen. »Haben Sie 'nen neuen Job für uns?«

Banks lehnte sich auf dem Stuhl zurück und verschränkte die Hände hinter dem Kopf. »Könnte man so sagen«, entgegnete er. »Wenn man Bleistifte anspitzen und Mülleimer leeren als Job bezeichnen kann.«

Den beiden fiel die Kinnlade herunter. »Sir …«, begann Bowmore, aber Banks hob die Hand.

»Ein Nummernschild, das auf KWT endet. Sagt Ihnen das was?«

»Wie bitte?«

» KWT. Kathryn Wendy Thurlow.«

»Ja, Sir«, erwiderte Singh. »Das ist das Kennzeichen, das die Kripo Bradford bei der Samantha-Foster-Ermittlung herausbekommen hat.«

»Bingo!«, sagte Banks. »Nun, korrigieren Sie mich bitte, falls ich mich irre, aber hat uns Bradford nicht Kopien von sämtlichen Unterlagen im Samantha-Foster-Fall geschickt, als unsere Soko zusammengestellt wurde?«

»Ja, Sir.«

»Unter anderem die Namen aller Einwohner von Leeds, die ein dunkles Auto mit einem Kennzeichen haben, das auf KWT endet.«

»Mehr als tausend, Sir.«

»Mehr als tausend. Genau. Und die Kripo Bradford hat sie alle befragt. Jetzt raten Sie mal, wer unter diesen tausend ist!«

»Terence Payne«, antwortete Singh.

»Kluger Junge!«, lobte Banks. »Nun, als Bradford den Fall

bearbeitete, gab es da schon Hinweise auf ähnliche Verbrechen?«

»Nein, Sir«, erwiderte jetzt Bowmore. »Bis dahin war nur ein Mädchen von der Silvesterparty im Roundhay Park verschwunden, aber damals gab es noch keinen Grund zur Annahme, dass beide Fälle etwas miteinander zu tun haben könnten.«

»Genau«, sagte Banks. »Warum also, glauben Sie, habe ich wohl kurz nach Gründung dieser Soko die Anordnung ausgegeben, das gesamte Material über die älteren Fälle, darunter auch Samantha Foster, erneut durchzugehen?«

»Weil Sie glaubten, dass es eine Verbindung gibt, Sir«, sagte Singh.

»Nicht nur ich«, setzte Banks hinzu. »Aber stimmt, drei Mädchen, so viele waren es damals. Dann vier. Dann fünf. Es wurde immer wahrscheinlicher, dass die Fälle was miteinander zu tun hatten. Und jetzt raten Sie mal, wer die Aufgabe hatte, die Unterlagen über Samantha Foster durchzuarbeiten?«

Singh und Bowmore warfen sich einen Blick zu, runzelten die Stirn und schauten Banks an. »Wir, Sir«, sagten sie gleichzeitig.

»Dazu gehörte auch, die Fahrzeughalter auf der Liste, die die Kripo Bradford aus Swansea bekommen hat, nochmals zu befragen.«

»Mehr als tausend, Sir.«

»Allerdings«, bestätigte Banks. »Aber gehe ich recht in der Annahme, dass Sie jede Menge Unterstützung hatten, dass die Aufgabe auf mehrere Kollegen verteilt war und dass der Buchstabe P zu denen des Alphabets gehört, für die Sie zuständig waren? Das steht nämlich in meinen Unterlagen. P wie Payne.«

»Es waren trotzdem viele, Sir. Wir sind immer noch nicht ganz durch.«

»Sie sind immer noch nicht durch? Das war Anfang April. Jetzt haben wir Mai! Sie hatten es wohl nicht gerade eilig, was?«

»Ist ja nicht so, als ob das unsere einzige Aufgabe gewesen wäre, Sir«, warf Bowmore ein.

129

»Jetzt reicht es mir aber!«, rief Banks. »Ich will keine Ausreden mehr hören. Aus irgendeinem Grund haben Sie verpennt, Terence Payne ein zweites Mal zu befragen.«

»Aber es hätte nichts geändert, Sir«, behauptete Bowmore. »Ich meine, die Kripo Bradford hatte ja nicht unbedingt ein Kreuz drangemacht, Verdächtiger Nr. 1, oder? Was sollte der uns denn verraten, das er denen nicht gesagt hat? Der hätte doch nicht zur Abwechslung mal ein Geständnis abgelegt, nur weil wir jetzt plötzlich mit ihm reden wollten, oder?«

Banks fuhr sich durchs Haar und stieß einen leisen Fluch aus. Von Natur aus war er eigentlich keine Autoritätsperson – alles andere als das. Er hasste diesen Aspekt seiner Arbeit, andere zusammenzuscheißen, hatte er doch selbst oft genug auf der anderen Seite gestanden. Aber wenn es jemals einer verdient hatte, von ihm so richtig zur Sau gemacht zu werden, dann diese beiden Obertrottel. »Ist das ein Beispiel dafür, wie es aussieht, wenn Sie die Initiative ergreifen?«, fragte er. »Wenn ja, dann sind Sie besser beraten, sich an die Vorschriften zu halten und Ihre Anordnungen zu befolgen.«

»Aber, Sir«, warf Singh ein, »der Typ war Lehrer. Frisch verheiratet. Schönes Haus. Wir haben alle Protokolle durchgelesen.«

»Entschuldigung«, sagte Banks und schüttelte den Kopf. »Habe ich da irgendwas verpasst?«

»Wie meinen Sie das, Sir?«

»Also, ich kann mich nicht erinnern, dass Dr. Fuller uns zu dem Zeitpunkt bereits ein Profil der Person gegeben hätte, die wir suchten.«

Singh grinste. »Wir haben überhaupt noch nicht viel von ihr bekommen, wenn man's richtig überlegt, oder?«

»Aus welchem Grund also waren Sie der Ansicht, einen frisch verheirateten Lehrer mit schönem Haus ausschließen zu können?«

Singh öffnete und schloss den Mund wie ein Fisch. Bowmore schaute auf seine Schuhe.

»Nun?«, hakte Banks nach. »Ich höre.«

»Ach, Sir«, sagte Singh. »Es tut mir Leid, aber wir sind noch nicht bis zu ihm gekommen.«

»Haben Sie überhaupt schon mit irgendwelchen Personen von der Liste gesprochen?«

»Mit einigen schon, Sir«, stammelte Singh. »Diejenigen, die Bradford als mögliche Täter angestrichen hatte. Da war einer dabei, der als Exhibi vorbestraft war, aber der hatte ein wasserfestes Alibi für Leanne Wray und Melissa Horrocks. Den haben wir überprüft, Sir.«

»Wenn Sie also nichts Besseres zu tun hatten, haben Sie die Zeit totgeschlagen, indem Sie ein, zwei Namen von der Liste abgehakt haben, nämlich die, die Bradford angestrichen hatte? Ist das richtig?«

»Das ist ungerecht, Sir«, entgegnete Bowmore.

»Ungerecht? Ich sag Ihnen mal, was scheißungerecht ist, Bowmore. Es ist scheißungerecht, dass, soweit wir wissen, mindestens fünf Mädchen durch die Hand von Terence Payne ums Leben kamen. Das ist ungerecht.«

»Aber das hätte er doch nicht zugegeben, Sir«, protestierte Singh.

»Und ich dachte, Sie wären bei der Kripo! Ich will mich mal einfach ausdrücken. Wenn Sie Payne letzten Monat einen Besuch abgestattet hätten, wie angeordnet, dann wären vielleicht ein oder zwei Mädchen weniger gestorben.«

»Das können Sie uns nicht anhängen«, widersprach Bowmore mit rotem Gesicht. »Das ist echt nicht drin.«

»Ach, das ist nicht drin? Und wenn Sie bei der Befragung etwas Verdächtiges gesehen oder gehört hätten? Wenn Ihr erstklassig ausgebildeter kriminalistischer Instinkt etwas gemerkt hätte und Sie Payne gefragt hätten, ob Sie sich mal umsehen dürfen?«

»Aber die Kripo Bradford …«

»Es ist mir scheißegal, was Bradford gemacht hat! Die haben nur einen einzigen Fall bearbeitet: das Verschwinden von Samantha Foster. Sie hingegen haben in einer Reihe von Entführungen ermittelt. Wenn sich ein Grund ergeben hätte, in den Keller zu gucken, dann hätten Sie ihn gehabt, glauben Sie mir! Selbst wenn Sie nur in seiner Videosammlung herumgestöbert hätten, wären Sie vielleicht misstrauisch geworden. Wenn Sie sich sein Auto angeguckt hätten, wären

Ihnen die falschen Kennzeichen aufgefallen. Die er jetzt dranhat, enden nämlich auf NGV, nicht auf KWT. Da hätten bei Ihnen möglicherweise die Alarmglocken geschrillt, meinen Sie nicht? Stattdessen beschließen Sie in Ihrer Selbstherrlichkeit, dass es mit dieser Aufgabe nicht besonders eilig ist. Möchte mal wissen, was Sie stattdessen für so überaus wichtig gehalten haben. Nun?«

Beide sahen zu Boden.

»Was haben Sie zu Ihrer Verteidigung vorzubringen?«

»Nichts, Sir«, entgegnete Singh schmallippig.

»Ich gehe sogar zu Ihren Gunsten davon aus, dass Sie mit anderen Sachen beschäftigt waren und sich nicht schlicht und einfach gedrückt haben«, sagte Banks. »Vergeigt haben Sie es trotzdem.«

»Aber er hatte schon die Kripo Bradford angelogen«, argumentierte Bowmore. »Mit uns hätte er dasselbe gemacht.«

»Es will einfach nicht in Ihren Schädel, was?«, blaffte Banks. »Ich hab's jetzt zehnmal erklärt. Sie sind hier bei der Kripo! Sie nehmen nicht alles für bare Münze! Vielleicht wäre Ihnen an seiner Körpersprache was aufgefallen. Vielleicht hätten Sie ihn bei einer Lüge ertappt. Vielleicht – gottbewahre! – hätten Sie eins seiner Alibis überprüft und gemerkt, dass es nicht stimmt. Oder was anderes hätte Sie ein bisschen misstrauisch gemacht. Drücke ich mich deutlich genug aus? Sie hatten mindestens zwei, vielleicht sogar drei Anhaltspunkte mehr als Bradford, und Sie haben es verbockt! Ich nehme Ihnen diesen Fall ab, Ihnen beiden, und das kommt in Ihre Personalakte! Verstanden?«

Bowmore sah Banks an, als wollte er ihn töten. Singh schien den Tränen nahe, aber im Moment hatte Banks mit keinem von beiden Mitleid. Rasende Kopfschmerzen kündigten sich an. »Machen Sie, dass Sie rauskommen!«, rief er. »Und im Besprechungsraum will ich Sie auch nicht mehr sehen!«

Maggie suchte Zuflucht in Ruths Atelier. Die Frühlingssonne fiel durch das Fenster. Sie öffnete es einen Spaltbreit, um etwas Luft hereinzulassen. Das Atelier im ersten Stock war ein großer Raum nach hinten hinaus, eigentlich das dritte Schlafzimmer. Auch wenn die Aussicht einiges zu wünschen übrig ließ – ein ekliger, verdreckter Gang, dahinter sozialer Wohnungsbau –, war das Zimmer selbst doch perfekt auf ihre Bedürfnisse zugeschnitten. Außer den drei Zimmern, der Toilette und dem Bad verfügte das Haus noch über einen Speicher, den man über eine ausziehbare Leiter erreichte. Ruth benutzte ihn als Abstellkammer. Maggie lagerte dort nichts; sie ging noch nicht einmal dort hinauf, denn verstaubte, vergessene Orte voller Spinnen machten sie nervös. Schon bei dem bloßen Gedanken daran musste sie sich schütteln. Außerdem hatte sie eine Allergie, beim kleinsten Staubkörnchen begannen ihre Augen zu brennen und die Nase zu jucken.

Das Atelier hatte heute noch einen Vorteil: Maggie wurde nicht ständig von dem abgelenkt, was auf der Straße vor sich ging. Die war wieder für den Verkehr freigegeben, aber Nummer 35 war abgesperrt. Unablässig kamen und gingen Menschen, trugen Kisten und Tüten mit Gott weiß was heraus. Natürlich konnte Maggie die Ereignisse nicht völlig verdrängen, hatte aber keine Tageszeitung gelesen und einen Radiosender eingestellt, der nur selten Nachrichten brachte.

Maggie entwarf die Illustrationen für eine neue Geschenkausgabe von *Grimms Märchen*, sie skizzierte Details und entwickelte Szenen. Als sie die Märchen zum ersten Mal seit Kindertragen wieder gelesen hatte, war ihr aufgefallen, wie düster und grausam die Geschichten waren. Früher hatte sie keinen Zugang zu ihnen gefunden, waren sie ihr übertrieben vorgekommen, aber jetzt waren Grausamkeit und Gewalt nur allzu wirklich. Just hatte sie eine Skizze für »Rumpelstilzchen« fertig gestellt, den bösen Zwerg, der der Müllerstochter half, Stroh zu Gold zu spinnen, wenn sie ihm dafür ihr Erstgeborenes gab. Maggie fand ihre Illustration ein bisschen zu romantisch – ein trauriges Mädchen am Spinnrad und im Hintergrund nur angedeutet zwei brennende Augen und der schattenhafte Umriss des Zwergs. Aber sie konnte wohl kaum die Stelle bebildern, wo er so heftig aufstampfte, dass er mit dem Fuß durch den Boden brach und sich das Bein beim Herausziehen abriss. Sachdienliche Brutalität. Die Märchen suhlten sich nicht in Blut und Eingeweiden, wie es heute so viele Filme taten – Spezialeffekte um ihrer selbst willen –, aber grausam waren sie trotzdem.

Jetzt arbeitete Maggie an »Rapunzel«. Ihre Entwürfe zeigten ein junges Mädchen – wieder ein Erstgeborenes, das von seinen leiblichen Eltern getrennt worden war. Es ließ sein langes blondes Haar von einem Turm herunter, in dem es von einer Hexe gefangen gehalten wurde. Auch hier gab es ein gutes Ende: Die Hexe wurde von einem Wolf verschlungen, der nur ihre krallenartigen Hände und Füße ausspie. Sie wurden von Würmern und Käfern gefressen.

Maggie versuchte gerade, den dicken Zopf und die Neigung von Rapunzels Kopf so hinzubekommen, dass es den Eindruck machte, das Gewicht des Prinzen würde getragen, da klingelte das Telefon.

Maggie nahm im Atelier ab. »Ja?«

»Margaret Forrest?«, fragte eine Frauenstimme. »Spreche ich mit Margaret Forrest?«

»Wer ist da?«

»Sind Sie es, Margaret? Ich heiße Lorraine Temple. Wir kennen uns noch nicht.«

»Worum geht es?«

»Ich habe gehört, dass Sie gestern Morgen bei der Polizei angerufen haben. Wegen dem Ehestreit auf The Hill.«

»Wer sind Sie? Sind Sie von der Presse?«

»Ach, hab ich das nicht gesagt? Ja, ich schreibe für die *Post.*«

»Ich darf nicht mit Ihnen sprechen. Legen Sie auf!«

»Hören Sie, ich bin hier unten an der Straße, Maggie. Ich telefoniere von meinem Handy. Die Polizei lässt mich nicht näher an das Haus ran, deshalb dachte ich, Sie hätten vielleicht Lust, sich mit mir auf ein Glas zu treffen. Ist doch bald Mittag. Hier ist ein netter Pub …«

»Ich habe Ihnen nichts zu sagen, Mrs. Temple, warum sollen wir uns treffen?«

»Sie haben aber gestern früh einen Ehestreit in The Hill 35 gemeldet, oder nicht?«

»Ja, aber …«

»Dann habe ich ja die Richtige am Apparat. Wie sind Sie darauf gekommen, dass es ein Ehestreit war?«

»Tut mir Leid, ich verstehe Ihre Frage nicht. Wie meinen Sie das?«

»Sie haben was gehört, oder? Laute Stimmen? Zerbrechendes Glas? Einen Aufprall?«

»Woher wissen Sie das?«

»Ich überlege mir nur, wie Sie zu dem Schluss kommen konnten, dass es ein Ehekrach war, das ist alles. Ich meine, Sie hätten doch auch annehmen können, dass da jemand mit einem Einbrecher kämpft, oder?«

»Ich weiß nicht, worauf Sie hinauswollen.«

»Ach, kommen Sie, Margaret! Maggie werden Sie genannt, nicht wahr? Darf ich Sie Maggie nennen?«

Maggie antwortete nicht. Warum legte sie nicht einfach auf?

»Hören Sie, Maggie«, fuhr Lorraine Temple fort. »Geben Sie mir eine Chance! Ich muss auch von irgendwas leben. Waren Sie mit Lucy Payne befreundet, ist das der Grund? Wussten Sie mehr über sie? Was sonst keiner weiß?«

»Ich kann nicht mit Ihnen sprechen«, sagte Maggie und legte auf. Aber Lorraine Temple hatte irgendwas gesagt, das ihr keine Ruhe ließ. Jetzt bereute Maggie, das Gespräch beendet zu haben. Banks hatte sie zwar gewarnt, aber wenn sie Lucys Freundin sein wollte, dann konnte sich die Presse als Verbündete erweisen statt als Gegner. Vielleicht sollte sich Maggie an die Öffentlichkeit wenden und sie zu Lucys Gunsten mobilisieren. Die Sympathie der Bevölkerung würde noch sehr wichtig werden. Dabei konnten ihr die Medien behilflich sein. Das hing natürlich davon ab, wie die Polizei den Fall handhabe. Wenn Banks glaubte, was Maggie ihm über die Misshandlungen erzählt hatte, und wenn Lucy es bestätigte, was sie sicherlich tun würde, dann würden alle schnell einsehen, dass sie in erster Linie Opfer war. Man würde sie laufen lassen, sobald es ihr wieder gut ging.

Lorraine Temple war hartnäckig genug, um nach wenigen Minuten abermals anzurufen. »Bitte, Maggie«, sagte sie, »was schadet es denn?«

»Na gut«, willigte Maggie ein. »Wir treffen uns auf ein

Glas. In zehn Minuten. Ich weiß, wo Sie meinen. Der Pub heißt The Woodcutter. Am unteren Ende der Straße, stimmt's?«

»Gut. In zehn Minuten. Ich bin da.«

Maggie legte auf. Da sie noch am Telefon stand, schlug sie die gelben Seiten auf und suchte einen Blumenladen heraus. Sie bestellte einen Blumenstrauß, der Lucy ans Krankenbett geliefert werden sollte, dazu eine Karte mit Genesungswünschen.

Ehe Maggie ging, warf sie einen letzten Blick auf ihren Entwurf. Ihr fiel auf, dass Rapunzel nicht das typische Gesicht einer Märchenprinzessin hatte, wie man es oft sah; nein, es war individuell, einzigartig, und Maggie war stolz darauf. Aber Rapunzels Gesicht, dem Betrachter halb zugewandt, hatte eine gewisse Ähnlichkeit mit Claire Toth und sogar zwei Pickel am Kinn. Stirnrunzelnd griff Maggie zum Radiergummi und entfernte die Pickel. Dann brach sie zum Treffen mit Lorraine Temple von der *Post* auf.

Krankenhäuser hasste Banks abgrundtief, und zwar seitdem man ihm mit neun Jahren die Mandeln herausgenommen hatte. Er hasste den Geruch, die Farben der Wände, die hallenden Flure, die weißen Kittel der Ärzte und die Uniformen der Krankenschwestern, er hasste die Betten, die Thermometer, die Spritzen, Stethoskope, Tropfe und die sonderbaren Apparaturen hinter angelehnten Türen. Einfach alles.

Um ehrlich zu sein, hatte er Krankenhäuser schon vor seiner Mandeloperation gehasst. Als sein Bruder Roy geboren wurde, war Banks fünf Jahre alt, sieben Jahre zu jung, um zur Besuchszeit in ein Krankenhaus zu dürfen. Während der Schwangerschaft hatte seine Mutter Probleme gehabt – diese nicht näher erklärten Erwachsenenprobleme, über die die Großen immer tuschelten – und musste einen ganzen Monat im Krankenhaus liegen. Damals hatte man Frauen noch so lange im Bett behalten. Banks wurde zu Tante und Onkel nach Northampton geschickt und besuchte so lange die dortige Schule. Er gewöhnte sich nicht ein, und da er der Neue war, musste er sich ständig gegen Rüpel zur Wehr setzen.

Er wusste noch, dass ihn sein Onkel an einem dunklen, kalten Winterabend zum Krankenhaus gefahren hatte, damit er seine Mutter sehen konnte. Der Onkel hatte ihn zum Fenster hochgehoben – Gott sei Dank war ihr Zimmer im Erdgeschoss. Banks hatte mit seinem wollenen Handschuh den Frost von der Scheibe gerieben, seine Mutter mit dem angeschwollenen Bauch in der Mitte des Saales erkannt und ihr zugewinkt. Er war unglaublich traurig. Es musste ein furchtbarer Ort sein, hatte er damals gedacht, der eine Mutter von ihrem Sohn trennt und in einem Zimmer voll fremder Menschen festhält, obwohl es ihr schlecht geht.

Die Mandeloperation hatte nur bestätigt, was er eh gewusst hatte, und obwohl er jetzt erwachsen war, hatte er immer noch unheimlich Manschetten vor Krankenhäusern. Er sah in ihnen letzte Ruhestätten, Endpunkte, Orte, an die man sich zum Sterben begab. Das gut gemeinte Hantieren dort, das Bohren, Stechen, Schnippeln und all die Kunstgriffe der Ärzte zögerten nur das Unvermeidliche hinaus und erfüllten die letzten Tage auf Erden mit Qualen, Schmerzen und Angst. Was Krankenhäuser anging, hielt es Banks mit Philip Larkin, konnte nur an die »tiefe Narkose, aus der man nicht erwacht« denken.

Lucy Payne wurde im Allgemeinen Krankenhaus von Leeds überwacht. Nicht weit entfernt lag ihr Mann auf der Intensivstation. Bei einer Notoperation waren ihm Schädelsplitter aus dem Gehirn entfernt worden. Der Police Constable vor ihrem Zimmer, der ein eselohriges Taschenbuch von Tom Clancy neben sich auf dem Stuhl liegen hatte, meldete, außer den Krankenhausangestellten habe niemand das Zimmer betreten oder verlassen. Es sei eine ruhige Nacht gewesen, sagte er. Manche haben Glück, dachte Banks, als er das Privatzimmer betrat.

Im Zimmer wartete die Ärztin. Sie stellte sich als Dr. Landsberg vor, ohne Vornamen. Banks hätte sich lieber ohne sie unterhalten, aber es war nichts zu machen. Lucy Payne stand nicht unter polizeilicher, sondern unter ärztlicher Aufsicht.

»Ich kann Ihnen leider nicht viel Zeit mit meiner Patientin gewähren«, sagte die Ärztin. »Sie hat eine extrem trauma-

137

tische Erfahrung hinter sich und braucht in erster Linie Ruhe.«

Banks betrachtete die Frau im Bett. Eine Hälfte ihres Gesichts war bandagiert. Das sichtbare Auge glänzte so schwarz wie die Tinte in seinem Füller. Ihre Haut war blass und glatt, das rabenschwarze Haar wallte über Kopfkissen und Decken. Er dachte an die auf der Matratze ausgestreckte Leiche von Kimberley Myers. Das war in Lucy Paynes Haus passiert, mahnte er sich.

Banks nahm am Bett Platz. Dr. Landsberg lauerte wie ein Geier, um sofort einzuschreiten, falls Banks die PACE-Bestimmungen verletzte, die 1984 zum Schutz von Verdächtigen erlassen worden waren.

»Lucy«, begann er. »Ich heiße Banks, kommissarischer Detective Superintendent Banks. Ich leite die Ermittlungen im Fall der fünf vermissten Mädchen. Wie geht es Ihnen?«

»Nicht schlecht«, antwortete Lucy. »Den Umständen entsprechend.«

»Haben Sie starke Schmerzen?«

»Geht so. Mein Kopf tut weh. Wie geht's Terry? Was ist mit ihm? Keiner will mir was sagen.« Sie sprach, als sei ihre Zunge geschwollen, langsam und schleppend. Die Medikamente.

»Wenn Sie mir einfach erzählen würden, was gestern Abend passiert ist, Lucy. Können Sie sich erinnern?«

»Ist Terry tot? Ich hab gehört, dass er verletzt ist.«

Die Sorge der misshandelten Ehefrau um ihren Peiniger – sofern sie nicht gespielt war – überraschte Banks nicht im Geringsten; es war das alte, traurige Lied, das er schon in allen Variationen gehört hatte.

»Ihr Mann ist sehr schwer verletzt, Lucy«, mischte sich Dr. Landsberg ein. »Wir tun, was wir können.«

Banks fluchte innerlich. Er wollte nicht, dass Lucy Payne wusste, in welchem Zustand ihr Mann war. Wenn sie annahm, dass er nicht überlebte, tischte sie Banks vielleicht erfundene Geschichten auf. Dann könnte er nicht mehr überprüfen, was stimmte. »Können Sie mir sagen, was gestern Abend passiert ist?«, wiederholte er.

Lucy machte das gesunde Auge halb zu; sie versuchte sich zu erinnern oder tat wenigstens so. »Ich weiß es nicht. Ich kann mich nicht erinnern.«

Gute Antwort, dachte Banks. Erst mal abwarten, was mit Terry passiert, bevor du irgendwas zugibst. Sie war gerissen, die Kleine, selbst unter dem Einfluss von Medikamenten im Krankenbett.

»Brauche ich einen Anwalt?«, fragte sie.

»Warum sollten Sie einen Anwalt brauchen?«

»Weiß nicht. Wenn die Polizei mit Leuten redet … Sie wissen schon, im Fernsehen …«

»Wir sind nicht im Fernsehen, Lucy.«

Sie zog die Nase kraus. »Ich weiß, ich bin dumm. Ich meinte auch nicht … ach, egal.«

»Was ist das Letzte, an das Sie sich erinnern können?«

»Ich weiß noch, dass ich wach wurde, aufgestanden bin und mir den Morgenmantel angezogen habe. Es war spät. Oder früh.«

»Warum sind Sie aufgewacht?«

»Weiß ich nicht. Vielleicht habe ich was gehört.«

»Was denn?«

»Ein Geräusch. Weiß ich nicht mehr.«

»Was haben Sie dann gemacht?«

»Keine Ahnung. Ich kann mich nur erinnern, dass ich aufgestanden bin, dann hat es wehgetan, und dann war alles dunkel.«

»Können Sie sich erinnern, mit Terry gestritten zu haben?«

»Nein.«

»Sind Sie in den Keller gegangen?«

»Glaube ich nicht. Ich weiß es nicht mehr. Vielleicht ja.«

Sie hielt sich alle Türen offen. »Sind Sie überhaupt mal im Keller gewesen?«

»Das war Terrys Reich. Er hätte mich bestraft, wenn ich runtergegangen wäre. Er hat immer abgeschlossen.«

Interessant, dachte Banks. Ihr Gedächtnis funktionierte gut genug, dass sie sich von dem distanzieren konnte, was man im Keller gefunden hatte. Wusste sie Bescheid? Die Forensiker würden gewiss herausfinden, ob sie die Wahrheit sagte und tatsächlich nie unten gewesen war. Bei Tatorten galt der Grundsatz, wohin auch immer man ging, hinterließ man etwas und nahm etwas mit.

»Was hat er da unten gemacht?«, wollte Banks wissen.

»Keine Ahnung. Das war sein Hobbykeller.«

»Sie sind also nie unten gewesen?«

»Nein. Ich hab mich nicht getraut.«

»Was glauben Sie denn, was er da unten gemacht hat?«

»Keine Ahnung. Videos geguckt, Bücher gelesen.«

»Allein?«

»Männer müssen hin und wieder allein sein. Hat Terry immer gesagt.«

»Und das haben Sie akzeptiert?«

»Ja.«

»Was ist mit dem Poster an der Tür? Kennen Sie das?«

»Nur oben von der Treppe aus, wenn ich aus der Garage gekommen bin.«

»Ist ziemlich drastisch, oder? Wie gefiel es Ihnen?«

Lucy brachte ein schmales Lächeln zustande. »Männer … Männer sind halt so, oder? Sie finden so was gut.«

»Es hat Sie also nicht gestört?«

Der Bewegung ihrer Lippen war zu entnehmen, dass dem nicht so war.

»Superintendent«, mischte sich Dr. Landsberg ein, »ich finde, Sie sollten zum Ende kommen und meine Patientin ruhen lassen.«

»Noch ein, zwei Fragen, mehr nicht. Lucy, können Sie sich daran erinnern, wer Sie verletzt hat?«

»Ich … ich … das muss Terry gewesen sein. Sonst war ja keiner da, oder?«

»Hat Terry Sie vorher schon mal geschlagen?«

Sie drehte den Kopf zur Seite, so dass Banks nur die bandagierte Hälfte sah.

»Sie regen die Frau auf, Superintendent. Ich muss darauf bestehen …«

»Lucy, haben Sie mal Kimberley Myers bei Terry gesehen? Sie wissen doch, wer Kimberley Myers ist, oder?«

Lucy schaute ihn wieder an. »Ja. Das ist das arme Mädchen, das vermisst wird.«

»Stimmt. Haben Sie sie bei Terry gesehen?«

»Weiß ich nicht mehr.«

»Sie war Schülerin auf Silverhill, wo Terry unterrichtet. Hat er mal von ihr gesprochen?«

»Ich glaube nicht ... ich ...«

»Sie wissen es nicht mehr.«

»Nein. Tut mir Leid. Was ist passiert? Was ist hier los? Kann ich Terry sehen?«

»Es tut mir Leid, aber das geht momentan nicht«, entgegnete Dr. Landsberg. Zu Banks gewandt, sagte sie: »Ich muss Sie jetzt bitten zu gehen, Superintendent. Sie sehen doch, wie sehr Lucy sich aufregt.«

»Wann kann ich wieder mit ihr sprechen?«

»Ich sage Ihnen Bescheid. Bald. Bitte!« Sie griff nach Banks' Arm.

Banks wusste, wenn nichts mehr zu holen war. Die Befragung führte eh zu nichts. Er konnte nicht beurteilen, ob Lucy die Wahrheit sagte und sie sich wirklich nicht erinnern konnte oder ob sie von den Medikamenten verwirrt war.

»Ruhen Sie sich aus, Lucy«, sagte Dr. Landsberg, als sie das Zimmer verließ.

»Mr. Banks? Superintendent?« sagte Lucy mit ihrer dünnen, schweren, schleppenden Stimme. Ihr obsidianschwarzes Auge fixierte ihn.

»Ja?«

»Wann kann ich nach Hause?«

Vor Banks' innerem Auge erschien das Bild ihres Hauses, wie es im Moment aussah und wohl noch einen Monat lang aussehen würde. Eine Baustelle. »Das weiß ich nicht«, sagte er. »Ich melde mich.«

Draußen im Gang sprach Banks Dr. Landsberg an. »Könnten Sie mir behilflich sein, Frau Doktor?«

»Vielleicht.«

»Dass sie sich an nichts erinnert, ist das ein Symptom?«

Dr. Landsberg rieb sich die Augen. Sie sah aus, als bekäme sie genauso wenig Schlaf wie Banks. Über die Lautsprecheranlage wurde ein Dr. Thorsen ausgerufen. »Kann sein«, sagte sie. »In solchen Fällen gibt es oft ein posttraumatisches Stresssyndrom, und eine mögliche Folge davon ist retrograde Amnesie.«

»Glauben Sie, dass das bei Lucy der Fall ist?«

»Um das zu beurteilen, ist es noch zu früh, und ich bin kein Fachmann auf dem Gebiet. Da müssten Sie mit einem Neurologen sprechen. Ich kann Ihnen nur sagen, dass ihr Gehirn mit ziemlicher Sicherheit nicht beschädigt wurde, aber emotionaler Stress kann natürlich auch Erinnerungen löschen.«

»Kann so ein Gedächtnisverlust selektiv sein?«

»Wie meinen Sie das?«

»Sie kann sich scheinbar erinnern, dass ihr Mann verletzt wurde und er sie geschlagen hat, aber an sonst nichts.«

»Das ist möglich, ja.«

»Ändert sich das noch?«

»Möglich.«

»Ihr vollständiges Erinnerungsvermögen könnte also zurückkommen?«

»Mit der Zeit.«

»Wie lange dauert das?«

»Das kann man nicht sagen. Das kann morgen sein, aber auch … nun ja, überhaupt nicht mehr. Wir wissen nur sehr wenig über das Gehirn.«

»Vielen Dank, Frau Doktor. Sie waren mir eine große Hilfe.«

Dr. Landsberg sah ihn verdutzt an. »Keine Ursache«, sagte sie. »Superintendent, ich hoffe, das ist jetzt nicht unpassend, aber ich habe mich, kurz bevor Sie kamen, mit Dr. Mogabe unterhalten – das ist der Arzt von Terence Payne.«

»Und?«

»Er macht sich große Sorgen.«

»Ach ja?« Das hatte Banks schon einen Tag zuvor von Constable Hodgkins gehört.

»Ja. Es sieht so aus, als ob der Patient von einer Polizistin verletzt wurde.«

»Nicht mein Fall«, erklärte Banks.

Dr. Landsbergs Augen weiteten sich. »Das ist alles? Das ist Ihnen völlig egal?«

»Ob es mir egal ist oder nicht, tut hier nichts zur Sache. Den Fall Terence Payne untersucht jemand anders, und der wird sich zweifellos zur gegebenen Zeit mit Dr. Mogabe unterhalten. Ich kümmere mich um fünf tote Mädchen und die Paynes. Auf Wiedersehen, Frau Doktor.«

Mit hallenden Schritten ging Banks den Flur entlang und überließ Dr. Landsberg ihren düsteren Gedanken. Ein Pfleger schob einen käsigen, zerknitterten alten Mann, der am Tropf hing, auf einer Transportliege zum OP.

Banks erschauderte und ging schneller.

7

Das Gute an familiengerechten Pubketten war, dass niemand missbilligend die Stirn runzelte, wenn man lediglich ein Kännchen Tee oder eine Tasse Kaffee bestellte, dachte Maggie. Mehr wollte sie nämlich nicht, als sie sich am Dienstagmittag mit Lorraine Temple im Woodcutter traf.

Lorraine war eine pummelige, kleine Brünette mit einer unkomplizierten Art und offenem Gesicht, zu der man schnell Vertrauen fasste. Sie war ungefähr in Maggies Alter, Anfang dreißig, und trug schwarze Jeans und einen Blazer zu einer weißen Seidenbluse. Sie holte Kaffee und nahm Maggie die Befangenheit, indem sie über Belangloses plauderte und sich mitfühlend über die jüngsten Ereignisse auf The Hill äußerte. Dann kam sie zur Sache. Sie benutzte einen Notizblock, kein Aufnahmegerät. Maggie war erleichtert. Irgendwie missfiel ihr die Vorstellung, dass ihre Stimme, ihre Worte aufgezeichnet wurden; auf einen Zettel gekritzelt schienen sie keinen großen Unterschied zu machen.

»Schreiben Sie etwa Steno?«, fragte Maggie, denn sie hätte nicht gedacht, dass das heute noch jemand tat.

Lorraine grinste sie an. »Meine eigene Version. Möchten Sie was essen?«

»Nein, danke. Ich habe keinen Hunger.«

»Gut. Dann fangen wir an, wenn es Ihnen recht ist.«

Mit ausdrucksloser Miene wartete Maggie auf die Fragen. Es war ruhig im Pub, wohl weil es unter der Woche war und dieser Teil von The Hill weder Touristen anzog noch Bürokomplexe beherbergte. In der Nähe gab es einige Gewerbebetriebe, aber es war noch nicht Mittagszeit. Die Musikbox spielte Popmusik in annehmbarer Lautstärke, und selbst die wenigen Kinder im Familienzimmer waren ruhiger, als Maggie gewohnt war. Vielleicht waren die jüngsten Ereignisse allen ein wenig an die Nieren gegangen. Es hatte den Anschein, als läge ein Leichentuch über dem Lokal.

»Können Sie mir sagen, was passiert ist?«, fragte Lorraine als Erstes.

Maggie dachte kurz nach. »Also, ich habe keinen besonders tiefen Schlaf. Vielleicht war ich wach oder bin aufgewacht, das weiß ich nicht genau, jedenfalls hab ich was auf der anderen Straßenseite gehört.«

»Was haben Sie gehört?«

»Einen Streit. Eine Männer- und eine Frauenstimme. Dann zerbrach etwas, dann gab es ein dumpfes Geräusch.«

»Und Sie wussten, dass es von der anderen Straßenseite kam?«

»Ja. Als ich aus dem Fenster geguckt habe, sah ich da Licht brennen, und ich glaube, es lief jemand im Haus herum.«

Lorraine notierte sich etwas. »Warum waren Sie so sicher, dass es ein Ehestreit war?«, fragte sie, wie schon am Telefon.

»Ich hab einfach … ich meine …«

»Lassen Sie sich Zeit, Maggie. Sie brauchen sich nicht zu beeilen. Versetzen Sie sich in die Nacht zurück! Versuchen Sie sich zu erinnern!«

Maggie fuhr sich mit der Hand übers Haar. »Hm, ich wusste es eigentlich nicht«, gab sie zu. »Ich bin wohl einfach davon ausgegangen, weil die Stimmen so laut waren und … nun ja …«

»Haben Sie die Stimmen erkannt?«

»Nein. Sie waren zu undeutlich.«

»Aber es hätte auch sein können, dass jemand mit einem Einbrecher kämpft, oder? Ich hab gehört, dass es hier in der Gegend ziemlich viele Einbrüche gegeben hat.«

»Stimmt.«

»Was ich sagen will, Maggie, ist, dass es vielleicht noch einen anderen Grund gegeben hat, der Sie zu der Annahme verleitete, es wäre ein Ehestreit.«

Maggie schwieg. Der Moment der Entscheidung war gekommen, und er war viel komplizierter, als sie sich vorgestellt hatte. Zum einen wollte sie nicht, dass ihr Name dick und fett in allen Zeitungen stand. Maggie bezweifelte es zwar stark, aber wenn Bill das in Toronto las, käme er vielleicht auf die Idee, sie selbst in Europa aufzuspüren. Bei einer regionalen Tageszeitung wie der *Post* war die Wahrscheinlichkeit natürlich nicht besonders groß, dass er ihren Aufenthaltsort erfuhr, aber wenn die nationale Presse darauf ansprang, wäre das schon was anderes. Es war eine Riesenstory, die gute Chancen hatte, es in Kanada zumindest in die *National Post* und die *Globe and Mail* zu schaffen.

Andererseits durfte Maggie ihr Ziel nicht aus den Augen verlieren, musste sich auf das konzentrieren, was wichtig war – Lucys missliche Lage. In erster Linie hatte sich Maggie ja auf ein Gespräch mit Lorraine Temple eingelassen, um die Öffentlichkeit zu überzeugen, dass Lucy ein Opfer war. Man konnte es Präventivschlag nennen: Je mehr man Lucy von Anfang an als Opfer wahrnahm, desto weniger neigte man zu der Annahme, sie sei die Verkörperung des Bösen. Bisher war lediglich bekannt, dass die Leiche von Kimberley Myers im Keller der Paynes gefunden und ein Polizist getötet worden war, allem Anschein nach von Terence Payne. Alle ahnten jedoch, dass dort weitergegraben werden und noch so einiges auftauchen würde. »Vielleicht ja«, sagte Maggie.

»Könnten Sie das näher erklären?«

Maggie trank einen Schluck Kaffee. Er war lauwarm. In Toronto kam immer jemand vorbei und schenkte nach. Hier nicht. »Ich hatte eventuell Grund zur Annahme, dass Lucy Payne von ihrem Ehemann bedroht wurde.«

»Hat sie Ihnen das erzählt?«

»Ja.«

»Dass sie von ihrem Mann misshandelt wird?«

»Ja.«

»Was halten *Sie* von Terence Payne?«

»Nicht sehr viel.«

»Mögen Sie ihn?«

»Nicht besonders.« Überhaupt nicht, gestand Maggie sich ein. Terence Payne jagte ihr regelrecht Angst ein. Sie wusste nicht, warum, aber wenn er ihr auf der Straße entgegenkam, wechselte sie lieber die Seite, als ihn zu treffen, zu grüßen und sich mit ihm über das Wetter zu unterhalten. Er glotzte sie immer auf seine seltsam leere, leidenschaftslose Art an, als sei sie ein aufgespießter Schmetterling oder ein Frosch, der seziert werden sollte.

Soweit sie wusste, war sie allerdings die einzige, die solche Gefühle hegte. Terence Payne sah gut aus und hatte eine charmante Art, und Lucy zufolge war er in der Schule beliebt, bei den Schülern ebenso wie bei den Kollegen. Dennoch hatte er etwas an sich, das Maggie abstieß, eine Leere, die sie beunruhigte. Bei den meisten Menschen wurden die von Maggie ausgesandten Signale, ihr Kommunikationswerkzeug, von einem Reflektor zurückgeworfen und verursachten ein Piepsen auf ihrem Radarschirm. Bei Terry passierte nichts; Maggies Signale verhallten ungehört in der gewaltigen, endlosen Dunkelheit in ihm. Anders konnte Maggie nicht beschreiben, was sie beim Anblick von Terence Payne empfand.

Sie musste zugeben, dass es möglicherweise reine Einbildung war und genauso gut eine Reaktion auf eine tief in ihr sitzende Angst oder Unzulänglichkeit sein konnte – davon gab es weiß Gott genug. Daher hatte sie beschlossen, Lucy zuliebe Terry so wenig wie möglich zu kritisieren, was ihr allerdings schwer fiel.

»Wie haben Sie reagiert, als Lucy Ihnen das erzählt hat?«

»Ich hab mit ihr geredet und versucht, sie zu überzeugen, dass sie sich professionelle Hilfe suchen soll.«

»Haben Sie schon mal mit misshandelten Frauen zu tun gehabt?«

»Nein, eigentlich nicht. Ich …«

»Sind Sie selbst misshandelt worden?«

Maggie spürte, wie sie innerlich erstarrte; in ihrem Kopf begann sich alles zu drehen. Sie griff zu ihren Zigaretten und bot Lorraine eine an. Die Journalistin lehnte ab. Maggie zündete sich eine an. Noch nie hatte sie, außer ihrer Psychiaterin und Lucy Payne, jemandem von ihrem Leben mit Bill erzählt, von dem Teufelskreis aus Gewalt und Reue, Schlägen und Wiedergutmachung. »Ich bin nicht hier, um über mich zu reden«, sagte sie. »Ich möchte nicht, dass Sie über mich schreiben. Ich bin hier, um über Lucy zu sprechen. Ich weiß nicht, was sich in dem Haus abgespielt hat, aber ich habe das Gefühl, dass auch Lucy sein Opfer gewesen ist.«

Lorraine legte den Notizblock zur Seite und trank die Tasse aus. »Sie kommen aus Kanada, stimmt's?«, fragte sie.

Überrascht bejahte Maggie.

»Woher genau?«

»Aus Toronto. Warum?«

»Ich bin nur neugierig. Ich hab eine Cousine, die da lebt. Das Haus, in dem Sie wohnen, sagen Sie mal, gehört das nicht Ruth Everett, der Illustratorin?«

»Ja, stimmt.«

»Dachte ich mir doch. Ich hab sie mal interviewt. Sie machte einen netten Eindruck.«

»Sie ist eine gute Freundin.«

»Woher kennen Sie sich, wenn ich fragen darf?«

»Wir haben uns vor ein paar Jahren auf einem Kongress kennen gelernt.«

»Dann sind Sie also auch Illustratorin?«

»Ja. In erster Linie von Kinderbüchern.«

»Wir könnten doch mal einen Artikel über Sie und Ihre Arbeit machen!«

»Ich bin nicht sehr bekannt. Das sind Illustratoren selten.«

»Egal. Wir sind immer auf der Suche nach Prominenten aus der Gegend.«

Maggie merkte, dass sie errötete. »Na, da bin ich wohl die Falsche.«

»Ich sprech trotzdem mal mit meinem Redakteur, wenn's Ihnen recht ist, ja?«

»Lieber nicht, wenn es Sie nicht stört.«

»Aber …«

»Bitte nicht! Ja?«

Lorraine hob die Hand. »Schon gut. Das ist zwar das erste Mal, dass sich jemand gegen Gratiswerbung wehrt, aber wenn Sie unbedingt meinen …« Sie packte Notizblock und Stift in die Tasche. »Ich muss jetzt los«, sagte sie. »Vielen Dank, dass Sie mit mir gesprochen haben.«

148

Maggie schaute ihr mit einem unguten Gefühl hinterher. Sie sah auf die Uhr. Zeit für einen kleinen Spaziergang um den Teich, bevor sie sich wieder an die Arbeit machte.

»Na, du weißt ja genau, wie man ein Mädchen verwöhnt«, sagte Tracy, als Banks sie am Nachmittag in das McDonald's an der Ecke Briggate und Boar Lane führte.

Banks lachte. »Hab gehört, alle Kinder gehen gern zu McDonald's.«

Tracy knuffte ihn in die Rippen. »Sag bitte nicht mehr Kind zu mir«, mahnte sie. »Ich bin schon zwanzig, vergessen?«

Einen schrecklichen Moment lang fürchtete Banks, ihren Geburtstag vergessen zu haben. Aber nein. Sie hatte im Februar Geburtstag, da hatte es die Soko noch nicht gegeben. Er hatte ihr eine Geburtstagskarte mit Geld geschickt und sie zum Essen in die Brasserie 44 eingeladen. Ein teures Restaurant. »Nicht mal mehr eine Jugendliche«, sagte er.

»Genau.«

Es stimmte, Tracy war jetzt eine junge Frau. Und sie war attraktiv. Banks litt, wenn er sah, wie viel Ähnlichkeit sie mit der zwanzig Jahre alten Sandra hatte – dieselbe gertenschlanke Figur, dieselben dunklen Augenbrauen und hohen Wangenknochen, das Haar zu einem langen blonden Pferdeschwanz gebunden, die losen Strähnen hinter die zierlichen Ohren geschoben. Sie hatte sich sogar ein paar von Sandras Marotten angewöhnt, zum Beispiel bei starker Konzentration auf der Unterlippe zu kauen und Haarsträhnen um die Finger zu wickeln, wenn sie sich unterhielt. Tracy sah aus wie eine Studentin: Jeans, weißes T-Shirt mit dem Logo einer Rockband, Jeansjacke, Rucksack. Sie hatte ein selbstsicheres, anmutiges Auftreten. Eine junge Frau, kein Zweifel.

Banks hatte sie am Vormittag zurückgerufen, und sie hatten vereinbart, sich nach Tracys letzter Vorlesung zu einem späten Mittagessen zu treffen. Außerdem hatte er Christopher Wray mitgeteilt, man habe den Leichnam seiner Tochter noch nicht gefunden.

Sie stellten sich an. Der Laden war gerammelt voll mit Büroangestellten in der Kaffeepause, schwänzenden Schülern

149

und Müttern mit Kinderwagen und Babys, die sich vom Einkaufsstress erholten. »Was willst du haben?«, fragte Banks. »Ich bezahle.«

»Dann nehme ich das ganze Programm. Big Mac, große Pommes und große Cola.«

»Ist das alles?«

»Den Nachtisch such ich mir hinterher aus.«

»Davon kriegt man Pickel.«

»Ich nicht! Ich hab noch nie Pickel gehabt.«

Das stimmte. Tracy hatte immer einen makellosen Teint besessen; ihre Freundinnen hatten sie oft darum beneidet. »Dann wirst du halt dick davon.«

Sie klopfte sich auf den flachen Bauch und schnitt ihm eine Grimasse. Sie hatte seinen Metabolismus geerbt, der es ihm erlaubte, sich von Bier und Fastfood zu ernähren und trotzdem schlank zu bleiben.

Mit dem Essen setzten sie sich an einen Plastiktisch am Fenster. Es war ein warmer Nachmittag. Die Frauen trugen bunte, ärmellose Sommerkleider, die Männer hatten die Anzugjacken über die Schulter gehängt und die Ärmel hochgekrempelt.

»Wie geht's Damon?«, erkundigte sich Banks.

»Wir wollen uns erst wieder treffen, wenn die Prüfungen vorbei sind.«

Tracys Tonfall ließ ahnen, dass mehr dahinter steckte. Ärger mit dem Freund? Mit dem einsilbigen Damon, der sie als Ersatz für Banks im vergangenen November nach Paris begleitet hatte? Statt dessen hatte Banks die missratene Tochter von Chief Constable Riddle suchen müssen. Er wollte Tracy nicht drängen, über Damon zu sprechen; zu gegebener Zeit würde sie von selbst damit ankommen. Zwingen konnte man sie eh nicht – Tracy war ein verschlossener Mensch und konnte sich so stur stellen wie er, wenn es darum ging, über Gefühle zu sprechen. Banks biss in den Big Mac. Die Sauce lief ihm das Kinn hinunter. Er wischte sie mit einer Serviette ab. Tracy hatte ihren Burger schon zur Hälfte vertilgt, und die Pommes verschwanden ebenso schnell.

»Tut mir Leid, dass ich mich in letzter Zeit nicht so oft gemeldet habe«, sagte Banks. »Hatte viel um die Ohren.«

»Das kenne ich nicht anders«, erwiderte Tracy.

»Du hast Recht.«

Sie legte ihm die Hand auf den Arm. »Ich mach nur Spaß, Dad. Ich kann mich nicht beschweren.«

»Ich wüsste eine Menge, über das du dich beschweren könntest, aber es ist lieb, dass du das sagst. Egal, wie geht's dir denn, abgesehen von Damon?«

»Mir geht's gut. Ich lerne viel. Manche sagen, das zweite Jahr ist schwerer als der Abschluss.«

»Schon Pläne für den Sommer?«

»Ich fahr vielleicht wieder nach Frankreich. Charlottes Eltern haben ein Landhaus in der Dordogne, sind aber in Amerika. Sie haben gesagt, sie kann mit ein paar Freunden runterfahren, wenn sie will.«

»Hast du ein Schwein!«

Tracy verputzte den Bic Mac und trank Cola durch den Strohhalm. Sie musterte Banks eingehend. »Du siehst müde aus, Dad«, stellte sie fest.

»Bin ich auch.«

»Die Arbeit?«

»Ja. Das ist eine Riesenverantwortung. Kann nachts oft nicht richtig schlafen. Ich weiß gar nicht, ob ich dafür geschaffen bin.«

»Du machst das bestimmt ganz toll.«

»Danke für die Blumen. Aber ich bin mir da nicht so sicher. So einen großen Fall habe ich noch nie geleitet, und ich weiß nicht, ob ich das noch mal machen will.«

»Aber ihr habt ihn doch«, wandte Tracy ein. »Den Chamäleon-Mörder.«

»Sieht so aus.«

»Glückwunsch. Ich wusste, dass du es schaffst.«

»Ich hab gar nichts gemacht. Das war eine lange Reihe von Zufällen.«

»Egal … kommt aufs Gleiche raus, oder?«

»Stimmt.«

»Hör zu, Dad, ich weiß, warum du dich nicht gemeldet hast. Sicher, du hast viel zu tun, aber es steckt doch noch mehr dahinter, oder?«

151

Banks schob den halb gegessenen Burger zur Seite und machte sich an die Pommes. »Was meinst du damit?«

»Du weißt schon, was ich meine. Du hast dich bestimmt wieder persönlich verantwortlich gefühlt für die entführten Mädchen, stimmt's?«

»Das würde ich nicht sagen.«

»Ich könnte wetten, dass du ständig gedacht hast, deine Wachsamkeit dürfte keinen einzigen Moment nachlassen, sonst schnappt er sich die nächste. Noch so eine junge Frau wie mich, stimmt's?«

Im Stillen lobte Banks die Auffassungsgabe seiner Tochter. Schließlich hatte sie blondes Haar, so wie die Opfer. »Na, könnte schon ein Körnchen Wahrheit dran sein«, gab er zu. »Ein winzigkleines Körnchen.«

»War es echt so schrecklich in dem Keller?«

»Darüber will ich nicht reden. Nicht beim Essen. Nicht mit dir.«

»Du glaubst bestimmt, ich bin so sensationsgeil wie ein Zeitungsreporter, aber ich mache mir Sorgen um dich. Du bist nicht aus Stein, weißt du. Dir gehen solche Sachen nahe.«

»Für eine Tochter«, bemerkte Banks, »spielst du die Rolle der nörgelnden Ehefrau ziemlich gut.« Kaum hatte er es ausgesprochen, bereute er seine Worte. Sie beschworen den Geist von Sandra herauf. Wie Brian hatte sich Tracy bemüht, bei der Trennung nicht Partei zu ergreifen, aber während Brian eine spontane Abneigung gegen Sean, Sandras neuen Lebensgefährten, gefasst hatte, kam Tracy gut mit ihm zurecht, was Banks wehtat, auch wenn er das ihr gegenüber nie zugegeben hätte.

»Hast du in letzter Zeit mit Mum gesprochen?«, fragte Tracy und überging seine Kritik.

»Nein, das weißt du doch.«

Tracy trank noch einen Schluck, runzelte die Stirn wie ihre Mutter und starrte aus dem Fenster.

»Wieso?«, fragte Banks, der spürte, dass sich die Stimmung verändert hatte. »Gibt es etwas, das ich wissen sollte?«

»Ich war Ostern bei ihr.«

»Weiß ich. Hat sie was über mich gesagt?« Banks wusste,

dass er die Scheidung hatte schleifen lassen. Sie war ihm einfach übereilt vorgekommen. Er hatte keine Lust, sich zu beeilen, er sah keinen Grund dafür. Sandra wollte Sean heiraten und die Beziehung legalisieren? Na und? Die konnten warten.

»Das nicht«, sagte Tracy.

»Was dann?«

»Weißt du es wirklich nicht?«

»Sonst würde ich doch nicht fragen.«

»Oh, Scheiße.« Tracy biss sich auf die Lippe. »Hätte ich doch bloß den Mund gehalten! Warum muss ich es jetzt sagen?«

»Weil du damit angefangen hast. Und red nicht so. Los, komm jetzt!«

Tracy schaute in ihre leere Pommesschachtel und seufzte. »Na gut. Sie hat mir zwar gesagt, dass ich dir noch nichts erzählen soll, aber du erfährst es ja eh. Aber vergiss nicht, du wolltest es wissen.«

»Tracy!«

»Schon gut, schon gut. Mum ist schwanger. Darum geht's. Sie ist im dritten Monat. Sie bekommt ein Kind von Sean.«

Nicht lange nachdem Banks Lucy Paynes Zimmer verlassen hatte, marschierte Annie Cabbot über die Krankenhausflure zu ihrem Termin mit Dr. Mogabe. Die Aussage von Janet Taylor hatte sie alles andere als zufrieden gestellt. Sie musste die medizinische Seite so gründlich wie möglich prüfen. Da Payne nicht tot war, gab es natürlich keine Autopsie, jedenfalls noch nicht. Annie wäre durchaus dafür eingetreten, Payne bei lebendigem Leibe zu obduzieren, wenn er das getan hatte, was ihm vorgeworfen wurde.

»Herein!«, rief Dr. Mogabe.

Annie trat ein. Das Büro war klein und zweckdienlich eingerichtet, zwei Regale mit medizinischen Fachbüchern, ein Aktenschrank, dessen oberste Schublade nicht richtig schloss, und auf dem Schreibtisch der unvermeidliche Computer, ein Laptop. An den beige gestrichenen Wänden hingen verschiedene Diplome und Auszeichnungen, und auf dem Tisch vor dem Arzt stand ein Foto in einem Zinnrahmen. Bestimmt ein Familienfoto, dachte Annie. Ein Schädel war nirgends zu sehen, ebenso wenig das obligatorische Skelett.

Dr. Mogabe war kleiner und hatte eine höhere Stimme, als Annie erwartet hatte. Er hatte glänzende, pechschwarze Haut und kurzes graues Kraushaar. Seine Hände waren klein, die Finger lang und schmal; die Finger eines Gehirnchirurgen, fuhr es Annie durch den Kopf, obwohl sie gar keinen Vergleich hatte. Bei der Vorstellung, wie sie sich durch das graue Gewebe wühlten, zog sich ihr Magen zusammen. Pianistenfinger, korrigierte sie sich. Damit konnte man besser leben. Oder Künstlerfinger, wie ihr Vater.

Der Arzt beugte sich vor und legte die Hände verschränkt auf den Tisch. »Ich bin froh, dass Sie gekommen sind, Detective Inspector Cabbot«, sagte er in astreinem Oxford-Akzent. »Wenn es die Polizei nicht für angebracht gehalten hätte, sich zu melden, dann hätte ich mich sogar gezwungen gesehen, sie von mir aus hinzuzuziehen. Mr. Payne wurde unglaublich brutal behandelt.«

»Immer zu Diensten«, entgegnete Annie. »Was können Sie mir über den Patienten sagen? In einfachen Worten, bitte.«

Dr. Mogabe neigte leicht den Kopf. »Natürlich«, sagte er, als habe er gleich gewusst, dass elitäres Fachchinesisch bei einer dummen Polizeibeamtin wie Annie reine Zeitverschwendung war. »Mr. Payne wurde mit schweren Kopfverletzungen eingeliefert, die bereits das Gehirn geschädigt hatten. Außerdem war seine Elle gebrochen. Bisher haben wir ihn zweimal operiert. Beim ersten Mal, um ein subdurales Hämatom zu entlasten. Das ist ein …«

»Ich weiß, was ein Hämatom ist«, unterbrach ihn Annie.

»Schön. Beim zweiten Mal, um Schädelsplitter aus dem Hirngewebe zu entfernen. Ich kann es präziser darlegen, wenn Sie wünschen.«

»Bitte sehr.«

Dr. Mogabe erhob sich und begann, hinter seinem Tisch auf- und abzuschreiten, die Hände hinter dem Rücken verschränkt, als halte er eine Vorlesung. Immer wenn er ein Schädelteil benannte, zeigte er auf die betreffende Stelle an seinem Kopf. »Das menschliche Gehirn besteht, vereinfacht betrachtet, aus Großhirn, Kleinhirn und Stammhirn. Das Großhirn ist das oberste und wird von einer tiefen Furche in zwei Hemisphären geteilt, die man, wie Sie wahrscheinlich schon einmal gehört haben, als rechte und linke Gehirnhälfte bezeichnet. Können Sie mir folgen?«

»Ich denke schon.«

»Prägnante Furchen unterteilen jede Hemisphäre in kleinere Lappen. Der Stirnlappen, Lobus frontalis, ist der größte. Außerdem gibt es den Scheitel-, den Schläfen- und den Hinterhauptlappen. Das Kleinhirn befindet sich an der Schädelbasis hinter dem Stammhirn.«

Dr. Mogabe setzte sich wieder und schaute enorm selbstzufrieden drein.

»Wie viele Schläge waren es?«, wollte Annie wissen.

»Das ist zu diesem Zeitpunkt schwer zu sagen«, entgegnete der Arzt. »Ich habe mich bisher bemüht, das Leben des Mannes zu retten, verstehen Sie, ich habe keine Autopsie durchgeführt, aber schätzungsweise würde ich sagen, zwei Schläge auf die linke Schläfe, vielleicht drei. Das hat schon einen enormen Schaden verursacht, unter anderem das Hämatom und die Schädelsplitter. Es gibt auch Anzeichen für ein oder zwei Schläge oben auf das Kranium, die den Schädelknochen eingedellt haben.«

»Oben auf den Kopf?«

»Das Kranium ist der Teil des Kopfes, der nicht das Gesicht bildet, ja.«

»Heftige Schläge? Als ob jemand gezielt zugeschlagen hätte?«

»Kann sein. Aber das kann ich nicht beurteilen. Die Verletzungen haben ihn außer Gefecht gesetzt, waren aber nicht lebensbedrohlich. Der obere Teil des Kraniums ist hart, und auch wenn der Schädelknochen dort eingedellt und angebrochen ist, zerbricht er nicht so schnell, wie gesagt.«

Annie machte sich Notizen.

»Aber das waren nicht die gefährlichsten Verletzungen«, fügte Dr. Mogabe hinzu.

»Nein?«

»Nein, die schlimmste Verletzung wurde von einem oder

mehreren Schlägen auf den Hinterkopf verursacht, auf das Stammhirn. Verstehen Sie, dort befindet sich die Medulla oblongata. Sie ist Herz, Blutbahn und Atemzentrum des Gehirns. Jede größere Verletzung dort kann tödlich sein.«

»Aber Mr. Payne lebt noch.«

»So gerade.«

»Besteht das Risiko, dass er einen permanenten Hirnschaden davonträgt?«

»Er *hat* bereits einen permanenten Hirnschaden. Wenn Mr. Payne sich erholen sollte, wird er wohl den Rest seines Lebens im Rollstuhl verbringen und rund um die Uhr betreut werden müssen. Das einzig Gute ist, dass er es kaum merken wird.«

»Diese Verletzung der Medulla: Kann die entstanden sein, als Mr. Payne gegen die Wand fiel?«

Dr. Mogabe rieb sich das Kinn. »Ich sage es noch einmal, Detective Inspector. Es ist nicht meine Aufgabe, der Polizei beziehungsweise den Gerichtsmedizinern die Arbeit abzunehmen. Ich begnüge mich mit dem Hinweis, dass diese Wunden meiner Meinung nach auf denselben stumpfen Gegenstand zurückzuführen sind wie die anderen. Daraus können Sie schließen, was Sie wollen.« Er beugte sich vor. »Allgemeinverständlich ausgedrückt, diesem Mann wurde ganz übel auf den Kopf geschlagen, Detective Inspector. Ganz übel. Ich hoffe, Sie sind mit mir einer Meinung, dass der Täter vor Gericht gebracht werden muss.«

Scheiße, dachte Annie und verstaute ihren Block. »Aber sicher, Herr Doktor«, sagte sie und steuerte auf die Tür zu. »Sie halten mich auf dem Laufenden, ja?«

»Darauf können Sie sich verlassen.«

Annie schaute auf die Uhr. Es war Zeit, zurück nach Eastvale zu fahren und den täglichen Bericht für Detective Superintendent Chambers zu schreiben.

Nach dem Mittagessen mit Tracy bummelte Banks benommen durch das Zentrum von Leeds und grübelte über die Neuigkeit nach, die er von seiner Tochter erfahren hatte. Die Nachricht von Sandras Schwangerschaft hatte ihn stärker getroffen, als er nach so langer Trennung erwartet hätte. Er stand auf der Briggate vor dem Schaufenster von Curry's und schaute hinein, nahm die Computer, Videorekorder und Stereoanlagen in der Auslage indes kaum wahr. Zum letzten Mal hatte er Sandra im vergangenen November in London getroffen, als er dort nach Emily suchte, der ausgerissenen Tochter von Chief Constable Riddle. Im Nachhinein kam es ihm albern vor, mit welchen Hoffnungen er zu dem Abendessen gegangen war – voller Zuversicht, dass Sandra ihre Irrungen einsehen, den Notnagel Sean abschießen und zu ihm zurückgeeilt kommen würde. Und das alles nur, weil er sich für eine Stelle beim National Crime Squad, der überregionalen Kriminalpolizei, beworben hatte, für die er zurück nach London hätte ziehen müssen.

Falsch gedacht.

Stattdessen hatte sie ihm eröffnet, sie wolle sich scheiden lassen, um Sean heiraten zu können. Banks hatte geglaubt, dass dieses katharische Erlebnis Sandra ein für alle Mal aus seinem Körper gewaschen hatte und damit auch jeden Gedanken daran, zum National Crime Squad zu gehen.

Und jetzt erzählte ihm Tracy von der Schwangerschaft.

Banks hatte nicht die geringste Ahnung gehabt, hatte keine Sekunde lang vermutet, dass die beiden heiraten wollten, weil sie sich ein Kind wünschten. Was, um Himmels willen, ging in Sandras Kopf vor? Die Vorstellung, dass Brian und Tracy einen zwanzig Jahre jüngeren Halbbruder oder eine Halbschwester bekämen, erschien Banks abstrus. Und der Gedanke, dass Sean, den er noch nie gesehen hatte, der Vater war, erschien ihm noch grotesker. Er versuchte sich vorzustellen, wie die beiden in Gesprächen zu diesem Entschluss kamen, wie sie sich liebten, wie in Sandra nach so vielen Jahren der Mutterinstinkt aufflammte. Schon von der nebelhaftesten Fantasie wurde ihm übel. Er kannte sie nicht mehr, diese Frau Anfang vierzig, die ein Kind von ihrem Freund erwartete, mit dem sie noch keine fünf Minuten zusammen war. Es machte ihn traurig.

Ohne sich entsinnen zu können, die Buchhandlung Borders betreten zu haben, stand Banks vor der bunten Auslage von Bestsellern. Da klingelte sein Handy. Er verließ das Geschäft und verdrückte sich ins Victoria-Viertel, ehe er dranging. Gegenüber vom Harvey-Nichols-Café lehnte er sich neben einer Tür an die Wand. Es war Stefan.

»Alan, ich dachte, Sie wollten es so schnell wie möglich erfahren. Wir haben die drei Leichen im Keller identifiziert. Hatten Schwein mit den Zahnärzten. Die DNA lassen wir aber noch durchlaufen, prüfen mit den Eltern quer.«

»Das ist Klasse«, sagte Banks, aus den düsteren Gedanken über Sandra und Sean gerissen. »Und?«

»Melissa Horrocks, Samantha Foster und Kelly Matthews.«

»Was?«

»Ich hab gesagt …«

»Ich hab gehört, was Sie gesagt haben. Ich dachte nur …« Menschen mit Einkaufstüten gingen vorbei. Banks wollte nicht, dass jemand mithörte. Um ehrlich zu sein, kam er sich wie der letzte Idiot vor, in der Öffentlichkeit mit dem Handy zu telefonieren, auch wenn sich niemand daran störte. Er hatte sogar einmal erlebt, wie ein Vater in einem Café in Helmthorpe seine Tochter auf dem Spielplatz auf der anderen Straßenseite anrief, als es Zeit war, nach Hause zu gehen. Das Kind hatte das Handy ausgeschaltet, und der Vater hatte geflucht, weil er die Straße überqueren und mit seiner Tochter schimpfen musste. »Ich wundere mich nur, mehr nicht.«

»Wieso? Was ist denn?«

»Die Reihenfolge«, erklärte Banks. »Die stimmt überhaupt nicht.« Er senkte die Stimme und hoffte, dass Stefan ihn noch verstand. »In umgekehrter Reihenfolge: Kimberley Myers, Melissa Horrocks, Leanne Wray, Samantha Foster, Kelly Matthews. Eine von den dreien müsste Leanne Wray sein. Warum ist sie nicht dabei?«

Ein kleines Mädchen an der Hand seiner Mutter schaute Banks neugierig an, als es im Einkaufszentrum an ihm vorbeiging. Banks schaltete das Handy aus und kehrte nach Millgarth zurück.

Jenny Fuller wunderte sich, Banks am Abend vor ihrer Tür stehen zu sehen. Es war lange her, dass er sie zu Hause besucht hatte. Sie hatten sich oft zum Kaffee oder auf ein Bier getroffen, sogar zum Mittag- oder Abendessen, doch zu ihr war er nur selten gekommen. Jenny hatte sich gefragt, ob das etwas mit ihrem plumpen Annäherungsversuch bei ihrem ersten gemeinsamen Fall zu tun hatte.

»Komm rein!«, sagte sie, und Banks folgte ihr durch den schmalen Flur in das Wohnzimmer mit der hohen Decke. Seit seinem letzten Besuch hatte sie die Möbel umgestellt und neu gestrichen. Sie merkte, dass er sich auf Polizistenart umsah, alles registrierte. Na, die teure Stereoanlage war immer noch da, und das Sofa, grinste sie in sich hinein, war genau dasselbe, auf dem sie versucht hatte, ihn zu verführen.

Als Jenny aus Amerika zurückgekommen war, hatte sie einen kleinen Fernsehapparat und einen Videorekorder gekauft und sich angewöhnt, vom Sofa aus zu gucken, aber abgesehen von Tapete und Teppich hatte sich nicht viel verändert. Sie merkte, dass sein Blick auf dem Druck von Emily Carr über dem Kamin verweilte, auf dem gewaltigen, dunklen, steilen Berg, der das Dorf im Vordergrund beherrschte. Jenny hatte sich in Emily Carrs Bilder verliebt, als sie sich in Vancouver auf ihren zweiten Universitätsabschluss vorbereitete, und den Druck als Erinnerung an ihre drei Jahre dort erstanden. Glückliche Jahre, größtenteils.

»Was zu trinken?«, fragte sie.

»Ja, was du da hast.«

»Ich hab's gewusst, auf dich ist Verlass. Tut mir Leid, aber ich hab keinen Laphroaig. Geht auch Rotwein?«

»Klar.«

Als Jenny den Wein holte, stellte sich Banks ans Fenster. The Green, die Dorfwiese, wirkte recht friedlich im goldenen Abendlicht – lange Schatten, dunkelgrüne Blätter, Leute, die mit ihren Hunden Gassi gingen, Händchen haltende Jugendliche. Vielleicht dachte er an das zweite Mal, als er sie besucht hatte, vermutete Jenny mit einem Schaudern, und goss den Côtes du Rhône von Sainsbury's ein.

Damals hatte ein zugedröhnter Jugendlicher namens Mick

Webster Jenny mit einer Handfeuerwaffe als Geisel genommen, und Banks war es gelungen, die Lage zu entschärfen. Der Junge hatte unter heftigen Stimmungsschwankungen gelitten, eine Zeit lang hatte die Situation auf Messers Schneide gestanden. Jenny hatte eine Heidenangst gehabt. Seit dem Tag konnte sie *Tosca* nicht mehr hören, die damals im Hintergrund lief. Nachdem Jenny den Wein eingeschenkt hatte, schüttelte sie die negativen Gedanken ab, legte eine CD mit Mozarts Streichquartetten auf und trug die Gläser zum Sofa.

»Prost.« Sie stießen an. Banks sah müder aus, als Jenny ihn je gesehen hatte. Seine Haut war blass, und selbst seine schmalen, eigentlich scharf geschnittenen Gesichtszüge wirkten so schlaff wie der Anzug, der ihm am Körper schlotterte. Seine Augen lagen tiefer als sonst, sie waren trüber, ihnen fehlte das Funkeln. Na ja, sagte sie sich, der arme Kerl hat wahrscheinlich kein einziges Mal vernünftig geschlafen, seit er die Soko leitet. Sie wollte die Hand ausstrecken und ihn berühren, seine Sorgen fortstreicheln, aber sie traute sich nicht, das Risiko einzugehen, abermals von ihm zurückgewiesen zu werden.

»Und? Was verschafft mir die Ehre?«, fragte sie. »Ich nehme an, dass es nicht allein meine unwiderstehliche Gesellschaft ist, die dich hergeführt hat, oder?«

Banks grinste. Das erhellte sein Gesicht ein bisschen, dachte sie. Ein kleines bisschen. »Das würde ich gerne behaupten«, sagte er, »aber dann müsste ich lügen.«

»Und gottbewahre, dass du auch nur einmal lügst, Alan Banks. Was für ein redlicher Mann! Aber könntest du nicht hin und wieder mal etwas *weniger* redlich sein? Wir normalen Menschen, na ja, wir können nicht anders, wir sagen halt manchmal nicht die Wahrheit, aber du, nein, du kannst noch nicht mal lügen, um einem Mädchen ein Kompliment zu machen.«

»Jenny, ich musste dich einfach sehen. Eine innere Kraft hat mich zu deinem Haus getrieben und mich gezwungen, bei dir zu klingeln. Ich wusste einfach, dass ich kommen musste ...«

Jenny lachte und winkte ab. »Schon gut, schon gut. Das reicht. Redlich kommt doch besser.« Sie fuhr sich durchs Haar. »Wie geht's Sandra?«

»Sandra ist schwanger.«

Jenny schüttelte den Kopf, als habe man ihr einen Schlag versetzt. »Sie ist *was*?«

»Sie ist schwanger. Tut mir Leid, dass ich dir das so vor den Kopf knalle, aber ich wusste nicht, wie ich es sonst sagen sollte.«

»Schon gut. Ich bin nur ein bisschen baff.«

»Da bist du nicht allein.«

»Wie geht es dir damit?«

»Du hörst dich an wie eine Psychologin.«

»Ich *bin* Psychologin.«

»Weiß ich. Aber du brauchst dich nicht wie eine anzuhören. Wie es mir damit geht? Weiß ich noch nicht. Wenn man's genau nimmt, geht es mich nichts an, oder? Ich hab an dem Abend losgelassen, als sie mich um die Scheidung gebeten hat, damit sie Sean heiraten kann.«

»Wollen sie deshalb …?«

»Ja. Sie wollen heiraten, damit das Kind nicht unehelich geboren wird.«

»Hast du mit ihr gesprochen?«

»Nein. Tracy hat's mir erzählt. Sandra und ich … hm, wir haben nicht mehr viel miteinander zu tun.«

»Das ist traurig, Alan.«

»Kann sein.«

»Bist du immer noch so zornig und verbittert?«

»Komischerweise nicht. Klar, ich weiß, dass ich mich vielleicht etwas aufgeregt anhöre, aber das war der Schock, mehr nicht. Ich meine, ich war damals unglaublich sauer, aber irgendwie war es auch eine Erleichterung, als sie mit der Scheidung ankam. Eine Befreiung. Da wusste ich, dass es wirklich vorbei ist und ich einfach mit meinem Leben zurechtkommen muss.«

»Und?«

»Und das hab ich gemacht, größtenteils.«

»Aber manchmal wallen noch überraschende Gefühlsreste

161

auf? Kriechen von hinten an dich heran und überwältigen dich?«

»Könnte man so sagen.«

»Willkommen auf der Erde, Alan. Inzwischen solltest du wissen, dass man nicht einfach aufhört, etwas für jemanden zu empfinden, nur weil man sich von ihm getrennt hat.«

»Das war alles neu für mich. Sie ist die einzige Frau, mit der ich längere Zeit zusammen gewesen bin. Die einzige, die ich wollte. Jetzt weiß ich, wie sich das anfühlt. Ich wünsche den beiden natürlich nur das Beste.«

»Miau. Da geht's schon wieder los.«

Banks lachte. »Nein. Wirklich. Das stimmt.«

Jenny spürte, dass er ihr etwas verschwieg, aber sie wusste auch, dass er seine Gefühle manchmal versteckte und sie nichts damit erreichte, ihn zu bedrängen. Am besten wenden wir uns der vor uns liegenden Aufgabe zu, dachte sie. Falls er noch mehr über Sandra erzählen will, dann tut er es, wenn ihm danach ist. »Aber deshalb bist du doch nicht hergekommen, oder?«

»Eigentlich nicht. Teilweise vielleicht. Aber ich möchte mit dir über den Fall reden.«

»Gibt's was Neues?«

»Nur eine Sache.« Banks berichtete von der Identifizierung der drei Leichen und wie merkwürdig er das fände.

»Seltsam«, bestätigte Jenny. »Ich hätte auch eine andere Reihenfolge erwartet. Wird draußen noch gegraben?«

»Jaja. Die werden noch eine Zeit lang zu tun haben.«

»In dem kleinen Keller war nicht viel Platz.«

»Reichte nur für die drei, stimmt«, sagte Banks, »aber das erklärt immer noch nicht, warum es nicht die letzten drei sind. Egal. Ich würde gerne ein paar Sachen mit dir durchgehen. Weißt du noch, dass du ziemlich am Anfang vermutet hast, der Mörder könnte einen Komplizen haben?«

»Das war nur eine Möglichkeit. Menschen wie den Wests, Bradys und Hindleys wird zwar ein übertriebenes Maß an Aufmerksamkeit zuteil, aber an sich ist das mordende Ehepaar ein seltenes Phänomen. Ich gehe davon aus, dass du an Lucy Payne denkst, oder?«

Banks trank einen Schluck Wein. »Ich war im Krankenhaus und hab mit ihr gesprochen. Sie ... hm, sie hat gesagt, sie könnte sich nicht erinnern, was passiert ist.«

»Das ist normal«, sagte Jenny. »Retrograde Amnesie.«

»Meinte Dr. Landsberg auch. Ist ja nicht so, dass ich das nicht glauben würde ... hab ich ja schon öfter erlebt ... es ist bloß einfach so verdammt ...«

»Praktisch?«

»So könnte man es ausdrücken. Jenny, ich bin das Gefühl einfach nicht losgeworden, dass sie abwartet, auf der Lauer liegt.«

»Worauf soll sie warten?«

»Aus welcher Richtung der Wind weht. Ich hatte das Gefühl, als würde sie sich erst für eine Version entscheiden, wenn sie weiß, was mit Terry los ist. Und das würde doch passen, oder nicht?«

»Was würde passen?«

»Die Art, wie die Mädchen entführt worden sind. Wenn ein Mann im Auto anhält und ein Mädchen, das allein unterwegs ist, nach dem Weg fragt, dann wird es kaum stehen bleiben. Wenn eine Frau am Steuer sitzt, vielleicht schon.«

»Und der Mann?«

»Hockt hinterm Vordersitz und hält das Chloroform bereit? Springt aus der Hintertür und zerrt sie rein? Ich weiß nicht genau, wie es abgelaufen ist. Aber das ergibt doch einen Sinn, oder?«

»Doch, stimmt. Hast du noch mehr Anhaltspunkte, dass sie mitgemacht hat?«

»Nein. Aber es ist ja noch nicht aller Tage Abend. Der Erkennungsdienst ist nach wie vor im Haus, und die Jungs vom Labor arbeiten an den Sachen, die sie anhatte, als sie verletzt wurde. Die Spur kann zwar im Sande verlaufen, wenn sie behauptet, sie wäre in den Keller runtergegangen, hätte gesehen, was ihr Mann getan hat, und wäre schreiend weggelaufen. Das wollte ich eben sagen – sie wartet, bis sie weiß, woher der Wind weht. Wenn Terence Payne stirbt, kann Lucy nichts mehr passieren. Wenn er überlebt, ist sein Gehirn wahrscheinlich unwiederbringlich geschädigt. Er ist sehr

163

schwer verletzt. Und selbst wenn er sich wieder erholt, kann es sein, dass er sie decken will und vertuscht, welche Rolle sie gespielt hat.«

»Wenn sie mitgemacht hat. Jedenfalls kann sie sich nicht darauf verlassen, dass er einen Hirnschaden hat oder stirbt.«

»Das nicht. Aber es ist die perfekte Gelegenheit, um ihren Part unter den Teppich zu kehren. Du hast dich doch im Haus umgesehen, oder?«

»Ja.«

»Was hattest du für einen Eindruck?«

Jenny trank einen Schluck Wein und dachte nach: die Innenausstattung wie aus einem Einrichtungskatalog, der ganze Schnickschnack, die übertriebene Sauberkeit. »Du denkst wahrscheinlich an die Videos und Bücher, oder?«, fragte sie.

»Zum Teil. Einiges sah ganz schön scharf aus, besonders im Schlafzimmer.«

»Dann stehen sie halt auf Pornos und härteren Sex. Na und?« Sie hob die Augenbrauen. »Ehrlich gesagt, habe ich auch ein paar Softpornos im Schlafzimmer. Hin und wieder was Härteres, hab ich nichts dagegen. Ach, jetzt werd' doch nicht rot, Alan. Ich will dich nicht anmachen. Ich gebe nur zu bedenken, dass man noch kein Mörder ist, wenn man Videos hat, auf denen ein flotter Dreier zu sehen ist oder zahmer Sadomaso mit dem Einverständnis aller Beteiligten.«

»Weiß ich auch.«

»Und selbst wenn es zutrifft«, fuhr Jenny fort, »dass die meisten Sexualmörder, statistisch gesehen, besonders extreme Pornographie mögen, ist der Umkehrschluss nicht zulässig.«

»Auch das weiß ich«, sagte Banks. »Was ist denn mit dem okkultistischen Kram? Ich meine nur wegen der Kerzen und dem Weihrauch im Keller.«

»Vielleicht für die Stimmung?«

»Aber das Ganze hatte etwas Rituelles.«

»Schon möglich.«

»Ich hab sogar drüber nachgedacht, ob es eine Verbindung zum vierten Opfer geben könnte, Melissa Horrocks. Sie hatte es mit satanischer Rockmusik. Du weißt schon, Marilyn Manson und so.«

»Vielleicht besitzt Payne einfach nur ein besonderes Gespür für Ironie bei der Wahl seiner Opfer. Aber guck mal, Alan, selbst wenn Lucy auf härteren Sex und Satanismus steht, beweist das doch nichts, oder?«

»Ich rede ja nicht von Beweisen vor Gericht. Im Moment nehme ich alles, was ich kriegen kann.«

Jenny lachte. »Greifst du wieder nach Strohhalmen?«

»Vielleicht. Ken Blackstone glaubt, Payne könnte auch das Monster von Seacroft sein.«

»Das Monster von Seacroft?«

»Das war vor zwei Jahren, zwischen Mai und August. Da warst du in Amerika. In Seacroft vergewaltigte ein Mann sechs Frauen. Wurde nicht gefasst. Jetzt hat sich rausgestellt, dass Payne in Seacroft gewohnt hat, damals noch als Single. Lucy hat er im Juli kennen gelernt. Anfang September, als er in Silverhill angefangen hat, sind die beiden nach The Hill gezogen. Da war mit den Vergewaltigungen Schluss.«

»Es wäre nicht das erste Mal, dass ein Serienmörder vorher vergewaltigt.«

»Allerdings nicht. Jedenfalls wird an der DNA gearbeitet.«

»Du kannst ruhig rauchen, wenn du willst«, sagte Jenny. »Ich seh doch, dass du schon ganz zappelig wirst.«

»Wirklich? Dann genehmige ich mir eine, wenn es dich nicht stört.«

Jenny holte den Aschenbecher, den sie für rauchende Gäste im Sideboard bereithielt. Obwohl sie selbst nicht qualmte, war sie nicht so fanatisch wie einige ihrer Freundinnen, die Zigaretten im Haus verboten. Seit ihrem Aufenthalt in Kalifornien hasste Jenny die Nikotingegner sogar mehr als die Raucher.

»Was soll ich jetzt tun?«, fragte sie.

»Deine Arbeit«, gab Banks zurück und beugte sich vor. »So wie es momentan aussieht, haben wir wahrscheinlich genug in der Hand, um Terry Payne zehnmal zu verknacken, wenn er überlebt. Es ist Lucy, für die ich mich interessiere, und da läuft uns die Zeit davon.«

»Wie meinst du das?«

Banks zog an der Zigarette. »Solange sie im Krankenhaus liegt, ist alles in Ordnung, aber sobald sie entlassen wird, können wir sie nur vierundzwanzig Stunden festhalten. Sicher, wir können Verlängerung beantragen, in Extremfällen bis zu sechsundneunzig Stunden, aber da müssen wir schon was Handfestes vorlegen, sonst lässt man sie laufen.«

»Ich halte es immer noch für mehr als wahrscheinlich, dass sie mit den Morden nichts zu tun hat. Aus irgendeinem Grund ist sie nachts aufgewacht, ihr Mann war nicht da, sie hat ihn gesucht, Licht im Keller gesehen, ist runtergegangen und hat ihn entdeckt ...«

»Aber warum hat sie das vorher nie gemacht, Jenny? Warum ist sie vorher nicht runtergegangen?«

»Aus Angst. Es hört sich an, als hätte sie Angst vor ihrem Mann. Du siehst ja, was passiert ist, als sie es schließlich doch getan hat.«

»Ich weiß. Aber Kimberley Myers war das fünfte Opfer, verdammt noch mal. Das *fünfte*. Warum hat Lucy so lange gebraucht, bis sie was gemerkt hat? Warum ist sie diesmal aufgewacht und auf die Suche gegangen? Sie hat gesagt, sie wäre *nie* in den Keller gegangen, hätte sich nicht getraut. Was war diesmal anders?«

»Vielleicht *wollte* sie es vorher nicht wissen. Vergiss nicht, es sieht aus, als ob Payne langsam schlimmer wurde, sich nicht mehr beherrschen konnte. Ich nehme an, dass er zusehends labiler wurde. Vielleicht konnte selbst sie dieses Mal nicht wegsehen.«

Nachdenklich zog Banks an seiner Zigarette und stieß den Rauch aus. »Meinst du?«

»Möglich ist es, oder? Wenn sich ihr Mann vorher seltsam benommen hat, hat sie vielleicht vermutet, dass er irgendein furchtbares geheimes Laster hat, und so getan, als wäre nichts. So wie die meisten von uns mit unangenehmen Dingen umgehen.«

»Sie einfach unter den Teppich kehren?«

»Vogel Strauß spielen. Den Kopf in den Sand stecken. Ja. Warum nicht?«

»Wir sind uns also einig, dass es eine ganze Reihe von Erklärungen für das gibt, was passiert ist, und dass Lucy Payne unschuldig sein könnte?«

»Worauf willst du hinaus, Alan?«

»Ich möchte, dass du tief in Lucy Paynes Leben eintauchst. Ich möchte, dass du so viel wie möglich über sie in Erfahrung bringst. Ich möchte ...«

»Aber ...«

»Nein, lass mich ausreden, Jenny! Ich möchte, dass du sie in- und auswendig kennen lernst, ihren Hintergrund, ihre Kindheit, ihre Familie, ihre Fantasien, Hoffnungen, Ängste.«

»Immer mit der Ruhe, Alan. Wozu soll das alles gut sein?«

»Vielleicht stolperst du über etwas, das sie mit den Morden in Verbindung bringt.«

»Oder sie freispricht?«

Banks streckte die Hände aus. »Wenn du so was findest, auch gut. Ich bitte dich nicht, dir was aus den Fingern zu saugen. Grab einfach mal nach!«

»Selbst wenn ich das tue, kann es sein, dass nichts dabei herauskommt.«

»Macht nichts. Dann haben wir es wenigstens versucht.«

»Ist das nicht die Aufgabe der Polizei?«

Banks drückte seine Zigarette aus. »Nicht unbedingt. Ich suche nach einer Einschätzung, nach einem umfassenden psychologischen Steckbrief von Lucy Payne. Natürlich werden wir alle Spuren überprüfen, über die du stolperst. Ich erwarte nicht von dir, Kommissar zu spielen.«

»Na, da bin ich aber froh.«

»Überleg doch mal, Jenny! Wenn sie schuldig ist, dann hat sie sich nicht einfach Silvester aus heiterem Himmel überlegt, jetzt helf ich meinem Mann, junge Mädchen zu entführen und zu töten. Dann muss es eine Pathologie geben, eine ältere psychologische Störung, ein anormales Verhaltensmuster, oder?«

»Normalerweise ja. Aber selbst wenn ich herausfinde, dass sie Bettnässer war, gerne herumgezündelt oder Fliegen die Flügel herausgerissen hat, hast du immer noch nichts in der Hand, das du vor Gericht gegen sie verwenden kannst.«

»Wenn jemand bei einem Feuer verletzt wurde, dann schon. Wenn du auf andere mysteriöse Zwischenfälle in ihrem Leben stößt, die wir verfolgen können, dann schon. Mehr verlange ich nicht von dir, Jenny. Dass du dich an die Psychopathologie von Lucy Payne machst und uns Bescheid gibst, sobald du etwas entdeckst, das wir uns näher ansehen sollen. Dann machen wir das.«

»Und wenn ich nichts finde?«

»Dann eben nicht. Aber so weit sind wir jetzt auch schon.«

Jenny trank noch einen Schluck Wein und dachte eine Weile nach. Alan steigerte sich da so hinein, dass sie sich genötigt fühlte. Sie wollte ihm nicht einfach gehorchen. Dennoch weckte sein Anliegen ihre Neugier. Sie konnte nicht leugnen, dass das Rätsel Lucy Payne sie sowohl als Psychologin wie auch als Frau interessierte. Noch nie hatte sie Gelegenheit gehabt, die Psychologie eines mutmaßlichen Serienmörders aus solcher Nähe zu begutachten, und Banks hatte Recht: Sollte Lucy Payne in die Verbrechen ihres Mannes verwickelt sein, dann war sie nicht einfach aus dem Nichts aufgetaucht. Wenn Jenny tief genug wühlte, bestand die Möglichkeit, etwas in Lucys Vergangenheit zu finden. Schließlich ... nun, Banks hatte gesagt, es sei die Arbeit der Polizei, und da hatte er Recht.

Sie goss Wein nach. »Und wenn ich einverstanden bin?«, fragte sie. »Wo fange ich dann an?«

»Hier und jetzt«, erwiderte Banks und kramte seinen Notizblock hervor. »Es gibt eine Freundin in der NatWest-Filiale, wo Lucy Payne arbeitet. Einer von uns war da und hat mit den Angestellten gesprochen. Nur eine von denen kennt Lucy näher. Sie heißt Pat Mitchell. Dann gibt es noch Clive und Hilary Liversedge. Lucys Eltern. Sie wohnen in der Nähe von Hull.«

»Wissen sie Bescheid?«

»Ja, sicher. Wofür hältst du uns?«

Jenny hob ihre hübsche, gezupfte Augenbraue. »Wie haben sie reagiert?«

»Bestürzt natürlich. Fast schon niedergeschmettert. Aber der Kollege, der sie befragt hat, sagte, sie waren keine große

Hilfe. Sie hatten keinen engeren Kontakt mehr mit Lucy, seit sie Terry geheiratet hat.«

»Haben sie sie im Krankenhaus besucht?«

»Nein. Die Mutter ist offenbar zu krank für die Fahrt und der Vater muss sie pflegen.«

»Was ist mit *seinen* Eltern? Mit Terrys?«

»Nach dem, was wir bisher herausgefunden haben«, sagte Banks, »ist seine Mutter in einer Nervenheilanstalt – wohl schon seit circa fünfzehn Jahren.«

»Weswegen?«

»Schizophrenie.«

»Und der Vater?«

»Starb vor zwei Jahren.«

»Woran?«

»Schlaganfall. Er war Schlachter in Halifax, vorbestraft wegen kleinerer Sexualdelikte – öffentliche Entblößung, Spannen, solche Sachen. Klingt nach einem klassischen Hintergrund für einen wie Terry Payne, meinst du nicht?«

»Wenn es so was gibt.«

»Das Wunder ist, dass Terry es geschafft hat, Lehrer zu werden.«

Jenny lachte. »Ach, heutzutage lassen sie jeden auf die Kinder los. Außerdem ist das nicht das Wunder.«

»Sondern?«

»Dass er es geschafft hat, die Stelle so lange zu behalten. Und dass er verheiratet war. Normalerweise fällt es Sexualstraftätern wie Terence Payne schwer, einen Job länger auszuüben und eine Beziehung aufrechtzuerhalten. Unser Mann hat beides geschafft.«

»Ist das wichtig?«

»Es ist auffällig. Wenn ich vor ein, zwei Monaten ein Täterprofil hätte erstellen müssen, dann hätte ich gesagt, ihr solltet nach einem Mann zwischen zwanzig und dreißig suchen, der höchstwahrscheinlich allein lebt und irgendeinen Aushilfsjob macht oder häufig die Stelle wechselt. Da sieht man mal wieder, wie man danebenliegen kann, was?«

»Machst du es?«

Jenny spielte mit dem Stiel ihres Weinglases. Mozart war

169

verstummt, der Nachklang der Musik hing noch im Raum. Ein Auto fuhr vorbei, auf der Dorfwiese bellte ein Hund. Jenny hatte genug Zeit, um zu tun, worum Banks sie gebeten hatte. Am Freitagmorgen musste sie eine Vorlesung geben, aber die hatte sie schon hundertmal gehalten, musste sich also nicht darauf vorbereiten. Erst am Montag hätte sie wieder Tutorien. Eigentlich hatte sie die Zeit. »Wie schon gesagt, es ist faszinierend. Ich muss selbst mit Lucy reden.«

»Das lässt sich arrangieren. Schließlich bist du ja offiziell unsere beratende Psychologin.«

»Das geht dir jetzt leicht über die Lippen, wo du mich brauchst.«

»Das war mir schon die ganze Zeit klar. Lass dich doch nicht von ein paar engstirnigen …«

»Schon gut«, unterbrach ihn Jenny. »Du hast dich klar genug ausgedrückt. Ich kann damit umgehen, wenn ein paar dämliche Trottel hinter meinem Rücken über mich lachen. Ich bin ein großes Mädchen. Wann kann ich mit ihr reden?«

»Am besten so schnell wie möglich, solange sie noch unsere einzige Zeugin ist. Ob du es glaubst oder nicht, aber es soll Verteidiger geben, die behaupten, dass Psychologen ihre Mandanten verleiten, sich selbst zu belasten. Wie wär's mit morgen Vormittag? Ich muss eh um elf zur nächsten Obduktion im Krankenhaus sein.«

»Wie schön für dich. In Ordnung.«

»Ich hole dich ab, wenn du willst.«

»Nein. Ich fahre direkt zu den Eltern, nachdem ich mit Lucy und ihrer Freundin gesprochen habe. Dafür brauche ich mein Auto. Treffen wir uns im Krankenhaus?«

»Um zehn Uhr?«

»Gut.«

Banks erklärte Jenny, wie sie Lucys Zimmer fand. »Und ich sage den Eltern Bescheid, dass du vorbeikommst.« Er schilderte ihr den Weg. »Also, machst du es? Um was ich dich gebeten habe?«

»Sieht aus, als hättest du mich breitgeschlagen, oder?«

Banks stand auf, beugte sich vor und gab ihr einen flüchtigen Kuss auf die Wange. Obwohl sie den Wein und Rauch

170

in seinem Atem roch, tat ihr Herz einen Sprung, und sie
wünschte sich, seine Lippen hätten ein bisschen länger ver-
weilt und sich ihren ein wenig genähert. »Hey! Noch so
was«, sagte sie, »und du bist wegen sexueller Belästigung
dran!«

8

Kurz nach zehn Uhr am nächsten Morgen gingen Banks und Jenny am wachhabenden Polizisten vorbei in Lucy Paynes Zimmer. Diesmal schaute ihnen kein Arzt auf die Finger. Banks freute sich. Lucy hatte sich Kopfkissen ins Kreuz gestopft und las eine Modezeitschrift. Durch die Lamellen der Jalousien fiel Morgensonne herein und zeichnete ein Streifenmuster auf eine Vase mit Tulpen auf dem Nachttisch, auf Lucys Gesicht und die weißen Bettbezüge. Das lange, glänzend schwarze Haar auf dem Kissen bildete einen Kranz um ihr krankenhausblasses Gesicht. Seit dem Vortag waren ihre blauen Flecken dunkler geworden. Sie war also auf dem Weg der Besserung, auch wenn ihr Kopf noch zur Hälfte bandagiert war. Das gesunde Auge mit den langen Wimpern schaute dunkel und funkelnd zu den Besuchern auf. Banks wusste nicht genau, was er darin sah – Angst jedenfalls nicht. Er stellte Jenny als Dr. Fuller vor.

Lucy schenkte ihnen ein flüchtiges, knappes Lächeln. »Gibt es was Neues?«, fragte sie.

»Nein«, erwiderte Banks.

»Er wird sterben, stimmt's?«

»Wie kommen Sie darauf?«

»Ich hab nur so ein Gefühl, mehr nicht.«

»Würde das was ändern, Lucy?«

»Wie meinen Sie das?«

»Sie wissen genau, was ich meine. Wenn er stirbt, erzählen Sie uns dann möglicherweise eine andere Geschichte?«

»Wieso?«

»Verraten Sie es mir!«

Lucy schwieg. Konzentriert runzelte sie die Stirn, während sie nach den richtigen Worten suchte. »Wenn ich Ihnen erzähle, was passiert ist … Ich meine, wenn ich … nun ja … wenn ich von Terry und den Mädchen und dem Ganzen gewusst hätte … was würde dann mit mir passieren?«

»Da müssen Sie sich schon etwas genauer ausdrücken, Lucy.«

Sie fuhr sich mit der Zunge über die Lippen. »Ich kann mich nicht genauer ausdrücken. Im Moment jedenfalls nicht. Ich muss an mich denken. Ich meine, wenn mir etwas einfällt, das kein gutes Licht auf mich wirft, was würden Sie dann machen?«

»Das kommt drauf an, Lucy.«

Lucy flüchtete sich in Schweigen.

Jenny setzte sich auf die Bettkante und strich ihren Rock glatt. Banks bedeutete ihr, mit der Befragung zu beginnen. »Können Sie sich noch an irgendwas erinnern?«, fragte sie.

»Sind Sie Psychiater?«

»Ich bin Psychologin.«

Lucy schaute Banks an. »Mich kann keiner zwingen, diese Tests zu machen, oder?«

»Nein«, erwiderte Banks. »Niemand kann Sie zwingen, sich einem Test zu unterziehen. Aber deshalb ist Dr. Fuller auch nicht hier. Sie möchte einfach nur mit Ihnen reden. Sie ist hier, um zu helfen.« *Klar, und die Rechnung haben wir längst bezahlt,* dachte Banks.

Lucys Blick streifte Jenny. »Ich weiß nicht …«

»Sie haben doch nichts zu verbergen, Lucy, oder?«, fragte Jenny.

»Nein. Ich hab nur Angst, dass die sich was über mich ausdenken.«

»Wer soll sich was ausdenken?«

»Die Ärzte. Die Polizei.«

»Und warum?«

»Weiß nicht. Weil alle glauben, dass ich schlecht bin.«

»Niemand hält Sie für schlecht, Lucy.«

»Keiner kann verstehen, wie ich mit einem Mann leben konnte, der das getan hat, was Terry getan hat, oder?«

»Wie konnten Sie denn mit ihm leben?«, fragte Jenny zurück.

»Ich hatte Angst vor ihm. Er hat immer gesagt, er würde mich umbringen, wenn ich ihn verlassen würde.«

»Und er hat Sie misshandelt, ist das richtig?«

»Ja.«

»Körperlich?«

»Manchmal hat er mich geschlagen. Aber so, dass man die blauen Flecken nicht sehen konnte.«

»Nach dem Wochenende.«

Lucy betastete ihren Verband. »Ja.«

»Was war an diesem Tag anders, Lucy?«

»Weiß ich nicht. Ich kann mich immer noch nicht erinnern.«

»Schon gut«, fuhr Jenny fort. »Ich werde Sie nicht zwingen, etwas zu sagen, was Sie nicht sagen möchten. Entspannen Sie sich! Hat Ihr Mann Sie auch auf andere Weise misshandelt?«

»Wie meinen Sie das?«

»Psychisch, zum Beispiel.«

»Meinen Sie, ob er mich fertig gemacht oder vor anderen lächerlich gemacht hat?«

»Genau das meine ich.«

»Ja, hat er. Wenn ich zum Beispiel was gekocht habe, das er nicht mochte, oder wenn ich seine Hemden nicht ordentlich gebügelt habe. Bei seinen Hemden war er ganz schön pingelig.«

»Was machte er, wenn seine Hemden nicht ordentlich gebügelt waren?«

»Dann musste ich sie alle noch mal bügeln. Einmal hat er mich sogar mit dem Bügeleisen verbrannt.«

»Wo?«

Lucy sah zur Seite. »Wo man es nicht sehen konnte.«

»Ich interessiere mich für den Keller, Lucy. Detective Superintendent Banks sagt, Sie hätten gesagt, Sie wären nie unten gewesen.«

»Einmal bin ich vielleicht doch unten gewesen … Sie wissen schon … als er mich geschlagen hat.«

»Am Montagmorgen?«

»Ja.«

»Aber erinnern können Sie sich nicht?«

»Nein.«

»Vorher sind Sie nie runtergegangen?«

Lucys Stimme bekam einen seltsam durchdringenden Ton.

»Nein. Nie. Jedenfalls nicht, nachdem wir in das Haus gezogen sind.«

»Wie lange hat es gedauert, bis er Ihnen verboten hat, runterzugehen?«

»Weiß ich nicht mehr. Nicht lange. Nachdem er umgebaut hatte.«

»Umgebaut?«

»Er meinte, er würde sich unten einen kleinen Hobbyraum einrichten.«

»Waren Sie denn nicht neugierig?«

»Eigentlich nicht. Außerdem hat er immer abgesperrt und den Schlüssel bei sich getragen. Er hat mich gewarnt, wenn er je merken würde, dass ich unten gewesen bin, würde er mich halbtot prügeln.«

»Und das haben Sie ihm geglaubt?«

Lucy schaute Jenny mit ihrem dunklen Auge an. »Oh ja. Das wäre nicht das erste Mal gewesen.«

»Sprach Ihr Mann Ihnen gegenüber über Pornographie?«

»Klar. Manchmal hatte er Videos dabei, die waren angeblich von Geoff ausgeliehen, das ist ein Kollege von ihm. Manchmal haben wir die zusammen geguckt.« Sie schaute Banks an. »Sie haben sie bestimmt gefunden. Ich meine, Sie waren doch wahrscheinlich im Haus, zum Suchen und so.«

Banks erinnerte sich an die Bänder. »Hatte Terry eine Videokamera?«, wollte er wissen. »Drehte er auch selbst?«

»Nein, glaube ich nicht«, antwortete sie.

Jenny nahm den Faden auf. »Was für Videos fand er denn gut?«, fragte sie.

»Wenn mehrere Sex hatten. Frauen zusammen. Wenn Leute gefesselt wurden.«

»Sie sagten, Sie hätten diese Videos gelegentlich zusammen geschaut. Haben sie Ihnen gefallen? Wie kamen die bei Ihnen an? Hat er Sie gezwungen, die Videos anzusehen?«

Lucy wand sich unter der dünnen Bettdecke. Der Umriss ihres Körpers sprach Banks auf eine Art an, die ihm nicht gefiel. »Besonders gerne mochte ich sie nicht«, sagte sie mit heiserer Kleinmädchenstimme. »Aber manchmal, na ja, da … da … haben sie mich trotzdem angetörnt.« Wieder bewegte sie sich.

»Missbrauchte Ihr Mann Sie auch sexuell, zwang er Sie zu Dingen, die Sie nicht tun wollten?«, fragte Jenny.

»Nein«, antwortete sie. »Das war alles ganz normal.«

Banks begann sich zu fragen, ob die Ehe mit Lucy nur ein Teil von Terence Paynes Fassade war, damit niemand vorschnelle Schlüsse über seine wirklichen Neigungen zog. Bei den beiden Polizisten Bowmore und Singh hatte es immerhin geklappt, die hatten sich noch nicht mal die Mühe gemacht, ihn ein zweites Mal zu befragen. Vielleicht befriedigte Payne seine perversen Gelüste anderswo – möglicherweise bei Prostituierten. Das war einen näheren Blick wert.

»Wissen Sie, ob er sich mit anderen Frauen traf?«, fragte Jenny, als könne sie Banks' Gedanken lesen.

»Hat er nie von gesprochen.«

»Aber Sie hatten so einen Verdacht?«

»Ja, ich hab es mir gedacht.«

»Dass er zu Prostituierten ging?«

»Kann schon sein. Ich hab nicht gerne darüber nachgedacht.«

»Fanden Sie sein Verhalten jemals absonderlich?«

»Wie meinen Sie das?«

»Haben Sie mal Angst bekommen? Dass Sie nicht wussten, was er vorhatte?«

»Eigentlich nicht. Er ist immer furchtbar wütend geworden … Sie wissen schon … wenn er seinen Willen nicht bekam. Und in den Schulferien hab ich ihn manchmal tagelang nicht gesehen.«

»Dann wussten Sie nicht, wo er war?«

»Nein.«

»Und er hat Ihnen nichts erzählt?«

»Nein.«

»Waren Sie nicht neugierig?«

Sie schien im Bett zusammenzuschrumpfen. »Neugierig war man bei Terry besser nicht. ›Wer neugierig ist, lebt gefährlich‹, hat er immer gesagt, ›und wenn du nicht bald den Mund hältst, wird es ganz gefährlich für dich.‹« Lucy schüttelte den Kopf. »Ich weiß nicht, was ich falsch gemacht habe. Früher war alles gut. Ich hatte ein ganz normales Leben. Bis ich Terry kennen gelernt hab. Von da an ging alles in die Brüche. Wie konnte ich nur so dumm sein? Ich hätte es wissen müssen.«

»Was, Lucy?«

»Was er für ein Mensch ist. Was er für ein Ungeheuer ist.«

»Aber das haben Sie doch gewusst. Sie haben gesagt, er hätte Sie geschlagen, Sie öffentlich und privat gedemütigt. Sie wussten es. Wollen Sie mir erzählen, dass Sie das normal fanden? Glauben Sie, dass alle Leute so leben?«

»Nein, natürlich nicht. Aber deshalb war er doch noch nicht das Monster, von dem jetzt alle reden.« Wieder schaute Lucy zur Seite.

»Was ist, Lucy?«, fragte Jenny.

»Sie finden bestimmt, dass ich einen ganz schwachen Charakter habe, weil er das mit mir machen konnte. Dass ich ein schrecklicher Mensch bin. Aber das bin ich nicht. Ich bin nett. Das sagen alle. Ich hatte Angst. Reden Sie mit Maggie! Sie versteht das.«

Banks trat einen Schritt näher. »Maggie Forrest? Ihre Nachbarin?«

»Ja.« Lucy schaute ihn an. »Sie hat mir diese Blumen geschickt. Wir haben darüber gesprochen … also … über Männer, die ihre Frauen misshandeln, und sie hat versucht, mich zu überreden, dass ich Terry verlasse, aber ich hatte zu viel Angst. Vielleicht hätte ich mich irgendwann getraut. Keine Ahnung. Jetzt ist es zu spät, oder? Entschuldigung, ich bin müde. Ich möchte nicht mehr reden. Ich möchte einfach nur nach Hause und meine Ruhe haben.«

Banks überlegte, ob er Lucy sagen sollte, dass sie in nächster Zeit nicht heim konnte, weil ihr Haus wie eine archäologische Ausgrabungsstätte aussah und noch wochenlang, vielleicht monatelang, von der Polizei beschlagnahmt sein würde.

Er entschied sich dagegen. Sie würde es noch früh genug erfahren.

»Dann gehen wir jetzt«, sagte Jenny und erhob sich. »Alles Gute, Lucy!«

»Würden Sie mir einen Gefallen tun?«, fragte Lucy, als sie in der Tür standen.

»Was denn?«, fragte Banks.

»Zu Hause, bei uns im Schlafzimmer, steht ein Schmuckkästchen auf der Kommode. So ein hübsches japanisches Kästchen, schwarz lackiert mit ganz vielen handgemalten Blumen drauf. Da sind meine Lieblingssachen drin – Ohrringe, die ich in unseren Flitterwochen auf Kreta gekauft habe, eine Goldkette mit einem Herz, die Terry mir zur Verlobung geschenkt hat. Die gehören mir. Könnten Sie mir das vielleicht bringen? Mein Schmuckkästchen?«

Banks versuchte, seine Enttäuschung zu verbergen. »Lucy«, sagte er, so ruhig er konnte. »Wir gehen davon aus, dass mehrere junge Mädchen im Keller Ihres Hauses sexuell missbraucht und anschließend getötet wurden, und Sie denken an nichts anderes als Ihren Schmuck?«

»Das stimmt nicht«, widersprach Lucy leicht gereizt. »Es tut mir natürlich Leid, was mit den Mädchen da passiert ist, klar, aber das ist nicht *meine* Schuld. Ich sehe nicht ein, weshalb ich deshalb auf meinen Schmuck verzichten soll. Bis jetzt habe ich nur meine Handtasche und mein Portemonnaie von zu Hause bekommen, und da haben welche drin rumgewühlt, das hab ich sofort gemerkt.«

Banks folgte Jenny auf den Gang und steuerte mit ihr auf die Lifte zu. »Beruhige dich doch, Alan«, sagte Jenny. »Lucy dissoziiert. Sie kann emotional nicht nachvollziehen, was geschehen ist.«

»Toll«, sagte Banks und warf einen Blick auf die Uhr an der Wand. »Das ist ja super. Jetzt kann ich losgehen und Dr. Mackenzie bei der nächsten Autopsie zugucken, und dabei behalt ich immer schön im Hinterkopf, dass das nicht Lucy Paynes Schuld ist und sie nur versucht zu dissoziieren, vielen Dank.«

Jenny legte ihm die Hand auf den Arm. »Ich kann verstehen, dass du frustriert bist, Alan, aber es nützt doch nichts. Du kannst sie nicht zwingen. Sie lässt sich nicht zwingen. Geduld!«

Sie stiegen in den Aufzug. »Sich mit der Frau zu unterhalten ist so, als würde man versuchen, einen Pudding an die Wand zu nageln«, sagte Banks.

»Sie ist schon seltsam, stimmt.«

»Ist das dein fachmännisches Urteil?«

Jenny grinste. »Ich denk noch mal drüber nach. Ich melde mich bei dir, wenn ich mit ihrer Kollegin und den Eltern gesprochen habe. Tschüs!« Sie waren im Erdgeschoss angekommen. Jenny eilte zum Parkplatz. Banks holte tief Luft und drückte auf den Abwärtsknopf.

Rapunzel war ihr heute deutlich besser gelungen, fand Maggie, als sie, die Zungenspitze zwischen den Zähnen, einen Schritt zurücktrat und ihre Arbeit begutachtete. Heute sah Rapunzel nicht aus, als ob man ihr mit einem heftigen Ruck den Kopf herunterreißen könnte, und sie hatte nicht die geringste Ähnlichkeit mit Claire Toth.

Am Vortag war Claire nicht wie sonst nach der Schule vorbeigekommen. Maggie hatte sich gewundert. Vielleicht war es völlig normal, dass Claire nach den jüngsten Ereignissen nicht sonderlich gesellig war. Maggie beschloss, mit ihrer Psychiaterin, Dr. Simms, über Claire zu sprechen und zu überlegen, wie man ihr helfen konnte. Morgen war ihr nächster Termin, den sie trotz der jüngsten Ereignisse unbedingt wahrnehmen wollte.

Lorraine Temples Artikel war nicht, wie Maggie erwartet hatte, in der Morgenzeitung erschienen. Enttäuscht hatte sie jede Seite abgesucht und nichts gefunden. Maggie nahm an, dass die Journalistin etwas mehr Zeit brauchte, um die Fakten zu prüfen und die Story zusammenzubasteln. Schließlich hatten sie erst gestern miteinander gesprochen. Vielleicht würde es ein langer Artikel über die Nöte misshandelter Frauen werden, ein Beitrag in der Wochenendausgabe.

Maggie beugte sich über das Zeichenbrett und machte sich wieder an die Skizze von Rapunzel. Sie musste die Schreibtischlampe einschalten, da es sich draußen zugezogen hatte und schwül geworden war.

Kurz darauf klingelte das Telefon. Maggie legte den Stift beiseite und hob ab.

»Maggie?«

Sofort erkannte sie die leise, heisere Stimme.

»Lucy? Wie geht es dir?«

»Mir geht's schon viel besser, wirklich.«

Maggie wusste nicht, was sie sagen sollte. Sie fühlte sich unwohl. Auch wenn sie Lucy Blumen geschickt und sie vor der Polizei und Lorraine Temple verteidigt hatte, war ihr doch bewusst, dass sie sich nicht besonders gut kannten und aus unterschiedlichen Welten kamen. »Schön, dass du dich meldest«, sagte sie. »Freut mich, dass es dir besser geht.«

»Ich wollte mich nur für die Blumen bedanken«, fuhr Lucy fort. »Sie sind wunderschön. Hab mich richtig gefreut. Das war lieb von dir.«

»Das war das Mindeste, was ich tun konnte.«

»Weißt du, du bist die Einzige, die sich um mich kümmert. Alle anderen haben mich abgeschrieben.«

»Das glaube ich nicht, Lucy.«

»Doch. Sogar meine Freundinnen von der Arbeit.«

Es fiel Maggie schwer, dennoch fragte sie höflich: »Wie geht es Terry?«

»Das will mir keiner sagen, aber ich glaube, er ist sehr schwer verletzt. Ich glaube, er überlebt es nicht. Die Polizei versucht, mir die Schuld in die Schuhe zu schieben.«

»Wie kommst du darauf?«

»Weiß ich nicht.«

»War sie schon bei dir?«

»Zweimal. Eben gerade waren zwei zusammen hier. Die eine war eine Psychologin. Sie hat mir alle möglichen Fragen gestellt.«

»Worüber?«

»Was Terry mit mir gemacht hat. Über unser Privatleben. Ich komme mir so dumm vor. Maggie, ich fühle mich so allein und hab solche Angst.«

»Hör zu, Lucy, wenn ich dir irgendwie helfen kann …«

180

»Danke.«

»Hast du einen Anwalt?«

»Nein. Ich kenne überhaupt keinen.«

»Hör zu, Lucy. Wenn die Polizei dich das nächste Mal belästigt, sagst du keinen einzigen Ton. Ich weiß, wie die einem das Wort im Mund umdrehen, wie die aus einer Mücke einen Elefanten machen. Ich kann versuchen, einen Anwalt für dich aufzutreiben. Eine Freundin von Ruth und Charles ist Anwältin. Julia Ford heißt sie. Ich hab sie kennen gelernt, sie ist ganz nett. Sie weiß, was zu tun ist.«

»Aber ich habe nicht so viel Geld, Maggie.«

»Mach dir keine Gedanken! Das klären wir schon irgendwie. Soll ich bei ihr anrufen?«

»Ich glaube, ja. Wenn du meinst, dass es das Beste ist.«

»Aber ja. Ich rufe jetzt sofort bei ihr an und frage, ob sie bei dir vorbeischauen und mit dir reden kann, ja?«

»Okay.«

»Kann ich sonst noch irgendwas für dich tun?«

Lucy lachte resigniert. »Höchstens beten. Keine Ahnung, Maggie. Ich weiß nicht, was die mit mir vorhaben. Im Moment wäre ich heilfroh, wenn nur ein Einziger auf meiner Seite steht.«

»Ich steh doch auf deiner Seite, Lucy, verlass dich drauf.«

»Danke. Ich bin müde. Ich mach jetzt Schluss.«

Und Lucy legte auf.

Nach der Obduktion des traurigen Häufleins aus Knochen und verwesendem Fleisch, das einmal ein junges, lebenslustiges Mädchen voller Hoffnungen, Träume und Geheimnisse gewesen war, fühlte sich Banks zwanzig Jahre älter, aber kein bisschen weiser. Als Erstes lag das letzte vergrabene Opfer auf dem Tisch, weil Dr. Mackenzie meinte, es könne ihm noch am meisten verraten. Das leuchtete Banks ein. Dennoch hatte die Leiche nach Einschätzung von Dr. Mackenzie ungefähr drei Wochen in Paynes Keller gelegen, teilweise unter einer dünnen Erdschicht begraben. Deshalb hatten sich Haut, Haare und Nägel gelöst und waren leicht zu entfernen. Insekten hatten sich an die Arbeit gemacht, an vielen Stellen war schon kein Fleisch mehr vorhanden. Die Reste der Haut waren teilweise aufgeplatzt und gaben den Blick auf glänzendes Muskel- und Fettgewebe frei. Viel Fettgewebe war allerdings nicht vorhanden, denn es handelte sich um Melissa Horrocks, die keine 45 Kilo gewogen hatte. Sie hatte das T-Shirt mit den Symbolen getragen, die böse Geister abwehren sollten.

Banks ging, bevor Dr. Mackenzie zum Ende kam. Nicht weil es zu schaurig war, sondern weil die Autopsien noch lange nicht abgeschlossen waren und er noch anderes zu tun hatte. Dr. Mackenzie hatte gesagt, es würde ein, zwei Tage dauern, bis er ein Gutachten erstellen könnte, denn die beiden anderen Leichen befänden sich in einem fortgeschrittenen Stadium der Verwesung. Ein Mitglied der Soko musste den Obduktionen beiwohnen, aber diese Aufgabe delegierte Banks nur zu gern.

Nach den Einsichten, Geräuschen und Gerüchen von Mackenzies Leichenhalle war das schlichte Direktorenbüro der Gesamtschule Silverhill eine Wohltat. Nichts in dem aufgeräumten, unauffälligen Raum ließ darauf schließen, dass man sich hier mit Erziehung befasste; das Zimmer sah aus wie ein anonymes Büro in einem anonymen Gebäude. Nicht einmal ein Geruch war auszumachen, höchstens ein schwacher Hauch von Möbelpolitur mit Zitrusduft. Der Direktor hieß John Knight – Anfang fünfzig, zurückweichender Haaransatz, krummer Rücken, Schuppen auf dem Jackenkragen.

Nachdem Banks allgemeine Auskünfte über Paynes berufliche Laufbahn eingeholt hatte, fragte er den Direktor, ob es Probleme mit dem Lehrer gegeben habe.

»Es gab tatsächlich ein paar Beschwerden, jetzt, wo Sie mich darauf ansprechen«, gab Knight zu.

Banks hob die Augenbrauen. »Von Schülern?«

Knight errötete. »Großer Gott, nein. Nichts in der Richtung. Haben Sie eine Vorstellung, was heutzutage passiert, wenn es auch nur den geringsten Hinweis auf so was gibt?«

»Nein«, erwiderte Banks. »Zu meiner Zeit sind wir von den Lehrern mit allem verprügelt worden, was sie in die Hände bekommen konnten. Einigen hat es sogar richtig Spaß gemacht.«

»Na, die Zeiten sind vorbei, Gott sei Dank.«

»Der Regierung sei Dank.«

»Sind Sie kein gläubiger Mensch?«

»Meine Arbeit macht es mir schwer.«

»Ja, das kann ich verstehen.« Knight schaute aus dem Fenster. »Meine manchmal auch. Das ist eine Prüfung des Glaubens, finden Sie nicht?«

»Also, was für Probleme hatten Sie mit Terence Payne?«

Knight kehrte aus weiter Ferne zurück und seufzte. »Ach, nur Kleinigkeiten. An sich nichts Weltbewegendes, aber es häufte sich.«

»Zum Beispiel?«

»Unzuverlässigkeit. Zu oft ohne zwingenden Grund nicht zur Arbeit erschienen. Lehrer haben viel Ferien, Superintendent, deshalb erwarten wir während des Schuljahres, dass sie anwesend sind, es sei denn, sie sind schwer krank.«

»Verstehe. Sonst noch was?«

»Nur allgemeine Nachlässigkeit. Klassenarbeiten nicht rechtzeitig zurückgegeben, Projekte nicht betreut. Terry ist ganz schön launisch, und er kann reichlich widerborstig werden, wenn man ihn auf etwas anspricht.«

»Seit wann geht das schon so?«

»Der Fachbereichsleiter Naturwissenschaften sagt, erst seit Anfang dieses Jahres.«

»Und davor?«

»Keinerlei Probleme. Terence Payne ist ein guter Lehrer – er kennt sich aus –, und bei den Schülern scheint er beliebt zu sein. Keiner von uns kann glauben, was passiert ist. Wir sind platt. Absolut platt.«

»Kennen Sie seine Frau?«

»Nicht näher. Ich hab sie einmal auf der Weihnachtsfeier des Kollegiums kennen gelernt. Reizende Frau. Etwas schüchtern vielleicht, aber wirklich reizend.«

»Hat Terry hier einen Kollegen namens Geoff?«

»Ja. Geoffrey Brighouse. Er ist Chemielehrer. Die beiden waren eng befreundet. Sind manchmal einen trinken gegangen.«

»Was können Sie mir über ihn sagen?«

»Geoff ist seit sechs Jahren hier. Ist zuverlässig. Keinerlei Ärger.«

»Kann ich mit ihm sprechen?«

»Sicher.« Knight schaute auf die Uhr. »Er müsste jetzt drüben im Chemielabor sein und die nächste Stunde vorbereiten. Kommen Sie mit!«

Sie gingen nach draußen. Es wurde immer schwüler, die Wolken verdichteten sich, es drohte zu regnen. Nichts Neues. Von den letzten Tagen abgesehen, hatte es seit Anfang April so gut wie jeden Tag geregnet.

Die Gesamtschule Silverhill war eines der wenigen vor dem Krieg erbauten Backsteingebäude im gotischen Stil, die noch nicht sandgestrahlt und in Büros oder Luxusapartments umgebaut worden waren. In kleinen Gruppen schlenderten die Teenies über den asphaltierten Schulhof. Alle wirkten benommen. Ein Schleier von Trübsinn, Angst und Verwirrung lag über allem, greifbar wie dichter Nebel. Die Grüppchen vermischten sich nicht, registrierte Banks. Die Mädchen bildeten eigene Konklaven, drängten sich, Trost und Sicherheit suchend, zusammen. Sie starrten zu Boden und scharrten mit den Schuhen auf dem Asphalt. Die Jungen waren lebhafter; einige unterhielten sich, andere schubsten und rangen spielerisch. Aber der generelle Eindruck war gespenstisch.

»So ist es hier, seit wir es gehört haben«, sagte Knight, als könne er Banks' Gedanken lesen. »Keiner hier hat eine Vorstellung, wie weit reichend die Folgen für uns sein werden. Manche Schüler kommen vielleicht nie darüber hinweg. Es wird ihr ganzes Leben überschatten. Wir haben ja nicht nur eine geschätzte Schülerin verloren, sondern einem Menschen eine Vertrauensposition übertragen, der offensichtlich für abscheuliche Taten verantwortlich ist, wenn ich mich so ausdrücken darf.«

»Dürfen Sie«, sagte Banks. »Und das Wort ›abscheulich‹ trifft es nur ansatzweise. Aber erzählen Sie es nicht der Presse.«

»Aus mir bekommt keiner was raus. Die waren schon hier, wissen Sie.«

»Wundert mich nicht.«

»Ich hab keinen Ton gesagt. Habe auch nichts zu erzählen. Da wären wir. Das Bascombe-Haus.«

Das Bascombe-Haus war ein moderner Anbau aus Beton und Glas. Neben der Eingangstür befand sich ein Schild in der Wand: »Zur Erinnerung an Frank Edward Bascombe, 1898–1971«.

»Wer war das?«, erkundigte sich Banks, als sie das Haus betraten.

»Ein Lehrer, der während des Krieges hier unterrichtet hat«, erklärte Knight. »Ein Englischlehrer. Der Teil hier gehörte früher zum Hauptgebäude, wurde aber im Oktober 1944 von einer verirrten V1 getroffen. Frank Bascombe war ein Held. Er rettete zwölf Kinder und einen Lehrer. Zwei Schüler starben bei dem Angriff. Hier durch, bitte.« Er öffnete die Tür zum Chemielabor, wo ein junger Mann vor einem Papierstapel am Lehrerpult saß. Er schaute auf. »Geoff, das hier ist Detective Superintendent Banks. Er möchte mit Ihnen sprechen.« Dann ließ Knight die beiden allein und schloss die Tür hinter sich.

Seit mindestens dreißig Jahren hatte Banks kein schulisches Chemielabor mehr betreten. Obwohl mehr moderne Apparate herumstanden, als er aus seiner Schulzeit in Erinnerung hatte, war doch vieles unverändert: hohe Labortische, Bunsenbrenner, Reagenzgläser, Pipetten und Bechergläser, der Vitrinenschrank an der Wand mit den verstöpselten Flaschen, die Schwefelsäure, Kalium, Natriumphosphat und Ähnliches enthielten. Erinnerungen. Es roch sogar wie früher, beißend und faulig.

Banks fiel wieder der erste Chemiebaukasten ein, den er mit dreizehn von seinen Eltern zu Weihnachten bekommen hatte. Er erinnerte sich an das feinpudrige Alaun, das blaue Kupfersulfat und die pinkfarbenen Kristalle von Kaliumpermanganat. Damals mengte er, ohne Anleitung oder Sicherheitsvorschriften zu beachten, mit Vorliebe irgendwas zusammen und wartete einfach ab. Einmal hatte er eine bunte Mischung über einer Kerze am Küchentisch erhitzt. Plötzlich platzte das Reagenzglas und versaute die ganze Küche. Seine Mutter wurde fuchsteufelswild.

Brighouse trug ein leichtes Jackett und eine graue Flanellhose, keinen Kittel. Er war ein gesund aussehender Mann in Paynes Alter, hatte blassblaue Augen, helles Haar und die Gesichtsfarbe eines Hummers, als hätte er ein schönes Plätzchen gefunden und ein bisschen zu lange in der Sonne gelegen. Brighouse kam Banks entgegen und schüttelte ihm die Hand. Sein Handschlag war fest und trocken. Er merkte, dass sich Banks im Labor umsah.

»Das weckt Erinnerungen, was?«, sagte er.

»Allerdings.«

»Nur gute, hoffe ich.«

Banks nickte. Er hatte Chemie gemocht, aber sein Lehrer, »Zwerg« Barker, war einer der schlimmsten, brutalsten Pauker der Schule gewesen. Er prügelte mit den Gummischläuchen der Bunsenbrenner. Einmal hatte er Banks' Hand über einen Brenner gehalten und getan, als wolle er die Flamme entzünden. Erst im letzten Augenblick hatte er aufgehört. Banks hatte das sadistische Funkeln in Barkers Augen gesehen, hatte gemerkt, wie viel Überwindung es den Lehrer gekostet hatte, das Streichholz nicht zu entflammen. Banks hatte ihm nicht die Genugtuung gegönnt, um Gnade zu flehen oder seine Angst zu zeigen, innerlich aber hatte er gezittert.

»Tja, heute geht's um Natrium«, bemerkte Brighouse.

»Wie bitte?«

»Natrium. Warum es an der Luft so instabil ist. Kommt immer gut an. Die Kids heutzutage können sich nicht mehr so lange konzentrieren, da muss man schon Feuerwerkstechnik auffahren, damit sie dranbleiben. Zum Glück ist das in Chemie kein Problem.«

»Aha.«

»Setzen Sie sich!« Brighouse wies auf einen hohen Hocker am Labortisch vor ihm. Banks setzte sich vor ein Gestell mit Reagenzgläsern und Bunsenbrenner. Der Lehrer nahm gegenüber Platz.

»Ich glaube nicht, dass ich Ihnen helfen kann«, begann Brighouse. »Terry kenne ich natürlich. Wir sind Kollegen und in gewissem Maße auch Kumpel. Aber ich kann nicht behaupten, dass ich ihn sehr gut kenne. Er ist insgesamt äußerst reserviert.«

»Leuchtet ein«, sagte Banks. »Man sehe sich nur an, was er in seiner Reserviertheit getrieben hat.«

Brighouse blinzelte. »Ähm … tja.«

»Mr. Brighouse …«

»Geoff, bitte. Nennen Sie mich Geoff!«

»Also gut, Geoff«, sagte Banks. Der Vorname war ihm immer lieber, da er gewisse Macht über den Verdächtigen verlieh. Geoff Brighouse war auf jeden Fall verdächtig. »Seit wann kennen Sie Mr. Payne?«

»Seit er vor knapp zwei Jahren an die Schule kam.«

»Davor hat er in Seacroft unterrichtet. Stimmt das?«

»Ja. Ich glaube schon.«

»Da kannten Sie ihn noch nicht?«

»Nein. Hören Sie, wenn ich fragen darf, wie geht es ihm überhaupt?«

»Er liegt noch auf der Intensivstation, aber er hält durch.«

»Gut. Ich meine … oh, Scheiße, ist das alles kompliziert. Ich kann es immer noch nicht glauben. Was soll ich sagen? Der Mann ist immerhin ein Freund von mir, ganz egal …« Brighouse hielt die Faust vor den Mund und biss in den Knöchel. Plötzlich war er den Tränen nahe.

»Ganz egal, was er getan hat?«

»Das wollte ich eigentlich sagen, aber … ich bin ganz durcheinander. Verzeihung.«

»Das braucht seine Zeit. Ich verstehe das. Aber in der Zwischenzeit muss ich so viel wie möglich über Terence Payne herausfinden. Was haben Sie so zusammmen unternommen?«

»Meistens sind wir in den Pub gegangen. Getrunken haben wir nie viel. Zumindest ich nicht.«

»Payne hat viel getrunken?«

»Erst seit kurzem.«

»Haben Sie was dazu gesagt?«

»Ein paarmal. Wenn er Auto fahren wollte.«

»Was haben Sie dann gemacht?«

»Ich hab versucht, ihm die Schlüssel abzunehmen.«

»Und?«

»Er wurde sauer. Einmal ist er sogar auf mich losgegangen.«

»Terence Payne hat Sie geschlagen?«

»Ja, aber da war er blau. Wenn er zu viel getrunken hat, ist er unberechenbar.«

»Hat er Ihnen gesagt, warum er so viel trinkt?«

»Nein.«

»Er hat nicht über seine persönlichen Probleme gesprochen, was?«

»Nein.«

»Wussten Sie von anderen Problemen, abgesehen vom Trinken?«

»Er hat seine Arbeit ein wenig vernachlässigt.«

Das hatte Knight auch gesagt. Wie das Trinken war es wohl eher ein Symptom, nicht das eigentliche Problem. Jenny Fuller würde das vielleicht bestätigen, aber Banks leuchtete auch so ein, dass man irgendeine Art von Betäubung brauchte, wenn man das tat oder sich zu dem gezwungen fühlte, was Payne machte. Fast schien es, als hätte er erwischt werden, allem ein Ende setzen wollen. Die Entführung von Kimberley Myers war eine tollkühne Tat. Zu dem Zeitpunkt wusste Payne, dass sein Autokennzeichen registriert war. Wären Bowmore und Singh nicht gewesen, wäre Banks eventuell schon früher auf ihn aufmerksam geworden. Selbst wenn bei einer zweiten Befragung nichts herausgekommen wäre, hätte HOLMES seinen Namen ausgespuckt, kaum dass Carol Houseman die neuen Daten eingegeben hätte. Der Computer hätte gemeldet, dass Kimberley Myers Schülerin an der Gesamtschule Silverhill war, wo Payne unterrichtete, und dass er als Halter des Fahrzeugs registriert war, dessen Kennzeichen auf KWT endete, er stattdessen aber das falsche Schild mit NGV benutzte.

»Hat er mal von Kimberley Myers gesprochen?«, wollte Banks wissen.

»Nein. Nie.«

»Hat er mal von jungen Mädchen im Allgemeinen gesprochen?«

»Er hat viel über Frauen geredet, aber jung mussten sie nicht unbedingt sein.«

»Wie sprach er über Frauen? Zärtlich? Angeekelt? Wollüstig? Zornig?«

Brighouse dachte kurz nach. »Wenn ich es mir überlege«, sagte er, »fand ich immer, dass Terry irgendwie herrschsüchtig klang, wenn er über Frauen redete.«

»Zum Beispiel?«

»Hm, wenn er im Pub ein Mädchen gesehen hat, das er gut fand, dann fing er an, Sie wissen schon, dass er sie gerne bumsen würde, ans Bett fesseln und ihr den Verstand rausvögeln. Solche Sachen. Ich … ich meine, ich bin nicht gerade zimperlich, aber manchmal war es ein bisschen übertrieben.«

»Ist das nicht einfach typisches Männergerede?«

Brighouse hob eine Augenbraue. »Ja? Weiß nicht. Ich weiß ehrlich nicht, was das sein soll. Ich habe nur gesagt, dass er über Frauen immer anstößig und herrschsüchtig geredet hat.«

»Apropos Männergerede, haben Sie Terry mal Videos ausgeliehen?«

Brighouse schaute zur Seite. »Was meinen Sie? Was für Videos?«

»Pornovideos.«

Eigentlich konnte ein so rotes Gesicht wie das von Brighouse nicht noch stärker erröten.

»Nur harmlose Sachen. Nichts, was man nicht offiziell bekommt. Kann man in jeder Videothek ausleihen. Ich hab ihm auch andere Videos ausgeliehen. Kriegsfilme, Horror, Sciencefiction. Terry ist ein Filmfreak.«

»Keine selbstgedrehten Videos?«

»Natürlich nicht. Was denken Sie von mir?«

»Da haben sich die Geschworenen noch kein abschließendes Urteil gebildet, Geoff. Besitzt Terry eine Videokamera?«

»Nicht dass ich wüsste.«

»Sie?«

»Nein. Ich komme so gerade mit einem Fotoapparat klar, wenn man nur draufdrücken muss.«

»Haben Sie ihn oft besucht?«

»Ab und zu.«

»Waren Sie mal im Keller?«

»Nein. Warum?«

»Sind Sie ganz sicher, Geoff?«

»Ja, verdammt noch mal. Sie glauben doch nicht …?«

»Ihnen ist klar, dass wir Paynes Keller komplett erkennungsdienstlich erfassen, oder?«

»Ja, und?«

»Als oberster Grundsatz von Tatorten gilt, dass jeder, der da war, etwas zurücklässt und etwas mitnimmt. Wenn Sie im Keller gewesen sind, dann finden wir das heraus, das ist alles. Ich möchte bloß nicht, dass Sie hinterher als Verdächtiger gelten, nur weil Sie mir verschwiegen haben, dass Sie da unten irgendwas Unverfängliches gemacht haben, beispielsweise einen Porno geguckt.«

»Ich bin nie unten gewesen.«

»Gut. Nur damit Sie Bescheid wissen. Haben Sie mal zusammen Frauen abgeschleppt?«

Brighouse' Blick schweifte zum Bunsenbrenner, dann fingerte er an dem Gestell mit den Reagenzgläsern herum.

»Mr. Brighouse? Geoff? Das könnte wichtig sein.«

»Ich wüsste nicht, warum.«

»Das zu beurteilen, überlassen Sie bitte mir. Und falls Sie sich Sorgen machen, einen Kumpel zu verpfeifen, dann seien Sie beruhigt. Ihr Kumpel liegt im Krankenhaus im Koma. Seine Frau liegt ein paar Zimmer weiter. Er hat ihr ein paar Verletzungen und blaue Flecken zugefügt. Und wir haben die Leiche von Kimberley Myers im Keller seines Hauses gefunden. Kennen Sie Kimberley? Sie haben sie bestimmt unterrichtet, oder? Ich war gerade bei der Obduktion von einem seiner älteren Opfer, und mir ist immer noch ein bisschen schlecht. Mehr müssen Sie nicht wissen, und glauben Sie mir, mehr *möchten* Sie auch nicht wissen.«

Brighouse atmete tief durch. Seine Wangen und die Stirn waren ein wenig blasser geworden. »Hm, gut, ja, haben wir. Einmal.«

»Erzählen Sie mir, wie das ablief.«

»Es war nichts. Sie wissen schon …«

»Nein, weiß ich nicht. Erzählen Sie's mir!«

»Hören Sie, das ist ...«

»Ist mir egal, wie peinlich das ist. Ich möchte wissen, wie er sich bei dieser Frau verhalten hat, die ihr aufgegabelt habt. Los, weiter! Stellen Sie sich einfach vor, Sie erzählten Ihrem Arzt von Ihrem Tripper.«

Brighouse schluckte, dann fing er an: »Das war auf einer Konferenz in Blackpool. Ist etwas mehr als ein Jahr her, im April.«

»Bevor er geheiratet hat?«

»Ja. Er ging schon mit Lucy, aber sie waren noch nicht verheiratet. Geheiratet haben sie erst im Mai.«

»Weiter!«

»Da gibt's nicht viel zu erzählen. Da war so eine geile junge Lehrerin aus Aberdeen, und an einem Abend, na ja, da haben wir an der Bar alle ganz gut gebechert und rumgeflirtet und so. Egal – nach ein paar Gin wollte sie mitmachen, also sind wir hoch aufs Zimmer.«

»Zu dritt?«

»Ja. Terry und ich hatten ein Zimmer zusammen. Ich meine, ich hätte mich verdrückt, wenn er sie allein aufgerissen hätte. Aber sie gab uns zu verstehen, dass sie nichts gegen uns beide hätte. Es war ihre Idee. Sie sagte, sie hätte schon immer mal einen Dreier probieren wollen.«

»Und Sie?«

»Ich hatte es auch immer schon mal gewollt, ja.«

»Was passierte dann?«

»Was glauben Sie wohl? Wir haben's gemacht.«

»Wie fand sie es?«

»Also, wie gesagt, es war ja in erster Linie ihre Idee gewesen. Sie war leicht angeschickert. Waren wir alle. Sie hatte nichts dagegen. Wirklich, sie war heiß drauf. Erst später ...«

»Was war später?«

»Na, Sie wissen doch, wie das ist.«

»Nein, ich weiß nicht, wie das ist.«

»Also, Terry wollte einen Doppeldecker. Ich weiß nicht, ob Sie ...«

»Ich weiß, was ein Doppeldecker ist. Weiter!«

»Sie wollte nicht.«

»Was passierte dann?«

»Terry kann sehr überzeugend sein.«

»Wie? Brutal?«

»Nein. Er lässt einfach nicht locker. Er fängt immer wieder damit an, bis man ihm irgendwann nichts mehr entgegenzusetzen hat.«

»Also haben Sie Ihren Doppeldecker bekommen?«

Brighouse senkte den Blick und rieb mit dem Finger über die raue, zerkratzte Laborbank. »Ja.«

»Und sie hat mitgemacht?«

»Schon. Ich meine, ja. Hat sie ja keiner gezwungen. Nicht mit Gewalt. Wir haben noch ein bisschen getrunken, und Terry hat sie bearbeitet, Sie wissen schon, rein verbal, wie toll das wäre, und irgendwann …«

»Was?«

»Nichts, eigentlich. Ich meine, sie hat keinen Aufstand gemacht. Aber die Stimmung war im Eimer. Sie hat ein bisschen rumgeheult, war schlecht drauf, wissen Sie, als hätten wir sie betrogen oder ausgenutzt. Und als wir es machten, konnte man merken, dass sie es nicht besonders toll fand.«

»Aber aufgehört haben Sie deswegen nicht?«

»Nein.«

»Hat die Frau rumgeschrien oder gesagt, Sie sollten aufhören?«

»Nein. Ich meine, sie hat zwar irgendwas gesagt, aber … na ja, sie war die ganze Zeit nicht gerade leise gewesen. Ich hatte schon Angst, dass sich die Leute von nebenan melden und sagen, wir sollen nicht so einen Krach machen.«

»Und dann?«

»Ist sie auf ihr Zimmer gegangen. Wir haben noch was getrunken, dann bin ich weggeknackt. Terry wohl auch.«

Banks schwieg und kritzelte etwas in seinen Block. »Ich weiß nicht, ob Ihnen das klar ist, Geoff, aber was Sie mir gerade erzählt haben, erfüllt den Tatbestand der Beihilfe zur Vergewaltigung.«

»Wir haben sie doch nicht vergewaltigt! Hab ich doch gerade erzählt. Sie war einverstanden!«

192

»Hörte sich für mich anders an. Zwei Männer und eine Frau. Was hätte sie denn machen sollen? Sie hatte zu verstehen gegeben, dass sie keine Lust zu dem hatte, was Terence Payne wollte, aber er hat nicht locker gelassen und es trotzdem gemacht.«

»Er hat sie so lange bequatscht, bis sie seiner Meinung war.«

»Schwachsinn, Geoff. Er hat ihren Widerstand gebrochen und sie klein gekriegt. Haben Sie selbst gesagt. Und ich wette, die Frau hatte Angst, was passieren würde, wenn sie nicht mitspielte.«

»Niemand hat ihr irgendwie gedroht.«

»Vielleicht ohne große Worte.«

»Hören Sie, vielleicht ging das Ganze ein bisschen zu weit …«

»Machte sich selbständig?«

»Ja, vielleicht.«

Banks seufzte. Wie oft schon hatte er das als Ausrede für männliche Gewalt gegenüber Frauen gehört! Die Peiniger von Annie Cabbot hatten dasselbe behauptet. Er verachtete Geoffrey Brighouse, aber was sollte er tun? Der Vorfall war länger als ein Jahr her, die Frau hatte, soweit ihm bekannt war, keine Anzeige erstattet, und Terence Payne kämpfte im Krankenhaus um sein Leben. Dennoch, es lohnte sich, die Episode für die Zukunft im Hinterkopf zu behalten.

»Tut mir Leid«, sagte Brighouse, »aber das müssen Sie verstehen. Die Frau hat kein einziges Mal gesagt, dass wir aufhören sollen.«

»Sie hat ja auch wohl keine große Chance gehabt, als sie eingeklemmt zwischen zwei strammen Kerlen wie Ihnen und Terry lag.«

»Na, der Rest hat ihr doch auch Spaß gemacht.«

Frag ihn was anderes, sagte Banks zu sich selbst, sonst haust du ihm noch eine rein. »Gab es noch ähnliche Vorfälle?«

»Nein. Das war das einzige Mal. Ob Sie's glauben oder nicht, Superintendent, aber nach der Nacht hab ich mich ein bisschen geschämt, auch wenn ich nichts Verbotenes gemacht hab. Es wäre mir nicht recht gewesen, wenn ich mit

Terry noch mal in so eine Situation geraten wäre. Er war einfach eine Nummer zu groß für mich. Ich bin solchen Gelegenheiten von da an aus dem Weg gegangen.«

»Also war Payne seiner Frau von da an treu?«

»Das habe ich nicht gesagt.«

»Was heißt das?«

»Nur dass wir nicht mehr zusammen Mädchen aufgerissen haben. Manchmal hat er erzählt, na ja, dass er zu Prostituierten ging und so.«

»Was machte er da?«

»Na, was glauben Sie wohl?«

»Hat er sonst nichts erzählt?«

»Nein.«

»Hat er sich mal in sexueller Hinsicht über seine Frau geäußert?«

»Nein. Nie. Er war sehr Besitz ergreifend, was sie anging, sehr wachsam. Er hat so gut wie nie von ihr geredet, wenn wir zusammen waren. Als ob sie zu einer anderen Welt gehört. Terry hat die bemerkenswerte Gabe, solche Sachen auseinander zu halten.«

»Sieht so aus. Hat er Ihnen mal vorgeschlagen, junge Mädchen zu entführen?«

»Glauben Sie im Ernst, dass ich damit was zu tun habe?«

»Weiß ich nicht, Geoff. Sagen Sie's mir! Ihnen hat er vorgeschwärmt, wie er die Frauen fesseln und ihnen das Gehirn rausbumsen wollte, und die Lehrerin in Blackpool hat er auf jeden Fall vergewaltigt, auch wenn sie vorher noch so scharf darauf war, normalen Sex mit Ihnen beiden zu haben. Ich weiß nicht, wie ich Ihre Rolle dabei bewerten soll, Geoff, um ehrlich zu sein.«

Jetzt hatte Brighouse' Gesicht jede Farbe verloren. Er zitterte. »Aber Sie glauben doch wohl nicht, dass ich …? Ich meine …«

»Warum nicht? Es spricht nichts dagegen, dass Sie ihm geholfen haben. Zu zweit geht es leichter. Die Opfer sind einfacher zu entführen. Haben Sie Chloroform im Labor?«

»Chloroform? Ja. Warum?«

»Hinter Schloss und Riegel?«

»Natürlich.«

»Wer hat einen Schlüssel?«

»Ich. Terry. Keith Miller, der Fachbereichsleiter, und Mr. Knight. Keine Ahnung, wer sonst noch. Wahrscheinlich der Hausmeister und die Putzfrauen, soweit ich weiß.«

»Was glauben Sie, wessen Fingerabdrücke werden wir auf der Flasche finden?«

»Keine Ahnung. Ich kann mich jedenfalls nicht erinnern, wann ich den Kram das letzte Mal benutzt hab.«

»Was haben Sie am letzten Wochenende gemacht?«

»Nicht viel. War zu Hause. Hab ein paar Referate korrigiert. In der Stadt eingekauft.«

»Haben Sie momentan eine Freundin, Geoff?«

»Nein.«

»Haben Sie am Wochenende sonst jemanden getroffen?«

»Nur Nachbarn – Sie wissen schon, auf dem Flur, im Treppenhaus. Ach, und Samstagabend war ich im Kino.«

»Allein?«

»Ja.«

»Was haben Sie geguckt?«

»Den neuen James Bond. Im Zentrum. Dann bin ich noch in meiner Stammkneipe vorbeigegangen.«

»Hat Sie jemand gesehen?«

»Klar, ein paar Stammgäste. Wir haben Dart gespielt.«

»Wie lange waren Sie da?«

»Bis zur Sperrstunde.«

Banks kratzte sich die Wange. »Ich weiß nicht, Geoff. Ein besonders tolles Alibi ist das nicht, oder?«

»Hab ja nicht gewusst, dass ich eins brauchen würde.«

Die Tür des Labors ging auf, und zwei Jungen steckten die Köpfe herein. Geoff Brighouse wirkte erleichtert. Er schaute auf die Uhr und lächelte Banks entschuldigend an. »Tut mir Leid, ich muss jetzt anfangen.«

Banks erhob sich. »Schon in Ordnung, Geoff. Ich will Sie nicht von der Ausbildung junger Menschen abhalten.«

Brighouse winkte die beiden Jungen herein, andere folgten. Sie drängten sich um die Hocker vor den Laborbänken. Brighouse begleitete Banks zur Tür.

»Ich möchte gerne, dass Sie in Millgarth vorbeikommen und eine Aussage machen«, sagte Banks, bevor er ging.

»Eine Aussage? Ich? Wieso?«

»Vorschriften. Diktieren Sie dem Detective genau dasselbe, was Sie mir gerade erzählt haben. Außerdem müssen wir ganz genau wissen, wo Sie waren und was Sie gemacht haben, als die fünf Mädchen entführt wurden. In allen Einzelheiten, mit Zeugen und allem Pipapo. Dann müssen wir Ihre Fingerabdrücke einscannen und eine DNA-Probe nehmen. Das tut nicht weh, ist nicht schlimmer als Zähne putzen. Heute Nachmittag nach der Schule passt gut. Sagen wir, um fünf? Melden Sie sich beim Wachhabenden und fragen Sie nach Detective Constable Younis. Er wird Sie erwarten.« Banks reichte Brighouse eine Visitenkarte und vermerkte darauf den Namen des intelligenten, wenn auch voreingenommenen jungen Constables, den er gerade auserkoren hatte, Brighouse' Aussage aufzunehmen. Younis war ein aktives Mitglied der Methodistengemeinde und hatte konservative Wertvorstellungen. »Wiedersehen«, sagte Banks, und zurück blieb ein verblüffter, eingeschüchterter Geoff Brighouse, der seiner Klasse die Freuden instabilen Natriums beibringen musste.

9

Pat Mitchell ließ sich zu einer Pause überreden, als Jenny in der Bank auftauchte. Sie gingen zu dem gegenüberliegenden Café im Einkaufszentrum, wo sie sich bei ziemlich dünnem Tee mit Milch unterhielten. Pat Mitchell war eine lebhafte Brünette mit glänzenden braunen Augen und einem riesigen Verlobungsring. Anfangs schüttelte sie unentwegt den Kopf, weinte und sagte immer wieder: »Ich kann es nicht glauben. Ich kann einfach nicht glauben, was da passiert ist.«

Sowohl als Psychologin wie auch als Frau war Jenny Verleugnen nicht fremd. Daher äußerte sie sich mitfühlend und ließ Pat Zeit, um sich zu beruhigen. Hin und wieder warfen ihnen die Gäste an den anderen Tischen fragende Blicke zu, als würden sie die Frauen kennen, wüssten nur nicht mehr, woher. Zum größten Teil war das Café aber leer, so dass Jenny und Pat sich ungestört unterhalten konnten.

»Wie gut kennen Sie Lucy?«, fragte Jenny, als Pat zu weinen aufgehört hatte.

»Ganz gut, eigentlich. Ich meine, ich kenne sie jetzt seit ungefähr vier Jahren, seit sie bei der Bank angefangen hat. Sie hatte früher eine kleine Wohnung in der Nähe der Tong Road. Wir sind ungefähr im gleichen Alter. Wie geht es ihr? Haben Sie sie gesehen?« In Pats großen braunen Augen glänzten Tränen.

»Ich hab sie heute Morgen besucht«, antwortete Jenny. »Ihr geht's ganz gut. Sie ist auf dem Weg der Besserung.« Jedenfalls, was den Körper betraf. »Wie war sie, als Sie sie kennen lernten?«

Pat lächelte bei der Erinnerung. »Sie war lustig, man konnte Spaß haben mit ihr. Sie machte alles mit.«

»Wie meinen Sie das?«

»Sie wissen schon. Sie wollte ihren Spaß haben, sich amüsieren.«

»Was verstand sie darunter?«

»In Discos und Pubs gehen, auf Partys, zum Tanzen, Männer anmachen.«

»Nur anmachen?«

»Lucy war … hm, sie war komisch damals, was Männer anging. Ich meine, die meisten fand sie wohl langweilig. Sie ging ein paar Mal mit ihnen aus, dann hatte sie keine Lust mehr.«

»Was glauben Sie, woran das lag?«

Pat rührte den gräulichen Tee um und schaute in die Tasse, als stände ihr Schicksal in den Teeblättern. »Keine Ahnung. Es war so, als ob sie auf jemanden wartete.«

»Auf den Richtigen?«

Pat lachte. »So ungefähr.« Jenny hatte den Eindruck, dass Pat unter anderen Umständen viel spontaner und öfter gelacht hätte.

»Hat sie Ihnen mal erzählt, wie sie sich den ›Richtigen‹ vorstellt?«

»Nein. Nur dass keiner der Jungs hier gut genug für sie war. Sie fand alle dumm, sie hätten nichts anderes im Kopf als Fußball und Sex. In der Reihenfolge.«

Jenny kannte viele Männer, auf die diese Beschreibung zutraf. »Wie sollte ihr Traumtyp denn sein? Reich? Aufregend? Gefährlich?«

»Sie war nicht sonderlich an Geld interessiert. Gefährlich? Weiß ich nicht. Vielleicht. Sie hat gerne auf dem Vulkan getanzt. Schon damals. Sie konnte es ganz schön auf die Spitze treiben.«

Jenny notierte sich etwas. »Wie? Auf welche Weise?«

»Ach nichts. Das war jetzt dumm.«

»Na los! Erzählen Sie!«

Pat senkte die Stimme. »Also, Sie sind doch Psychiaterin, oder?«

»Psychologin.«

»Egal. Heißt das, dass es unter uns bleibt, wenn ich Ihnen was erzähle? Dass keiner Sie zwingen kann, zu sagen, von wem Sie das wissen? Ich meine, ich möchte nicht, dass Lucy glaubt, ich hätte mir das Maul über sie zerrissen.«

Auch wenn Jenny stichhaltige Begründungen hatte, ihre Patientenakten nur auf gerichtliche Anordnung aus der Hand zu geben, arbeitete sie in diesem Moment für die Polizei und konnte keine Anonymität garantieren. Andererseits wollte sie unbedingt Pats Geschichte hören, und Lucy würde sie wahrscheinlich eh nicht zu Ohren kommen. Sie log also nicht, als sie sagte: »Ich werde mein Bestes tun, versprochen.«

Pat biss sich auf die Unterlippe und dachte kurz nach, dann beugte sie sich vor und umfasste mit beiden Händen die Teetasse. »Also, einmal wollte sie in einen von den Clubs in Chapeltown.«

»Diese westindischen Clubs?«

»Ja. Ich meine, die meisten netten weißen Mädchen würden sich nicht mal in die Nähe trauen, aber Lucy fand es aufregend.«

»Ist sie reingegangen?«

»Ja, Jasmine kam mit, das ist eine Jamaikanerin von der Filiale auf der Boar Lane. Ist natürlich nichts passiert. Aber ich glaube, dass sie da Drogen ausprobiert hat.«

»Warum? Hat sie das gesagt?«

»Sie hat Andeutungen gemacht und so geguckt, wissen Sie, als ob sie sich genau auskennt und wir alles nur aus dem Fernsehen hätten. Sie kann einem damit ganz schön auf die Nerven gehen.«

»War sonst noch was?«

»Ja.« Nachdem Pat einmal losgelegt hatte, war sie nicht mehr zu bremsen. »Einmal hat sie mir erzählt, sie hätte sich als Nutte ausgegeben.«

»Wie bitte?«

»Ja, kein Witz.« Pat sah sich um, wollte sich vergewissern, dass niemand zuhörte. Sie senkte die Stimme noch mehr. »Das ist schon ein paar Jahre her, bevor Terry auf der Bildfläche erschien. Wir hatten uns mal in einem Pub darüber unterhalten, als wir eine sahen – eine Nutte –, und hatten uns vorgestellt, wie das wohl ist und so, wenn man es für Geld macht, eigentlich nur so aus Spaß. Lucy meinte, sie würde es gerne mal ausprobieren und uns hinterher Bescheid sagen.«

»Hat sie's getan?«

»Ja. Hat sie mir jedenfalls erzählt. Ungefähr eine Woche später kam sie an und meinte, sie hätte sich am Abend vorher nuttige Sachen angezogen – Netzstrümpfe, Stilettos, schwarzen Ledermini und Bluse mit weitem Ausschnitt – und sich in einem von diesen Hotels an der Autobahn in die Bar gesetzt, wo nur Geschäftsleute absteigen. Es hätte nicht lange gedauert, sagte sie, da wäre schon einer angekommen.«

»Hat sie erzählt, wie es war?«

»Nicht in allen Einzelheiten. Lucy weiß genau, wann man besser den Mund hält. Das macht mehr Eindruck. Sie hat erzählt, sie hätten sich unterhalten, ganz geschäftsmäßig und höflich und so, dann hätten sie sich über das Geld geeinigt, wären zu seinem Zimmer hoch und ... hätten es da gemacht.«

»Haben Sie ihr geglaubt?«

»Zuerst nicht. Ich meine, das ist doch völlig abgefahren, oder nicht? Aber ...«

»Irgendwann schon?«

»Tja, wie schon gesagt, Lucy ist immer für eine Überraschung gut, und sie findet es geil, wenn's gefährlich ist und aufregend. Ich glaube, als sie mir das Geld gezeigt hat, war ich schließlich überzeugt.«

»Sie hat es Ihnen gezeigt?«

»Ja. Zweihundert Pfund.«

»Das hätte sie von der Bank abheben können.«

»Klar, hätte sie, aber ... Egal, mehr weiß ich nicht darüber.«

Jenny notierte sich einiges. Pat reckte den Hals, um zu sehen, was Jenny schrieb. »Das muss aufregend sein, Ihre Arbeit«, sagte sie.

»Manchmal schon.«

»Wie die Frau, die früher immer im Fernsehen kam. Wie hieß die Serie noch? *Profiler*.«

»Ich bin nicht bei der Polizei, Pat. Lediglich beratende Psychologin.«

Pat zog die Nase kraus. »Trotzdem, ist doch ein aufregender Beruf, oder? Verbrecher fangen und so.«

Aufregend wäre nicht das erste Wort, das Jenny in den Sinn gekommen wäre, aber sie ließ Pat ihre Illusionen. Die schadeten ja nichts. »Was war, als Lucy Terry kennen lernte?«

»Sie veränderte sich. Aber das ist normal, oder? Warum sollte man sonst heiraten? Wenn es einen nicht verändert, meine ich.«

»Ich weiß, was Sie meinen. Wie hat sie sich verändert?«

»Sie wurde zurückhaltender. Blieb öfter zu Hause. Terry ist ein kleiner Stubenhocker, also war Schluss mit Disco. Außerdem ist er von der eifersüchtigen Sorte, Terry, wenn Sie wissen, was ich meine, deshalb konnte sie die Männer nicht mehr so anmachen. Obwohl, das machte sie sowieso nicht mehr, seit sie verheiratet war. Es hieß nur noch Terry, Terry, Terry.«

»Waren die beiden verliebt?«

»Glaub schon. Verrückt nacheinander. Hat sie wenigstens behauptet, und sie hat einen glücklichen Eindruck gemacht. Meistens.«

»Gehen wir noch mal kurz zurück. Waren Sie dabei, als sich die beiden kennen lernten?«

»Sie behauptet, ja, aber ich kann mich beim besten Willen nicht daran erinnern.«

»Wann war das?«

»Vor knapp zwei Jahren. Im Juli. War ein warmer, schwüler Abend. Wir waren mit mehreren Frauen in einem Pub in Seacroft. So ein Riesenschuppen mit zig Räumen und Disco.«

»An was können Sie sich erinnern?«

»Ich weiß, dass Lucy allein nach Hause wollte. Sie meinte, sie hätte nicht genug Geld für ein Taxi und wollte den Bus nicht verpassen. Danach fuhr keiner mehr. Ich hatte ein bisschen was getrunken, aber ich kann mich noch erinnern, dass ich zu ihr gesagt hab, sie soll vorsichtig sein. Damals war das Monster von Seacroft unterwegs.«

»Was hat sie dazu gesagt?«

»Sie hat mich nur angeguckt und ist gegangen.«

»Haben Sie Terry an dem Abend gesehen? Hat er sie angesprochen?«

»Ich glaube, dass ich ihn da gesehen habe, allein an der Theke, aber ich kann mich nicht erinnern, dass die beiden miteinander gesprochen hätten.«

»Was hat Lucy hinterher erzählt?«

»Dass er sie angesprochen hätte, als sie an der Theke was zu trinken geholt hat, und dass er ihr gefallen hätte. Als sie gehen wollte, hätten sie sich wieder gesehen und wären zusammen in einen anderen Raum gegangen. Weiß nicht mehr genau. Ich hatte ganz gut einen im Kahn. Keine Ahnung, was da abgelaufen ist, aber danach war Sense. Von da an war Lucy anders. Hatte keine Zeit mehr für ihre alten Freundinnen.«

»Haben Sie die beiden mal besucht? Zum Essen?«

»Ein paar Mal. Mit meinem Verlobten, Steve. Wir haben uns vor einem Jahr verlobt.« Sie hielt den Ring hoch. Funkelndes Licht fing sich in dem Diamanten. »Wir heiraten im August. Die Flitterwochen haben wir schon gebucht. Wir fliegen nach Rhodos.«

»Haben Sie sich gut mit Terry verstanden?«

Pat erschauderte leicht. »Nein. Ich mag ihn nicht besonders. Von Anfang an nicht. Steve fand ihn ganz in Ordnung, aber ... Deshalb haben wir sie nicht mehr besucht. Er hat irgendwas an sich ... Und Lucy, die war wie ein anderer Mensch, wenn er in der Nähe war. Als ob sie was genommen hätte.«

»Wie meinen Sie das?«

»Na, das sagt man doch so. Ich meine, ich weiß, dass sie nicht wirklich Drogen genommen hat, sie war einfach nur, wissen Sie, irgendwie aufgedreht, quatschte ohne Pause, hampelte herum.«

»Haben Sie jemals Symptome von Misshandlung gesehen?«

»Sie meinen, ob er sie geschlagen hat oder so?«

»Ja.«

»Nein. Nichts. Ich hab nie blaue Flecke oder so was gesehen.«

»Hat sich Lucy in letzter Zeit verändert?«

»Wie meinen Sie das?«

»Hat sie sich noch mehr zurückgezogen, hatte sie vor etwas Angst?«

Pat kaute eine Weile am Daumennagel, ehe sie antwortete. »In den letzten Monaten hat sie sich schon verändert, wo Sie danach fragen«, sagte sie schließlich. »Ich kann nicht genau sagen, wann es anfing, aber sie wirkte nervöser, war nicht richtig bei der Sache, als ob sie ein Problem hätte oder eine Menge im Kopf.«

»Hat sie sich Ihnen anvertraut?«

»Nein. Da waren wir schon nicht mehr so eng befreundet. Hat er sie echt geschlagen? Ich kann das nicht verstehen. Sie etwa? Dass eine Frau, gerade so eine Frau wie Lucy, sich so was gefallen lässt?«

Jenny konnte es zwar verstehen, hielt es aber für aussichtslos, Pat das auseinander zu setzen. Wenn Lucy die Einstellung ihrer alten Freundin gekannt hatte, wunderte es Jenny nicht, dass sie sich eher einer Nachbarin wie Maggie Forrest anvertraut hatte, die mehr Verständnis zeigte.

»Hat Lucy mal über ihre Vergangenheit gesprochen, über ihre Kindheit?«

Pat sah auf die Uhr. »Nein. Ich weiß nur, dass sie aus der Gegend von Hull kommt und dass es da ziemlich öde war. Sie wollte so schnell wie möglich weg und hat sich hinterher nicht groß um ihre Eltern gekümmert, schon gar nicht, als Terry auftauchte. Entschuldigung, aber ich muss jetzt wirklich zurück. Ich hoffe, ich konnte Ihnen helfen.« Sie erhob sich.

Jenny stand auf und gab ihr die Hand. »Danke. Ja, Sie haben mir sehr geholfen.« Während Pat zur Bank zurückeilte, warf Jenny einen Blick auf die Uhr. Ihr blieb noch genug Zeit, um nach Hull zu fahren und zu hören, was Lucys Eltern zu sagen hatten.

Es war einige Tage her, dass Banks in seinem Büro in Eastvale gewesen war. Es mussten sich Berge von Arbeit angesammelt haben, er hatte ja vorübergehend Detective Superintendent Gristhorpes Pensum übernommen. Am späten Nachmittag fand Banks endlich Zeit, auf dem Revier vorbeizuschauen, weil er direkt nach dem Gespräch mit Geoff Brighouse hinfuhr. Wie erwartet, war sein Fach vollgestopft mit Protokollen, Neuberechnungen des Haushalts, Mitteilungen, Anträgen, Telefonnotizen, Verbrechensstatistiken und mehreren Umläufen, die darauf warteten, von ihm abgezeichnet zu werden. Er beschloss, etwas Papierkram abzuarbeiten und Annie Cabbot auf ein schnelles Glas ins Queen's Arms einzuladen, um mit ihr über die Entwicklungen im Janet-Taylor-Fall zu sprechen und dabei vielleicht ein paar Brücken zu bauen.

Nachdem er Annie eine Nachricht hinterlassen hatte, sie solle um sechs zu seinem Büro kommen, schloss Banks die Tür hinter sich und ließ den Papierstapel auf seinen Schreibtisch fallen. Sein Kalender vom *Dalesman* zeigte immer noch den alten Monat, stellte er fest und blätterte um. Anstatt der Steinbrücke von Linton, das Aprilfoto, waren jetzt die aufstrebenden Linien des Ostfensters aus dem Münster von York zu sehen, im Vordergrund verschwommene rosafarbene und weiße Blüten.

Es war Donnerstag, der 11. Mai. Kaum zu glauben, dass die schreckliche Entdeckung in The Hill 35 erst drei Tage zurücklag. Die Regenbogenpresse rieb sich bereits schadenfroh die Hände und nannte den Schauplatz »Dr. Terrys Horrorhaus« oder, in Anspielung auf den Nachnamen des Täters: »Paynes Haus der Pein«. Irgendwie waren die Journalisten an Fotos von Terry und Lucy Payne gekommen – seins war scheinbar aus einem Klassenfoto heraus vergrößert, ihres stammte aus einem Beitrag von Lucys NatWest-Filiale über die »Angestellte des Monats«. Beide Aufnahmen waren von schlechter Qualität; man musste schon wissen, um wen es sich handelte, um die beiden zu erkennen.

Banks setzte sich an den Computer und beantwortete die Emails, die seiner Meinung nach eine Erwiderung verdienten. Dann blätterte er in den Unterlagen herum. In seiner Abwesenheit war offenbar nicht viel passiert. Man hatte sich hauptsächlich mit einer Reihe von ärgerlichen Postüberfällen beschäftigt, bei denen ein maskierter Mann Angestellte und Kunden mit einem langen Messer und Ammoniakspray terrorisierte. Bisher war niemand verletzt worden, aber darauf konnte man sich nicht verlassen. Innerhalb eines Monats hatte es im Zuständigkeitsbereich der Western Division vier Überfälle gegeben. Sergeant Hatchley war bereits unterwegs und trommelte sein Sammelsurium an Informanten zusammen. Das schlimmste Verbrechen, das sie, abgesehen von den Überfällen, am Hals hatten, war der Diebstahl einer Schildkröte. Sie schlief in einem Pappkarton, den jemand zusammen mit einem Fahrrad und einem Rasenmäher aus einem Garten geklaut hatte.

Alles wie gehabt. Nach dem Grauen in Paynes Keller spendeten diese unspektakulären, absehbaren Verbrechen Banks gewissen Trost.

Er stellte das Radio an. Es lief eine späte Klaviersonate von Schubert. Banks erkannte sie an ihrem langsamen Tempo. Zwischen seinen Augen setzte sich ein stechender Schmerz fest. Er massierte die Stelle sanft. Als das keine Wirkung zeigte, schluckte er zwei Paracetamol, die er für Notfälle in seinem Schreibtisch verwahrte, spülte sie mit lauwarmem Kaffee hinunter, schob den Berg von Papier beiseite und ließ sich von der Musik davontragen. Momentan hatte er immer häufiger Kopfschmerzen, außerdem schlief er schlecht und ging nur mit eigentümlichem Widerwillen zur Arbeit. Es erinnerte ihn an die Beschwerden, die er kurz vor seinem Umzug von London nach Yorkshire gehabt hatte. Damals hatte er am Rande eines Zusammenbruchs gestanden. Jetzt fragte er sich, ob er wieder auf dem besten Wege dahin war. Er sollte wohl mal zum Arzt gehen, wenn er Zeit hatte.

Das Klingeln des Telefons schreckte ihn auf, wie schon so oft. Mit einem bösen Blick griff er zum störenden Apparat und meldete sich grummelnd.

»Hier Stefan. Ich wollte Sie auf dem Laufenden halten.«

Banks wurde freundlicher. »Hallo, Stefan. Gibt's was Neues?« Im Hintergrund waren Stimmen zu hören. Wahrscheinlich Millgarth. Oder das Haus der Paynes.

»Eine gute Nachricht. Man hat Paynes Fingerabdrücke auf

der Machete sichergestellt, mit der Morrisey getötet wurde, und das Labor meldet, es hat Plastikfasern von der Wäscheleine in den Proben von Lucy Paynes Fingernägeln gefunden. Außerdem Spuren von Kimberley Myers' Blut auf dem Ärmel ihres Morgenmantels.«

»Kimberleys Blut auf Lucy Paynes Morgenmantel?«

»Ja.«

»Dann war sie also doch unten«, stellte Banks fest.

»Sieht so aus. Wohlgemerkt, sie kann behaupten, sie hätte Wäsche aufgehängt. Im Garten hängt dieselbe Wäscheleine. Hab ich gesehen.«

»Aber das Blut?«

»Das ist schon schwieriger«, sagte Stefan. »Viel war es nicht, aber es beweist, dass sie unten gewesen ist.«

»Danke, Stefan. Das ist eine große Hilfe. Was ist mit Terence Payne?«

»Das Gleiche. Blut und gelbe Fasern. Dazu relativ viel Blut von Dennis Morrisey.«

»Was ist mit den Leichen?«

»Wir haben noch eine gefunden, ein Skelett, draußen im Garten. Macht insgesamt fünf.«

»Ein Skelett? Wie lange dauert so was?«

»Hängt von Temperatur und Insektenaktivität ab«, erklärte Stefan.

»Reicht ein Monat?«

»Kann sein, unter den richtigen Bedingungen. Es war aber nicht besonders warm im letzten Monat.«

»Aber möglich ist es?«

»Das schon.«

Leanne Wray war am 31. März verschwunden, vor etwas mehr als einem Monat, es bestand also zumindest die Möglichkeit, dass es sich um ihre sterblichen Überreste handelte.

»Allerdings ist der Garten noch lange nicht komplett umgegraben«, fuhr Stefan fort. »Wir gehen ganz langsam und vorsichtig vor, damit wir keine Knochen beschädigen. Ich habe einen Botaniker und einen Entomologen von der Universität bestellt, die sich morgen den Tatort ansehen. Sie müssten uns bei der Bestimmung des Todeszeitpunkts helfen können.«

»Waren die Opfer bekleidet?«

»Nein. Keinerlei persönlichen Gegenstände.«

»Kümmern Sie sich um die Identifizierung dieser Leiche, Stefan, und sagen Sie mir sofort Bescheid, wenn Sie etwas rausbekommen, auch wenn es negativ ist.«

»Mach ich.«

Banks verabschiedete sich und legte auf, dann stellte er sich ans geöffnete Fenster und rauchte eine heimliche Zigarette. Es war ein heißer, drückender Nachmittag. Die Luft war seltsam aufgeladen. Das deutete auf baldigen Regen hin, vielleicht sogar auf ein Gewitter. Nach Hause eilende Büromenschen schnupperten die Luft und griffen nach ihren Regenschirmen. Ladenbesitzer schlossen die Türen und kurbelten die Markisen zurück. Banks musste wieder an Sandra denken. Oft hatten sie sich vor dem Heimweg auf ein Glas im Queen's Arms getroffen, als Sandra noch im Gemeindezentrum unten an der North Market Street arbeitete. Glückliche Zeiten. Hatte er jedenfalls gedacht. Und jetzt war sie von Sean schwanger.

Banks lauschte der Klaviermusik von Schubert, der heiteren, elegischen Eröffnung der letzten Sonate in b-Moll. Seine Kopfschmerzen ließen ein wenig nach. An eines konnte er sich noch erinnern, was Sandras Schwangerschaften betraf: Sie hatte sie nicht genossen. Die Freuden des nahenden Mutterglücks hatten sie nicht innerlich zum Leuchten gebracht. Sie hatte stark unter morgendlicher Übelkeit gelitten und weiter geraucht und getrunken, auch wenn es so wenig war, dass sie durchaus hätte aufhören können. Aber damals machte keiner ein großes Bohei darum. Sie besuchte weiterhin Ausstellungen und Theaterstücke, traf sich mit Freundinnen und beschwerte sich, als ihr Zustand das immer schwieriger und schließlich unmöglich machte.

Bei Tracy war sie im siebten Monat auf dem Eis ausgerutscht, hatte sich ein Bein gebrochen und den Rest der Schwangerschaft einen Gips getragen. Das hatte sie fast wahnsinnig gemacht, weil sie nicht mehr aufstehen und mit dem Fotoapparat herumlaufen konnte, wie sie es so gerne tat. Stattdessen hockte sie in der winzigen Bude in Kennington und musste zusehen, wie ein grauer Wintertag in den nächsten überging, während Banks rund um die Uhr arbeitete und selten zu Hause war. Tja, vielleicht war Sean öfter bei ihr. Wer weiß, wenn Banks vielleicht weniger …

Aber er kam nicht dazu, sich in dem Kreis der Hölle zu quälen, der nachlässigen Ehemännern und Vätern vorbehalten war. Annie Cabbot klopfte an, steckte den Kopf herein und befreite ihn von den Schuldgefühlen und Selbstvorwürfen, die momentan sein Schicksal waren, auch wenn er sich noch so viel Mühe gab, alles richtig zu machen.

»Du hast doch sechs Uhr gesagt, oder?«

»Doch. Entschuldige, Annie. Ich war meilenweit weg.« Banks griff zu seiner Jacke, klopfte die Taschen nach Portemonnaie und Zigaretten ab und warf noch einen letzten Blick auf den Berg unberührter Arbeit auf dem Schreibtisch. Zum Teufel damit! Wenn sie wollten, dass er zwei oder drei Jobs gleichzeitig erledigte, dann mussten sie halt auf ihren verdammten Papierkram warten.

Jenny fuhr durch ein Gewitter. Sie schaute hinüber zum hässlichen Wald aus Kränen in den Docks von Goole und fragte sich zum zigsten Mal, was um alles in der Welt sie veranlasst hatte, nach England zurückzukehren. Nach Yorkshire. Familiäre Bindungen sicherlich nicht. Jenny war Einzelkind, und ihre Eltern, pensionierte Akademiker, lebten in Sussex. Beide waren immer in ihre Arbeit vertieft gewesen – er als Historiker, sie als Physikerin –, so dass Jenny in ihrer Kindheit mehr Zeit mit Kinderfrauen und Au-pair-Mädchen verbracht hatte als mit ihren Eltern. Der wissenschaftlich unbeteiligte Blick ihrer Eltern hatte Jenny oft das Gefühl gegeben, eher ein Experiment denn eine Tochter zu sein.

Es machte ihr nichts aus – schließlich kannte sie es nicht anders –, und letztlich entsprach es ihrer Einstellung: Das Leben war ein Experiment. Manchmal schaute sie zurück und fand alles so oberflächlich und egozentrisch, dass sie in Panik geriet; dann wieder kam ihr alles gut vor.

Im Dezember würde sie vierzig werden. Sie war nach wie vor Single – war nie verheiratet gewesen –, und auch wenn sie nicht mehr fabrikneu und taufrisch war, gehörte sie noch lange nicht zum alten Eisen. Sie sah noch immer gut aus und hatte eine tolle Figur. Allerdings brauchte sie für ihr Äußeres ständig neue Wundermittel und musste im Fitnessraum der Uni inzwischen ganz schön hart trainieren, damit sich ihre Vorliebe für gutes Essen und guten Wein nicht als Polster auf den Hüften bemerkbar machte. Für sie sprachen außerdem ein guter Job, ihr wachsendes Ansehen als Profiler und eine längere Publikationsliste.

Warum also fühlte sie sich manchmal so leer? Warum hatte sie ständig das Gefühl, sich beeilen zu müssen, ohne je irgendwo anzukommen? Selbst jetzt, als der Regen gegen die Windschutzscheibe peitschte und die Scheibenwischer mit Höchstgeschwindigkeit arbeiteten, fuhr sie knapp neunzig Stundenkilometer. Sie verlangsamte auf achtzig, aber schnell kroch der Tacho wieder hoch und mit ihm das Gefühl, zu spät zu kommen, immer zu spät.

Der Regen hörte auf. Auf Classic FM erklangen die *Enigma Variations* von Elgar. Nach Norden hin erschien am Horizont ein Kraftwerk mit seinen gewaltigen, korsettförmigen Kühltürmen. Der aufsteigende Wasserdampf ging in die tief hängenden Wolken über. Nun hatte sie fast das Ende der Autobahn erreicht. Die M62 Richtung Osten war wie so vieles im Leben: Kurz vor dem Ziel ließ sie einen im Stich.

Na ja, sagte sich Jenny, sie war nach Yorkshire zurückgekehrt, weil sie die furchtbare Beziehung mit Randy beendet hatte. Die alte Leier. Sie hatte eine hübsche Wohnung in West Hollywood gehabt, zu einem äußerst zuvorkommenden Preis von einer Schriftstellerin gemietet, die so viel Geld verdiente, dass sie sich ein Haus oben im Laurel Canyon leisten konnte. Supermarkt, Restaurants und Clubs auf dem Santa Monica Boulevard hatte sie zu Fuß erreichen können. Sie hatte an der Universität von Los Angeles gelehrt und geforscht, und sie hatte Randy gehabt. Leider besaß Randy die ärgerliche Angewohnheit, hübsche 21-jährige Studentinnen zu vögeln.

Nach einem Nervenzusammenbruch hatte Jenny die Sache abgeblasen und war mit fliegenden Fahnen nach Eastvale zurückgekehrt. Vielleicht war sie deshalb unablässig in Eile, dachte sie – weil sie verzweifelt nach *Hause* wollte, wo auch immer das war, weil sie verzweifelt von einer schlechten Beziehung in die nächste floh. Nun ja, das war wenigstens ein Erklärungsversuch. Und dann war natürlich Alan in Eastvale. Wenn er einer der Gründe war, ins Ausland zu gehen, konnte er dann auch einer der Gründe sein, zurückzukommen? Sie wollte nicht darüber nachdenken.

Aus der M 62 wurde die A 63, und bald erhaschte Jenny zu ihrer Rechten einen Blick auf die Humber Bridge, die sich majestätisch über die breite Mündung in den Nebel und die Moore von Lincolnshire und Little Holland spannte. Plötzlich riss die Wolkendecke auf, die Sonne brach durch, und die »Nimrod«-Variation erreichte ihren aufwühlenden Höhepunkt. Yorkshire wie im Bilderbuch. Jenny erinnerte sich an die Augenblicke, wenn L. A. ausgesehen hatte wie im Bilderbuch. Am Anfang hatte Randy sie bei den Fahrten durch die gewaltige, ausgedehnte Stadt immer darauf hingewiesen: Palmen vor einem blutroten Himmel, ein großer, heller Vollmond über dem HOLLYWOOD-Schild.

Bei der ersten sich bietenden Gelegenheit fuhr Jenny in eine Parkbucht und studierte die Karte. Die Wolken lösten sich langsam auf, ließen mehr Sonnenlicht durch, aber die Straßen waren noch voller Pfützen, und die an ihr vorbeirasenden Autos und Lastwagen wirbelten Wasserfontänen auf.

Lucys Eltern wohnten an der A164 Richtung Beverly. Jenny musste also nicht durchs Zentrum von Hull fahren. Sie schlängelte sich durch die endlosen westlichen Vororte und fand schnell das gesuchte Wohngebiet. Das Heim von Clive und Hilary Liversedge war eine gut erhaltene Doppelhaushälfte mit Erkerfenster, die sich in einen gediegenen Halbkreis ähnlicher Häuser duckte. Nicht gerade toll für ein heranwachsendes junges Mädchen, dachte Jenny. Ihre Eltern waren oft umgezogen, als sie klein war, so dass Jenny, obwohl in Durham geboren, nacheinander in Bath, Bristol, Exeter und Norwich gewohnt hatte, Universitätsstädte, in denen es vor paarungswilligen jungen Männern nur so wimmelte. Sie hatte nie in einem trüben Provinznest wie dem hier gehockt.

Ein kleiner, untersetzter Mann mit einem grauen Schnauzer öffnete die Tür. Er trug eine grüne, offene Strickjacke und eine dunkelgrüne Hose, die sich an seinen rundlichen Bauch schmiegte. Bei so einer Figur half ein Gürtel nicht viel, dachte Jenny, als sie die Hosenträger entdeckte.

»Clive Liversedge?«

»Kommen Sie rein, junge Frau«, sagte er. »Sie sind bestimmt Dr. Fuller.«

»Richtig.« Jenny folgte ihm in den voll gestellten Flur, von dem eine Tür mit Glasscheiben in ein adrettes Wohnzimmer führte. Es war mit einer dreiteiligen Garnitur aus rotem Velours eingerichtet, dazu ein elektrischer Kamin mit künstlichen Kohlen und eine gestreifte Tapete. Irgendwie hatte sich Jenny den Ort, an dem Lucy Payne aufgewachsen war, anders vorgestellt; sie bekam überhaupt kein Gefühl für Lucy in dieser Umgebung.

Jetzt sah Jenny, was Banks gemeint hatte, als er von der kranken Mutter sprach. Hilary Liversedge lag auf dem Sofa, eine Wolldecke über die untere Körperhälfte gebreitet. Sie hatte dünne Arme, und ihre blasse Haut war faltig und locker. Die Frau rührte sich nicht, als Jenny eintrat. Einzig ihre flinken Augen schauten lebendig und aufmerksam, auch wenn die Sklera gelblich getönt war. Jenny wusste nicht, woran Mrs. Liversedge litt, tippte aber auf eines der unspezifischen chronischen Gebrechen, in denen gewisse Menschen gegen Ende ihres Lebens Zuflucht suchen.

»Wie geht es ihr?«, fragte Clive Liversedge, als sei Lucy leicht gestürzt oder habe einen Autounfall gehabt. »Man hat uns gesagt, es ist nicht so schlimm. Kommt sie zurecht?«

»Ich hab sie heute Morgen besucht«, erwiderte Jenny. »Sie hält sich gut.«

»Armes Mädchen!«, sagte Hilary. »Wenn man bedenkt, was sie durchgemacht hat. Richten Sie ihr aus, dass sie gerne zu uns kommen und hier wohnen kann, wenn sie aus dem Krankenhaus entlassen wird.«

»Ich wollte mir einen Eindruck verschaffen, wie Lucy so ist«, setzte Jenny an. »Was für ein Mädchen sie war.«

Die Liversedges sahen sich an. »Normal«, antwortete Clive.

»Wie alle Mädchen«, bestätigte Hilary.

Na klar, dachte Jenny. Normale Mädchen heiraten ja auch jeden Tag Serienmörder. Selbst wenn Lucy nicht das Geringste mit den Morden zu tun hatte, konnte etwas mit ihr nicht stimmen, war sie irgendwie sonderbar. Das hatte Jenny schon bei der kurzen Plauderei am Morgen im Krankenhaus festgestellt. Sie hätte sich lang und breit in Fachchinesisch darüber auslassen können – und Jenny war in ihrem Berufsleben schon so einiges über den Weg gelaufen –, aber am Ende blieb das bestimmte Gefühl, dass Lucy Payne einen oder auch zwei Risse in der Schüssel hatte.

»Wie war sie in der Schule?«, fragte Jenny.

»Sehr gut«, erwiderte Clive.

»Sie hat drei A-Level gemacht. Mit guten Noten. Nur Einsen und Zweien«, fügte Hilary hinzu.

»Sie hätte zur Universität gehen können«, warf Clive ein.

»Warum ist sie nicht hingegangen?«

»Sie wollte nicht«, sagte Clive. »Sie wollte hinaus in die Welt und sich ihren Lebensunterhalt selbst verdienen.«

»Ist sie ehrgeizig?«

»Sie ist nicht gierig, wenn Sie das meinen«, entgegnete Hilary. »Natürlich will sie vorankommen, so wie alle anderen auch, aber sie meint, dass man dazu keinen Universitätsabschluss braucht. Die werden eh zu wichtig genommen, finden Sie nicht?«

»Wahrscheinlich«, stimmte Jenny zu, die einen Bachelor und einen Doktortitel hatte. »War sie fleißig in der Schule?«

»Würde ich nicht unbedingt sagen«, antwortete Hilary. »Sie hat das gemacht, was sie machen musste, um durchzukommen, aber sie war kein Streber.«

»War sie beliebt?«

»Sie kam mit den anderen zurecht. Jedenfalls hat sie sich nie beschwert.«

»Keine Hänseleien, nichts in der Richtung?«

»Also, da war mal so eine Sache mit einem Mädchen, aber das hat sich in Wohlgefallen aufgelöst«, sagte Clive.

»Hat das Mädchen Lucy das Leben schwer gemacht?«

»Nein. Das Mädchen hat sich beschwert, es würde von Lucy

geärgert. Es hat behauptet, Lucy würde es bedrohen und Geld verlangen.«

»Und?«

»Nichts. Ihre Aussage stand gegen Lucys.«

»Und Sie haben Lucy geglaubt?«

»Ja.«

»Also ist nichts passiert?«

»Nein. Man konnte ihr ja nichts nachweisen.«

»Und so was ist nie wieder vorgekommen?«

»Nein.«

»Hat sie an außerschulischen Aktivitäten teilgenommen?«

»Für Sport hatte sie nie viel übrig, aber sie hat bei mehreren Theaterstücken mitgespielt. Das konnte sie sehr gut, nicht wahr, Liebes?«

Hilary Liversedge nickte.

»Schlug sie auch mal über die Stränge?«

»Sie konnte lebhaft sein, und wenn sie sich irgendwas in den Kopf gesetzt hatte, dann war sie nicht aufzuhalten, aber ich würde nicht sagen, dass sie unbedingt über die Stränge geschlagen hat.«

»Wie war es zu Hause mit ihr? Wie kamen Sie mit ihr zurecht?«

Wieder schauten sich die beiden an. Eigentlich nichts Besonderes, aber es störte Jenny irgendwie. »Gut. Man hat nichts von ihr gehört. Gab nie Ärger«, sagte Clive.

»Wann ist sie ausgezogen?«

»Mit achtzehn. Sie hat diese Stelle bei der Bank in Leeds bekommen. Wir wollten ihr nicht im Weg stehen.«

»Nicht dass wir es gekonnt hätten«, fügte Hilary hinzu.

»Haben Sie sie in letzter Zeit gesehen?«

Hilarys Gesichtsausdruck trübte sich. »Sie hat gesagt, sie könnte nicht so oft vorbeikommen, wie sie gerne wollte.«

»Wann haben Sie sie zum letzten Mal gesehen?«

»Weihnachten«, antwortete Clive.

»Letztes Jahr Weihnachten?«

»Vorletztes Jahr.«

Wie Pat Mitchell gesagt hatte, Lucy hatte sich von ihren Eltern entfremdet. »Also vor siebzehn Monaten?«

213

»Kommt hin.«

»Ruft sie an oder schreibt sie?«

»Sie schreibt uns nette Briefe«, sagte Hilary.

»Was erzählt sie Ihnen über ihr Leben?«

»Sie schreibt über die Arbeit und über ihr Haus. Ganz normale Allerweltssachen.«

»Hat sie Ihnen erzählt, wie Terry in der Schule zurechtkam?«

Der Blick, den sie jetzt austauschten, sprach wirklich Bände. »Nein«, antwortete Clive. »Wir haben auch nicht danach gefragt.«

»Wir haben es nicht gutgeheißen, dass sie sich auf den erstbesten Mann eingelassen hat, den sie kennen lernte«, sagte Hilary.

»Hatte sie vor Terry keine anderen Freunde?«

»Nichts Ernsthaftes.«

»Aber Sie fanden, sie könnte was Besseres finden?«

»Wir sagen nicht, dass mit Terry was nicht stimmt. Er macht einen ganz netten Eindruck, und er hat eine ordentliche Arbeit, gute Berufsaussichten.«

»Aber?«

»Aber er schien sie irgendwie zu vereinnahmen, nicht wahr, Clive?«

»Ja, das war schon komisch.«

»Wie meinen Sie das?«, fragte Jenny.

»Uns kam es vor, als ob er nicht will, dass sie uns besucht.«

»Hat er oder sie das mal so gesagt?«

Hilary schüttelte den Kopf. Die lockere Haut schlackerte. »Nicht ausdrücklich. Ich hatte nur so ein Gefühl. Wir hatten so ein Gefühl.«

Jenny notierte es sich. Das Verhaltensmuster passte zu den verschiedenen Phasen einer sadistisch-masochistischen Beziehung, mit der sie sich in Quantico befasst hatte. Der Sadist, in diesem Fall Terry Payne, isoliert seine Partnerin langsam von der Familie. Pat Mitchell hatte ebenfalls angedeutet, Lucy habe sich zunehmend von ihren Freundinnen entfremdet.

»Sie sind halt gerne für sich«, sagte Clive.

»Wie fanden Sie Terry?«

»Er war irgendwie merkwürdig, aber das kann ich nicht genauer beschreiben.«

»Was für ein Mensch ist Lucy?«, fuhr Jenny fort. »Ist sie generell vertrauensselig? Naiv? Unselbstständig?«

»Mit diesen Begriffen würde ich sie eher nicht beschreiben, du, Hilary?«

»Nein«, sagte Hilary. »Zum einen ist sie sehr unabhängig. Hat einen starken Willen. Trifft ihre eigenen Entscheidungen und verfolgt sie konsequent. Beispielsweise, als sie nicht zur Universität wollte und sich stattdessen einen Arbeitsplatz gesucht hat. Kaum hatte sie sich entschieden, war sie weg. Mit der Hochzeit mit Terry war es genauso. Liebe auf den ersten Blick, hat sie gesagt.«

»Sie sind aber nicht auf der Hochzeit gewesen?«

»Hilary kann nicht mehr reisen«, erwiderte Clive, stellte sich neben seine Frau und tätschelte sie. »Nicht wahr, Liebes?«

»Wir haben ein Telegramm und ein Geschenk geschickt«, erklärte Hilary. »Eine hübsches Service von Royal Doulton.«

»Glauben Sie, dass es Lucy an Selbstvertrauen, Selbstwertgefühl mangelt?«

»Kommt drauf an, was Sie meinen. Bei der Arbeit ist sie schon sehr selbstsicher, in Gegenwart anderer Menschen nicht so. In Gegenwart von Fremden wird sie oft sehr still, ganz schüchtern und zugeknöpft. Sie mag keine Menschenmassen, aber früher ist sie gerne mit Freundinnen ausgegangen. Kolleginnen von der Arbeit. Solche Sachen.«

»Würden Sie sagen, dass sie von Natur aus ein Einzelgänger ist?«

»In gewissem Maße schon. Sie ist sehr zurückhaltend und hat uns nie groß erzählt, was los war oder was ihr durch den Kopf ging.«

Jenny überlegte, ob sie die beiden fragen sollte, ob Lucy Fliegen die Beine ausgerissen, ins Bett gemacht oder die Schule um die Ecke angezündet habe. Ihr fiel aber keine lockere Bemerkung ein, um das Gespräch auf das Thema zu lenken. »War sie als Kind auch schon so?«, fragte sie. »Oder hat sich dieses Bedürfnis nach Einsamkeit erst später entwickelt?«

»Darauf können wir Ihnen keine Antwort geben«, sagte Clive und schaute zu seiner Frau hinüber. »Da kannten wir sie noch nicht.«

»Was meinen Sie damit?«

»Nun, Lucy ist nicht unsere Tochter, nicht unsere leibliche Tochter. Hilary kann keine Kinder bekommen, wissen Sie. Sie hat ein Herzleiden. Immer schon gehabt. Der Arzt sagte, eine Schwangerschaft könne sie umbringen.« Hilary klopfte sich aufs Herz und warf Jenny einen wehmütigen Blick zu.

»Sie haben Lucy adoptiert?«

»Nein. Nein. Wir haben sie zur Pflege gehabt. Lucy war unser Pflegekind. Das dritte und das letzte, wie sich herausstellen sollte. Sie war am längsten bei uns. Irgendwann haben wir sie als unsere eigene Tochter betrachtet.«

»Das verstehe ich nicht. Warum haben Sie das nicht der Polizei erzählt?«

»Es hat keiner danach gefragt«, entgegnete Clive, als würde das alles erklären.

Jenny war platt. Das war eine wichtige Information über das Rätsel Lucy Payne, und außer ihr wusste es niemand in der Soko. »Wie alt war sie, als sie zu Ihnen kam?«, wollte Jenny wissen.

»Zwölf«, antwortete Clive. »Das war im März 1990. Ich erinnere mich daran, als ob es gestern gewesen wäre. Wussten Sie das nicht? Lucy war eins von den sieben Alderthorpe-Kindern.«

Annie räkelte sich auf dem harten Holzstuhl, als sei er das bequemste Möbel der Welt, und streckte die Beine aus. Banks hatte sie immer um die Fähigkeit beneidet, in so gut wie jeder Umgebung absolut zufrieden zu wirken und sich wohl zu fühlen, wie jetzt in diesem Moment. Sie trank einen Schluck Theakston's Bitter und hätte fast vor Behaglichkeit geschnurrt. Dann grinste sie Banks an.

»Ich hab dich heute schon hundertmal verflucht, weißt du das?«, sagte sie. »Hab dich zum Kuckuck gewünscht.«

»Ich hatte schon das Gefühl, dass meine Ohren so komisch heiß waren.«

»Eigentlich müssten sie inzwischen verkohlt sein.«

»Verstanden. Was hatte Superintendent Chambers zu sagen?«

Annie winkte ab. »Was zu erwarten war. Dass meine berufliche Laufbahn auf dem Spiel steht, wenn es irgendwelche Probleme gibt. Ach, und er hat mich vor dir gewarnt.«

»Vor mir?«

»Ja. Er meinte, du würdest vielleicht versuchen, mich auszuhorchen, ich sollte die Karten schön eng am Körper halten. Den er für meine Begriffe ein wenig zu gründlich in Augenschein genommen hat.«

»Sonst noch was?«

»Ja. Er meinte, du wärst ein Weiberheld. Stimmt das?«

Banks lachte. »Echt? Hat er das wirklich gesagt?«

Annie nickte.

Das Queen's Arms war gut gefüllt mit Angestellten, die ein Feierabendbier tranken, und Touristen, die vor dem Regen geflüchtet waren. Banks und Annie konnten von Glück sagen, ein ramponiertes Kupfertischchen in der Ecke am Fenster ergattert zu haben. Durch die roten und gelben Butzenscheiben sah Banks die schemenhaften Umrisse der Menschen, die unter Regenschirmen über die Market Street eilten. Regentropfen liefen die Scheiben hinunter, und in den Gesprächspausen hörte man es plätschern. Aus der Musikbox klang Savage Garden. Die Luft war erfüllt von Rauch und lebhaftem Geplauder.

»Was hältst du von Janet Taylor?«, wollte Banks wissen.

»Ich will dich nicht ausspionieren. Mich interessiert lediglich dein erster Eindruck.«

»Das sagst *du*. Na, egal, ich finde sie ganz nett, und sie tut mir Leid. Sie ist noch in der Probezeit, ohne große Erfahrung und mit einer unmöglichen Situation konfrontiert worden. Sie hat reagiert, ohne zu überlegen.«

»Aber?«

»Ich werde meinen persönlichen Eindruck aus der Beurteilung heraushalten. Ich kann noch nicht den Finger drauf legen, aber ich habe den Eindruck, dass Janet Taylor bei ihrer Aussage gelogen hat.«

»Mit Absicht? Oder kann sie sich einfach nicht mehr erinnern?«

»Da müssen wir im Zweifelsfall wohl zu ihren Gunsten entscheiden. Schau mal, ich war noch nie in so einer Situation. Ich kann mir nicht im Entferntesten vorstellen, wie es für sie gewesen sein muss. Tatsache aber ist, dass sie Payne nach Aussage von Dr. Mogabe mindestens sieben- oder achtmal mit dem Schlagstock getroffen hat, nachdem er zu keinerlei Gegenwehr mehr im Stande war.«

»Er war stärker als sie. Vielleicht konnte sie ihn nur so überwältigen. Das Gesetz billigt uns die Anwendung von unmittelbarem Zwang in gewissem Maße zu, wenn wir verhaften.«

Annie schüttelte den Kopf. Sie streckte die Beine zur Seite und schlug sie übereinander. Banks entdeckte die schmale Goldkette an ihrer Fessel – eins der vielen Dinge, die er an Annie sexy fand. »Sie ist durchgedreht, Alan. Das hat mit Selbstverteidigung und unmittelbarem Zwang nichts mehr zu tun. Außerdem gibt's da noch was.«

»Was denn?«

»Ich hab mit den Notärzten und Sanitätern gesprochen, die als Erstes am Tatort waren. Sie hatten natürlich keinen blassen Schimmer, was passiert war, aber sie haben ziemlich schnell begriffen, dass sie es mit was ganz Schlimmem zu tun hatten.«

»Und?«

»Einer hat erzählt, er sei zur Taylor gegangen, die den toten Morrisey im Schoß hielt. Sie hätte zu Payne rübergeguckt und gesagt: ›Ist er tot? Hab ich das Schwein umgebracht?‹«

»Das kann doch alles Mögliche heißen.«

»Seh ich auch so. Aber in den Händen eines guten Staatsanwalts könnte es heißen, dass sie von vornherein beabsichtigt hat, Payne zu töten, und sich hinterher erkundigte, ob es ihr gelungen ist. Das könnte Vorsatz bedeuten.«

»Es kann auch nur eine unschuldige Frage gewesen sein.«

»Du weißt genauso gut wie ich, dass in solchen Sachen

überhaupt nichts unschuldig ist. Schon gar nicht, wo der Hadleigh-Fall jeden Tag in den Nachrichten breitgetreten wird. Und vergiss nicht, dass Payne unbewaffnet war und am Boden lag, als sie zu den letzten Schlägen ausgeholt hat.«

»Woher wissen wir das?«

»Janet Taylor hatte ihm bereits das Handgelenk gebrochen, das hat sie selbst zugegeben, und sie hatte die Machete in die Ecke getreten, wo sie später gefunden wurde. Außerdem deuten Aufprallwinkel und Wucht der Schläge darauf hin, dass sie ihm von oben zugefügt wurden, was nicht möglich gewesen wäre, wenn er noch gestanden hätte. Payne ist einszweiundachtzig und Taylor nur einsfünfundsechzig.«

Banks zog nachdenklich an der Zigarette und ließ sich Annies Worte durch den Kopf gehen. Es würde bestimmt nicht sonderlich lustig werden, AC Hartnell davon zu unterrichten. »Sie war also nicht unmittelbar bedroht?«, fragte er.

»So wie ich es sehe, nicht.« Annie rutschte auf dem Stuhl herum. »Es kann sein«, gab sie zu. »Keiner weiß, ob nicht der beste, erfahrenste Bulle dabei ausgerastet wäre. Aber ich muss sagen, für mich sieht es aus, als ob sie durchgedreht ist. Den Tatort würde ich mir trotzdem ganz gerne mal ansehen.«

»Klar. Obwohl ich bezweifle, dass noch viel zu sehen ist, so wie die Spurensicherung da seit drei Tagen herumwühlt.«

»Trotzdem …«

»Ich verstehe schon«, sagte Banks. Tat er wirklich. Den Tatort zu besichtigen, hatte etwas Rituelles. Man empfing Schwingungen von den Wänden oder so, irgendwas tat sich immer. Wichtig war, dass man eine engere Beziehung zu dem Verbrechen bekam. Man war an dem Ort gewesen, wo das Böse geschehen war. »Wann willst du hin?«

»Morgen früh. Bei Janet Taylor schau ich hinterher vorbei.«

»Ich gebe den wachhabenden Kollegen Bescheid«, sagte Banks. »Wir können zusammen hinfahren, wenn du willst. Ich muss noch einmal mit Lucy Payne sprechen, bevor sie weg ist.«

»Wird sie aus dem Krankenhaus entlassen?«

»Hab ich gehört. Sie ist nur leicht verletzt. Außerdem brauchen die das Bett.«

Annie schwieg, dann sagte sie: »Ich würde lieber allein hinfahren.«

»Gut. Wie du willst.«

»Ach, guck doch nicht so beleidigt, Alan. Das ist nichts Persönliches. Es käme einfach nicht gut. Man würde uns zusammen sehen, auch wenn du das nicht glauben willst.«

»Du hast Recht«, stimmte Banks zu. »Hör mal, wenn du Samstagabend ein bisschen Zeit hast, wie wär's dann mit Essen und …«

Annies Mundwinkel zogen sich nach oben, und ihre dunklen Augen begannen zu leuchten. »Essen und was?«

»Du weißt schon.«

»Nein, weiß ich nicht. Sag's mir!«

Banks schaute sich prüfend um, ob jemand lauschte, und beugte sich vor. Doch ehe er etwas sagen konnte, gingen die Türen auf, und Detective Constable Winsome Jackman kam herein. Alle Köpfe drehten sich zu ihr um, zum einen weil sie schwarz war, zum anderen, weil sie eine wunderschöne, gut gebaute Frau war. Winsome hatte Dienst. Banks und Annie hatten ihr gesagt, wo sie zu finden waren.

»Tut mir Leid, Sie zu stören, Sir«, sagte Winsome und zog sich einen Stuhl heran.

»Schon gut«, entgegnete Banks. »Was gibt's denn?«

»Gerade hat Karen Hodgkins von der Soko angerufen.«

»Und?«

Winsome schaute Annie an. »Es geht um Terence Payne«, sagte sie. »Er ist vor einer Stunde im Krankenhaus gestorben, ohne noch einmal das Bewusstsein zu erlangen.«

»Oh, Scheiße«, sagte Annie.

»Hm, jetzt wird es richtig interessant«, bemerkte Banks und zündete sich die nächste Zigarette an.

»Erzähl mir von den sieben Alderthorpe-Kindern«, sagte Banks später am Abend zu Hause ins Telefon. Er hatte es sich gerade mit Duke Ellingtons *Black, Brown and Beige*, der neuesten *Gramophone* und zwei Fingerbreit Laphroaig gemütlich gemacht, als Jenny anrief. Banks stellte die Musik leiser und griff nach den Zigaretten. »Ich meine«, fügte er hinzu, »ich kann mich vage erinnern, damals davon gehört zu haben, aber ich weiß nichts Genaues mehr.«

»So viel hab ich auch nicht«, gestand Jenny. »Nur das, was die Liversedges mir erzählt haben.«

»Schieß los!«

Am anderen Ende raschelte Papier. »Am 11. Februar 1990«, begann Jenny, »stürmten Polizei und Sozialarbeiter im Morgengrauen das Dorf Alderthorpe in der Nähe von Spurn Head an der Küste von East Yorkshire. Sie gingen der Behauptung nach, dort würden Kinder bei satanischen Ritualen misshandelt. Außerdem ermittelten sie im Fall eines vermissten Kindes.«

»Von wem kam der Hinweis?«, wollte Banks wissen.

»Weiß ich nicht«, antwortete Jenny. »Hab ich nicht gefragt.«

Banks notierte es sich für später. »Gut. Erzähl weiter!«

»Ich bin kein Polizist, Alan. Ich hab keine Ahnung, was ich für Fragen stellen muss.«

»Du hast es bestimmt toll gemacht. Erzähl weiter!«

»Sechs Kinder aus zwei Haushalten wurden in staatliche Obhut genommen.«

»Was genau soll da passiert sein?«

»Zuerst war das nicht klar. Ich zitiere: ›Obszönes, lüsternes Verhalten. Rituelle Musik, Tänze und Kostüme‹.«

»Hört sich an wie samstagabends auf dem Revier. Noch was?«

»Nun, jetzt wird es langsam interessant. Und pervers. Es sieht aus, als ob das einer der wenigen Fälle wäre, in dem die Behörden eingegriffen haben und die Schuldigen verurteilt wurden. Die Liversedges wollten mir nur sagen, dass von Folter die Rede war, dass die Kinder gezwungen wurden, Urin zu trinken und ... Mensch, ich bin nicht zimperlich, Alan, aber dabei dreht sich mir echt der Magen um.«

»Schon gut. Immer mit der Ruhe.«

»Die Kinder wurden gedemütigt«, fuhr Jenny fort. »Manchmal auch verletzt, tagelang ohne Essen in Käfige gesperrt, bei satanischen Ritualen als Objekte sexueller Befriedigung benutzt. Ein Kind, ein Mädchen namens Kathleen Murray, wurde tot aufgefunden. Die Leiche wies Zeichen von Folter und sexuellem Missbrauch auf.«

»Woran starb sie?«

»Sie wurde erdrosselt. Außerdem war sie misshandelt und ausgehungert worden. Die Polizei wurde verständigt, als sie länger nicht zur Schule kam.«

»Und das konnte vor Gericht bewiesen werden?«

»Das meiste schon. Der Mord. Die satanischen Fragen kamen im Prozess nicht zur Sprache. Wahrscheinlich dachte die Staatsanwaltschaft, es würde zu sehr nach Hokuspokus aussehen.«

»Wie kam es trotzdem heraus?«

»Einige Kinder haben es später in ihren Pflegefamilien erzählt.«

»Lucy auch?«

»Nein. Die Liversedges sagen, Lucy hätte nie davon gesprochen, was damals passiert ist. Sie hätte einfach alles verdrängt.«

»Hat man diese Gerüchte verfolgt?«

»Nein. In Cleveland, Rochdale und auf den Orkneys gab es ähnliche Vorwürfe und Verhaftungen, und es dauerte nicht lange, da schrieben alle Zeitungen darüber. Gab einen Aufschrei der Entrüstung im ganzen Land. Kindesmisshandlung breitet sich aus wie eine Seuche und so weiter. Übereifrige Sozialarbeiter. Anfragen im Parlament et cetera.«

»Ich erinnere mich«, sagte Banks.

»Die meisten Fälle sind im Sande verlaufen, und über den, der wirklich geschehen war, wollte sich niemand äußern. Nun, Alderthorpe war nicht der einzige. 1989 gab es in Nottingham einen ähnlichen Fall, bei dem es ebenfalls zu Verurteilungen kam, aber der wurde in der Öffentlichkeit nicht so breitgetreten. Dann kam der Butler-Schloss-Bericht und die Änderung des Kinderschutzgesetzes.«

»Was ist mit Lucys richtigen Eltern passiert?«

»Die kamen ins Gefängnis. Die Liversedges wissen nicht, ob sie noch immer sitzen. Sie haben das nicht verfolgt.«

Banks trank einen Schluck Laphroaig und schnippte den

Zigarettenstummel auf den leeren Kaminrost. »Lucy hat also bei den Liversedges gelebt?«

»Ja. Sie hat übrigens ihren Namen geändert. Vorher hieß sie Linda. Linda Godwin. Als die ganze Geschichte herauskam, wollte sie einen neuen Namen. Die Liversedges haben mir versichert, dass alles mit rechten Dingen zuging und gesetzlich einwandfrei ist.«

Von Linda Godwin über Lucy Liversedge zu Lucy Payne, dachte Banks. Interessant.

»Nun«, fuhr Jenny fort, »nachdem sie mir das alles erzählt hatten, hab ich noch mal nachgehakt. Und schließlich gaben sie zu, dass Lucy nicht so ›normal‹ war, wie sie vorher behauptet hatten.«

»Ach ja?«

»Lucy hatte Probleme, sich anzupassen. Kein Wunder. Die ersten beiden Jahre, zwischen zwölf und vierzehn, war Lucy superlieb. Ein ruhiges, zurückhaltendes, rücksichtsvolles, sensibles Kind. Die Eltern machten sich schon Sorgen, dass sie ein Trauma haben könnte.«

»Und?«

»Eine Zeit lang ging Lucy zu einem Kinderpsychiater.«

»Und dann?«

»Zwischen vierzehn und sechzehn kam sie langsam aus ihrem Schneckenhaus, lehnte sich gegen die Eltern auf. Sie hörte auf, zum Psychiater zu gehen. Stattdessen trieb sie sich mit Jungs rum, schlief vermutlich mit ihnen, und dann fing das mit dem Schikanieren an.«

»Schikanieren?«

»Ja. Zuerst hatten mir die Liversedges gesagt, es hätte nur einen einzigen Vorfall gegeben, der sich von selbst erledigt hätte, aber hinterher rückten sie damit heraus, dass es einige Probleme in der Schule gegeben hat. Lucy schüchterte kleinere Mädchen ein, die Essensgeld und so weiter an sie abdrücken mussten. So was gibt es ziemlich oft.«

»Und in Lucys Fall?«

»Eine vorübergehende Phase. Die Liversedges haben mit der Schulleitung zusammengearbeitet, und vorübergehend betrat wieder der Psychiater die Szene. Dann fing Lucy plötzlich an, sich gut zu benehmen. In den nächsten zwei Jahren, von sechzehn bis achtzehn, wurde sie ruhiger, zog sich mehr in sich zurück, schraubte ihre sozialen und sexuellen Aktivitäten herunter. Sie machte ihren Schulabschluss, bekam gute Noten und fand eine Stelle bei NatWest in Leeds. Das ist jetzt vier Jahre her. Es sieht fast so aus, als hätte sie ihren Auszug von langer Hand vorbereitet. Seitdem hat sie nur noch flüchtigen Kontakt mit den Liversedges gehabt, und ich hatte den Eindruck, dass die beiden erleichtert waren.«

»Warum?«

»Ich kann nicht sagen, warum. Nenn es Intuition, aber ich hatte das Gefühl, dass sie irgendwann Angst vor Lucy bekommen haben, weil sie sie so geschickt manipuliert hat. Wie gesagt, das ist nur so ein Gefühl.«

»Interessant. Erzähl weiter!«

»Nachdem sie sich mit Terence Payne zusammentat, besuchte sie die Eltern noch seltener. Zuerst dachte ich, dass Payne sie vielleicht gezwungen hat, sich von Familie und Freunden abzuwenden, weißt du, so was kommt bei Gewalttätern ja öfter vor, aber jetzt finde ich es genauso einleuchtend, dass sie sich von selbst distanziert hat. Ihre Freundin von der Arbeit, Pat Mitchell, hat das auch gesagt. Die Begegnung mit Terry hat Lucy vollkommen verändert. Sie hat ein völlig neues Leben angefangen, sich von ihren alten Gewohnheiten getrennt.«

»Also war sie ihm entweder hörig oder sie hatte ein neues Leben gefunden, das ihr besser gefiel?«

»Genau.« Jenny erzählte ihm die Geschichte von Lucys Prostitution.

Banks dachte kurz nach. »Das ist interessant«, sagte er. »*Wirklich* interessant. Aber es beweist noch nichts.«

»Das habe ich dir vorher gesagt. Sie ist sonderbar, aber das ist kein Grund, sie zu verhaften, sonst würde die halbe Menschheit hinter Gittern sitzen.«

»Mehr als die Hälfte. Aber warte, Jenny. Du hast mehrere Anhaltspunkte genannt, die sich zu verfolgen lohnen.«

»Zum Beispiel?«

»Zum Beispiel, ob Lucy in Alderthorpe selbst zu den Tätern gehört hat. Ich kann mich erinnern, dass ich damals gelesen habe, es hätte Fälle gegeben, bei denen die älteren Geschwister am Missbrauch der jüngeren beteiligt waren.«

»Aber selbst wenn wir das nach so langer Zeit beweisen könnten, was würde das schon heißen?«

»Keine Ahnung, Jenny. Ich denke nur laut. Was hast du als Nächstes vor?«

»Morgen rede ich mit einem vom Jugendamt, vielleicht bekomme ich ja Namen von Sozialarbeitern, die damals damit zu tun hatten.«

»Gut. Ich verfolge das Ganze aus Polizeisicht, wenn ich ein bisschen Zeit habe. Es muss Unterlagen geben, Akten. Und dann?«

»Ich will nach Alderthorpe fahren, mich dort umsehen, mit Leuten sprechen, die sich noch erinnern können.«

»Sei vorsichtig, Jenny! Das ist da draußen bestimmt noch ein heikles Thema, auch wenn es schon lange her ist.«

»Ich bin vorsichtig.«

»Und vergiss nicht: Es kann sein, dass damals jemand ungeschoren davongekommen ist und jetzt Angst vor neuen Enthüllungen hat.«

»Na, jetzt fühle ich mich wirklich sicher.«

»Die anderen Kinder …«

»Ja?«

»Was weißt du über die?«

»Eigentlich nichts, nur dass sie zwischen acht und zwölf Jahren waren.«

»Hast du eine Ahnung, wo sie heute sind?«

»Nein. Die Liversedges wussten es nicht. *Danach* habe ich nämlich gefragt.«

»Sei doch nicht so kratzbürstig. Wir machen noch eine richtige Polizistin aus dir.«

»Nein, danke.«

»Schauen wir mal, ob wir die anderen finden können, ja? Sie können uns vielleicht mehr über Lucy Payne erzählen als sonst jemand.«

»Gut. Ich werde ja sehen, was mir die Sozialarbeiter erzählen wollen.«

»Nicht viel, nehme ich an. Die besten Chancen hast du, wenn einer inzwischen in Rente ist oder den Beruf gewechselt hat. Der hat dann nicht das Gefühl, er würde Verrat begehen, wenn er etwas ausplaudert.«

»Hey, ich bin hier die Psychologin. Solche Ratschläge überlass ruhig mir!«

Banks lachte ins Telefon. »Manchmal ist die Grenze fließend, oder? Zwischen Polizeiarbeit und Psychologie.«

»Versuch mal, das deinen dämlichen Kollegen beizubiegen.«

»Danke, Jenny. Das hast du hervorragend gemacht.«

»Und ich hab gerade erst angefangen.«

»Halt mich auf dem Laufenden!«

»Mach ich.«

Als Banks auflegte, sang Mahalia Jackson gerade »Come Sunday«. Er stellte lauter und nahm sein Glas mit nach draußen auf die Terrasse über den Gratly Falls. Es regnete nicht mehr, aber der Wolkenbruch war heftig genug gewesen, um das Wasser anschwellen zu lassen. Die Sonne war gerade untergegangen. Im Westen erstarb der Himmel zinnoberrot, purpurn und orange, gestreift von dunklen Wolken. Im Osten reichten die Farben von Hellblau bis Schwarzblau. Auf der anderen Seite des Wasserfalls grasten auf einem Feld Schafe zwischen gewaltigen alten Bäumen, in denen Saatkrähen nisteten. Sie weckten ihn oft frühmorgens mit ihrem lautstarken Gezänk. Was für schlecht gelaunte Vögel, dachte er. Hinter dem Feld fiel der Hügel zum Swain hin ab, und der gegenüberliegende Hügel in mehr als einer Meile Entfernung, der sich zum langen, grinsenden Totenschädel von Crow Scar aufschwang, wurde immer dunkler. Die Runenmuster der Trockenmauern traten im schwindenden Licht reliefartig hervor. Rechts im Tal sah Banks den Kirchturm von Helmthorpe.

Er schaute auf die Uhr. Noch früh genug, um runterzuschlendern und ein, zwei Glas im Dog and Gun zu trinken, sich mit dem einen oder anderen Stammgast zu unterhalten, mit dem er sich zwischenzeitlich angefreundet hatte. Dann merkte er, dass er keine Lust auf Gesellschaft hatte; ihm ging zu viel durch den Kopf: der Tod von Terence Payne, der Verbleib von Leanne Wray und die Enthüllungen über Lucys Vergangenheit. Seit er die Chamäleon-Ermittlung übernommen hatte, war er immer mehr zum Einzelgänger geworden, immer weniger geneigt, an der Theke Belanglosigkeiten auszutauschen. Zum Teil lag das bestimmt an der Last der Verantwortung, aber es steckte noch mehr dahinter; vielleicht war es die Nähe zu solcher Verderbtheit, die ihn irgendwie selbst verdarb und dazu führte, dass er belanglose Gespräche als absolut unangemessen empfand.

Die Nachricht von Sandras Schwangerschaft belastete ihn zusätzlich und brachte Erinnerungen zurück, die er zu vergessen gehofft hatte. Er wusste, dass er im Moment keine angenehme Gesellschaft abgab, aber genauso wenig würde er früh einschlafen können. Er ging ins Haus und goss sich noch etwas Whisky ein, dann nahm er seine Zigaretten und trat wieder nach draußen. Er lehnte sich gegen die feuchte Mauer und erfreute sich am letzten Abendrot. Im fernen Moor trällerte ein Brachvogel, und Mahalia Jackson sang und summte die Melodie noch lange, nachdem ihr die Worte ausgegangen waren.

10

Der Freitagmorgen begann schlecht für Maggie. Die ganze Nacht war sie von nebulösen, beunruhigenden Albträumen gequält worden, die sich im Dunkeln verkrochen, sobald sie schreiend aufwachte und versuchte, ihrer habhaft zu werden. Wieder einzuschlafen war schwierig, nicht nur wegen der schlechten Träume, sondern auch wegen der unheimlichen Geräusche und Stimmen, die von der anderen Straßenseite herüberhallten. Ging die Polizei denn nie ins Bett?

Einmal war sie aufgestanden, um sich ein Glas Wasser zu holen. Da hatte sie aus dem Schlafzimmerfenster geschaut und uniformierte Polizeibeamte gesehen, die Pappkartons in einen mit laufendem Motor wartenden Einsatzwagen luden. Dann trugen einige Männer etwas durch die Haustür, das wie ein elektronisches Gerät aussah, und kurz darauf vermeinte Maggie ein seltsames geisterhaftes Licht zu sehen, das hinter den zugezogenen Gardinen durch das Wohnzimmer von Nr. 35 strich. Geschützt hinter Segeltuchplanen, wurde im Vorgarten weitergegraben, und die Lampen warfen die vergrößerten, verzerrten Schatten der Männer auf die Plane. Die Schemen erschienen ihr in ihrem nächsten Albtraum, und am Ende wusste Maggie nicht mehr, ob sie wach war oder schlief.

Um kurz nach sieben stand sie auf und begab sich in die Küche, wo sie ihre strapazierten Nerven mit einer Tasse Tee beruhigte. Das war ein englischer Brauch, den sie sich schnell angewöhnt hatte. Sie hatte vor, heute wieder an Grimms Märchen zu arbeiten, vielleicht an »Hänsel und Gretel«. Jetzt hatte sie ja zufrieden stellende Skizzen für »Rapunzel«. Wenigstens für ein paar Stunden wollte sie Nr. 35 aus ihrem Kopf verbannen.

Dann kam der Zeitungsjunge und ließ die Zeitung durch den Briefkastenschlitz auf die Matte im Flur fallen. Schnell holte Maggie sie in die Küche und breitete sie auf dem Tisch aus.

Lorraine Temples Artikel prangte groß auf der Titelseite. Daneben stand noch fetter die Schlagzeile über Terence Payne, der gestorben war, ohne noch einmal das Bewusstsein zu erlangen. Sogar ein Foto von Maggie vor ihrem Gartentor war abgedruckt, ohne ihr Wissen aufgenommen. Da musste sie gerade zum Pub gegangen sein, um mit Lorraine zu sprechen, vermutete Maggie, denn auf dem Bild trug sie die Jeans und die leichte Baumwolljacke, die sie am Dienstag angehabt hatte.

PAYNES HAUS DER PEIN: NACHBARIN PACKT AUS lautete die Überschrift. Der Artikel schilderte genauestens, wie Maggie verdächtige Geräusche auf der anderen Straßenseite gehört und die Polizei gerufen hatte. Anschließend berichtete Lorraine Temple ausführlich, was Maggie, die als Lucys »Freundin« bezeichnet wurde, über Lucy gesagt hatte. Sie sei ein Opfer ehelicher Gewalt und habe unheimliche Angst vor ihrem Mann gehabt. So weit alles schön und gut. Aber das dicke Ende kam zum Schluss. Quellen in Toronto zufolge, plauderte Lorraine Temple weiter, sei Maggie Forrest selbst auf der Flucht vor einem gewalttätigen Ehemann, dem Anwalt William Burke aus Toronto. Der Artikel beschrieb bis ins Detail Maggies Krankenhausaufenthalt und all die erfolglosen Gerichtsbeschlüsse, die verhindern sollten, dass Bill sich ihr näherte. Nachdem sie Maggie als unsichere graue Maus geschildert hatte, erwähnte Lorraine Temple noch kurz, dass Maggie eine ortsansässige Psychiaterin namens Dr. Simms frequentiere, die »jeden Kommentar verweigert« habe.

Am Schluss mutmaßte Lorraine, dass Maggie wegen ihrer psychischen Probleme möglicherweise zu naiv gewesen sei, sich mit Lucys Not identifiziert habe und dadurch blind für die Wahrheit geworden wäre. Lorraine konnte nicht rundheraus behaupten, Lucy sei schuldig – das verbaten die Gesetze gegen Verleumdung –, aber es gelang ihr ziemlich geschickt, dem Leser zu vermitteln, dass Lucy womöglich genau die Art von Mensch war, die eine schwache Frau wie Maggie hinterlistig um den kleinen Finger wickeln konnte. Das war natürlich Schwachsinn, aber immerhin wirkungsvoller Schwachsinn.

Wie konnte Lorraine so was tun? Jetzt wusste es jeder.

Wann immer Maggie nun die Straße hinunterging, um einzukaufen oder den Bus in die Stadt zu nehmen, würden die Nachbarn und Ladenbesitzer sie mit anderen Augen sehen. Würden sie bemitleiden oder ihr eine Mitschuld geben. Manche würden Maggie aus dem Weg gehen und vielleicht sogar nicht mehr mit ihr reden, weil sie für ihre Begriffe zu eng mit dem Geschehen in Nr. 35 verknüpft war. Selbst Fremde, die ihr Foto gesehen hatten, würden sich Gedanken über Maggie machen. Es konnte sein, dass Claire nicht mehr vorbeikommen würde. Seit der Polizist aufgetaucht war, war sie nicht mehr dagewesen. Maggie machte sich schon Sorgen um sie.

Vielleicht würde es sogar Bill herausbekommen.

Natürlich war es ihre eigene Schuld. Sie hatte sich in Gefahr begeben. Sie hatte versucht, der armen Lucy einen Gefallen zu tun, ihr öffentliches Mitgefühl zu sichern, aber der Schuss war nach hinten losgegangen. Wie dämlich war sie gewesen, Lorraine Temple zu trauen! Ein beschissener Artikel wie dieser, und ihre ganze neue, zerbrechliche, sichere Welt fiel in sich zusammen. Einfach so. Das war nicht gerecht, sagte Maggie zu sich und weinte am Frühstückstisch. Das war einfach nicht gerecht.

Nach kurzem, aber erquickendem Schlaf – vielleicht dank Laphroaig und Duke Ellington, beides großzügig dosiert – saß Banks am Freitagmorgen um halb neun wieder in seinem Kabuff in Millgarth. Als Erstes flatterte eine Nachricht von Stefan Nowak auf seinen Schreibtisch, die ihn informierte, dass das in Paynes' Garten ausgegrabene Skelett *nicht* die sterblichen Überreste von Leanne Wray seien. Wenn Banks noch die leiseste Hoffnung gehegt hätte, Leanne könne nach

all der langen Zeit am Leben und wohlauf sein, wäre er vor
Freude in die Luft gesprungen. Stattdessen rieb er sich frustriert die Stirn. Sah aus, als würde es wieder einer von diesen
Tagen werden. Er tippte Stefans Handynummer ein, der nach
dem dritten Klingeln dranging. Stefan unterhielt sich gerade
mit jemandem, flüsterte etwas zur Seite und schenkte Banks
dann seine ungeteilte Aufmerksamkeit.

»Entschuldigung«, sagte er.

»Probleme?«

»Das übliche Frühstückschaos. Ich versuche nur, aus dem
Haus zu kommen.«

»Ich weiß, was Sie meinen. Hören Sie, wegen der Identifizierung …«

»Die ist eindeutig. Zahnabdrücke. DNA braucht etwas länger. Leanne Wray ist es auf gar keinen Fall. Ich will gerade
wieder zurück zum Haus. Die Jungs graben immer noch.«

»Wer kann es dann um alles in der Welt sein?«

»Keine Ahnung. Ich habe bisher nur herausbekommen
können, dass es eine junge Frau ist, zwischen siebzehn, achtzehn und Anfang zwanzig, dass sie ein paar Monate da gelegen hat und eine Menge Edelstahl in den Zähnen hat, unter
anderem eine Krone.«

»Was heißt das?«, fragte Banks. Irgendwo klingelte es bei
ihm.

»Sie kommt möglicherweise aus Osteuropa. Da wird noch
viel mit Edelstahl gearbeitet.«

Genau. Das hatte Banks schon mal gehört. Ein Zahnarzt
der Gerichtsmedizin hatte ihm einmal erzählt, die Russen
verwendeten Edelstahl. »Osteuropäerin?«

»Kann sein, Sir.«

»Okay. Besteht die Möglichkeit, dass wir noch vor dem
Wochenende den DNA-Vergleich von Payne mit dem Vergewaltiger von Seacroft bekommen?«

»Ich werde mich heute Vormittag mit denen in Verbindung setzen, mal sehen, vielleicht kann ich ja ein bisschen
Druck machen.«

»Gut. Danke. Bleiben Sie dran, Stefan!«

»Klar doch.«

Banks legte auf, verwirrter als je zuvor. Nach Gründung der Soko hatte AC Hartnell als eine der ersten Maßnahmen eine Sondereinheit eingerichtet, die alle Vermisstenfälle im gesamten Land verfolgte. Besonders interessant waren blonde Mädchen im Teenageralter, die keinen erkennbaren Grund hatten wegzulaufen und die auf dem Heimweg von der Disco, von Pubs, Kinos oder Tanzabenden verschwunden waren. Jeden Tag hatte das Team unzählige Fälle überprüft, aber keiner hatte die Kriterien der Chamäleon-Ermittlung erfüllt, nur ein Mädchen in Cheshire, das zwei Tage später zerknirscht wieder aufgetaucht war. Sie war bei ihrem Freund gewesen, was sie ihren Eltern einfach vergessen hatte zu erzählen. Dann hatte es den traurigeren Fall eines jungen Mädchens aus Lincoln gegeben, das, wie sich herausstellte, überfahren worden war, aber keinen Ausweis bei sich gehabt hatte. Und jetzt kam Stefan und sagte, sie hätten ein totes, wahrscheinlich osteuropäisches Mädchen im Garten gefunden.

Banks kam nicht viel weiter mit dieser Überlegung, denn seine Bürotür ging auf und Constable Filey warf ihm die Morgenausgabe der *Post* auf den Schreibtisch.

Annie parkte ihren knallroten Astra weiter oben an der Straße und ging zu Fuß zu Nr. 35, die Augen mit der Hand vor der Morgensonne schützend. Blau-weißes Band und Böcke versperrten den Bürgersteig vor der Gartenmauer, so dass Fußgänger auf die Straße ausweichen mussten. Ein, zwei Leute blieben stehen und warfen einen flüchtigen Blick über das Gartentor, aber die meisten wechselten auf die andere Straßenseite und wandten den Blick ab. Eine ältere Frau bekreuzigte sich sogar.

Annie zeigte dem diensthabenden Beamten ihren Dienstausweis, trug sich am Tor ein und ging den Gartenweg entlang. Sie hatte keine Angst vor dem Anblick grauenhafter Dinge, falls es die im Haus überhaupt noch gab, aber sie hatte noch nie zuvor einen Tatort besichtigt, der vom Erkennungsdienst so gründlich in Beschlag genommen worden war. Schon das bloße Betreten machte sie nervös. Die Männer im

Vorgarten ignorierten sie und gruben weiter. Die Haustür war angelehnt, und als Annie sanft dagegendrückte, schwang sie auf.

Der Flur war leer, und im ersten Moment war das Haus von innen so still, dass Annie dachte, sie sei allein. Dann rief jemand etwas, und im Keller zerriss das Geräusch eines Pressluftbohrers die Luft und machte ihre Illusion zunichte. Es war heiß, stickig und staubig, und bevor Annie sich umsehen konnte, musste sie dreimal niesen.

Langsam wich ihre Nervosität einer berufsbedingten Neugier, und sie stellte interessiert fest, dass die Teppiche hochgenommen worden waren, so dass der nackte Betonboden und die Holztreppe darunter zum Vorschein kamen. Das Wohnzimmer war vollkommen ausgeräumt worden, sogar die Lampen waren abmontiert. Mehrere Löcher waren in die Wände geschlagen worden, zweifellos um sich zu vergewissern, dass dort keine Leichen eingemauert waren. Annie erschauderte. »Das Fass Amontillado« von Edgar Allan Poe gehörte zu den gruseligeren Geschichten, die sie in der Schule gelesen hatte.

Wohin sie auch ging, achtete sie auf den abgeklebten schmalen Pfad, dem sie zu folgen hatte. In gewisser Hinsicht erinnerte es sie an das Pfarrhaus der Brontës oder Wordsworths Landhaus, wo man die antike Einrichtung nur von jenseits der Absperrung betrachten konnte.

In der Küche arbeiteten drei Beamte der Spurensicherung an Spüle und Abflüssen. Der Raum war in demselben bedauernswerten Zustand – heruntergeschlagene Kacheln, Herd und Kühlschrank fort, Schränke leer, überall mit Rußpulver bestäubte Fingerabdrücke. Annie hätte nicht gedacht, dass man ein Haus in drei Tagen so zurichten konnte. Einer der Spurensicherer schaute zu ihr herüber und fragte ziemlich barsch, was sie hier zu suchen habe. Sie zeigte ihm ihren Dienstausweis. Er machte sich wieder an der Spüle zu schaffen. Der Pressluftbohrer hielt inne, von oben war ein Staubsauger zu hören, ein schaurig häusliches Geräusch inmitten des Chaos, auch wenn Annie wusste, dass es einen weitaus schlimmeren Zweck erfüllte, als Staub zu entfernen.

233

Die Stille im Keller nahm sie zum Anlass hinunterzuge-
hen. Dabei entdeckte sie die offene Tür zur Garage, die ebenso
ausgeräumt worden war wie der Rest des Hauses. Das Auto
war weg, wurde mit Sicherheit in der Polizeiwerkstatt Stück
für Stück auseinander genommen. Der mit Ölflecken über-
säte Boden war aufgehackt worden.

Annie spürte, dass ihre Sinne schärfer wurden, als sie sich
der Kellertür näherte. Sie atmete schwer. An der Tür hing das
anstößige Poster einer nackten Frau mit weit gespreizten Beinen. Annie hoffte, dass der Erkennungsdienst es nicht hatte
hängen lassen, weil es den Männern gefiel. Darüber hat sich
Janet Taylor bestimmt aufgeregt, dachte Annie und ging langsam weiter. So mussten es Janet und Dennis auch getan haben. Mensch, sie war selbst schon nervös genug, obwohl sie
wusste, dass da unten nur die Leute von der Spurensicherung
waren. Janet und Dennis hatten nicht gewusst, was sie erwartete, rief sich Annie in Erinnerung. Mit dem, was dann
geschah, hatte niemand rechnen können. Annie wusste jetzt
viel mehr als die beiden, dennoch lief ihre Fantasie auf Hoch-
touren.

Durch die Tür … hier war es viel kälter … wie haben sich
die beiden dabei wohl gefühlt? Vergiss einfach die beiden
Spurensicherer und die helle Beleuchtung … Janet geht zuerst rein, Dennis ist dicht hinter ihr. Der Keller ist kleiner als
erwartet. Es muss tierisch schnell gegangen sein. Kerzenlicht.
Ein Mann kommt aus der Dunkelheit gesprungen, fuchtelt
mit einer Machete herum und trifft Dennis Morrisey an
Hals und Arm, weil er ihm am nächsten steht. Dennis fällt.
Janet hat ihren Schlagstock mit Seitgriff ausgezogen, ist bereit, den Angriff abzuwehren. Payne ist so nah, dass sie seinen Atem riechen kann. Vielleicht kann er nicht glauben,
dass eine Frau, schwächer und kleiner als er, ihm einen Strich
durch die Rechnung macht. Ehe er die Überraschung verdaut
hat, holt Janet aus und schlägt ihn auf die linke Schläfe. Blind
vor Schmerz und vielleicht vor Blut, fällt er rückwärts gegen
die Wand. Dann spürt er einen stechenden Schmerz im
Handgelenk, er kann die Machete nicht mehr halten. Er hört
sie über den Boden schlittern, weiß aber nicht, wohin. Er

234

richtet sich auf und geht auf Janet los. Sie ist jetzt sauer, denn sie weiß, dass ihr Kollege auf dem Boden verblutet. Janet haut immer wieder zu, sie will, dass es vorbei ist, damit sie sich um Dennis kümmern kann. Payne kriecht in die Richtung, wo er die Machete vermutet. Blut läuft ihm übers Gesicht. Janet schlägt erneut zu. Und noch einmal. Wie viel Kraft hat Payne noch? Doch wohl nicht genug, um Janet zu überwältigen? Und wie lange hat sie auf ihn eingeprügelt, als er auf dem Boden liegt, ans Rohr gefesselt, und sich nicht mehr bewegt?

Annie seufzte. Die Spurensicherer setzten erneut den Bohrer an.

»Macht ihr den jetzt wieder an?«, fragte sie.

Einer der Männer grinste. »Wollen Sie Ohrenschützer?«

Annie grinste zurück. »Nein, ich geh lieber raus, wenn ihr anfangt. Darf ich vielleicht noch ein, zwei Minuten?«

»Klar.«

Annie betrachtete die obszönen Strichmännchen und okkulten Symbole an den Wänden und fragte sich, inwiefern sie Bestandteil von Paynes Fantasie waren. Banks hatte ihr erzählt, dass der Raum mit unzähligen Kerzen erleuchtet gewesen war, aber die waren jetzt nicht mehr da, genauso wenig wie die Matratze, auf der man die Tote gefunden hatte. Einer der Beamten hockte auf den Knien und musterte den Betonboden neben der Tür.

»Was ist da?«, fragte Annie. »Was gefunden?«

»Keine Ahnung«, sagte er. »Kleine Abdrücke im Beton. Man kann sie kaum sehen, aber sie haben ein bestimmtes Muster.«

Annie kniete sich neben ihn. Sie sah erst etwas, als der Kollege auf kleine Kreise im Boden wies. Insgesamt waren es drei, alle ungefähr im gleichen Abstand zueinander.

»Ich versuch's mal mit einem anderen Licht«, sagte er zu sich selbst. »Vielleicht mit Infrarot, da kommen die Kontraste besser raus.«

»Könnte ein Stativ sein«, sagte Annie.

»Was? Scheiße noch mal – 'tschuldigung –, aber da könnten Sie Recht haben. Luke Selkirk war mit seiner komischen kleinen Assistentin hier. Vielleicht kommen die Abdrücke von denen.«

»Ich denke, die arbeiten professioneller, oder?«

»Ich frag sie besser, hm?«

Annie ließ ihn in Ruhe und öffnete die hintere Tür. Der Boden war wie ein Gitternetz eingeteilt und sektionsweise umgegraben worden. Annie wusste, dass hier drei Leichen gefunden worden waren. Sie folgte dem schmalen ausgewiesenen Weg bis zur Kellertür, öffnete sie und stieg die Treppe hoch zum Garten. Am Ende verweigerte ihr ein Absperrband den Zutritt, aber sie musste gar nicht weiter. Wie der Kellervorraum war der zugewucherte Garten rasterförmig eingeteilt und mit Bändern abgeteilt worden. Einige Quadrate waren bereits von Gras, Unkraut und Mutterboden befreit, weiter hinten waren noch unberührte Ecken. Eine große wasserdichte Folie, die den Garten am Vortag vor dem Regen geschützt hatte, lag aufgerollt wie ein Teppich vor der hinteren Mauer.

Es war eine knifflige Angelegenheit, das wusste Annie, denn sie hatte die Ausgrabung eines Skeletts im Dorf Hobb's End beobachtet. Alte Knochen konnten zu schnell beschädigt werden. Annie sah das ungefähr ein Meter tiefe Loch, aus dem eine Leiche geborgen worden war. Vor einem zweiten Loch standen zwei Männer, trugen die Erde mit Kellen ab und reichten sie an einen dritten weiter, der sie siebte, als suche er Gold.

»Was ist das?«, fragte Annie von der obersten Treppenstufe.

Einer der Männer schaute zu ihr hoch. Sie hatte Stefan Nowak nicht erkannt. Sie kannte ihn nicht besonders gut, da er noch nicht lange zur Western Division in Eastvale gehörte, aber Banks hatte sie einmal einander vorgestellt. Stefan war der Mann, von dem ACC Ron McLaughlin gesagt hatte, er würde die Polizei von North Yorkshire als Geburtshelfer ins einundzwanzigste Jahrhundert bringen. Er war ziemlich zurückhaltend, fast schon geheimnisvoll, als trage er ein schweres Geheimnis oder eine große Last mit sich herum. Äußerlich gab er sich fröhlich, aber Annie spürte, dass es oberflächlich war. Er war groß, über eins achtzig, und besaß eine klare, klassische Eleganz. Sie wusste, dass er polnischer Abstammung war, und hatte sich schon öfter gefragt, ob er ein Prinz oder Graf sei. Die meisten Polen, die sie kennen gelernt hatte, behaupteten, von Grafen oder Prinzen abzustammen, und die Körperhaltung von Stefan hatte etwas Adliges, Vornehmes.

»Annie, stimmt's?«, sagte er. »Detective Sergeant Annie Cabbot?«

»Jetzt Detective Inspector, Stefan. Wie geht's?«

»Wusste gar nicht, dass Sie bei diesem Fall mitmachen.«

»Bei einem dieser Fälle«, erklärte Annie. »Ich kümmere mich um Terence Payne. Ich bin jetzt im Dezernat Interne Ermittlungen.«

»Ich kann mir nicht vorstellen, dass die Staatsanwaltschaft damit an die Öffentlichkeit geht«, sagte Stefan. »Das war doch wohl rechtmäßige Tötung im Strafvollzug, oder nicht?«

»Ich hoffe, dass sie es so sehen werden, aber bei denen weiß man nie. Ich wollte mich hier einfach mal umgucken.«

»Wir haben ein ganz schönes Durcheinander veranstaltet«, entgegnete Stefan. »Sieht aus, als hätten wir gerade noch eine Leiche gefunden. Wollen Sie mal sehen?«

Annie tauchte unter dem Absperrband hindurch. »Ja.«

»Vorsichtig!«, mahnte Stefan. »Auf dem markierten Weg bleiben.«

Annie tat, wie ihr geheißen, und stand bald vor dem teilweise ausgehobenen Grab. Es war ein Skelett. Nicht ganz so fleckig und schmutzig wie das, das sie in Hobb's End gesehen hatte, aber dennoch ein Knochengerüst. Sie konnte einen Teil des Schädels, eine Schulter und etwas vom linken Arm sehen. »Wie lange liegt das hier schon?«, fragte sie.

»Schwer zu sagen«, antwortete Stefan. »Mehrere Monate.« Er stellte die beiden Männer vor, die mit ihm am Grab standen, ein Botaniker und ein Insektenforscher. »Diese Männer können mir hoffentlich helfen. Außerdem kommt noch Dr. Ioan Williams von der Universität.«

Annie kannte den jungen Arzt mit den langen Haaren und dem stark ausgeprägten Adamsapfel von dem Fall in Hobb's

End. Sie erinnerte sich, wie er den Beckenknochen von Gloria Shackleton gestreichelt und Annie dabei lüsterne Blicke zugeworfen hatte.

»Ist natürlich nicht mein Fall«, sagte Annie, »aber ist das nicht eine Leiche zu viel?«

Stefan schaute zu ihr auf und legte die Hand über die Augen. »Ja«, bestätigte er. »Stimmt. Vermasselt uns ganz schön die Tour, was?«

»Allerdings.«

Annie kehrte zum Auto zurück. Es brachte nichts mehr, sich hier noch länger aufzuhalten. Außerdem musste sie noch zu einer Obduktion, stellte sie mit einem Blick auf die Uhr fest.

»Was haben Sie sich dabei gedacht, mit der Presse zu reden?«, fragte Banks. »Habe ich Sie nicht gewarnt?«

»Ich hab nicht gewusst, dass wir in einem Polizeistaat leben«, gab Maggie Forest zurück, die Arme vor der Brust verschränkt, die erzürnten Augen voller Tränen. Sie standen in der Küche, Banks wedelte mit der *Post,* und Maggie räumte das Frühstücksgeschirr weg. Nachdem Banks in Millgarth den Artikel gelesen hatte, war er sofort zu Maggie gefahren.

»Kommen Sie mir nicht mit diesem pubertären Gequatsche über den Polizeistaat. Was glauben Sie eigentlich, wer Sie sind? Eine Studentin, die gegen irgendeinen Krieg demonstriert?«

»Sie haben nicht das Recht, so mit mir zu sprechen. Ich habe nichts getan.«

»Nichts getan? Haben Sie eine Vorstellung, in was für ein Wespennest Sie da möglicherweise gestochen haben?«

»Ich weiß nicht, was Sie meinen. Ich wollte die Geschichte nur aus Lucys Sicht erzählen, aber diese Frau hat alles verdreht.«

»Sind Sie tatsächlich so naiv, dass Sie nicht damit gerechnet haben?«

»Es gibt einen Unterschied zwischen Naivität und Sorge, aber ein Zyniker wie Sie wird das wohl nie begreifen.«

Banks sah, dass Maggie zitterte, entweder vor Zorn oder

vor Angst. Er warf sich vor, seiner Wut ungehemmt freien Lauf gelassen zu haben. Er wusste jetzt, dass sie von ihrem Mann misshandelt worden war, dass ihre Seele verwundet war. Sie hatte wahrscheinlich eine Heidenangst vor ihm, diesem Mann, der sie in ihrer Küche anschrie. Es war gefühllos von ihm, aber verdammt noch mal, die Frau brachte ihn auf die Palme. Er setzte sich an den Küchentisch und versuchte, sich ein wenig zu beruhigen. »Maggie«, sagte er leise. »Es tut mir Leid, aber das kann uns eine Menge Probleme bereiten.«

Maggie schien sich ein wenig zu entspannen. »Ich verstehe nicht, warum.«

»Die Öffentlichkeit ist sehr wankelmütig, was ihre Anteilnahme angeht, und wenn man es verbockt, dann ist es ein Tanz mit dem Teufel. Das kann sich ohne weiteres gegen Sie wenden und Sie fertigmachen.«

»Aber wie sollen die Leute sonst erfahren, was Lucy bei ihrem Mann mitmachen musste? *Sie* erzählt es keinem, das kann ich Ihnen garantieren.«

»Keiner von uns weiß, was in Lucys Haus passiert ist. Sie tun nichts anderes, als ihre Chance auf einen gerechten Prozess zu gefährden, wenn ...«

»Prozess? Wieso Prozess?«

»Ich wollte gerade sagen, wenn es so weit kommt.«

»Tut mir Leid, aber da bin ich anderer Meinung.« Maggie stellte den elektrischen Wasserkessel an und setzte sich Banks gegenüber. »Die Leute müssen über Gewalt in der Ehe aufgeklärt werden. Das darf nicht aus irgendwelchen Gründen unter den Teppich gekehrt werden. Schon gar nicht, weil die Polizei das so will.«

»Einverstanden. Hören Sie, ich verstehe ja, dass Sie voreingenommen sind, was uns angeht, aber ...«

»Voreingenommen? Kann man wohl sagen. Mit Hilfe der Polizei bin ich im Krankenhaus gelandet.«

»Aber Sie müssen auch verstehen, dass uns in solchen Fällen oft die Hände gebunden sind. Wir sind nur so gut, wie unsere Informationen und die Gesetzgebung des Landes erlauben.«

»Ein Grund mehr für mich, über Lucy zu sprechen. Sie sind ja nicht unbedingt hier, um ihr zu helfen, oder?«

»Ich bin hier, um die Wahrheit herauszufinden.«

»Na, das ist ja reichlich anmaßend von Ihnen.«

»Wer ist jetzt wohl zynisch?«

»Wir wissen alle, dass die Polizei nur daran interessiert ist, Leute zu verhaften, und sich nicht groß um die Wahrheit schert, oder um Gerechtigkeit.«

»Leute zu verhaften, ist sinnvoll, weil die Bösen so von den Straßen fern gehalten werden. Oft genug funktioniert es nicht. Die Gerechtigkeit überlassen wir den Gerichten, und bei dem Rest irren Sie sich. Ich kann nicht für andere sprechen, aber ich interessiere mich sehr wohl für die Wahrheit. Seit Anfang April arbeite ich Tag und Nacht an diesem Fall, und bei jedem meiner Fälle will ich wissen, was passiert ist, wer es getan hat und warum er es getan hat. Ich bekomme es nicht immer heraus, aber Sie würden sich wundern, wie viel ich erfahre. Manchmal wird es sogar gefährlich für mich. Und mit diesem Bewusstsein muss ich leben, muss es ertragen, muss es mit nach Hause nehmen. Ich bin ein Schneeball, der einen Hügel runterrollt. Bloß gibt es keinen sauberen Schnee mehr, an mir bleibt immer neuer Schmutz und Staub hängen. Und das alles, damit Sie sicher und warm zu Hause sitzen und mir vorwerfen, Gestapo-Methoden anzuwenden.«

»So habe ich das nicht gemeint. Und bei mir war es nicht immer sicher und warm.«

»Wissen Sie, dass das, was Sie getan haben, beste Chancen hat, die Wahrheit zu verdrehen?«

»Ich hab das nicht gemacht. Das war sie. Die Journalistin. Lorraine Temple.«

Banks schlug auf den Tisch und bedauerte es umgehend, als Maggie zusammenzuckte. »Falsch«, sagte er. »*Sie* hat nur ihre Arbeit gemacht. Ob's Ihnen gefällt oder nicht, mehr war das nicht. Ihre Aufgabe ist es, Zeitungen zu verkaufen. Sie verwechseln da was, Maggie. Sie glauben, die Medien sind da, um die Wahrheit zu sagen, und die Polizei, um zu lügen.«

»Sie bringen mich ganz durcheinander.« Der Kessel kochte, und Maggie stand auf, um Tee zu machen. Sie bot Banks nichts an, aber als der Tee durchgezogen war, goss sie ihm automatisch eine Tasse ein. Banks bedankte sich.

»Ich sage nur, Maggie, dass Sie Lucy möglicherweise eher schaden als nützen, wenn Sie mit der Presse reden. Sehen Sie sich doch an, was passiert ist! Sie behaupten, es wäre alles falsch, in der Zeitung steht ja praktisch, dass Lucy genauso viel Schuld hat wie ihr Mann. Das hilft ihr doch wohl kaum, oder?«

»Aber ich hab es doch schon gesagt. Sie hat mir die Worte im Mund umgedreht.«

»Und ich sage Ihnen, damit hätten Sie rechnen müssen. So verkauft es sich besser.«

»Wann soll ich denn die Wahrheit sagen? Wo soll ich sie suchen?«

»Himmel noch mal, Maggie, wenn ich das wüsste, würde ich …«

Aber bevor Banks ausreden konnte, klingelte sein Handy. Es war der diensthabende Constable aus dem Krankenhaus. Lucy Payne hatte gerade die Zusage bekommen, entlassen zu werden. Und sie hatte eine Rechtsanwältin.

»Wissen Sie etwas über eine Rechtsanwältin?«, fragte Banks Maggie nach dem Gespräch.

Sie lächelte dümmlich. »Allerdings, ja.«

Banks sagte nichts, denn er befürchtete, nichts Zivilisiertes mehr von sich geben zu können. Ohne den Tee angerührt zu haben, verabschiedete er sich von Maggie Forrest und lief zum Auto. Er blieb nicht einmal stehen, um mit Annie Cabbot zu reden, die aus der Nr. 35 kam. Er winkte ihr kurz zu, sprang in seinen Renault und düste los.

Lucy Payne saß auf dem Bett und lackierte sich die Zehennägel schwarz, als Banks eintrat. Sie warf ihm einen Blick zu und zog sittsam den Rock über die Beine. Der Kopfverband war fort, die blauen Flecken schienen zurückzugehen. Sie hatte das lange schwarze Haar so gekämmt, dass es die Stelle bedeckte, die der Arzt rasiert hatte, um die Platzwunde nähen zu können.

Am Fenster stand eine zweite Frau. Die Rechtsanwältin.

Sie war von zierlicher Gestalt, das schokoladenbraune Haar war fast so dicht gelockt wie das von Banks, ihre ernsten, haselnussbraunen Augen schauten wachsam. Sie trug ein anthrazitfarbenes Kostüm mit Nadelstreifen und eine weiße Bluse aus einem seltsam zerknitterten Stoff, dazu dunkle Feinstrümpfe und glänzend schwarze Pumps.

Sie kam näher und streckte die Hand aus. »Julia Ford. Ich bin Lucys Anwältin. Ich glaube, wir kennen uns noch nicht.«

»Freut mich«, entgegnete Banks.

»Sie sprechen heute nicht zum ersten Mal mit meiner Mandantin, nicht wahr, Superintendent?«

»Nein«, bestätigte Banks.

»Und beim letzten Mal wurden Sie von einer Psychologin namens Fuller begleitet?«

»Dr. Fuller ist die beratende Psychologin der Soko Chamäleon«, erklärte Banks.

»Sehen Sie sich vor, Superintendent, das ist alles. Ich hätte sehr gute Gründe für die Behauptung, dass alles, was Dr. Fuller möglicherweise von meiner Mandantin erfahren hat, als Beweis unzulässig ist.«

»Wir haben keine Beweise gesammelt«, erwiderte Banks. »Lucy wurde als Zeugin verhört, als Opfer. Nicht als Verdächtige.«

»Ein feiner Unterschied, Superintendent, falls sich das noch ändern sollte. Und jetzt?«

Banks warf Lucy einen Blick zu. Sie bemalte seelenruhig ihre Fußnägel. Das Geplänkel zwischen der Anwältin und Banks war ihr offenbar gleichgültig. »Mir war nicht bewusst, dass Sie geglaubt haben, Sie brauchen einen Anwalt, Lucy«, sagte er.

Lucy schaute auf. »Das ist nur zu meinem Besten. Heute Vormittag werde ich entlassen. Sobald der Papierkram erledigt ist, kann ich nach Hause.«

Wütend sah Banks Julia Ford an. »Ich hoffe, Sie haben sie in dieser Vorstellung nicht noch bestärkt?«

Julia Ford hob die Augenbrauen. »Ich weiß nicht, wovon Sie sprechen.«

Banks wandte sich wieder an Lucy. »Sie können nicht nach

Hause, Lucy«, erklärte er. »Ihr Haus wird Stein um Stein von forensischen Experten auseinander genommen. Haben Sie eine Vorstellung, was dort passiert ist?«

»Natürlich«, erwiderte Lucy. »Terry hat mich geschlagen. Ich wurde ohnmächtig und musste ins Krankenhaus.«

»Aber jetzt ist Terry tot, nicht wahr?«

»Ja, und?«

»Das ändert einiges, nicht wahr?«

»Hören Sie«, sagte Lucy. »Ich bin misshandelt worden, und ich habe gerade meinen Mann verloren. Jetzt wollen Sie mir noch sagen, ich hätte auch kein Haus mehr?«

»Fürs Erste nicht.«

»Und, was soll ich jetzt tun? Wo soll ich hin?«

»Wie wär's mit Ihren Pflegeeltern, *Linda*?«

Lucys Blick signalisierte Banks, dass ihr die Anrede nicht entgangen war. »Ich hab wohl keine andere Wahl, was?«

»Egal, das ist sowieso nicht das Problem«, fuhr Banks fort. »Wir haben Spuren von Kimberley Myers' Blut an den Ärmeln Ihres Morgenmantels gefunden sowie gelbe Fasern unter Ihren Fingernägeln. Sie haben noch eine Menge zu erklären, bevor Sie irgendwohin gehen.«

Lucy sah bestürzt aus. »Was meinen Sie damit?«

Julia Ford kniff die Augen zusammen und schaute Banks an. »Er meint damit, Lucy, dass er Sie zur Vernehmung aufs Polizeirevier mitnimmt.«

»Darf er das?«

»Leider ja, Lucy.«

»Und er darf mich dabehalten?«

»Gemäß den PACE-Vorschriften kann er das, wenn Ihre Antworten nicht zufrieden stellend sind. Vierundzwanzig Stunden lang. Aber es gibt sehr strenge Richtlinien. Sie brauchen sich keine Sorgen zu machen.«

»Soll das heißen, ich muss vielleicht einen ganzen Tag im Gefängnis bleiben? In einer Zelle?«

»Regen Sie sich nicht auf, Lucy«, sagte Julia und legte die Hand auf den Arm ihrer Mandantin. »Ihnen wird nichts passieren. Die Zeiten sind vorbei. Man wird sich um Sie kümmern.«

»Aber dann bin ich im Gefängnis!«

»Kann sein. Es kommt drauf an.«

»Aber ich habe *nichts getan*!« Sie warf Banks einen bösen Blick zu, ihre schwarzen Augen glühten wie Kohlen. »Ich bin das Opfer. Warum haben Sie es auf mich abgesehen?«

»Keiner hat es auf Sie abgesehen, Lucy«, sagte Banks. »Es gibt eine Menge Fragen, die beantwortet werden müssen, und wir glauben, dass Sie uns dabei helfen können.«

»Ich werde Ihre Fragen beantworten. Ich weigere mich ja gar nicht, Ihnen zu helfen. Dafür müssen Sie mich nicht mit zum Polizeirevier nehmen. Außerdem habe ich schon alles gesagt.«

»Wohl kaum. Wir müssen noch sehr viel mehr wissen, und es gibt gewisse Vorschriften, Formalitäten, die eingehalten werden müssen. Jetzt ist sowieso alles anders, seit Terry tot ist, oder?«

Lucy wandte den Blick ab. »Ich weiß nicht, was Sie damit meinen.«

»Sie können jetzt befreit sprechen. Sie brauchen keine Angst mehr vor ihm zu haben.«

»Ach so.«

»Was dachten Sie denn, was ich meine, Lucy?«

»Nichts.«

»Dass Sie Ihre Geschichte ändern können? Einfach alles abstreiten?«

»Hab ich doch gerade gesagt. Nichts.«

»Aber Sie müssen jetzt erklären, woher das Blut kommt. Und die gelben Fasern. Wir wissen, dass Sie im Keller gewesen sind. Wir können es beweisen.«

»Davon weiß ich nichts. Ich kann mich nicht erinnern.«

»Sehr praktisch. Tut es Ihnen gar nicht Leid, dass Terry tot ist, Lucy?«

Lucy verstaute den Nagellack in ihrer Handtasche. »Klar tut es mir Leid. Aber er hat mich geschlagen. Er war schuld, dass ich hier gelandet bin, er hat mir den ganzen Ärger mit der Polizei eingebrockt. Das war nicht meine Schuld. Das ist alles nicht meine Schuld. Ich habe nichts getan. Warum soll ich diejenige sein, die dafür büßen muss?«

Banks schüttelte den Kopf und stand auf. »Vielleicht gehen wir besser.«

Lucy sah zu Julia Ford hinüber.

»Ich komme mit«, erklärte Julia. »Ich bin dabei, wenn Sie vernommen werden, ich bin da, falls Sie mich brauchen.«

Lucy brachte ein schwaches Lächeln zustande. »Aber Sie kommen nicht mit in die Zelle, oder?«

Julia lächelte zurück und sah dann Banks an. »Es gibt leider keine Doppelzellen, Lucy.«

»Stimmt«, bestätigte Banks. »Neuerdings eine Schwäche für Mädchen, Lucy?«

»Das war nicht nötig, Superintendent«, sagte Julia Ford. »Und ich wäre Ihnen dankbar, wenn Sie alle weiteren Fragen, die Sie vielleicht noch haben, zurückstellen, bis wir im Vernehmungszimmer sind.«

Lucy funkelte Banks böse an.

»Egal«, sagte Julia Ford zu Lucy. »Wir wollen nicht vom Schlimmsten ausgehen. Vielleicht kommt es ja gar nicht so weit.« Sie wandte sich an Banks. »Dürfte ich vorschlagen, Superintendent, dass wir einen unauffälligen Ausgang nehmen? Die Medienmeute vor dem Krankenhaus dürfte Ihnen nicht entgangen sein.«

»Das ist ein Riesenknüller für die«, sagte Banks. »Aber stimmt, das ist eine gute Idee. Ich hätte noch eine.«

»Die wäre?«

»Wir bringen Lucy zur Vernehmung nach Eastvale. Sie wissen genauso gut wie ich, dass Millgarth ein Affenhaus wird, sobald die Presse rausgefunden hat, dass Lucy da ist. So haben wir die Möglichkeit, dem Chaos aus dem Weg zu gehen, wenigstens eine Zeit lang.«

Julia Ford dachte kurz nach und sagte dann: »Das ist wirklich eine gute Idee.«

»Kommen Sie mit nach Eastvale? Ich habe Angst.«

»Natürlich.« Julia schaute Banks an. »Der Superintendent kann bestimmt ein anständiges Hotel empfehlen.«

»Aber woher konnte die wissen, dass ich zu Ihnen gehe?«, fragte Maggie Dr. Susan Simms zu Beginn der Sitzung am Nachmittag.

»Ich habe keine Ahnung, doch Sie können sich darauf verlassen, dass ich es niemandem verraten habe. Und dieser Frau habe ich schon gar nichts erzählt.«

»Ich weiß«, erwiderte Maggie. »Danke.«

»Nichts zu danken, meine Liebe. Das ist eine Frage der Berufsehre. Was Sie da über Lucy Payne angedeutet haben, stimmt das?«

In Maggie wallte wieder der Zorn auf, als sie sich an ihren Streit mit Banks am Morgen erinnerte. Sie regte sich immer noch darüber auf. »Ich glaube, dass Lucy misshandelt wurde, ja.«

Dr. Simms schwieg eine Weile, schaute aus dem Fenster und sagte: »Seien Sie bitte vorsichtig, Margaret. Seien Sie bitte vorsichtig. Sie scheinen unter enormem Druck zu stehen. Und, wollen wir jetzt anfangen? Ich glaube, beim letzten Mal haben wir über Ihre Familie gesprochen.«

Maggie erinnerte sich. Es war ihre vierte Sitzung und das erste Mal, dass sie Maggies familiären Hintergrund gestreift hatten. Was sie gewundert hatte. Sie hatte direkt am Anfang freudianische Fragen über die Beziehung zu ihrem Vater erwartet, auch wenn Dr. Simms betont hatte, sie sei keine Analytikerin.

Sie saßen in einer Wohnung über dem Park Square, einem friedlichen, eleganten Stück Leeds aus dem achtzehnten Jahrhundert. Zwischen den rosafarbenen und weißen Blüten der Bäume sangen Vögel, im Gras saßen Studenten und lasen oder erfreuten sich einfach der Sonne nach dem gestrigen Regen. Die Feuchtigkeit hatte sich größtenteils verzogen, die Luft war klar und warm. Dr. Simms hatte das Fenster geöffnet, und Maggie konnte die Blumen im Kasten riechen; sie wusste nicht, welche Sorten es waren, Blumen halt, rot, weiß und rosa. Hinter den Bäumen und schicken Fassaden der Häuser auf der gegenüberliegenden Seite des Platzes konnte sie die oberste Rundung der Rathauskuppel erkennen.

Das Zimmer sah aus wie eine Arztpraxis, dachte Maggie,

wie eine altmodische Praxis mit einem massiven Schreibtisch, Diplomen an der Wand, Neonröhren, Aktenschränken und Regalen voll psychologischer Fachzeitschriften und Lehrbücher. Es gab keine Couch; Maggie und Dr. Simms saßen in Sesseln, aber nicht einander gegenüber, sondern in einem Winkel, der einen Blickkontakt erlaubte, ihn aber nicht erzwang, eher kooperativ als konfrontativ. Dr. Simms war Maggie von Ruth empfohlen worden, und bisher hatte sie sich als Glücksgriff erwiesen. Sie war Mitte fünfzig, kräftig gebaut, fast schon matronenhaft, und hatte etwas Strenges an sich. Dr. Simms war immer in altmodischem Laura-Ashley-Stil gekleidet, und ihr blaugraues Haar war mit Haarspray zu betonharten Wellen und Locken fixiert. Im Gegensatz zu ihrem Äußeren besaß Dr. Simms die freundlichste, mitfühlendste Art, die Maggie sich wünschen konnte, ohne dabei nachgiebig zu sein. Nachgiebig war sie ganz gewiss nicht; manchmal wurde sie richtiggehend wütend, besonders wenn Maggie – die sie aus irgendeinem Grund Margaret nannte – Ausflüchte machte oder jammerte.

»Bei uns zu Hause gab es keine Gewalt, als wir klein waren. Sicher, mein Vater war streng, aber er hat nie seine Fäuste oder den Gürtel genommen, damit wir gehorchten. Bei meiner Schwester Fiona nicht, und bei mir auch nicht.«

»Was hat er getan, damit Sie gehorchten?«

»Ach, das übliche. Hausarrest, Taschengeldentzug, Standpauken, solche Sachen halt.«

»Wurde er öfter laut?«

»Nein. Ich hab nie gehört, dass er jemanden angeschrien hat.«

»War Ihre Mutter ein aggressiver Mensch?«

»Du lieber Himmel, nein. Ich meine, sie konnte schon sauer werden und losschreien, wenn Fiona oder ich Blödsinn gemacht haben, wenn wir unsere Zimmer zum Beispiel nicht aufgeräumt haben, aber das war dann auch sofort wieder vorbei und vergessen.«

Dr. Simms stützte das Kinn auf die Faust. »Verstehe. Kehren wir also zu Bill zurück, ja?«

»Wenn Sie möchten.«

»Nein, Margaret, nicht ich. Das müssen Sie wollen.«

Maggie rutschte im Sessel herum. »Ja, gut.«

»Sie haben mir in den vorigen Sitzungen erzählt, dass Sie schon vor Ihrer Heirat Anzeichen für Aggressivität wahrnahmen. Können Sie mir mehr darüber sagen?«

»Ja, aber sie war nicht gegen mich gerichtet.«

»Gegen wen dann? Gegen die Welt im Allgemeinen?«

»Nein. Gegen gewisse Leute. Die etwas verbockt hatten. Zum Beispiel Kellner oder Lieferanten.«

»Hat er sie geschlagen?«

»Nein, er ist einfach durchgedreht, hat die Geduld verloren und die Leute angeschrien. Sie als Idioten, als Trottel beschimpft. Ich wollte sagen, dass er viel Aggressivität in seine Arbeit fließen ließ.«

»Aha. Er ist Jurist, stimmt's?«

»Ja. In einer großen Kanzlei. Und er wollte unbedingt Teilhaber werden.«

»Ist er von Natur aus ehrgeizig?«

»Sehr. An der Highschool war er ein Sportass und wäre irgendwann vielleicht Profi-Footballer geworden, wenn er sich nicht bei einem Meisterschaftsspiel das Knie kaputt gemacht hätte. Er humpelt immer noch ein bisschen beim Gehen, aber er kann es nicht ertragen, wenn es einer merkt und ihn drauf anspricht. Hält ihn aber nicht davon ab, in der Softballmannschaft seiner Kanzlei mitzuspielen. Aber ich verstehe nicht, was das mit mir zu tun haben soll.«

Dr. Simms beugte sich vor und senkte die Stimme. »Margaret, ich möchte, dass Sie verstehen, dass Sie einsehen, woher die Wut und Aggressivität Ihres Mannes kommen. *Sie* sind nicht der Grund dafür, es kommt von ihm. Es kommt auch nicht aus Ihrer Familie. Es kommt von seiner Seite. Erst wenn Sie das begreifen, wenn Sie begreifen, dass es *sein* Problem ist und nicht Ihres, werden Sie langsam zur Überzeugung gelangen, dass es nicht Ihre Schuld war, und erst dann werden Sie die Stärke und den Mut finden, weiterzumachen und Ihr Leben in vollen Zügen zu genießen, anstatt weiter dieses Schattendasein zu führen, das Sie jetzt haben.«

»Aber das habe ich schon verstanden«, widersprach Maggie. »Ich meine, ich weiß, dass er der Aggressive war, nicht ich.«

»Aber Sie fühlen es nicht.«

Maggie war enttäuscht; Dr. Simms hatte Recht. »Nein?«, fragte sie. »Wahrscheinlich nicht.«

»Kennen Sie sich mit Lyrik aus, Margaret?«

»Nicht sonderlich, nein. Nur was wir in der Schule durchgenommen haben, und auf der Kunstakademie hatte ich damals einen Freund, der immer so Sachen geschrieben hat. Furchtbare Ergüsse, wirklich. Der wollte mich einfach nur ins Bett bekommen.«

Dr. Simms lachte. Noch eine Überraschung, denn es war ein lautes, schallendes Gewieher. »Samuel Taylor Coleridge hat ein Gedicht geschrieben, das heißt ›Niedergeschlagenheit. Eine Ode‹. Darin geht es teilweise um die Unfähigkeit, etwas zu empfinden, und in einer Zeile, die sich mir eingeprägt hat, beschreibt er, wie er sich die Wolken, den Mond und die Sterne ansieht und am Ende sagt: ›Ich sehe – nicht fühle ich – wie schön sie sind‹. Ich glaube, das trifft auch auf Sie zu, Margaret. Und ich glaube, dass Sie das wissen. Rationale Erkenntnis durch Logik bedeutet nicht zwangsläufig emotionale Akzeptanz. Und Sie sind ein sehr rationaler Mensch, trotz Ihrer unzweifelhaft kreativen Fähigkeiten. Wenn ich Jungianerin wäre, würde ich Sie wahrscheinlich als introvertierten, denkenden Typus einordnen. Und jetzt erzählen Sie mir mehr über die Zeit, als Bill Ihnen den Hof gemacht hat.«

»Da gibt's nicht viel zu erzählen.« Im Flur wurde eine Tür geöffnet und geschlossen. Kurz waren zwei Männerstimmen zu hören. Dann vernahm man nur noch das Gezwitscher und die Geräusche des Verkehrs auf The Headrow und der Park Lane. »Er hat mich wohl einfach umgehauen«, begann Maggie. »Es ist ungefähr sieben Jahre her. Ich war eine junge Absolventin der Kunstakademie, keinerlei beruflichen Erfolg, noch grün hinter den Ohren, hing mit Künstlertypen in Bars herum, hab in den Pubs und Cafés auf der Queen Street West philosophiert und gedacht, eines Tages würde ein reicher Mäzen vorbeikommen und mein Genie entdecken. Auf der Akademie hatte ich ein paar Affären gehabt, mit einigen

Jungs geschlafen, nicht sonderlich befriedigend. Und plötzlich war da dieser große, dunkle, intelligente, gut aussehende Mann im Armani-Anzug und wollte mit mir in Konzerte und teure Restaurants gehen. Es war nicht das Geld. Das wirklich nicht. Nicht mal die Restaurants. Damals hab ich gar nicht viel gegessen. Es war eher sein Stil, seine Großtuerei. Er hat mich geblendet.«

»Und war er tatsächlich der Kunstmäzen, von dem Sie geträumt hatten?«

Maggie schaute auf die abgeschabten Knie ihrer Jeans. »Eigentlich nicht. Bill hat sich nie sonderlich für Kunst interessiert. Klar, wir hatten alle wichtigen Abos – Symphonieorchester, Ballett, Oper. Aber irgendwie …«

»Irgendwie was?«

»Weiß nicht. Vielleicht bin ich jetzt ungerecht. Aber ich glaube, dass es für ihn zum Geschäft gehörte. Gesehen zu werden. Zum Beispiel in der Loge eines Mandanten im Skydome zu sitzen. Ich meine, er fand es aufregend, beispielsweise in die Oper zu gehen. Er brauchte Ewigkeiten, um sich in Schale zu werfen, und machte einen Riesenaufstand, was ich anziehen sollte. Vorher haben wir dann ein Glas in der VIP-Bar getrunken und Smalltalk mit Kollegen und Mandanten gemacht, mit der gesamten Lokalprominenz. Aber ich hatte das Gefühl, dass er die Musik selbst langweilig fand.«

»Gab es schon am Anfang Ihrer Beziehung Probleme?«

Maggie drehte ihren Saphirring, den »Freiheitsring«, den sie sich gekauft hatte, nachdem sie Bills Ehe- und Verlobungsringe in den Ontario-See geworfen hatte. »Hm«, machte sie, »im Nachhinein ist es einfach, etwas als Problem zu erkennen, nicht? Hinterher kann man leicht behaupten, man hätte es kommen sehen oder kommen sehen müssen, als man merkte, wohin das Ganze führt. Damals mag einem das gar nicht merkwürdig vorgekommen sein, oder?«

»Versuchen Sie's mal!«

Maggie drehte weiter ihren Ring. »Hm, das größte Problem war wohl Bills Eifersucht.«

»Auf was?«

»Auf alles, eigentlich. Er war sehr besitzergreifend, er

250

mochte es nicht, wenn ich mich auf Festen zu lange mit anderen Männern unterhalten hab, solche Sachen. Aber am eifersüchtigsten war er auf meine Freunde.«

»Auf die Künstlertypen?«

»Ja. Verstehen Sie, er hat nie viel für sie übrig gehabt, für ihn waren das alles Gammler und Penner. Er hat sich eingebildet, mich vor denen gerettet zu haben.« Sie lachte. »Und die wiederum wollten nichts mit Anwälten in Armani-Anzügen zu tun haben.«

»Aber Sie haben sich weiterhin mit Ihren Freunden getroffen?«

»Oh ja. Eigentlich schon.«

»Und wie hat Bill darauf reagiert?«

»Er hat sich über sie lustig gemacht, abfällig über sie geredet, sie kritisiert. Hat sie als Pseudointellektuelle, Hohlköpfe und Faulenzer beschimpft. Wenn wir zusammen unterwegs waren und meine alten Freunde getroffen haben, stand er dumm herum, guckte in den Himmel, trat von einem Fuß auf den anderen, sah auf seine Rolex, pfiff vor sich hin. Ich seh ihn genau vor mir.«

»Haben Sie Ihre Freunde verteidigt?«

»Ja. Eine Zeit lang. Später fand ich es überflüssig.« Maggie machte eine kleine Pause, dann fuhr sie fort: »Sie dürfen nicht vergessen, dass ich mich Hals über Kopf in Bill verliebt hatte. Er nahm mich mit zu Filmpremieren. Wir flogen übers Wochenende nach New York, wohnten im Plaza, fuhren mit einer Kutsche durch den Central Park, besuchten Cocktailpartys mit Börsenmaklern und Wirtschaftsmanagern, alles. Das Ganze hatte was Romantisches. Einmal sind wir sogar zu einer Filmpremiere nach L. A. geflogen. Die Medienspezialisten der Kanzlei hatten mit dem Film zu tun gehabt. Wir sind auch auf der anschließenden Gala gewesen, und Sean Connery war da. Ist das nicht unglaublich? Ich hab wirklich Sean Connery getroffen!«

»Wie sind Sie mit diesem vornehmen Leben zurechtgekommen?«

»Eigentlich ganz gut. Ich konnte ziemlich gut mit den Leuten – Anwälte, Geschäftsleute, Unternehmer, alles, was Rang und Namen hat. Ob Sie's glauben oder nicht, aber viele von denen sind weitaus gebildeter, als die Kunstgemeinde glaubt. Viele sponsern firmeneigene Kunstsammlungen. Meine Freunde dachten, dass jeder, der einen Anzug trägt, langweilig und konservativ ist, und ein Kunstbanause sowieso. Aber man kann nicht immer nach dem Äußeren gehen. Das war mir klar. Ich finde, dass sie ganz schön unreif waren, was das anging. Ich glaube, Bill hat in mir eine Bereicherung seiner Karriere gesehen, aber meine Freunde waren für ihn nur ein Klotz am Bein, die mich runterziehen würden. Und ihn vielleicht mit, wenn wir nicht aufpassten. Und ich hab mich lange nicht so unwohl in seiner Welt gefühlt wie er in meiner. Ich hatte sowieso langsam das Gefühl, die Rolle des armen Poeten nur gespielt zu haben.«

»Was meinen Sie damit?«

»Nun, mein Vater ist ein ziemlich erfolgreicher Architekt, wir haben uns immer in den besseren Kreisen bewegt. Als ich klein war, bin ich viel mit ihm herumgekommen, kurz nachdem wir von England rübergezogen sind. In den Schulferien hat er mich manchmal zu seinen Projekten mitgenommen. Ich komme also nicht aus einer Arbeiter- oder einer bürgerlichen Familie. Dad schätzt die Kunst, aber er ist sehr konservativ. Und wir waren nicht arm. Egal, mit der Zeit hab ich wohl Bills Meinung übernommen. Er hat meinen Widerstand gebrochen, wie er das in vielerlei Hinsicht getan hat. Ich meine, ich hab wirklich langsam den Eindruck gehabt, alle meine Freunde würden nichts anderes tun, als sich von einem Sozialhilfescheck zum nächsten zu hangeln, ohne daran irgendetwas zu ändern, denn das hätte ja ihre wertvolle Kunst gefährdet. Die größte Sünde in unserer Clique war, sich zu verkaufen.«

»Und das haben Sie getan?«

Maggie schaute eine Weile aus dem Fenster. In Zeitlupe fielen die Blüten von den Bäumen. Ihr wurde plötzlich kalt, sie schlang die Arme um sich. »Ja«, sagte sie. »Wahrscheinlich ja. Was meine Freunde anging: Für die war ich verloren. Ich war vom allmächtigen Dollar verführt worden. Und alles wegen Bill. Auf einem Fest seiner Firma hab ich einen Kleinverleger kennen gelernt, der einen Illustrator für ein Kinderbuch suchte. Ich hab ihm meine Arbeiten gezeigt, und er fand sie ganz toll. Ich hab den Auftrag bekommen, daraus ergab sich der nächste und so weiter.«

»Wie hat Bill auf Ihren Erfolg reagiert?«

»Am Anfang hat er sich gefreut. Er war begeistert. Stolz, dass dem Verleger meine Arbeit gefiel, stolz, als das Buch erschien. Er hat es für alle seine Neffen und Nichten gekauft, für die Kinder seiner Mandanten. Für seinen Chef. Zig Bücher. Und er hat sich gefreut, dass er es in die Wege geleitet hatte. Ständig hat er erzählt, dass es nie so weit gekommen wäre, wenn ich bei meinen Gammler-Freunden geblieben wäre!«

»So war das am Anfang. Und später?«

Maggie merkte, dass sie im Sessel zusammenschrumpfte, ihre Stimme leiser wurde. »Er änderte sich. Später, als wir geheiratet hatten und Bill immer noch nicht Teilhaber geworden war, kam er mit meinem Erfolg immer weniger zurecht. Er nannte das Zeichnen mein ›kleines Hobby‹ und gab mir zu verstehen, ich müsste die Arbeit jederzeit an den Nagel hängen können, wenn ein Kind da wäre.«

»Aber Sie hatten sich entschieden, keine Kinder zu bekommen?«

»Nein. Da war nichts zu entscheiden. Ich kann keine Kinder kriegen.« Maggie spürte, wie sie ins Kaninchenloch rutschte, genau wie Alice. Dunkelheit umfing sie.

»Margaret! Margaret!«

Sie konnte Dr. Simms' Stimme nur hallend wie aus weiter Entfernung vernehmen. Mit großer Anstrengung mühte sich Maggie ihr entgegen, zum Licht, und sie merkte, dass sie wie eine Ertrinkende aus dem Wasser schoss und nach Luft schnappte.

»Margaret, ist alles in Ordnung?«

»Ja. Ich bin … ich … Es lag gar nicht an mir«, sagte sie und merkte, wie ihr die Tränen die Wangen hinunterliefen. »Ich bin nicht diejenige, die keine Kinder bekommen kann. Bill kann nicht. Es liegt an Bill. Es hat was mit seiner Spermienzahl zu tun.«

Dr. Simms ließ Maggie Zeit, sich die Tränen zu trocknen und sich zu beruhigen.

Als Maggie ihre Fassung wiedererlangt hatte, lachte sie über sich selbst. »Er musste immer in Tupperdosen masturbieren und sie zum Testen bringen. Das wirkte irgendwie so ... na, Tupperware, ich meine, das war genau wie in *Mein lieber Biber*.«

»Wie bitte?«

»Das ist eine alte amerikanische Fernsehserie. Mama zu Hause, Papa im Büro. Heile Welt. Familienglück. Perfekte Kinder.«

»Verstehe. Hätten Sie kein Kind adoptieren können?«

Jetzt war Maggie wieder im Licht. Nur war es zu hell. »Nein«, sagte sie. »Das war Bill nicht genug. Das Kind wäre nicht seins gewesen, verstehen Sie. Genauso, wie wenn mir bei künstlicher Befruchtung das Sperma eines anderen Mannes eingesetzt worden wäre.«

»Haben Sie darüber gesprochen, was Sie tun sollten?«

»Zuerst ja. Aber als er wusste, dass es an ihm lag und nicht an mir, hat er nicht mehr darüber geredet. Wenn ich später noch mal das Thema auf Kinder brachte, hat er mich geschlagen.«

»Und zu der Zeit fing er auch an, Ihnen den Erfolg zu missgönnen?«

»Ja. Das ging so weit, dass er kleine Sabotageakte verübte, damit ich Abgabetermine verpasste. Er warf Farben oder Pinsel weg, verlegte ein Bild oder ein Päckchen für den Kurier, löschte absichtlich Bilder von meinem Computer, von *meinem* Computer, vergass mir einen wichtigen Anruf auszurichten, solche Sachen.«

»Damals wollte er also Kinder haben, erfuhr aber, dass er zeugungsunfähig war, und er wollte in seiner Kanzlei Teilhaber werden, und das klappte auch nicht?«

»Genau. Aber das ist keine Entschuldigung für das, was er mir angetan hat.«

Dr. Simms lächelte. »Stimmt, Margaret. Sehr richtig. Doch es ist eine ziemlich explosive Mischung, finden Sie nicht? Ich will ihn nicht in Schutz nehmen, aber man kann sich vorstellen, unter welchem Druck er gestanden haben muss. Es muss seine Aggressivität ausgelöst haben.«

»Ich konnte es nicht ahnen. Wie sollte ich?«

»Nein, das konnten Sie nicht. Das kann niemand von Ihnen erwarten. Wie Sie eben sagten: Man weiß es erst hinterher, wenn man zurückblickt.« Dr. Simms lehnte sich im Sessel zurück, schlug die Beine übereinander und sah auf die Uhr. »Gut, ich denke, das reicht für heute, ja?«

Jetzt war der Moment gekommen. »Ich habe noch eine Frage«, platzte Maggie heraus. »Aber nicht über mich.«

Dr. Simms hob die Augenbrauen und schaute auf die Armbanduhr.

»Es geht ganz schnell. Ehrlich.«

»Na gut«, sagte Dr. Simms. »Schießen Sie los!«

»Also, es geht um eine Freundin. Eigentlich keine richtige Freundin, weil sie noch jung ist, sie geht noch zur Schule, aber sie besucht mich manchmal, verstehen Sie, wenn sie von der Schule kommt.«

»Und?«

»Sie heißt Claire, Claire Toth. Sie war eine Freundin von Kimberley Myers.«

»Ich weiß, wer Kimberley Myers ist. Ich hab in der Zeitung von ihr gelesen. Und?«

»Die beiden waren Freundinnen. Sie gingen zur selben Schule. Beide kannten Terence Payne. Er war ihr Biolehrer.«

»Aha. Und weiter?«

»Und sie fühlt sich, also, sie fühlt sich für Kimberleys Tod verantwortlich. Sie wollten an dem Abend zusammen nach Hause gehen, aber ein Junge hat Claire zum Tanzen aufgefordert. Sie mochte den Jungen und …«

»Und die Freundin ist allein nach Hause gegangen. In den Tod gelaufen?«

»Ja«, bestätigte Maggie.

»Sie sagten, Sie wollten mich etwas fragen.«

»Ich habe Claire nicht mehr gesehen, seit sie mir das am Montagnachmittag erzählt hat. Ich mache mir Sorgen um sie. Um ihre Psyche, meine ich. Was kann so was bei einem Mädchen wie Claire anrichten?«

»Da ich das betreffende Mädchen nicht kenne, kann ich das nicht sagen«, erwiderte Dr. Simms. »Das hängt von ihrer inneren Stärke ab, von ihrem Selbstbild, vom familiären Rückhalt, von vielen Dingen. Aber ich habe den Eindruck, dass es sich dabei um zwei separate Probleme handelt.«

»Ja?«

»Zum einen die Nähe des Mädchens zum Täter und insbesondere zum Opfer, zum anderen ihr Verantwortungs- oder Schuldgefühl. Was das Erste angeht, kann ich nur ein paar allgemeine Überlegungen anbieten.«

»Bitte!«

»Sagen Sie mir zuerst mal, wie Sie sich deswegen fühlen!«

»Ich?«

»Ja.«

»Ich … ich weiß es nicht. Ich habe Angst, glaube ich. Bin unsicher. Schließlich war er mein Nachbar. Weiß nicht. Ich hab mich noch nicht so richtig damit auseinander setzen können.«

Dr. Simms nickte. »So geht es Ihrer Freundin wahrscheinlich auch. Im Moment ist sie erst mal durcheinander. Bloß ist sie jünger als Sie und hat wahrscheinlich weniger Abwehrmechanismen. Mit Sicherheit wird sie misstrauischer werden. Immerhin war der Mann ihr Lehrer, eine Respekts- und Autoritätsperson. Gut aussehend, gut gekleidet, mit einem schönen Haus und einer hübschen jungen Frau. Er sah überhaupt nicht wie diese Monster aus, die wir normalerweise mit solchen Verbrechen assoziieren. Außerdem wird sie Angstzustände haben. Sie wird beispielsweise nicht mehr allein nach draußen gehen wollen, wird vielleicht das Gefühl haben, verfolgt oder beobachtet zu werden. Oder ihre Eltern lassen sie nicht mehr vor die Tür. Manchmal übernehmen Eltern in solchen Situationen wieder mehr Verantwortung, besonders wenn sie das Gefühl haben, ihr Kind irgendwie vernachlässigt zu haben.«

»Es könnte also sein, dass ihre Eltern sie zu Hause behalten? Dass die Eltern nicht wollen, dass sie mich besucht?«

»Möglich ist das.«

»Was noch?«

»Soweit ich bisher gehört habe, handelt es sich dabei um ein Sexualverbrechen, und das muss sich einfach auf die keimende Sexualität eines verletzlichen Schulkindes auswirken. Wie genau, ist schwer zu sagen. Menschen reagieren unterschiedlich. Manche Mädchen werden vielleicht kindischer, unterdrücken ihre Sexualität, weil sie glauben, sich so schützen zu können. Andere werden möglicherweise promisk, weil es den Opfern nicht geholfen hat, brav zu sein. Ich kann nicht sagen, welchen Weg sie einschlagen wird.«

»Claire wird ganz bestimmt nicht promisk werden.«

»Sie kann scheu werden und sich in Gedanken unablässig mit dem Ereignis beschäftigen. Ich glaube, es ist sehr wichtig, dass sie diese Gefühle nicht verdrängt, sondern sich zu verstehen bemüht, was passiert ist. Ich weiß, dass es schwer ist, selbst für Erwachsene, aber wir können ihr helfen.«

»Wie?«

»Indem wir ihre Reaktion akzeptieren und ihr gleichzeitig versichern, dass es eine Ausnahme war, nicht der normale Lauf der Dinge. Zweifellos wird es tief reichende, lang andauernde Folgen haben, aber sie wird lernen müssen, mit ihrer veränderten Weltsicht zu leben.«

»Was meinen Sie damit?«

»Man sagt immer, Jugendliche fühlen sich unsterblich, aber wenn sich Ihre Freundin unsterblich gefühlt hat, dann wurde dieses Gefühl von dieser Tragödie erschüttert. Das ist eine harte Erkenntnis, wenn man einsieht, dass einem selbst zustoßen kann, was jemandem in der nahen Umgebung passiert ist. Und das ganze Ausmaß des Grauens ist noch nicht mal bekannt.«

»Was kann ich tun?«

»Wahrscheinlich nichts«, erwiderte Dr. Simms. »Sie können sie nicht zwingen, zu Ihnen zu kommen, aber wenn sie kommt, sollten Sie sie zum Sprechen ermutigen und eine gute Zuhörerin sein. Aber drängen Sie sie nicht und reden Sie ihr nicht ein, was sie zu empfinden hat.«

»Sollte sie zu einem Psychologen gehen?«

»Besser wäre es. Aber das muss sie selbst entscheiden. Oder ihre Eltern.«

»Können Sie mir jemanden empfehlen? Falls Interesse besteht, meine ich?«

Dr. Simms schrieb einen Namen auf. »Die ist gut«, sagte sie. »Und jetzt ab mit Ihnen! Der nächste Patient wartet schon.«

Sie vereinbarten den nächsten Termin. Maggie ging auf den Park Square und dachte über Claire, Kimberley und Monster in Menschengestalt nach. Die Taubheit war zurückgekehrt, dieses Gefühl, dass die Welt weit entfernt war, hinter Spiegeln und Filtern, hinter Watte, am falschen Ende eines Fernrohrs. Maggie fühlte sich wie ein Alien in Menschengestalt. Sie wollte zurück, woher sie gekommen war, ohne zu wissen, wo das war.

Sie ging zum City Square, vorbei am Denkmal des Schwarzen Prinzen und den Fackel tragenden Nymphen. In der Nähe der Bushaltestelle auf der Boar Lane lehnte sie sich gegen eine Mauer und zündete sich eine Zigarette an. Die ältere Frau neben ihr sah sie neugierig an. Woran lag das, fragte sich Maggie, dass sie sich nach den Sitzungen mit Dr. Simms immer schlechter fühlte als davor?

Der Bus kam. Maggie trat die Zigarette aus und stieg ein.

11

Die Fahrt nach Eastvale verlief relativ ruhig. Banks bestellte in Millgarth ein unauffälliges Auto samt Fahrer und verließ das Gebäude zusammen mit Julia Ford und Lucy Payne durch einen Seiteneingang. Sie trafen keine Journalisten. Im Wagen saß Banks vorn bei der Fahrerin, einem jungen weiblichen Detective Constable, und Julia Ford und Lucy Payne saßen im Fond. Niemand sprach. Banks beschäftigte die Nachricht von der Bergung einer weiteren Leiche im Garten der Paynes, die ihm Stefan Nowak bei der Abfahrt vom Krankenhaus per Handy übermittelt hatte. Das war eine Leiche zu viel. Und wie es aussah, handelte es sich bei der wohl auch nicht um Leanne Wray.

Hin und wieder erhaschte er im Rückspiegel einen Blick auf Lucy, die meistens aus dem Fenster sah. Ihr Gesichtsausdruck war unergründlich. Um kein Risiko einzugehen, betraten sie das Revier in Eastvale durch den Hintereingang. Banks brachte Lucy und Julia in einen Vernehmungsraum und ging in sein Büro. Da stellte er sich ans Fenster, zündete sich eine Zigarette an und rüstete sich für die Vernehmung.

Die zusätzliche Leiche hatte ihn während der Fahrt so in Anspruch genommen, dass er gar nicht gemerkt hatte, wie schön auch der heutige Tag war. Auf dem kopfsteingepflasterten Marktplatz parkten Autos und Busse, Familien liefen herum, Kinder an der Hand. Frauen hatten sich für den Fall, dass eine kühle Brise aufkam, die Strickjacken locker über die Schultern geworfen und die Ärmel verknotet. Falls es regnen sollte, hatten sie einen Regenschirm dabei. Woran liegt es, dass wir Engländer nie so recht auf das Anhalten des guten

Wetters vertrauen, fragte sich Banks. Wir rechnen immer mit dem Schlimmsten. Deshalb deckte die Wettervorhersage alle Eventualitäten ab: sonnig mit wolkigen Abschnitten, gelegentlich Regen.

Das Vernehmungszimmer roch nach Desinfektionsmittel, weil der letzte Delinquent, ein betrunkener siebzehnjähriger Autoknacker, seine Pizza quer durch den Raum gekotzt hatte. Abgesehen davon war das Zimmer relativ sauber, auch wenn nur wenig Licht durch das hohe vergitterte Fenster fiel. Banks schob die Kassetten nacheinander in das Aufnahmegerät, überzeugte sich, dass sie einwandfrei waren und sprach Uhrzeit, Datum und Namen der Anwesenden auf.

»Also gut, Lucy«, sagte er dann. »Können wir anfangen?«

»Meinetwegen.«

»Seit wann wohnen Sie in Leeds?«

»Was?«

Banks wiederholte die Frage. Lucy sah aus, als wunderte sie sich darüber. »Seit vier Jahren, ungefähr. Seit ich bei der Bank arbeite.«

»Und Sie kamen aus Hull, von Ihren Pflegeeltern Clive und Hilary Liversedge?«

»Ja. Das wissen Sie doch schon.«

»Nur zur Hintergrundinformation, Lucy. Wo haben Sie davor gewohnt?«

Lucy begann, an ihrem Ehering herumzunesteln. »In Alderthorpe«, sagte sie leise. »In der Spurn Road Nummer 4.«

»Und Ihre Eltern?«

»Ja.«

»Ja, was?«

»Ja, die haben da auch gewohnt.«

Banks seufzte. »Keine Fisimatenten, Lucy! Das hier ist eine ernste Angelegenheit.«

»Glauben Sie etwa, das weiß ich nicht?«, fuhr Lucy ihn an. »Sie schleifen mich völlig ohne Grund aus dem Krankenhaus hierher, und dann fangen Sie an, mich über meine Kindheit auszufragen. Sie sind kein Psychiater!«

»Es interessiert mich nur, das ist alles.«

»Nun, es war aber nicht interessant. Ja, ich wurde missbraucht, und ja, ich kam in Pflege. Die Liversedges waren gut zu mir, aber schließlich sind sie nicht meine richtigen Eltern. Als es so weit war, wollte ich auf eigene Faust zurechtkommen, wollte meine Kindheit hinter mir lassen und meinen eigenen Weg gehen. Ist daran irgendwas verkehrt?«

»Nein«, sagte Banks. Er wollte mehr über Lucys Kindheit herausfinden, insbesondere über das, was sich ereignet hatte, als sie zwölf Jahre alt war, aber er wusste, dass er von ihr nicht viel mehr erfahren würde. »Haben Sie deshalb Ihren Namen von Linda Godwin in Lucy Liversedge geändert?«

»Ja. Die Journalisten haben mich nicht in Ruhe gelassen. Die Liversedges haben es mit den Behörden abgesprochen.«

»Warum haben Sie sich für Leeds entschieden?«

»Da wurde mir eine Stelle angeboten.«

»War das die erste, für die Sie sich beworben hatten?«

»Die ich wirklich wollte, ja.«

»Wo haben Sie gewohnt?«

»Am Anfang in einer Wohnung in der Nähe der Tong Street. Als Terry die Stelle in Silverhill bekam, haben wir das Haus auf The Hill gekauft. Von dem Sie sagen, dass ich nicht mehr dahin zurückkann, obwohl es mein Zuhause ist. Wahrscheinlich wollen die noch, dass ich weiter die Hypothek abzahle, obwohl Ihre Leute mein Haus auseinander nehmen, ja?«

»Sie sind zusammengezogen, bevor Sie geheiratet haben?«

»Wir wussten schon, dass wir heiraten wollten. Es war damals so ein tolles Angebot, dass wir dumm gewesen wären, es nicht anzunehmen.«

»Wann haben Sie Terry geheiratet?«

»Erst letztes Jahr. Am 22. Mai. Wir sind im Sommer zwei Jahre zusammen.«

»Wo haben Sie ihn kennen gelernt?«

»Was tut das zur Sache?«

»Ich bin nur neugierig. Das ist doch wohl eine harmlose Frage.«

»In einem Pub.«

»In welchem?«

»Ich weiß nicht mehr, wie er heißt. Aber es war ein großer Pub mit Live-Musik.«

»Wo war das?«

»In Seacroft.«

»War Terry allein?«

»Glaub schon. Warum?«

»Hat er Sie angesprochen?«

»Eigentlich nicht. Ich weiß es nicht mehr.«

»Haben Sie mal in seiner Wohnung übernachtet?«

»Ja, natürlich. Das ist doch nicht verboten. Wir waren verliebt. Wir wollten heiraten. Wir waren verlobt.«

»Damals schon?«

»Es war Liebe auf den ersten Blick. Sie brauchen mir ja nicht zu glauben, aber so war es. Wir waren nur zwei Wochen zusammen, da hat er mir schon einen Verlobungsring geschenkt. Der kostete fast tausend Pfund.«

»Hatte er andere Freundinnen?«

»Nicht, als wir uns kennen lernten.«

»Und davor?«

»Ich denke schon. Ich hab kein Aufhebens darum gemacht. Ich bin davon ausgegangen, dass er ein ganz normales Leben geführt hat.«

»Normal?«

»Warum nicht?«

»Gab es jemals Spuren von anderen Frauen in seiner Wohnung?«

»Nein.«

»Was haben Sie in Seacroft gemacht, wo Sie doch an der Tong Road wohnten? Das ist ein weiter Weg.«

»Wir hatten gerade eine einwöchige Schulung in Seacroft absolviert, und eins von den Mädchen meinte, es wäre ein guter Pub, wenn man ausgehen wollte.«

»Hatten Sie von dem Mann gehört, der in der Presse damals das Monster von Seacroft genannt wurde?«

»Ja. Alle hatten davon gehört.«

»Das hat Sie aber nicht davon abgehalten, nach Seacroft zu fahren?«

»Man muss doch weiterleben. Man darf sich von der Angst nicht unterkriegen lassen, sonst würde sich keine Frau mehr allein vor die Tür trauen.«

262

»Das stimmt schon«, sagte Banks. »Sie haben also nie den Verdacht gehabt, dass der Mann, den Sie kennen lernten, möglicherweise das Monster von Seacroft war?«

»Terry? Nein, natürlich nicht. Warum sollte ich?«

»Gab es rein gar nichts an Terry, was Ihnen Grund zur Sorge gab?«

»Nein. Wir waren verliebt.«

»Aber er hat Sie misshandelt. Das haben Sie zugegeben, als wir uns das letzte Mal unterhalten haben.«

Sie sah zur Seite. »Das kam später.«

»Wie viel später?«

»Weiß ich nicht. Weihnachten vielleicht.«

»Letztes Jahr Weihnachten?«

»Ja. Ungefähr. Aber er war ja nicht immer so. Hinterher war er so lieb. Er hatte immer Schuldgefühle. Dann hat er mir was geschenkt. Blumen. Armbänder. Ketten. Ich hätte sie jetzt wirklich gerne hier, damit sie mich an ihn erinnern.«

»Alles zu seiner Zeit, Lucy. Also hat er es immer wieder gutgemacht, wenn er Sie geschlagen hat.«

»Ja, dann war er tagelang total lieb zu mir.«

»Hat er in den vergangenen Monaten mehr getrunken?«

»Ja. Er ist auch öfter ausgegangen. Ich hab ihn seltener gesehen.«

»Wo ging er hin?«

»Weiß ich nicht. Hat er mir nicht gesagt.«

»Haben Sie ihn denn nie gefragt?«

Lucy blickte ernst zur Seite und ließ Banks ihre lädierte Gesichtshälfte sehen. Er verstand.

»Ich denke, wir können mit einem anderen Thema fortfahren, nicht wahr, Superintendent?«, sagte Julia Ford. »Diese Art der Befragung macht meiner Mandantin sichtlich zu schaffen.«

Ihr Pech, wollte Banks sagen, aber er hatte noch eine Menge vor. »Nun gut.« Er wandte sich wieder an Lucy. »Hatten Sie irgendetwas mit der Entführung, Vergewaltigung und Ermordung von Kimberley Myers zu tun?«

Lucy sah ihm ins Gesicht, aber in ihren dunklen Augen war nichts zu erkennen; wenn die Augen die Fenster zur Seele waren, dann waren die von Lucy Payne aus geschwärztem Glas und ihre Seele trug eine Sonnenbrille. »Nein, hatte ich nicht«, sagte sie.

»Was ist mit Melissa Horrocks?«

»Nein. Ich hatte mit keiner von denen etwas zu tun.«

»Wie viele waren es denn, Lucy?«

»Das wissen Sie doch.«

»Sagen Sie es mir!«

»Fünf. Das hab ich jedenfalls in der Zeitung gelesen.«

»Was haben Sie mit Leanne Wray gemacht?«

»Ich verstehe nicht.«

»Wo ist sie, Lucy? Wo ist Leanne Wray? Wo haben Sie und Terry Leanne begraben? Was hat sie von den anderen unterschieden?«

Bestürzt schaute Lucy Julia Ford an. »Ich weiß nicht, wovon er redet«, erklärte sie. »Sagen Sie ihm, dass er aufhören soll.«

»Superintendent«, sagte Julia, »meine Mandantin hat bereits zu verstehen gegeben, dass sie nichts über diese Person weiß. Ich denke, Sie machen besser mit etwas anderem weiter.«

»Hat Ihr Mann mal von einem dieser Mädchen gesprochen?«

»Nein, Terry hat nie von denen gesprochen.«

»Waren Sie mal im Keller, Lucy?«

»Das haben Sie mich schon zigmal gefragt.«

»Ich gebe Ihnen die Möglichkeit, die Antwort zu revidieren, die schließlich festgehalten wird.«

»Ich habe es schon gesagt, ich weiß es nicht mehr. Vielleicht ja, aber ich weiß es nicht mehr. Ich hab retrograde Amnesie.«

»Wer hat Ihnen das gesagt?«

»Die Ärztin im Krankenhaus.«

»Dr. Landsberg?«

»Ja. Das gehört zu meinem posttraumatischem Stresssyndrom.«

Das war Banks neu. Ihm hatte Dr. Landsberg erzählt, sie sei keine Expertin auf dem Gebiet. »Hm, es freut mich, dass Sie einen Namen für das haben, was mit Ihnen nicht stimmt.

264

Was würden Sie sagen, wenn Sie sich erinnern könnten: Wie oft sind Sie *eventuell* in den Keller runtergegangen?«

»Nur einmal.«

»Wann?«

»An dem Tag, als es passiert ist. Als ich ins Krankenhaus gekommen bin. Montagmorgen ganz früh.«

»Sie geben also zu, dass Sie *möglicherweise* runtergegangen sind?«

»Wenn Sie das sagen. Ich weiß es nicht mehr. Wenn ich je runtergegangen bin, dann an dem Morgen.«

»Das sage nicht ich, Lucy. Es gibt wissenschaftliche Beweise. Das Labor hat Spuren von Kimberley Myers' Blut an den Ärmeln Ihres Morgenmantels gefunden. Wie ist das da hingekommen?«

»Das … das weiß ich nicht.«

»Es gibt nur zwei Möglichkeiten, wie es da hingekommen sein kann – entweder bevor sie im Keller war oder nachdem sie runtergebracht wurde. Was ist richtig, Lucy?«

»Es kann nur hinterher gewesen sein.«

»Warum?«

»Weil ich sie noch nie gesehen habe.«

»Aber sie hat doch in der Nähe gewohnt. Da müssen Sie sie mal gesehen haben.«

»Vielleicht auf der Straße. Oder beim Einkaufen. Kann sein. Aber ich hab nie mit ihr gesprochen.«

Banks machte eine Pause und ordnete die Blätter vor sich. »Sie geben also zu, dass Sie vielleicht im Keller gewesen sind?«

»Aber ich kann mich nicht daran erinnern.«

»Was glauben Sie, was *vielleicht* passiert sein könnte, hypothetisch gesprochen?«

»Hm, ich hab vielleicht etwas gehört.«

»Was denn?«

»Keine Ahnung.« Lucy überlegte und fasste sich mit der Hand an den Hals. »Vielleicht einen Schrei.«

»Die einzigen Schreie, die Maggie Forrest gehört hat, kamen von Ihnen.«

»Vielleicht konnte man das ja nur hören, wenn man im

Haus war. Vielleicht kam es vom Keller hoch. Als Maggie mich gehört hat, war ich im Flur.«

»Können Sie sich daran erinnern? Dass Sie im Flur waren?«

»Nur sehr verschwommen.«

»Weiter bitte!«

»Ich hab also vielleicht einen Schrei gehört und bin nach unten gegangen, um nachzusehen.«

»Obwohl Sie wussten, dass es Terrys Reich war und er Sie umbringen würde?«

»Ja. Vielleicht war ich so durcheinander.«

»Wovon?«

»Von dem, was ich gehört hatte.«

»Aber der Keller ist ziemlich gut schallisoliert, Lucy, und die Tür war zu, als die Polizei kam.«

»Dann weiß ich es nicht. Ich versuche nur, einen Grund zu finden.«

»Weiter bitte. Was könnten Sie da gefunden haben, wenn Sie runtergegangen wären?«

»Das Mädchen. Ich könnte zu ihr gegangen sein, um zu sehen, ob ich ihr helfen kann.«

»Was ist mit den gelben Fasern?«

»Was soll damit sein?«

»Sie stammen von der Plastikleine, die um Kimberley Myers' Hals gewickelt war. Der Pathologe hat Erdrosselung mit dieser Leine als Todesursache angegeben. Fasern davon fanden sich auch in den Abschürfungen an Kimberleys Hals.«

»Ich hab wohl versucht, sie loszumachen.«

»Können Sie sich daran erinnern?«

»Nein. Ich stelle mir immer noch vor, was vielleicht passiert ist.«

»Weiter bitte!«

»Dann muss Terry mich gefunden, nach oben gejagt und geschlagen haben.«

»Warum hat er Sie nicht in den Keller zurückgeschleift und ebenfalls umgebracht?«

»Keine Ahnung. Er war mein Mann. Er hat mich geliebt. Er konnte mich nicht einfach so umbringen wie ein …«

»Wie ein fremdes Mädchen?«

»Superintendent«, mischte sich Julia Ford ein. »Ich glaube nicht, dass Spekulationen, was Mr. Payne getan haben könnte oder nicht, hier von Bedeutung sind. Meine Mandantin sagt, sie könnte vielleicht in den Keller gegangen sein und ihren Mann überrascht haben bei … bei dem, was er da tat, und dass er wütend wurde. Das sollte die Spuren zufrieden stellend erklären. Und es sollte reichen.«

»Aber sie hat gesagt, Terry würde sie umbringen, wenn sie in den Keller geht. Warum hat er es nicht getan?«, beharrte Banks.

»Ich weiß es nicht. Vielleicht hatte er es vor. Vielleicht musste er erst noch etwas anderes erledigen.«

»Zum Beispiel?«

»Weiß ich nicht.«

»Kimberley umbringen?«

»Vielleicht.«

»War sie denn nicht schon tot?«

»Weiß ich nicht.«

»Musste er ihre Leiche loswerden?«

»Vielleicht. Ich weiß es nicht. Ich war ohnmächtig.«

»Ach, ich bitte Sie, Lucy! Das ist doch Unsinn!«, rief Banks. »Als Nächstes wollen Sie mir einreden, Sie hätten das alles im Schlaf getan. *Sie* haben Kimberley Myers umgebracht, Lucy, stimmt's? Sie sind in den Keller gegangen, haben das Mädchen da liegen sehen und erdrosselt.«

»Hab ich nicht! Warum soll ich so was tun?«

»Weil Sie eifersüchtig waren. Terry wollte Kimberley mehr als Sie. Er wollte sie behalten.«

Lucy schlug mit der Faust auf den Tisch. »Das stimmt nicht! Das denken Sie sich aus!«

»Hm, warum sonst hatte er sie nackt auf der Matratze festgebunden? Um ihr Biologieunterricht zu geben? Das war gründliche Nachhilfe, Lucy. Er hat sie mehrfach vergewaltigt, vaginal wie anal. Er hat sie zur Fellatio gezwungen. Dann hat er – oder jemand anders – sie mit einer gelben Wäscheleine aus Plastik erdrosselt.«

Lucy schlug die Hände vors Gesicht und schluchzte.

»Sind solche entsetzlichen Einzelheiten wirklich nötig?«, fragte Julia Ford.

»Stimmt was nicht?«, gab Banks zurück. »Angst vor der Wahrheit?«

»Es ist einfach nur ein bisschen übertrieben, mehr nicht.«

»*Übertrieben*? Ich sage Ihnen, was hier verdammt übertrieben ist.« Banks wies auf Lucy. »Kimberleys Blut ist an den Ärmeln ihres Morgenmantels. Gelbe Fasern unter ihren Fingernägeln. Sie hat Kimberley Myers umgebracht.«

»Das sind nur Indizienbeweise«, widersprach Julia Ford. »Lucy hat Ihnen bereits erklärt, wie es dazu gekommen sein könnte. Sie kann sich nicht erinnern. Das ist nicht ihre Schuld. Die arme Frau hat ein Trauma.«

»Oder sie ist eine verflucht gute Schauspielerin!«, sagte Banks.

»Superintendent!«

Banks wandte sich wieder an Lucy. »Wer sind die anderen Mädchen, Lucy?«

»Ich weiß nicht, wovon Sie reden.«

»Wir haben im Garten zwei unidentifizierte Leichen gefunden. Besser gesagt, Skelette. Das macht insgesamt sechs, Kimberley mitgerechnet. Wir hatten nur fünf Vermisste, und die haben wir noch nicht mal alle gefunden. Die letzten beiden kennen wir nicht. Wer ist das?«

»Keine Ahnung.«

»Sind Sie mal mit Ihrem Mann im Auto herumgefahren, um Jugendliche anzusprechen?«

Diese neue Richtung verschlug Lucy die Sprache, aber sie fand ihre Stimme bald wieder und gewann die Fassung zurück. »Nein, bin ich nicht.«

»Sie wissen also nichts über die verschwundenen Mädchen?«

»Nein. Nur das, was ich in der Zeitung gelesen habe. Das habe ich schon gesagt. Ich bin nicht im Keller gewesen, und Terry hat es mir ganz bestimmt nicht erzählt. Woher sollte ich es also wissen?«

»Ja, woher bloß?« Banks kratzte sich die kleine Narbe neben dem rechten Auge. »Ich mache mir mehr Gedanken darüber, wie Sie es um alles in der Welt *nicht* wissen konnten. Der Mann, mit dem Sie zusammenleben – Ihr eigener Ehemann –, entführt, soweit wir bisher wissen, sechs junge Mädchen, bringt sie nach Hause, hält sie im Keller gefangen ... Gott weiß, wie lange ... vergewaltigt und foltert sie immer wieder und vergräbt sie dann entweder im Garten oder im Keller. Und die ganze Zeit wohnen Sie im selben Haus, nur ein Stockwerk höher, maximal zwei, und jetzt erwarten Sie von mir, dass ich Ihnen glaube, Sie hätten von nichts gewusst, hätten nicht mal was *gerochen*? Sehe ich aus, als wäre ich von gestern, Lucy? Ich verstehe nicht, wie Sie es nicht wissen konnten.«

»Ich habe Ihnen gesagt, dass ich nie runtergegangen bin.«

»Haben Sie nichts gemerkt, wenn Ihr Mann mitten in der Nacht weg war?«

»Nein. Ich habe einen festen Schlaf. Ich glaube, Terry hat mir immer Schlaftabletten in den Kakao getan. Deshalb habe ich nie was mitbekommen.«

»Wir haben in Ihrem Haus keine Schlaftabletten gefunden, Lucy.«

»Sie müssen aufgebraucht gewesen sein. Deshalb bin ich Montagmorgen wahrscheinlich aufgewacht und habe gedacht, dass etwas nicht stimmt. Oder er hat vergessen, mir was zu geben.«

»Hatte einer von Ihnen ein Rezept für Schlaftabletten?«

»Ich nicht. Ich weiß nicht, ob Terry eins hatte. Vielleicht bekam er sie von einem Drogenhändler.«

Banks notierte sich, der Sache mit den Schlaftabletten auf den Grund zu gehen. »Was glauben Sie, warum er diesmal vergessen haben könnte, Sie unter Drogen zu setzen? Warum sind Sie diesmal in den Keller gegangen? Was war diesmal anders, lag es an Kimberley? Lag es daran, dass sie so unangenehm nah wohnte? Terry muss gewusst haben, dass er ein großes Risiko eingeht, wenn er Kimberley entführt, nicht wahr? War er von ihr besessen, Lucy? War es das? Waren die anderen nur Vorbereitung, Ersatz, bis er es nicht mehr aushielt und sich das Mädchen geholt hat, das er immer schon wollte? Wie fanden Sie das, Lucy? Dass Terry lieber

Kimberley wollte als Sie, lieber als das Leben, lieber als die Freiheit?«

Lucy hielt sich die Ohren zu. »Hören Sie auf! Das ist gelogen, erstunken und erlogen! Ich weiß nicht, was Sie meinen. Ich verstehe nicht, was hier los ist. Warum machen Sie mich so fertig?« Sie wandte sich an Julia Ford. »Holen Sie mich hier raus. Bitte! Ich muss doch nicht hier bleiben und mir das noch länger anhören, oder?«

»Nein«, entgegnete Julia Ford und erhob sich. »Sie können gehen, wann immer Sie wollen.«

»Das glaube ich nicht.« Banks stand auf und holte tief Luft. »Lucy Payne, ich verhafte Sie wegen Beihilfe zum Mord an Kimberley Myers.«

»Das ist lächerlich!«, zischte Julia Ford. »Das ist eine Farce.«

»Ich nehme Ihrer Mandantin die Geschichte nicht ab«, sagte Banks. Er wandte sich wieder an Lucy. »Sie haben das Recht zu schweigen, Lucy, aber wenn Sie jetzt etwas verschweigen, auf dass Sie sich später vor Gericht berufen, so kann das gegen Sie verwendet werden. Haben Sie das verstanden?«

Banks machte die Tür auf und beauftragte zwei uniformierte Beamte, Lucy hinunter zum Wachhabenden zu bringen. Als die beiden auf sie zutraten, wurde sie blass.

»Bitte!«, sagte sie. »Ich komme zurück, wann Sie wollen. Bitte, ich flehe Sie an, schließen Sie mich nicht ganz allein in eine dunkle Zelle!«

Zum ersten Mal, seit er mit ihr zu tun hatte, bekam Banks das Gefühl, dass Lucy Payne aufrichtig Angst hatte. Er rief sich in Erinnerung, was Jenny ihm von den sieben Alderthorpe-Kindern erzählt hatte. Ohne Essen tagelang in Käfige gesperrt. Beinahe hätte er nachgegeben, aber es gab kein Zurück mehr. Er zwang sich, an Kimberley Myers zu denken, die gefesselt auf dem Bett in Lucy Paynes dunklem Keller gelegen hatte. Ihr hatte niemand eine Chance gegeben. »Die Zellen sind nicht dunkel, Lucy«, sagte er. »Sie sind gut beleuchtet und sehr behaglich. Sie bekommen regelmäßig vier Sterne im Polizeiführer.«

Julia Ford warf ihm einen angewiderten Blick zu. Lucy

schüttelte den Kopf. Banks nickte den Wachen zu. »Bringt sie runter!«

Er hatte es gerade noch so hingebogen, aber er fühlte sich nicht annähernd so gut, wie er erwartet hatte. Immerhin hatte er Lucy Payne nun vierundzwanzig Stunden lang da, wo er sie haben wollte. Vierundzwanzig Stunden, um einen unumstößlichen Beweis für ihre Schuld zu finden.

Annie empfand nichts als Gleichgültigkeit für die Leiche von Terence Payne, die nackt auf dem Obduktionstisch aus Edelstahl lag. Es war nur eine Hülle, die trügerische menschliche Erscheinungsform einer Missgeburt, einer Laune der Natur, eines Dämons. Doch wenn sie es recht bedachte, war sie noch nicht einmal davon überzeugt. Die Bösartigkeit von Terence Payne war nur allzu menschlich. Männer haben Frauen durch alle Jahrhunderte hindurch vergewaltigt und verstümmelt, ob nun zu Kriegszeiten als eine Form von Schändung, ob in den engen Gassen und billigen Zimmern verkommener Städte zu ihrem düsteren Vergnügen, ob in der Einsamkeit auf dem Land oder in den Salons der Reichen. Es brauchte wohl keinen Dämon in Menschengestalt, wenn es die Männer selbst so hervorragend hinbekamen.

Annie konzentrierte sich auf das, was vor ihr stattfand: Terence Paynes Schädel wurde äußerlich von Dr. Mackenzie untersucht. Identifizierung und Todeszeitpunkt hatten in diesem Fall kein Problem dargestellt. Payne war um 20:13 Uhr am vergangenen Abend von Dr. Mogabe im Allgemeinen Krankenhaus von Leeds für tot erklärt worden. Selbstverständlich erledigte Dr. Mackenzie seine Aufgabe gründlich – sein Assistent hatte die Leiche bereits gewogen und vermessen, Fotos und Röntgenaufnahmen waren längst gemacht. Annie hätte gewettet, dass Mackenzie zu der Sorte Mediziner gehörte, die selbst dann eine gründliche Obduktion vornahmen, wenn ein Mann direkt vor ihren Augen erschossen worden war. Es genügte halt nicht, Vermutungen anzustellen.

Die Leiche war sauber und auf die Sektion vorbereitet. Nie ist ein Mensch so steril, als wenn er gerade aus dem OP kommt. Zum Glück hatte man sofort nach dem Polizeiarzt geschickt, als Payne ins Krankenhaus eingeliefert worden war. Der Arzt hatte Proben von Paynes Fingernägeln, der blutbesudelten Kleidung und von seinem Blut genommen. So waren durch die sorgfältige Krankenhaushygiene keine Beweise verloren gegangen.

Im Moment interessierte sich Annie einzig und allein für die Schläge auf Paynes Kopf, deshalb schenkte Dr. Mackenzie dem Schädel vor der vollständigen Autopsie seine besondere Beachtung. Die Fraktur des Handgelenks war bereits begutachtet worden; man hatte festgestellt, dass es durch einen Schlag mit Janet Taylors Knüppel, der vor der weiß gekachelten Wand auf einer Laborbank lag, gebrochen worden war. Darüber hinaus wiesen Paynes Arme Verletzungen auf. Sie stammten von den Versuchen, Taylors Schläge abzuwehren.

Da man davon ausgehen konnte, dass weder eine Krankenschwester noch ein Arzt Payne im Hospital ermordet hatte, war Janet Taylors Verhalten mit hoher Wahrscheinlichkeit direkt verantwortlich für seinen Tod. Es blieb nur noch festzustellen, wie groß ihre Schuld war. Eine Notoperation zur Entlastung eines subduralen Hämatoms hatte die Angelegenheit verkompliziert, erklärte Dr. Mackenzie. Es dürfte aber nicht allzu schwer sein, die Folgen des operativen Eingriffs von denen der mutwilligen Prügelei zu trennen.

Paynes Kopf war schon vor der Operation rasiert worden, wodurch die Verletzungen besser zu erkennen waren. Mackenzie musterte sie aus nächster Nähe, drehte sich zu Annie um und sagte: »Ich kann Ihnen nicht die genaue Reihenfolge der Schläge nennen, aber es gibt auffällige Muster.«

»Muster?«

»Ja. Kommen Sie mal her. Sehen Sie das?«

Dr. Mackenzie wies auf Paynes linke Schläfe. Die rasierte Haut und das rohe Fleisch erinnerten Annie an eine tote Ratte in der Falle. »Hier überschneiden sich mindestens drei separate Verwundungen«, erklärte Dr. Mackenzie und fuhr dabei mit dem Finger die Linien nach. »Die erste – diese Delle hier – wurde von einem späteren Schlag überlagert und noch von einem dritten, hier, teilweise verdeckt.«

»Können sie in schneller Folge entstanden sein?«, fragte

Annie, weil ihr wieder einfiel, was Janet Taylor über das Durcheinander von Schlägen erzählt hatte. Außerdem rief sie sich ihre Eindrücke bei der Besichtigung des Tatorts in Erinnerung.

»Schon möglich«, gab Dr. Mackenzie zu, »aber ich würde behaupten, dass jeder einzelne Schlag ihn kurzfristig kampfunfähig gemacht hat und seine Position in Relation zum Angreifer verändert hat.«

»Können Sie das genauer erklären?«

Vorsichtig drückte Dr. Mackenzie mit der Faust gegen Annies Schläfe. Annie gab dem Druck nach und machte mit seitlich gewandtem Kopf einen Schritt nach hinten. Als Mackenzie erneut ausholte, traf seine Faust ihren Kopf weiter hinten.

»Wenn das ein richtiger Schlag gewesen wäre«, sagte er, »wären Sie noch weiter zur Seite geschleudert worden, und der Schlag hätte Sie betäubt. Sie hätten wahrscheinlich ein bisschen gebraucht, um wieder dieselbe Ausgangsposition einzunehmen.«

»Ich verstehe, was Sie meinen«, sagte Annie. »Daraus folgern Sie also, dass es zwischendurch noch andere Treffer gegeben haben muss?«

»Hm. Da muss man auch die Aufprallwinkel berücksichtigen. Wenn man die Einbuchtungen ganz genau untersucht, erkennt man, dass der erste Schlag das Opfer im Stehen traf.« Er warf einen Seitenblick auf den Schlagstock. »Sehen Sie hier, die Wunde ist relativ glatt und gleichmäßig, das deckt sich mit dem Größenunterschied zwischen der Polizeibeamtin und dem Opfer. Ich habe den Schlagstock übrigens vermessen und das Ergebnis gründlich mit jeder Verletzung verglichen. Zusammen mit den Röntgenaufnahmen habe ich eine genauere Vorstellung bekommen, in welcher Position sich das Opfer bei den einzelnen Schlägen befand.« Er führte es Annie vor. »Mindestens einer der Schläge auf die Schläfe erfolgte, als das Opfer auf dem Boden kniete. Das erkennt man an der Richtung, in die sich der Abdruck vertieft. Auf dem Röntgenbild ist es noch deutlicher zu sehen.«

Dr. Mackenzie führte Annie zum Röntgenschirm an der Wand, klemmte eine Aufnahme fest und knipste das Licht

273

an. Er hatte Recht. Als er es ihr zeigte, erkannte Annie, dass die Wunde nach hinten hin tiefer wurde. Es wies darauf hin, dass der Schlagstock in einem bestimmten Winkel aufgeprallt war. Sie kehrten an den Obduktionstisch zurück.

»Könnte er nach so einem Schlag noch mal aufgestanden sein?«, wollte Annie wissen.

»Schon möglich. Bei Kopfverletzungen kann man das nicht genau sagen. Es hat Menschen gegeben, die tagelang mit einer Kugel im Gehirn herumgelaufen sind. Das größte Problem wäre der große Blutverlust. Kopfverletzungen bluten unglaublich stark. Deshalb heben wir uns das Gehirn bei einer Obduktion sonst bis zum Schluss auf. Dann ist das meiste Blut schon abgelaufen. Ist nicht so eine Sauerei.«

»Was haben Sie mit Paynes Gehirn vor?«, erkundigte sich Annie. »Behalten Sie es zu wissenschaftlichen Zwecken?«

Dr. Mackenzie schnaubte verächtlich. »Genauso gut könnte ich seinen Charakter von den Beulen am Kopf ablesen«, sagte er. »Wo wir gerade davon sprechen …« Er bat seine Assistenten, die Leiche umzudrehen. An Paynes Hinterkopf befand sich eine große, offenbar tiefe Wunde. Annie glaubte, Knochensplitter zu erkennen, redete sich aber ein, sie sich nur einzubilden. Payne war im Krankenhaus behandelt worden, dort würde man keine Splitter im Kopf stecken lassen. Außerdem konnte sie Fadenenden vom Nähen ausmachen, vielleicht hatte sie die für Knochensplitter gehalten. Sie zitterte auch nur, weil es im Raum so kalt war, sagte sie sich.

»Diese Verletzung entstand mit ziemlicher Sicherheit, als das Opfer in einer tieferen Position als der Angreifer war, und zwar wurde sie ihm von hinten zugefügt.«

»Als ob er sich auf allen vieren vom Angreifer fort bewegte, vielleicht etwas suchte?«

»Das kann ich nicht sagen«, sagte Mackenzie. »Aber möglich ist es.«

»Es ist bloß, weil die Taylor behauptet, sie hätte ihm aufs Handgelenk geschlagen und er hätte die Machete fallen lassen. Sie hätte sie in die Ecke getreten. Scheinbar ist er auf Händen und Knien hinterhergekrabbelt, und sie hat noch mal zugeschlagen.«

»Das würde zu dieser Art von Verletzung passen«, räumte Dr. Mackenzie ein, »obwohl ich in diesem Bereich drei Treffer zähle, auf das Stammhirn, übrigens der weichste und verletzlichste Teil des Schädels.«

»Sie hat ihn dort drei Mal getroffen?«

»Ja.«

»War er danach noch in der Lage aufzustehen?«

»Noch einmal, das kann ich nicht sagen. Ein schwächerer Mann wäre inzwischen vielleicht schon tot gewesen. Mr. Payne hat drei Tage überlebt. Vielleicht hat er seine Machete gefunden und ist wieder aufgestanden.«

»So könnte es sich also zugetragen haben?«

»Ich kann es nicht ausschließen. Aber schauen Sie mal hier.« Dr. Mackenzie zeigte Annie die tiefen Kerben oben auf dem Schädel. »Diese beiden Verletzungen, das kann ich mit einiger Sicherheit sagen, wurden dem Opfer beigebracht, als es sich räumlich tiefer als der Angreifer befand. Angesichts des Aufprallwinkels kann Payne gesessen oder gehockt haben. Dabei wurde unglaubliche Kraft angewandt.«

»Wie meinen Sie das?«

Mackenzie machte einen Schritt nach hinten, hob die Arme, verschränkte die Finger hinter dem Kopf und warf sie nach vorne, als schwinge er einen imaginären Hammer mit voller Wucht auf den Kopf eines imaginären Opfers. »So«, sagte er. »Und es gab keinen Widerstand.«

Annie schluckte. Verdammt. Das wurde langsam ein richtiger Scheißfall.

Elizabeth Bell, die für die sieben Alderthorpe-Kinder zuständige Sozialarbeiterin, war noch nicht pensioniert, hatte aber die Stelle gewechselt und war nach York gezogen. Das machte es Jenny leicht, ihr nach einem kurzen Zwischenstopp im Büro an der Uni einen Besuch abzustatten. Einige Häuser weiter fand sie an einer Seitenstraße der Fulford Road, unweit des Flusses, eine schmale Parklücke und schaffte es, ihr Auto hineinzuquetschen, ohne Schaden anzurichten.

Elizabeth Bell öffnete die Tür ihres Reihenhauses so schnell, als hätte sie dahinter gelauert, obwohl Jenny den genauen

Zeitpunkt ihres Besuchs am Telefon nicht genannt hatte. Es sei egal, hatte Elizabeth gesagt, sie hätte frei, die Kinder seien in der Schule und sie müsse mit dem Bügeln nachkommen.

»Sie sind bestimmt Dr. Fuller«, sagte Elizabeth.

»Genau. Aber sagen Sie doch Jenny zu mir.«

Elizabeth ließ Jenny ins Haus. »Ich weiß immer noch nicht, aus welchem Grund Sie mich sprechen wollen, aber kommen Sie doch rein.« Sie führte Jenny in ein kleines Wohnzimmer, das durch das Bügelbrett und dem auf einem Stuhl schwankenden Wäschekorb noch enger wirkte. Jenny roch das Waschmittel mit Zitrusduft und den Weichspüler, dazu den warmen, tröstlichen Geruch frisch gebügelter Kleidung. Der Fernseher lief, er zeigte einen alten Schwarzweißthriller mit Jack Warner in der Hauptrolle. Elizabeth nahm einen Stapel gefalteter Wäsche vom Sessel und bat Jenny, Platz zu nehmen.

»Entschuldigen Sie die Unordnung«, sagte sie. »Unser Haus ist winzig, aber Häuser sind hier so teuer und uns gefällt die Gegend so gut.«

»Warum sind Sie aus Hull weggezogen?«

»Wir wollten schon seit längerer Zeit umziehen, und dann wurde Roger – so heißt mein Mann – befördert. Er arbeitet für die Stadt. Na ja, was die so unter arbeiten verstehen, wenn Sie wissen, was ich meine.«

»Was ist mit Ihnen? Mit Ihrer Arbeit, meine ich?«

»Ich bin immer noch im Sozialwesen. Bloß arbeite ich jetzt auf der Beihilfestelle. Stört es Sie, wenn ich weiterbügele, während wir uns unterhalten? Ich muss das nämlich alles noch fertig machen.«

»Nein. Ganz und gar nicht.« Jenny musterte Elizabeth. Sie war eine große, stabile Frau in Jeans und buntkariertem Hemd. Die Knie der Jeans waren schmutzig, als hätte sie im Garten gearbeitet. Sie hatte einen praktischen Kurzhaarschnitt. Ihr Gesicht war streng und vorzeitig gealtert, aber durchaus liebevoll. Das erkannte man an ihren Augen und an dem Ausdruck, der ihrem Gesicht die Härte nahm, sobald sie sprach. »Wie viele Kinder haben Sie?«, erkundigte sich Jenny.

»Nur zwei. William und Pauline.« Sie wies mit dem Kopf auf ein Foto auf dem Kaminsims. Zwei Kinder tollten auf einem Spielplatz herum. »Also, ich bin gespannt. Was führt Sie zu mir? Sie haben mir am Telefon nicht viel verraten.«

»Entschuldigung. Ich wollte nicht geheimnisvoll tun, wirklich nicht. Ich bin hier wegen der sieben Alderthorpe-Kinder. Ich habe gehört, dass Sie damit zu tun hatten.«

»Wie könnte ich das vergessen! Warum fragen Sie danach? Das ist schon mehr als zehn Jahre her.«

»Bei meiner Arbeit ist nie etwas ganz vorbei«, erklärte Jenny. Sie hatte hin- und herüberlegt, was sie Elizabeth erzählen sollte, hatte deshalb sogar mit Banks telefoniert. Sein hilfreicher Rat: »So viel wie nötig, so wenig wie möglich.« Jenny hatte bereits Mr. und Mrs. Liversedge gebeten, Lucys wahre Herkunft beziehungsweise ihren Namen keinem Journalisten zu verraten, aber es würde nicht lange dauern, bis ein heller Kopf auf irgendeinen Artikel stieß oder ein Foto im Archiv fand. Jenny war bewusst, dass Banks und sie nur in stark begrenztem Umfang tätig werden konnten, ehe ganze Wagenladungen von Reportern in York und Hull einfallen und bis ins verschlafene Nest Alderthorpe vordringen würden. Sie ging das Risiko ein, Elizabeth Bell könne der Presse etwas ausplaudern.

»Können Sie ein Geheimnis bewahren?«, fragte sie.

Elizabeth schaute von dem Hemd auf, das sie gerade bügelte. »Wenn ich muss. Hab ich schon öfter getan.«

»Ich interessiere mich für eine Frau namens Lucy Payne.«

»Lucy Payne?«

»Ja.«

»Der Name kommt mir bekannt vor, aber Sie müssen mir wohl auf die Sprünge helfen.«

»Es kam in letzter Zeit öfter in den Nachrichten. Sie war mit Terence Payne verheiratet, dem Lehrer, den die Polizei für schuldig hält, sechs junge Mädchen ermordet zu haben.«

»Ja, klar! Ja, ich hab den Namen in der Zeitung gelesen, aber ich muss zugeben, dass ich solche Sachen nicht verfolge.«

»Verständlich. Jedenfalls hat sich herausgestellt, dass Lucys Eltern, Clive und Hilary Liversedge, nur die Pflegeeltern sind. Lucy war eins der sieben Alderthorpe-Kinder. Sie kennen sie wohl unter dem Namen Linda Godwin.«

»Du lieber Himmel!« Elizabeth hielt inne. Das Bügeleisen schwebte in der Luft, als begebe sie sich in Gedanken zurück in die Vergangenheit. »Die kleine Linda Godwin. Das arme kleine Ding.«

»Jetzt verstehen Sie vielleicht, warum ich Sie gefragt habe, ob Sie ein Geheimnis bewahren können.«

»Das wäre ein Festtag für die Presse.«

»Absolut. Wird es wahrscheinlich irgendwann werden.«

»Von mir wird keiner was erfahren.«

Dann war es das Risiko wert. »Gut«, sagte Jenny.

»Ich glaube, ich setze mich lieber.« Elizabeth stellte das Bügeleisen ab und nahm gegenüber von Jenny Platz. »Was möchten Sie wissen?«

»Alles, was Sie mir sagen können. Zuerst mal, wie fing es an?«

»Den Hinweis haben wir von einer Lehrerin bekommen«, erklärte Elizabeth. »Maureen Nesbitt. Sie hatte sich schon längere Zeit Sorgen gemacht, weil einige Kinder in schlimmer Verfassung waren. Außerdem haben sie manchmal bestimmte Bemerkungen gemacht, wenn sie dachten, keiner würde sie hören. Als dann die kleine Kathleen länger als eine Woche nicht zur Schule kam und keiner eine vernünftige Erklärung dafür hatte ...«

»War das Kathleen Murray?«

»Kennen Sie sie?«

»Ich habe in der Bibliothek ein bisschen in alten Zeitungen recherchiert. Ich weiß, dass Kathleen Murray das Kind war, das starb.«

»Das umgebracht wurde. Eigentlich hätte es die sechs Alderthorpe-Kinder heißen müssen, denn eins der Kinder war schon tot, als die ganze Sache aufflog.«

»Wer genau war Kathleen?«

»Es waren zwei Familien, Oliver und Geraldine Murray und Michael und Pamela Godwin. Die Murrays hatten vier Kinder, der älteste war Keith mit elf Jahren, die jüngste Susan mit acht. Die beiden mittleren waren Dianne und Kathleen, zehn beziehungsweise neun Jahre alt. Die Godwins hatten drei Kinder. Linda war mit zwölf Jahren die älteste, dann kamen Tom, der war zehn, und Laura, neun.«

»Lieber Gott, das klingt aber kompliziert.«

Elizabeth lächelte. »Es wird noch schlimmer. Oliver Murray und Pamela Godwin waren Geschwister, und keiner wusste genau, wer welches Kind gezeugt hatte. Ausgedehnter familiärer Missbrauch. Gar nicht so ungewöhnlich, wie man meinen sollte, insbesondere in kleinen, abgeschiedenen Gemeinden. Die Familien wohnten Tür an Tür in zwei Doppelhaushälften in Alderthorpe, gerade weit genug von den anderen Häusern im Dorf entfernt, um sich ungestört austoben zu können. Ist sowieso ein ganz schön entlegener Teil der Welt. Waren Sie schon mal da?«

»Noch nicht.«

»Sie sollten mal hinfahren. Allein, um ein Gefühl für den Ort zu bekommen. Ist gruselig.«

»Das habe ich vor. Stimmte es denn? Die Anschuldigungen?«

»Darüber wird Ihnen die Polizei mehr sagen können. Ich war in erster Linie dafür zuständig, die Kinder von den Eltern zu trennen. Ich musste sicherstellen, dass sie ordentlich versorgt wurden, musste sie untersuchen lassen und sie natürlich auch unterbringen.«

»Alle sechs?«

»Das hab ich nicht allein gemacht, aber ich war letztendlich dafür verantwortlich, ja.«

»Ist eins der Kinder jemals zu den Eltern zurückgekehrt?«

»Nein. Oliver und Geraldine Murray wurden des Mordes an Kathleen angeklagt und sind noch hinter Gittern, soweit ich weiß. Michael Godwin beging zwei Tage vor dem Prozess Selbstmord, und seine Frau wurde für verhandlungsunfähig erklärt. Ich glaube, sie steht immer noch unter Aufsicht. In einer Nervenheilanstalt, meine ich.«

»Es bestehen also keine Zweifel, wer was getan hat?«

»Wie gesagt, da wird die Polizei besser Bescheid wissen als ich, aber … Wenn ich in meinem Leben je dem Bösen ins Auge geblickt habe, dann dort, an diesem Morgen.«

279

»Was war da los?«

»Los war da in dem Sinne nichts, es war einfach … weiß nicht … die Atmosphäre.«

»Sind Sie ins Haus gegangen?«

»Nein. Das hat uns die Polizei verboten. Wir würden Spuren am Tatort vernichten. Wir hatten einen Bus, einen beheizten Bus. Sie haben die Kinder zu uns nach draußen gebracht.«

»Was ist mit diesem Gerücht über Satanismus? Ich hab gelesen, das wurde vor Gericht außer Acht gelassen.«

»Nicht notwendig, sagten die Anwälte. Würde alles nur noch komplizierter machen.«

»Gab es Beweise dafür?«

»Oh ja, aber wenn Sie mich fragen, war das alles nur Hokuspokus, um einen Vorwand für Alkohol, Drogen und Kindesmissbrauch zu haben. Die Polizei hat in beiden Häusern Kokain und Marihuana gefunden, wissen Sie, dazu LSD, Ketamin und Ecstasy.«

»Lag es an diesem Fall, dass Sie das Jugendamt verlassen haben?«

Elizabeth schwieg, ehe sie antwortete. »Teilweise schon. Es war der Tropfen, der das Fass zum Überlaufen brachte, wenn Sie so wollen. Aber ich war schon vorher ziemlich ausgebrannt. Es hat mich fertig gemacht, das sage ich Ihnen, immer mit misshandelten Kindern zu tun zu haben. Man verliert den Blick für das Menschliche, für die Menschenwürde. Verstehen Sie, was ich meine?«

»Glaub schon«, erwiderte Jenny. »Zu viel Zeit mit Kriminellen zu verbringen, hat dieselbe Wirkung.«

»Aber das waren Kinder. Sie hatten keine Wahl.«

»Ich verstehe, was Sie meinen.«

»Man lernt schon so richtige Loser kennen auf der Beihilfestelle, glauben Sie mir, aber das ist noch was anderes als beim Jugendamt.«

»In was für einem Zustand war Lucy?«

»In dem gleichen Zustand wie alle. Schmutzig, hungrig, grün und blau geschlagen.«

»Sexuell missbraucht?«

Elizabeth nickte.

»Wie war sie so?«

»Linda? Ich denke, ich nenne sie jetzt besser Lucy, was? Sie war ein süßes kleines Ding. Schüchtern und verängstigt. Stand da mit der Decke um die Schultern und hatte einen Blick drauf wie ein gefallener kleiner Engel. Sie redete kaum.«

»Konnte sie denn sprechen?«

»Oh ja. Eins der Kinder, Susan, glaube ich, hat ihre Sprache verloren, Lucy aber nicht. Sie war auf so gut wie jede vorstellbare Art misshandelt worden, und doch war sie überraschend robust. Sie sprach, wenn sie wollte, aber ich hab sie kein einziges Mal weinen sehen. Sie war eher so etwas wie eine Beschützerin der Jüngeren, auch wenn sie sie eigentlich nicht groß vor irgendwas schützen konnte. Jedenfalls war sie die Älteste. Vielleicht konnte sie die anderen wenigstens ein bisschen trösten. Sie werden darüber mehr wissen als ich, aber ich vermute, dass sie das ganze Ausmaß des Grauens unterdrückt oder verdrängt hat. Ich hab mich oft gefragt, was aus ihr geworden ist. So etwas hätte ich nie im Leben vermutet.«

»Das Problem ist, Elizabeth …«

»Nennen Sie mich bitte Liz. So nennen mich alle.«

»Gut. Liz. Das Problem ist, dass wir einfach nicht wissen, welche Rolle Lucy gespielt hat. Sie beruft sich auf Amnesie. Wir wissen, dass sie von ihrem Mann misshandelt wurde. Wir versuchen herauszufinden, ob sie etwas von seinem Treiben gewusst hat oder in welchem Maße sie daran beteiligt war.«

»Das ist doch nicht Ihr Ernst! Lucy soll an so was beteiligt gewesen sein? Ihre eigenen Erfahrungen …«

»Ich weiß, dass es sich verrückt anhört, Liz, aber Misshandelte misshandeln später oft selbst. Sie kennen es nicht anders. Macht, Schmerz, Nahrungsentzug, Folter. Das ist ein vertrauter Teufelskreis. Untersuchungen haben ergeben, dass misshandelte Kinder schon im Alter von acht oder zehn Jahren dazu übergehen, ihre jüngeren Geschwister oder Nachbarskinder zu misshandeln.«

»Aber Lucy doch nicht!«

»Das wissen wir nicht. Deshalb stelle ich diese Fragen, deshalb versuche ich, ihr psychologisches Profil zu erstellen. Gibt es noch etwas, das Sie mir erzählen können?«

»Hm, wie gesagt, sie war still und robust. Die anderen Kinder, die jüngeren, schienen ihr zu gehorchen.«

»Hatten sie Angst vor ihr?«

»Ich kann nicht sagen, dass ich diesen Eindruck hatte.«

»Aber sie haben ihr gehorcht?«

»Ja. Sie hatte definitiv das Sagen.«

»Was können Sie mir sonst noch über Lucys Charakter verraten?«

»Warten Sie … eigentlich nicht viel. Sie war sehr zurückhaltend. Sie ließ einen nur das sehen, was sie zeigen wollte. Man muss sich vor Augen halten, dass diese Kinder durch die Razzia und die abrupte Trennung von den Eltern wahrscheinlich genauso oder noch stärker erschüttert wurden, als sie es eh schon waren. Schließlich kannten sie es nicht anders. Es war vielleicht die Hölle, aber die Hölle war ihnen vertraut. Lucy wirkte immer sanft, konnte aber, wie die meisten Kinder, auch grausam sein.«

»Ja?«

»Ich meine nicht, dass sie Tiere gequält hat oder solche Sachen«, sagte Elizabeth. »Ich nehme an, nach so was suchen Sie, nicht wahr?«

»Frühe Verhaltensmuster dieser Art können ein nützlicher Anhaltspunkt sein, aber ich persönlich bin der Meinung, dass sie überschätzt werden. Um ehrlich zu sein, habe ich selbst mal einer Fliege die Flügel ausgerissen. Nein, ich möchte bloß mehr über sie wissen. Auf welche Art konnte sie grausam sein?«

»Zum Beispiel, als wir das mit den Pflegeeltern vorbereiteten. Da stand schnell fest, dass die Geschwister auf keinen Fall zusammenbleiben konnten, sie mussten getrennt werden. Damals war wichtiger, dass jedes Kind in eine stabile, liebevolle Umgebung kam, möglichst langfristig. Nun ja, ich kann mich erinnern, dass insbesondere Laura – Lucys jüngere Schwester – vollkommen aufgelöst war, aber Lucy sagte nur, sie würde sich dran gewöhnen müssen. Das arme Mädchen wollte gar nicht aufhören zu weinen.«

»Wo ist sie gelandet?«

»Laura? Bei einer Familie in Hull, glaube ich. Es ist schon lange her, haben Sie Nachsicht, wenn ich mich nicht mehr an jede Kleinigkeit erinnere.«

»Klar. Wissen Sie was darüber, was aus den anderen Kindern geworden ist?«

»Leider hab ich die Stelle kurz darauf aufgegeben, deshalb hab ich das nicht weiterverfolgt. Ich wünsche mir oft, ich hätte es getan, aber ...«

»Können Sie sonst noch irgendwas sagen?«

Elizabeth erhob sich und stellte sich wieder ans Bügelbrett. »Nicht dass ich wüsste.«

Jenny stand auf, holte eine Visitenkarte aus der Brieftasche und überreichte sie. »Wenn Ihnen noch etwas einfällt ...«

Elizabeth warf einen kurzen Blick auf die Karte und legte sie an den Rand des Bügelbretts. »Ja, sicher. Freut mich, wenn ich Ihnen helfen konnte.«

So hast du aber nicht ausgesehen, dachte Jenny, als sie das Auto aus der winzigen Parklücke manövrierte. Elizabeth Bell hatte ausgesehen wie eine Frau, die gezwungen worden war, sich mit Erinnerungen auseinander zu setzen, die sie lieber vergessen wollte. Und Jenny konnte es ihr nicht verübeln. Sie wusste nicht, ob sie etwas Brauchbares erfahren hatte, abgesehen von der Bestätigung, dass im Keller satanische Objekte gefunden worden waren. Das würde Banks sicherlich interessieren. Am nächsten Tag wollte Jenny nach Alderthorpe fahren und jemanden suchen, der die Familien von früher kannte, und um, wie Elizabeth ihr geraten hatte, ein »Gefühl für den Ort zu bekommen«.

12

Den ganzen Tag hatte Banks noch keine Pause gemacht. Wegen der Vernehmung von Lucy Payne hatte er sogar das Mittagessen ausfallen lassen. So bog er gegen drei Uhr nachmittags, ohne etwas Bestimmtes im Sinn zu haben, unversehens von der North Market Street in die Nebenstraße ab, die zum Old Ship Inn führte. Ihn bedrückte die neueste Nachricht, dass auch die zweite im Garten von The Hill 35 gefundene Leiche definitiv *nicht* die von Leanne Wray war.

Lucy Payne saß in einer Zelle im Keller des Polizeireviers in Haft, und Julia Ford war im The Burgundy, Eastvales bestem und teuerstem Hotel, abgestiegen. Die Soko und die Forensiker arbeiteten so schnell und gründlich wie möglich, und Jenny Fuller stocherte in Lucys Vergangenheit herum – alle suchten nach dem winzigen Loch in Lucys Rüstung, nach dem fehlenden Puzzlestück, dem schlüssigen Beweis, dass sie mehr mit den Morden zu tun hatte, als sie zugab. Banks wusste, dass er sie freilassen musste, wenn sie bis um zwölf Uhr am nächsten Tag nichts Neues aufgestöbert hatten. Heute hatte er noch einen Besuch auf dem Programm, wollte mit George Woodward sprechen, dem Detective Inspector, der im Alderthorpe-Fall den Großteil der Arbeit erledigt hatte, inzwischen pensioniert war und ein B&B in Withernsea führte. Banks warf einen Blick auf die Uhr. Dafür würde er ungefähr zwei Stunden brauchen, ihm blieb also noch genug Zeit, vorher einen Happen zu essen. Auch dann würde er nicht allzu spät nach Hause zurückkehren.

Das Old Ship war eine heruntergekommene, unauffällige viktorianische Kneipe, vor der ein paar Bänke auf dem Bürgersteig standen. Es drang nicht viel Licht hinein, da die umstehenden Gebäude dunkel und hoch waren. Seinen Ruhm verdankte es dem Umstand, dass es gut versteckt lag und tolerant gegenüber minderjährigen Gästen war. So mancher Junge aus Eastvale, war Banks zu Ohren gekommen, hatte lange vor seinem achtzehnten Geburtstag sein erstes Pint im Old Ship gekippt. Auf dem Pubschild war ein alter Klipper zu sehen, die Fensterscheiben waren aus graviertem Rauchglas.

Zu dieser Tageszeit, zwischen Mittagspause und Feierabend, war der Pub nicht besonders gut besucht. Genau genommen war das Old Ship selten gut besucht, da es von außen nur wenige Touristen ansprach und die meisten Einheimischen bessere Lokale kannten. Innen war es dunkel, die Luft war abgestanden und beißend vom Rauch und verschüttetem Bier aus mehr als hundert Jahren. Um so verwunderlicher, dass die Bedienung hinter der Theke ein hübsches junges Mädchen mit kurzem, rot gefärbtem Haar und ovalem Gesicht war, das eine glatte Haut, ein breites Lächeln und ein heiteres Wesen hatte.

Banks stützte sich auf die Theke. »Besteht wohl keine große Hoffnung, dass ich noch ein Käse-Zwiebel-Sandwich bekomme, was?«

»Sorry«, sagte sie. »Ab zwei ist die Küche zu. Vielleicht eine Packung Crisps, ähm, Chips?«

»Besser als nichts«, entgegnete Banks.

»Welchen Geschmack?«

»Ganz normale sind okay. Und ein Pint Bitter Shandy, bitte.«

Während sie das Bitter zapfte und Banks in die Tüte mit den ziemlich weichen Kartoffelchips griff, beobachtete sie ihn aus dem Augenwinkel und sagte schließlich: »Sind Sie nicht der Polizist, der wegen des Mädchens hier war, das vor ungefähr einem Monat verschwunden ist?«

»Leanne Wray«, bestätigte Banks. »Ja, bin ich.«

»Dachte ich mir doch. Ich hab Sie wiedererkannt. Ich hab zwar nicht mit Ihnen gesprochen, aber Sie waren hier. Haben Sie das Mädchen gefunden?«

»Shannon, stimmt's?«

Sie grinste. »Sie können sich an meinen Namen erinnern, obwohl Sie nie mit mir gesprochen haben. Ich bin beeindruckt.«

In der von Winsome Jackman aufgenommenen Zeugenaussage hatte Banks gelesen, dass Shannon eine amerikanische Studentin war, die ein Jahr Auszeit genommen hatte. Sie hatte schon fast ganz Europa bereist und war durch Verwandte und, wie Banks vermutete, einen Freund in Yorkshire gelandet. Hier war sie mehrere Monate geblieben, da es ihr offenbar gefiel. Banks nahm an, dass sie im Old Ship arbeitete, weil der Inhaber es nicht so genau nahm mit Visum und Arbeitserlaubnis und bar auf die Hand bezahlte. Wohl nicht gerade viel.

Banks zündete sich eine Zigarette an und schaute sich um. Zwei alte Männer saßen Pfeife rauchend am Fenster, sie sprachen nicht, schauten sich nicht einmal an. Sie machten den Eindruck, als säßen sie seit Eröffnung des Lokals im neunzehnten Jahrhundert an dem Platz. Der Boden bestand aus abgetretenen Steinplatten, die Tische waren aus unbehandeltem Holz und wackelten. Das Aquarell eines gewaltigen Segelschiffs hing schief an der Wand. An der gegenüberliegenden prangten gerahmte Kohlezeichnungen von Hochseeszenen, die für Banks' ungeübtes Auge recht gut waren.

»Ich will nicht neugierig sein«, sagte Shannon. »Ich hab nur gefragt, weil ich Sie seitdem nicht mehr gesehen habe und weil ich von den Mädchen in Leeds gehört hab.« Sie erschauderte. »Es ist furchtbar. Ich weiß noch, damals in Milwaukee – da komme ich her, aus Milwaukee, Wisconsin –, diese Sache mit Jeffrey Dahmer. Ich war noch klein, aber ich hab genau gewusst, um was es ging, und wir hatten alle Angst und waren ganz durcheinander. Ich kann nicht verstehen, wie Menschen so was tun können. Sie?«

Banks schaute sie an. Er sah die Unschuld, die Hoffnung und die Zuversicht, dass ihr Leben sich als lebenswert erweisen würde und dass die Welt nicht abgrundtief schlecht war, auch wenn sich schlimme Dinge ereigneten. »Nein«, sagte er. »Kann ich nicht.«

»Sie haben sie also noch nicht gefunden? Diese Leanne?«

»Nein.«

»Ich hab sie ja nicht gekannt oder so. Hab sie nur einmal gesehen. Aber wenn so was passiert, na ja, wenn man denkt, man war vielleicht die Letzte, die sie gesehen hat, hm …« Sie legte die Hand auf die Brust. »Das lässt einen irgendwie nicht los, wenn Sie wissen, was ich meine. Ich bekomm das Bild einfach nicht aus dem Kopf, wie sie da drüben neben dem Kamin gesessen hat.«

Banks dachte an Claire Toth, die sich wegen Kimberley Myers' Tod quälte. Er wusste, dass jeder, der auch nur entfernt in Zusammenhang mit Paynes Taten stand, sich von ihnen besudelt fühlte. »Ich weiß, was Sie meinen«, entgegnete er.

Einer der beiden Alten kam zur Theke und knallte Shannon sein kleines Bierglas hin. Shannon füllte es nach; der Alte bezahlte und kehrte zu seinem Stuhl zurück. Sie zog die Nase kraus. »Die sind jeden Tag hier. Man kann die Uhr nach ihnen stellen. Wenn einer von beiden nicht auftauchen würde, müsste ich den Krankenwagen rufen.«

»Wenn Sie sagen, Sie bekommen Leannes Bild nicht aus dem Kopf, heißt das, dass Sie noch länger über den Abend nachgedacht haben?«

»Eigentlich nicht«, sagte Shannon. »Ich meine, ich hab gedacht … na ja, dass sie entführt wurde, wie die anderen Mädchen auch. Das haben ja alle geglaubt.«

»Langsam denke ich, dass es vielleicht anders gelaufen ist«, entgegnete Banks und fasste damit zum ersten Mal seine Befürchtung in Worte. »Ich glaube sogar allmählich, dass wir die ganze Zeit auf dem Holzweg waren.«

»Verstehe ich nicht.«

»Egal«, fuhr Banks fort. »Ich dachte einfach, ich schau mal vorbei und gucke, ob Ihnen noch etwas einfällt, das Sie vorher nicht erwähnt haben, so in etwa. Ist ja schon eine Weile her.« Aus genau dem Grund wäre leider auch jede Spur, die Leanne möglicherweise hinterlassen hatte, inzwischen kalt geworden. Wenn sie es vermasselt hatten, weil sie den vorschnellen Schluss gezogen hatten, dass Leanne Wray von derselben Person oder denselben Personen entführt worden war wie Kelly Matthews und Samantha Foster, dann konnte jeder Hinweis auf den tatsächlichen Ablauf der Ereignisse längst für alle Zeit verschwunden sein.

»Ich weiß nicht, wie ich Ihnen helfen kann«, sagte Shannon.

»Also«, sagte Banks, »Sie haben gesagt, Leanne hätte da drüben gesessen, stimmt's?« Er zeigte auf den Tisch vor dem leeren gekachelten Kamin.

»Ja. Sie waren zu viert. An dem Tisch.«

»Haben sie viel getrunken?«

»Nein. Das hab ich schon der Polizistin gesagt. Sie haben jeder nur ein oder zwei Glas getrunken. Ich glaube, Leanne war nicht alt genug, aber der Chef sagt immer, wir sollen da nicht so drauf achten, nur wenn es wirklich krass ist.« Sie hielt sich die Hand vor den Mund. »Shit, das hätte ich wohl nicht sagen dürfen, was?«

»Keine Sorge. Mr. Parkinsons Gepflogenheiten sind uns bestens bekannt. Und vergessen Sie einfach, was Sie uns beim letzten Mal erzählt haben, Shannon. Wenn ich wollte, könnte ich alles in den Unterlagen nachlesen, aber ich möchte, dass Sie noch mal von vorne anfangen, als hätten Sie noch keine Zeugenaussage gemacht.«

Einem Außenstehenden war es schwer zu vermitteln, aber Banks brauchte das Gefühl, Leannes Verschwinden zu untersuchen, als sei es ein frisch verübtes Verbrechen. Er wollte nicht mit dem Studium der alten Akten in seinem Büro anfangen – obwohl er in den sauren Apfel würde beißen müssen, wenn nicht bald was passierte –, sondern mit einem Besuch des Ortes beginnen, an dem sie zuletzt gesehen worden war.

»Machte Leanne einen betrunkenen Eindruck?«, fragte er.

»Sie hat viel gekichert und war etwas laut, als ob sie nicht an Alkohol gewöhnt wäre.«

»Was hat sie getrunken?«

»Weiß ich nicht mehr. Kein Bier. Wein vielleicht, kann auch Pernod gewesen sein, irgendwas in der Richtung.«

»Hatten Sie den Eindruck, dass die vier als Pärchen unterwegs waren? Gab es einen Anhaltspunkt dafür?«

Shannon dachte kurz nach. »Nein. Zwei waren zusammen,

das konnte man sehen. An der Art, wie sie sich nebenbei berührten. Ich meine, die knutschten nicht rum oder so. Aber die anderen beiden, Leanne und ...«

»Mick Blair«, ergänzte Banks.

»Ich weiß nicht, wie der heißt. Na ja, jedenfalls hatte ich den Eindruck, dass er scharf auf sie war und sie ein bisschen mit ihm geflirtet hat, vielleicht wegen dem Alkohol.«

»Hat er sie irgendwie bedrängt?«

»Oh nein, da war nichts, sonst hätte ich es schon erzählt. Nein, nur die Art, wie er sie ein-, zweimal angeguckt hat. Sie schienen ganz gut miteinander auszukommen, aber wie gesagt, ich hatte das Gefühl, dass er möglicherweise was von ihr wollte und sie ihn ein bisschen hinhielt, mehr nicht.«

»Das haben Sie bisher nicht erwähnt.«

»Kam mir nicht wichtig vor. Außerdem hat mich keiner danach gefragt. Damals haben sich alle Sorgen gemacht, dass sie von einem Serienmörder entführt worden ist.«

Das stimmt, dachte Banks seufzend. Leannes Eltern hatten hartnäckig behauptet, dass sie ein gutes Mädchen sei und unter normalen Umständen niemals zu spät nach Hause kommen würde. Durch ihre feste Überzeugung, dass ihre Tochter überfallen oder entführt worden sein musste, hatten sie die Ermittlungen beeinflusst, und die Polizei hatte einen der wichtigsten Grundsätze gebrochen: Nichts für gesichert annehmen, was nicht aus jedem möglichen Blickwinkel geprüft worden ist. Zu dem Zeitpunkt waren die Fälle Kelly Matthews und Samantha Foster allen präsent, so dass Leannes Verschwinden – noch ein hübsches, braves junges Mädchen – automatisch zu den anderen gerechnet wurde. Und dann war da natürlich die Umhängetasche. Darin fanden sich Leannes Inhaliergerät, das sie bei einem Asthmaanfall brauchte, und ihr Portemonnaie, das fünfundzwanzig Pfund in Scheinen und eine Handvoll Kleingeld enthielt. Wenn sie von zu Hause hätte ausreißen wollen, hätte sie ihr Geld nicht weggeworfen. Im Gegenteil, sie hätte so viel wie möglich gebraucht.

Winsome Jackman hatte Shannons Zeugenaussage protokolliert. Vielleicht hätte sie hartnäckiger fragen sollen, aber Banks konnte Winsome keinen Vorwurf machen. Sie hatte herausgefunden, was damals wichtig war: dass die vier sich gut benommen, keine Schwierigkeiten gemacht, sich nicht gestritten hatten, nicht betrunken gewesen waren und es keine Fremden gegeben hatte, die sich über Gebühr für die vier interessierten. »Wie war die Stimmung im Allgemeinen?«, wollte Banks wissen. »Verhielten sie sich ruhig oder waren sie laut?«

»Ich kann mich an nichts Ungewöhnliches erinnern. Sie haben keine Schwierigkeiten gemacht, sonst hätte ich es bestimmt erzählt. Wenn Jugendliche hier sind, die eigentlich noch keinen Alkohol trinken dürfen, benehmen die sich meistens unauffällig. Sie wissen ja, dass sie nur geduldet sind, wenn Sie verstehen, was ich meine. Deshalb versuchen sie, keine Aufmerksamkeit auf sich zu lenken.«

Banks konnte sich noch gut an solche Situationen erinnern. Mit sechzehn hatte er, stolz und voller Angst, mit seinem Kumpel Steve in einem Mini-Pub gesessen, gut eine Meile von der Siedlung entfernt, in der sie wohnten. Dort hatte er in der Ecke neben der Musikbox sein erstes Glas Bitter getrunken und eine Park Drive mit Filter geraucht. Steve und er hatten sich richtig erwachsen gefühlt, aber Banks wusste auch noch, wie groß seine Angst gewesen war, dass ein Polizist oder ein Bekannter hereinkommen könne – ein Freund seines Vaters beispielsweise. Deshalb hatten sie sich alle Mühe gegeben, mit der vertäfelten Wand zu verschmelzen.

Banks trank einen Schluck Shandy und knüllte die Chipstüte zusammen. Shannon nahm sie ihm ab und warf sie in den Mülleimer hinter der Theke.

»Aber ich weiß noch, dass sie sich auf etwas gefreut haben, kurz bevor sie gegangen sind«, fügte Shannon hinzu. »Ich meine, sie waren zu weit entfernt, als dass ich etwas verstanden hätte, und sie krakeelten auch nicht rum, aber man merkte, dass sie etwas vorhatten.«

Das war Banks neu. »Sie haben keine Ahnung, was das gewesen sein könnte?«

»Nein, sie sagten bloß irgendwas, so nach dem Motto: ›Au ja, das machen wir.‹ Ein paar Minuten später sind sie dann gegangen.«

»Um wie viel Uhr war das?«

»Muss ungefähr Viertel vor elf gewesen sein.«

»Und alle vier haben sich über den Vorschlag gefreut? Auch Leanne?«

»Ich könnte Ihnen wirklich nicht sagen, wie jeder Einzelne reagiert hat«, meinte Shannon stirnrunzelnd. »Das war mehr die allgemeine Stimmung – einer hatte eine Idee gehabt, und alle dachten, das könnte lustig werden.«

»Dieser Vorschlag, hatten Sie den Eindruck, dass es um etwas ging, das sie direkt anschließend machen wollten, nachdem sie gegangen waren?«

»Weiß ich nicht. Vielleicht. Warum?«

Banks trank aus. »Weil Leanne Wray um elf Uhr zu Hause sein musste«, erklärte er. »Und wenn man ihren Eltern glaubt, ist sie nie zu spät gekommen. Wenn sie vorhatte, mit den anderen anschließend noch irgendwo hinzugehen, wäre sie zu spät gekommen. Und noch etwas.«

»Was?«

»Wenn alle noch etwas vorhatten, dann bedeutet das, dass sämtliche Freunde gelogen haben.«

Shannon überlegte kurz. »Ich verstehe, was Sie meinen. Aber es gab keinen Grund zur Annahme, dass sie nicht nach Hause gehen würde. Kann schon sein. Ich meine, konnte ja sein, dass nur die drei anderen was vorhatten. Ach, es tut mir wirklich Leid … ich meine, ich hab nicht dran gedacht, wissen Sie, beim letzten Mal. Ich hab versucht, mich an alles zu erinnern, was wichtig war.«

»Schon gut«, sagte Banks grinsend. »Ist nicht Ihre Schuld.« Er sah auf die Uhr. Zeit, um nach Withernsea aufzubrechen. »Muss los.«

»Ähm, Ende nächster Woche reise ich ab«, sagte Shannon. »Ich meine, nächste Woche Mittwoch ist mein letzter Abend hier, wenn Sie auf ein Glas vorbeikommen möchten, dann kann ich mich von Ihnen verabschieden.«

Banks wusste nicht, wie er diese Einladung verstehen sollte. War das eine Anmache? Bestimmt nicht. Shannon war kaum älter als einundzwanzig. Dennoch schmeichelte ihm der Gedanke, dass ganz entfernt die Möglichkeit bestand, ein junges Mädchen könne ihn nett finden. »Danke«, sagte er. »Ich weiß nicht, ob ich es zeitlich schaffe, falls nicht, sage ich jetzt schon mal *bon voyage*.«

Shannon zuckte gleichgültig mit den Schultern, und Banks trat hinaus auf die schäbige Gasse.

Es war helllichter Tag, aber Annie hätte schwören können, dass Janet Taylor betrunken war. Nicht sturzbesoffen oder volltrunken, sondern leicht angesäuselt, nicht mehr ganz klar im Kopf. In der Künstlerkommune, in der Annie bei ihrem Vater Ray aufgewachsen war, hatte sie Erfahrungen mit Trinkern gemacht. Dort lebte vorübergehend ein alkoholabhängiger Schriftsteller, erinnerte sie sich, ein dicker, stinkender Mann mit wässrigen Augen und einem dichten, verfilzten Bart. Überall versteckte er Flaschen. Ihr Vater hatte damals gesagt, sie solle sich von ihm fern halten, und als der Mann, dessen Name ihr nicht mehr einfiel, sie eines Tages ansprach, wurde ihr Vater sauer und schickte ihn aus dem Zimmer. Das war eines der wenigen Male, dass sie Ray richtig wütend erlebt hatte. Er gönnte sich hin und wieder ein, zwei Gläschen Wein und rauchte mit Sicherheit immer noch seine Joints, aber er war nicht alkohol- oder drogenabhängig. Meistens wurde er von seiner Arbeit, was für ein Bild es auch gerade war, so stark vereinnahmt, dass so gut wie alles andere zu kurz kam, auch Annie.

Janets Wohnung war ein Saustall. Überall flogen Klamotten herum, auf der Fensterbank und dem Kamin standen halbleere Teetassen. Es roch wie im Zimmer eines Trinkers, diese eigentümliche Mischung aus ungewaschener Haut und dem süßsauren Geruch von Alkohol. Gin, in diesem Fall.

Janet ließ sich in einen Sessel fallen, auf dem ein zerknittertes T-Shirt und eine Jeans lagen, und überließ Annie sich selbst. Annie nahm mehrere Zeitungen von einem Stuhl und setzte sich.

»Was ist diesmal?«, fragte Janet. »Sind Sie hier, um mich festzunehmen?«

»Noch nicht.«

»Was dann? Noch mehr Fragen?«

»Haben Sie gehört, dass Terence Payne tot ist?«

»Hab ich gehört.«

»Wie geht es Ihnen, Janet?«

»Wie es mir geht? Ha. Guter Witz. Hm, mal sehen.« Sie zählte an den Fingern ab. »Abgesehen davon, dass ich nicht schlafen kann, dass ich kreuz und quer durch die Wohnung tiger und Platzangst bekomme, wenn es dunkel wird, abgesehen davon, dass ich es immer wieder durchlebe, wenn ich die Augen zumache, abgesehen davon, dass meine Berufsaussichten so gut wie im Arsch sind, mal sehen, abgesehen davon … geht's mir super.«

Annie atmete tief durch. Sie war gewiss nicht gekommen, um Janet aufzuheitern, obwohl ihr das lieber gewesen wäre. »Hören Sie, Sie sollten sich wirklich professionelle Hilfe suchen, Janet. Die Gewerkschaft …«

»Nein! Nein, ich gehe nicht zu irgendwelchen Seelenklempnern. Ich lasse mir nicht an meinem Kopf herumpfuschen. Nicht, solange diese Scheiße nicht ausgestanden ist. Wenn die mit mir fertig sind, weiß ich doch nicht mehr, wie ich heiße. Wie so was wohl vor Gericht ankommt!«

Annie hob die Hände. »Schon gut. Schon gut. Ist Ihre Sache.« Sie holte Papiere aus der Aktentasche. »Ich war bei der Obduktion von Terence Payne, und es gibt ein paar Stellen in Ihrer Aussage, die ich ganz gerne noch mal mit Ihnen durchgehen würde.«

»Wollen Sie damit sagen, dass ich gelogen habe?«

»Nein, überhaupt nicht.«

Janet fuhr sich mit der Hand durch das schlaffe, fettige Haar. »Ich bin nämlich keine Lügnerin. Ich war vielleicht etwas durcheinander, was den genauen Ablauf angeht – es ging alles so schnell –, aber ich habe es so erzählt, wie ich es in Erinnerung habe.«

»Okay, Janet, das ist in Ordnung. Sehen Sie mal, in Ihrer Aussage haben Sie angegeben, Payne dreimal auf die linke Schläfe und einmal auf das Handgelenk geschlagen zu haben, und einen der Schläge auf die Schläfe hätten Sie beidhändig ausgeführt.«

»Ja?«

»Ja. Stimmt das?«

»Ich kann mich nicht genau erinnern, wie oft ich ihn wohin geschlagen habe, aber es kommt mir richtig vor, ja. Warum?«

»Aus Dr. Mackenzies Obduktionsbericht geht hervor, dass Sie Payne neunmal getroffen haben. Dreimal auf die Schläfe, einmal auf das Handgelenk, einmal auf die Wange, zweimal auf die Schädelbasis, als er kroch oder kniete, und zweimal oben auf den Kopf, als er hockte oder saß.«

Janet schwieg. Vom Flughafen durchbrach ein Jet die Stille, erfüllte sie mit dem Brummen der Motoren und dem Versprechen von fernen, exotischen Orten. Überall, nur nicht hier, dachte Annie. Janet empfand bestimmt dasselbe. »Janet?«

»Was? Haben Sie mich was gefragt?«

»Was sagen Sie zu dem, was ich gerade vorgelesen habe?«

»Keine Ahnung. Ich hab schon gesagt, ich hab nicht mitgezählt. Ich hab nur versucht, mein Leben zu retten.«

»Sind Sie sicher, dass es keine Rache für Dennis war?«

»Was meinen Sie damit?«

»Die Anzahl der Schläge, die Position des Opfers, die Wucht der Schläge.«

Janet wurde rot. »Opfer! So nennen Sie das Schwein? Opfer? Dennis lag da auf dem Boden, das Blut ist nur so aus ihm rausgeschossen, und Sie nennen Terence Payne ein Opfer. Wie können Sie es wagen?«

»Es tut mir Leid, Janet, aber so wird es vor Gericht dargestellt werden. Gewöhnen Sie sich besser schon mal an die Sichtweise!«

Janet schwieg.

»Warum haben Sie diesen Satz zu dem Sanitäter gesagt?«

»Was für einen Satz?«

»›Ist er tot? Hab ich das Schwein erledigt?‹ Was haben Sie damit gemeint?«

»Keine Ahnung. Ich kann mich nicht dran erinnern.«

»Es könnte so ausgelegt werden, dass Sie beabsichtigt hätten, ihn zu töten, verstehen Sie?«

»Ich schätze, man kann es so drehen, ja.«

»Und, Janet? Hatten Sie die Absicht, Terence Payne zu töten?«

»Nein! Hab ich doch gesagt. Ich hab nur versucht, meine Haut zu retten. Warum glauben Sie mir nicht?«

»Was ist mit den Schlägen auf den Hinterkopf? Wie passen die in den Ablauf des Geschehens?«

»Weiß ich nicht.«

»Strengen Sie sich an! Das können Sie doch besser!«

»Vielleicht, als er sich gebückt hat und die Machete aufheben wollte.«

»Gut. Aber Sie können sich nicht erinnern, zugeschlagen zu haben?«

»Nein, aber ich muss es wohl getan haben, wenn Sie das sagen.«

»Was ist mit den beiden Schlägen von oben auf den Kopf? Dr. Mackenzie sagt, sie wurden mit großer Wucht ausgeführt. Das waren keine Zufallstreffer.«

Janet schüttelte den Kopf. »Weiß ich nicht. Weiß ich echt nicht mehr.«

Annie beugte sich vor, nahm Janets Kinn in die Hand und schaute in ihre verschwommenen, verängstigten Augen. »Hören Sie mir zu, Janet! Terence Payne war größer als Sie. In Anbetracht des Aufprallwinkels und der Wucht dieser Schläge können sie nur auf eine Weise ausgeführt worden sein, nämlich als er saß und der Angreifer genug Zeit hatte, um den Knüppel kraftvoll von oben niedersausen zu lassen und … tja, Sie verstehen schon. Bitte, Janet! Sprechen Sie mit mir! Ob Sie's glauben oder nicht, ich versuche Ihnen zu helfen.«

Janet wand das Kinn aus Annies Griff und schaute zur Seite. »Was soll ich sagen? Ich würde mich doch nur tiefer in die Scheiße reiten.«

»Stimmt nicht. Sie werden gar nichts erreichen, wenn die Staatsanwaltschaft glaubt, dass Sie lügen oder etwas vertuschen. Dabei kommt nur Meineid heraus. Die Wahrheit ist Ihre beste Waffe. Glauben Sie, dass es auch nur einen Geschworenen gibt – wenn es zu einer Verhandlung kommen sollte –, der kein Verständnis für Ihre missliche Lage hätte, selbst wenn Sie gestehen würden, dass Sie kurzzeitig durchgedreht sind? Machen Sie es sich doch nicht so schwer, Janet.«

»Was soll ich denn sagen?«

»Die Wahrheit. Ist es so gewesen? Lag er auf dem Boden, und Sie haben einfach die Beherrschung verloren und ihm einen für Dennis gegeben? Und, wumm, noch einen? War es so?«

Janet sprang auf und lief, die Hände ringend, auf und ab. »Was wäre, wenn ich ihm einen oder zwei für Dennis gegeben hätte? Das hat er voll und ganz verdient.«

»Haben Sie es getan? Können Sie sich jetzt erinnern?«

Janet blieb stehen und kniff die Augen zusammen, dann goss sie sich zwei Fingerbreit Gin ein und stürzte ihn hinunter. »Nicht deutlich, nein, aber wenn Sie mir sagen, dass es so gewesen ist, dann kann ich es wohl kaum leugnen, oder? Nicht bei den Beweisen vom Pathologen.«

»Auch Pathologen können irren«, sagte Annie, obwohl sie wusste, dass Mackenzie nicht danebenlag, was die Zahl, die Stärke und den Aufprallwinkel der Schläge anging.

»Aber wem werden die vor Gericht glauben?«

»Das habe ich Ihnen schon gesagt. Wenn es zu einer Verhandlung kommt, wird man viel Verständnis für Sie aufbringen. Aber vielleicht kommt es ja gar nicht so weit.«

Janet setzte sich wieder, diesmal auf die Sessellehne. »Was meinen Sie damit?«

»Das hängt von der Staatsanwaltschaft ab. Am Montag habe ich einen Termin beim Staatsanwalt. Wenn Sie Ihre Aussage noch ändern wollen, dann ist jetzt der richtige Moment.«

»Es nützt nichts«, sagte Janet, schlug die Hände vors Gesicht und weinte. »Ich kann mich nicht erinnern. Das ging alles so schnell. Es war schon vorbei, bevor ich kapiert hab, was überhaupt los war, und Dennis ... Dennis war tot, er ist auf meinem Schoß verblutet. Es dauerte ewig und ich hab immer wieder gesagt, er soll warten, und hab versucht, das Blut zu stillen.« Sie betrachtete ihre Hände wie Lady Macbeth. »Aber es hat einfach nicht aufgehört zu bluten. Ich konnte es nicht aufhalten. Vielleicht war es so, wie Sie gesagt haben. Vielleicht muss es so gewesen sein. Ich kann mich nur an die Angst erinnern, an die Aufregung, die ...«

»Die Wut, Janet? Wollten Sie das sagen?«

Janet warf Annie einen trotzigen Blick zu. »Und wenn? Hatte ich kein Recht, wütend zu sein?«

»Darüber habe ich nicht zu urteilen. Ich wäre wohl auch wütend gewesen, vielleicht hätte ich dasselbe getan wie Sie. Aber wir müssen es klären. Wir können es nicht einfach ignorieren. Wie gesagt, möglicherweise beschließt die Staatsanwaltschaft, keine Anklage zu erheben. Schlimmstenfalls haben Sie es mit entschuldbarer Tötung zu tun, vielleicht sogar mit rechtmäßiger Tötung im Strafvollzug. Wir reden hier nicht von Gefängnis, Janet. Bloß, wir können die Sache nicht unter den Teppich kehren, und sie wird sich nicht in Luft auflösen. Es muss was unternommen werden.« Annie sprach langsam und leise, als sei Janet ein verängstigtes Kind.

»Ich verstehe, was Sie meinen«, erwiderte Janet. »Ich bin so was wie ein Opferlamm, das zur Schlachtbank geführt wird, um die Öffentlichkeit zu beruhigen.«

»Ganz und gar nicht.« Annie stand auf. »Es ist viel wahrscheinlicher, dass die Öffentlichkeit auf Ihrer Seite steht. Das sind Vorschriften, die befolgt werden müssen. Hören Sie, wenn Sie sich vor Montag mit mir in Verbindung setzen wollen, egal weswegen, hier ist meine Karte.« Annie notierte Telefon- und Handynummer auf der Rückseite.

»Danke.« Janet nahm die Karte entgegen, warf einen flüchtigen Blick drauf und legte sie auf den Couchtisch.

»Verstehen Sie, Janet«, sagte Annie an der Tür. »Ich bin nicht Ihr Feind. Ja, ich muss aussagen, wenn es vor Gericht geht, aber ich bin nicht gegen Sie.«

Janet lächelte sie schief an. »Ja, ich weiß«, sagte sie und griff wieder zum Gin. »Das Leben ist hart.«

»Klar.« Annie grinste zurück. »Und endet meistens mit dem Tod.«

»Claire! Wie schön, dich zu sehen! Komm doch rein!«

Claire Toth betrat Maggies Flur und folgte ihr ins Vorderzimmer, wo sie sich aufs Sofa fallen ließ.

Als Erstes fiel Maggie auf, wie blass das Mädchen war und dass das schöne lange blonde Haar abgeschnitten war. Der kurze Schopf war verwuschelt, als wolle Claire zeigen, dass sie es selbst geschnitten hatte. Sie trug nicht ihre Schuluniform, sondern eine Baggyjeans und ein übergroßes Sweatshirt. So verbarg sie jede Andeutung, dass sie womöglich ein attraktives junges Mädchen war. Sie war nicht geschminkt, ihr Gesicht war voller Akne. Maggie erinnerte sich, was Dr. Simms über die möglichen Reaktionen von Kimberleys engen Freundinnen gesagt hatte, dass manche ihre Sexualität möglicherweise unterdrückten, weil sie glaubten, es schütze sie vor Monstern wie Terence Payne. Es hatte den Anschein, als sei genau das bei Claire der Fall. Maggie fragte sich, ob sie etwas dazu sagen sollte, entschied sich aber dagegen.

»Milch und Kekse?«, fragte sie.

Claire schüttelte den Kopf.

»Was ist denn, Kleine?«, fragte Maggie. »Stimmt was nicht?«

»Weiß nicht«, erwiderte Claire. »Ich kann nicht schlafen. Dauernd muss ich an Kim denken. Ich liege die ganze Nacht wach und gehe immer wieder alles durch – was sie durchgemacht hat, wie sie sich gefühlt haben muss … ich kann es nicht ertragen. Es ist furchtbar.«

»Was sagen deine Eltern dazu?«

Claire schaute zur Seite. »Mit denen kann ich nicht reden. Ich … ich dachte, dass du mich vielleicht besser verstehst.«

»Ich hol trotzdem mal die Kekse. Ich könnte wohl einen vertragen.« Maggie holte zwei Gläser Milch und einen Teller Chocolate-Chip-Plätzchen aus der Küche und stellte alles auf den Couchtisch. Claire griff zum Glas und trank, dann nahm sie einen Keks.

»Hast du in der Zeitung etwas über mich gelesen?«, begann Maggie.

Claire nickte.

»Und was hast du gedacht?«

»Zuerst konnte ich es nicht glauben. Du doch nicht. Dann hab ich gedacht, dass es jeden treffen kann, dass man nicht arm oder dumm sein muss, um geschlagen zu werden. Dann hat es mir Leid getan.«

»Oh, das darf es nicht!«, sagte Maggie und versuchte zu lächeln. »Ich hab vor langer Zeit aufgehört, mir selbst Leid zu tun, jetzt lebe ich einfach. In Ordnung?«

»Okay.«

»Über was denkst du denn alles nach? Willst du mir das erzählen?«

»Wie schrecklich es für Kimberley gewesen sein muss, als Mr. Payne, du weißt schon, das mit ihr gemacht hat. Sex. In der Zeitung hat die Polizei nichts darüber gesagt, aber ich weiß, dass er eklige Sachen mit ihr gemacht hat. Ich stelle mir die ganze Zeit vor, was er da macht, wie er ihr weh tut und Kimberley sich nicht wehren kann.«

»Es hat keinen Sinn, sich vorzustellen, wie es gewesen ist, Claire. Es führt zu nichts.«

»Glaubst du, das weiß ich nicht? Glaubst du, ich mach das extra?« Langsam schüttelte sie den Kopf. »Und immer wieder gehe ich im Kopf den Abend durch. Dass ich einfach gesagt habe, ich würde noch für einen Blues mit Nicky bleiben, und Kimberley meinte, es wäre schon in Ordnung, sie würde bestimmt einen finden, der mit ihr nach Hause geht, aber es wäre ja eh nicht weit und die Straße wäre gut beleuchtet. Ich hätte wissen müssen, dass ihr etwas passiert.«

»Das konntest du nicht wissen, Claire. Wie soll man so was wissen?«

»Ich hätte es wissen müssen. Wir wussten doch Bescheid über die Mädchen, die vermisst wurden. Wir hätten zusammenbleiben sollen, wir hätten vorsichtiger sein sollen.«

»Claire, hör mal zu. Es ist nicht deine Schuld. Auch wenn es sich vielleicht brutal anhört, aber wenn irgendjemand vorsichtiger hätte sein müssen, dann höchstens Kimberley. Man kann dir keine Schuld geben, weil du mit einem Jungen tanzen wolltest. Wenn Kimberley Angst gehabt hat, dann hätte sie dafür sorgen müssen, dass jemand mit ihr nach Hause geht. Dann hätte sie nicht allein gehen dürfen.«

»Ist sie ja vielleicht auch nicht.«

»Wie meinst du das?«

»Vielleicht hat Mr. Payne sie mitgenommen.«

»Du hast der Polizei gesagt, du hättest ihn nicht gesehen. Das stimmt doch, oder?«

»Ja. Aber er kann draußen gewartet haben, oder?«

»Kann sein«, gab Maggie zu.

»Ich hasse ihn. Ich bin froh, dass er tot ist. Und ich hasse Nicky Gallagher. Ich hasse alle Männer.«

Maggie wusste nicht, was sie darauf sagen sollte. Sie konnte Claire beruhigen, dass sie mit der Zeit darüber hinwegkommen würde, aber das würde jetzt bestimmt nicht viel nützen. Das Beste wäre, sich mit Mrs. Toth zu unterhalten und ihr nahe zu legen, dass Claire in professionelle Behandlung kam, bevor es schlimmer wurde. Immerhin schien sie über ihre Gedanken und Gefühle sprechen zu wollen – das war schon ein guter Anfang.

»War sie die ganze Zeit bei Bewusstsein, als er das mit ihr gemacht hat?«, fragte Claire. »Ich meine, hat sie mitbekommen, was er mit ihr angestellt hat?«

»Claire, hör auf!« Aber das Telefon vereitelte jede weitere Debatte. Maggie hob ab, lauschte, runzelte die Stirn, sagte etwas und legte auf. Claire befreite sich vorübergehend aus ihrer Versenkung in Kimberleys Leid und fragte, wer es gewesen sei.

»Das war das Lokalfernsehen«, erwiderte Maggie und fragte sich, ob sie genauso baff klang, wie sie sich fühlte.

Schwaches Interesse. »Was wollten die?«

»Sie möchten, dass ich heute Abend in den Lokalnachrichten auftrete.«

»Und? Was hast du gesagt?«

»Ich hab ja gesagt«, entgegnete Maggie, als könne sie es selbst nicht glauben.

»Cool!«, meinte Claire und rang sich ein Lächeln ab.

Es gibt zahlreiche englische Küstenstädte, die den Eindruck erwecken, sie hätten schon bessere Zeiten erlebt. Withernsea sah aus, als hätte es noch nie gute Zeiten gesehen. Wenn überall auf der grünen Insel die Sonne scheint – in Withernsea bekommt es garantiert keiner mit. Ein unangenehmer kalter Regen fiel schräg vom eisengrauen Himmel. Die Nordseebrandung hatte die Farbe fleckiger Unterwäsche und spülte Kiesel und schmutzigen Sand an den Strand. Leicht zurückgesetzt lag eine Uferpromenade mit Souvenirläden, Spielhöllen und Bingohallen. Die bunten Lichter leuchteten aufdringlich grell in den düsteren Nachmittag. Der Bingo-Ansager mit seiner albernen, elektronisch verstärkten Stimme hallte über den verlassenen Strand.

Die Szenerie erinnerte Banks an längst vergangene Ferien in Great Yarmouth, Blackpool und Scarborough. An Ferien im Juli oder August, in denen es zwei Wochen ununterbrochen zu regnen schien, so dass ihm nichts anderes übrig blieb, als durch die Spielhöllen zu bummeln und seine Pennys an einarmige Banditen loszuwerden oder hilflos zuzusehen, wie der mechanische Greifer das glänzende Feuerzeug kurz vor dem Schacht fallen ließ, aus dem er es hätte herausfischen können. Bingo hatte er nie gespielt, aber oft hatte er die wasserstoffblondierten Frauen mit den unbeweglichen Mienen beobachtet, die ein Spiel nach dem anderen absaßen, Kette rauchten und die kleinen Zahlen auf ihren Zetteln anstarrten.

An besseren Tagen, da war er schon etwas älter, hatte er die Zeit totgeschlagen, indem er die Antiquariate nach alten Horrortaschenbüchern von Pan Books oder anrüchigen Bestsellern wie *Die Unersättlichen* und *Die Leute vom Peyton Place* durchforstete. Als er dreizehn oder vierzehn war und sich viel zu alt fand, um mit seinen Eltern in Urlaub zu fahren, trieb er sich tagsüber allein herum, hockte in Cafés und sichtete die neuesten Singles bei Woolworth oder im Plattenladen. Manchmal traf er ein Mädchen in derselben misslichen Lage. So kam er in diesen Ferien in den Genuss des ersten »richtigen« Kusses und vorsichtigen Fummelns.

Banks parkte auf der Uferstraße und lief, ohne auch nur einen Blick an das Meer zu verschwenden, zum direkt gegenüberliegenden Haus, in dem der pensionierte Detective Inspector George Woodward ein Bed & Breakfast betrieb. Das »Zimmer frei«-Schild schwang im Wind und quietschte wie der Fensterladen eines Geisterhauses. Als Banks auf die Klingel drückte, war er bereits durchgefroren und nass bis auf die Haut.

George Woodward war ein flotter Mann mit grauem Haar, struppigem Schnauzbart und den wachsamen Augen eines ehemaligen Polizeibeamten. Aber er hatte auch was von einem armen Tropf, besonders als er an Banks vorbei nach draußen schaute und langsam den Kopf schüttelte. »Ich wollte ja nach Torquay«, sagte er, »aber Schwiegermutter wohnt hier in Withernsea.« Er geleitete Banks hinein. »Na ja, so schlimm ist es auch nicht. Sie sind einfach an einem schlechten Tag gekommen, das ist alles. Es ist noch früh im Jahr. Sie sollten mal sehen, wenn hier die Sonne scheint und es richtig voll ist. Eine ganz andere Welt.«

Banks fragte sich, an welchem Tag im Jahr dieses denkwürdige Ereignis stattfand, hielt aber den Mund. Es wäre dumm, George Woodward gegen sich aufzubringen.

Sie standen in einem großen Zimmer mit Erkerfenster und mehreren Tischen, offenbar der Frühstücksraum, in dem den glücklichen Gästen jeden Morgen Schinken und Ei serviert wurde. Die Tische waren mit weißem Leinen gedeckt, aber es lagen keine Messer und Gabeln bereit. Banks fragte sich, ob die Woodwards im Moment überhaupt Gäste hatten. Ohne einen Tee oder etwas Stärkeres anzubieten, setzte sich George Woodward an einen Tisch und lud Banks ein, ihm gegenüber Platz zu nehmen.

»Es geht also um Alderthorpe, ja?«

»Ja.« Banks hatte auf der Fahrt nach Withernsea mit Jenny Fuller telefoniert und erfahren, was Elizabeth Bell, die Sozialarbeiterin, erzählt hatte. Jetzt wollte er die Geschichte aus der Sicht eines Polizisten hören.

»Ich hab immer gewusst, dass uns das eines Tages wieder einholt.«

»Wie meinen Sie das?«

»So ein Schock damals. Der verzieht sich nicht einfach. Der gärt in den Leuten.«

»Da haben Sie wohl Recht.« Wie Jenny zuvor bei Elizabeth Bell, entschloss sich Banks, George Woodward zu vertrauen. »Ich bin wegen Lucy Payne hier«, erklärte er und beobachtete Woodwards Gesichtsausdruck. »Ehemals Linda Godwin. Aber das bleibt fürs Erste unter uns.«

Woodward erblasste und stieß einen Pfiff aus. »Meine Güte, das hätte ich nicht gedacht! Linda Godwin?«

»Genau.«

»Ich hab das Bild von ihr in der Zeitung gesehen, aber ich hab sie nicht erkannt. Das arme Mädchen!«

»Jetzt ist sie kein armes Mädchen mehr.«

»Sie glauben doch nicht, dass sie etwas mit den Entführungen zu tun hat?«

»Wir wissen nicht, was wir glauben sollen. Das ist das Problem. Sie beruft sich auf Gedächtnisverlust. Es gibt ein paar Indizienbeweise, aber nicht viel. Sie verstehen, was ich meine.«

»Was sagt Ihr Gefühl?«

»Dass sie mehr damit zu tun hat, als sie zugibt. Ob sie seine Komplizin war, weiß ich nicht.«

»Ihnen ist bewusst, dass sie erst zwölf Jahre war, als ich sie damals sah?«

»Ja.«

»Eine Zwölfjährige mit der Verantwortung einer Vierzigjährigen.«

»Verantwortung?« Jenny hatte angedeutet, Lucy hätte sich um die jüngeren Kinder gekümmert; Banks fragte sich, ob Woodward darauf anspielte.

»Ja. Sie war die Älteste. Um Himmels willen, Banks, sie hatte einen zehnjährigen Bruder, der regelmäßig für seinen Vater und Onkel den Arsch hinhalten musste, und sie konnte nichts dagegen tun. Mit ihr haben sie es ja auch gemacht. Können Sie sich auch nur ansatzweise vorstellen, wie sie sich gefühlt haben muss?«

Banks musste zugeben, dass er das nicht konnte. »Stört es Sie, wenn ich rauche?«, fragte er.

»Ich hole einen Aschenbecher. Sie haben Glück, dass Mary drüben bei ihrer Mutter ist.« Woodward zwinkerte. »Sie würde es nicht erlauben.« Er holte einen schweren Glasaschenbecher aus dem Schrank neben der Tür und zog überraschend eine zerdrückte Packung Embassy Regal aus der Hemdtasche unter dem beigen Pullover mit dem V-Ausschnitt. Dann schlug er zu Banks' Erstaunen vor, sich einen zu genehmigen. »Nichts Besonderes. Nur Bell's.«

»Bell's ist klasse«, sagte Banks. Er wollte nur ein Glas trinken, da er eine lange Rückfahrt vor sich hatte. Der erste Schluck nach dem Anstoßen schmeckte herrlich. Lag wohl auch an dem kalten Regen, der gegen das Erkerfenster prasselte.

»Haben Sie Lucy näher kennen gelernt?«, erkundigte sich Banks.

Woodward nippte an seinem Bell's und verzog das Gesicht. »Hab kaum mit ihr geredet. Mit gar keinem von den Kindern, genau genommen. Das haben wir den Leuten vom Jugendamt überlassen. Wir hatten genug mit den Eltern zu tun.«

»Können Sie mir schildern, wie sich das abgespielt hat?«

Woodward fuhr sich mit der Hand durchs Haar und nahm einen langen Zug von der Zigarette. »Gütiger Gott, das ist schon eine ganze Weile her«, sagte er.

»Woran Sie sich erinnern können.«

»Oh, ich erinnere mich an alles, als wäre es gestern gewesen. Das ist ja das Problem.«

Banks streifte die Asche von der Zigarette und wartete, damit sich George Woodward auf den Tag konzentrierte, den er wohl am liebsten vergessen würde.

»Es war stockduster in der Nacht«, begann er. »Und so kalt, dass einem die Eier abfielen. Der elfte Februar war das. 1990. Ich war zusammen mit Baz – mein Sergeant Barry Stevens – im Auto hingefahren. Die verdammte Heizung hat nicht richtig funktioniert, das weiß ich noch. Wir waren fast blau gefroren, als wir in Alderthorpe ankamen. Alle Pfützen waren vereist. Es waren noch drei andere Wagen und ein Bus da, vom Jugendamt, wohl für die Kinder. Wir hatten von einer Lehrerin einen Tipp bekommen. Sie hatte Verdacht geschöpft, weil die Kinder ständig fehlten, vernachlässigt aussahen, sich auffällig verhielten und insbesondere weil Kathleen Murray verschwunden war.«

»Das war das Kind, das getötet wurde, richtig?«

»Ja. Jedenfalls brannten ein paar Lichter in den Häusern, als wir ankamen. Wir sind einfach drauflosmarschiert und haben uns da reingeholzt – wir hatten einen Durchsuchungsbefehl – und dann … dann haben wir es gesehen.« Er schwieg eine Weile, starrte an Banks vorbei, am Erkerfenster vorbei, in die Ferne weit hinter dem Meer. Dann trank er einen Schluck Whisky, hustete und fuhr fort. »Natürlich wussten wir zuerst nicht, wer wer war. Die beiden Haushalte waren durcheinander gewürfelt, es wusste eh keiner, wer welches Kind gezeugt hatte.«

»Was fanden Sie vor?«

»Die meisten schliefen, als wir die Türen aufgebrochen haben. Sie hatten einen scharfen Hund, der hat Baz ordentlich gebissen, als wir reingegangen sind. Dann haben wir Oliver Murray und Pamela Godwin – Bruder und Schwester – in einem Bett mit der jüngsten Godwin-Tochter, Laura, gefunden.«

»Lucys Schwester.«

»Genau. Dianne Murray, das zweitälteste Kind, schlief zusammengerollt tief und fest mit dem Bruder Keith in einem Zimmer, aber ihre Schwester Susan lag eingekeilt zwischen den anderen beiden Erwachsenen.« Er schluckte. »Das Haus war ein Schweinestall – beide Häuser – und es stank bestialisch. In die Wohnzimmerwand hatten sie ein Loch geschlagen, damit sie hin und her konnten, ohne nach draußen zu müssen und gesehen zu werden.« Woodward hielt kurz inne, um seine Gedanken zu ordnen. »Es ist schwer, diese Verwahrlosung, diese Verkommenheit zu vermitteln, die man dort gespürt hat, aber es war greifbar, man konnte es fühlen und schmecken. Ich meine nicht nur den Dreck, den Schmutz, den Gestank, sondern mehr. So was wie seelische Verkommenheit, wenn Sie verstehen, worauf ich hinauswill. Natürlich waren alle überrascht, vor allem die Kinder.« Er schüttelte den Kopf. »Wenn ich zurückdenke, frag ich mich manchmal, ob wir es nicht anders hätten machen sollen, vorsichtiger. Weiß nicht. Ist eh zu spät.«

»Ich habe gehört, Sie haben Anhaltspunkte für satanische Rituale gefunden?«

»Im Keller von den Godwins, ja.«

»Was genau war da?«

»Das Übliche. Weihrauch, Gewänder, Bücher, Pentagramme, ein Altar – mit Sicherheit, um darauf die Jungfrau zu penetrieren. Und andere okkulte Gegenstände. Wissen Sie, was meine Theorie ist?«

»Nein. Was denn?«

»Das waren keine Hexen oder Satanisten, das waren einfach nur kranke, verkommene Perverse. Ich bin überzeugt, dass der Satanismus für sie nur ein Vorwand war, um Drogen zu nehmen und sich in einen Wahnzustand zu tanzen oder zu singen. Dieses ganze Brimborium – Kerzen, magische Kreise, Gewänder, Musik, Gesang und so weiter –, das war nur dazu da, damit es für die Kinder wie ein Spiel aussah. Damit sollten sie abgelenkt werden, so nach dem Motto, dann kriegen die kleinen Hosenscheißer nicht mit, ob das normal ist, was sie da tun – mit Mummy und Daddy spielen, auch wenn es manchmal wehtut und sie bestraft werden, wenn sie böse sind – oder ob es was Anormales, was ganz, ganz Schlimmes ist. War natürlich beides. Kein Wunder, dass sie es nicht kapiert haben. Dieses ganze Drum und Dran, dadurch sollte es bloß wie ein Spiel für die Kinder aussehen, Ringelrangelrose, mehr nicht.«

Auch in Paynes Keller waren satanische Gegenstände gefunden worden. Banks fragte sich, ob da eine Verbindung bestand. »Hat sich damals jemand öffentlich zum Glauben an Satan bekannt?«

»Oliver und Pamela haben versucht, die Geschworenen im Prozess mit so einem Gelaber über den gehörnten Gott und 666 zu verunsichern, aber da hat keiner die geringste Notiz von genommen. Augenwischerei, mehr war das nicht. Mummenschanz für die Kinder. Komm, wir gehen in den Keller, verkleiden uns und spielen ein bisschen.«

»Wo haben Sie Lucy gefunden?«

»In einem Käfig – hinterher haben wir herausbekommen, dass es ein echter Morrison-Bunker aus dem Krieg war –, im Keller von Murrays Haus, zusammen mit ihrem Bruder Tom. Da wurden sie reingesteckt, wenn sie ungezogen waren oder nicht gehorcht haben, wie wir später hörten. Allerdings konnten wir nie in Erfahrung bringen, was die beiden speziell getan hatten, denn sie haben den Mund nicht aufgemacht.«

»Wollten sie nicht oder konnten sie nicht?«

»Sie wollten nicht. Sie wollten nicht gegen die Erwachsenen aussagen, gegen ihre Eltern. Sie waren zu lange missbraucht und eingeschüchtert worden, als dass sie gewagt hätten, darüber zu sprechen.« Woodward schwieg kurz. »Manchmal glaube ich, sie hätten es eh nicht beschreiben können, selbst wenn sie sich noch so angestrengt hätten. Ich meine, woher soll ein Neunjähriger oder eine Zwölfjährige die Begriffe und das Hintergrundwissen nehmen, um so etwas zu beschreiben? Sie haben nicht einfach nur die Eltern geschützt oder aus Angst vor ihnen dichtgehalten – das ging tiefer. Nun, Tom und Linda … die beiden waren nackt und schmutzig, sie haben in ihrem eigenen Unrat gehockt und sahen aus, als hätten sie mehrere Tage nichts gegessen – ich meine, eigentlich waren alle Kinder unterernährt und verwahrlost, aber die beiden noch schlimmer. In dem Käfig war ein Eimer, und dieser Gestank … Und Linda, also, sie war zwölf, und es war schon so weit. Sie war … ich meine, sie hatten keine Vorkehrungen getroffen für … Sie wissen schon … für ihre Tage. Nie werde ich die Scham und die Angst und den Trotz im Gesicht des kleinen Mädchens vergessen, als Baz und ich reinkamen und das Licht anmachten.«

Banks trank einen Schluck Bell's und wartete, bis er ihm brennend durch die Kehle geronnen war, dann fragte er: »Was haben Sie gemacht?«

»Zuerst haben wir ein paar Decken gesucht, um sie zu wärmen, denn besonders warm war es da nicht, aber auch aus Anstand.«

»Und danach?«

»Haben wir sie den Leuten vom Jugendamt übergeben.« Woodward erschauderte. »Eine von denen kam nicht damit zurecht. Eine junge Frau mit guten Absichten, dachte, sie hätte die Nerven, hatte sie aber wohl nicht.«

»Wieso?«

»Die hat sich ins Auto gesetzt und ist nicht wieder rausgekommen. Hat da drin gehockt, gezittert und geweint. Konnte sich keiner groß drum kümmern, wir hatten ja alle Hände voll zu tun. Baz und ich haben uns in erster Linie mit den Erwachsenen rumgeschlagen.«

»Haben die viel gesagt?«

»Nee! Ein Haufen Sturköpfe. Und Pamela Godwin, also, mit der stimmte was nicht. Im Kopf. Sie hatte scheinbar nicht die geringste Ahnung, was los war. Hat immer nur gegrinst und gefragt, ob wir eine Tasse Tee wollten. Aber ihr Mann, Michael, den werd ich nie vergessen. Schmieriges Haar, verfilzter Bart und dunkle Augen mit diesem gewissen Blick. Haben Sie mal Bilder von diesem Mörder aus Amerika gesehen, Charles Manson?«

»Ja.«

»So sah der aus. An den hat mich Michael Godwin erinnert, an Charles Manson.«

»Was haben Sie mit ihnen gemacht?«

»Erst mal alle verhaftet wegen Verstoß gegen das Kinderschutzgesetz. Die waren natürlich nicht einverstanden. Haben sich ein paar Beulen und blaue Flecken eingefangen.« Er warf Banks einen Blick zu, als wolle er sagen, halt dich bloß bedeckt. Banks schwieg. »Später hatten wir natürlich Anklagepunkte noch und nöcher.«

»Unter anderem Mord.«

»Das war später, nachdem wir die Leiche von Kathleen Murray gefunden hatten.«

»Wann war das?«

»Noch am gleichen Tag.«

»Wo?«

»In einem alten Sack hinterm Haus im Mülleimer. Ich nehm an, sie wollten sie da zwischenlagern, bis der Boden etwas weicher wurde und sie sie vergraben konnten. Man konnte sehen, dass einer versucht hatte, ein Loch zu graben, aber das war nicht sehr tief, die Erde war zu hart. Die Leiche war zusammengekrümmt worden und hatte so lange draußen gelegen, dass sie steif gefroren war. Der Gerichtsmediziner musste warten, bis sie aufgetaut war, bevor er mit der Obduktion anfangen konnte.«

»Kamen alle vor Gericht?«

»Alle vier Erwachsenen wurden wegen Verabredung zur Verübung einer Straftat angeklagt.«

»Und?«

»Sie wurden dem Gericht zur Aburteilung überwiesen. Michael Godwin hat sich in seiner Zelle um die Ecke gebracht, und Pamela wurde für verhandlungsunfähig erklärt. Die beiden Murrays sind von den Geschworenen nach einem Vormittag Beratung verurteilt worden.«

»Was gab es für Beweise?«

»Was meinen Sie damit?«

»Könnte auch jemand anders Kathleen getötet haben?«

»Wer denn?«

»Keine Ahnung. Eins von den Kindern vielleicht?«

Woodwards Gesicht wurde starr. »Sie haben das damals nicht gesehen«, sagte er. »Sonst würden Sie nicht solche Andeutungen machen.«

»Gab es damals Vermutungen in der Richtung?«

Woodward lachte barsch. »Ob Sie es glauben oder nicht, ja. Die Erwachsenen hatten die Frechheit, es dem Jungen anzuhängen, Tom. Aber darauf ist keiner reingefallen, Gott sei Dank.«

»Was für Beweise gab es denn? Was war beispielsweise die Todesursache?«

»Erdrosselung.«

Banks hielt die Luft an. Noch ein Zufall. »Womit?«

Woodward grinste, als decke er seine Trumpfkarte auf. »Mit Oliver Murrays Gürtel. Der Pathologe hat gesagt, er passt in die Wunde. Außerdem hat er Spuren von Murrays Sperma in Vagina und Anus des Mädchens gefunden, von ihren Verletzungen ganz zu schweigen. Sah aus, als hätten sie es mit ihr übertrieben. Vielleicht ist sie verblutet, ich weiß es nicht, aber sie haben die Kleine umgebracht – *er* hat sie umgebracht, mit Wissen und Zustimmung der anderen, vielleicht haben sie ihm sogar geholfen, keine Ahnung.«

»Worauf haben sie plädiert, die Murrays?«

»Was erwarten Sie? Auf nicht schuldig.«

»Sie waren nicht geständig?«

»Nein. Solche Menschen gestehen nie. Sie glauben sogar, sie hätten nichts Schlimmes getan, so weit sind sie jenseits von Gut und Böse, jenseits dessen, was für uns alle normal ist. Am Ende haben sie weniger bekommen, als sie verdient haben. Man hat sie am Leben gelassen, aber wenigstens sind sie immer noch hinter Schloss und Riegel, in sicherer Entfernung. Und das, Mr. Banks, ist die Geschichte der sieben Alderthorpe-Kinder.« Woodward legte die Hände auf den Tisch und erhob sich. Er wirkte jetzt weniger forsch und müder als bei Banks' Ankunft. »Wenn Sie mich jetzt entschuldigen würden, ich muss die Zimmer machen, bevor meine bessere Hälfte zurückkommt.«

Es kam Banks sonderbar vor, um diese Zeit die Zimmer zu machen, sie standen ja eh leer. Aber er merkte, dass Woodward genug hatte, allein sein und, wenn möglich, den schlechten Nachgeschmack seiner Erinnerung loswerden wollte, bevor seine Frau nach Hause kam. Viel Glück dabei. Banks fiel nichts mehr ein, das er noch hätte fragen können, und so verabschiedete er sich, knöpfte den Mantel zu und trat hinaus in den Regen. Er hätte schwören können, dass einige Hagelkörner seinen Kopf trafen, ehe er ins Auto stieg.

Von dem Moment an, als Maggie in das Taxi zum Lokalsender stieg, begannen die Zweifel an ihr zu nagen. Ehrlich gesagt, war sie seit dem Anruf am frühen Nachmittag nicht mehr überzeugt, ob sie um sechs Uhr, direkt nach den Nachrichten, an einer Diskussion im Abendmagazin über Gewalt in der Ehe teilnehmen wollte. Eine Produktionsassistentin hatte den Artikel in der Zeitung gelesen und gedacht, Maggie würde einen geeigneten Gast abgeben. Es sollte in der Sendung nicht um Terence und Lucy Payne gehen, hatte die Produktionsassistentin betont. Über deren Taten dürfe nicht gesprochen werden. Die Gesetzeslage sei unklar, hatte die Frau dargelegt, bisher sei niemand des Mordes an den Mädchen angeklagt und der Hauptverdächtige sei tot, ohne überführt worden zu sein. Konnte man einen Toten des Mordes anklagen?, fragte sich Maggie.

Während das Taxi die Canal Road hinuntersauste, die Brücke überquerte und unter dem Viadukt hindurch auf die Kirkstall Road zufuhr, wo der Feierabendverkehr stockte, fühlte Maggie die Schmetterlinge in ihrem Bauch. Sie rief sich den Zeitungsartikel in Erinnerung, in dem Lorraine

310

Temple alles verdreht hatte, und fragte sich erneut, ob sie das Richtige tat oder schnurstracks in ihren eigenen Untergang marschierte.

Aber sie hatte sehr gute, einleuchtende Gründe für ihre Entscheidung, redete sie sich ein. Zuerst einmal wollte sie das in der Zeitung vermittelte Bild der bösen, manipulativen Lucy Payne verändern, am liebsten sogar zurechtrücken. Hoffentlich würde sie das Thema anschneiden können. Lucy war ein Opfer, und das sollten die Leute kapieren. Außerdem wollte Maggie das farblose Mauerblümchen-Image ablegen, das Lorraine Temple ihr angehängt hatte. Sie wollte ihr Selbstwertgefühl stärken und ernst genommen werden.

Letztlich war der Polizist, dieser Banks, der Grund für ihre Zusage gewesen. Wie er sie in ihrem Haus angeschrien hatte, wie er ihren Verstand angezweifelt hatte und ihr vorschreiben wollte, was sie zu tun und zu lassen hatte. Dieses Arschloch. Dem würde sie es zeigen. Allen würde sie es zeigen. Jetzt war sie zu allem imstande, und wenn es ihre Aufgabe war, das Sprachrohr misshandelter Frauen zu sein, dann war es halt so; sie war bereit. Lorraine Temple hatte eh die Katze aus dem Sack gelassen, was Maggies Vergangenheit anging, da gab es nichts mehr zu verheimlichen, nun konnte sie genauso gut den Mund aufmachen und hoffen, anderen in derselben Lage zu helfen. Schluss mit dem farblosen Mauerblümchen.

Am Nachmittag hatte Julia Ford angerufen und ihr mitgeteilt, dass Lucy zu weiteren Vernehmungen nach Eastvale überstellt worden sei und wahrscheinlich über Nacht bleiben müsse. Maggie war erbost. Was hatte Lucy getan, um so behandelt zu werden? Irgendetwas war hier gewaltig aus dem Lot geraten.

Maggie bezahlte den Taxifahrer und steckte die Quittung ein. Der Sender würde das Geld erstatten, hatte man ihr gesagt. Sie stellte sich am Empfang vor, und die Frau hinter dem Tresen rief die Produktionsassistentin, eine gewisse Tina Driscoll. Sie entpuppte sich als rappeldürres fröhliches Mädchen Anfang zwanzig, hatte kurzes, gebleichtes Haar, einen blassen Teint und hohe Wangenknochen. Sie trug Jeans und eine weiße Bluse, wie die meisten Leute, die Maggie sah, als sie Tina durch das obligatorische Fernsehstudiolabyrinth folgte.

»Sie sind nach dem Pudelzüchter dran«, erklärte Tina mit einem Blick auf die Uhr. »Müsste um zwanzig nach sein. Hier ist die Maske.«

Tina schob Maggie in einen winzigen Raum voller Stühle, Spiegel und einem gewaltigen Aufgebot an Pudern, Pinseln und Tinkturen. »Genau hier, meine Liebe, ist schon richtig«, sagte die Maskenbildnerin, die sich als Charley vorstellte. »Dauert nicht lange.« Und schon begann sie, in Maggies Gesicht herumzutupfen und zu -pinseln. Zufrieden mit dem Ergebnis, sagte sie: »Kommen Sie hinterher kurz rein, das ist in null Komma nichts wieder runter.«

Maggie konnte keinen großen Unterschied feststellen, wusste aber von einem früheren Fernsehauftritt, dass die Kameras bei der Studiobeleuchtung die feinsten Nuancen einfingen. »David macht das Interview«, erklärte Tina mit einem Blick auf ihr Klemmbrett, als sie zum Green Room gingen. David, so viel wusste Maggie, war David Hartford, die männliche Hälfte des Duos, das durch die Sendung führte. Die Frau hieß Emma Larson. Maggie hatte gehofft, dass sie ihre Gesprächspartnerin sein würde. Emma hatte bei Frauenthemen immer einen verständnisvollen Eindruck gemacht, während David Hartford einen für Maggies Geschmack zynischen und herabsetzenden Ton anschlug, wenn er jemanden befragte, der seinen Standpunkt mit Leidenschaft vertrat. Außerdem war David bekannt für seine provokante Art. Aber so wie Maggie sich momentan fühlte, kam ihr jede Provokation gerade recht.

Die übrigen Gäste warteten schon im Green Room: der ernste, bärtige Dr. James Bletchley vom Ortskrankenhaus, Detective Constable Kathy Proctor von der Ermittlungsgruppe »Häusliche Gewalt« und Michael Groves, ein ziemlich zauselig wirkender Sozialarbeiter. Maggie wurde klar, dass sie das einzige »Opfer« war. Nun, sei's drum. Sie konnte den anderen erzählen, wie man sich als Zielscheibe fühlte.

Alle stellten sich vor, dann legte sich ein nervöses Schweigen über den Raum, das nur von einem kurzen Kläffen des

Pudels unterbrochen wurde, als der Produzent hereinkam, um zu prüfen, ob alle anwesend und gebrieft waren. In der restlichen Wartezeit unterhielt sich Maggie kurz mit den übrigen Gästen über Belanglosigkeiten und verfolgte das Durcheinander von Leuten, die kamen und gingen und sich draußen in den Gängen Fragen zuriefen. Wie das andere Fernsehstudio, das sie besucht hatte, herrschte auch in diesem unablässig Chaos.

Im Zimmer hing ein Monitor, so dass sie den Beginn der Sendung verfolgen konnten, das lockere Geplänkel zwischen David und Emma und die Zusammenfassung der wichtigsten Lokalnachrichten vom Tage, unter anderem war ein angesehener Stadtrat gestorben und im Zentrum wurde ein neuer Kreisverkehr geplant. Dann kam ein Beitrag aus der Reihe »Meine Nachbarn sind die Hölle« über die Poplar-Siedlung. In der Werbepause nach dem Pudelzüchter sorgte ein anderer Produktionsassistent dafür, dass alle ihre Plätze auf Sesseln und Sofas einnahmen. Es sollte wie ein kuscheliges, gemütliches Wohnzimmer aussehen, perfekt bis zum falschen Kamin. Der Tonassistent klemmte die Mikros an und verschwand. David Hartford nahm eine Körperhaltung ein, die es ihm erlaubte, die Gäste anzusehen, ohne sich bewegen zu müssen, und trotzdem vorteilhaft eingefangen zu werden.

Der stumme Countdown lief rückwärts, David Hartford rückte seine Krawatte zurecht und setzte sein Sonntagslächeln auf. Dann ging's los. Aus der Nähe sah Davids Haut wie rosa Plastik aus. Er fühlte sich bestimmt wie eine Puppe an. Sein Haar war auch zu schwarz, um echt zu sein.

Sobald David das Thema anmoderierte, schaltete er das Lächeln ab und setzte eine ernste, betroffene Miene auf. Er begann mit Kathy, der Polizistin, damit man eine Vorstellung bekam, wie viele Familienstreitigkeiten monatlich gemeldet wurden und wie damit verfahren wurde. Danach war Michael dran, der Sozialarbeiter. Er sprach über Frauenhäuser. Als David das Wort an Maggie richtete, klopfte ihr das Herz bis zum Hals. Er war ein Schönling wie alle Fernsehmoderatoren, nur hatte er etwas an sich, das sie unruhig machte. Er interessierte sich gar nicht für die Probleme und Themen, die besprochen wurden. Ihm ging es einzig und allein darum, daraus etwas Fesselndes zu stricken, in dessen Mittelpunkt er stand. Maggie nahm an, dass das letztendlich Sinn und Zweck von Fernsehen war – die Zuschauer zu fesseln und die Moderatoren dabei gut aussehen zu lassen. Trotzdem nervte es sie.

Er fragte sie, wann sie erstmals festgestellt habe, dass etwas nicht stimme, und sie schilderte kurz die Symptome, die überzogenen Forderungen, die Wutausbrüche, kleinen Strafmaßnahmen und schließlich die Schläge bis hin zu dem Tag, als Bill ihr den Kiefer gebrochen und zwei Zähne ausgeschlagen hatte, so dass sie eine Woche ins Krankenhaus musste.

Als Maggie verstummt war, las er die nächste Frage vom Blatt ab: »Warum haben Sie ihn nicht verlassen? Ich meine, Sie haben gerade erzählt, Sie hätten sich diese körperlichen Misshandlungen … wie lange … fast zwei Jahre lang gefallen lassen? Sie sind doch eine intelligente, aufgeweckte Frau. Warum haben Sie ihn nicht einfach sitzen lassen?«

Während Maggie nach den richtigen Worten suchte, um auszudrücken, warum das nicht so einfach war, mischte sich der Sozialarbeiter ein und erklärte, wie schnell Frauen in den Teufelskreis der Gewalt gerieten und dass es oft die Scham war, die sie davon abhielt, an die Öffentlichkeit zu gehen. Schließlich fand Maggie ihre Stimme wieder.

»Sie haben Recht«, sagte sie zu David. »Ich hätte ihn verlassen können. Wie Sie sagen, ich bin eine intelligente, aufgeweckte Frau. Ich habe einen tollen Beruf, gute Freunde, eine Familie, die mich unterstützt. Ich nehme an, dass ich zum einen gedacht habe, es würde irgendwann aufhören, wir würden es durchstehen. Ich habe meinen Mann trotzdem geliebt. Ich wollte die Ehe nicht einfach so aufgeben.« Maggie hielt inne, und als niemand anders in die Stille sprach, fügte sie hinzu: »Außerdem hätte es nichts geändert. Selbst nachdem ich ihn verlassen habe, hat er mich aufgespürt, hat mich verfolgt und belästigt und wieder misshandelt. Selbst nach dem Gerichtsbeschluss.«

Das war das Stichwort für David, der Polizeibeamtin vorzuwerfen, wie wirkungslos die Rechtsprechung sei, wenn Frauen vor ihren prügelnden Ehemännern geschützt werden sollten. Maggie hatte Zeit, um Revue passieren zu lassen, was sie gesagt hatte. Sie hatte sich nicht schlecht geschlagen, fand sie. Es war heiß unter den Scheinwerfern, sie merkte, dass ihre Stirn feucht wurde. Sie hoffte, dass ihr Make-up nicht verlief.

David wandte sich an den Arzt.

»Richtet sich Gewalt in der Ehe in erster Linie gegen Frauen, Dr. Bletchley?«, fragte er.

»Es gibt einige Fälle von Männern, die von ihren Frauen körperlich misshandelt werden«, antwortete der Arzt, »aber das sind relativ wenig.«

»Statistisch gesehen«, mischte sich Michael ein, »ist wohl klar, dass Gewalt von Männern gegen Frauen weitaus häufiger vorkommt als andersherum. Gewalt von Frauen gegen Männer ist fast schon unerheblich. Das liegt in unserer Kultur begründet. Beispielsweise jagen und töten männliche Tiere ihre früheren Partner oder begehen Massaker an den Jungen, was Weibchen nicht tun.«

»Aber abgesehen davon«, fuhr David fort, »meinen Sie nicht, dass Frauen manchmal überreagieren und das Leben des Mannes leichtsinnig ruinieren? Ich meine, sobald solche Anschuldigungen in die Welt gesetzt sind, wird man sie nur sehr schwer wieder los, selbst wenn man vor Gericht freigesprochen wird.«

»Aber lohnt sich das nicht«, argumentierte Maggie, »wenn dadurch die geschützt werden, die wirklich Schutz brauchen?«

David grinste. »Na, das ist ja so, als würde man sagen, was macht das schon, wenn man ein paar Unschuldige hängt, solange die Schuldigen mit dabei sind, oder?«

»Es hat sich noch nie jemand mit Absicht vorgenommen, Unschuldige zu hängen«, bemerkte Kathy.

»Aber sagen wir mal, ein Mann hat sich für eine ungeheure Beleidigung gerächt« – David ließ nicht locker –, »wird die Frau nicht doch eher als das Opfer betrachtet?«

»Sie *ist* das Opfer«, sagte Maggie.

»Das ist ja so, als würde man sagen, sie hat es geradezu herausgefordert«, fügte Michael hinzu. »Was für eine Provokation soll bitte schön Gewalt rechtfertigen?«

»Aber es gibt doch auch Frauen, die es gerne etwas härter haben!«

»Ach, jetzt hören Sie aber damit auf!«, sagte Michael. »Da können Sie ja auch gleich behaupten, Frauen würden durch ihre Kleidung zur Vergewaltigung auffordern.«

»Aber es *gibt* doch masochistische Menschen, nicht wahr, Herr Doktor?«

»Sie sprechen von Frauen, die gerne härteren Sex haben, ja?«, fragte der Arzt.

David schien die direkte Rückfrage etwas peinlich zu sein – er war ans Fragen gewöhnt, nicht ans Antworten –, doch dann nickte er.

Dr. Bletchley strich sich über den Bart, ehe er antwortete. »Also, um Ihnen eine einfache Antwort zu geben: Ja, es gibt masochistisch veranlagte Frauen, genau wie es masochistisch veranlagte Männer gibt, aber Sie müssen hier differenzieren. Es handelt sich dabei um einen winzigen Bruchteil unserer Gesellschaft und nicht um den Teil der Gesellschaft, der Gewalt in der Ehe erlebt.«

Sichtlich erleichtert, diesen Aspekt hinter sich zu haben, formulierte David vorsichtig die nächste Frage an Maggie. »Sie sind vor kurzem mit einem Fall in Berührung gekommen, der schon eine gewisse Berühmtheit erlangt hat, was Gewalt in der Ehe angeht. Nun, wir dürfen aus gesetzlichen Gründen zwar nicht über den Fall direkt sprechen, aber gibt es etwas, das Sie uns darüber sagen können?«

Er sah aus, als gierte er auf eine Antwort. »Ein Mensch hat sich mir anvertraut«, sagte Maggie. »Diese Frau hat mir gestanden, dass sie von ihrem Mann misshandelt wird. Ich habe ihr Ratschläge gegeben und ihr so gut geholfen, wie ich konnte.«

»Aber Sie haben es nicht bei den Behörden gemeldet.«

»Das ist nicht meine Aufgabe.«

»Was halten Sie davon, Constable Proctor?«

»Sie hat Recht. Wir können nichts tun, bevor die Betroffenen nicht selbst Anzeige erstatten.«

»Oder bis die Sache eskaliert, wie in diesem Fall?«

»Ja. Leider nimmt es oft ein unerfreuliches Ende.«

»Vielen Dank«, sagte David und wollte das Thema beenden. Maggie wurde klar, dass sie zum Ende hin geschwächelt hatte. Sie hatte sich ablenken lassen. Sie unterbrach David und sagte: »Wenn ich noch eine Kleinigkeit hinzufügen darf – die Opfer werden nicht immer mit der Umsicht, dem Respekt und der Höflichkeit behandelt, die sie meiner Meinung nach verdienen. Genau in diesem Moment sitzt eine junge Frau in einer Zelle in Eastvale, eine Frau, die noch heute Morgen mit Verletzungen im Krankenhaus gelegen hat, weil sie am letzten Wochenende von ihrem Mann verprügelt worden ist. Warum wird diese Frau so behandelt?«

»Haben Sie eine Antwort?«, fragte David. Der Zwischenruf störte ihn, gleichzeitig reizte ihn die Möglichkeit einer Kontroverse.

»Ich glaube, weil ihr Mann tot ist«, sagte Maggie. »Die Polizei vermutet, dass er ein paar Mädchen umgebracht hat, aber jetzt ist er tot, und der dicke Fang geht ihnen durch die Lappen. Deshalb haben sie es auf die Frau abgesehen. Deswegen haben sie es auf Lucy abgesehen.«

»Vielen Dank«, sagte David, wandte sich der Kamera zu und knipste wieder sein Lächeln an. »Das ist ja ein ganz passendes Schlusswort ...«

Als die Sendung vorbei war und der Tonassistent ihnen die Mikros abnahm, herrschte Schweigen. Dann ging die Polizistin zu Maggie und sagte: »Das war ziemlich unklug von Ihnen, was Sie da gerade von sich gegeben haben.«

»Ach, lasst sie in Ruhe«, widersprach Michael. »Wurde mal Zeit, dass es einer laut sagt.«

Der Arzt war schon weg, und David und Emma waren nicht mehr zu sehen.

»Lust auf ein Glas Bier?«, fragte Michael Maggie beim Verlassen des Studios, nachdem sie abgeschminkt worden waren. Sie schüttelte den Kopf. Sie wollte nur mit dem Taxi nach Hause fahren, ein schönes heißes Bad nehmen und ein gutes Buch dabei lesen. Es war möglicherweise das letzte Quäntchen Ruhe, das ihr vergönnt sein würde, wenn es eine Reaktion auf ihr Plädoyer für Lucy geben würde. Sie glaubte nicht, irgendein Gesetz gebrochen zu haben. Schließlich hatte sie

317

nicht erklärt, Terry sei für die Morde verantwortlich, sie hatte seinen Namen nicht einmal erwähnt. Dennoch war sie überzeugt, dass die Polizei einen Vorwurf finden würde, wenn sie wollte. Darin war die gut. Maggie würde Banks das durchaus zutrauen. Sollte er doch, dachte sie. Sollte er sie ruhig zur Märtyrerin machen.

»Wirklich nicht? Nur auf ein schnelles Glas.«

Maggie sah Michael an und wusste, dass er lediglich mehr aus ihr herausquetschen wollte. »Nein«, sagte sie. »Vielen Dank für die Einladung, aber nein. Ich fahre nach Hause.«

13

Als Banks am frühen Samstagmorgen zum Präsidium der Western Division kam, herrschte dort das reine Chaos. Selbst auf der Rückseite, am Ausgang zum Parkplatz, drängelten sich Journalisten und Kamera schwenkende Nachrichtenteams und stellten lautstark Fragen über Lucy Payne. Banks fluchte in sich hinein, stellte die Dylan-CD mitten in »Not Dark Yet« aus und bahnte sich vorsichtig, aber bestimmt seinen Weg durch die Menge.

Im Gebäude war es ruhiger. Banks verdrückte sich in sein Büro und schaute aus dem Fenster auf den Marktplatz. Noch mehr Journalisten. Lastwagen von Fernsehsendern mit Satellitenschüsseln. Das volle Programm. Da hatte jemand die Katze aus dem Sack gelassen. Gründliche Arbeit. Auf der Suche nach einer Antwort ging Banks als Erstes ins Großraumbüro der Kripo. Die Constables Jackman und Templeton saßen an ihren Schreibtischen, Annie Cabbot beugte sich über die unterste Schublade des Aktenschranks, ein herzerfrischender Anblick in ihrer engen schwarzen Jeans, fand Banks und rief sich in Erinnerung, dass sie für den Abend verabredet waren. Essen, Video und mehr …

»Was ist denn da draußen los?«, fragte er in den Raum hinein.

Annie sah auf. »Wissen Sie das nicht?«

»Was weiß ich?«

»Haben Sie sie nicht gesehen?«

»Von wem reden Sie?«

Kevin Templeton und Winsome Jackman hielten die Köpfe gesenkt, mischten sich lieber nicht ein.

Annie stützte die Hände in die Hüften. »Gestern Abend, im Fernsehen.«

»Ich war in Withernsea und hab einen pensionierten Kollegen über Lucy Payne befragt. Habe ich was verpasst?«

Annie ging zu ihrem Schreibtisch und lehnte sich gegen die Kante. »Die Nachbarin, Maggie Forrest, hat an einer Fernsehdiskussion über Gewalt in der Ehe teilgenommen.«

»Ach du Scheiße.«

»Genau. Zum Schluss hat sie uns beschuldigt, es auf Lucy Payne abgesehen zu haben, weil wir uns nicht mehr an ihrem Mann rächen können, und der Allgemeinheit mitgeteilt, dass Lucy hier in Gewahrsam ist.«

»Julia Ford«, flüsterte Banks.

»Was?«

»Die Anwältin. Ich wette, sie hat Maggie verraten, wo wir Lucy versteckt haben. Oh Gott, was für ein Mist!«

»Ach, und übrigens«, sagte Annie grinsend. »AC Hartnell hat schon zweimal angerufen. Sie sollen sich sofort bei ihm melden, wenn Sie hier sind.«

Banks steuerte auf sein Büro zu. Bevor er Phil Hartnell anrief, öffnete er sein Fenster, so weit es ging, und zündete sich eine Zigarette an. Scheiß auf die Vorschriften; es schien wieder einer von diesen Tagen zu werden, und er hatte gerade erst angefangen. Banks hätte wissen müssen, dass Maggie Forrest eine tickende Zeitbombe war, dass seine Warnung sie nur zu noch dümmeren Taten anstacheln würde. Aber was sollte er mit ihr machen? Nichts. Sie hatte keine strafbare Handlung begangen, und es würde mit Sicherheit auch nichts nützen, bei ihr hereinzuschneien und ihr erneut Bescheid zu stoßen. Trotzdem, wenn sie ihm zufällig noch mal über den Weg laufen sollte, würde er ihr ordentlich die Meinung sagen. Sie hatte nicht die geringste Vorstellung, was sie anrichtete.

Als er sich beruhigt hatte, setzte er sich an den Schreibtisch und griff zum Telefon, aber es klingelte, noch bevor er abheben und Hartnells Nummer wählen konnte.

»Alan? Hier Stefan.«

»Hoffenlich haben Sie wenigstens ein paar gute Nachrichten für mich, Stefan, denn so, wie dieser Tag heute anfängt, kann ich welche gebrauchen.«

»Ist es so schlimm?«

»Auf dem besten Weg.«

»Dann hab ich vielleicht was, das Ihre Laune verbessert. Ich hab gerade den DNA-Vergleich aus dem Labor bekommen.«

»Und?«

»Es passt. Terence Payne ist tatsächlich der Vergewaltiger von Seacroft.«

Banks schlug mit der flachen Hand auf den Tisch. »Super! Noch was?«

»Nur ein paar Kleinigkeiten. Die Jungs, die die ganzen Unterlagen und Rechnungen aus dem Haus durchgehen, haben nichts gefunden, das wie ein Rezept für Schlaftabletten aussieht, weder für Terence noch für Lucy Payne, und illegale Tabletten waren auch keine da.«

»Hab ich mir gedacht.«

»Sie haben aber einen Katalog vom Elektronik-Markt gefunden, einer von diesen Läden, bei denen man in den Verteiler aufgenommen wird, wenn man was gekauft hat.«

»Was haben sie gekauft?«

»Es gibt keinen Beleg, dass sie mit ihren Kreditkarten bezahlt haben, aber wir wollen die Firma fragen, ob sie den Warenausgang überprüfen kann. Vielleicht haben sie ja bar bezahlt. Und noch was: Auf dem Boden im Keller waren ein paar Abdrücke, die nach näherer Untersuchung so aussehen, als ob sie von einem Stativ stammen. Ich hab mit Luke gesprochen, und er hat kein Stativ dabeigehabt, deshalb ...«

»Hat jemand anders eins gehabt.«

»Sieht so aus.«

»Wo ist es dann, verdammt noch mal?«

»Keine Ahnung.«

»Gut, Stefan, danke für die guten Nachrichten. Sucht weiter!«

»Sicher.«

Sofort nach dem Auflegen wählte Banks die Nummer des Area Commander. Hartnell meldete sich persönlich nach dem zweiten Klingeln.

321

»Area Commander Hartnell.«

»Alan hier«, sagte Banks. »Hab gehört, Sie hätten versucht, mich zu erreichen.«

»Haben Sie's gesehen?«

»Nein. Ich hab's gerade erst erfahren. Hier wimmelt es vor Reportern.«

»Wundert mich nicht. Diese dämliche Frau. Wie sieht es mit Lucy Payne aus?«

»Ich hab gestern mit ihr gesprochen, ist aber nichts bei rausgekommen.«

»Keine neuen Beweise?«

»Nicht in dem Sinne.« Banks berichtete von der mit dem Seacroft-Vergewaltiger übereinstimmenden DNA-Probe, von der Möglichkeit, dass irgendwo auf dem Grundstück der Paynes noch eine Videokamera versteckt sein könnte, und von seinem Gespräch mit George Woodward über die satanischen Gegenstände in Alderthorpe und die Erdrosselung von Kathleen Murray.

»Das ist alles nichts«, erwiderte Hartnell. »Auf jeden Fall sind das keine Beweise gegen Lucy Payne. Herrgott noch mal, Alan, sie war Opfer eines entsetzlichen Kindesmissbrauchs. Ich kann mich gut an Alderthorpe erinnern. Wir wollen nicht, dass das alles noch mal aufgewühlt wird. Stellen Sie sich vor, wie das aussieht, wenn wir streuen, dass sie mit zwölf Jahren ihre eigene Cousine abgemurkst hat.«

»Ich dachte, ich könnte sie damit ein bisschen unter Druck setzen, mal sehen, wie sie reagiert.«

»Sie wissen genauso gut wie ich, dass Blut und Fasern nicht ausreichen, und mehr haben wir nicht an Beweisen. Mutmaßungen über ihre Vergangenheit führen nur dazu, dass die Öffentlichkeit noch mehr Verständnis für sie hat.«

»Es gibt bestimmt genauso viele Leute, die sich über die Verbrechen entrüsten und glauben, dass sie vielleicht doch mehr damit zu tun hat, als sie zugibt.«

»Schon möglich, aber die sind längst nicht so stimmgewaltig wie die Leute, die schon in Millgarth angerufen haben, glauben Sie mir. Lassen Sie sie laufen, Alan.«

»Aber ...«

»Wir haben den Mörder, und er ist tot. Lassen Sie sie frei. Wir können sie nicht noch länger festhalten.«

Banks sah auf die Uhr. »Wir haben noch vier Stunden. Vielleicht ergibt sich noch was.«

»Es ergibt sich nichts mehr in den nächsten vier Stunden, glauben Sie mir! Lassen Sie sie frei!«

»Was ist mit Beschattung?«

»Zu teuer. Geben Sie auf dem zuständigen Revier Bescheid, die sollen sie im Auge behalten, und sagen Sie ihr, sie soll in der Nähe bleiben; vielleicht möchten wir uns ja noch mal mit ihr unterhalten.«

»Wenn sie schuldig ist, haut sie ab.«

»Wenn sie schuldig ist, suchen wir zuerst einen Beweis und dann sie.«

»Lassen Sie's mich noch einmal mit ihr versuchen.« Banks hielt die Luft an, als Hartnell am anderen Ende schwieg.

»Na gut. Reden Sie noch mal mit ihr. Wenn sie nicht gesteht, lassen Sie sie laufen. Aber nehmen Sie sich in Acht! Ich will keine Klagen hören, von wegen Gestapo-Methoden.«

Es klopfte an der Tür. Banks legte die Hand über den Hörer und rief: »Herein!«

Julia Ford betrat sein Büro und grinste ihn breit an.

»Da machen Sie sich mal keine Sorgen«, sagte Banks zu Hartnell. »Ihre Anwältin wird die ganze Zeit anwesend sein.«

»Wie im Irrenhaus da draußen, was?«, sagte Julia Ford. Die kleinen Fältchen um ihre Augen vertieften sich beim Lächeln. Sie trug heute ein anderes Kostüm – ein graues mit einer perlmuttfarbenen Bluse –, das aber nicht minder geschäftstüchtig aussah. Ihr Haar glänzte, als käme sie direkt vom Duschen, und ihr Make-up ließ sie jünger wirken.

»Ja«, erwiderte Banks. »Sieht aus, als hätte jemand der gesamten britischen Presse einen Tipp gegeben, wo sich Lucy aufhält.«

»Lassen Sie sie gehen?«

»Gleich. Vorher will ich noch einmal mit ihr reden.«

Julia seufzte und öffnete ihm die Tür. »Auch gut. Auf in den Kampf!«

Hull und das östliche Umland war ein Teil von Yorkshire, den Jenny kaum kannte. Auf ihrer Karte war am südlichsten Zipfel, wo der Humber in die Nordsee fließt, ein kleines Dorf namens Kilnsea verzeichnet. Dahinter erstreckte sich ein schmaler Landstreifen namens Spurn Head, eine als nationales Kulturerbe ausgewiesene Küste, die wie der krumme, verschrumpelte Finger einer Hexe ins Meer ragte. Die Gegend sah so öde aus, dass Jenny allein beim Blick auf die Landkarte erschauderte und den unaufhörlichen, kalten Wind und die brennende, salzige Gischt spüren konnte. Mehr gab es dort bestimmt nicht zu sehen.

Hatte die Landzunge den Namen Spurn Head, Landspitze der Verstoßenen, bekommen, weil dort einmal eine Frau ins Meer gestoßen worden war? Spukte nun dort ihr Geist, lief durch den Sand und heulte in der Nacht? Oder war »spurn« eine korrumpierte Form von »sperm«, weil das Land tatsächlich einem ins Meer hinauswackelnden Spermium glich? Wahrscheinlich gab es eine weitaus nüchternere Erklärung, vielleicht bedeutete »spurn« in der Wikingersprache einfach »Halbinsel«. Jenny fragte sich, ob überhaupt mal jemand Spurn Head besuchte. Vogelbeobachter vielleicht; die waren verrückt genug, auf der Suche nach dem seltenen gesprenkelten gelben Baumspötter in den entferntesten Winkel zu stiefeln. Es sah nicht so aus, als gebe es in der Gegend irgendwelche Urlaubsorte, außer vielleicht Withernsea, wo Banks am Vortag gewesen war. Der große Rummel war weiter nördlich, in Bridlington, Filey, Scarborough, Whitby bis hoch nach Saltburn und Redcar, kurz vor Middlesbrough.

Es war ein schöner Tag, windig, aber sonnig. Nur gelegentlich zog eine hohe weiße Wolke vorbei. Nicht unbedingt warm – eine leichte Windjacke war angesagt –, aber eisig war es genauso wenig. Hinter Patrington, wo Jenny kurz auf eine Tasse Kaffee anhielt, um einen Blick in die St. Patrick's Church zu werfen, angeblich eine der schönsten Dorfkirchen Englands, war ihr Auto das einzige weit und breit.

Die Gegend war öde, hauptsächlich flaches Ackerland und grüne Felder, hin und wieder strahlend gelbe Rapsflächen. Die Dörfer, die sie passierte, waren nicht mehr als schäbige

Ansammlungen von Bungalows, selten durchzogen von einer Häuserreihe aus rotem Backstein. Alsbald tauchte das surrealistische Bauwerk des Nordsee-Gas-Terminals mit seinen verdrehten Stahlrohren und Lagertanks auf. Jenny folgte der Küste in Richtung Alderthorpe.

Während der Fahrt hatte sie ziemlich viel über Banks nachgedacht und war zu dem Schluss gekommen, dass er nicht glücklich war. Den Grund wusste sie nicht. Abgesehen von Sandras Schwangerschaft, die ihn aus vielen verständlichen Gründen durcheinander brachte, konnte er in jeder Hinsicht dankbar sein. Zuerst einmal war er beruflich wieder auf der richtigen Spur, und er hatte eine attraktive junge Freundin. Jedenfalls ging Jenny davon aus, dass Annie attraktiv war.

Aber vielleicht war es ja Annie, die Banks unglücklich machte. Er war sich der Beziehung nie besonders sicher gewesen, wenn Jenny ihn danach gefragt hatte. Sie hatte angenommen, das läge in erster Linie an seiner Verschlossenheit, wenn es um Persönliches oder um Gefühle ging – wie bei den meisten Männern –, aber vielleicht wusste er tatsächlich nicht, woran er bei Annie war.

Nicht dass sie etwas dagegen hätte tun können. Sie wusste noch, wie enttäuscht sie im letzten Jahr gewesen war, als er ihre Einladung zum Essen angenommen hatte, aber nicht erschienen war, noch nicht einmal angerufen hatte. Jenny hatte in ihrem verführerischsten Seidenkleid da gesessen, Ente à l'orange im Ofen, wollte es noch einmal auf einen Versuch ankommen lassen und hatte gewartet und gewartet. Irgendwann hatte er sich gemeldet. Er sei zu einer Geiselnahme gerufen worden. Hm, das war sicher eine super Entschuldigung, konnte aber Jennys Enttäuschung und das Gefühl, versagt zu haben, nicht richtig vertreiben. Seitdem waren sie vorsichtiger im Umgang miteinander geworden, keiner von beiden wollte riskieren, eine Verabredung zu treffen – es konnte ja schief gehen. Dennoch machte sich Jenny Sorgen um Banks und, das musste sie sich eingestehen, begehrte ihn immer noch.

Das flache, öde Land wollte einfach nicht aufhören. Wie

um alles in der Welt konnte man an so einem abgelegenen, hinterwäldlerischen Fleck wohnen? Bei einem nach Osten weisenden Schild – ALDERTHORPE ½ MEILE – bog Jenny auf einen schmalen, ungeteerten Weg ab und hoffte inständig, dass ihr niemand entgegenkam. Allerdings war das Land so flach, kaum ein Baum in Sicht, dass sie ein anderes Fahrzeug schon aus großer Entfernung gesehen hätte.

Die halbe Meile schien sich endlos in die Länge zu ziehen, wie oft bei kurzen Strecken auf Landstraßen. Dann tauchte vor Jenny eine Ansammlung von Häusern auf. Durch das offene Fenster kam der Geruch des Meeres, auch wenn sie es noch nicht sehen konnte. Als Jenny nach links in eine geteerte Straße abbog – auf der einen Seite Bungalows, auf der anderen Reihenhäuser aus rotem Backstein –, ging sie davon aus, Alderthorpe erreicht zu haben. Sie entdeckte einen kleinen Gemischtwarenladen mit Postschalter, vor dem auf einem Gestell Zeitungen im Wind flatterten. Außerdem gab es im Dorf einen Gemüsehändler, einen Schlachter, eine gedrungene Gemeindehalle und einen schäbigen Pub namens Lord Nelson – das war's.

Jenny parkte vor der Post neben einem blauen Citroën. Beim Aussteigen meinte sie auf der anderen Straßenseite Gardinen schwingen zu sehen. Sie spürte neugierige Blicke im Rücken, als sie die Tür zur Post aufzog. Hier kommt nie einer hin, dachten die Leute bestimmt. Was will die hier? Jenny kam sich vor, als sei sie in einen Film über ein verdammtes Dorf geraten, einen von der Zeit vergessenen Ort. Sie hatte das irrationale Gefühl, selbst verdammt zu sein, weil sie einen Fuß in diese Welt gesetzt hatte. In der richtigen Welt würde sich niemand an sie erinnern. Dummkopf, schalt sie sich. Aber sie erschauderte, obwohl es nicht kalt war.

Über Jennys Kopf klingelte die Glocke, und plötzlich stand sie in einem Geschäft, das sich schon lange vor ihrer Geburt überlebt hatte. Auf hohen Regalen drängten sich Krüge mit Gerstenzucker neben Schnürsenkeln und Patentmedizin. Ein Ständer mit Geburtstagskarten, daneben lange Nägel und Dosen mit Kondensmilch. Es roch gleichzeitig muffig und fruchtig – Himbeerdrops, dachte Jenny –, und das gedämpfte, von der Straße hereinfallende Licht warf schattige Streifen auf den Verkaufstresen. Vor dem kleinen Schalterfenster der Post stand eine Frau in einem fadenscheinigen braunen Mantel. Sie drehte sich um und musterte Jenny abschätzig. Die Postmeisterin selbst spähte an ihrer Kundin vorbei und rückte die Brille zurecht. Sie hatten einen kleinen Plausch gehalten und waren nicht gerade begeistert, unterbrochen zu werden.

»Kann ich Ihnen helfen?«, fragte die Postmeisterin.

»Ich dachte, Sie könnten mir vielleicht sagen, wo das alte Doppelhaus von den Murrays und Godwins steht«, sagte Jenny.

»Warum wollen Sie das wissen?«

»Das hat was mit dem Auftrag zu tun, an dem ich arbeite.«

»Reporterin von der Zeitung, was?«

»Um ehrlich zu sein, nein. Ich bin forensische Psychologin.«

Das gebot der Frau Einhalt. »Die Spurn Lane meinen Sie. Hier über die Straße und dann den Weg runter zum Meer. Das letzte Doppelhaus. Ist nicht zu übersehen. Da wohnt seit Jahren keiner mehr.«

»Wissen Sie, ob von den Kindern noch welche hier in der Gegend sind?«

»Von denen hab ich seit damals keinen mehr gesehen. Nicht mal von weitem.«

»Und was ist mit der Lehrerin, Maureen Nesbitt?«

»Die wohnt in Easington. Hier gibt's keine Schule.«

»Vielen Dank.«

Als Jenny ging, hörte sie die Kundin flüstern: »Forensische Psychologin? Was ist das denn für 'ne Krankheit?«

»Wahrsager«, murmelte die Postmeisterin. »Perverslinge, alle miteinander. Egal, was hast du eben über den Mann von Mary Wallace gesagt …«

Jenny fragte sich, wie die Leute wohl reagieren würden, wenn die Presse hier in wilden Horden einfiel, denn über kurz oder lang würde das geschehen. Es kommt nicht oft vor, dass ein Ort wie Alderthorpe mehr als einmal im Leben in die Schlagzeilen gerät.

Jenny überquerte die High Street mit dem Gefühl, beobachtet zu werden, und fand den ungepflasterten Weg, der nach Osten zur Nordsee führte. Obwohl ein eisiger Wind wehte, war der wolkenlose Himmel von einem solch durchdringenden Blau, dass sie ihre Sonnenbrille aufsetzte. Mit einem wütenden Stich erinnerte sie sich an den Tag, als sie die Brille mit Randy, dem geilen Bock, auf dem Pier von Santa Monica gekauft hatte.

Auf jeder Seite der Spurn Lane befanden sich zur High Street hin fünf, sechs Bungalows, daran schlossen sich ungefähr fünfzig Meter unbebautes Land an. Noch mal fünfzig Meter weiter sah Jenny ein verkommenes Doppelhaus aus Backstein. Es lag weit abgelegen vom Dorf, das schon selbst am Ende der Welt war. Jenny konnte sich vorstellen, wie Schweigen, Einsamkeit und Trauer die kleine Gemeinde erschüttert haben mussten, wie Fragen und Anschuldigungen in der Luft hingen, seit die Journalisten und Fernsehkameras vor zehn Jahren abgezogen waren. Schon die Anwohner von The Hill, einer Straße im Vorort einer modernen Großstadt, würden Schwierigkeiten haben zu begreifen, was dort jahrelang vor sich gegangen war, und viele Nachbarn würden psychologisch betreut werden müssen. Jenny hatte eine gewisse Ahnung, was die Leute aus Alderthorpe von psychologischer Betreuung halten würden.

Als sie sich dem Doppelhaus näherte, nahm sie den salzigen Geruch des Meeres immer stärker wahr. Sie rief sich in Erinnerung, dass es da draußen war, nur wenige Meter entfernt hinter den flachen Dünen und dem Strandhafer. An dieser Küste waren Dörfer im Meer verschwunden; der Küstenverlauf änderte sich unaufhörlich, vielleicht würde Alderthorpe in zehn oder zwanzig Jahren ebenfalls vom Wasser verschlungen worden sein. Eine gruselige Vorstellung.

Das Haus war heruntergekommen. Das Dach war eingefallen, die kaputten Fenster und Türen waren vernagelt. An der Mauer stand: »SCHMORT IN DER HÖLLE«, »ZURÜCK ZUR TODESSTRAFE« und schlicht und ergreifend »KATHLEEN, WIR VERGESSEN DICH NICHT«. Jenny war sonderbar berührt, als sie da stand und den Voyeur spielte.

Die Vorgärten waren zugewuchert. Trotzdem kämpfte sich Jenny durch das dichte Gestrüpp ans Haus heran. Es gab nicht viel zu sehen, die Türen waren so gründlich verbarrikadiert, dass sie nie im Leben hineingekommen wäre. In den Häusern waren Lucy Payne und sechs andere Kinder weiß Gott wie viele Jahre terrorisiert, vergewaltigt, gedemütigt, gequält und gefoltert worden, bis eines von ihnen starb – Kathleen Murray. Das hatte die Behörden auf den Plan gerufen. Jetzt war das Haus nur noch eine stumme Ruine. Jenny kam sich ein bisschen wie eine Schauspielerin vor, als sie da stand, so wie im Keller von The Hill. Was konnte sie tun oder sagen, um das Grauen, das sich hier ereignet hatte, zu begreifen? Ihr Beruf half genauso wenig wie alles andere.

Dennoch blieb sie eine Weile stehen. Dann marschierte sie um das Haus herum. Die Gärten hinten waren noch stärker zugewuchert. In einem hing eine leere Wäscheleine zwischen zwei verrosteten Pfosten.

Als Jenny gehen wollte, wäre sie fast über einen Gegenstand im Gestrüpp gestolpert. Zuerst dachte sie, es sei eine Wurzel, aber als sie sich bückte und die Blätter und Zweige zur Seite bog, entdeckte sie einen kleinen Teddy. Er sah so mitgenommen aus, als hätte er seit Jahren dort gelegen, als hätte er gar einem der sieben Alderthorpe-Kinder gehört. Aber das bezweifelte Jenny. Polizei und Sozialarbeiter hatten bestimmt alle Spielsachen mitgenommen; er musste wohl später von einem einheimischen Kind als Achtungsbezeugung zurückgelassen worden sein. Jenny hob ihn auf. Er war glitschig. Aus einem Riss im Rücken krabbelte ein Käfer auf ihre Hand. Jenny erschrak, ließ den Teddy fallen und machte sich flugs auf den Weg zurück ins Dorf. Sie hatte vorgehabt, an ein paar Türen zu klopfen und nach den Godwins und Murrays zu fragen, aber Alderthorpe hatte ihr einen solchen Schreck eingejagt, dass sie sich entschied, stattdessen nach Easington zu fahren und mit Maureen Nesbitt zu sprechen.

»Gut, Lucy. Können wir anfangen?«

Banks hatte das Aufnahmegerät angestellt und überprüft. Diesmal befanden sie sich in einem etwas größeren, behaglicheren Vernehmungsraum. Außer Lucy und Julia Ford hatte Banks Constable Jackman dazu gebeten, auch wenn es nicht ihr Fall war. Sie sollte ihm hinterher ihren Eindruck von Lucy schildern.

»Wie Sie wollen«, sagte Lucy resigniert, mürrisch. Sie sah müde und arg mitgenommen aus von ihrer Nacht in Haft, obwohl die Zellen das Modernste am gesamten Revier waren. Der diensthabende Beamte hatte gesagt, sie hätte ihn gebeten, das Licht die ganze Nacht durch brennen zu lassen. Dementsprechend konnte sie nicht viel geschlafen haben.

»Ich hoffe, Sie hatten es gestern Nacht bequem«, bemerkte er.

»Was interessiert Sie das?«

»Ich habe nicht die Absicht, Ihnen Verdruss zu bereiten, Lucy.«

»Machen Sie sich keine Sorgen. Mir geht's gut.«

Julia Ford klopfte auf die Uhr. »Können wir bitte zur Sache kommen, Superintendent Banks?«

Banks schwieg und sah Lucy an. »Unterhalten wir uns noch ein bisschen über Ihre Vergangenheit, ja?«

»Was tut das denn hier zur Sache?«, mischte sich Julia Ford ein.

»Wenn Sie mich meine Fragen stellen lassen, werden Sie das schon erfahren.«

»Wenn es meine Mandantin beunruhigt …«

»Ihre Mandantin beunruhigt! Die Eltern von fünf jungen Mädchen sind mehr als beunruhigt.«

»Das ist irrelevant«, gab Julia Ford zurück. »Das hat nichts mit Lucy zu tun.«

Banks ignorierte die Anwältin und wandte sich an Lucy, die der Streit zu langweilen schien. »Könnten Sie mir den Keller in Alderthorpe beschreiben, Lucy?«

»Den Keller?«

»Ja. Können Sie sich nicht erinnern?«

»Das war ein ganz normaler Keller«, sagte Lucy. »Dunkel und kalt.«

»Was war da unten alles?«

»Weiß ich nicht. Was soll da gewesen sein?«

»Schwarze Kerzen, Räucherstäbchen, ein Pentagramm, Gewänder. Wurde da unten nicht viel getanzt und gesungen, Lucy?«

Lucy schloss die Augen. »Weiß ich nicht mehr. Das war nicht ich. Das war Linda.«

»Himmel noch mal, Lucy! Strengen Sie sich ein bisschen an! Wie kommt es, dass Sie immer praktischerweise Ihr Gedächtnis verlieren, wenn wir auf ein Thema kommen, über das Sie nicht sprechen wollen?«

»Superintendent«, sagte Julia Ford. »Vergessen Sie bitte nicht, dass meine Mandantin unter retrograder Amnesie infolge eines posttraumatischen Schocks leidet.«

»Ja, ja, vergess ich nicht. Hört sich toll an!« Banks wandte sich wieder an Lucy. »Sie können sich nicht erinnern, in den Keller von The Hill gegangen zu sein, und Sie können sich nicht an das Tanzen und Singen im Keller von Alderthorpe erinnern. Können Sie sich denn an den Käfig erinnern?«

Lucy starrte in die Ferne.

»Können Sie das?«, beharrte Banks. »An den alten Morrison-Bunker?«

»Ich erinnere mich«, flüsterte Lucy. »Da wurden wir reingesteckt, wenn wir böse waren.«

»Inwiefern böse, Lucy?«

»Ich verstehe die Frage nicht.«

»Warum waren Sie im Käfig, als die Polizei kam? Sie und Tom. Was habt ihr getan, dass sie euch da reingesteckt haben?«

»Keine Ahnung. Viel musste es nicht sein. Das ging ganz schnell. Wenn man seinen Teller nicht leer gegessen hatte – auch wenn nie besonders viel drauf war – oder wenn man Widerworte gegeben hatte und nein gesagt hatte, wenn sie … wenn sie was machen wollten … Es war nicht schwer, in den Käfig gesperrt zu werden.«

»Können Sie sich an Kathleen Murray erinnern?«

»Kathleen? Ja. Das war meine Cousine.«

»Was ist mit ihr passiert?«

»Sie wurde umgebracht.«

»Von wem?«

331

»Von den Erwachsenen.«

»Warum haben die sie umgebracht?«

»Keine Ahnung. Sie haben einfach … sie ist einfach gestorben …«

»Ihre Eltern haben behauptet, Ihr Bruder Tom hätte sie umgebracht.«

»Das ist albern. Tom würde nie jemanden umbringen. Er ist lieb.«

»Können Sie sich erinnern, was damals geschah?«

»Ich war nicht dabei. Sie haben einfach irgendwann gesagt, Kathleen wäre weg und käme nicht mehr zurück. Ich wusste, dass sie tot war.«

»Woher wussten Sie das?«

»Ich wusste es einfach. Kathleen hat ständig geweint und gesagt, sie würde es verraten. Die Erwachsenen haben immer gesagt, sie würden uns umbringen, wenn sie rauskriegten, dass wir was verraten haben.«

»Kathleen wurde erwürgt, Lucy.«

»Ja?«

»Ja. Genau wie die Mädchen, die wir in Ihrem Keller gefunden haben. Tod durch Erdrosseln. Sie wissen doch, diese gelben Fasern, die wir zusammen mit Kimberleys Blut unter Ihren Fingernägeln gefunden haben.«

»Worauf wollen Sie hinaus, Superintendent?«, fragte Julia Ford.

»Es gibt viele Parallelen zwischen den Verbrechen. Mehr nicht.«

»Aber die Mörder von Kathleen Murray sitzen doch bestimmt hinter Schloss und Riegel«, beharrte Julia. »Das hat nichts mit Lucy zu tun.«

»Sie war beteiligt.«

»Als Opfer.«

»Immer das Opfer, was, Lucy? Das Opfer mit dem schlechten Gedächtnis. Wie kommt man sich da vor?«

»Jetzt reicht es«, sagte Julia Ford.

»Man kommt sich schrecklich vor«, flüsterte Lucy.

»Was?«

»Sie haben gefragt, wie man sich vorkommt, wenn man

332

ein Opfer mit einem schlechten Gedächtnis ist. Man kommt sich schrecklich vor. Ich komme mir vor wie eine Fremde, als ob ich mich nicht kenne, keinen Einfluss auf mich habe, als ob es mich nicht gibt. Ich kann mich nicht mal an die *schlechten* Sachen erinnern, die ich erlebt habe.«

»Ich will Sie noch einmal fragen, Lucy: Haben Sie Ihrem Mann jemals geholfen, Mädchen zu entführen?«

»Nein, habe ich nicht.«

»Haben Sie jemals die Mädchen verletzt, die er nach Hause gebracht hat?«

»Bis letzte Woche hab ich ja gar nichts davon gewusst.«

»Warum sind Sie in jener Nacht aufgestanden und in den Keller gegangen? Warum nicht die ganzen anderen Male, wenn Ihr Mann im Keller Ihres Hauses ein junges Mädchen *unterhalten* hat?«

»Ich hab vorher nie was gehört. Er muss mir Tabletten gegeben haben.«

»Wir haben bei der Durchsuchung Ihres Hauses keine Schlaftabletten gefunden, und Sie besitzen beide keine Rezepte dafür.«

»Dann hat er sie unter der Hand besorgt. Sie müssen ihm ausgegangen sein. Deshalb bin ich aufgewacht.«

»Woher sollte er sie haben?«

»Von der Schule. In Schulen kriegt man immer alle möglichen Medikamente.«

»Lucy, wussten Sie, dass Ihr Mann Frauen vergewaltigte, als Sie ihn kennen lernten?«

»Ob ich ... was?«

»Sie haben mich verstanden.« Banks schlug eine Akte auf. »Nach unserer Zählung hatte er, soweit uns bekannt ist, bereits vier Frauen vergewaltigt, als er Sie in dem Pub in Seacroft kennen lernte. Terence Payne war das Monster von Seacroft. Seine DNA deckt sich mit der, die man bei den Opfern sicherstellen konnte.«

»Ich ... ich ...«

»Sie wissen nicht, was Sie sagen sollen?«

»Nein.«

»Wie haben Sie ihn kennen gelernt, Lucy? Keine Ihrer

Freundinnen kann sich erinnern, dass Sie an dem Abend im Pub mit ihm geredet haben.«

»Das hab ich doch schon erzählt. Ich wollte gerade gehen. Es war ein riesiger Pub mit ganz vielen Räumen. Wir sind an eine andere Theke gegangen.«

»Warum sollten Sie was Besonderes sein, Lucy?«

»Ich weiß nicht, was Sie meinen.«

»Ich meine, warum ist er Ihnen nicht auf die Straße gefolgt und hat Sie vergewaltigt wie alle anderen?«

»Weiß ich nicht. Woher soll ich das wissen?«

»Sie müssen doch zugeben, dass das seltsam ist, oder?«

»Ich hab's schon gesagt, ich weiß es nicht. Er hat mich gemocht. Mich geliebt.«

»Dennoch hat er weiterhin junge Frauen vergewaltigt, obwohl er Sie schon kennen gelernt hatte.« Banks warf wieder einen Blick in die Akte. »Mindestens noch zweimal, unseren Berichten zufolge. Und das sind nur die, die Anzeige erstattet haben. Manche Frauen gehen nicht zur Polizei, wissen Sie. Sie sind zu fertig oder schämen sich. Sie geben sich selbst die Schuld.« Banks dachte an Annie Cabbot und was sie vor mehr als zwei Jahren durchgemacht hatte.

»Was hat das mit mir zu tun?«

»Warum hat er *Sie* nicht vergewaltigt?«

Lucy warf ihm einen unergründlichen Blick zu. »Hat er ja vielleicht.«

»Machen Sie sich nicht lächerlich! Keine Frau wird gerne vergewaltigt, und auf gar keinen Fall heiratet sie anschließend den Vergewaltiger!«

»Sie würden sich wundern, an was man sich gewöhnen kann, wenn man keine Wahl hat.«

»Was soll das heißen, wenn man keine Wahl hat?«

»Was ich gesagt habe.«

»Es war doch Ihr freier Entschluss, Terry zu heiraten, oder? Es hat Sie keiner gezwungen.«

»Das hab ich auch nicht gemeint.«

»Was haben Sie dann gemeint?«

»Egal.«

»Bitte!«

»Egal.«

Banks schob die Unterlagen zusammen. »Was ist es gewesen, Lucy? Hat er Ihnen erzählt, was er getan hatte? Hat Sie das erregt? Hat er in Ihnen einen verwandten Geist erkannt? Sie als Myra Hindley und er als Ian Brady?«

Julia Ford sprang auf. »Das *reicht*, Superintendent. Noch so eine Bemerkung und es ist Schluss mit der Vernehmung. Dann zeige ich Sie an.«

Banks fuhr sich mit der Hand durch die kurzen Locken. Sie fühlten sich stachelig an.

Winsome übernahm die Vernehmung. »Hat er Sie vergewaltigt, Lucy?«, fragte sie in ihrem singenden jamaikanischen Tonfall. »Hat Ihr Mann Sie vergewaltigt?«

Lucy drehte sich um und musterte Winsome. Banks hatte den Eindruck, dass sie versuchte, den neuen Faktor in der Gleichung einzuschätzen.

»Natürlich nicht. Ich hätte doch keinen Vergewaltiger geheiratet.«

»Also wussten Sie es nicht?«

»Natürlich nicht.«

»Fanden Sie denn an Terry nichts merkwürdig? Ich meine, ich hab ihn ja nicht gekannt, aber für mich hört es sich an, als hätte es genug Gründe gegeben, um sich mal Gedanken zu machen.«

»Er konnte sehr charmant sein.«

»Hat er in der ganzen Zeit, die Sie zusammen waren, niemals etwas getan oder gesagt, das Sie misstrauisch gemacht hat?«

»Nein.«

»Aber Sie waren mit einem Mann verheiratet, der nicht nur Frauen vergewaltigte, sondern junge Mädchen entführte und tötete. Wie erklären Sie sich das, Lucy? Sie müssen doch zugeben, dass das höchst bizarr klingt und schwer zu glauben ist.«

»Das kann ich nicht ändern. Und ich kann es nicht erklären. Es ist einfach so.«

»Machte er gerne Spielchen? Sex-Spielchen?«

»Was denn?«

»Hat er Sie gerne gefesselt? *Tat* er gerne so, als würde er Sie vergewaltigen?«

»So was haben wir nie gemacht.«

Winsome gab Banks ein Zeichen, wieder zu übernehmen. Ihr Blick spiegelte seine Gefühle: Es führte alles zu nichts, höchstwahrscheinlich log Lucy Payne.

»Wo ist die Videokamera?«, fragte Banks.

»Ich weiß nicht, wovon Sie reden.«

»Wir haben im Keller Beweise gefunden. Vor der Matratze hat eine Videokamera gestanden. Ich glaube, Sie haben gerne gefilmt, was Sie mit den Mädchen angestellt haben.«

»Ich habe nichts mit denen angestellt. Ich hab Ihnen schon gesagt, ich bin nie unten gewesen, außer vielleicht das eine Mal. Ich weiß nichts von einer Videokamera.«

»Sie haben Ihren Mann nie mit einer gesehen?«

»Nein.«

»Hat er Ihnen nie Videos gezeigt?«

»Nur geliehene.«

»Wir bekommen heraus, wo Sie die Kamera gekauft haben, Lucy. Wir können das überprüfen.«

»Bitte sehr! Ich hab nie eine gesehen. Davon wusste ich nichts.«

Banks hielt inne und versuchte es mit etwas anderem. »Sie haben gesagt, Sex-Spiele hätten Ihnen keinen Spaß gemacht, Lucy. Aus welchem Grund haben Sie sich dann aufgedonnert und eine Prostituierte gespielt?«, fragte er.

»Was?«

»Erinnern Sie sich nicht mehr?«

»Doch, aber das war was anderes. Ich meine, ich war nicht … ich hab doch nicht auf der Straße gestanden oder so. Wer hat Ihnen das erzählt?«

»Unwichtig. Haben Sie einem Mann in einer Hotelbar Sex angeboten?«

»Und wennschon! Das war nur ein Spaß, eine Wette.«

»Sie mochten also doch Spiele.«

»Das war, bevor ich Terry kennen gelernt hab.«

»Und deshalb ist es in Ordnung?«

»Das habe ich nicht gesagt. Das war nur ein Spaß.«

»Wie genau lief das ab?«

Lucy grinste durchtrieben. »Genauso, wie es oft genug abgelaufen ist, wenn ich in einem Pub einen Typen kennen gelernt habe. Nur dass es zweihundert Pfund dafür gab. Wie gesagt, das war ein Spaß, mehr nicht. Wollen Sie mich jetzt wegen Prostitution verhaften?«

»Toller Spaß«, bemerkte Banks.

Julia Ford schien der Wortwechsel ein wenig zu verblüffen, aber sie sagte nichts.

Banks merkte, dass er trotzdem nicht vorankam. Hartnell hatte Recht. Abgesehen von der extrem sonderbaren Beziehung zu Payne und den winzigen Blutflecken und Fasern der Leine hatten sie keine Beweise gegen Lucy. Schon möglich, dass ihre Antworten keinen großen Sinn ergaben, aber solange sie nicht gestand, ihrem Mann bei den Morden geholfen oder ihn angestiftet zu haben, musste er sie laufen lassen. Banks schaute sie an. Die blauen Flecke waren so gut wie verschwunden. Mit ihrer blassen Haut und dem langen schwarzen Haar sah sie unschuldig und hübsch aus, fast wie eine Madonna. Das einzige, was Banks an der Überzeugung festhalten ließ, dass hinter den Begebenheiten viel mehr steckte, als Lucy jemals zugeben würde, waren ihre Augen: schwarz, spiegelgleich, undurchdringlich. Er hatte das Gefühl, dass jeder, der zu lange in diese Augen blickte, verloren war. Aber das war kein Beweis; das war seine blühende Fantasie. Plötzlich hatte er die Nase voll. Er überraschte die drei Frauen, als er so unvermittelt aufsprang, dass sein Stuhl fast umfiel. »Sie können jetzt gehen, Lucy. Aber entfernen Sie sich nicht zu weit.« Damit eilte er aus dem Vernehmungszimmer.

Easington war ein angenehmer Gegensatz zu Alderthorpe, dachte Jenny, als sie vor dem Pub in der Dorfmitte parkte. Obwohl Easington fast genauso weit von der Zivilisation entfernt war, machte das Dorf wenigstens den Eindruck, mit der Realität in Verbindung zu stehen und zur Welt zu gehören.

Die Kellnerin im Pub nannte Jenny Maureen Nesbitts Adresse. Schon bald stand Jenny einer argwöhnischen Frau mit langem weißem Haar gegenüber, das mit einem blauen

Band nach hinten gebunden war. Sie trug eine rehbraune Strickjacke und schwarze Leggings, die für eine Person mit so kräftigen Hüften und Oberschenkeln etwas zu eng waren.

»Wer sind Sie? Was wollen Sie?«

»Ich bin Psychologin«, stellte sich Jenny vor. »Ich möchte mit Ihnen über das sprechen, was in Alderthorpe passiert ist.«

Maureen Nesbitt blickte die Straße hinauf und hinunter. »Sind Sie ganz bestimmt nicht von der Presse?«

»Ich bin nicht von der Presse.«

»Weil die richtig über mich hergefallen sind damals, aber ich hab nichts erzählt. Aasgeier!« Sie zog die Strickjacke enger.

»Ich bin nicht von der Presse«, wiederholte Jenny und kramte in ihrer Handtasche nach einem Ausweis. Sie fand nichts Besseres als den Bibliotheksausweis von der Universität. Immerhin wies er sie als Dr. Fuller und Mitglied des Lehrkörpers aus. Akribisch untersuchte Maureen den Ausweis, sichtlich unzufrieden, dass er kein Foto trug, und ließ Jenny schließlich herein. Sobald sie im Haus war, drehte sich ihr Verhalten um 180 Grad, wurde sie vom Großinquisitor zur entgegenkommenden Gastgeberin und bestand drauf, eine frische Kanne Tee zu kochen. Das Wohnzimmer war klein, aber gemütlich; es gab lediglich zwei Sessel, einen Spiegel über dem Kamin und eine Vitrine mit wunderschönem Kristall. Neben einem Sessel stand ein Beistelltisch, auf dem die Taschenbuchausgabe von *Große Erwartungen* von Charles Dickens neben einer halbvollen Tasse Tee mit Milch lag. Jenny setzte sich in den anderen Sessel.

Als Maureen das Tablett mit dem Tee und einem Teller Vollkornplätzchen hereinbrachte, sagte sie: »Ich möchte mich für mein Benehmen eben entschuldigen. Es ist nur, dass ich mir im Laufe der Jahre angewöhnt habe, unhöflich zu sein. Ein bisschen Berühmtheit kann das Leben ganz schön verändern, sage ich Ihnen.«

»Unterrichten Sie noch?«

»Nein. Ich bin vor drei Jahren in Pension gegangen.« Sie klopfte auf das Taschenbuch. »Ich hab mir vorgenommen, all meine Lieblingsbücher noch mal zu lesen, wenn ich in Rente gehe.« Sie nahm Platz. »Wir lassen den Tee ein paar Minuten ziehen, ja? Ich nehme an, Sie sind wegen Lucy Payne hier?«

»Woher wissen Sie das?«

»Ich habe versucht, die Kinder nicht aus den Augen zu verlieren. Ich weiß, dass Lucy – Linda, wie sie damals hieß – bei einem Ehepaar namens Liversedge in der Nähe von Hull gelebt hat und dann eine Stelle bei einer Bank bekam und nach Leeds gezogen ist, wo sie Terence Payne geheiratet hat. Und eben beim Mittagessen habe ich in den Nachrichten gehört, dass die Polizei sie mangels Beweisen hat laufen lassen.«

Selbst Jenny war das neu, weil sie das Autoradio nicht angeschaltet hatte. »Woher wissen Sie das alles?«, fragte sie.

»Meine Schwester arbeitet bei der Sozialbehörde in Hull. Aber Sie verraten nichts, oder?«

»Versprochen.«

»Also, was möchten Sie wissen?«

»Was für einen Eindruck hatten Sie von Lucy?«

»Sie war ein helles Köpfchen. Unglaublich gewitzt. Aber schnell gelangweilt, leicht abzulenken. Sie hatte einen starken Willen, war stur, und wenn sie sich etwas in den Kopf gesetzt hatte, konnte nichts sie davon abbringen. Man darf natürlich nicht vergessen, dass sie bereits zur Gesamtschule ging, als die Sache aufflog. Ich hab sie nur in der Grundschule unterrichtet. Sie war bis zu ihrem elften Lebensjahr bei uns.«

»Aber die anderen waren noch da?«

»Ja. Alle anderen. Die Auswahl ist nicht gerade groß, was die Schulen hier angeht.«

»Kann ich mir vorstellen. Können Sie mir noch mehr über Lucy erzählen?«

»Eigentlich nicht.«

»Hat sie Freunde gehabt?«

»Hatte keiner von denen. Das war auch so auffällig. Es war eine unheimliche Bande. Manchmal hatte man ein komisches Gefühl, wenn man sie zusammenstehen sah, als hätten sie eine Geheimsprache oder einen verborgenen Plan. Haben Sie mal John Wyndham gelesen?«

»Nein.«

»Sollten Sie aber. Er ist wirklich gut. Für einen Sciencefiction-Autor, meine ich. Ob Sie's glauben oder nicht, ich habe meine Schüler ermuntert, so gut wie alles zu lesen, was ihnen in die Finger kam, Hauptsache, sie haben überhaupt gelesen. Egal, Wyndham hat ein Buch geschrieben, das heißt *Es geschah am Tage X*. Es handelt von einer Gruppe sonderbarer Kinder, die von Außerirdischen in einem ahnungslosen Dorf gezeugt werden.«

»Kommt mir irgendwie bekannt vor«, sagte Jenny.

»Vielleicht kennen Sie den Film? Der hieß *Dorf der Verdammten*.«

»Genau!«, sagte Jenny. »Wo der Lehrer eine Bombe baut, um die Kinder zu töten, und sich auf eine Mauer konzentrieren muss, damit sie seine Gedanken nicht lesen können?«

»Ja. Nun ja, ganz so war es nicht mit den Godwins und den Murrays, aber man hatte trotzdem so ein komisches Gefühl, wenn sie einen angeguckt haben, wenn sie im Flur gewartet haben, bis man vorbeigegangen war, bevor sie weitergeredet haben. Und sie haben immer nur geflüstert. Ich weiß noch, dass Linda völlig aufgelöst war, weil sie als Erste von der Schule zur Gesamtschule musste, aber ihre neue Lehrerin erzählte mir damals, dass sie sich schnell eingelebt hätte. Sie ist stark, dieses Mädchen, obwohl sie eine Menge durchgemacht hat, und sie kann sich anpassen.«

»Hatte sie irgendwelche ungewöhnlichen Vorlieben?«

»Was meinen Sie damit?«

»Auffallend morbide Neigungen? Tod? Verstümmelung?«

»Nicht dass ich wüsste. Sie war … wie soll ich das sagen … sie war frühreif, und für ein Mädchen ihres Alters war sie sich ihrer Sexualität relativ bewusst. Im Durchschnitt kommen Mädchen mit ungefähr zwölf Jahren in die Pubertät, aber Lucy hatte die Vorpubertät bereits mit elf hinter sich. Sie bekam schon einen Busen.«

»War sie sexuell aktiv?«

»Nein. Nun, heute wissen wir ja, dass sie zu Hause sexuell missbraucht wurde. Aber nein, sie war nicht in dem Sinne aktiv, wie Sie meinen. Sie besaß einfach eine Sexualität. Man nahm es wahr, und sie war durchaus in der Lage, die kleine Kokette zu spielen.«

»Verstehe.« Jenny notierte es sich. »Und als Kathleen längere Zeit gefehlt hat, haben Sie die Behörden verständigt?«

»Ja.« Maureen blickte zur Seite, zum Fenster hinüber, aber sie machte nicht den Eindruck, als bewundere sie die Aussicht. »Nicht gerade meine rühmlichste Tat«, sagte sie und goss den Tee ein. »Milch und Zucker?«

»Ja, bitte. Vielen Dank. Warum?«

»Ich hätte früher etwas unternehmen sollen, meinen Sie nicht? Ich hatte nicht zum ersten Mal den Verdacht, dass in diesen beiden Häusern etwas Furchtbares vor sich ging. Auch wenn ich nie blaue Flecke oder erkennbare äußerliche Anzeichen von Missbrauch entdeckt habe – die Kinder machten oft einen unterernährten, verschreckten Eindruck. Manchmal – das hört sich wirklich furchtbar an –, da rochen sie, als hätten sie sich seit Tagen nicht gewaschen. Die Mitschüler hielten Abstand. Wenn man sie berührt hat, egal wie vorsichtig, sind sie zusammengezuckt. Ich hätte es wissen müssen.«

»Was haben Sie gemacht?«

»Hm, ich hab mit den anderen Lehrern gesprochen, und wir waren uns einig, dass die Kinder irgendwie sonderbar waren. Es stellte sich heraus, dass das Jugendamt ebenfalls Bedenken hatten. Sie waren schon draußen bei dem Doppelhaus gewesen, waren aber nicht reingekommen. Ich weiß nicht, ob Sie es wissen, aber Michael Godwin hatte einen richtig bösartigen Rottweiler. Nun ja, als Kathleen Murray dem Unterricht ohne befriedigende Erklärung fernblieb, hat man sich zum Handeln entschlossen. Der Rest ist bekannt.«

»Sie sagten, Sie hätten versucht, die Kinder nicht aus den Augen zu verlieren«, sagte Jenny. »Ich würde wirklich gerne mit einigen sprechen. Können Sie mir dabei helfen?«

Maureen überlegte einen Moment. »Wenn Sie möchten. Aber ich glaube nicht, dass Sie viel aus denen herausbekommen werden.«

»Wissen Sie, wo sie sind und was aus ihnen geworden ist?«

»Nicht bis ins kleinste Detail, aber einen Überblick kann ich Ihnen wohl geben.«

Jenny trank einen Schluck Tee und griff zu Stift und Block. »Okay, ich höre.«

14

»Nun, was halten Sie von Lucy Payne?«, fragte Banks seine Kollegin Winsome Jackman, als sie auf dem Weg zum Gespräch mit Leanne Wrays Eltern die North Market Street hinuntergingen.

Winsome überlegte, ehe sie antwortete. Banks merkte, dass sie von mehreren Passanten angeglotzt wurde. Winsome wusste, dass sie eine Alibiminderheit war, das hatte sie Banks beim Bewerbungsgespräch zu verstehen gegeben. Sie war eingestellt worden, um die Quote zu erfüllen, die nach dem Stephen-Lawrence-Fall vorgeschrieben worden war. Damals war die Ermittlung im Fall eines verprügelten farbigen Jungen verschleppt worden. Es sollte mehr Polizeibeamte geben, die Minoritäten angehörten, besagte die Regelung, selbst in Gemeinden, wo diese Minderheiten völlig inexistent waren, wie zum Beispiel Westinder in den Yorkshire Dales. Winsome hatte aber gleich zu Beginn versichert, dass ihr das mit dem Alibi egal sei und sie auf jeden Fall hervorragende Arbeit leisten würde. Das bezweifelte Banks keinen Augenblick. Winsome war der Liebling von McLaughlin; ihr winkte eine vorgezogene Beförderung mit all den damit verbundenen Wohltaten. Wahrscheinlich würde sie schon vor ihrem fünfunddreißigsten Geburtstag Superintendent sein. Und Banks mochte sie. Sie war unkompliziert, hatte einen tollen Humor und verhinderte immer, dass ihre Hautfarbe bei der Arbeit ein Thema wurde, selbst wenn andere versuchten, es ihr damit schwer zu machen. Er wusste nichts über ihr Privatleben, nur dass sie gern auf Berge kletterte und Höhlen erforschte – schon bei dem Gedanken daran bekam Banks weiche Knie.

Sie lebte in einer Wohnung am Rande des Studentenviertels von Eastvale. Ob sie einen Freund hatte oder vielleicht eine Freundin, wusste Banks nicht.

»Ich kann mir vorstellen, dass sie ihren Mann gedeckt hat«, sagte Winsome. »Sie wusste Bescheid oder hatte einen Verdacht und hat den Mund gehalten. Vielleicht wollte sie es nicht wahrhaben.«

»Glauben Sie, dass sie seine Komplizin war?«

»Weiß ich nicht. Glaub ich eher nicht. Das Düstere, Morbide hat sie angezogen, besonders der Sex, aber ich würde nicht so weit gehen und behaupten, dass sie seine Komplizin war. Unheimlich ist sie schon. Aber eine Mörderin …?«

»Vergessen Sie nicht, dass Kathleen Murray erdrosselt wurde«, bemerkte Banks.

»Aber damals war Lucy erst zwölf.«

»Bringt einen trotzdem zum Grübeln, nicht? Ist das Haus nicht direkt hier runter?«

»Ja.«

Am Gemeindezentrum in der North Market Street, wo Sandra früher gearbeitet hatte, bogen sie in ein Viertel mit engen Straßen ein. Als Banks das Gebäude sah und an all die Tage dachte, wenn er zwischendurch bei Sandra vorbeigeschaut oder sie nach der Arbeit abgeholt hatte, um ins Theater oder Kino zu gehen, verspürte er einen stechenden Schmerz des Verlusts, aber der verebbte. Sandra war fort, sie war nicht mehr die Frau, die er gekannt hatte.

Das Haus der Wrays lag nicht weit vom Old Ship entfernt – vielleicht zehn oder fünfzehn Gehminuten –, und der Weg führte größtenteils über einen geschäftigen, gut beleuchteten Abschnitt der North Market Street, auf dem sich viele Geschäfte und Pubs befanden. Banks klopfte an die Tür.

Als Christopher Wray öffnete, nahm Banks als Erstes den Geruch frischer Farbe wahr. Beim Eintreten sah er die Ursache. Die Wrays renovierten. Die Tapete im Flur war abgerissen, und Mr. Wray strich die Decke im Wohnzimmer in einem Cremeton. Die Möbel waren mit Laken abgedeckt.

»Entschuldigen Sie das Durcheinander«, sagte er. »Sollen wir in die Küche gehen? Haben Sie Leanne gefunden?«

»Nein, noch nicht«, antwortete Banks.

Sie folgten Christopher Wray in die kleine Küche. Er stellte den Wasserkessel an, ohne die beiden zu fragen, ob sie überhaupt Tee wollten. Sie nahmen an dem winzigen Küchentisch Platz, und bis der Kessel kochte, plauderte Mr. Wray über die Renovierung, als wolle er auf keinen Fall auf den eigentlichen Grund des Besuchs zu sprechen kommen. Als das Wasser gekocht hatte und aufgegossen war, beschloss Banks, es sei an der Zeit, das Thema auf Leanne zu bringen.

»Ich muss gestehen«, begann er, »dass wir ein wenig auf dem Schlauch stehen.«

»Aha?«

»Wie Sie wissen, arbeiten unsere Leute jetzt seit Tagen am Haus der Paynes. Wir haben sechs Leichen geborgen, von denen vier identifiziert wurden, aber keine von den sechs ist Ihre Tochter. Wir wissen nicht, wo wir noch suchen sollen.«

»Soll das heißen, Leanne ist vielleicht noch am Leben?«, fragte Wray mit einem Hoffnungsschimmer in den Augen.

»Möglich ist das«, gab Banks zu. »Obwohl ich sagen muss, dass nach so langer Zeit ohne jede Kontaktaufnahme, besonders angesichts der landesweiten Aufrufe im Fernsehen und in der Presse, nur wenig Hoffnung besteht.«

»Und was … dann?«

»Gerade das würden wir ja gerne herausbekommen.«

»Ich wüsste nicht, wie ich Ihnen helfen kann.«

»Vielleicht können Sie das nicht«, sagte Banks, »aber wenn ein Fall so festgefahren ist wie jetzt, bleibt uns nichts anderes übrig, als zum Ausgangspunkt zurückzukehren. Wir müssen noch mal zurück zu den Fragen, von denen wir dachten, sie wären schon beantwortet, und hoffen, dass wir sie jetzt aus einer anderen Perspektive sehen.«

Wrays Frau Victoria kam herein und tat überrascht, Banks und Winsome bei einer Tasse Tee mit ihrem Mann vorzufinden. Wray sprang auf. »Ich dachte, du hättest geruht, Liebes«, sagte er und küsste sie auf die Wange.

Victoria rieb sich den Schlaf aus den Augen, obwohl Banks überzeugt war, dass sie mindestens fünf Minuten aufs Frischmachen verwendet hatte, bevor sie heruntergekommen war.

Rock und Bluse waren edelste Ware, und ihr Akzent sollte wohl vornehmes Oberschichtenglisch darstellen, klang für Banks aber deutlich nach Birmingham. Sie war eine attraktive Frau von Anfang dreißig, hatte eine schlanke Figur und volles, glänzend braunes Haar, das ihr bis auf die Schultern fiel. Sie besaß eine leichte Stupsnase, geschwungene Augenbrauen und schmale Lippen, was zusammen doch ansehnlicher war, als man von den einzelnen Partien erwartet hätte. Christopher Wray war um die vierzig und in jeder Hinsicht durchschnittlich, abgesehen von seinem Kinn, das in den Hals überging, noch bevor es angefangen hatte. Sie waren ein seltsames Paar, das hatte Banks schon bei seiner ersten Begegnung gedacht: Er ein relativ einfacher, bodenständiger Busfahrer, sie eine affektierte Aufsteigerin. Was die beiden zusammengeführt haben mochte, war nicht zu ergründen, man konnte höchstens mutmaßen, dass Menschen wie Christopher Wray, die einen großen Verlust erlitten haben, die nächsten Entscheidungen oft nicht besonders gründlich durchdachten.

Victoria reckte sich, nahm Platz und goss sich eine Tasse Tee ein.

»Wie geht es dir?«, fragte ihr Mann.

»Nicht schlecht.«

»Du weißt, dass du vorsichtig sein musst in deinem Zustand. Das hat der Arzt gesagt.«

»Ich weiß. Ich weiß.« Sie drückte seine Hand. »Ich passe auf.«

»Was für ein Zustand?«, erkundigte sich Banks.

»Meine Frau erwartet ein Kind, Superintendent«, verkündete Wray strahlend.

Banks sah Victoria an. »Herzlichen Glückwunsch«, sagte er.

Sie neigte den Kopf wie eine Königin. Banks konnte sich nicht vorstellen, wie Victoria Wray etwas so Chaotisches und Schmerzhaftes wie eine Geburt durchstehen wollte, aber das Leben war ja immer für Überraschungen gut.

»Wie weit sind Sie?«, fragte er.

Sie tätschelte ihren Bauch. »Fast im vierten Monat.«

»Also waren Sie schon schwanger, als Leanne verschwand?«

»Ja. Wie es der Zufall will, erfuhr ich es an ebenjenem Morgen.«

»Was hat Leanne davon gehalten?«

Victoria blickte in ihre Teetasse. »Leanne konnte halsstarrig und launisch sein, Superintendent«, sagte sie. »Sie hat nicht ganz so begeistert reagiert, wie wir gehofft hatten.«

»Ach, jetzt komm aber, Liebes, das ist nicht gerecht«, sagte Mr. Wray. »Sie hätte sich schon damit abgefunden. Ganz bestimmt.«

Banks stellte sich die Situation vor: Leannes Mutter stirbt einen langsamen, schmerzvollen Krebstod. Kurz darauf heiratet ihr Vater erneut – eine Frau, die Leanne nicht leiden kann. Es dauert nicht lange, da verkündet die Stiefmutter, sie sei schwanger. Man musste kein Psychologe sein, um zu verstehen, dass die Situation katastrophenreif war. Die Parallele zu Banks' Leben lag auf der Hand, auch wenn Leannes Situation eine andere gewesen war. Trotzdem, ob der eigene Vater ein Kind mit der neuen Stiefmutter bekommt oder die eigene Noch-Frau vom bärtigen Sean schwanger ist – das konnte durchaus ähnliche Reaktionen hervorrufen. In Leannes Fall war sie angesichts ihres Alters und der Trauer über den Tod der Mutter stärker ausgefallen.

»Also hat sie sich nicht über die Neuigkeit gefreut?«

»Nicht richtig«, gab Mr. Wray zu. »Aber man braucht ein bisschen, um sich an so was zu gewöhnen.«

»Dafür muss man es wenigstens versuchen«, sagte Victoria. »Aber Leanne war viel zu egoistisch.«

»Leanne wollte es versuchen«, beharrte Mr. Wray.

»Wann haben Sie es ihr gesagt?«, wollte Banks wissen.

»An dem Morgen, als sie verschwunden ist.«

Banks seufzte. »Warum haben Sie uns das nicht erzählt, als wir Sie nach Leannes Verschwinden befragt haben?«

Mr. Wray machte ein erstauntes Gesicht. »Es hat uns keiner danach gefragt. Ich dachte, es wäre unwichtig. Ich meine, das war eine Familienangelegenheit.«

»Außerdem«, ergänzte Victoria, »bringt es Unglück, wenn man es Fremden vor dem vierten Monat erzählt.«

Waren die beiden wirklich so dämlich oder spielten sie es

nur? Banks bemühte sich, so ruhig und neutral wie möglich zu sprechen. Schließlich waren sie die Eltern eines vermissten Kindes. Er fragte: »Wie hat Leanne darauf reagiert?«

Die Wrays schauten sich an. »Was sie dazu gesagt hat? Eigentlich nichts, Liebes, oder?«, erwiderte Mr. Wray.

»Sie hat sich aufgespielt, wie immer«, sagte Victoria.

»War sie sauer?«

»Ich glaube schon«, entgegnete Mr. Wray.

»Sauer genug, um Ihnen wehzutun?«

»Wie meinen Sie das?«

»Hören Sie, Mr. Wray«, sagte Banks, »als Sie uns mitgeteilt haben, Leanne sei verschwunden, und wir sie innerhalb von ein, zwei Tagen nicht finden konnten, mussten wir vom Schlimmsten ausgehen. Was Sie uns jetzt gerade erzählt haben, wirft ein ganz anderes Licht auf die Angelegenheit.«

»Inwiefern?«

»Wenn Leanne sauer auf Sie war wegen der Schwangerschaft ihrer Stiefmutter, dann könnte sie ohne weiteres fortgelaufen sein, um sich zu rächen.«

»Aber Leanne würde nicht weglaufen«, protestierte Mr. Wray schwach. »Sie liebt mich.«

»Das ist vielleicht das Problem«, bemerkte Banks. Er wusste nicht, wie das weibliche Pendant zum Ödipuskomplex hieß – Elektrakomplex vielleicht? Ein Mädchen liebt seinen Vater, dann stirbt die Mutter, doch anstatt sich intensiv um die Tochter zu kümmern, sucht sich der Vater eine neue Frau, und als wäre das noch nicht genug, schwängert er sie umgehend und setzt damit die stabile Beziehung zur Tochter aufs Spiel. Unter solchen Umständen konnte sich Banks ohne weiteres vorstellen, dass Leanne türmte. Aber das Problem blieb bestehen: Sie musste schon ein wirklich sehr unsensibles Kind sein, wenn sie ihre Eltern nach der Aufregung um die vermissten Mädchen nicht wissen ließ, dass sie noch am Leben war. Und ohne Geld und Inhaliergerät wäre sie nicht weit gekommen.

»Ich denke schon, dass sie dazu imstande wäre«, behauptete Victoria. »Sie konnte gemein sein. Weißt du noch, wie sie Rizinusöl in den Kaffee gegossen hat, als ich meinen ersten

Abend vom Bücherclub hatte? Caroline Opley hat sich quer über ihre Margaret Atwood übergeben.«

»Aber das war nur am Anfang so, Liebes«, widersprach Mr. Wray. »Sie hat etwas Zeit gebraucht, um sich an die neue Situation zu gewöhnen.«

»Ich weiß. Ich meine ja nur. Und sie hat nicht die nötige Sorgfalt walten lassen, was man eigentlich tut. Sie hat den silbernen …«

»Glauben Sie, Leanne war so gekränkt, dass sie absichtlich zu spät nach Hause kommen wollte?«, fragte Banks.

»Bestimmt«, antwortete Victoria, ohne lange zu überlegen. »Mit diesem Jungen sollten Sie mal reden. Diesem Ian Scott. Der ist Dealer, wissen Sie.«

»Hat Leanne Drogen genommen?«

»Nicht dass wir wüssten«, sagte Mr. Wray.

»Aber möglich wäre es«, begann seine Frau wieder. »Sie hat uns ja nicht alles erzählt, oder? Wer weiß, was sie gemacht hat, wenn sie mit diesen Leuten unterwegs war.«

Christopher Wray legte die Hand auf die seiner Frau. »Reg dich nicht auf, Schatz. Du weißt doch, was der Arzt gesagt hat.«

»Ich weiß.« Victoria erhob sich. Sie schwankte ein wenig. »Ich glaube, ich muss mich noch ein Weilchen hinlegen«, sagte sie. »Aber vergessen Sie nicht, was ich gesagt habe, Superintendent, den sollten Sie sich mal näher angucken, diesen Ian Scott. Der ist nicht koscher.«

»Vielen Dank«, sagte Banks. »Ich werd's mir merken.«

Als sie gegangen war, blieb es eine Zeit lang still. »Können Sie uns noch irgendwas sagen?«, fragte Banks.

»Nein. Nein. Ich bin mir sicher, dass Leanne so was nicht tun würde … was Sie eben gesagt haben. Ich weiß genau, dass ihr etwas zugestoßen ist.«

»Warum haben Sie bis zum nächsten Morgen gewartet, bevor Sie die Polizei verständigt haben? Ist so was schon öfter vorgekommen?«

»Noch nie. Das hätte ich Ihnen erzählt.«

»Warum haben Sie dann so lange gewartet?«

»Ich wollte mich schon eher melden.«

348

»Ach, bitte, Mr. Wray«, sagte Winsome und berührte vorsichtig seinen Arm. »Uns können Sie es doch sagen.«

Er schaute sie an, und seine Augen baten, flehten um Vergebung. »Ich hätte die Polizei verständigt, wirklich«, sagte er. »Sie war noch nie die ganze Nacht weggeblieben.«

»Aber Sie hatten sich mit ihr gestritten, stimmt's?«, versuchte es Banks. »Weil sie so bockig wurde, als Sie ihr von der Schwangerschaft Ihrer Frau erzählt haben.«

»Sie hat gesagt, wie ich so was tun könnte … so kurz nach … nach ihrer Mutter. Sie hat sich aufgeregt, hat geweint, hat schreckliche Sachen über Victoria gesagt, die sie nicht so gemeint hat, aber … Victoria hat dann gesagt, sie könne ruhig ausgehen und ihretwegen auch wegbleiben.«

»Warum haben Sie uns das damals nicht erzählt?«, fragte Banks, obwohl er die Antwort wusste: aus Scham, dieser mächtigen gesellschaftlichen Antriebskraft – dafür hatte Victoria Wray sicherlich ein feines Gespür. Die Polizei sollte nicht in eine Familienangelegenheit verwickelt werden. Sie hatten ja überhaupt erst von Leannes Freunden erfahren, dass es Spannungen zwischen Victoria und Leanne gab, und das Mädchen hatte offensichtlich keine Zeit oder Gelegenheit gehabt, den anderen von Victorias Schwangerschaft zu erzählen. Victoria Wray gehörte zu der Sorte Frau, die die Polizei dazu verdonnerte, den Dienstboteneingang zu benutzen, wenn sie einen gehabt hätte. Dass es keinen gab, war ihr bestimmt ein Dorn im Auge.

Mr. Wray hatte Tränen in den Augen. »Ich konnte es nicht«, sagte er. »Ich konnte es einfach nicht. Wir dachten, es wäre so, wie Sie gerade gesagt haben, dass sie die ganze Nacht weggeblieben ist, um uns eins auszuwischen, damit wir merken, wie verletzt sie ist. Aber trotz alledem, Superintendent, Leanne ist kein schlechtes Mädchen. Sie wäre am nächsten Morgen zurückgekommen. Das weiß ich ganz genau.«

Banks erhob sich. »Dürften wir noch einen Blick in ihr Zimmer werfen, Mr. Wray? Vielleicht haben wir ja etwas übersehen.«

Wray machte ein verdutztes Gesicht. »Ja, sicher. Aber … ich meine … wir haben es neu gemacht. Es ist nichts mehr da.«

»Sie haben Leannes Zimmer renoviert?«, fragte Winsome.

Wray sah sie an. »Ja. Wir konnten es nicht ertragen, seit sie nicht mehr da ist. Die Erinnerungen. Und jetzt, wo das Baby unterwegs ist …«

»Was ist mit ihrer Kleidung?«, fragte Winsome.

»Die haben wir der Wohlfahrt gegeben.«

»Und ihre Bücher, ihre persönlichen Sachen?«

»Die auch.«

Winsome schüttelte den Kopf. Banks erkundigte sich: »Dürfen wir trotzdem einmal kurz gucken?«

Sie gingen nach oben. Wray hatte Recht. Es war nicht ein Gegenstand übrig, der darauf hinwies, dass das Zimmer mal einem jungen Mädchen wie Leanne Wray gehört hatte. Die kleine Frisierkommode, der Nachttisch neben dem Bett und der dazu passende Kleiderschrank waren fort, ebenso ihr Bett mit dem Quilt darauf, das kleine Bücherregal, die paar Puppen aus ihrer Kindheit. Sogar der Teppich war herausgenommen und die Popstarposter von der Wand gerissen worden. Nichts war übrig. Banks traute seinen Augen nicht. Er konnte nachvollziehen, dass man schmerzhaften Erinnerungen aus dem Weg ging, dass man nicht gern an jemanden gemahnt wurde, den man geliebt und verloren hatte, aber machte man das alles, wenn seit dem Verschwinden der Tochter nicht mal ein Monat vergangen war, ohne dass man ihre Leiche gefunden hatte?

»Vielen Dank«, sagte Banks und bedeutete Winsome, ihm nach unten zu folgen.

»Ist das nicht sonderbar?«, sagte sie, als sie draußen waren. »Da macht man sich doch seine Gedanken, oder?«

»Was für Gedanken, Winsome?«

»Dass Leanne in der Nacht vielleicht doch nach Hause gekommen ist. Und dass Mr. Wray vielleicht auf die Idee gekommen ist, es sei Zeit für eine Renovierung, als er gehört hat, dass der Garten der Paynes umgegraben wird.«

»Hm«, machte Banks. »Sie mögen Recht haben, aber vielleicht zeigen die Menschen ihre Trauer auch auf unterschiedliche Art. So oder so finde ich, dass wir die Wrays in den nächsten Tagen etwas genauer unter die Lupe nehmen sollten. Sie können schon mal mit den Nachbarn sprechen, möglicherweise haben die was Ungewöhnliches gesehen oder gehört.«

Nach dem Gespräch mit Maureen Nesbitt beschloss Jenny, der Halbinsel Spurn Head noch einen Besuch abzustatten, ehe sie sich auf den Heimweg machte. Vielleicht würde ihr ein schöner langer Spaziergang helfen, einen klaren Kopf zu bekommen und die Spinnweben fortzuwischen. Vielleicht würde er ihr auch helfen, das unheimliche Gefühl abzuschütteln, beobachtet oder verfolgt zu werden, das sie seit Alderthorpe nicht losließ. Sie konnte nicht den Finger darauf legen, aber immer wenn sie unvermittelt über die Schulter sah, hatte sie das Gefühl, es husche etwas um die Ecke. Das störte sie, weil sie nicht richtig beurteilen konnte, ob sie paranoid war. Oder besser gesagt, sie mochte zwar paranoid sein, aber verfolgt werden konnte sie deshalb ja trotzdem.

Das Gefühl blieb.

Jenny bezahlte die Eintrittskarte und fuhr langsam über den schmalen Weg zum Parkplatz. Sie sah einen alten Leuchtturm, der zur Hälfte im Wasser stand, und vermutete, dass er auf dem Festland gebaut worden war und der Küstenverlauf sich im Laufe der Zeit verändert hatte.

Jenny ging zum Meer hinunter. Die Halbinsel war gar nicht so verlassen, wie sie vermutet hatte. Auf einer etwas weiter im Wasser gelegenen Plattform, die über einen schmalen Holzsteg mit dem Festland verbunden war, befanden sich Anleger und Kontrollzentrum der Humber-Lotsen, die die großen Tanker aus der Nordsee die Mündung hinaufführten. Hinter der Plattform standen der neue Leuchtturm und mehrere Häuser. Auf der anderen Seite der Mündung konnte Jenny die Docks und Ladekräne von Grimsby und Immingham erkennen. Obwohl die Sonne schien, wehte ein starker Wind. Jenny spürte die Kälte, als sie durch den Sand auf die Landspitze zustapfte. Das Meer hatte eine sonderbare Farbe, purpurrot, braun, fliederfarben, nur nicht blau, nicht einmal in der Sonne.

Es waren nicht viele Menschen da. Die meisten, die diese

Gegend besuchten, waren passionierte Vogelbeobachter, schließlich handelte es sich um ein Naturschutzgebiet. Dennoch sah Jenny ein oder zwei Pärchen Hand in Hand schlendern, auch eine Familie mit zwei kleinen Kindern. Selbst während des Spaziergangs wurde sie das Gefühl nicht los, verfolgt zu werden.

Als der erste Tanker um die Landspitze bog, verschlug es ihr fast den Atem. Hinter der scharfen Kurve tauchte der gewaltige Klotz wie aus dem Nichts auf und kam schnell näher. Einige Augenblicke lang versperrte ihr das Schiff die Sicht, dann wurde es von einem Lotsenboot in Empfang genommen und durch das Mündungsgebiet zu den Docks von Immingham geleitet. Kurz darauf kam der nächste Tanker.

Während Jenny am Strand stand und das weite Meer betrachtete, ließ sie sich durch den Kopf gehen, was Maureen Nesbitt über die sieben Alderthorpe-Kinder erzählt hatte.

Tom Godwin, Lucys kleiner Bruder, war wie Lucy bis zum achtzehnten Lebensjahr bei seinen Pflegeeltern geblieben, dann war er zu entfernten Verwandten nach Australien gezogen, die zuvor gründlich von den Sozialbehörden überprüft worden waren. Jetzt arbeitete er auf deren Schaffarm in New South Wales. Dem Vernehmen nach war Tom ein robuster, ruhiger Junge, der gern lange Spaziergänge unternahm und so schüchtern war, dass er vor Fremden stotterte. Oft wachte er schreiend aus Albträumen auf, an die er sich nicht erinnern konnte.

Laura, Lucys Schwester, lebte in Edinburgh, wo sie Medizin studierte. Sie wollte Psychiaterin werden. Maureen hatte gesagt, Laura habe sich nach jahrelanger Therapie im Großen und Ganzen gut gemacht, aber sie sei noch immer scheu und zurückhaltend. Das könnte es ihr erschweren, die nur allzu menschlichen Seiten des von ihr gewählten Berufs zu ertragen. Zweifellos war sie eine hervorragende, begabte Studentin, aber ob sie den täglichen Druck der Psychiatrie ertragen würde, stand auf einem anderen Blatt.

Von den drei überlebenden Murray-Kindern hatte Susan mit dreizehn Jahren Selbstmord begangen. Dianne wohnte in einer betreuten Einrichtung für psychisch Kranke, litt unter schweren Schlafstörungen und schrecklichen Wahnvorstellungen. Keith studierte ebenfalls, genau wie Laura, aber Maureen meinte, er müsse inzwischen kurz vor dem Abschluss stehen. Er hatte an der Universität von Durham Geschichte und Englisch studiert. Er ging noch immer regelmäßig zum Psychiater und litt unter depressiven Schüben und Panikattacken, insbesondere in geschlossenen Räumen. Aber er kam zurecht und war erfolgreich an der Uni.

Und das war es, das traurige Vermächtnis von Alderthorpe. Ein besudeltes Leben.

Jenny fragte sich, ob Banks wollte, dass sie weitermachte, nachdem er Lucy hatte laufen lassen. Maureen Nesbitt hatte gesagt, sie setze am ehesten auf Keith Murray und Laura Godwin, und da es von Eastvale näher zu Keith war, beschloss Jenny, es zuerst bei ihm zu versuchen. Aber hatte das Ganze noch einen Sinn? Sie musste zugeben, dass sie kein psychologisches Indiz gefunden hatte, das die Anklage gegen Lucy erhärtete. Sie hatte das Gefühl, versagt zu haben, was viele Beamte der Soko ja eh von ihr glaubten.

Lucy konnte durchaus einen psychologischen Schaden davongetragen haben, der sie zu einem willfährigen Opfer von Terence Payne machte. Andererseits auch genauso gut nicht. Auch wenn verschiedene Menschen demselben Grauen ausgesetzt sind, reagieren sie oft auf völlig unterschiedliche Weise. Vielleicht war Lucy eine wirklich starke Persönlichkeit, stark genug, um die Vergangenheit hinter sich zu lassen und ihr eigenes Leben zu führen. Jenny bezweifelte, dass jemand die Kraft besaß, sämtliche psychischen Folgen der Ereignisse von Alderthorpe zu verdrängen, aber es war durchaus möglich, mit der Zeit gesund zu werden, wenigstens teilweise. Auf einer bestimmten Ebene konnte man zurechtkommen, das hatten Tom, Laura und Keith ja bewiesen. Sie mochten verwundete Veteranen sein, aber immerhin lebten sie noch.

Nachdem Jenny die erste Hälfte um die Landspitze zurückgelegt hatte, stiefelte sie durch das lange Gras zurück zum Parkplatz und setzte sich ins Auto. Als sie den schmalen Weg zurückfuhr, entdeckte sie im Rückspiegel einen blauen

Citroën, und sie war überzeugt, ihn schon mal gesehen zu haben. Sie mahnte sich, keine Gespenster zu sehen, verließ Spurn Head und fuhr Richtung Patrington. Kurz vor Hull rief sie Banks an.

Er meldete sich nach dem dritten Klingeln. »Jenny, wo bist du?«

»In Hull. Auf dem Rückweg.«

»Was Interessantes herausgefunden?«

»'ne Menge, aber ich weiß nicht, ob es uns groß weiterbringt. Ich kann versuchen, eine Art Profil daraus zu erstellen, wenn du möchtest.«

»Gerne.«

»Ich hab gerade gehört, du musstest Lucy Payne laufen lassen?«

»Stimmt. Wir haben sie ohne großes Aufsehen über den Seiteneingang hinausbekommen, und ihre Anwältin hat sie direkt nach Hull gefahren. Sie haben im Zentrum eingekauft, dann hat Julia Ford, die Anwältin, Lucy bei den Liversedges abgesetzt. Sie haben sie mit offenen Armen aufgenommen.«

»Und da ist sie jetzt?«

»Soweit ich weiß. Die Polizei dort behält sie im Auge. Wo soll sie auch sonst hin?«

»Tja, wohin?«, sagte Jenny. »Heißt das, dass es vorbei ist?«

»Was?«

»Mein Job.«

»Nein«, erwiderte Banks. »Noch ist nichts vorbei.«

Als Jenny aufgelegt hatte, warf sie wieder einen prüfenden Blick in den Rückspiegel. Der blaue Citroën hielt Abstand, ließ drei, vier andere Autos dazwischen, aber es bestand kein Zweifel, dass er ihr noch immer auf der Spur war.

»Annie, hast du schon mal daran gedacht, Kinder zu bekommen?«

Banks merkte, dass Annie erstarrte. Sie lagen im Bett, hatten sich gerade geliebt und genossen das Nachspiel, das sanfte Rauschen des Wasserfalls draußen, die gelegentlichen Schreie von Nachttieren aus dem Wald und *Astral Weeks* von Van Morrison, das von unten heraufklang.

»Ich meine nicht … nicht jetzt. Ich meine nicht dich und mich, sondern ganz allgemein?«

Annie lag eine Weile schweigend da. Dann entspannte sie sich. Schließlich sagte sie: »Warum willst du das wissen?«

»Keine Ahnung. Ich hab darüber nachgedacht. Dieser Fall, die armen Teufel von den Murrays und den Godwins, die ganzen vermissten Mädchen, die eigentlich noch Kinder waren. Und dann die Wrays, die schwangere Frau.« Und Sandra, dachte er, aber er hatte Annie noch nichts davon erzählt.

»Kann ich nicht behaupten«, erwiderte Annie.

»Nie?«

»Vielleicht bin ich zu kurz gekommen, als der Mutterinstinkt verteilt wurde, keine Ahnung. Vielleicht hängt es auch mit meiner Vergangenheit zusammen. Die Frage hat sich halt nie gestellt.«

»Deine Vergangenheit?«

»Ray. Die Kommune. Dass meine Mutter so früh gestorben ist.«

»Aber du hast gesagt, du wärst ganz glücklich gewesen.«

»War ich auch.« Annie setzte sich auf und griff nach dem Weinglas, das sie auf dem Nachttisch abgestellt hatte. Ihre kleinen Brüste leuchteten im schwachen Licht. Die dunkelbraunen Brustwarzen waren leicht nach oben gerichtet.

»Weswegen dann?«

»Himmel noch mal, Alan, es muss sich doch nicht jede Frau fortpflanzen oder sich rechtfertigen, wenn sie das nicht will. Ich bin kein Monster, verstehst du.«

»Ich weiß. Entschuldige.« Banks trank einen Schluck Wein und lehnte sich gegen das Kopfkissen. »Nur weil … na ja, ich hab letztens einen kleinen Schock bekommen, mehr nicht.«

»Was war denn?«

»Sandra.«

»Was ist mit ihr?«

»Sie ist schwanger.« Da war es raus. Er wusste nicht, warum es ihm so schwer gefallen war oder warum er plötzlich das Gefühl hatte, er hätte besser den Mund gehalten. Auch fragte er sich, warum er es Jenny sofort erzählt, aber lange gewartet hatte, bis er es Annie berichtete. Zum Teil natürlich, weil Jenny Sandra kannte, aber es steckte noch mehr dahinter. Annie schien die Nähe zu fürchten, die nähere Einzelheiten aus seinem Privatleben erzeugten. Manchmal hatte sie ihm das Gefühl gegeben, von manchen Aspekten seiner Vergangenheit zu wissen, belaste sie. Aber er konnte nichts dagegen tun. Seit er sich von Sandra getrennt hatte, war er viel nachdenklicher geworden und nahm sein Leben genauer unter die Lupe. Er sah wenig Sinn darin, mit jemandem zusammen zu sein, mit dem er seine Gedanken nicht wenigstens ansatzweise teilen konnte.

Zuerst sagte Annie nichts, dann fragte sie: »Warum erzählst du mir das erst jetzt?«

»Keine Ahnung.«

»Woher weißt du es?«

»Von Tracy, als wir in Leeds Mittag gegessen haben.«

»Sandra hat es dir also nicht selbst erzählt?«

»Du weißt genauso gut wie ich, dass wir fast keinen Kontakt mehr haben.«

»Trotzdem, ich hätte gedacht … bei so was.«

Banks kratzte sich die Wange. »Na, das beweist es doch nur, oder?«

Annie trank einen Schluck Wein. »Was beweist das?«

»Wie sehr wir uns entfremdet haben.«

»Es bringt dich durcheinander, Alan.«

»Eigentlich nicht. Es bringt mich nicht durcheinander, es …«

»Stört dich?«

»Vielleicht.«

»Warum?«

»Nur die Vorstellung. Dass Tracy und Brian einen kleinen Bruder oder eine kleine Schwester bekommen. Dass …«

»Was?«

»Ich hab nur nachgedacht«, sagte Banks und schaute Annie an. »Ich meine, daran habe ich schon seit Jahren nicht mehr gedacht, hab's wohl verdrängt, aber jetzt ist das alles wieder hochgekommen.«

»Was ist wieder hochgekommen?«

»Die Fehlgeburt.«

Annie erstarrte kurz, dann fragte sie: »Sandra hatte eine Fehlgeburt?«

»Ja.«

»Wann war das?«

»Oh, vor Jahren, als wir noch in London gewohnt haben. Die Kinder waren klein, zu klein, um es zu verstehen.«

»Wie ist das passiert?«

»Ich hab damals als verdeckter Ermittler gearbeitet. Drogenfahndung. Du weißt ja, wie das ist, wochenlang ist man unterwegs, kann sich nicht bei der Familie melden. Ich hab es erst zwei Tage später von meinem Chef erfahren.«

Annie nickte. Banks wusste, dass sie den Druck und den Stress verdeckter Ermittlungsarbeit aus erster Hand kannte; der Beruf mit seinen Folgen gehörte zu den Dingen, die Annie mit ihm gemeinsam hatte. »Wie ist es dazu gekommen?«

»Wer weiß das schon? Die Kinder waren in der Schule. Sandra bekam Blutungen. Gott sei Dank hatten wir einen hilfreichen Nachbarn, wer weiß, was sonst passiert wäre.«

»Und du gibst dir die Schuld, weil du nicht da gewesen bist?«

»Sie hätte sterben können, Annie. Wir haben das Kind verloren. Es hätte alles gut gehen können, wenn ich wie jeder andere werdende Vater da gewesen wäre und ihr geholfen hätte. Aber Sandra musste alles alleine machen, verdammt noch mal – alles alleine schleppen, einkaufen, um jede Kleinigkeit musste sie sich kümmern. Sie wechselte gerade eine Glühbirne aus, als ihr zum ersten Mal komisch wurde. Sie hätte runterfallen und sich den Hals brechen können.« Banks griff nach einer Zigarette. Normalerweise gönnte er sich mit Rücksicht auf Annie keine »danach«, aber jetzt hatte er Lust darauf. Trotzdem fragte er: »Darf ich?«

»Klar. Meinetwegen.« Annie trank einen Schluck Wein. »Aber lieb, dass du fragst. Was hast du eben gesagt?«

Banks zündete sich die Zigarette an, und der Rauch zog aus dem halb geöffneten Fenster. »Schuldgefühle. Ja. Aber noch mehr.«

»Wie meinst du das?«

»Ich hab damals bei der Drogenfahndung gearbeitet, wie gesagt. Die meiste Zeit hab ich mich auf der Straße oder in schmuddeligen Absteigen rumgetrieben. Ich wollte einen Tipp von den Opfern, wer die Hintermänner waren. Die meisten waren Kinder, Ausreißer, total breit, high, auf dem Trip, zugeknallt, wie auch immer man das nennen will. Manche waren keine zehn, elf Jahre alt. Die Hälfte wusste nicht mal ihren eigenen Namen. Oder wollte ihn nicht sagen. Ich weiß nicht, ob du dich noch dran erinnern kannst, aber das war die Zeit, als die Angst vor Aids immer größer wurde. Keiner wusste genau, wie schlimm es war, aber es gab eine Menge Panikmache. Klar war nur, dass Aids übers Blut übertragen wird, bei ungeschütztem Sex – hauptsächlich Analsex – und durch gemeinsam benutzte Spritzen. Was ich sagen will: Wir haben in ständiger Angst gelebt. Du wusstest einfach nicht, ob sich irgendein Schmalspurdealer mit einer verseuchten Spritze auf dich stürzen würde oder ob du Aids kriegen konntest, wenn dir irgend so ein Junkie auf die Hand sabberte.«

»Ich versteh schon, was du meinst, Alan, auch wenn das vor meiner Zeit war. Aber ich verstehe den Zusammenhang nicht. Was hat das mit Sandras Fehlgeburt zu tun?«

Banks inhalierte den Rauch und spürte, wie er im Hals brannte. Er sollte besser aufhören. »Wahrscheinlich nichts, ich versuche nur, dir eine Vorstellung davon zu geben, was für ein Leben ich damals geführt habe. Ich war Anfang dreißig, hatte eine Frau und zwei Kinder, ein drittes war unterwegs, und ich lebte im Sumpf, trieb mich mit Abschaum herum. Meine eigenen Kinder hätten mich nicht erkannt, wenn sie mich auf der Straße gesehen hätten. Die Kinder, mit denen ich zu tun hatte, waren entweder schon tot oder kurz davor. Ich war Bulle, kein Sozialarbeiter. Ich meine, manchmal hab ich es versucht, weißt du, wenn ich dachte, möglicherweise hört so ein Kind auf mich, lässt dieses Leben hinter sich und geht nach Hause, aber das war nicht meine Aufgabe. Ich war da, um Informationen zu sammeln und die Hintermänner aufzuspüren.«

»Und?«

»Hm, es hat einfach bestimmte Auswirkungen, mehr nicht. So ein Leben verändert dich, stülpt dich um, verrückt deine

Perspektive. Am Anfang denkst du, du bist ein normaler, anständiger Familienvater, der einfach nur einen harten Job hat, und am Ende weißt du nicht mehr genau, wer du bist. Jedenfalls war mein erster Gedanke, als ich hörte, dass Sandra eine Fehlgeburt gehabt hatte, aber schon wieder auf dem Weg der Besserung war ... Weißt du, wie ich mich da zuerst gefühlt hab?«

»Erleichtert?«, fragte Annie.

Banks starrte sie an. »Woher weißt du das?«

Sie lächelte ihn an. »Gesunder Menschenverstand. So jedenfalls würde ich mich fühlen – ich meine, wenn ich in deinen Schuhen gesteckt hätte.«

Banks drückte die Zigarette aus. Irgendwie war er enttäuscht, dass sein großes Geständnis überhaupt keinen Eindruck auf Annie machte. Er spülte den Mund mit Rotwein, um den Geschmack der Zigarette loszuwerden. Van Morrison sang jetzt »Madame George« zu den Gitarrenriffs. Im Wald schrie eine Katze, vielleicht die, die manchmal zum Milchtrinken kam. »Egal«, sagte Banks. »So hab ich mich jedenfalls gefühlt – erleichtert. Und natürlich hatte ich Schuldgefühle. Nicht nur, weil ich nicht da gewesen war, sondern weil ich fast froh darüber war. Und erleichtert, dass wir das alles nicht noch mal durchmachen mussten. Voll geschissene Windeln, wenig Schlaf – ich hab ja eh nicht viel Schlaf bekommen –, noch mehr Verantwortung. Es war ein Leben weniger, das ich beschützen musste. Auf die zusätzliche Verantwortung konnte ich gut verzichten.«

»Das ist kein sonderlich ungewöhnlicher Gedanke, weißt du«, meinte Annie. »Und es ist nicht besonders schrecklich. Deshalb bist du noch lange kein Ungeheuer.«

»Ich kam mir aber so vor.«

»Aber nur, weil du dich übernimmst. Tust du immer. Du bist nicht für das gesamte Elend der Welt verantwortlich, nicht mal für einen Bruchteil. Aha, Alan Banks ist auch nur ein Mensch. Und kein Heiliger. Er ist also erleichtert, obwohl er meint, dass er trauern müsste. Glaubst du, du bist der Einzige, dem das passiert ist?«

»Weiß ich nicht. Ich hab noch keinen danach gefragt.«

»Nun, bist du nicht. Du musst einfach lernen, mit deinen Unzulänglichkeiten zu leben.«

»So wie du?«

Annie grinste und goss ein bisschen Wein auf ihn. Zum Glück trank sie weißen. »Was für Unzulänglichkeiten, du Frechdachs?«

»Egal, danach haben wir beschlossen, keine Kinder mehr zu bekommen, und nie wieder darüber gesprochen.«

»Aber seitdem trägst du dieses Schuldgefühl mit dir herum?«

»Ja, glaub schon. Ich meine, ich denk nicht besonders oft darüber nach, aber jetzt ist alles wieder hochgekommen. Und weißt du, was noch?«

»Nein.«

»Meine Arbeit ist mir noch wichtiger geworden. Nicht einen Moment lang hab ich überlegt, ob ich alles aufgeben und Gebrauchtwagenhändler werden soll.«

Annie lachte. »Besser so. Ich kann mir dich auch nicht als Gebrauchtwagenhändler vorstellen.«

»Oder irgendwas anderes. Ein Beruf mit regelmäßigen Arbeitszeiten und ohne die Gefahr, sich Aids einzufangen.«

Annie streichelte ihm über die Brust. »Armer Alan«, sagte sie und kuschelte sich an ihn. »Warum versuchst du nicht, mal richtig abzuschalten? Mach deinen Kopf einfach ganz leer, konzentrier dich auf den Augenblick, auf mich, auf die Musik, auf das Hier und Jetzt.«

Van Morrison begann mit seinem sinnlichen »Ballerina«, und Annies weiche, feuchte Lippen tasteten sich über Banks' Brust und Bauch, wo sie länger verweilten. Es gelang ihm, ihrem Rat zu folgen, als sie ihr Ziel erreichte, doch selbst als er sich dem Gefühl des Augenblicks hingab, konnte er sich nicht vollkommen von dem Gedanken an tote Babys frei machen.

Am Samstagabend prüfte Maggie alle Schlösser und Fenster zweimal, bevor sie zu Bett ging. Erst als sie sich überzeugt hatte, dass alles abgesichert war, ging sie mit einem Glas warmer Milch nach oben. Plötzlich klingelte das Telefon. Zuerst

360

wollte sie nicht drangehen. Nicht um elf Uhr abends. Wahrscheinlich hatte sich jemand verwählt. Aber die Neugier siegte. Sie wusste, dass die Polizei Lucy am Morgen hatte gehen lassen. Es konnte also Lucy sein, die Hilfe brauchte.

Sie war es nicht. Es war Bill. Maggie schlug das Herz bis zum Hals und das Zimmer um sie herum wurde kleiner.

»Du machst da drüben ja ganz schön von dir reden, was?«, sagte er. »Überall der große Held, der Fürsprecher geschlagener Frauen. Oder heißt das Fürsprecherin?«

Maggie merkte, dass sie zusammensackte, schrumpfte, ihr das Herz bis zum Hals klopfte. Ihre Tapferkeit, ihre Stärke – alles dahin. Sie konnte kaum sprechen, kaum atmen. »Was willst du?«, flüsterte sie. »Wie hast du mich gefunden?«

»Du unterschätzt deine Berühmtheit! Du bist nicht nur im *Globe* und in der *Post*, du bist auch in der *Sun* und im *Star*. In der *Sun* ist sogar ein Bild von dir, wenn auch kein besonders gutes, es sei denn, du hast dich verdammt stark verändert. Hier wurde ausführlich über den Chamäleon-Fall berichtet, wie er genannt wird, man vergleicht ihn mit Bernardo und Homolka, klar, und du steckst scheinbar mittendrin.«

»Was willst du?«

»Was ich will? Ich? Nichts.«

»Wie hast du mich gefunden?«

»Nach den Berichten in der Zeitung war das kein Problem mehr. Du hast hier ein altes Adressbuch liegen gelassen. Da stehen alle deine Freunde drin. The Hill Nummer 32, Leeds. Stimmt's?«

»Was willst du von mir?«

»Nichts. Im Moment jedenfalls nicht. Ich wollte dich nur wissen lassen, dass ich weiß, wo du bist, und dass ich an dich denke. Muss wirklich spannend gewesen sein, gegenüber von einem Mörder zu wohnen. Wie ist denn Karla so?«

»Sie heißt Lucy. Lass mich in Ruhe.«

»Das ist aber nicht nett. Wir waren mal verheiratet, hast du das vergessen?«

»Wie sollte ich!«

Bill lachte. »Egal, ich muss aufpassen, sonst wird die Telefonrechnung der Firma zu hoch. Hab in letzter Zeit wirklich viel gearbeitet, selbst mein Chef meint, ich hätte dringend einen Urlaub verdient. Ich wollte dir einfach nur kurz Bescheid sagen, dass ich vielleicht bald nach England komme. Weiß noch nicht, wann. Vielleicht nächste Woche, vielleicht nächsten Monat. Aber es wär doch schön, wenn wir uns zum Essen treffen könnten oder so, findest du nicht?«

»Du bist krank«, sagte Maggie und hörte Bill kichern, als sie auflegte.

15

Banks war schon immer der Meinung gewesen, dass sich der Sonntagmorgen hervorragend eignete, um einem arglosen Schurken ein bisschen auf den Zahn zu fühlen. Der Sonntagnachmittag war auch nicht schlecht. Dann hatten Zeitung, Pub und der Braten mit Yorkshire Pudding den Ganoven milde gestimmt, und er hielt, Zeitung überm Kopf, ein kleines Nickerchen im Sessel. Aber am Sonntagmorgen waren die Leute, die nicht besonders religiös waren, entweder gut drauf und entschlossen, ihren freien Tag zu genießen, oder sie hatten einen dicken Kopf. Beides war einer kleinen Unterhaltung durchaus zuträglich.

Ian Scott hatte auf jeden Fall einen Kater.

Sein fettiges schwarzes Haar stand oben vom Kopf ab und klebte an den Schläfen. Auf einer Seite seines käsigen Gesichts prangten Abdrücke des Kopfkissens. Seine Augen waren blutunterlaufen, er trug nur ein schmuddeliges Unterhemd und Unterhose.

»Kann ich reinkommen, Ian?«, fragte Banks und schob sich an ihm vorbei, ohne eine Antwort abzuwarten. »Dauert nicht lange.«

Die Wohnung stank nach dem Marihuana der vergangenen Nacht und abgestandenem Bier. In den Aschenbechern lagen noch die Stummel der Joints. Banks ging zum Fenster und riss es auf. »Schäm dich, Ian«, sagte er. »So ein schöner Frühlingsmorgen, da macht man doch einen Spaziergang am Fluss oder versucht es mal mit Fremlington Edge.«

»Am Arsch«, gab Ian zurück und kratzte sich besagtes Körperteil.

Sarah Francis stolperte aus dem Schlafzimmer, schob sich das zerzauste Haar aus dem Gesicht und blinzelte mit vom Schlaf verquollenen Augen. Sie trug ein weißes T-Shirt mit Donald-Duck-Aufdruck, sonst nichts. Das T-Shirt reichte ihr nur bis zur Hüfte.

»Scheiße«, sagte sie, bedeckte sich mit den Händen, so gut sie konnte, und flitzte ins Schlafzimmer zurück.

»Nette kleine Gratisshow?«, fragte Ian.

»Nicht unbedingt.« Banks warf einen Berg Klamotten vom Stuhl am Fenster und setzte sich. Ian machte Musik an, zu laut, und Banks stand auf und schaltete sie wieder aus. Ian nahm Platz und schmollte, Sarah kam in einer Jeans zurück.

»Du hättest mich ruhig warnen können, du Arsch«, brummte sie Ian an.

»Halt's Maul, dumme Fotze«, sagte er.

Sarah setzte sich und schmollte ebenfalls.

»Gut«, sagte Banks. »Sitzen wir alle bequem? Kann ich anfangen?«

»Ich weiß nicht, was Sie schon wieder wollen«, entgegnete Ian. »Wir haben Ihnen alles erzählt, was passiert ist.«

»Na, dann ist es ja nicht schlimm, wenn wir es noch mal durchkauen, oder?«

Ian stöhnte. »Mir geht's nicht gut. Mir ist schlecht.«

»Du solltest deinen Körper mit mehr Respekt behandeln«, sagte Banks. »Er ist ein Tempel Gottes.«

»Was wollen Sie wissen? Los! Fangen Sie an!«

»Zuerst mal gibt es was, das mich verwirrt.«

»Na, Sie sind der Sherlock; das kriegen Sie bestimmt noch heraus.«

»Mich wundert, dass ihr mich nicht nach Leanne gefragt habt.«

»Was sollen wir denn fragen?«

»Ich wäre wohl kaum hier und würde euren Sonntagmorgen stören, wenn wir Leanne tot im Garten eines Serienmörders gefunden hätten, oder?«

»Was soll das heißen? Reden Sie mal englisch!«

Sarah hatte sich im anderen Sessel in Embryonalhaltung zusammengerollt und verfolgte das Gespräch aufmerksam.

»Was ich sagen will, Ian, ist, dass keiner nach Leanne gefragt hat. Das stört mich. Bedeutet sie euch nichts?«

»Sie war ein Kumpel, mehr nicht. Aber mit uns hat das nichts zu tun. Wir wissen nicht, was mit ihr passiert ist. Außerdem hätte ich schon noch nach ihr gefragt. Mein Kopf funktioniert noch nicht richtig.«

»Kann er das überhaupt? Egal, so langsam glaube ich, dass du es doch weißt.«

»Dass ich was weiß?«

»Dass du was darüber weißt, was mit Leanne passiert ist.«

»Schwachsinn.«

»Wirklich? Gehen wir mal ein kleines Stück zurück. Wir sind inzwischen ziemlich sicher, dass Leanne Wray nicht zu den Opfern des Chamäleons gehört, wie wir zuerst angenommen hatten.«

»Euer Fehler also, oder?«, sagte Ian. »Kommen Sie nicht bei uns angekrochen, damit wir Ihnen aus der Patsche helfen.«

»So, wenn das nicht der Fall ist, dann muss ihr etwas anderes zugestoßen sein.«

»Dafür braucht man kein Sherlock zu sein, um das rauszukriegen.«

»Und wenn wir ausschließen, dass ein zweiter Mörder sein Unwesen treibt, bleiben noch drei Möglichkeiten.«

»Ach ja? Und die wären?«

Banks zählte es an den Fingern ab. »Erstens: Sie ist von zu Hause abgehauen. Zweitens: Sie ist rechtzeitig nach Hause gekommen, aber ihre Eltern haben was mit ihr angestellt. Und drittens, und deswegen bin ich hauptsächlich hier: Sie ist nicht nach Hause gegangen, nachdem ihr aus dem Old Ship gekommen seid. Ihr vier seid zusammengeblieben und irgendwas ist passiert.«

Ian Scotts Gesichtsausdruck war reine Verachtung. Sarah nuckelte an ihrem Daumen. »Wir haben Ihnen gesagt, was passiert ist«, sagte Ian. »Wir haben Ihnen gesagt, was wir gemacht haben.«

»Ja«, erwiderte Banks. »Aber im Riverboat war es zu voll, und die Leute, mit denen wir gesprochen haben, wussten nicht mehr genau, ob sie euch gesehen haben. Bei der Uhrzeit waren sie sich schon gar nicht sicher, noch nicht mal, ob es wirklich Freitagabend war.«

»Aber Sie haben die Überwachungskamera. Verfluchte Scheiße, was beobachtet uns Big Brother die ganze Zeit, wenn ihr nicht mal glaubt, was ihr seht?«

»Oh, wir glauben schon, was wir sehen«, entgegnete Banks. »Aber wir sehen nur, dass du, Sarah und Mick Blair um kurz nach halb zwölf ins None gehen.«

»Na, früher braucht man da gar nicht aufzutauchen. Da geht erst ab zwölf Uhr was ab.«

»Ja, Ian, aber dazwischen sind zwei Stunden, die ihr nicht belegen könnt. In zwei Stunden kann eine Menge passieren.«

»Woher sollte ich wissen, dass ich hinterher jede Minute belegen muss?«

»Zwei Stunden.«

»Ich hab's schon gesagt. Wir sind ein bisschen rumgelaufen, haben im Riverboat vorbeigeguckt, sind ins None gegangen. Ich hab keine Ahnung, wie viel Uhr das war.«

»Sarah?«

Sarah nahm den Daumen aus dem Mund. »Was er sagt.«

»Ist das deine Meinung?«, fragte Banks. »Was Ian sagt? Hast du keinen eigenen Kopf?«

»Was er sagt. Wir sind ins Riverboat gegangen, dann ins None. Leanne ist kurz vor halb elf vor dem Old Ship abgehauen. Wir wissen nicht, was sie danach gemacht hat.«

»Und Mick Blair war bei euch?«

»Ja.«

»Was machte Leanne für einen Eindruck an dem Abend, Sarah?«

»Hä?«

»Was hatte sie für Laune?«

»Gute, würde ich sagen.«

»War sie nicht irgendwie durcheinander?«

»Nein. Wir hatten super Spaß.«

»Hat Leanne dir nichts anvertraut?«

»Was denn?«

»Ach, keine Ahnung. Probleme mit ihrer Stiefmutter vielleicht?«

366

»Sie hatte ständig Ärger mit dieser eingebildeten Pute. Ich konnte es schon nicht mehr hören.«

»Hat sie mal davon gesprochen, abzuhauen?«

»Nicht mit mir. Nicht dass ich wüsste. Ian?«

»Nee. Sie hat immer nur wegen der blöden Kuh rumgenervt, mehr nicht. Leanne hat nicht den Mumm gehabt, sich zu verpissen. Ich würde mir zuerst mal die Stiefmutter angucken, wenn ich einen suchen würde, der in Frage kommt!«

»Wofür in Frage kommt?«

»Wissen Sie doch. Wenn Sie glauben, dass einer Leanne was getan hat.«

»Aha. Was war das für eine Idee, über die ihr euch gefreut habt, bevor ihr aus dem Old Ship gegangen seid?«

»Ich weiß nicht, was Sie meinen«, sagte Ian.

»Los, komm schon. Wir wissen, dass ihr ganz heiß wart, weil ihr was vorhattet. Was war das? Sollte Leanne dabei mitmachen?«

»Wir haben darüber gesprochen, ins None zu gehen, aber Leanne wusste, dass sie nicht mitkommen konnte.«

»Das ist alles?«

»Was soll sonst gewesen sein?«

»Hat sie keine Andeutung fallen lassen, dass sie eventuell nicht direkt nach Hause wollte?«

»Nein.«

»Oder dass sie abhauen wollte, ihrer Stiefmutter eine Lektion erteilen?«

»Keine Ahnung. Woher soll man wissen, was die Weiber im Kopf haben, wenn man's genau nimmt, hä?«

»Na, na, was ist das denn für eine Ausdrucksweise! Du hörst zu viel Hiphop, Ian«, sagte Banks und stand auf. »Netter Freund, Sarah«, sagte er beim Hinausgehen. Er merkte, dass er Sarah Francis aus der Ruhe gebracht hatte, besser gesagt, sie war verängstigt. Das könnte sich über kurz oder lang als nützlich erweisen, dachte Banks.

»Ich musste einfach raus aus der Bude, mehr nicht«, erklärte Janet Taylor. »Ich meine, ich wollte Sie nicht quer durch Yorkshire jagen.«

»Schon gut«, sagte Annie lächelnd. »Ich wohne gar nicht so weit weg. Außerdem gefällt's mir hier.«

Sie waren, nicht weit von Banks' Cottage entfernt, am Rande des Moors über Wensleydale in einem verschachtelten alten Pub, der berühmt für seinen Sonntagsbraten war. Janet hatte kurz nach zehn angerufen, als Annie gerade ein Nickerchen hielt, um den fehlenden Schlaf von der Nacht bei Banks nachzuholen. Das Gespräch mit ihm war ihr nicht aus dem Kopf gegangen, hatte sie bis in die frühen Morgenstunden wachgehalten. Sie redete nicht gern über Babys.

Man konnte sich immer drauf verlassen, dass Banks einen wunden Punkt traf. Was sie an seinen intimen Geständnissen ebenfalls störte, sie ihm aber aus irgendeinem Grund nicht sagte, war der Zwang, ihre eigene Vergangenheit und ihre Gefühle viel genauer unter die Lupe zu nehmen, als ihr momentan lieb war. Wenn sie das doch einfach abschütteln und leicht nehmen könnte.

Da war ein Mittagessen an der frischen Luft genau das Richtige. Am Himmel war keine Wolke zu sehen. Von ihrem Platz aus konnte Annie die mit Trockenmauern durchzogenen, üppigen grünen Täler und die herumtrottenden Schafe sehen, die wie verrückt losblökten, wenn Spaziergänger vorbeikamen. Unten im Tal wand sich der Fluss, und um eine Dorfwiese drängten sich mehrere Cottages. Der viereckige Kirchturm war ein wenig schief, sein grauer Kalkstein leuchtete in der Mittagssonne. Annie glaubte, die winzigen Gestalten von vier Wanderern erkennen zu können, die hoch oben über dem Tal den steilen Felshang erklommen. Gott, wie schön wäre es, da oben zu sein. Ganz allein, aller Sorgen ledig.

Die Landschaft war zwar perfekt, aber andere Gesellschaft wäre Annie lieber gewesen. Auch in der veränderten Umgebung wirkte Janet hektisch, warf immer wieder eine Strähne zurück, die ihr in die müden braunen Augen fiel. Sie hatte eine ungesunde Blässe, und es brauchte wohl mehr als ein Mittagessen im Moor, um die zu vertreiben. Janet war schon bei ihrem zweiten Pint Lager Shandy. Annie hatte sich auf die Zunge gebissen, um keinen Spruch über Alkohol am Steuer

368

abzulassen. Sie trank gerade ihr erstes kleines Glas Bitter, würde vielleicht noch ein zweites nehmen, aber Kaffee nach dem Essen. Da sie Vegetarierin war, hatte sie eine Quiche mit Salat bestellt, freute sich aber zu sehen, dass Janet Lammbraten gewählt hatte. Sie sah aus, als könne sie etwas Fleisch auf den Rippen vertragen.

»Wie geht's?«, erkundigte sich Annie.

Janet lachte. »Na, ungefähr so, wie zu erwarten ist.« Sie rieb sich die Stirn. »Das mit dem Schlafen kriege ich immer noch nicht hin. Wissen Sie, ich sehe es ständig wieder vor mir, aber ich bin mir nicht sicher, ob ich es so sehe, wie es wirklich gewesen ist.«

»Wie meinen Sie das?«

»Ich sehe dauernd sein Gesicht vor mir.«

»Das von Terry Payne?«

»Ja, ganz schief und verzerrt. Grässlich. Aber ich kann mich nicht erinnern, dass ich ihn in der Nacht gesehen habe. Mein Kopf denkt sich scheinbar die fehlenden Stücke dazu.«

»Kann sein.« Annie dachte an ihr eigenes Martyrium, an die Vergewaltigung durch drei Kollegen nach der Feier ihrer bestandenen Prüfung zum Sergeant. Damals hätte sie schwören können, dass sie sich an jedes Grunzen und Stöhnen, jeden perversen Gesichtsausdruck, an jede Berührung würde erinnern können – des einen, dem es schließlich gelungen war, in sie einzudringen, während die anderen sie festhielten. Dass sie nicht vergessen würde, wie er sich gegen ihren Widerstand in sie schob, ihre Klamotten zerriss, dass sie später jeden Schweißtropfen wüsste, der von seinem Gesicht auf ihre Haut getropft war. Aber sie stellte überrascht fest, dass vieles verblasst war, und schließlich war es kein Ereignis, das man unbedingt jede Nacht neu durchleben wollte. Vielleicht war sie stärker, als sie dachte, oder sie verdrängte es, wie ihr mal einer gesagt hatte. Sperrte Schmerz und Demütigung aus.

»Sie haben es sich also anders überlegt mit Ihrer Aussage?«, fragte Annie. Sie saßen so weit abseits, dass man ihre leise Unterhaltung nicht belauschen konnte. Nicht dass die anderen Gäste aussahen, als wollten sie mithören; es waren ausschließlich Familien, die sich lautstark unterhielten und lachten und versuchten, ihre abenteuerlustigen Kinder nicht aus den Augen zu verlieren.

»Ich hab nicht gelogen«, sagte Janet. »Das sollen Sie zuallererst wissen.«

»Das weiß ich.«

»Ich war nur durcheinander, mehr nicht. Meine Erinnerung an die Nacht ist ein bisschen verschwommen.«

»Verständlich. Aber Sie können sich jetzt erinnern, wie oft Sie ihn geschlagen haben?«

»Nein. Ich sage nur, dass es öfter gewesen sein kann, als ich dachte.«

Das Essen kam. Janet legte los, als hätte sie seit einer Woche nichts gegessen, was wahrscheinlich sogar stimmte. Annie stocherte in ihrem Essen herum. Die Quiche war trocken und der Salat langweilig, aber das war in einem Restaurant nicht anders zu erwarten, dessen Klientel hauptsächlich aus Fleischessern bestand. Wenigstens konnte sie die Aussicht genießen. Hoch oben malte ein Flugzeug eine Acht aus Kondensstreifen in den Himmel.

»Janet«, fuhr Annie fort. »Was wollen Sie an Ihrer Aussage ändern?«

»Also, tja, ich hab doch gesagt, dass ich ihn nur – wie oft? – zwei- oder dreimal geschlagen habe?«

»Viermal.«

»Egal. Und bei der Obduktion kam doch heraus, dass es ... wie viele?«

»Neun Schläge.«

»Genau.«

»Können Sie sich erinnern, dass Sie ihn neunmal geschlagen haben?«

»Nein. Das habe ich nicht gesagt.« Janet schnitt ein Stück Lamm ab und kaute eine Weile darauf herum.

Annie aß ihren Salat. »Was wollen Sie denn sagen, Janet?«

»Nur, dass ich wohl, na ja, ausgeflippt bin, mehr nicht.«

»Sie berufen sich auf verminderte Zurechnungsfähigkeit?«

»Nicht so. Ich meine, ich wusste, was los war, aber ich hatte Angst und hab mir Sorgen um Dennis gemacht, deshalb hab ich einfach … keine Ahnung, vielleicht hätte ich eher aufhören sollen, nachdem ich ihn an das Rohr gefesselt hatte.«

»Sie haben ihn danach noch geschlagen?«

»Glaub schon. Ein- oder zweimal.«

»Und daran können Sie sich erinnern?«

»Ich kann mich erinnern, dass ich ihn geschlagen hab, nachdem ich ihn gefesselt hatte, ja. Ich dachte, der hier ist für Dennis, du Schwein. Ich weiß nur nicht mehr, wie oft.«

»Ihnen ist klar, dass Sie aufs Revier kommen und Ihre Aussage revidieren müssen, oder? Ich meine, es ist in Ordnung, dass Sie es mir hier erzählen, jetzt, einfach so, aber es muss offiziell aufgenommen werden.«

Janet hob eine Augenbraue. »Sicher weiß ich das. Ich bin immer noch Bulle, oder? Ich wollte nur … also …« Sie schaute ins Tal.

Annie glaubte zu verstehen: Es war Janet zu peinlich, es auszusprechen. Sie wollte Gesellschaft. Sie wollte, dass jemand wenigstens versuchte, sie an einem wunderbaren Tag in einer herrlichen Umgebung zu verstehen, bevor der Affenzirkus richtig losging, der wohl in nächster Zeit ihr Leben bestimmen würde.

Jenny Fuller und Banks aßen im weniger exotischen Queen's Arms zu Mittag. Der Laden platzte fast aus allen Nähten vor sonntäglichen Touristen. Die beiden hatten noch gerade einen kleinen Tisch ergattern können – er war so klein, dass kaum genug Platz für zwei Rinderbraten mit Yorkshire Pudding und für die Gläser war –, ehe es um zwei Uhr nichts mehr zu essen gab. Jenny trank Lager, und Banks ein Pint Shandy, weil ihm noch eine Vernehmung am Nachmittag bevorstand. Er sah immer noch müde aus, dachte Jenny. Wahrscheinlich raubte ihm der Fall den Schlaf. Dazu der Verdruss über Sandras Schwangerschaft.

Jenny und Sandra waren befreundet gewesen. Nicht eng, aber beide hatten ungefähr zur gleichen Zeit schmerzliche Erfahrungen gemacht, was eine gewisse Nähe zwischen ihnen geschaffen hatte. Seit Jennys Aufenthalt in Amerika hatten sie sich allerdings nicht mehr oft getroffen. Inzwischen vermutete Jenny, dass sie sich nie wieder sehen würden. Wenn sie Partei ergreifen musste, was wohl nicht zu vermeiden war, dann stand sie auf Alans Seite. Sie war davon ausgegangen, dass Sandra und er eine glückliche Ehe führten – schließlich hatte Alan ihr eine Abfuhr erteilt, als sie versucht hatte, ihn zu verführen, und das war etwas Neues für Jenny gewesen –, aber offenbar hatte sie sich geirrt. Da sie selbst nie verheiratet gewesen war, konnte sie es aber nicht so richtig beurteilen. Sie wusste nur, dass der äußere Eindruck oft nicht den inneren Qualen entsprach.

Was Sandra also in der letzten Zeit durch den Kopf gegangen war, blieb ein Geheimnis. Alan hatte gesagt, er sei sich nicht sicher, ob Sandra Sean vor oder nach der Trennung kennen gelernt hatte und ob er der eigentliche Trennungsgrund war. Das bezweifelte Jenny. Wie die meisten Probleme war auch dieses nicht einfach über Nacht entstanden oder durch den Umstand, dass jemand anders die Bildfläche betrat. Sean war nur ein Symptom, ein Ausweg. Das Ganze hatte sich wahrscheinlich über Jahre entwickelt.

»Das Auto«, sagte Banks.

»Ein blauer Citroën.«

»Ja. Das Kennzeichen hast du dir nicht zufällig gemerkt?«

»Ich muss zugeben, dass ich gar nicht auf die Idee gekommen bin, als ich es zum ersten Mal gesehen habe. Ich meine, warum auch? Das war in Alderthorpe, und ich hab daneben geparkt. Als ich von Spurn Head zurückfuhr, blieb der Wagen immer so weit hinter mir, dass ich das Kennzeichen nicht lesen konnte.«

»Und wo hast du ihn verloren?«

»Ich hab ihn nicht verloren. Als ich westlich von Hull auf die M 62 gefahren bin, war er nicht mehr da.«

»Und danach hast du ihn nicht wieder gesehen?«

»Nein.« Jenny lachte. »Ich gebe zu, dass es mir vorkam, als würde ich aus der Stadt gejagt. Du weißt schon, wie in den alten Western.«

»Den Fahrer hast du nicht erkennen können?«

»Nein. Ich könnte nicht mal sagen, ob es ein Mann oder eine Frau war.«

372

»Und jetzt?«

»Ich muss noch ein paar Sachen an der Uni erledigen und morgen hab ich Tutorien. Ich könnte sie verlegen, aber …«

»Nein, brauchst du nicht«, sagte Banks. »Lucy Payne ist eh draußen. Eilt nicht.«

»Also, am Dienstag oder Mittwoch gucke ich mal, ob ich Keith Murray in Durham treffen kann. Dann ist da noch Laura in Edinburgh. Langsam mache ich mir ein Bild von Linda beziehungweise Lucy, aber ein paar Puzzleteile fehlen noch.«

»Zum Beispiel?«

»Das ist es ja. Ich weiß es nicht. Ich habe einfach nur das Gefühl, dass ich was übersehe.« Sie sah Banks' besorgte Miene und schlug ihm auf den Arm. »Keine Sorge, ich schreib meine Gefühle nicht mit in das Täterprofil. Das sage ich dir nur im Vertrauen.«

»Gut.«

»Man könnte es das fehlende Glied in der Kette nennen. Die Verbindung zwischen Lindas Kindheit und der Möglichkeit, dass Lucy an den Entführungen und Morden beteiligt war.«

»Der sexuelle Missbrauch?«

»Ja, es besteht kein Zweifel, dass viele Menschen, die missbraucht wurden, später selbst missbrauchen – ein Teufelskreis –, und wie Maureen Nesbitt sagt, war Linda schon mit elf Jahren sexuell entwickelt. Aber das allein reicht nicht. Ich kann nur sagen, dass es ein psychopathologisches Verhaltensmuster bei Lucy hervorgerufen haben kann, durch das sie zum willfährigen Opfer eines Mannes wie Terence Payne wurde. Menschen wiederholen oft ihre Fehler und Fehlentscheidungen. Du musst dir nur meine Beziehungen ansehen, um das zu erkennen.«

Banks grinste. »Irgendwann wird es klappen.«

»Dann treffe ich den Ritter in glänzender Rüstung?«

»So einen willst du? Der für dich kämpft und dich anschließend ins Schlafzimmer trägt?«

»Keine schlechte Idee.«

»Ich dachte, du wärst Feministin.«

»Bin ich auch. Heißt ja nicht, dass ich nicht am nächsten Tag für ihn kämpfe und ihn anschließend ins Schlafzimmer trage. Ich sage ja nur, dass etwas Glück mal ganz gelegen käme. Wieso? Darf man als Frau keine Träume mehr haben?«

»Kommt drauf an, wo es hinführt. Hast du schon mal überlegt, ob Lucy Payne vielleicht gar nicht das willfährige Opfer ist, sondern ihr Mann?«

»Nein, hab ich nicht. So was ist mir noch nicht untergekommen.«

»Aber möglich ist es schon?«

»Bei der menschlichen Psyche ist nichts unmöglich. Nur sehr unwahrscheinlich.«

»Aber mal angenommen, sie war die Starke, die Dominante ...«

»Und Terence Payne war der Sklave, der ihr hörig war?«

»So ungefähr.«

»Weiß ich nicht«, antwortete Jenny. »Aber ich bezweifle es. Außerdem bringt es uns selbst dann nicht groß weiter, wenn es stimmt, oder?«

»Wohl nicht. Reine Spekulation. Nachdem du in dem Keller warst, hast du doch gesagt, Payne könnte eine Videokamera benutzt haben, oder?«

»Ja.« Jenny trank einen Schluck Lager und tupfte sich den Mund mit einer Papierserviette ab. »Bei so einem Ritual mit Vergewaltigung, Mord und Bestattung wäre es höchst ungewöhnlich, wenn der Täter *keine* Erinnerung aufheben würde.«

»Er hatte doch die Leichen.«

»Als Erinnerung? Ja. Das erklärt wohl auch, warum sie nicht weiter verstümmelt wurden, warum er keinen Finger oder Zeh als Souvenir abgeschnitten hat. Er hatte ja die ganzen Körper. Aber das ist noch nicht alles. Einer wie Payne braucht mehr. Er braucht etwas, das es ihm ermöglicht, das Ganze wieder neu durchzuleben.«

Banks erzählte ihr von den Stativabdrücken und dem Katalog des Elektronikhändlers.

»Aber wenn er eine gehabt hat, wo ist sie dann?«, fragte Jenny.

»Das ist die Frage.«

374

»Und warum ist sie nicht zu finden?«

»Noch eine gute Frage. Glaub mir, wir suchen sie überall. Wenn sie im Haus ist, selbst wenn sie drei Meter tief vergraben ist, dann finden wir sie. Da bleibt kein Stein auf dem anderen, bevor wir nicht alle Geheimnisse kennen.«

»Wenn sie im Haus ist.«

»Ja.«

»Und die Kassetten müssen auch irgendwo sein.«

»Die habe ich nicht vergessen.«

Jenny schob den Teller beiseite. »Ich mach mich wohl besser auf die Socken, damit ich ein bisschen was erledigt bekomme.«

Banks sah auf die Uhr. »Und ich statte jetzt mal Mick Blair einen Besuch ab.« Sanft berührte er ihren Arm. Das Kribbeln ihrer Haut überraschte sie. »Sei vorsichtig, Jenny! Halt die Augen offen, und wenn du das Auto noch mal siehst, rufst du mich sofort an! Verstanden?«

Jenny nickte. In dem Moment sah sie eine fremde Frau näher kommen. Sie bewegte sich mit unbekümmerter, selbstbewusster Anmut. Eine attraktive junge Frau. Die enge Jeans betonte ihre langen, wohlgeformten Beine. Über einem roten T-Shirt trug sie ein offenes weißes Herrenhemd. Kastanienbraunes Haar fiel ihr in glänzenden Wellen auf die Schultern, und der einzige Makel in ihrem glatten Gesicht war ein kleiner Leberfleck rechts neben dem Mund. Selbst der war weniger eine Unzulänglichkeit als das Tüpfelchen auf dem i. Ihre ernsten Augen hatten die Form und Farbe von Mandeln.

Sie trat an den Tisch, zog sich einen Stuhl heran und nahm Platz, ohne aufgefordert worden zu sein. »Detective Inspector Cabbot«, stellte sie sich vor und streckte die Hand aus. »Wir kennen uns, glaube ich, noch nicht.«

»Dr. Fuller.« Jenny nahm die Hand. Fester Händedruck.

»Ah, die berühmte Dr. Fuller. Freut mich, Sie endlich kennen zu lernen.«

Jenny war nervös. Steckte diese Frau – es war ja wohl *die* Annie Cabbot – gerade ihr Territorium ab? Hatte sie gesehen, dass Banks Jennys Arm berührte, und es falsch verstanden? War sie gekommen, um Jenny so subtil wie möglich zu verstehen zu geben, dass sie die Hände von Banks lassen sollte? Jenny wusste, dass sie nicht schlecht abschnitt, wenn es ums Aussehen ging, aber sie wurde das Gefühl nicht los, neben Annie irgendwie plump, ja sogar schäbig zu wirken. Und älter. Deutlich älter.

Annie grinste Banks an. »Sir?«

Jenny spürte etwas zwischen den beiden. Erotisches Knistern, ja, aber noch etwas anderes. Hatten sie sich gestritten? Plötzlich wurde es ungemütlich am Tisch, und Jenny hatte das Gefühl, gehen zu müssen. Sie nahm ihre Tasche und wühlte nach dem Autoschlüssel. Warum musste der immer ganz nach unten fallen und zwischen Bürsten, Papiertaschentüchern und Schminke verschwinden?

»Ich will euch nicht beim Essen stören«, sagte Annie und lächelte Jenny wieder an. Dann wandte sie sich an Banks: »Aber ich war zufällig gerade auf dem Revier, weil ich nach dem Essen noch ein paar Unterlagen fertig machen wollte. Winsome hat mir gesagt, Sie wären hier, sie hätte eine Nachricht für Sie. Ich hab gesagt, ich richte es Ihnen aus.«

Banks hob die Augenbrauen. »Und?«

»Sie ist von Ihrem Kumpel Ken Blackstone aus Leeds. Sieht aus, als ob Lucy Payne getürmt ist.«

Jenny schnappte nach Luft. »Was?«

»Die Polizei hat heute Morgen im Haus ihrer Eltern vorbeigeguckt, nur um sich zu vergewissern, dass alles in Ordnung ist. Ihr Bett war unberührt.«

»Verfluchte Scheiße«, sagte Banks. »Schon wieder vermasselt.«

»Ich dachte nur, Sie wüssten es gerne so schnell wie möglich«, sagte Annie und stand auf. Sie schaute Jenny an. »Hat mich gefreut.«

Dann verschwand sie so elegant und anmutig, wie sie gekommen war, und Banks und Jenny saßen da und schauten sich an.

Mick Blair, der Vierte aus der Clique, mit der Leanne Wray unterwegs gewesen war, wohnte mit seinen Eltern in einer Doppelhaushälfte in North Eastvale. Das Haus lag nah genug am Stadtrand, um einen schönen Blick über Swainsdale zu bieten, war aber auch nicht weit vom Zentrum entfernt. Als Banks von Lucy Paynes Verschwinden hörte, fragte er sich, ob er seine Pläne ändern sollte, beschloss aber, dass Leanne Wray weiterhin Priorität besaß und Lucy Payne in den Augen des Gesetzes immer noch Opfer war. Außerdem wimmelte es überall vor Bullen, die nach ihr Ausschau hielten; mehr konnte er auch nicht tun, bis man ihr etwas anlasten konnte.

Anders als Ian Scott hatte Mick noch nichts mit der Polizei zu tun gehabt, auch wenn Banks vermutete, dass er bei Ian Drogen kaufte. Mick machte einen etwas ungepflegten Eindruck, war nicht ganz wach und schien wenig Zeit auf sein Äußeres zu verwenden. Als Banks nach dem Sonntagsessen mit Jenny vorbeischaute, waren Micks Eltern unterwegs bei Verwandten. Mick hing im Wohnzimmer herum und hörte Nirvana bei voller Lautstärke. Er trug eine zerrissene Jeans und ein schwarzes T-Shirt mit dem Bild von Kurt Cobain, darunter dessen Geburts- und Todesdatum.

»Was wollen Sie?«, fragte Mick, stellte die Musik leiser und lümmelte sich aufs Sofa, die Hände hinterm Kopf verschränkt.

»Über Leanne Wray sprechen.«

»Haben wir doch schon.«

»Gehen wir's noch mal durch?«

»Warum? Hat sich was Neues ergeben?«

»Was sollte sich denn ergeben?«

»Keine Ahnung. Ich wunder mich nur, dass Sie hierher kommen, mehr nicht.«

»War Leanne deine Freundin, Mick?«

»Nein. Da lief nichts.«

»Sie ist ein hübsches Mädchen. Wolltest du nichts von ihr?«

»Vielleicht. Kann sein.«

»Aber sie hatte keinen Bock?«

»Es war noch früh, das ist alles.«

»Was meinst du damit?«

»Manche Weiber brauchen ein bisschen Zeit, da muss man

dranbleiben. Die hüpfen nicht sofort mit einem ins Bett, wenn man sie kennen lernt.«

»Und Leanne brauchte Zeit?«

»Ja.«

»Wie weit bist du gekommen?«

»Wie meinen Sie das?«

»Wie weit? Händchen halten? Knutschen? Mit Zunge oder ohne?« Banks konnte sich noch an das Gefummel in seiner Jugend und an die Stufen erinnern, die man nacheinander durchlaufen musste. Nach dem Knutschen kam meistens Fummeln oben rum, aber über den Sachen, dann durfte man unter die Bluse, aber noch nicht unter den BH. Als nächstes wurde der BH ausgezogen, dann ging's ans Höschen und so weiter, bis man am Ziel war. Wenn man Glück hatte. Bei manchen Mädchen dauerte es ewig, sich von einer Stufe zur nächsten vorzuarbeiten, und andere ließen einen sofort an den Schlüpfer, aber nicht rein. Die Verhandlungen waren ein Minenfeld. Bei jedem Versuch lief man Gefahr abzublitzen. Nun, wenigstens war Leanne Wray nicht leicht zu erobern gewesen. Aus irgendeinem Grund freute sich Banks darüber.

»Wir haben manchmal rumgemacht.«

»Und was war am Freitagabend, dem 31. März?«

»Nix. Wir waren mit den anderen unterwegs, mit Ian und Sarah.«

»Im Kino hast du nicht mit Leanne rumgeknutscht?«

»Kann schon sein.«

»Heißt das ja oder nein?«

»Schätze schon.«

»Habt ihr euch vielleicht gezofft?«

»Was wollen Sie damit sagen?«

Banks kratzte sich an der Narbe neben dem rechten Auge. »Es ist so, Mick: Ich komme her, um noch mal mit dir zu reden, und du hast keinen Bock darauf, aber du fragst mich nicht, ob wir Leanne gefunden haben. Bei Ian war es genauso ...«

»Sie haben mit Ian geredet?«

»Heute Morgen. Wundert mich, dass er nicht direkt angerufen hat.«

»Er braucht sich keine Sorgen zu machen.«

»Warum sollte er denn?«

»Weiß ich nicht.«

»Die Sache ist folgende, verstehst du: Normalerweise müsstet ihr mich beide fragen, ob wir Leanne oder ihre Leiche gefunden haben und ob wir ihre Überreste identifiziert haben.«

»Warum?«

»Warum sollte ich sonst mit dir reden wollen?«

»Woher soll ich das wissen?«

»Aber weil du mich *nicht* danach gefragt hast, überlege ich, ob du etwas weißt, das du mir noch nicht erzählt hast.«

Mick verschränkte die Arme. »Ich hab Ihnen alles gesagt, was ich weiß.«

Banks beugte sich vor und schaute Mick in die Augen. »Weißt du was? Ich glaube, du lügst, Mick. Ich glaube, ihr lügt alle.«

»Sie können nichts beweisen.«

»Was soll ich denn beweisen?«

»Dass ich lüge. Ich hab Ihnen gesagt, wie es war. Wir sind einen trinken gewesen im Old …«

»Nein. Du hast uns erzählt, ihr hättet nach dem Kino einen Kaffee getrunken.«

»Ja. Na gut …«

»Das war gelogen, Mick, stimmt's?«

»Ja, und?«

»Wer einmal lügt, dem glaubt man nicht. Es lügt sich sogar leichter, je öfter man es tut. Was ist an dem Abend wirklich passiert, Mick? Erzähl's mir doch einfach!«

»Nichts ist passiert. Hab ich schon gesagt.«

»Hast du dich mit Leanne gestritten? Hast du ihr wehgetan? Vielleicht hast du es gar nicht gewollt. Wo ist sie, Mick? Glaub mir, ich bekomme es raus.«

Micks Gesichtsausdruck verriet Banks, dass er etwas wusste, aber nichts gestehen würde. Jedenfalls nicht heute. Banks war genervt und fühlte sich gleichzeitig verantwortlich. Es war seine Schuld, dass dieser Strang der Ermittlungen nicht ordentlich verfolgt worden war. Er hatte sich so sehr auf einen Serienmörder versteift, der junge Mädchen

entführt, dass er die Grundlagen der Polizeiarbeit vernachlässigt hatte. Er hatte denen nicht hart genug zugesetzt, die
am ehesten wissen konnten, was mit Leanne passiert war: die
Freunde, mit denen sie vor ihrem Verschwinden zusammen
gewesen war. Er hätte dranbleiben sollen. Schließlich war Ian
Scott aktenkundig, und zwar wegen eines Drogendelikts.
Aber nein – Leanne wurde als drittes Opfer des unbekann-
ten Serienmörders vermerkt, noch ein hübsches junges blondes Mädchen, und das war's. Winsome Jackman hatte noch
ein wenig nachgefasst, aber auch sie hatte die offizielle Version
geschluckt. Es war Banks' Schuld, das Ganze, genau wie Sandras Fehlgeburt. Wie alles und jedes, dachte er manchmal.

»Erzähl mir, was passiert ist!«, drängte Banks erneut.

»Das hab ich schon erzählt! Ich hab's Ihnen schon erzählt,
verdammte Scheiße!« Mick richtete sich auf. »Nach dem Old
Ship ist Leanne nach Hause gegangen. Da haben wir sie zum
letzten Mal gesehen. Irgendein perverses Schwein muss sie
geschnappt haben. Okay? Das habt ihr doch gedacht, oder?
Warum habt ihr's euch jetzt anders überlegt?«

»Ach, es interessiert dich also doch?«, fragte Banks und erhob sich. »Du hast bestimmt die Nachrichten gehört. Wir haben den Mörder, der die Mädchen entführt und getötet hat
– er ist tot, kann uns also nichts mehr erzählen –, aber wir
haben auf dem Grundstück keine Spur von Leannes Leiche
gefunden, und glaub mir, wir haben die Bude gründlich auseinander genommen.«

»Dann muss es ein anderer Perverso gewesen sein.«

»Ich bitte dich, Mick! Dass es einen gibt, kommt schon selten vor, aber dass es zwei geben soll, ist astronomisch. Nein.
Es läuft auf euch hinaus. Auf dich, Ian und Sarah. Die Letzten, mit denen sie gesehen wurde. So, ich geb dir ein bisschen
Zeit, um darüber nachzudenken, Mick, aber ich komme wieder, darauf kannst du dich verlassen. Dann unterhalten wir
uns mal richtig. Ohne Ablenkung. Und bleib bis dahin in der
Nähe. Viel Spaß mit der Musik.«

Auf dem Weg zum Auto blieb Banks gerade so lange am
Gartentor stehen, dass er sah, wie Mick hinter den Spitzen-
vorhängen vom Sofa aufsprang und zum Telefon lief.

16

Am Montagmorgen fiel das Sonnenlicht durch Banks' Küchenfenster und ließ die an der Wand hängenden Kupferpfannen schimmern. Banks saß mit einer Tasse Kaffee und einem Marmeladentoast am Kieferntisch. Vor sich hatte er die Zeitung, und aus dem Radio erklang *Variations on a Theme by Thomas Tallis* von Vaughan Williams. Doch Banks las nicht, noch lauschte er der Musik.

Er war schon seit vier Uhr wach; hunderttausend Gedanken schwirrten ihm durch den Kopf, und obwohl er hundemüde war, wusste er, dass er nicht wieder einschlafen konnte. Wie froh er sein würde, wenn der Chamäleon-Fall vorbei war, wenn Gristhorpe an seinen Schreibtisch zurückkehrte und er wieder seine alte Arbeit als Detective Chief Inspector aufnehmen konnte. Die Verantwortung der letzten anderthalb Monate hatte ihn erschöpft. Er kannte die Symptome: zu wenig Schlaf, schlechte Träume, zu viel Fastfood, zu viel Alkohol und zu viele Zigaretten. Er steuerte geradewegs auf ein Burn-out-Syndrom zu, der Erschöpfungszustand, unter dem er vor einigen Jahren bei der Metropolitan Police gelitten hatte. Damals hatte er London verlassen und war in der Hoffnung auf ein ruhigeres Leben nach North Yorkshire gezogen. Er liebte die Ermittlungsarbeit, aber manchmal hatte er das Gefühl, die moderne Polizei sei etwas für junge Männer. Wissenschaft, Technologie und eine veränderte Verwaltungsstruktur hatten das Leben nicht einfacher gemacht, sondern komplizierter. Banks war an die Grenzen seines Ehrgeizes gestoßen, denn an diesem Morgen zog er zum ersten Mal ernsthaft in Erwägung, den Job an den Nagel zu hängen.

Der Postbote kam. Banks ging zur Tür, um die Briefe vom Boden aufzuheben. Unter der üblichen Sammlung aus Rechnungen und Postwurfsendungen befand sich ein mit der Hand adressierter Umschlag aus London, dessen saubere, schwungvolle Schrift er sofort erkannte.

Sandra.

Sein Herz schlug ein bisschen zu schnell, als er den Stapel in die Küche trug, seinen Lieblingsraum im Cottage, hauptsächlich weil er von dieser Küche geträumt hatte, bevor er je hier gewesen war. Was er in Sandras Brief las, genügte allerdings, um den hellsten Raum noch dunkler zu machen, als ihn seine Laune schon vorher verdüstert hatte.

Lieber Alan,
wie ich erfahren habe, hat Tracy dir erzählt, dass Sean und ich ein Kind erwarten. Ich wollte nicht, dass du es so erfährst, aber jetzt ist es nicht mehr zu ändern. Ich hoffe, dass dieser Umstand dir nun zu verstehen hilft, wie dringend es angeraten ist, unsere Scheidung in die Wege zu leiten, und dass du dich dementsprechend verhältst.
Mit freundlichen Grüßen,
Sandra

Das war es. Nur eine kalte, förmliche Mitteilung. Banks musste gestehen, dass er nicht gerade prompt auf die Bitte um Scheidung reagiert hatte, aber er hatte keinen Grund gesehen, sich zu beeilen. Vielleicht, war er nun sogar bereit einzuräumen, hatte er sich tief im Innern an Sandra geklammert, vielleicht hatte ein uneinsichtiger, verängstigter Teil seiner Seele stur an der Überzeugung festgehalten, das Ganze sei ein Albtraum oder ein Missverständnis, und er würde eines Morgens wieder in der Doppelhaushälfte in Eastvale aufwachen und Sandra läge neben ihm. Nicht dass er das immer noch wollte, jetzt nicht mehr, aber wenigstens war er gewillt zuzugeben, dass er solch irrationale Gefühle gehegt hatte.

Und jetzt das.

Banks legte den Brief zur Seite. Die Zeilen strahlten Kälte aus. Warum konnte er seine Vergangenheit nicht einfach abschütteln und zu neuen Ufern aufbrechen, wie Sandra es getan hatte? Lag es an seinen Schuldgefühlen wegen Sandras Fehlgeburt, an seiner Erleichterung danach, von der er Annie erzählt hatte? Banks wusste es nicht; es kam ihm bloß seltsam vor, dass die Frau, mit der er zwanzig Jahre verheiratet gewesen war, die Mutter seiner Kinder, kurz davor war, das Kind eines anderen Mannes zur Welt zu bringen.

Er schob den Brief beiseite, nahm seine Aktentasche und ging zum Wagen.

Am späten Vormittag musste er nach Leeds, zuerst aber wollte er in seinem Büro vorbeischauen, ein bisschen Schreibtischarbeit erledigen und mit Winsome sprechen. Die Strecke von Gratly nach Eastvale gehörte zu den schönsten in der Gegend. Das hatte Banks schon gedacht, als er sie zum ersten Mal gefahren war: eine schmale Straße auf halber Höhe der Hügel, die zu seiner Linken einen spektakulären Blick auf das Tal mit seinen verschlafenen Dörfern und dem sich hindurchschlängelnden Fluss bot und rechts von steil ansteigenden Feldern mit Trockenmauern und Schafen begrenzt wurde. Aber heute nahm er die Schönheit der Natur nicht wahr, zum einen, weil er die Gegend schon zur Genüge kannte, und zum anderen, weil seine Stimmung immer noch von Sandras Brief und seiner unbestimmten Depression getrübt war.

Nach dem chaotischen Wochenende herrschte auf dem Polizeirevier wieder das übliche Treiben; die Journalisten waren fort, genau wie Lucy Payne. Banks machte sich keine allzu großen Sorgen über Lucys Verschwinden. Er schloss die Tür hinter sich und stellte das Radio an. Sie würde schon wieder auftauchen, und wenn nicht, gab es auch keinen wirklichen Grund zur Beunruhigung. Erst wenn sie einen konkreten Beweis für ihre Schuld fanden. Bis dahin konnte man sie immerhin über Geldautomaten und Kreditkartenquittungen verfolgen. Wo sie auch war, Geld würde sie brauchen.

Nachdem er seinen Papierkram erledigt hatte, ging Banks ins Großraumbüro. Winsome Jackman saß an ihrem Tisch und kaute auf einem Bleistift.

»Winsome«, sagte er, denn ihm war eine der Kleinigkeiten eingefallen, die ihn so früh geweckt hatten. »Ich habe noch eine Aufgabe für Sie.«

Und nachdem er erklärt hatte, was sie für ihn erledigen sollte, verließ er das Revier durch den Hintereingang und machte sich auf nach Leeds.

Kurz nach Mittag betrat Annie das Gebäude des Crown Prosecution Service. Sie hatte noch nichts gegessen. Der für den Fall zuständige Staatsanwalt, Jack Whitaker, war jünger, als sie erwartet hatte, Ende zwanzig oder Anfang dreißig, vermutete sie. Außerdem lispelte er leicht und verlor schon sein Haar. Er hatte einen festen Händedruck, seine Hand war etwas feucht. Das Zimmer war weitaus ordentlicher als das von Stafford Oakes in Eastvale, der jede Akte verbummelte oder mit olympischen Ringen aus Kaffee verzierte.

»Gibt's was Neues?«, fragte er, als Annie sich gesetzt hatte.

»Ja«, entgegnete Annie. »Janet Taylor hat heute Morgen ihre Aussage geändert.«

»Darf ich?«

Annie reichte ihm die überarbeitete Aussage von Janet Taylor, und Whitaker las sie. Anschließend schob er das Papier über den Tisch zu Annie zurück. »Was meinen Sie?«, fragte sie.

»Ich meine«, sagte Jack Whitaker langsam, »dass wir Janet Taylor wohl des Mordes anklagen.«

»Was?«, rief Annie ungläubig. »Sie hat in Ausübung ihrer Pflicht als Polizeibeamtin gehandelt. Ich dachte an rechtmäßige Tötung im Strafvollzug oder allerhöchstens an Körperverletzung mit Todesfolge. Aber Mord?«

Whitaker seufzte. »Oje. Dann haben Sie noch keine Nachrichten gehört, was?«

»Was für Nachrichten?« Auf der Fahrt nach Leeds hatte Annie das Radio nicht eingeschaltet, weil sie viel zu sehr mit Janets Fall und ihren wirren Gefühlen für Banks beschäftigt war, um sich auf die Nachrichten oder ein Interview zu konzentrieren.

»Im John-Hadleigh-Fall sind die Geschworenen kurz vor Mittag von der Beratung zurückgekommen. Sie wissen schon, der Bauer aus Devon.«

»Ich kenne den Hadleigh-Fall. Wie lautet das Urteil?«

»Schuldig des Mordes.«

»Du meine Güte«, sagte Annie. »Aber trotzdem, das ist doch was ganz anderes, oder? Ich meine, Hadleigh war Zivilist. Er hat einen Einbrecher von hinten erschossen. Aber Janet Taylor ...«

Whitaker hob die Hand. »Ausschlaggebend ist, dass es ein eindeutiges Statement ist. Es muss gewährleistet sein, dass alle Menschen vor dem Gesetz gleich behandelt werden. Wir können uns nicht leisten, dass es einen Aufschrei in der Presse gibt, weil wir Janet Taylor mit Samthandschuhen anfassen, nur weil sie bei der Polizei ist.«

»Dann ist es also Politik?«

»Ist es doch immer, oder? Der Gerechtigkeit muss Genüge getan werden.«

»Der Gerechtigkeit?«

Whitaker hob die Augenbrauen. »Hören Sie«, sagte er. »Ich verstehe Ihre Gefühle; wirklich, tue ich. Aber laut eigener Aussage hat Janet Taylor Terence Payne mit Handschellen an ein Metallrohr gefesselt, *nachdem* sie ihn bereits überwältigt hatte, und hat ihn dann noch zweimal mit dem Knüppel geschlagen. Heftig. Überlegen Sie mal, Annie! Das ist Vorsatz. Das ist Mord.«

»Das heißt nicht unbedingt, dass sie ihn töten wollte. Es war kein Vorsatz.«

»Das müssen die Geschworenen entscheiden. Ein guter Staatsanwalt könnte behaupten, dass sie ganz genau wusste, wie die beiden nächsten Schläge auf den Kopf wirken würden, nachdem sie ihn vorher schon siebenmal geschlagen hatte.«

»Ich glaube einfach nicht, was Sie da sagen«, sagte Annie.

»Es tut niemandem mehr Leid als mir«, entgegnete Whitaker.

»Höchstens Janet Taylor.«

»Dann hätte sie Terence Payne nicht töten dürfen.«

»Was wissen Sie denn schon? Sie waren ja nicht da, in dem Keller, wo der Kollege auf dem Boden verblutete und ein totes Mädchen gefesselt auf einer Matratze lag. Es waren ja nicht Sie, der nur wenige Sekunden hatte, um auf einen

Mann zu reagieren, der mit einer Machete auf Sie losging. Das ist Schmierentheater! Reine Politik, mehr nicht.«

»Beruhigen Sie sich, Annie!«, sagte Whitaker.

Annie stand auf und ging mit verschränkten Armen auf und ab. »Warum? Ich will mich nicht beruhigen. Diese Frau ist durch die Hölle gegangen. *Ich* habe sie überredet, ihre Aussage zu ändern, weil ich dachte, es würde sich positiver für sie auswirken, als wenn sie behauptet, sie könne sich an nichts erinnern. Wie stehe ich denn jetzt da?«

»Ist das Ihre einzige Sorge? Wie Sie dastehen?«

»Natürlich nicht.« Annie ließ sich wieder auf den Stuhl sinken. Sie war wütend und aufgebracht, atmete stoßweise. »Aber ich stehe wie eine Lügnerin da. Es sieht aus, als hätte ich sie ausgetrickst. Das gefällt mir nicht.«

»Sie haben nur Ihre Arbeit gemacht.«

»Meine Arbeit gemacht. Die Befehlsempfängerin. Vielen Dank. Jetzt geht's mir wirklich besser.«

»Hören Sie, Annie, vielleicht werden wir einen gewissen Spielraum haben, aber es muss zum Prozess kommen. Das muss offiziell werden. Einwandfrei. Hier wird nichts unter den Teppich gekehrt.«

»Das hatte ich auch nicht vor. Was für einen Spielraum?«

»Ich gehe mal nicht davon aus, dass Janet Taylor sich schuldig bekennt.«

»Wohl kaum, und ich würde es ihr auch nicht raten.«

»Ratschläge tun hier nichts zur Sache. Außerdem ist das nicht Ihre Aufgabe. Was glauben Sie, worauf sie plädiert?«

»Auf entschuldbare Tötung.«

»Es war keine Notwehr. Nicht, als sie einen Schritt zu weit gegangen ist und Payne noch zweimal einen verpasst hat, obwohl er nicht mehr in der Lage war, sich zu verteidigen oder sie erneut anzugreifen.«

»Was dann?«

»Totschlag im Affekt.«

»Wie lange würde sie dafür bekommen?«

»Zwischen achtzehn Monaten und drei Jahren.«

»Das ist immer noch eine lange Zeit, besonders für einen Polizeibeamten im Knast.«

»Aber weniger als John Hadleigh.«

»Hadleigh hat ein Kind von hinten mit einem Gewehr erschossen.«

»Janet Taylor hat einem wehrlosen Mann mit dem Knüppel auf den Kopf geprügelt, und daran ist er schließlich gestorben.«

»Er war ein Serienmörder.«

»Das hat sie damals nicht gewusst.«

»Aber er ist mit einer Machete auf sie losgegangen!«

»Nachdem sie ihn entwaffnet hatte, wandte sie mehr Zwang als notwendig an, um ihn zu überwältigen, und das hat seinen Tod herbeigeführt. Annie, es ist uninteressant, ob er ein Serienmörder war. Es wäre sogar scheißegal, wenn er Jack the Ripper gewesen wäre.«

»Er hatte ihren Kollegen lebensbedrohlich verletzt. Sie war durcheinander.«

»Nun, es freut mich wirklich zu hören, dass sie nicht ruhig und gefasst war, als sie es tat.«

»Sie wissen, was ich meine. Sie brauchen nicht zynisch zu werden.«

»Entschuldigung. Der Richter und die Geschworenen werden gewiss die Situation und ihren Zustand einbeziehen.«

Annie seufzte. Ihr war schlecht. Sobald diese Farce vorbei war, würde sie sehen, dass sie nichts wie rauskam aus Interne Ermittlungen, zurück zur wahren Polizeiarbeit, Bösewichte schnappen.

»Gut«, sagte sie. »Und jetzt?«

»Sie wissen es doch, Annie. Fahren Sie zu Janet Taylor. Nehmen Sie sie fest, bringen Sie sie zum Revier und klagen Sie sie des Totschlags im Affekt an.«

»Da möchte Sie jemand sprechen, Sir.«

Warum grinste der Constable mit dem Milchgesicht so anzüglich, der gerade den Kopf in Banks' provisorisches Büro in Millgarth steckte? »Wer ist es?«, fragte Banks.

»Das sehen Sie sich besser selbst an, Sir.«

»Kann sich nicht jemand anders darum kümmern?«

»Sie hat ausdrücklich darum gebeten, denjenigen zu spre-

387

chen, der den Fall mit den vermissten Mädchen leitet, Sir. AC Hartnell ist beim Stellvertretenden in Wakefield, und DCI Blackstone ist außer Haus. Bleiben nur Sie, Sir.«

Banks seufzte. »Na gut. Bringen Sie sie rein!«

Wieder grinste der Constable anzüglich und verschwand. Das Grinsen blieb im Raum stehen, wie bei der Grinsekatze aus Alice im Wunderland. Kurz darauf sah Banks den Grund.

Ganz sanft klopfte es an der Tür, dann wurde sie so langsam aufgeschoben, dass die Angeln quietschten, und schließlich stand die Frau vor ihm. Ein Meter fünfzig groß und dünn wie eine Bohnenstange. Das grelle Rot von Lippenstift und Nagellack stand im starken Kontrast zu der fast durchscheinenden Blässe ihrer Haut. Die zarten Gesichtszüge sahen aus wie Porzellan, das sorgfältig bemalt und auf ihren runden Kopf geklebt worden war. Sie hielt ein Handtäschchen aus Goldlamée umklammert und trug ein grellgrünes Oberteil, das direkt unter ihren Brüsten aufhörte, die trotz Push-up-BH klein waren. Das Top gab den Blick frei auf einen blassen, nackten Bauch und einen Ring im Bauchnabel. Dazu trug sie einen extrem kurzen Mini aus schwarzem Latex. Sie hatte keine Strumpfhose an, und ihre nackten Beine steckten in kniehohen Stiefeln mit klobigen Plateausohlen, in denen sie wie auf Stelzen ging. Ihr Gesicht verriet Angst und Nervosität, ihre erstaunlich schönen kobaltblauen Augen schweiften ruhelos durch das langweilige Büro.

Banks hätte sie für eine heroinabhängige Prostituierte gehalten, konnte aber keine Einstichstellen in den Armen sehen. Dennoch konnte sie von irgendwas abhängig oder eine Prostituierte sein. Es gibt andere Möglichkeiten als die Spritze, um sich Drogen zu verabreichen. Kurz musste Banks an Emily, die Tochter des Polizeipräsidenten Riddle, denken, aber das verging schnell wieder. Die hier hatte mehr Ähnlichkeit mit den berühmten Models im Heroin-Chic, die vor ein paar Jahren *en vogue* gewesen waren.

»Sind Sie das?«, fragte sie.

»Was?«

»Der Verantwortliche. Ich habe gefragt, wer hier verantwortlich ist.«

»Ich. Für meine Sünden«, sagte Banks.

»Was?«

»Schon gut. Setzen Sie sich.« Langsam und argwöhnisch ließ sie sich nieder. Ihre Augen schossen ruhelos durchs Büro, als hätte sie Angst, es könne jemand auftauchen und sie an den Stuhl fesseln. Offenbar hatte es sie viel Überwindung gekostet, herzukommen. »Möchten Sie einen Tee oder Kaffee?«, fragte Banks.

Das Angebot schien sie zu überraschen. »Ähm ... ja. Bitte. Kaffee wäre schön.«

»Wie trinken Sie ihn?«

»Was?«

»Den Kaffee! Wie trinken Sie ihn?«

»Mit Milch und ganz viel Zucker«, sagte sie, als sei ihr unbekannt, dass es noch andere Möglichkeiten gab.

Banks bestellte am Telefon zwei Kaffee – einen schwarzen für sich – und wandte sich wieder der Frau zu. »Wie heißen Sie?«

»Candy.«

»Wirklich?«

»Warum? Stimmt was nicht damit?«

»Nein, nein, Candy. Waren Sie schon mal auf einem Polizeirevier?«

Angst huschte über Candys zarte Züge. »Warum?«

»Nur eine Frage. Sie scheinen sich hier ziemlich unwohl zu fühlen.«

Sie brachte ein schwaches Lächeln zustande. »Hm, tja ... kann schon sein. Vielleicht ein bisschen.«

»Keine Angst. Ich fress Sie nicht auf.«

Falsche Wortwahl, dachte Banks, als er ihren anzüglichen, wissenden Blick bemerkte. »Ich meine, ich tue Ihnen nichts«, verbesserte er sich.

Der Kaffee kam, hereingebracht vom selben, immer noch grinsenden Constable. Banks behandelte ihn kurz angebunden, denn ihm missfiel die blasierte Arroganz, die das Grinsen verriet.

»Gut, Candy«, sagte Banks nach dem ersten Schluck. »Möchten Sie mir sagen, um was es geht?«

»Kann ich rauchen?« Sie öffnete die Handtasche.

»Tut mir Leid«, erwiderte Banks. »Rauchen ist hier nicht gestattet; sonst würde ich eine mitrauchen.«

»Können wir nicht nach draußen gehen?«

»Ich glaube nicht, dass das eine gute Idee wäre«, sagte Banks. »Fangen wir einfach an.«

»Ich rauch nur wirklich gerne eine Ziggie zum Kaffee. Ich rauche immer beim Kaffeetrinken.«

»Aber jetzt nicht. Warum sind Sie hergekommen, Candy?«

Sie druckste noch etwas herum und machte ein eingeschnapptes Gesicht. Dann schloss sie die Handtasche und schlug die Beine übereinander. Dabei stieß sie mit der Plateausohle so heftig gegen den Tisch, dass Banks' Kaffee überschwappte und einen sich schnell ausbreitenden Fleck auf dem Papierstapel vor ihm hinterließ.

»'tschuldigung«, sagte sie.

»Schon gut.« Banks zog sein Taschentuch heraus und beseitigte den Fleck. »Sie wollten mir erzählen, warum Sie gekommen sind.«

»Ja?«

»Ja.«

»Hm, also«, sagte Candy und beugte sich vor. »Zuerst mal müssen Sie mir Strafbefreiung garantieren oder wie das heißt. Sonst sag ich kein einziges Wort.«

»Meinen Sie Straffreiheit?«

Sie errötete. »Wenn das so heißt. Ich bin nicht groß zur Schule gegangen.«

»Straffreiheit wovon?«

»Vor Strafverfolgung.«

»Aber wieso sollte ich Sie strafrechtlich verfolgen?«

Ihre Augen blickten überall hin, nur nicht zu Banks. Mit den Händen knautschte sie die Tasche auf ihrem Schoß. »Wegen dem, was ich mache«, sagte sie. »Sie wissen schon … mit Männern. Ich bin Prostituierte. Nutte.«

»Donnerwetter«, antwortete Banks. »Da wär ich nicht drauf gekommen.«

Sie schaute ihn an, und in ihren Augen glänzten Tränen der Wut. »Sie brauchen gar nicht so ironisch sein. Ich schäme mich nicht für das, was ich bin. Wenigstens geh ich nicht los und sperre unschuldige Leute ein und lasse die schuldigen laufen.«

Banks kam sich wie ein Stück Scheiße vor. Manchmal kapierte er einfach nicht, wann er besser den Mund hielt. Mit seiner sarkastischen Bemerkung hatte er sich nicht besser benommen als der grinsende Constable. »Es tut mir Leid, Candy«, sagte er. »Aber ich bin ein viel beschäftigter Mann. Können wir zur Sache kommen? Wenn Sie mir irgendwas zu sagen haben, dann tun Sie es.«

»Versprechen Sie es?«

»Was verspreche ich?«

»Dass Sie mich nicht einsperren.«

»Ich sperre Sie nicht ein. Ehrenwort. Es sei denn, Sie wollen ein schlimmes Verbrechen gestehen.«

Sie sprang auf. »Ich habe nichts getan!«

»Schon gut. Schon gut. Setzen Sie sich. Bleiben Sie ruhig.«

Langsam nahm sie wieder Platz, diesmal achtete sie auf ihre Absätze. »Ich bin hier, weil Sie sie laufen gelassen haben. Ich hab nichts für Bullen übrig. Aber ihr habt sie laufen lassen.«

»Von wem reden Sie, Candy?«

»Von diesem Pärchen aus der Zeitung, das die Mädchen entführt hat.«

»Was ist mit denen?«

»Es war nur, einmal … da haben sie … wissen Sie …«

»Die haben *Sie* mitgenommen?«

Sie senkte den Blick. »Ja.«

»Beide?«

»Ja.«

»Wie lief das ab?«

»Ich war einfach, na ja, auf der Straße, und die beiden kamen mit dem Auto an. Er hat verhandelt, und als wir uns einig waren, haben sie mich mitgenommen.«

»Wann war das, Candy?«

»Letzten Sommer.«

»Können Sie sich an den Monat erinnern?«

»August, glaube ich. Ende August. Jedenfalls war es warm.«

Banks versuchte, den Zeitpunkt genauer zu berechnen. Die

Vergewaltigungen in Seacroft hatten aufgehört, als die Paynes fortzogen, ungefähr ein Jahr vor Candys Erlebnis. Blieb ein Zeitraum von rund sechzehn Monaten, bis Payne Kelly Matthews entführte. Hatte er in der Zwischenzeit vielleicht versucht, seine Neigungen zu kanalisieren, indem er sich an Prostituierte hielt? Und welche Rolle hatte Lucy dabei gespielt?

»Wo war das Haus?«

»Auf The Hill. Es ist das Haus, das ständig in der Zeitung ist. Ich bin da gewesen.«

»Gut. Wie lief das ab?«

»Also, zuerst haben wir was getrunken und uns unterhalten. Ich sollte locker werden, denke ich. Ich fand sie eigentlich ganz nett.«

»Und dann?«

»Was glauben Sie wohl?«

»Es wäre mir lieber, wenn Sie es erzählen.«

»Er meinte, gehen wir nach oben.«

»Nur Sie und er?«

»Ja. Hab ich jedenfalls zuerst gedacht.«

»Weiter!«

»Also, wir sind hoch ins Schlafzimmer und ich … na ja … ich hab mich ausgezogen. Ähm, nicht ganz. Er wollte, dass ich ein paar Sachen anbehalte. Schmuck. Unterwäsche. Am Anfang wenigstens.«

»Was geschah dann?«

»Es war dunkel, man konnte nur Umrisse erkennen. Ich sollte mich aufs Bett legen, und eh ich mich versah, war sie auch dabei.«

»Lucy Payne?«

»Ja.«

»Neben Ihnen beiden im Bett?«

»Ja. Splitterfasernackt.«

»Hat sie bei dem mitgemacht, was sexuell ablief?«

»Und wie. Die wusste ganz genau, was sie tat, oh ja. Richtiges kleines Luder.«

»Sie wurde zu nichts gezwungen, musste nichts Bestimmtes machen?«

392

»Nein. Ganz und gar nicht. Sie hatte das Sagen. Und sie fand
es toll. Sie hat sogar selbst was vorgeschlagen … Sie wissen
schon, was man noch machen könnte. Andere Stellungen.«

»Haben die beiden Ihnen wehgetan?«

»Nicht richtig. Ich meine, sie hatten so ihre Spielchen, aber
sie wussten genau, wie weit sie gehen konnten.«

»Was für Spielchen?«

»Er hat gefragt, ob es mir was ausmachen würde, wenn er
mich ans Bett fesselt. Er hat versprochen, dass sie mir nicht
wehtun würden.«

»Haben Sie es ihm erlaubt?«

»Die beiden haben gut gezahlt.«

»Und sie machten einen netten Eindruck.«

»Genau.«

Banks schüttelte staunend den Kopf. »Gut. Weiter bitte!«

»Wagen Sie nicht, sich ein Urteil über mich zu bilden!«,
sagte sie. »Sie wissen überhaupt nichts über mich und mein
Leben, also halten Sie sich zurück!«

»Gut«, sagte Banks. »Weiter, Candy! Die beiden fesselten
Sie ans Bett.«

»Sie hat was mit heißem Kerzenwachs gemacht. Hat mir
was auf den Bauch getröpfelt. Und auf die Nippel. Tat ein
bisschen weh, aber nicht sehr schlimm. Wissen Sie, was ich
meine?«

Banks hatte noch nie mit Kerzenwachs experimentiert, aber
er hatte sich schon mehr als einmal Wachs auf die Hand ge-
schüttet und kannte das Gefühl, die kurze, brennende Hitze
und den Schmerz und dann das rasche Abkühlen, das Erstar-
ren und Trocknen. Er wusste, wie Wachs in die Haut kniff und
sie in Falten legte. Kein unbedingt unangenehmes Gefühl.

»Hatten Sie Angst?«

»Ein bisschen. Aber nicht richtig. Hab schon Schlimmeres
erlebt. Aber die beiden waren ein Team. Deshalb bin ich hier.
Deshalb hab ich mich gemeldet. Ich kann nicht glauben, dass
Sie sie laufen gelassen haben.«

»Wir haben keinen Beweis gegen sie vorliegen, keinen Beweis, dass sie etwas mit der Ermordung dieser Mädchen zu
tun hat.«

»Verstehen Sie das denn nicht?«, flehte Candy. »Sie ist genau wie er. Sie sind ein Team. Sie arbeiten zusammen. Machen *alles zusammen.*«

»Candy, ich weiß, dass Sie bestimmt eine Menge Mut aufgebracht haben, um herzukommen und mit mir zu reden, aber was Sie gesagt haben, ändert nichts an den Tatsachen. Wir können nicht losgehen und sie verhaften, nur weil ...«

»Nur weil eine Nutte irgendwas erzählt, wollen Sie sagen?«

»Das wollte ich nicht sagen. Ich wollte sagen, dass wir nicht einfach losgehen und sie aufgrund der Indizien verhaften können, von denen Sie mir gerade erzählt haben. Sie waren einverstanden. Sie wurden für Ihre Dienste bezahlt. Die beiden haben Ihnen nicht über das Maß hinaus wehgetan, auf das Sie vorbereitet waren. Sie haben einen riskanten Beruf. Das wissen Sie, Candy.«

»Aber was ich gesagt habe, ändert doch was, oder?«

»Ja, es ändert was. Bei mir. Aber wir arbeiten mit Tatsachen, mit Beweisen. Ich zweifle nicht an Ihren Worten, dass es so war, aber selbst wenn wir es auf Video hätten, wäre Lucy deshalb noch keine Mörderin.«

Candy dachte kurz nach, dann sagte sie: »Sie hatten es aber. Auf Video.«

»Woher wissen Sie das?«

»Weil ich die Kamera gesehen habe. Die beiden dachten wohl, sie wäre gut hinter einer Trennwand versteckt, aber ich hab was gehört, so ein leises Surren, und als ich aufgestanden und zum Klo gegangen bin, hab ich eine Videokamera hinter einer Trennwand gesehen. In der Wand war ein Loch.«

»Wir haben keine Videos im Haus gefunden, Candy. Aber wie gesagt, selbst wenn, würde das nichts ändern.« Tatsächlich fand es Banks spannend, dass Candy eine Videokamera gesehen hatte. Wieder fragte er sich, wo das Gerät war und wo sich die Kassetten befanden.

»Also war alles umsonst? Dass ich hergekommen bin?«

»Nicht unbedingt.«

»Klar. Sie tun doch gar nichts. Sie ist genauso schuldig wie er, und Sie lassen sie davonkommen.«

»Candy, wir haben keine Beweise gegen sie. Nur weil sie mit ihrem Mann und Ihnen einen flotten Dreier gemacht hat, ist sie noch keine Mörderin.«

»Dann finden Sie einen Beweis.«

Banks seufzte. »Warum sind Sie hergekommen?«, fragte er. »Jetzt mal ehrlich. Ihr Mädchen meldet euch doch nie freiwillig, um mit der Polizei zu sprechen.«

»Was soll das heißen, *ihr Mädchen*? Sie bilden sich schon wieder ein Urteil über mich, stimmt's?«

»Candy, Himmel noch mal … Sie sind eine Nutte. Das haben Sie selbst gesagt. Sie verkaufen Sex. Ich urteile nicht über Ihren Beruf, aber ich sage, dass die Mädchen, die ihn ausüben, nur selten der Polizei behilflich sind. Also, warum sind Sie hier?«

Sie warf ihm einen verstohlenen Blick zu, der von so viel Humor und Intelligenz zeugte, dass Banks auf eine Kiste steigen und sie bekehren wollte, zur Uni zu gehen und einen Abschluss zu machen. Schnell änderte sich ihre Miene. »Sie haben Recht, was meinen Beruf angeht, wie Sie das nennen«, sagte sie traurig. »Er ist sehr riskant. Es gibt das Risiko, sich eine Geschlechtskrankheit einzufangen. Das Risiko, auf die falsche Sorte Freier zu treffen. Auf einen gemeinen. So was passiert uns ständig. Wir setzen uns damit auseinander. Die beiden damals waren nicht besser oder schlechter als andere. Besser als manche. Immerhin haben sie gezahlt.« Candy beugte sich vor. »Aber als ich in der Zeitung gelesen habe, was in dem Keller gefunden worden ist …« Sie schüttelte sich und zog die knochigen Schultern hoch. »Mädchen verschwinden«, fuhr sie fort. »Mädchen wie ich. Und keinen juckt es.«

Banks wollte etwas sagen, aber sie fegte seinen Einwand zur Seite.

»Klar, Sie wollen sagen, Sie kümmern sich drum. Sie wollen sagen, egal, wer vergewaltigt, geschlagen oder ermordet wird. Aber wenn es ein kleines Schulmädchen ist, dem keine Butter im Höschen schmilzt, dann setzen Sie Himmel und Erde in Bewegung, um herauszufinden, wer es getan hat. Wenn es eine wie mich trifft … tja … sagen wir mal, wir haben nicht unbedingt oberste Priorität. Ja?«

»Wenn das stimmt, Candy, dann gibt es Gründe dafür«, antwortete Banks. »Und es liegt nicht daran, dass es mir egal wäre. Denn es ist uns nicht egal.«

Sie musterte ihn eine Weile und entschied offenbar zu seinen Gunsten. »Ihnen vielleicht nicht«, sagte sie. »Vielleicht sind Sie anders. Und vielleicht gibt es Gründe. Aber damit sind Sie nicht aus dem Schneider. Die Sache ist, warum ich gekommen bin und so … nicht einfach dass Mädchen verschwinden. Mädchen sind wirklich verschwunden. Tja, eine insbesonders.«

Banks spürte, wie sich die Haare in seinem Nacken aufrichteten. »Ein Mädchen, das Sie gekannt haben? Eine Freundin?«

»Nicht unbedingt eine Freundin. In diesem *Beruf* hat man nicht viele Freundinnen. Aber ich hab sie gekannt, ja. Hab mit ihr rumgehangen. Mit ihr geredet. Einen getrunken. Ihr Geld geliehen.«

»Wann war das?«

»Weiß ich nicht mehr genau. Vor Weihnachten.«

»Haben Sie Anzeige erstattet?«

Ihr schneidender Blick ließ erkennen, dass er gerade beträchtlich in ihrer Achtung gesunken war. Seltsamerweise störte ihn das. »Hören Sie doch auf!«, sagte sie. »Die Mädchen kommen und gehen. Ziehen weiter. Hängen sogar manchmal den *Beruf* an den Nagel, haben genug Geld gespart, gehen zur Uni, machen einen Abschluss.«

Banks merkte, dass er rot wurde, weil sie genau das aussprach, was ihm kurz zuvor durch den Kopf gegangen war. »Also, was spricht dafür, dass diese Vermisste nicht einfach auf und davon ist wie die anderen?«, fragte er.

»Nichts«, entgegnete Candy. »Vielleicht ist es verlorene Liebesmüh.«

»Aber?«

»Aber Sie haben gesagt, dass es keine Beweise waren, was ich Ihnen eben erzählt habe.«

»Stimmt.«

»Es hat Sie aber zum Nachdenken gebracht, oder?«

»Es hat mir zu denken gegeben, ja.«

»Was wäre also, wenn dieses Mädchen nicht einfach weitergezogen ist? Was wäre, wenn wirklich was mit ihr passiert ist? Finden Sie nicht, dass Sie das wenigstens mal überprüfen müssen? Man weiß ja nie, vielleicht finden Sie einen Beweis.«

»Was Sie da erzählen, ergibt einen Sinn, Candy, aber haben Sie dieses Mädchen mal zusammen mit den Paynes gesehen?«

»Nicht unbedingt mit denen, nein.«

»Haben Sie die Paynes ungefähr zu der Zeit gesehen, als das Mädchen verschwunden ist?«

»Ich hab die beiden hin und wieder gesehen, wenn sie die Straße entlanggefahren sind. Ich kann mich nicht an die genauen Tage erinnern.«

»Aber es war zu der Zeit?«

»Ja.«

»Beide?«

»Ja.«

»Ich brauche einen Namen.«

»Kein Problem. Ich weiß ihren Namen.«

»Aber kein Name wie Candy.«

»Was stört Sie an Candy?«

»Ich glaube nicht, dass es Ihr richtiger Name ist.«

»Na gut. Jetzt verstehe ich, warum Sie so ein wichtiger Bulle sind. Also gut, ist er nicht. Mein richtiger Name ist Hayley, und der ist noch schlimmer, wenn Sie mich fragen.«

»Och, ich weiß nicht. Er ist gar nicht übel.«

»Sparen Sie sich die Komplimente. Wissen Sie nicht, dass man uns Nutten keine Komplimente machen braucht?«

»Ich wollte nicht …«

Sie lächelte. »Weiß ich doch.« Dann beugte sie sich vor und legte die Arme auf den Tisch. Das blasse Gesicht war dreißig, vierzig Zentimeter von Banks entfernt. Er konnte Kaugummi und Rauch in ihrem Atem riechen. »Aber dieses Mädchen, das verschwunden ist. Ich weiß ihren Namen. Ihr Künstlername war Anna, aber ich weiß ihren richtigen Namen. Was halten Sie davon, Mr. Detective?«

»Ich glaube, wir kommen ins Geschäft«, sagte Banks und griff zu Block und Stift.

Sie lehnte sich zurück und verschränkte die Arme. »Oh nein. Erst mal rauche ich eine Zigarette.«

»Was ist jetzt noch?«, fragte Janet. »Ich hab meine Aussage doch schon geändert.«

»Ich weiß«, sagte Annie. Ihr war übel. Zum Teil lag es an Janets stickiger Wohnung. »Ich hab mit dem Staatsanwalt gesprochen.«

Janet goss sich reinen Gin aus einer fast leeren Flasche ein. »Und?«

»Ich soll Sie verhaften und ins Präsidium bringen, um Anklage zu erheben.«

»Aha. Was wird mir vorgeworfen?«

Annie schwieg, holte tief Luft und sagte: »Der Staatsanwalt wollte zuerst, dass ich Sie des Mordes anklage, aber ich konnte ihn auf Totschlag im Affekt runterhandeln. Sie müssen mit ihm darüber reden, aber es wird bestimmt glimpflich für Sie ablaufen, wenn Sie sich schuldig bekennen.«

Der Schock und die Wut, mit denen Annie gerechnet hatte, stellten sich nicht ein. Janet wickelte sich lediglich eine Haarsträhne um den Zeigefinger, runzelte die Stirn und trank einen Schluck Gin. »Das ist wegen dem Urteil von John Hadleigh, stimmt's? Ich hab's im Radio gehört.«

Annie schluckte. »Ja.«

»Hab ich mir gedacht. Ein Bauernopfer.«

»Hören Sie«, sagte Annie, »wir können da was machen. Wie gesagt, die Staatsanwaltschaft wird wahrscheinlich einen Deal anbieten …«

Janet hob die Hand. »Nein.«

»Was soll das heißen?«

»Was haben Sie an ›Nein‹ nicht verstanden?«

»Janet …«

»Nein. Wenn die Schweine Anklage gegen mich erheben wollen, dann bitte. Ich gönne denen nicht die Genugtuung und bekenne mich schuldig, nur weil ich meinen Job gemacht habe.«

»Das ist jetzt nicht die Zeit für Spielchen, Janet.«

»Wie kommen Sie darauf, dass das Spielchen sind? Ich

meine es ernst. Ich werde mich nicht schuldig bekennen, ganz egal, was für eine Anklage erhoben wird.«

Annie spürte eine Eiseskälte. »Janet, hören Sie mir zu! Das können Sie nicht machen.«

Janet lachte. Sie sah schlecht aus, fand Annie: ungewaschenes, ungekämmtes Haar, teigige Haut voller Pickel, dazu eine Dunstwolke aus altem Schweiß und frischem Gin. »Reden Sie keinen Blödsinn«, sagte Janet. »Klar kann ich das. Die Leute wollen, dass wir unsere Arbeit machen, oder? Sie wollen sich nachts in ihren hübschen kleinen Spießerbetten sicher fühlen oder wenn sie morgens zur Arbeit fahren oder abends was trinken gehen. Etwa nicht? Na, dann werden sie jetzt erfahren, dass es was kostet, die Mörder von der Straße zu holen. Nein, Annie, ich werde mich nicht schuldig bekennen, nicht mal des Totschlags im Affekt.«

Annie beugte sich vor, um dem Folgenden mehr Gewicht zu verleihen: »Denken Sie gut darüber nach, Janet! Es könnte eine der wichtigsten Entscheidungen Ihres Lebens sein.«

»Glaub ich nicht. Die hab ich letzte Woche in dem Keller getroffen. Aber ich hab drüber nachgedacht. Seit einer Woche denke ich über nichts anderes nach.«

»Sie sind also fest entschlossen?«

»Ja.«

»Glauben Sie, ich tu das gerne, Janet?«, fragte Annie, als sie sich erhob.

Janet lächelte sie an. »Nein, natürlich nicht. Sie sind ein anständiger Mensch. Sie tun gerne das Richtige, und Sie wissen genauso gut wie ich, dass die Sache zum Himmel stinkt. Aber wenn es hart auf hart kommt, machen Sie Ihren Job. Den verfluchten Job. Wissen Sie, ich bin fast froh, dass es so gekommen ist, dass ich aus dem Verein raus bin. Die verdammten Heuchler. Los, bringen wir's hinter uns!«

»Janet Taylor, ich verhafte Sie wegen Mordes an Terence Payne. Sie haben das Recht zu schweigen. Wenn Sie sich vor Gericht auf etwas berufen, was Sie bei der Vernehmung nicht erwähnen, so kann das gegen Sie verwendet werden. Alles, was Sie sagen, kann gegen Sie verwendet werden.«

Als Annie vorschlug, sich nicht im Queen's Arms, sondern in einem anderen Pub auf ein Glas zu treffen, schöpfte Banks sofort Verdacht. Das Queen's Arms war ihre Stammkneipe. Da gingen sie immer auf ein Glas nach der Arbeit hin. Als sie ihm einen anderen Pub nannte, den Pied Piper, ein beliebter Touristentreff auf Castle Hill, begriff Banks, dass sie eine ernste Nachricht für ihn hatte. Das ging über eine belanglose Unterhaltung hinaus. Oder sie machte sich Sorgen, dass Detective Superintendent Chambers ihnen auf die Schliche gekommen war.

Banks kam zehn Minuten zu früh, holte ein Pint an der Theke und setzte sich mit dem Rücken zur Wand an einen Tisch unweit des Fensters. Die Aussicht war atemberaubend. Die architektonischen Gärten waren ein purpurner, scharlachroter, indigoblauer Farbrausch, und auf der anderen Seite des Flusses verdeckten die großen Bäume auf der Dorfwiese fast vollständig die Sozialbausiedlung East End Estate, den Schandfleck. Banks konnte zwar ein paar von den furchtbaren Mietwohnungen erkennen, und die beiden zwölf Stockwerke hohen Türme stachen in den Himmel, als würden sie der Welt den Finger zeigen, aber es gelang ihm, sie zu ignorieren und die saftige Ebene mit den strahlend gelben Rapsfeldern zu bewundern. Er bildete sich sogar ein, in der Ferne die dunkelgrünen Buckel der Cleveland Hills ausmachen zu können.

Jenny Fullers Haus an der Dorfwiese konnte man von hinten sehen. Manchmal machte er sich Sorgen um Jenny. Abgesehen von der Arbeit, schien in ihrem Leben nicht viel zu passieren. Gestern hatte sie einen Witz über ihre Beziehungen gemacht, aber Banks hatte ein paar davon miterlebt. Das war nicht lustig gewesen. Er erinnerte sich, wie schockiert, enttäuscht und – ja – eifersüchtig er vor einigen Jahren gewesen war, als er einen Loser namens Dennis Osmond aufgesucht hatte, um ihn zu vernehmen, und Jenny den Kopf aus dessen Schlafzimmer gesteckt hatte, das Haar durcheinander, lediglich einen dünnen Morgenmantel um die Schultern. Er hatte ihr zugehört, als sie sich über den untreuen Randy ausheulte. Immer wieder geriet Jenny an Loser, Schwindler oder

400

schlicht ungeeignete Männer. Das Traurige war, dass sie es wusste, aber trotzdem nicht damit aufhörte.

Annie kam eine Viertelstunde zu spät, was ihr gar nicht ähnlich sah, und ihr fehlte der sonst so federnde Gang. Nachdem sie sich etwas zu trinken geholt hatte, setzte sie sich zu Banks an den Tisch. Er merkte, dass sie aufgewühlt war.

»Schlimmer Tag?«, fragte er.

»Das kannst du wohl laut sagen.«

Banks fand, seiner sei auch nicht berauschend gewesen. Auf Sandras Brief hätte er schon mal gut verzichten können. Und auch wenn Candys Informationen interessant waren, fehlte trotz allem – es war zum Verrücktwerden – der schlagende Beweis, den er brauchte, um Lucy Payne zur Strecke zu bringen und sie für etwas Schlimmeres als das Ansprechen von Prostituierten zu verhaften. Das war das Problem: die verschiedenen Erkenntnisse kamen tröpfchenweise herein – Lucys Kindheit, der satanische Hokuspokus in Alderthorpe, der Mord an Kathleen Murray und jetzt Candys Aussage. Das alles war beunruhigend und deutete auf ernstere Hintergründe, aber letztendlich kam nichts dabei heraus, wie AC Hartnell längst erkannt hatte.

»Irgendwas Bestimmtes?«, fragte er.

»Ich habe gerade Janet Taylor verhaftet.«

»Lass mich raten. Das Hadleigh-Urteil.«

»Ja. Kommt mir vor, als wüssten alle Bescheid, nur ich nicht. Die Staatsanwaltschaft will, dass der Gerechtigkeit Genüge getan wird. Alles nur beschissene Politik, mehr nicht.«

»Ist oft so.«

Annie sah ihn mürrisch an. »Das weiß ich, aber es hilft nicht.«

»Die werden ihr einen Deal anbieten.«

Annie erzählte, was Janet ihr gerade gesagt hatte.

»Dann wird es wohl ein interessanter Prozess. Was hat Chambers gesagt?«

»Dem ist das doch scheißegal. Der sitzt nur noch die Zeit ab, bis er in Pension geht. Ich bin fertig mit diesem Dezernat. Sobald es eine freie Stelle bei der Kripo gibt, komme ich zurück.«

»Und wir würden uns freuen, wenn du so schnell wie möglich wieder bei uns wärst«, sagte Banks lächelnd.

»Hör mal, Alan«, sagte Annie und schaute durch das Fenster auf die Landschaft. »Es gibt noch was, das ich mit dir besprechen wollte.«

Wie er sich gedacht hatte. Er zündete sich eine Zigarette an. »Gut. Was denn?«

»Es geht nur um … keine Ahnung … es funktioniert nicht. Mit uns beiden. Ich finde, wir sollten kürzer treten. Es ausklingen lassen. Mehr nicht.«

»Du willst unsere Beziehung beenden?«

»Nicht beenden. Nur den Schwerpunkt verlagern, sonst nichts. Wir können doch Freunde bleiben.«

»Ich weiß nicht, was ich dazu sagen soll, Annie. Wie kommst du darauf?«

»Einfach so.«

»Ach, ich bitte dich! Du kannst nicht von mir erwarten, dir zu glauben, dass du mich einfach ohne ersichtlichen Grund abschießt.«

»Ich schieße dich nicht ab. Hab ich doch schon gesagt. Es ändert sich nur.«

»Aha. Werden wir weiterhin zusammen romantisch essen gehen, Galerien oder Konzerte besuchen?«

»Nein.«

»Werden wir weiterhin miteinander schlafen?«

»Nein.«

»Was genau werden wir dann zusammen machen?«

»Freunde sein. Du weißt schon, auf der Arbeit. Uns gegenseitig helfen und so.«

»Ich helfe dir jetzt auch schon und so. Warum kann ich dir nicht helfen und so und trotzdem mit dir schlafen?«

»Es liegt nicht daran, dass es mir nicht gefallen würde, Alan. Mit dir zu schlafen. Der Sex. Das weißt du.«

»Dachte ich jedenfalls. Vielleicht bist du auch nur eine verdammt gute Schauspielerin.«

Annie zuckte zusammen und trank einen Schluck Bier. »Das ist gemein. Das habe ich nicht verdient. Es fällt mir nicht leicht, weißt du.«

»Warum machst du es dann? Du weißt genau, dass das mit uns mehr ist als Sex.«

»Weil ich *muss.*«

»Nein, du musst gar nichts. Liegt es daran, worüber wir uns neulich abends unterhalten haben? Ich wollte damit nicht sagen, dass wir ein Kind bekommen sollen. Das wäre das Letzte, was ich im Moment will.«

»Ich weiß. Daran liegt es nicht.«

»Hat es was mit der Fehlgeburt zu tun und wie ich mich dabei gefühlt habe?«

»Herrgott, nein. Vielleicht. Also gut, ich gebe zu, dass es mich getroffen hat, aber nicht so, wie du denkst.«

»Wie denn?«

Annie schwieg. Sichtlich unwohl, rutschte sie auf dem Stuhl herum, schaute weg, sprach mit leiser Stimme. »Es hat mich nur an Dinge erinnert, an die ich lieber nicht denken möchte. Mehr nicht.«

»Was für Dinge?«

»Musst du denn alles wissen?«

»Annie, du bedeutest mir was. Deshalb frage ich.«

Sie fuhr sich mit den Fingern durchs Haar, schaute ihn an und schüttelte den Kopf. »Nach der Vergewaltigung«, sagte sie, »vor über zwei Jahren, da … ähm … er hatte kein … der es machte, der hatte kein … Scheiße, das ist schwerer, als ich gedacht hab.«

Langsam dämmerte es Banks. »Du bist schwanger geworden. Das willst du sagen, stimmt's? Darum geht dir die ganze Sache mit Sandra so nahe.«

Annie lächelte dünn. »Sehr scharfsinnig von dir.« Sie berührte seine Hand und flüsterte: »Ja, ich war schwanger.«

»Und?«

Annie zuckte mit den Schultern. »Ich hab abgetrieben. Das war nicht meine größte Tat, aber auch nicht meine schlechteste. Ich hatte keine Schuldgefühle anschließend. Genau genommen, hatte ich so gut wie gar keine Gefühle. Aber das jetzt alles … weiß nicht … ich will das einfach hinter mir lassen, aber wenn ich mit dir zusammen bin, kommt immer wieder alles hoch und stellt sich direkt vor meine Nase.«

»Annie …«

»Nein. Lass mich ausreden. Du hast zu viel Ballast, Alan. Zu viel, als dass ich damit zurechtkommen würde. Ich dachte, es würde besser werden, würde vielleicht verschwinden, tut es aber nicht. Du kannst nicht loslassen. Du wirst niemals loslassen. Deine Ehe war so lange ein so großer Teil deines Lebens, dass du es nicht kannst. Du bist verletzt, und ich kann dich nicht trösten. Ich kann nicht gut trösten. Manchmal fühle ich mich von deinem Leben, deiner Vergangenheit, deinen Problemen einfach erdrückt, dann will ich nur noch abhauen und allein sein. Ich hab nicht genug Luft zum Atmen.«

Banks drückte die Zigarette aus. Seine Hand zitterte leicht. »Ich hab nicht gewusst, dass es dir so geht.«

»Na, deshalb erzähle ich es dir ja. Ich hab Schwierigkeiten, mich zu binden, mich emotional zu öffnen. Im Moment wenigstens noch. Vielleicht für immer. Keine Ahnung, aber es nimmt mir die Luft und macht mir Angst.«

»Können wir nicht zusammen daran arbeiten?«

»Ich will nicht dran arbeiten. Mir fehlt die Kraft dazu. Ich kann es im Moment nicht gebrauchen. Und das ist der zweite Grund.«

»Was?«

»Meine berufliche Laufbahn. Abgesehen von diesem Fiasko mit Janet Taylor liebe ich die Arbeit bei der Polizei, ob du's glaubst oder nicht, und ich bin gut darin.«

»Ich weiß …«

»Nein, warte! Lass mich ausreden. Was wir getan haben, ist unprofessionell. Ich kann kaum glauben, dass nicht schon das halbe Präsidium weiß, was wir privat so treiben. Ich hab sie bereits hinter meinem Rücken kichern hören. Meine Kollegen bei der Kripo und in meinem Dezernat wissen es auf jeden Fall. Chambers hat, glaube ich, auch darauf angespielt, als er mich gewarnt hat, du wärst ein Schürzenjäger. Es würde mich nicht wundern, wenn McLaughlin auch Bescheid wüsste.«

»Beziehungen auf der Arbeit sind nichts Ungewöhnliches, und verboten sind sie schon gar nicht.«

»Das nicht, aber es wird nachdrücklich davon abgeraten und argwöhnisch beobachtet. Ich will Chief Inspector werden, Alan. Mensch, ich will Superintendent, Chief Constable werden. Wer weiß? Ich hab meinen Ehrgeiz wiederentdeckt.«

Es war Ironie des Schicksals, dass Annie ihren Ehrgeiz gerade in dem Moment wiederentdeckte, als Banks an die Grenzen seines eigenen gestoßen war. »Und ich stehe dir dabei im Weg?«

»Du stehst mir nicht im Weg. Du lenkst mich ab. Ich kann keine Ablenkung gebrauchen.«

»Immer nur Arbeit und kein Vergnügen …«

»Dann bin ich jetzt eben langweilig. Mal was anderes.«

»Das war's dann also? Einfach so? Aus und vorbei. Schluss. Weil ich ein Mensch bin und eine Vergangenheit habe, die manchmal ihren hässlichen Kopf erhebt, und weil du beschlossen hast, dich verstärkt um deine Karriere zu kümmern, deshalb treffen wir uns nicht mehr?«

»Wenn du es so ausdrücken willst: ja.«

»Wie soll man es denn sonst ausdrücken?«

Annie trank schneller. Banks merkte, dass sie gehen wollte. Verflucht noch mal, er war gekränkt und sauer und wollte sie nicht einfach so davonkommen lassen.

»Bist du sicher, dass es nicht noch was gibt?«, fragte er.

»Was denn?«

»Keine Ahnung. Du bist doch auf niemanden eifersüchtig, oder?«

»Eifersüchtig? Auf wen denn? Warum sollte ich?«

»Auf Jenny vielleicht?«

»Oh, Himmel Herrgott noch mal, Alan. Nein, ich bin nicht eifersüchtig auf Jenny. Wenn ich auf jemanden eifersüchtig bin, dann auf Sandra. Verstehst du das nicht? Sie hat mehr Macht über dich als alle anderen.«

»Das stimmt nicht. Nicht mehr.« Aber Banks fiel wieder der Brief ein und wie er sich gefühlt hatte, als er die kühlen, unpersönlichen Worte gelesen hatte. »Gibt es vielleicht einen anderen? Geht es darum?«, schob er schnell nach.

»Alan, es gibt niemanden. Glaub mir. Das hab ich doch gerade gesagt. Ich habe in meinem Leben im Moment keinen

Platz für einen anderen Menschen. Ich kann die emotionalen Ansprüche anderer nicht erfüllen.«

»Was ist mit sexuellen Ansprüchen?«

»Was meinst du damit?«

»Es muss ja kein Sex mit Gefühlen sein, oder? Ich meine, wenn es zu anstrengend ist, mit jemandem zu schlafen, der ein bisschen was für dich übrig hat, dann wäre es ja vielleicht einfacher, in einer Kneipe irgendeinen Stecher anzumachen für eine schnelle anonyme Nummer. Ohne Ansprüche. Ihr müsst noch nicht mal wissen, wie ihr heißt. Willst du das?«

»Alan, ich weiß nicht, worauf du hinauswillst, aber ich möchte jetzt gerne aufhören.«

Banks rieb sich die Schläfen. »Ich bin einfach durcheinander, Annie, sonst nichts. Entschuldige. Ich hatte auch einen schlechten Tag.«

»Das tut mir Leid. Ich will dir wirklich nicht wehtun.«

Er sah ihr in die Augen. »Dann lass es. Mit wem auch immer du dich einlassen wirst, du musst dich den Dingen stellen, denen du aus dem Weg gehst.«

Er sah die Tränen in ihren Augen. Bisher hatte er sie nur weinen sehen, als sie ihm von der Vergewaltigung erzählt hatte. Er wollte ihre Hand berühren, aber sie zog sie weg. »Nein. Nicht.«

»Annie …«

»Nein.«

Sie stand so abrupt auf, dass sie gegen den Tisch stieß und ihr Glas Banks auf den Schoß fiel. Dann eilte sie aus dem Pub, noch bevor er etwas sagen konnte. Er saß einfach da, die kalte Flüssigkeit sickerte in seine Hose und alle Blicke waren auf ihn gerichtet. Er war froh, dass sie nicht im Queen's Arms waren, wo ihn jeder kannte. Und er hatte geglaubt, der Tag könnte nicht noch schlimmer werden.

17

Nachdem sie ihr letztes Tutorium beendet und ein bisschen Schreibarbeit erledigt hatte, verließ Jenny ihr Büro in York am frühen Dienstagnachmittag und machte sich auf zur A1 Richtung Durham. Es herrschte starker Verkehr, hauptsächlich Lkws und Lieferwagen, aber immerhin war es ein angenehmer, sonniger Tag ohne Regenschauer.

Nach dem Gespräch mit Keith Murray – falls er sich einverstanden erklärte, mit ihr zu reden – glaubte Jenny noch genug Zeit zu haben, um später am Nachmittag nach Edinburgh weiterzufahren und Laura Godwin aufzusuchen. Es würde auf eine Übernachtung hinauslaufen – oder auf eine lange Heimfahrt im Dunkeln –, aber darüber konnte sie sich noch später Gedanken machen. Sie hatte eine alte Freundin aus Studententagen am Psychologischen Seminar der Universität Edinburgh, und es könnte nett sein, sich zu treffen und sich gegenseitig auf den neuesten Stand zu bringen. Nicht dass ihre jüngsten Erfahrungen ihr sonderlich zum Vorteil gereichten, dachte Jenny trübsinnig. Und da sie jetzt Banks' Freundin kennen gelernt hatte, nahm sie an, dass sie sich bei ihm keine großen Hoffnungen zu machen brauchte. Immerhin hatte sie sich inzwischen daran gewöhnt; schließlich kannten sie sich schon seit mehr als sieben Jahren, und nicht einmal hatten sie die Grenzen des Anstands überschritten – eigentlich jammerschade.

Jenny wusste immer noch nicht genau, ob die »kleine Freundin« eifersüchtig gewesen war, als sie sich im Queen's Arms zu ihnen gesellt hatte. Sie musste gesehen haben, dass Banks Jennys Arm berührt hatte, und auch wenn es lediglich eine freundschaftliche, besorgte Geste gewesen war, so konnte man sie doch missverstehen, wie so oft bei Körpersprache. War die Freundin von der eifersüchtigen Sorte? Jenny wusste es nicht. Annie hatte einen selbstsicheren, ausgeglichenen Eindruck gemacht, und doch hatte Jenny etwas an ihrem Verhalten wahrgenommen, das nichts Gutes für Banks verhieß. Er war wohl der einzige Mann, um den sich Jenny Sorgen machte, den sie beschützen wollte. Sie wusste nicht, warum. Er war unabhängig, stark, reserviert; vielleicht war er verletzlicher, als er durchblicken ließ, aber er gehörte mit Sicherheit nicht zu den Menschen, bei denen man das Gefühl hatte, man müsste sie behüten oder bemuttern.

Ein weißer Lieferwagen überholte sie links auf der Außenspur, als sie gerade abbiegen wollte. In Gedanken verloren, hätte sie ihn beinahe gerammt. Zum Glück riss sie das Lenkrad instinktiv herum, so dass sie wieder in die Spur kam, ohne jemanden zum Ausweichen zu nötigen, aber sie verpasste die Ausfahrt, die sie hatte nehmen wollen. Sie drückte auf die Hupe, verfluchte den Fahrer lauthals – ohnmächtige Gesten, aber was Besseres fiel ihr nicht ein – und nahm die nächste Ausfahrt.

Nachdem sie die A1 verlassen hatte, stellte sie den Radiosender um. Statt einer tristen Brahms-Symphonie erklang jetzt heitere Popmusik, Lieder, die sie mitsummen und zu denen sie rhythmisch aufs Lenkrad klopfen konnte.

Durham war eine komische Stadt, hatte Jenny immer schon gedacht. Sie war zwar dort geboren, aber ihre Eltern waren weggezogen, als sie erst drei Jahre alt war, daher konnte sie sich an nichts erinnern. Am Anfang ihrer akademischen Laufbahn hatte sie sich für eine Stelle an der Universität Durham beworben, war aber von einem Mann ausgestochen worden, der mehr Publikationen vorweisen konnte. Sie hätte hier gerne gewohnt, dachte sie, als sie das ferne Schloss oben auf dem Hügel und das ganze Grün drumherum sah. Aber York gefiel ihr auch sehr gut, und sie verspürte nicht den Wunsch, sich an diesem Punkt ihres Berufslebens um eine neue Stelle zu bewerben.

Dem Stadtplan hatte Jenny entnommen, dass Keith Murray draußen am Sportgelände der Uni wohnte. Deshalb konnte sie das Labyrinth um Kathedrale und Colleges meiden, wo die meisten Touristen unterwegs waren. Dennoch gelang es ihr, sich mehrmals zu verfahren. Es war möglich, dass Keith Vorlesungen hatte, auch wenn Jenny sich noch erinnern konnte, wie wenig Veranstaltungen sie im Grundstudium besucht hatte. Wenn er unterwegs war, konnte sie auf ihn warten, konnte die Stadt erkunden, im Pub essen und hätte immer noch genug Zeit, um nach Edinburgh zu fahren und mit Laura zu sprechen.

Sie hielt auf einem kleinen Parkplatz vor einer Geschäftszeile und konsultierte abermals den Stadtplan. Nicht mehr weit. Sie musste nur auf die Einbahnstraßen aufpassen, sonst würde sie am Ende da rauskommen, wo sie losgefahren war.

Beim zweiten Versuch machte sie es richtig und bog von der Umgehungsstraße in ein Viertel mit schmalen Straßen. Jenny konzentrierte sich so stark darauf, die richtige Straße und die richtige Hausnummer zu finden, dass sie erst im letzten Moment das Auto wahrnahm, hinter dem sie parkte. Als sie es erkannte, klopfte ihr das Herz bis zum Hals. Es war ein blauer Citroën.

Bleib ruhig, sagte sie sich, du kannst nicht davon ausgehen, dass es *derselbe* blaue Citroën ist, der dir auf Holderness gefolgt ist, du hast das Kennzeichen ja nicht gesehen. Aber es war das gleiche Modell, und sie glaubte nicht an Zufälle.

Was sollte sie tun? Trotzdem weitermachen? Wenn der Citroën Keith Murray gehörte, was hatte er dann in Alderthorpe und auf Spurn Head gemacht? Warum war er ihr gefolgt? War Keith Murray gefährlich?

Jenny überlegte, was sie tun sollte. Da ging die Tür des Hauses auf, und zwei Personen steuerten auf den Citroën zu, ein junger Mann mit Schlüsseln in der Hand und eine Frau, die frappierende Ähnlichkeit mit Lucy Payne hatte. Als Jenny losfahren wollte, entdeckte der junge Mann sie, sagte etwas zu der Frau, kam heran und riss die Fahrertür von Jennys Auto auf, bevor sie sie verriegeln konnte.

Tja, dachte sie, jetzt hast du es aber richtig verbockt, was?

In Millgarth gab es nichts Neues, wie Ken Blackstone Banks morgens am Telefon erklärt hatte. Der Erkennungsdienst war an einen Punkt gelangt, an dem es im Haus der Paynes nicht mehr viel auseinander zu nehmen gab. Die Gärten vor und hinter dem Haus waren zwischen ein Meter achtzig und drei Meter tief ausgegraben und systematisch abgesucht worden. Der Betonboden in Keller und Garage war mit Pressluftbohrern aufgestemmt worden. An die tausend Asservate waren eingetütet und etikettiert worden. Die gesamte Inneneinrichtung des Hauses war herausgerissen und abtransportiert worden. In die Wände waren in regelmäßigen Abständen Löcher geschlagen worden. Nicht nur die Tatortspezialisten begutachteten das gesammelte Material, auch die Mechaniker der Forensik hatten Paynes Auto auf der Suche nach Spuren der entführten Mädchen auseinander genommen. Payne mochte tot sein, aber der Fall musste trotzdem gelöst und Lucys Rolle geklärt werden.

Der einzige Schnipsel Information über Lucy Payne war, dass sie von einem Geldautomaten in der Tottenham Court Road zweihundert Pfund abgehoben hatte. Es lag nahe, dass sie nach London ging, wenn sie untertauchen wollte. Banks fiel ein, wie er dort nach Emily, der Tochter von Chief Constable Riddle, gesucht hatte. Vielleicht musste er wieder hin und Lucy suchen, aber diesmal würden ihm alle Mittel der Metropolitan Police zur Verfügung stehen. Möglicherweise kam es nicht dazu. Vielleicht hatte Lucy nichts mit der Sache zu tun und erfand bloß an einem neuen Ort eine neue Identität und ein neues Aussehen und versuchte, ihr zertrümmertes Leben neu aufzubauen. Möglich.

Banks schaute wieder auf die losen Blätter auf seinem Schreibtisch.

Katya Pavelic.

Katya, Candys »Anna«, war spät am vergangenen Abend durch zahnärztliche Unterlagen identifiziert worden. Zu Banks' Glück hatte sie kurz vor ihrem Verschwinden an Zahnschmerzen gelitten, und Candy hatte Katya zu ihrem eigenen Zahnarzt geschickt. Nach Candys Angaben war Katya irgendwann im letzten November verschwunden. Sie

410

wusste nur noch, dass es kalt und neblig gewesen war und die Weihnachtsbeleuchtung im Stadtzentrum kurz zuvor einge-schaltet worden war. Das hieß wohl, dass Katya das erste Op-fer gewesen war.

Auf jeden Fall hatte Candy, oder Hayley Lyndon, wie sie eigentlich hieß, mehrmals beobachtet, dass Terence und Lucy Payne in der Gegend herumgefahren waren. Zusammen mit Katya hatte sie die beiden allerdings nie gesehen. Aber lang-sam häuften sich die Indizienbeweise, und wenn Jennys Sto-chern in den alten Wunden von Alderthorpe etwas Interes-santes zu Tage förderte, mochte es bald Zeit sein, Lucy aufzustöbern. Sollte sie fürs Erste die Illusion von Freiheit genießen.

Katya Pavelic war vier Jahre zuvor mit vierzehn Jahren aus Bosnien nach England gekommen. Wie viele junge Mädchen war sie von serbischen Soldaten vergewaltigt worden, dann hatte man auf sie geschossen. Sie hatte sich nur retten können, weil sie sich unter einem Berg von Leichen tot stellte und ein kanadischer Soldat des UN-Friedenscorps sie drei Tage spä-ter fand. Ihre Schussverletzung war nur oberflächlich. Das einzige Problem war eine Infektion, aber die sprach gut auf das Antibiotikum an. Verschiedene Organisationen hatten sich dafür eingesetzt, dass Katya nach England reisen konnte, aber sie war ein verstörtes, widerspenstiges Mädchen und rannte mit sechzehn ihren Pflegeeltern davon. Seitdem hatte man vergeblich versucht, sie ausfindig zu machen.

Der Zynismus der Geschichte entging Banks nicht. Nach-dem Katya Pavelic die Schrecken des Bosnienkrieges über-lebt hatte, war sie vergewaltigt, ermordet und verbuddelt im Garten der Paynes geendet. Was sollte das alles?, fragte er sich. Wie immer bekam er keine Antwort vom obersten Zyniker im Himmel. Nur ein tiefes, hohl klingendes Gelächter hallte durch seinen Kopf. Manchmal waren das Leid und das Grauen fast nicht zu ertragen.

Und es blieb ein nicht identifiziertes Opfer, das am längsten vergraben gewesen war: eine weiße Frau um die zwanzig, knapp eins sechzig groß, wie der forensische Anthropologe schrieb, der noch immer Tests an den Knochen durchführte.

Banks hatte nur wenig Zweifel, dass es sich dabei um eine weitere Prostituierte handelte, und das würde die Identifizierung der Leiche erschweren.

Banks hatte eine böse Ahnung gehabt und sich an Terence Paynes Kollegen Geoff Brighouse gewandt. Der Lehrer half ihm bei der Suche nach der Lehrerin aus Aberdeen, die die beiden beim Kongress mit auf ihr Zimmer genommen hatten. Glücklicherweise stellte sich Banks' Vermutung als falsch heraus – sie unterrichtete fleißig in Aberdeen. Zwar regte sie sich über ihr Erlebnis auf, damals hatte sie aber den Mund gehalten, weil sie ihr berufliches Fortkommen nicht hatte gefährden wollen. Sie war einfach um eine Erfahrung reicher geworden. Sie schämte sich sehr und war wütend auf sich, so betrunken und dumm gewesen zu sein, mit zwei fremden Männern auf ein Hotelzimmer zu gehen – nach alldem, was damals in der Zeitung gestanden hatte. Sie fiel beinahe in Ohnmacht, als Banks ihr erzählte, dass der Mann, der sie gegen ihren Willen zum Analsex gezwungen hatte, Terence Payne gewesen war. Das Bild in der Zeitung hatte ihr nichts weiter gesagt. Außerdem hatte sie die beiden nur beim Vornamen gekannt.

Banks öffnete das Fenster. Wieder war es ein schöner Tag. Schon kamen Touristenbusse angefahren, entluden die Massen auf das glänzende Kopfsteinpflaster des Marktplatzes. Ein kurzer Blick ins Innere der Kirche, ein Spaziergang hoch zum Schloss, das Mittagessen im Pied Piper – bei dem Gedanken daran, was dort gestern passiert war, wurde Banks traurig –, dann standen sie wieder Schlange vor dem Bus und wurden nach Castle Bolton oder zur Devraulx Abbey verfrachtet. Wie gern würde er jetzt einen langen Urlaub machen! Und vielleicht nie zurückkommen.

Die goldenen Zeiger auf dem blauen Zifferblatt der Kirchturmuhr zeigten fünf nach zehn. Banks zündete sich eine Zigarette an und plante den Rest des Tages. Unter anderem wollte er zu Mick Blair, Ian Scott und Sarah Francis, die trauernden Eltern nicht zu vergessen, Christopher und Victoria Wray. Bei den Gesprächen mit den Nachbarn der Wrays hatte Winsome nichts erfahren, keiner von ihnen hatte etwas Ungewöhnliches gesehen oder gehört. Banks war immer noch argwöhnisch, was die Eltern betraf, konnte sich aber nur schwerlich vorstellen, dass sie Leanne getötet hatten.

Er hatte eine weitere ruhelose Nacht hinter sich, diesmal lag es zum Teil an Annie. Je länger er über ihre Entscheidung nachdachte, desto sinnvoller erschien sie ihm. Er wollte Annie nicht aufgeben, aber wenn er ehrlich sein sollte, war es wohl das Beste. Wenn er sich vor Augen hielt, wie sie heute hü und morgen hott zu ihrer Beziehung gesagt hatte, wenn er bedachte, wie sie sich jedes Mal zurückgezogen hatte, sobald andere Seiten seines Lebens auf die Tagesordnung kamen, dann dämmerte ihm, dass ihre Freundschaft, auch wenn da was gewesen sein mochte, ihm viel Kummer bereitet hatte. Wenn es Annie nicht passte, dass seine Vergangenheit sie zwang, sich ihren eigenen Entscheidungen zu stellen, wie beispielsweise der Abtreibung, dann hatte sie vielleicht Recht, die Beziehung zu beenden. Es war an der Zeit, sich neu zu orientieren und »Freunde zu bleiben«. So konnte sie ihre Karriere verfolgen und er seine privaten Dämonen austreiben.

Als er die Zigarette ausdrückte, klopfte Constable Winsome Jackman an die Tür und trat ein. Sie war ausnehmend elegant in einem maßgeschneiderten Nadelstreifenkostüm und einer weißen Bluse. Die Frau hat Stil, dachte Banks. Im Gegensatz zu ihm und zu Annie Cabbot. Annies legere Kleidung – sie passte optimal zu ihr – hatte ihm gefallen, aber man konnte ihr nicht vorwerfen, modisch voll auf der Höhe zu sein. Egal, am besten vergaß er Annie schnell. Er wandte sich Winsome zu.

»Kommen Sie rein. Setzen Sie sich!«

Winsome nahm Platz, schlug die langen Beine übereinander, schnüffelte anschuldigend und zog die Nase kraus.

»Ich weiß, ich weiß«, sagte Banks. »Ich höre bald auf, ehrlich.«

»Diese kleine Aufgabe, die Sie für mich hatten«, begann sie. »Ich dachte, Sie wüssten vielleicht gerne, dass Ihr Instinkt Sie nicht getrogen hat. An dem Abend, als Leanne Wray verschwunden ist, wurde zwischen halb zehn und elf ein Pkw von der Disraeli Street als gestohlen gemeldet.«

»Ach, tatsächlich? Ist die Disraeli Street nicht um die Ecke vom Old Ship?«

»Allerdings, Sir.«

Banks setzte sich und rieb sich die Hände. »Erzählen Sie!«

»Der Fahrzeughalter heißt Samuel Gardner. Ich habe mit ihm telefoniert. Sieht aus, als hätte er den Wagen geparkt und wäre kurz im Cock and Bull auf der Palmerston Avenue verschwunden, nur auf ein Pint Shandy, versteht sich.«

»Natürlich. Gott behüte, dass wir versuchen, ihn zwei Monate hinterher wegen Fahrens unter Alkoholeinfluss ranzukriegen. Was halten Sie davon, Winsome?«

Winsome schlug die Beine in die andere Richtung übereinander und zog den Rocksaum über die Knie. »Ich weiß nicht, Sir. Ein ganz schön großer Zufall, finden Sie nicht?«

»Dass Ian Scott in der Nähe war?«

»Ja, Sir. Ich weiß, dass es eine Menge Jugendliche gibt, die Autos knacken und damit rumfahren, aber ... tja, die Zeit passt, und der Ort auch.«

»Allerdings. Wann wurde Anzeige erstattet?«

»Um zehn nach elf an dem Abend.«

»Und wann wurde das Auto gefunden?«

»Erst am nächsten Morgen, Sir. Ein Streifenbeamter hat es unzulässig geparkt vor den architektonischen Gärten entdeckt.«

»Das ist nicht weit weg vom Riverboat, oder?«

»Zu Fuß zehn Minuten, höchstens.«

»Wissen Sie, das sieht langsam gut aus, Winsome. Ich möchte, dass Sie Samuel Gardner einen Besuch abstatten, vielleicht können Sie noch mehr aus ihm rausbekommen. Beruhigen Sie ihn! Machen Sie ihm klar, dass es uns scheißegal ist, und wenn er eine ganze Flasche Whiskey getrunken hat! Er soll uns nur alles erzählen, was er von dem Abend noch weiß. Und lassen Sie das Auto zu einer kompletten forensischen Untersuchung in die Polizeiwerkstatt bringen. Ich bezweifle zwar, dass wir nach so langer Zeit noch was finden, aber das wissen Scott und Blair ja nicht unbedingt, oder?«

Winsome grinste boshaft. »Wohl kaum, Sir.«

Banks sah auf die Uhr. »Wenn Sie mit Gardner gesprochen

haben und das Auto sicher in unserer Hand ist, holen Sie Mick Blair. Ich glaube, ein kleines Plauderstündchen mit ihm in einem unserer Vernehmungsräume könnte sehr produktiv sein.«

»Das kann ich mir vorstellen.«

»Und lassen Sie gleichzeitig Sarah Francis herbringen.«

»Gut.«

»Und, Winsome?«

»Ja, Sir?«

»Sorgen Sie dafür, dass sich die beiden im Vorbeigehen sehen, ja?«

»Gerne doch, Sir.« Winsome lächelte, stand auf und ging.

»Bitte«, sagte Jenny, »ich hab noch nichts zu Mittag gegessen. Ist hier nichts in der Nähe, wo wir hingehen können, anstatt auf der Straße rumzustehen?« Auch wenn ihre anfängliche Furcht sich etwas gelegt hatte, als der junge Mann sie einfach nur fragte, wer sie sei und was sie wolle, und keine besondere Neigung zur Gewalttätigkeit erkennen ließ, wollte sie mit den beiden doch lieber an einem öffentlichen Ort sein und nicht oben in der Wohnung.

»Unten an der Straße ist ein Café«, erwiderte er. »Da können wir hingehen, wenn Sie wollen.«

»Gut.«

Jenny ging zusammen mit den beiden zurück zur Durchgangsstraße, überquerte den Zebrastreifen und betrat ein Eckcafé, in dem es nach Frühstücksspeck roch. Eigentlich wollte sie ja abnehmen – wollte sie ständig –, aber sie konnte dem Duft nicht widerstehen und bestellte einen Schinkentoast und einen Becher Tee. Die anderen beiden wählten dasselbe, und Jenny bezahlte. Niemand erhob Protest. Arme Studenten protestieren nie. Da sie den beiden nun näher war, mit ihnen an einem frei stehenden Tisch am Fenster saß, erkannte Jenny, dass sie sich geirrt hatte. Auch wenn das Mädchen starke Ähnlichkeit mit Lucy hatte, ihre Augen, ihren Mund und das gleiche glänzend schwarze Haar besaß, war sie doch anders. Diese junge Frau hatte etwas Weicheres, Zerbrechlicheres, Menschlicheres an sich, und ihre Augen wa-

415

ren nicht so schwarz und unergründlich wie die von Lucy; sie waren intelligent und einfühlsam, doch in ihrer Tiefe flackerten Schrecken und Angst, die Jenny sich nicht einmal ansatzweise vorstellen konnte.

»Laura, stimmt's?«, sagte sie, als alle saßen.

Die junge Frau hob die Augenbrauen. »Hm, ja. Woher wissen Sie das?«

»Das ist nicht schwer«, erwiderte Jenny. »Sie haben große Ähnlichkeit mit Ihrer Schwester und außerdem sind Sie bei Ihrem Cousin.«

Laura errötete. »Ich besuche ihn nur. Wir sind nicht … ich meine, ich möchte nicht, dass Sie eine falsche Vorstellung bekommen.«

»Keine Angst«, beruhigte sie Jenny. »Ich bilde mir keine vorschnellen Urteile.« Wenigstens nicht oft, dachte sie.

»Kommen wir noch mal zu meiner ersten Frage«, begann Keith Murray. Er war weniger umgänglich als Laura und nicht zum Plaudern aufgelegt. »Jetzt wissen wir, wer Sie sind und was Sie hier wollen. Sie können uns genauso gut erzählen, was Sie in Alderthorpe gemacht haben, wo Sie schon mal dabei sind.«

Laura schaute überrascht. »Sie war in Alderthorpe?«

»Am Samstag. Ich bin ihr bis nach Easington und nach Spurn Head raus gefolgt. Als sie auf die M 62 gefahren ist, bin ich umgedreht.« Er schaute Jenny an. »Nun?«

Er war ein gut aussehender junger Mann: Sein braunes Haar wuchs ein wenig über Ohren und Kragen, war aber ordentlich geschnitten. Er war besser gekleidet als die meisten Studenten, die Jenny unterrichtete, trug ein leichtes Sportsakko und graue Chinos, dazu auf Hochglanz polierte Schuhe. Sauber rasiert. Offenbar ein junger Kerl, der stolz war auf sein relativ konservatives Erscheinungsbild. Laura dagegen trug einen formlosen Sack, der sie wie eine Stoffwolke umhüllte und jeglichen Hinweis auf die Art von Figur verbarg, die Männern gefiel. Sie hatte etwas Zurückhaltendes, Zögerliches an sich, so dass Jenny ihr am liebsten die Hand auf den Arm gelegt und gesagt hätte, alles ist gut, keine Sorge, ich beiße nicht. Keith schien sie sehr in Schutz zu nehmen, und

Jenny fragte sich, wie sich die Beziehung der beiden seit Alderthorpe entwickelt hatte.

Jenny erzählte, wer sie war und was sie machte, erzählte von ihren Vorstößen in Lucy Paynes Vergangenheit, von der Suche nach Anhaltspunkten für die Verbrechen, und Laura und Keith hörten ihr aufmerksam zu. Als Jenny zum Ende gekommen war, schauten sich die beiden an, und Jenny spürte, dass sie auf eine Weise kommunizierten, die ihr entging. Sie wusste nicht, was sie einander zu verstehen gaben, aber es war mit Sicherheit kein telepathischer Trick. Die Erfahrungen der Kindheit, vermutete sie, hatten eine derart starke, tiefe Bindung geschaffen, dass Worte überflüssig waren.

»Wie kommen Sie auf die Idee, dass Sie in Alderthorpe irgendwelche Antworten finden?«, fragte Keith.

»Ich bin Psychologin«, antwortete Jenny, »keine Psychiaterin, schon gar keine Freudianerin, aber trotzdem bin ich überzeugt, dass wir durch unsere Vergangenheit geformt und zu dem gemacht werden, was wir sind.«

»Und was *ist* Linda oder Lucy, wie sie sich jetzt nennt?«

Jenny streckte die Hände aus. »Das ist es ja. Ich weiß es nicht. Ich hatte gehofft, Sie könnten mir vielleicht dabei helfen.«

»Warum sollten wir Ihnen helfen?«

»Keine Ahnung«, sagte Jenny. »Vielleicht gibt es noch ein paar Aspekte von damals, mit denen Sie sich auseinander setzen möchten.«

Keith lachte. »Und wenn wir hundert würden, gäbe es noch genug Aspekte von damals, mit denen wir uns auseinander setzen könnten«, sagte er. »Aber was hat das mit Linda zu tun?«

»Sie war doch mit Ihnen zusammen, oder? Sie waren doch alle zusammen?«

Wieder sahen sich Keith und Laura an, und Jenny hätte gern gewusst, was die beiden dachten. Als hätten sie eine Entscheidung getroffen, sagte Laura schließlich: »Ja, sie war dabei, aber auf gewisse Weise auch nicht.«

»Wie meinen Sie das, Laura?«

»Linda war die Älteste, deshalb hat sie sich um uns gekümmert.«

Keith schnaubte verächtlich.

»Doch, Keith.«

»Meinetwegen.«

Lauras Unterlippe zitterte, und kurz dachte Jenny, sie würde weinen. »Erzählen Sie weiter, Laura!«, sagte sie. »Bitte.«

»Ich weiß, dass Linda meine Schwester ist.« Laura rieb sich mit der Hand über den Oberschenkel. »Aber zwischen uns liegen drei Jahre, und das ist eine ganze Menge, wenn man die Jüngere ist.«

»Das können Sie wohl sagen. Mein Bruder ist drei Jahre älter als ich.«

»Na, dann wissen Sie ja, was ich meine. Deshalb hab ich Linda gar nicht richtig gekannt. Auf gewisse Weise war sie mir so fremd wie eine Erwachsene, und genauso unbegreiflich. Als wir klein waren, haben wir zusammen gespielt, aber je älter wir wurden, desto mehr haben wir uns auseinander gelebt, besonders bei … Sie wissen schon … wie das damals war.«

»Aber wie war sie so?«

»Linda? Sie war seltsam. Sehr distanziert. Sehr in sich gekehrt, schon damals. Sie hat gerne ihre Spielchen gemacht, und sie konnte grausam sein.«

»In welcher Hinsicht?«

»Wenn sie ihren Willen nicht bekam und wenn man nicht gemacht hat, was sie wollte, dann hat sie uns manchmal angeschwärzt und bei den Erwachsenen in Schwierigkeiten gebracht. Damit man in den Käfig gesteckt wurde.«

»So was hat sie gemacht?«

»Oh ja«, sagte Keith. »Irgendwann hat sie jeden von uns mal auf dem Kieker gehabt.«

»Manchmal wussten wir einfach nicht, ob sie auf unserer Seite oder auf der anderen war«, sagte Laura. »Aber sie konnte auch lieb sein. Ich weiß noch, dass sie einmal eine Wunde bei mir behandelt hat, Jod draufgetan hat, damit es sich nicht entzündete. Sie war sehr sanft. Und manchmal hat sie sich für uns eingesetzt.«

»In welcher Hinsicht?«

»Bei Kleinigkeiten. Wenn wir, Sie wissen schon, zu schwach waren für ... oder einfach ... manchmal haben sie auf Linda gehört. Und sie hat die Kätzchen gerettet.«

»Was für Kätzchen?«

»Unsere Katze hatte Junge und D-d-dad wollte sie ertränken, aber Linda hat sie gerettet und alle untergebracht.«

»Also mochte sie Tiere?«

»Sie liebte Tiere. Sie wollte Tierärztin werden.«

»Warum ist sie es nicht geworden?«

»Keine Ahnung. Vielleicht war sie nicht intelligent genug. Oder sie hat es sich anders überlegt.«

»Aber sie war auch Opfer, oder? Von den Erwachsenen?«

»Oh ja«, sagte Keith. »Waren wir alle.«

»Lange Zeit war sie ihr Lieblingskind«, fügte Laura hinzu. »Das heißt, bis sie ...«

»Bis sie was, Laura? Lassen Sie sich Zeit!«

Laura errötete und wandte den Blick ab. »Bis sie eine Frau wurde. Mit zwölf. Da haben sie das Interesse an ihr verloren. Dann wurde Kathleen ihr Lieblingskind. Sie war erst neun, wie ich, aber sie mochten sie lieber.«

»Wie war Kathleen?«

Lauras Augen glänzten. »Sie war ... wie eine Heilige. Sie hat alles ertragen, ohne sich zu beklagen, alles, was diese ... diese Menschen mit uns gemacht haben. Kathleen hatte so ein inneres Licht, so ein, weiß nicht, so etwas Spirituelles, das einfach leuchtete, aber sie war sehr z-z-zerbrechlich, sehr schwach, und sie war ständig krank. Die Strafen und Prügel waren zu viel für sie.«

»Was für Strafen?«

»Der Käfig. Tagelang nichts essen. Sie war von Anfang an zu schwach und zu zart.«

»Können Sie mir sagen«, fragte Jenny, »warum niemand von Ihnen bei den Behörden gemeldet hat, was los war?«

Keith und Laura wechselten wieder einen intensiven Blick. »Wir haben uns nicht getraut«, entgegnete Keith. »Sie haben uns gesagt, sie würden uns umbringen, wenn wir es jemals einer Menschenseele verraten.«

»Und es war … es war unsere Familie«, fügte Laura hinzu. »Ich meine, man wollte, dass Mummy und Daddy einen lieb hatten, verstehen Sie? Deshalb mussten wir tun, na ja, was sie wollten, wir mussten tun, was die Erwachsenen gesagt haben, sonst hatte D-d-daddy uns nicht mehr lieb.«

Jenny trank einen Schluck Tee, um ihr Gesicht zu verbergen. Sie wusste nicht, ob es Wut oder Mitleid war, was ihr die Tränen in die Augen trieb, aber sie wollte nicht, dass Laura es sah.

»Außerdem«, fuhr Keith fort, »kannten wir es ja nicht anders. Woher sollten wir wissen, dass das Leben bei anderen Kindern anders war?«

»Was war mit der Schule? Sie sind wahrscheinlich unter sich geblieben, oder? War Ihnen bewusst, dass Sie anders waren?«

»Wir sind unter uns geblieben, ja. Man hatte uns eingebläut, nicht zu erzählen, was zu Hause vor sich ging. Das war Familiensache und ging keinen sonst was an.«

»Was haben Sie Samstag in Alderthorpe gemacht?«

»Ich schreibe ein Buch«, erklärte Keith. »Ein Buch über das, was passiert ist. Es ist zum Teil therapeutisch und zum Teil, weil ich denke, dass die Leute erfahren sollen, was es alles gibt, damit sie verhindern können, dass so was noch mal passiert.«

»Warum sind Sie mir gefolgt?«

»Ich hab gedacht, Sie wären von der Presse oder so, wie Sie da im Ort herumgeschnüffelt haben.«

»Gewöhnen Sie sich besser schon mal dran, Keith! Es wird nicht mehr lange dauern, bis sich das mit Alderthorpe herumspricht. Mich wundert, dass die dort nicht schon in Scharen herumschwärmen.«

»Ich weiß.«

»Sie haben also gedacht, ich wäre von der Presse. Was hatten Sie mit mir vor?«

»Nichts. Ich wollte nur sehen, was Sie machen, und mich vergewissern, dass Sie wirklich wegfahren.«

»Und wenn ich zurückgekommen wäre?«

Keith streckte die Hände aus. »Sind Sie doch, oder?«

»War Ihnen sofort klar, dass es sich um Linda handelt, als die Nachricht über die Paynes rauskam?«

»Mir schon«, sagte Laura. »Das Foto war nicht besonders gut, aber ich wusste, dass sie Terry geheiratet hatte. Ich wusste, wo die beiden wohnten.«

»Haben Sie sich mal getroffen, haben Sie Verbindung gehalten?«

»Nicht oft. Eigentlich nur, bis Susan Selbstmord beging und Tom nach Australien zog. Keith und ich besuchen Dianne, sooft es geht. Aber wie gesagt, Linda ist uns immer fremd gewesen, älter. Ich meine, wir haben uns manchmal getroffen, an Geburtstagen und so, aber ich fand sie immer schon seltsam.«

»In welcher Hinsicht?«

»Weiß nicht. Es ist gemein, so was zu sagen. Ich meine, sie hat schließlich das Gleiche mitgemacht wie wir.«

»Aber es scheint sie irgendwie anders geprägt zu haben«, warf Keith ein.

»Wie denn?«

»Ich hab sie nicht so oft getroffen wie Laura«, fuhr er fort, »aber auf mich hat sie immer den Eindruck gemacht, als ob sie etwas Böses im Schilde führt, etwas ganz Verdorbenes. Einfach die Art, wie sie geredet hat, dieser Ruch von Sünde. Sie war verschwiegen und hat uns nie genau erzählt, was sie so treibt, aber …«

»Sie stand auf ziemlich eigentümliche Sachen«, sagte Laura und errötete. »Sadomaso. So was halt.«

»Hat sie das erzählt?«

»Einmal. Ja. Das hat sie nur gemacht, damit ich verlegen wurde. Ich spreche nicht gerne über Sex.« Sie schlang die Arme um sich und wich Jennys Blick aus.

»Und Linda hat Sie gerne in Verlegenheit gebracht?«

»Ja. Ich sollte mich ärgern.«

»War es kein Schock für Sie, als Sie gehört haben, was Terry getan hat? Dass Linda so nah dabei war, gerade nach den Erfahrungen Ihrer Kindheit?«

»Sicher war es ein Schock«, erwiderte Keith. »Ist es immer noch. Wir versuchen noch, damit klarzukommen.«

»Das ist einer der Gründe, warum ich hier bin«, sagte Laura. »Ich wollte bei Keith sein. Ich musste mit ihm reden. Wir müssen entscheiden, was wir tun.«

»Was meinen Sie damit, was Sie tun?«

»Aber wir wollten nicht überstürzt handeln«, erklärte Keith.

Jenny beugte sich vor. »Worum geht es?«, fragte sie. »Was müssen Sie tun?«

Die beiden schauten sich wieder an, und Jenny kam es vor, als dauerte es eine Ewigkeit, bis Keith antwortete. »Wir sagen es ihr besser, oder?«

»Denke schon.«

»Was wollen Sie mir sagen?«

»Was damals passiert ist. Das haben wir versucht zu entscheiden, verstehen Sie? Ob wir es erzählen sollen.«

»Sie können bestimmt verstehen«, ergänzte Keith, »dass wir nicht mehr im Mittelpunkt stehen wollen. Wir wollen nicht, dass alles wieder losgetreten wird.«

»Dazu wird schon Ihr Buch führen«, sagte Jenny.

»Damit setze ich mich auseinander, wenn es so weit ist.« Keith beugte sich vor. »Egal, Sie haben uns sozusagen zum Handeln gezwungen, oder? Wir hätten es wahrscheinlich eh bald jemandem erzählt, also können wir es auch genauso gut Ihnen sagen.«

»Ich weiß immer noch nicht, was Sie mir mitteilen wollen«, sagte Jenny.

Laura sah sie mit Tränen in den Augen an. »Wegen Kathleen. Unsere Eltern haben sie nicht umgebracht. Tom hat sie auch nicht umgebracht. Linda hat sie getötet. Linda hat Kathleen getötet.«

Ein mürrischer Mick Blair grüßte Banks und Winsome, als sie nachmittags um halb vier das Vernehmungszimmer betraten. Und wenn schon, dachte Banks. Mick war von zwei uniformierten Polizeibeamten an seinem Arbeitsplatz als Angestellter eines Elektrofachgeschäfts im Swainsdale Centre abgeholt worden und hatte über eine Stunde in dem schäbigen Raum warten müssen. Es war schon ein Wunder, dass er nicht nach seinem Rechtsverdreher schrie. Banks hätte es längst getan.

»Unterhalten wir uns noch ein bisschen, Mick«, sagte Banks grinsend und schaltete das Aufnahmegerät ein. »Aber diesmal nehmen wir alles auf. Dann kannst du sicher sein, dass wir keinen Blödsinn mit dir anstellen.«

»Da bin ich aber dankbar«, gab Blair zurück. »Und warum musste ich so verdammt lange warten?«

»Wichtige Polizeiangelegenheit«, entgegnete Banks. »Die Bösen gönnen uns einfach keine Ruhe.«

»Was macht Sarah hier?«

»Sarah?«

»Sie wissen genau, wen ich meine. Sarah Francis. Ians Freundin. Ich hab sie auf dem Flur gesehen. Was macht sie hier?«

»Sie beantwortet lediglich unsere Fragen, Mick, was du hoffentlich auch tun wirst.«

»Keine Ahnung, warum Sie Ihre Zeit mit mir verschwenden. Ich kann Ihnen nichts erzählen, was Sie nicht schon wissen.«

»Unterschätz dich nicht, Mick!«

»Um was geht's denn diesmal?« Argwöhnisch beäugte er Winsome.

»Es geht um die Nacht, in der Leanne Wray verschwunden ist.«

»Schon wieder? Das haben wir doch schon zigmal durchgekaut.«

»Ja, ich weiß, aber die Wahrheit haben wir noch nicht herausbekommen. Verstehst du, das ist so, als ob man die Häute einer Zwiebel abzieht, Mick. Bis jetzt haben wir nur eine Schicht Lügen nach der anderen gefunden.«

»Aber es ist wahr! Vor dem Old Ship haben wir uns getrennt. Sie ist nach Hause gegangen. Wir haben sie nicht noch mal gesehen. Was soll ich Ihnen sonst noch sagen?«

»Die Wahrheit. Wo ihr vier hingegangen seid.«

»Ich hab Ihnen alles gesagt, was ich weiß.«

»Hör mal, Mick«, versuchte es Banks erneut. »Leanne war an dem Tag durcheinander. Sie hatte eine schlechte Nachricht bekommen. Ihre Stiefmutter war schwanger. Vielleicht verstehst du die Aufregung nicht, aber du kannst mir glauben, dass das Leanne durcheinander gebracht hat. Ich gehe also davon aus, dass sie an dem Abend in aufmüpfiger Stimmung war, dass sie so weit war zu sagen, ist mir scheißegal, wann ich zu Hause sein muss, lass uns irgendeinen Blödsinn machen. Und gleichzeitig sollten sich ihre Eltern ein bisschen quälen. Ich weiß nicht, von wem der Vorschlag kam, vielleicht von dir, jedenfalls habt ihr euch überlegt, ihr klaut ein Auto ...«

»Nein, warten Sie mal ...«

»Ein Auto, das Mr. Samuel Gardner gehört, ein blauer Fiat Brava, um genau zu sein, der direkt um die Ecke vom Pub geparkt war.«

»Das ist ja affig! Wir haben kein einziges Auto geklaut! Das können Sie uns nicht anhängen!«

»Halt die Schnauze und hör zu, Mick!«, sagte Winsome. Blair glotzte sie an, schluckte und verstummte. Winsome sah ihn unerbittlich an, ohne mit der Wimper zu zucken. In ihrem Blick standen Verachtung und Abscheu.

»Wohin ging eure kleine Spazierfahrt, Mick?«, fragte Banks. »Was ist da passiert? Was ist mit Leanne passiert? Hat sie dich heiß gemacht? Hast du gedacht, du könntest Glück bei ihr haben? Hast du es bei ihr versucht und sie hat es sich anders überlegt? Bist du ein bisschen grob geworden? Warst du auf Drogen, Mick?«

»Nein! Das stimmt nicht. Das stimmt alles nicht. Nach dem Pub ist sie nach Hause gegangen.«

»Du hörst dich an wie ein Ertrinkender, der sich an einen Strohhalm klammert, Mick. Dauert nicht mehr lange, dann ist Schluss.«

»Ich sage die Wahrheit.«

»Das glaube ich nicht.«

»Dann beweisen Sie es!«

»Hör mal zu, Mick«, sagte Winsome, stand auf und ging in dem kleinen Zimmer auf und ab. »Wir haben Mr. Gardners Auto in diesem Moment in der Polizeiwerkstatt. Unsere Forensiker suchen es zentimeterweise ab. Willst du uns weismachen, dass sie nichts finden?«

424

»Keine Ahnung, was die finden«, sagte Mick. »Woher auch? Ich hab die Scheißkarre noch nie gesehen.«

Winsome blieb stehen und setzte sich wieder. »Das sind die besten, die es gibt, unsere Forensiker. Sie brauchen nicht einmal Fingerabdrücke. Wenn da nur ein einziges Härchen liegt, dann finden sie es. Und wenn es dir, Ian, Sarah oder Leanne gehört, dann haben wir euch.« Sie hob einen Finger. »Ein Härchen. Denk mal drüber nach, Mick!«

»Sie hat Recht, ehrlich«, sagte Banks. »Die sind wirklich supergut, diese Wissenschaftler. Ich weiß einen Scheiß über DNA und Haarfollikel, aber die Jungs finden die Stelle auf deinem Kopf, wo das Haar ausgefallen ist.«

»Wir haben kein Auto geklaut.«

»Ich weiß, was du denkst«, sagte Banks.

»Gedanken lesen können Sie auch?«

Banks lachte. »Ist nicht gerade schwer. Du überlegst, wie lange es her ist, dass ihr das Auto gestohlen habt. Das war am 31. März. Und welches Datum haben wir heute? Den 16. Mai. Das sind anderthalb Monate. Da können doch jetzt keine Spuren mehr sein! Das Auto ist doch bestimmt gewaschen und von innen gesaugt worden! Das geht dir durch den Kopf, Mick, stimmt's?«

»Ich hab's schon gesagt. Ich weiß überhaupt nichts von einem geklauten Auto.« Er verschränkte die Arme und schaute trotzig. Winsome brummte voller Abscheu und Ungeduld.

»Constable Jackman wird langsam unruhig«, sagte Banks. »Und ich würde es nicht zu weit treiben mit ihr, wenn ich du wäre.«

»Sie dürfen mich nicht anfassen. Es ist alles auf Band.«

»Dich anfassen? Wer hat denn von Anfassen gesprochen?«

»Sie haben mir gedroht.«

»Nein. Da irrst du dich, Mick. Hör zu, ich will das Ganze hier erledigt haben, damit du wieder zurück an die Arbeit kannst und rechtzeitig zu den Nachrichten heute Abend zu Hause bist. Nichts wär mir lieber. Aber Constable Jackman hier ist, na, sagen wir mal so, sie wäre überglücklich, wenn wir dich in Gewahrsam nehmen würden.«

»Was soll das heißen?«

»Die Zelle, Mick. Unten im Keller. Eine Übernachtung.«

»Aber ich habe nichts gemacht. Das dürfen Sie nicht!«

»Ist es Ian gewesen? War es seine Idee?«

»Ich weiß nicht, wovon Sie reden.«

»Was ist mit Leanne passiert?«

»Nichts. Keine Ahnung.«

»Ich wette, dass Sarah sagt, es ist alles deine Schuld.«

»Ich hab nichts getan.«

»Sie wird ihren Freund decken, Mick, oder? Ich wette, dass sie sich keinen Deut um dich schert, wenn es hart auf hart kommt.«

»Hören Sie auf!«

Winsome sah auf die Uhr. »Sperren wir ihn einfach ein und gehen nach Hause«, sagte sie. »Es hängt mir langsam zum Hals raus.«

»Was meinst du, Mick?«

»Ich habe alles gesagt, was ich weiß.«

Banks warf Winsome einen Blick zu, ehe er sich wieder Mick zuwandte. »Dann müssen wir dich leider wegen Verdachts festhalten.«

»Verdacht auf was?«

»Verdacht auf Mord an Leanne Wray.«

Mick sprang auf. »Das ist verrückt. Ich hab keinen umgelegt. Leanne ist nicht ermordet worden.«

»Woher weißt du das?«

»Ich meine, ich habe Leanne nicht ermordet. Ich weiß nicht, was mit ihr passiert ist. Ist doch nicht meine Schuld, wenn ein anderer sie umgebracht hat.«

»Wenn du dabei warst, dann schon.«

»Ich war nicht dabei.«

»Dann sag uns die Wahrheit, Mick. Sag uns, was passiert ist.«

»Hab ich schon.«

Banks stand auf und schob die Schnellhefter zusammen. »Okay. Warten wir mal ab, was Sarah zu erzählen hat. Bis dahin möchte ich, dass du heute Nacht in der Zelle über Zweierlei nachdenkst, Mick. Die Zeit kann ganz schön lang werden, besonders in den frühen Morgenstunden, wenn du keine andere Gesellschaft hast als den Besoffenen nebenan, der ohne Pause schmalzige Lieder singt. Es ist gut, wenn man was zum Nachdenken hat, mit dem man sich ablenken kann.«

»Was denn?«

»Erstens: Wenn du alles gestehst, wenn du uns die Wahrheit sagst, wenn alles Ian Scotts Idee war und Ian Schuld an dem ist, was mit Leanne passiert ist, dann wird es ein ganzes Stück einfacher für dich.« Er sah Winsome an. »Ich kann mir sogar vorstellen, dass er nur mit einem Tadel aus der Sache rauskommt, Nichtanzeigen geplanter Straftaten oder so was Unwesentliches. Sie auch, Constable Jackman?«

Winsome verzog das Gesicht, als entsetze sie die Vorstellung, dass Mick Blair mit weniger als Mord davonkam.

»Und zweitens?«

»Zweitens? Ach ja. Wegen Samuel Gardner.«

»Wer?«

»Der Halter des gestohlenen Fahrzeugs.«

»Was ist mit dem?«

»Der Mann ist ein Schwein, Mick. Der macht sein Auto nie sauber. Weder von innen noch von außen.«

Nachdem Keith und Laura ihr Geheimnis offenbart hatten, fiel Jenny keine weitere Frage ein. Sie saß mit halb geöffneten Lippen und einem staunenden Gesichtsausdruck da, bis sie es verdaut hatte. »Woher wissen Sie das?«, fragte sie.

»Wir haben es gesehen«, sagte Keith. »Wir waren dabei. Auf gewisse Weise sind wir es alle zusammen gewesen. Sie hat es für uns alle getan, weil sie die Einzige war, die es konnte.«

»Sind Sie sicher?«

»Ja«, antworteten beide.

»Das ist Ihnen nicht jetzt gerade erst eingefallen?« Wie viele ihrer Kollegen misstraute Jenny dem amnestischen Syndrom. Sie wollte sich vergewissern, es nicht damit zu tun zu haben. Möglicherweise war Linda Godwin immer gut zu Tieren gewesen, hatte nie ins Bett gemacht oder Feuer gelegt, aber wenn sie im Alter von zwölf Jahren jemanden getötet hatte, dann war sie ernsthaft gestört, und zwar im klinischen Sinn. Dann konnte sie ein zweites Mal getötet haben.

»Nein«, sagte Laura. »Das haben wir nie vergessen. Wir haben es nur eine Zeit lang verloren.«

»Wie meinen Sie das?«

»Das ist so, als würde man etwas irgendwo ablegen, wo man es bestimmt wiederfindet, aber dann kann man sich nicht mehr erinnern, wo man es hingetan hat«, erklärte Keith.

Jenny verstand; das ging ihr ständig so.

»Oder man hat etwas in der Hand, und plötzlich fällt einem irgendwas ein, dann legt man das Teil zur Seite und weiß hinterher nicht mehr, wo es ist«, ergänzte Laura.

»Sie haben gesagt, Sie waren dabei?«

»Ja«, sagte Keith. »Wir waren im gleichen Zimmer. Wir haben es gesehen.«

»Und Sie haben die ganzen Jahre nichts gesagt?«

Laura und Keith sahen Jenny stumm an, und sie verstand, dass sie nicht hatten reden können. Wie auch? Sie waren ans Schweigen gewöhnt. Warum sollten sie reden? Sie alle waren Opfer der Godwins und Murrays. Warum sollte Linda als Einzige noch mehr Leid ertragen?

»Saß sie deshalb im Käfig, als die Polizei kam?«

»Nein. Linda war im Käfig, weil sie ihre Periode bekommen hatte«, sagte Keith. Laura errötete und wandte sich ab. »Tom war bei ihr im Käfig, weil sie dachten, er wäre es gewesen. Linda haben sie nicht verdächtigt.«

»Aber warum?«, fragte Jenny.

»Weil Kathleen es einfach nicht mehr ertragen hat«, antwortete Laura. »Sie war so schwach, ihr Geist war schon fast weg. Linda hat sie getötet, um sie zu r-r-retten. Sie wusste, wie es sich anfühlte, und sie wusste, dass Kathleen es nicht mehr lange aushalten würde. Sie hat Kathleen getötet, um ihr noch mehr Leid zu ersparen.«

»Ganz bestimmt?«, hakte Jenny nach.

»Was soll das heißen?«

»Sind Sie sicher, dass Linda sie deshalb getötet hat?«

»Warum sonst?«

»Kam Ihnen nicht in den Sinn, dass sie es vielleicht aus Eifersucht getan hat? Weil Kathleen ihren Platz eingenommen hatte?«

»Nein!«, rief Linda und stieß den Stuhl nach hinten. »Das ist gemein! Wie können Sie so etwas sagen! Sie hat sie getötet, um ihr noch mehr Leid zu ersparen. Sie hat sie aus L-L-Liebe getötet.«

Einige Gäste im Café hatten Lauras Gefühlsausbruch mitbekommen und schauten neugierig zu den dreien hinüber.

»Schon gut«, sagte Jenny. »Tut mir Leid. Ich wollte Sie nicht aufregen.«

Laura sah sie an. In ihre Stimme schlich sich trotzige Verzweiflung. »Sie konnte wirklich lieb sein, wissen Sie. Linda konnte wirklich lieb sein.«

Das alte Haus machte tatsächlich alle möglichen Geräusche, dachte Maggie. Inzwischen zuckte sie bei so gut wie jedem zusammen: wenn das Holz knarrte, weil es nach Einbruch der Dämmerung kälter wurde, wenn ein Windstoß an den Fenstern rüttelte, wenn Teller beim Trocknen im Geschirrständer verrutschten. Das lag natürlich an Bills Anruf, sagte sie sich und versuchte, sich mit den üblichen Maßnahmen zu beruhigen – tief durchatmen, positiv denken –, aber das Knarren und Krächzen des Hauses lenkten sie trotzdem von der Arbeit ab.

Sie legte einen CD-Sampler mit Barockmusik in die Anlage, die Ruth in ihrem Atelier aufgestellt hatte. Die Musik übertönte zum einen die beunruhigenden Geräusche und half ihr andererseits, sich zu entspannen.

Es war spät, und Maggie arbeitete noch an Entwürfen für »Hänsel und Gretel«, weil sie am nächsten Morgen einen Termin mit der Grafikchefin des Verlages in London hatte, um den bisherigen Verlauf des Projekts zu besprechen. Außerdem hatte sie ein Interview im Broadcasting House, eine Sendung auf Radio Four über Gewalt in der Ehe natürlich. Langsam fand sich Maggie in die Rolle der Wortführerin hinein, und wenn das, was sie sagte, irgendjemandem half, dann war es den Ärger wert, beispielsweise ahnungslose Moderatoren und provokante Gäste.

Bill wusste bereits, wo sie war, sie musste sich also nicht mehr hüten, ihren Aufenthaltsort zu verraten. Sie würde

429

nicht davonlaufen. Nicht noch einmal. Trotz seines Anrufs und ihrer Verunsicherung war sie fest entschlossen, ihre neue Rolle weiterzuspielen.

In London wollte sie außerdem versuchen, eine Eintrittskarte für ein Theaterstück im West End zu ergattern, das sie gern sehen wollte. Anschließend wollte sie in dem bescheidenen kleinen Hotel übernachten, das ihr die Grafikchefin vor einiger Zeit empfohlen hatte. Dass London nur wenige Stunden von Leeds entfernt war, gehörte zu den Vorzügen eines Landes mit vernünftigen Zugverbindungen, dachte Maggie. Und diese wenigen Stunden konnte man relativ behaglich hinter sich bringen, indem man ein Buch las, während die Landschaft vorbeisauste. Maggie fand es lustig und verblüffend, dass sich Engländer immer über die Bahn beschwerten, obwohl British Rail einen tollen Eindruck machte auf jemanden aus Kanada, wo man Züge als notwendiges Übel betrachtete und ertrug, aber nicht unterstützte. Wahrscheinlich war das Klagen über Züge eine britische Angewohnheit, die aus der Zeit vor British Rail stammte, lange vor Virgin und Railtrack.

Maggie konzentrierte sich wieder auf ihren Entwurf. Sie versuchte, den Gesichtsausdruck von Hänsel und Gretel festzuhalten, als sie im Mondlicht erkennen, dass die Spur aus Brotkrumen, mit deren Hilfe sie aus dem gefährlichen Wald zum sicheren Heim zurückzufinden hoffen, von Vögeln aufgepickt worden ist. Ihr gefiel die unheimliche Atmosphäre, die sie mit Bäumen, Zweigen und Schatten geschaffen hatte. Mit ein klein wenig Fantasie konnte man darin die Umrisse wilder Tiere und Geister erkennen, aber die Gesichter von Hänsel und Gretel stimmten immer noch nicht ganz. Es waren nur Kinder, mahnte sich Maggie, keine Erwachsenen, ihre Angst musste schlicht und natürlich wirken, musste Verlassensein zum Ausdruck bringen, die beiden mussten den Tränen nahe sein. Es war nicht die komplexe Angst von Erwachsenen, die zugleich Wut war und Entschlossenheit, einen Ausweg zu finden. Wirklich sehr unterschiedliche Mienen.

Auf einer älteren Version des Entwurfs waren Hänsel und Gretel ein wenig wie jüngere Geschwister von Terry und

Lucy geraten, so wie Rapunzel Ähnlichkeit mit Claire gehabt hatte. Maggie hatte die Skizze verworfen. Jetzt waren die Gesichter anonym, Gesichter, die ihr wahrscheinlich einmal in einer Menschenmenge aufgefallen waren und sich aus irgendeinem Grund in ihrem Unterbewusstsein festgesetzt hatten.

Claire. Das arme Mädchen. Am Nachmittag hatte Maggie ein Gespräch mit Claire und ihrer Mutter geführt. Sie waren übereingekommen, dass Claire zu der Psychologin gehen sollte, die Dr. Simms empfohlen hatte. Das war wenigstens ein Anfang, dachte Maggie, auch wenn Claire möglicherweise Jahre brauchte, um die Störung zu verarbeiten, die Terry Paynes Taten, der Mord an ihrer Freundin und ihr eigenes Schuld- und Verantwortungsgefühl hervorgerufen hatten.

Im Hintergrund erklang Pachelbels *Kanon*. Maggie konzentrierte sich auf die Zeichnung, verstärkte einen kleinen Chiaroscuro-Effekt, versilberte den Mondschein. Es bestand kein Anlass, die Skizze zu stark auszuarbeiten, da sie nur als Vorlage für eine Illustration diente, aber sie brauchte diese kleinen Anhaltspunkte für sich, wenn sie sich an die endgültige Version machte. Die würde natürlich anders sein, aber doch viele der kleinen Ideen aufgreifen, die sie jetzt hatte.

Als sie trotz Musik etwas klopfen hörte, dachte sie, es sei ein neues Geräusch, das das Haus aufbot, um ihr Angst einzujagen. Doch als es kurz verstummte und dann etwas lauter in schnellerer Folge wieder begann, stellte sie die Anlage aus und lauschte.

Da klopfte jemand an der Hintertür.

Die Hintertür wurde nie benutzt. Sie führte auf ein schmutziges Gewirr aus Gassen und Gängen, die zur Sozialbausiedlung hinter The Hill führten.

Doch wohl nicht Bill?

Nein, redete Maggie sich ein. Bill war in Toronto. Außerdem war die Tür verschlossen, verriegelt und mit einer Kette gesichert. Sie fragte sich, ob sie 999 wählen sollte. Aber wie dumm würde sie in den Augen der Polizei aussehen, wenn es Claire oder Claires Mutter war. Oder sogar die Polizei selbst. Sie konnte die Vorstellung nicht ertragen, dass Banks hörte, wie närrisch sie sich verhalten hatte.

431

Ganz langsam und leise bewegte sich Maggie. Auch wenn es fortwährend irgendwo knarrte – die Treppe blieb ziemlich stumm, das lag wohl an dem dickflorigen Teppich. Maggie holte einen von Charles' Golfschlägern aus dem Dielenschrank und tastete sich, den Schläger in der Hand, in Richtung Küchentür.

Wieder klopfte es.

Erst als Maggie vor der Tür stand, hörte sie eine vertraute Frauenstimme: »Maggie, bist du das? Bist du da? Lass mich rein, bitte!«

Maggie stellte den Golfschläger ab, knipste die Küchenbeleuchtung ein und nestelte an den Schlössern herum. Als sie die Tür endlich öffnete, war sie verwirrt. Was sie vor sich sah, passte nicht zur Stimme. Da stand eine Frau mit kurzem blonden Igelschnitt, einer weichen schwarzen Lederjacke, T-Shirt und enger blauer Jeanshose. In der Hand hielt sie eine leichte Reisetasche. Nur der kleine blaue Fleck neben dem Auge und die Undurchdringlichkeit der Augen selbst verrieten Maggie, mit wem sie es zu tun hatte. Sie brauchte eine Weile, um es zu verarbeiten.

»Lucy! Mein Gott, du bist das!«

»Kann ich reinkommen?«

»Klar!« Maggie hielt die Tür auf, und Lucy Payne trat in die Küche.

»Ich hab keinen, wo ich hingehen kann, und da dachte ich, ob ich vielleicht bei dir bleiben kann. Nur ein paar Tage oder so, bis mir was anderes eingefallen ist.«

»Ja«, sagte Maggie, immer noch betäubt. »Ja, sicher. Du kannst so lange bleiben, wie du willst. Du siehst ja ganz anders aus. Zuerst hab ich dich gar nicht erkannt.«

Lucy drehte sich um die eigene Achse. »Gefällt's dir?«

»Ist auf jeden Fall was anderes.«

Lucy lachte. »Gut«, sagte sie. »Keiner soll wissen, dass ich hier bin. Ob du's glaubst oder nicht, Maggie, aber nicht jeder hier hat so viel Verständnis für mich wie du.«

»Das glaube ich«, sagte Maggie. Dann verriegelte und verschloss sie die Tür und legte die Kette vor, knipste das Küchenlicht aus und führte Lucy ins Wohnzimmer.

18

»Ich wollte mich nur entschuldigen«, sagte Annie am Mittwochmorgen zu Banks in seinem Büro in Eastvale. Er war gerade den Werkstattbericht über Samuel Gardners Fiat durchgegangen. Natürlich hatte man im Wageninnern unzählige Haare sichergestellt, von Menschen und von Tieren, aber sie mussten erst noch eingetütet, etikettiert und ins Labor geschickt werden. Es würde gewisse Zeit dauern, ehe sie mit den Verdächtigen oder mit Leanne Wray verglichen werden konnten. Auch Unmengen von Fingerabdrücken hatte man gefunden – es traf durchaus zu, dass Gardner ein Schwein war, was sein Auto anging –, aber Vic Manson, zuständig für die Fingerabdruckkartei im Computer, konnte nicht schneller als schnell arbeiten, wie sehr Banks ihn auch zur Eile antrieb.

Banks sah Annie an. »Für was genau?«

»Dafür, dass ich dir im Pub so eine Szene gemacht habe, dass ich mich so aufgeführt habe.«

»Aha.«

»Was hast du denn gedacht?«

»Nichts.«

»Nein, komm! Dass ich mich für das entschuldigen wollte, was ich gesagt habe, das mit uns? Mit dem Schlussmachen?«

»Man wird ja wohl hoffen dürfen, oder?«

»Ach, hör auf, dich zu bemitleiden, Alan! Das steht dir nicht gut.«

Banks bog eine Büroklammer auseinander. Das scharfe Ende stach ihn in den Finger, ein winziger Blutstropfen fiel auf den Tisch. Welches Märchen war das noch mal, fragte er sich. Dornröschen? Aber er fiel nicht in einen hundertjährigen Schlaf. Das wäre mal was gewesen.

»Also, benehmen wir uns jetzt wie Erwachsene oder willst du den Eingeschnappten spielen und mich wie Luft behandeln? Dann würde ich gerne vorgewarnt.«

Banks konnte sich ein Grinsen nicht verkneifen. Es stimmte. Er hatte sich selbst bemitleidet. Außerdem war er zu dem Schluss gekommen, dass sie Recht hatte, was ihre Beziehung anging. So schön es oft gewesen war, sosehr er Annies Nähe vermissen würde, war das Verhältnis doch auf beiden Seiten mit Problemen beladen. Los, sag's ihr, drängte ihn seine innere Stimme. Sei kein Schwein. Wälz nicht alles auf sie ab, die ganze Last. Es war schwer; er war nicht daran gewöhnt, über seine Gefühle zu reden. Er saugte an seinem blutenden Finger und sagte: »Ich werde nicht den Eingeschnappten spielen. Lass mir einfach ein bisschen Zeit, damit ich mich dran gewöhnen kann, ja? Irgendwie fand ich es nett mit uns.«

»Ich auch«, erwiderte Annie, und in ihren Mundwinkeln zuckte ein Lächeln. »Glaubst du, dass es für mich leichter ist, nur weil ich diejenige bin, die den ersten Schritt macht? Wir haben unterschiedliche Vorstellungen, Alan. Wir brauchen unterschiedliche Dinge. Es funktioniert einfach nicht.«

»Du hast Recht. Also, ich verspreche dir, dass ich nicht beleidigt sein werde, dass ich dich nicht wie Luft behandle und dich nicht fertig mache, solange du mich nicht wie Dreck an deinem Schuh behandelst.«

»Wie kommst du denn auf die Idee?«

Banks hatte an den Brief von Sandra gedacht, der ihm genau dieses Gefühl vermittelt hatte, aber vor ihm stand ja Annie, machte er sich klar. Ja, es stimmte schon, das Ganze war richtig schön verkorkst. Er schüttelte den Kopf. »Hör nicht auf mich, Annie. Freunde und Kollegen, ja?«

Annie kniff die Augen zusammen und musterte ihn. »Du bist mir nicht egal, das weißt du.«

»Das weiß ich.«

»Das ist ein Teil des Problems.«

»Es wird besser werden. Mit der Zeit. Sorry, aber mir fallen jetzt nur abgedroschene Phrasen ein. Vielleicht sind sie ja für solche Situationen gemacht. Deshalb gibt's auch so viele davon. Aber glaub mir, Annie, ich meine es ernst. Ich werde mein Bestes tun, dir mit größtem Respekt und äußerster Höflichkeit zu begegnen.«

»Ach, so ein Schwachsinn!«, lachte Annie. »Du brauchst gar nicht so vornehm zu tun! Einfach ›Guten Morgen‹ sagen, lächeln und dich hin und wieder in der Kantine zu mir setzen – das wäre genau das Richtige.«

Banks merkte, dass er rot wurde, dann fiel er in ihr Lachen ein. »Stimmt. Wie geht's Janet Taylor?«

»Die hat einen Dickkopf! Ich hab mit ihr geredet, der Staatsanwalt hat mit ihr geredet. Ihr Anwalt hat sie bequatscht. Sogar Chambers hat's versucht.«

»Immerhin hat sie jetzt einen Anwalt.«

»Die Gewerkschaft hat einen geschickt.«

»Wie lautet die Anklage?«

»Sie wird des Totschlags im Affekt angeklagt. Wenn sie sich schuldig bekennt mit mildernden Umständen, besteht die Möglichkeit, dass sie es auf entschuldbare Tötung runterbekommt.«

»Und wenn sie ihren Kopf durchsetzt?«

»Wer weiß? Dann kommt's auf die Geschworenen an. Entweder machen sie es mit ihr wie mit John Hadleigh, auch wenn die Faktenlage eine andere ist, oder sie nehmen Rücksicht auf ihren Beruf und die Umstände und entscheiden *in dubio pro reo*. Ich meine, die Leute wollen nicht, dass uns die Hände gebunden sind, wenn wir unsere Arbeit machen, aber genauso wenig wollen sie, dass wir größenwahnsinnig werden. Sie mögen es nicht, wenn wir uns aufführen, als ständen wir über dem Gesetz. Die Sache ist wirklich völlig offen.«

»Wie kommt sie zurecht?«

»Gar nicht. Sie trinkt.«

»Mist.«

»Genau. Wie läuft die Payne-Ermittlung?«

Banks erzählte ihr, was Jenny über Lucys Vergangenheit herausgefunden hatte.

Annie pfiff durch die Zähne. »Und was hast du jetzt vor?«

»Ich suche sie und vernehme sie bezüglich des Todes von

Kathleen Murray. Wir müssen sie bloß finden. Ist wahrscheinlich eh reine Zeitverschwendung – schließlich ist das schon zehn Jahre her und sie war damals erst zwölf. Ich glaub ehrlich nicht, dass es uns weiterbringt. Aber wer weiß, vielleicht öffnet es wieder neue Türen, wenn wir sie vorsichtig unter Druck setzen.«

»Das wird AC Hartnell nicht gefallen.«

»Ich weiß. Das hat er mir bereits deutlich zu verstehen gegeben.«

»Und Lucy Payne hat keine Ahnung, was du alles über ihre Vergangenheit weißt?«

»Ihr muss klar sein, dass die anderen möglicherweise den Mund aufmachen oder dass es uns zu Ohren kommt. Deshalb kann sie längst untergetaucht sein.«

»Gibt es was Neues über die sechste Leiche?«

»Nein«, antwortete Banks. »Aber wir bekommen es noch raus.« Dass sie das sechste Opfer nicht identifizieren konnten, wurmte ihn. Wie die anderen war die Frau nackt verscharrt worden. Es gab keine Reste von Kleidung, keine persönlichen Gegenstände. Banks konnte nur vermuten, dass Payne das Zeug verbrannt und Ringe oder Uhren irgendwie beseitigt hatte. Als Trophäen hatte er sie jedenfalls nicht aufbewahrt. Der forensische Anthropologe, der die sterblichen Überreste untersuchte, hatte Banks bisher sagen können, dass es sich um eine weiße Frau zwischen achtzehn und zweiundzwanzig Jahren handelte und dass sie, wie die anderen, an Tod durch Erdrosseln gestorben war. Horizontale Streifenbildung im Zahnschmelz ließ auf ungesunde Ernährung im Kindesalter schließen. Die Regelmäßigkeit der Rillen konnte ein Hinweis auf jahreszeitlich schwankende Ernährung sein. Vielleicht stammte sie, wie Katya, aus einem vom Krieg zerrissenen Land in Osteuropa.

Banks hatte ein Team auf alle Vermisstenfälle der letzten Monate angesetzt. Es machte Überstunden, ging allen Anzeigen nach. Aber wenn das Opfer wie Katya Pavelic eine Prostituierte war, dann war die Wahrscheinlichkeit sehr gering, dass sie identifiziert werden würde. Dennoch, redete sich Banks unentwegt ein, sie hatte doch Eltern. Irgendjemand

musste sie doch vermissen. Aber vielleicht auch nicht. Es gab
so viele Menschen ohne Freunde und Familie, Menschen, die
morgen in ihren Wohnungen sterben konnten und erst gefunden wurden, wenn die Mietzahlungen zu lange ausblie-
ben oder die Nachbarn den Gestank nicht mehr ertrugen. Es
gab Flüchtlinge wie Katya oder Kinder, die ihre Heimat verlassen hatten, um durch die Welt zu ziehen. Sie mochten
irgendwo zwischen Katmandu und dem Kilimandscharo
sein. Er musste damit rechnen, dass sie das sechste Opfer
nicht in naher Zukunft oder überhaupt nicht identifizieren
würden. Ärgern tat es ihn trotzdem. Die Tote sollte einen
Namen, eine Identität haben.

Annie stand auf. »Gut, ich hab gesagt, was ich sagen wollte.
Ach, und dir wird wohl bald zu Ohren kommen, dass ich
einen offiziellen Antrag gestellt habe, zur Kripo zurückzukommen. Glaubst du, das klappt?«

»Meinetwegen kannst du meine Stelle haben.«

Annie lächelte. »Das ist doch nicht dein Ernst.«

»Nicht? Egal, ich weiß nicht, ob das jetzt wieder geändert
worden ist mit der Stellenausstattung der Kripo, aber ich red
mal mit dem Roten Ron, wenn du glaubst, dass das hilft. Im
Moment haben wir keinen Inspector. Ist bestimmt ein guter
Zeitpunkt, um sich zu bewerben.«

»Bevor Winsome mich eingeholt hat?«

»Ist ein kluger Kopf, das Mädchen.«

»Und sieht gut aus.«

»Ja? Hab ich noch gar nicht gemerkt.«

Annie streckte die Zunge aus und ging. So traurig er über
das Ende der kurzen Romanze war, ein bisschen erleichtert
war er schon. Jetzt brauchte er sich nicht mehr täglich den
Kopf zu zerbrechen, ob sie zusammen waren oder nicht: Er
hatte seine Freiheit zurückerhalten, auch wenn sie ein ambi-
valentes Geschenk war.

»Sir?«

Banks schaute auf. Winsome stand in der Tür. »Ja?«

»Steve Naylor hat sich gerade gemeldet, der Wachhabende
von unten.«

»Gibt's Probleme?«

»Ganz und gar nicht.« Winsome grinste. »Es geht um Mick Blair. Er will reden.«

Banks rieb sich frohlockend die Hände. »Super! Richten Sie unten aus, er soll direkt hochgeschickt werden. In unser bestes Vernehmungszimmer, würde ich sagen, Winsome.«

Als Maggie am nächsten Morgen gepackt hatte und fertig für die Abreise nach London war, brachte sie Lucy eine Tasse Tee ans Bett. Es war das Mindeste, was sie für die arme Frau tun konnte, nach alldem, was sie in letzter Zeit durchgemacht hatte.

Sie hatten bis spät in die Nacht geredet und eine ganze Flasche Weißwein geleert. Lucy hatte angedeutet, wie furchtbar ihre Kindheit gewesen war und dass die jüngsten Ereignisse alles wieder wachgerufen hatten. Sie hatte Maggie anvertraut, welche Angst sie hatte, dass die Polizei Beweise gegen sie konstruieren würde, und dass sie den Gedanken nicht ertragen konnte, ins Gefängnis zu kommen. Die eine Nacht in der Zelle war fast schon zu viel für sie gewesen.

Die Polizei mochte keine Fragezeichen, hatte sie gesagt, und in diesem Fall sei sie ein ganz besonders großes. Sie wusste, dass sie beobachtet worden war. Deshalb war sie nach Anbruch der Dunkelheit aus dem Haus ihrer Pflegeeltern gehuscht und hatte den ersten Zug von Hull nach York genommen. Dort war sie in eine Bahn nach London umgestiegen, wo sie ihr Aussehen verändert hatte, hauptsächlich mit neuer Frisur, auffälligerem Make-up und anderer Kleidung. Maggie musste zugeben, dass man die Lucy Payne, die sie kannte, niemals in so einem lockeren Aufzug vermutet hätte. Ebenso wenig hätte sie sich auf diese leicht nuttige Art geschminkt. Maggie versprach, niemandem zu erzählen, dass Lucy bei ihr wohnte. Wenn ein Nachbar ihren Gast sähe und fragte, wer das sei, würde Maggie erwidern, Lucy sei eine entfernte Verwandte auf der Durchreise.

Beide Schlafzimmer, das große und das kleine, gingen auf die Straße hinaus. Als Maggie an die Tür des kleineren Zimmers klopfte und eintrat, stand Lucy am Fenster. Splitternackt. Sie drehte sich um. »Oh, danke. Das ist lieb von dir.«

Maggie errötete. Sie konnte nicht umhin wahrzunehmen, was für einen schönen Körper Lucy besaß – volle, runde Brüste, einen straffen, flachen Bauch, sanft geschwungene Hüften und weiche, schlanke Oberschenkel, dazu das dunkle Dreieck zwischen den Beinen. Lucy schien sich ihrer Nacktheit überhaupt nicht zu schämen, aber Maggie fühlte sich unwohl und senkte den Blick.

Zum Glück waren die Vorhänge noch zugezogen und das Licht ziemlich schwach. Lucy hatte die Gardinen oben einen Spalt breit geöffnet und beobachtete, was auf der anderen Straßenseite vor sich ging. In den letzten Tagen hatte das Treiben etwas nachgelassen, aber es war immer noch ein Kommen und Gehen. Der Vorgarten war das reinste Chaos.

»Hast du gesehen, was die da gemacht haben?«, fragte Lucy und nahm die Tasse Tee in Empfang. Sie kletterte ins Bett und bedeckte sich mit dem dünnen weißen Laken. Maggie war froh darüber.

»Ja«, erwiderte sie.

»Das ist mein Haus, und die nehmen es vollkommen auseinander. Ich kann nicht mehr zurück. Nie wieder.« Ihre Unterlippe bebte vor Wut. »Als einer rauskam, konnte ich durch die Tür in den Flur gucken. Der ganze Teppichboden ist rausgerissen, das Parkett rausgenommen. Sogar in den Wänden sind dicke Löcher. Es ist vollkommen verwüstet.«

»Ich denke, sie haben was gesucht, Lucy. Das ist ihre Aufgabe.«

»Was denn gesucht? Was wollen die denn noch? Ich wette, sie haben meine ganzen schönen Sachen mitgenommen, meinen Schmuck und mein Zeug. Meine ganzen Erinnerungen.«

»Das bekommst du bestimmt alles wieder.«

Lucy schüttelte den Kopf. »Nein. Jetzt will ich es nicht mehr. Jetzt nicht mehr. Ich hab gedacht, ich möchte es haben, aber jetzt habe ich gesehen, was die da angerichtet haben. Alles ist besudelt. Ich fang noch mal von vorne an. Nur mit dem, was ich habe.«

»Kommst du mit dem Geld klar?«, fragte Maggie.

»Ja, danke. Wir haben ein bisschen was zur Seite gelegt. Ich weiß nicht, was mit dem Haus passiert, mit der Hypothek, aber in dem Zustand werde ich es wohl kaum verkaufen können.«

»Es muss irgendeine Art von Entschädigung geben«, sagte Maggie. »Die können dir ja nicht einfach das Haus wegnehmen, ohne dich zu entschädigen, oder?«

»Ich wundere mich über gar nichts mehr, was die machen dürfen.« Lucy pustete auf ihren Tee. Dampf stieg ihr ins Gesicht.

»Hör mal zu, ich hab's dir ja gestern schon erzählt«, sagte Maggie. »Ich muss nach London, nur für zwei Tage. Kommst du hier allein zurecht?«

»Ja, klar. Mach dir keine Sorgen.«

»Im Kühlschrank und in der Tiefkühltruhe ist jede Menge zu essen, falls du nicht vor die Tür gehen oder was bestellen willst.«

»Das ist gut, danke«, erwiderte Lucy. »Ich glaube, ich mach's mir hier einfach gemütlich, schließ mich ein und guck Fernsehen oder so. Damit ich auf andere Gedanken komme.«

»Im Schrank unter dem Fernseher in meinem Zimmer sind ganz viele Videos«, sagte Maggie. »Du kannst sie dir dort angucken, wenn du willst.«

»Danke, Maggie. Mach ich.«

Im Wohnzimmer war zwar ein kleiner Fernseher, aber der einzige Videorekorder im ganzen Haus stand aus irgendeinem Grund im großen Schlafzimmer, und das war Maggies Reich. Sie war durchaus dankbar dafür. Oft hatte sie nachts wach gelegen, und wenn nichts Vernünftiges im Fernsehen kam, hatte sie sich einen Liebesfilm oder eine romantische Komödie angesehen, für die Ruth eine Schwäche hatte. Einen Film mit Schauspielern wie Hugh Grant, Meg Ryan, Richard Gere, Tom Hanks, Julia Roberts und Sandra Bullock. Sie hatten ihr geholfen, so manche lange, harte Nacht zu überstehen.

»Und du brauchst sonst wirklich nichts?«

»Mir fällt nichts ein«, entgegnete Lucy. »Ich möchte mich einfach sicher und wohl fühlen, ich weiß nämlich gar nicht mehr, wie das geht.«

»Du kommst schon zurecht. Es tut mir wirklich Leid, dass ich so schnell wieder weg muss, aber es dauert nicht lange. Keine Sorge.«

»Es ist in Ordnung, ehrlich«, beteuerte Lucy. »Ich bin ja nicht hergekommen, um dein Leben auf den Kopf zu stellen oder so. Du hast deine Arbeit. Das weiß ich. Ich bitte nur für kurze Zeit um Unterschlupf, bis ich allein zurechtkomme.«

»Wenn du meinst.«

»Klar.« Lucy stieg wieder aus dem Bett, stellte die Tasse auf den Nachttisch und ging zum Fenster. Da blieb sie stehen und bot Maggie die Rückenansicht ihres schönen Körpers. Sie beobachtete das Haus auf der anderen Straßenseite, das einmal ihr Heim gewesen war.

»Ich muss los«, sagte Maggie. »Das Taxi kommt jeden Moment.«

»Tschüs«, sagte Lucy, ohne sich umzudrehen. »Viel Spaß!«

»Gut, Mick«, sagte Banks. »Ich hab gehört, du willst mit uns reden.«

Nach der Nacht in der Zelle hatte Mick Blair nicht mehr die geringste Ähnlichkeit mit dem großspurigen Jugendlichen, den Banks am Vortag vernommen hatte. Er sah eher wie ein verängstigtes Kind aus. Offenbar hatte er sich mit der Möglichkeit auseinander gesetzt, mehrere Jahre in einer ähnlichen oder schlimmeren Einrichtung zu verbringen. Außerdem hatte er, das wusste Banks vom Wachhabenden, kurz nachdem er in Gewahrsam genommen worden war, ein langes Telefongespräch mit seinen Eltern geführt. Danach hatte sich sein Verhalten geändert. Einen Anwalt hatte er nicht verlangt. Noch nicht.

»Ja«, sagte er. »Aber erzählen Sie mir erst, was Sarah gesagt hat.«

»Du weißt genau, dass ich das nicht darf, Mick.«

Tatsächlich hatte Sarah Francis ihnen überhaupt nichts erzählt. Sie war genauso einsilbig, verschüchtert und mürrisch, wie sie in Ian Scotts Wohnung gewesen war. Aber das war unwichtig, da sie hauptsächlich als Druckmittel für Mick hergebracht worden war.

Banks, Winsome und Mick saßen im größten, angenehmsten Vernehmungsraum. Er war vor kurzem gestrichen worden, man roch noch die Farbe der behördengrünen Wände. Aus dem Labor war noch immer nichts über Samuel Gardners Wagen gekommen, aber das wusste Mick nicht. Er hatte gesagt, er wolle reden, doch wenn er sich wieder anstellen sollte, konnte Banks immer noch Andeutungen über Fingerabdrücke und Haare fallen lassen. Er war überzeugt, dass die Jugendlichen im Auto gewesen waren. Das hätte er schon viel früher prüfen lassen sollen, wo Ian Scott doch wegen Autodiebstahls aktenkundig war. In Anbetracht von Scotts zweiter Vorstrafe hatte Banks eine ziemlich genaue Vorstellung, was die vier vorgehabt hatten.

»Du möchtest also eine Aussage machen?«, fragte Banks. »Das muss festgehalten werden.«

»Ja.«

»Du bist über deine Rechte aufgeklärt worden?«

»Ja.«

»Also gut, Mick. Erzähl uns, was in der Nacht passiert ist.«

»Was Sie gestern gesagt haben, dass ich weniger Probleme haben würde …?«

»Ja?«

»Das war doch ernst gemeint, oder? Ich meine, was Sarah erzählt hat … sie hat vielleicht gelogen, wissen Sie, um sich und Ian zu schützen.«

»Gerichte und Richter gehen nachsichtig mit Menschen um, die der Polizei helfen, Mick. Das ist so. Ich will ehrlich sein. Ich kann dir nicht genau sagen, wie es ausgehen wird – das hängt von vielen Variablen ab –, aber eins kann ich dir versichern: Ich werde mich für eine milde Strafe einsetzen, und das wird dir schon ein ganzes Stück weiterhelfen.«

Mick schluckte. Er war kurz davor, seine Freunde zu verraten. Banks hatte solche Momente schon erlebt und wusste, wie schwer es war, welch kontroverse Gefühle in Mick Blairs Seele um die Vorherrschaft rangen. Nach Banks' Erfahrung gewann meistens der Selbsterhaltungstrieb, manchmal aber auf Kosten der Selbstachtung. Ihm, dem Zuschauer, erging es ähnlich; er wollte die Informationen und hatte schon so manchen schwachen, sensiblen Verdächtigen zur Aussage überredet, aber sein Erfolg war ihm oft durch Abscheu vergällt worden.

Diesmal nicht, dachte Banks. Sein Wunsch, zu erfahren, was Leanne Wray zugestoßen war, überwog bei weitem sein Verständnis für Mick Blairs Unbehagen.

»Ihr habt das Auto gestohlen, Mick, stimmt's?«, begann Banks. »Wir haben schon jede Menge Haare und Fingerabdrücke gesammelt. Deine werden auch dabei sein, nicht? Und die von Ian, Sarah und Leanne.«

»Es war Ian«, sagte Blair. »Das war alles Ians Idee. Ich hab nichts damit zu tun gehabt. Ich kann ja noch nicht mal fahren.«

»Und Sarah?«

»Sarah? Die springt doch, wenn Ian ruft.«

»Und Leanne?«

»Leanne war sofort dabei. Sie war an dem Abend ziemlich heftig drauf. Warum, weiß ich nicht. Sie hat was über ihre Stiefmutter gebrabbelt, aber ich weiß nicht mehr, um was es ging. Ehrlich gesagt, war es mir scheißegal. Ich meine, ich hatte keinen Bock auf ihre Familienprobleme. Wir haben alle unsere Probleme, oder?«

Allerdings, dachte Banks.

»Du wolltest ihr also nur an die Wäsche?«, fragte Winsome.

Diese Frage von einer Frau, zudem von einer schönen Frau mit einem weichen jamaikanischen Akzent, schien Blair aus dem Konzept zu bringen.

»Nein! Ich meine, ich fand sie nett, ja. Aber ich hab es nicht bei ihr probiert, ehrlich nicht. Ich hab sie nicht irgendwie angemacht oder so.«

»Was ist passiert, Mick?«, fragte Banks.

»Ian meinte, warum schnappen wir uns nicht ein Auto, nehmen ein bisschen E, ziehen ein paar Tüten durch und fahren nach Darlington, machen einen kleinen Zug durch die Gemeinde.«

»Leanne musste doch pünktlich zu Hause sein.«

»Sie meinte, das wäre ihr scheißegal. Sie fand es eine super Idee. Wie schon gesagt, sie war ein bisschen hart drauf an dem Abend. Sie hatte etwas mehr getrunken. Nicht viel, nur ein paar Drinks, aber normalerweise hat sie nie was getrunken. Gerade so viel, dass sie ein bisschen locker wurde. Sie wollte einfach mal Spaß haben.«

»Und du hast gedacht, du könntest Glück bei ihr haben?«

Wieder schien Winsomes Einwurf Blair zu verwirren. »Nein. Ja. Ich meine, wenn sie gewollt hätte. Okay, ich wollte was von ihr. Ich dachte, vielleicht ... wissen Sie ... sie war anders drauf, leichtsinniger.«

»Und du hast gedacht, durch die Drogen könnte sie noch williger werden.«

»Nein. Keine Ahnung.« Verärgert schaute Mick Banks an. »Hören Sie, soll ich jetzt weiterreden oder nicht?«

»Erzähl weiter!« Banks machte Winsome Zeichen, sich fürs Erste zurückzuhalten. Er konnte sich die Situation gut vorstellen: Leanne angetrunken, aufgedreht, flirtet zaghaft mit Blair, wie Shannon aus dem Old Ship erzählt hatte, dann bietet Ian Scott im Auto Ecstasy an. Vielleicht ist Leanne unsicher, aber Blair redet ihr gut zu, stachelt sie an, weil er hofft, sie ins Bett zu bekommen. Um die Drogen konnten sie sich später kümmern, falls notwendig, wenn die näheren Umstände von Leannes Verschwinden geklärt waren.

»Ian hat das Auto geknackt«, fuhr Blair fort. »Ich hab überhaupt keine Ahnung vom Autoknacken, aber er meinte, er hätte es in der East-Side-Siedlung gelernt.«

Banks wusste nur zu gut, dass Autodiebstahl für Kinder aus der East-Side-Siedlung eine ganz wichtige Fertigkeit war. »Wo seid ihr hingefahren?«

»Richtung Norden. Hab ich doch gesagt, wir wollten nach Darlington. Ian kennt sich mit den Clubs da aus. Kaum waren wir losgefahren, hat Ian auch schon die Pillen verteilt, und wir alle: rein damit. Dann hat Sarah eine Tüte gedreht, wir die geraucht.«

Banks registrierte, dass Blair nie selbst Anstifter der strafbaren Handlungen war, immer jemand anders, hob sich das aber für später auf. »Hat Leanne vorher schon mal Ecstasy genommen oder Marihuana geraucht?«, fragte er.

»Nicht dass ich wüsste. Sie kam mir immer etwas brav vor.«

»An dem Abend aber nicht?«

»Nein.«

»Okay. Weiter! Was passierte dann?«

Mick senkte den Blick. Banks merkte, dass es nun ans Eingemachte ging. »Wir waren noch nicht lange gefahren – vielleicht eine halbe Stunde oder so –, als Leanne meinte, ihr wäre schlecht und ihr Herz würde viel zu schnell schlagen. Sie konnte nicht richtig atmen. Sie versuchte es mit diesem Inhalierteil, das sie dabei hatte, aber es half nichts. Wurde eher schlimmer, fand ich. Ian meinte, sie hätte einfach nur Panik oder Hallus oder so, deshalb hat er die Fenster aufgemacht. Hat aber auch nichts genützt. Dann fing sie an zu zittern und zu schwitzen. Wirklich, sie hatte Riesenangst. Ich auch.«

»Was habt ihr gemacht?«

»Wir waren schon auf dem Land, oben im Moor über Lyndgarth, deshalb hat Ian am Straßenrand gehalten. Wir sind alle ausgestiegen und ins Moor gegangen. Ian meinte, die Weite wäre gut für Leanne, die frische Luft. Sie hätte im Auto vielleicht einfach Platzangst bekommen.«

»Nützte es was?«

Mick wurde blass. »Nein. Kaum waren wir draußen, hat sie losgekotzt. Und zwar richtig. Dann ist sie zusammengeklappt. Sie hat keine Luft bekommen, war am Ersticken.«

»Wusstest du, dass sie Asthma hatte?«

»Wie gesagt, ich hab gesehen, dass sie im Auto den Inhalierer genommen hat, als ihr komisch wurde.«

»Und du bist nicht auf die Idee gekommen, dass Ecstasy für einen Asthmakranken gefährlich sein kann oder dass es in Kombination mit dem Medikament schlimme Reaktionen hervorrufen kann?«

»Woher soll ich das wissen? Ich bin doch kein Arzt!«

»Nein. Aber du nimmst öfter Ecstasy – es war bestimmt nicht das erste Mal –, und du musst was von den negativen Schlagzeilen in den Zeitungen mitbekommen haben. Diese Geschichte mit Leah Betts zum Beispiel, das Mädchen, das vor fünf Jahren gestorben ist? Gab noch ein paar andere.«

»Ich hab davon gehört, ja, aber ich dachte, man müsste einfach nur aufpassen, dass man beim Tanzen nicht zu viel Flüssigkeit verliert. Schon klar, viel Wasser trinken und aufpassen, dass man nicht austrocknet.«

»Das ist nur eine der Gefahren. Hast du ihr noch mal das Inhaliergerät gegeben, als es ihr draußen im Moor schlechter ging?«

»Wir konnten es nicht finden. Es muss im Auto gewesen sein, in ihrer Tasche. Aber es war ja vorher dadurch nur schlimmer geworden.«

Banks fiel wieder ein, dass er den Inhalt von Leannes Umhängetasche durchsucht und das Inhaliergerät unter ihren persönlichen Gegenständen gefunden hatte. Damals hatte er bezweifelt, dass sie ohne das Gerät durchbrennen würde.

»Bist du auch nicht auf die Idee gekommen, dass sie möglicherweise an dem Erbrochenen erstickt?«, hakte er nach.

»Keine Ahnung, ich hab nicht richtig …«

»Was habt ihr dann gemacht?«

»Das war es ja. Wir wussten nicht, was wir machen sollten. Wir dachten, wir geben ihr Platz zum Atmen, frische Luft, ja? Aber auf einmal hat sie irgendwie gezuckt, und dann hat sie sich überhaupt nicht mehr bewegt.«

Banks ließ die Stille eine Zeit lang wirken. Nur das Atmen und das leise elektrische Summen des Rekorders waren zu hören.

»Warum habt ihr sie nicht ins Krankenhaus gebracht?«, fragte er.

»Es war zu spät! Hab ich doch gesagt. Sie war tot.«

»Wart ihr euch da sicher?«

»Ja. Wir haben den Puls gefühlt, wir haben den Herzschlag gesucht, haben geguckt, ob sie noch atmet. Aber es war nichts. Sie war tot. Das ging alles so schnell. Ich meine, das E haben wir schließlich auch gemerkt. Wir wurden ein bisschen panisch, wir konnten nicht klar denken.«

Banks wusste von mindestens drei weiteren Todesfällen in der Gegend, die mit Ecstasy in Zusammenhang standen. Blairs Bericht überraschte ihn daher nicht allzu sehr. MDMA, die Kurzform von Methylendioxymethylamphetamin war eine bei jungen Leuten beliebte Droge, denn sie war billig und hielt sie bei Raves und in der Disco die ganze Nacht auf den Beinen. Sie galt als ungefährlich, aber Mick hatte Recht, dass man auf seine Flüssigkeitszufuhr und Körpertemperatur achten musste. Besonders gefährlich konnte die Droge für Menschen werden, die an Bluthochdruck oder Asthma litten, wie Leanne.

»Warum habt ihr sie nicht ins Krankenhaus gebracht, als ihr noch im Auto wart?«

»Ian meinte, es würde ihr helfen, wenn wir einfach aussteigen und ein bisschen rumlaufen. Er meinte, er hätte so was schon mal gesehen.«

»Was habt ihr anschließend gemacht, als ihr gemerkt habt, dass sie tot war?«

»Ian meinte, wir könnten keinem erzählen, was passiert ist, wir würden alle in den Knast wandern.«

»Und was habt ihr gemacht?«

»Wir haben sie weiter ins Moor reingetragen und begraben. Also, da war so eine Senke, nicht sehr tief, vor einer eingefallenen Trockenmauer. Da haben wir sie reingelegt und mit Steinen und Farn zugedeckt. Da kann man sie nicht finden, höchstens wenn man richtig nach ihr sucht, aber in der Ecke sind keine Wanderwege. Nicht mal Tiere kommen da hin. Das ist weit ab vom Schuss, voll in der Pampa.«

»Und dann?«

»Dann sind wir nach Eastvale zurück. Wir waren alle ganz schön fertig, aber Ian meinte, wir müssten uns in der Stadt sehen lassen, schon klar, uns ganz normal benehmen, als ob nichts passiert wäre.«

»Und Leannes Tasche?«

»Das war Ians Idee. Ich meine, wir hatten uns schon überlegt, dass wir einfach sagen wollten, sie hätte sich nach dem Pub verabschiedet und wollte nach Hause, da hätten wir sie zum letzten Mal gesehen. Ihre Tasche lag auf dem Rücksitz. Ian meinte, wenn wir sie in der Nähe vom Old Ship in irgendeinen Garten schmeißen, würde die Polizei glauben, dass ein Perverser oder so Leanne mitgenommen hat.«

Und wir sind drauf reingefallen, dachte Banks. Ein sponta-

447

ner Verdacht, nachdem bereits zwei Mädchen vermisst wurden, deren Taschen man in der Nähe des Ortes gefunden hatte, an dem sie zuletzt gesehen worden waren, und schon war die Soko Chamäleon gegründet worden. Leider nicht rechtzeitig, um Melissa Horrocks und Kimberley Myers zu retten. Banks war übel, und er war wütend.

Hinter Lyndgarth erstreckte sich das Moor meilenweit. Alles unbewirtschaftet. Blair hatte Recht, es war abgeschieden. Nur hin und wieder kamen Wanderer vorbei, aber die folgten gewöhnlich den ausgewiesenen Wegen. »Weißt du noch, wo ihr sie begraben habt?«, fragte er.

»Glaub schon«, entgegnete Blair. »Die genaue Stelle weiß ich zwar nicht mehr, aber plus minus ein paar hundert Meter. Man muss nur die alte Mauer finden.«

Banks schaute Winsome an. »Stellen Sie bitte einen Suchtrupp zusammen, Constable Jackman, und schicken Sie Mick mit denen raus. Benachrichtigen Sie mich umgehend, wenn Sie was gefunden haben. Und lassen Sie Ian Scott und Sarah Francis abholen.«

Winsome stand auf.

»Das wär's fürs Erste«, sagte Banks.

»Was passiert jetzt mit mir?«, fragte Blair.

»Das weiß ich nicht, Mick«, entgegnete Banks. »Das weiß ich ehrlich nicht.«

19

Das Interview war gut gelaufen, dachte Maggie, als sie auf den Portland Place trat. Das Broadcasting House hinter ihr sah aus wie der Bug eines gewaltigen Ozeanriesen. Innen war es ein Labyrinth. Sie hatte nicht verstanden, wie man sich dort zurechtfinden konnte, selbst wenn man jahrelang da arbeitete. Zum Glück hatte der Produktionsassistent der Sendung sie im Foyer abgeholt und durch die Sicherheitsschleuse ins Innere des Gebäudes geführt.

Es begann leicht zu regnen. Maggie huschte ins Starbucks. Sie setzte sich auf einen Hocker an der Theke, die sich am Fenster entlangzog, trank einen Caffelatte, sah zu, wie die Menschen draußen mit ihren Regenschirmen kämpften, und ließ den Tag Revue passieren. Es war kurz nach drei, und der Feierabendverkehr hatte schon eingesetzt. Falls er in London je aufhörte. Das Interview, das sie gerade gegeben hatte, drehte sich fast ausschließlich um allgemeine Aspekte von Gewalt in der Ehe – worauf man achten musste, welche Verhaltensmuster es zu vermeiden galt –, nicht um ihre Lebensgeschichte oder die der anderen Befragten, eine misshandelte Frau, die inzwischen psychologische Beraterin geworden war. Maggie hatte Adressen und Telefonnummern ausgetauscht und versprochen, sich zu melden. Dann musste die Frau schon weiter zum nächsten Interview.

Das Mittagessen mit Sally, der Grafikchefin, war ebenfalls gut gelaufen. Sie hatten bei einem ziemlich teuren Italiener in der Nähe der Victoria Station gegessen. Sally hatte sich die Entwürfe angesehen und ein paar hilfreiche Vorschläge gemacht. In erster Linie hatten sie sich jedoch über die jüngsten

Ereignisse in Leeds unterhalten. Sally hatte eine Neugier an den Tag gelegt, auf die man wohl gefasst sein musste, wenn man einem Serienmörder gegenüberwohnte. Auf Fragen nach Lucy war Maggie nicht eingegangen.

Lucy. Die arme Frau. Maggie hatte ein schlechtes Gewissen, sie allein in dem großen Haus auf The Hill gelassen zu haben, direkt gegenüber dem Haus, in dem jüngst der Albtraum ihres Lebens stattgefunden hatte. Lucy hatte gesagt, sie käme schon klar, aber vielleicht hatte sie ja nur versucht, tapfer zu sein.

Für das Theaterstück, das Maggie sich hatte ansehen wollen, hatte sie keine Karte mehr bekommen. Es war so beliebt, dass es selbst an einem Mittwoch ausverkauft war. Sie erwog, sich trotzdem in dem kleinen Hotel anzumelden und stattdessen ins Kino zu gehen, aber je länger sie darüber nachdachte und die Horden von Fremden vorbeiziehen sah, desto stärker wurde das Gefühl, bei Lucy sein zu müssen.

Schließlich entschied sich Maggie, sie wolle warten, bis es zu regnen aufgehört hatte – es sah eh nur nach einem leichten Schauer aus, über dem Langham Hilton auf der anderen Seite konnte sie schon blauen Himmel sehen –, dann wollte sie auf der Oxford Street einkaufen und sich am frühen Abend auf den Heimweg machen, um Lucy zu überraschen.

Maggie fühlte sich deutlich besser, nachdem sie den Entschluss gefasst hatte, nach Hause zu fahren. Was hatte sie schließlich davon, allein ins Kino zu gehen, wenn Lucy jemanden zum Reden brauchte, jemanden, der sie von ihren Problemen ablenkte und ihr half, sich einen Plan für die Zukunft zurechtzulegen?

Als der Regen völlig aufgehört hatte, leerte Maggie ihren Kaffeebecher und machte sich auf den Weg. Sie wollte ein kleines Geschenk für Lucy kaufen, nichts Teures oder Protziges, sondern ein Armband oder eine Kette, ein Symbol ihrer neu gewonnenen Freiheit. Schließlich hatte die Polizei all ihre Habseligkeiten beschlagnahmt, wie Lucy gesagt hatte, und sie wollte sie nicht mehr zurückhaben. Sie wollte ein neues Leben beginnen.

Es war später Nachmittag, als Banks den Anruf bekam, er solle ins Wheaton Moor nördlich von Lyndgarth kommen. Er nahm Winsome mit. Sie hatte so viel am Fall Leanne Wray gearbeitet, dass sie ein Anrecht hatte, am Ende dabei zu sein. Die Narzissen waren so gut wie verblüht, aber die Bäume leuchteten weiß und rosa, und in den Hecken blitzten die goldenen Sterne des Schöllkrauts. Das kräftige Gelb des Stechginsters überzog das ganze Moor.

Banks parkte so nah wie möglich an der Gruppe im Moor, dennoch musste er mit Winsome fast vierhundert Meter durch federnden Stechginster und Heidekraut zurücklegen. Tatsächlich hatten Blair und seine Freunde Leanne weit entfernt von der Zivilisation begraben. Obwohl die Sonne schien und nur wenige Wolken hoch am Himmel standen, blies ein kalter Wind. Banks war froh über seine Sportjacke. Winsome trug wadenhohe Lederstiefel und eine Jacke mit Fischgrätmuster, darunter einen schwarzen Pullover mit Polokragen. Sie schritt anmutig und selbstsicher voran, Banks aber knickte mehrmals um und blieb im dichten Ginster hängen. Es wurde Zeit, dass er vor die Tür ging und Sport trieb. Und mit dem Rauchen aufhörte.

Sie näherten sich dem Suchtrupp, den Winsome drei Stunden zuvor losgeschickt hatte. Mick Blair war mit Handschellen an einen uniformierten Beamten gefesselt. Sein fettiges Haar wehte im Wind.

Ein Polizist wies auf die flache Senke, und Banks erkannte ein Stück von einer Hand. Das Fleisch war größtenteils weggefressen, man sah den weißen Knochen. »Wir haben uns bemüht, den Tatort möglichst nicht zu betreten, Sir«, sagte der Beamte. »Ich hab den Erkennungsdienst und den Rest der Soko gerufen. Alle kommen so schnell wie möglich.«

Banks bedankte sich. Er schaute zur Straße. Dort hielten ein Auto und ein Einsatzwagen. Menschen stiegen aus und stapften durch das unwirtliche Moor. Einige trugen weiße Overalls. Schnell hatte der Erkennungsdienst eine mehrere Meter breite Fläche um den Steinhaufen mit einem Seil abgesperrt. Peter Darby, der Tatortfotograf, machte sich an die Arbeit. Jetzt mussten sie nur noch auf Dr. Burns, den Polizeiarzt, warten. Die Autopsie würde höchstwahrscheinlich von Dr. Glendenning, dem Rechtsmediziner des Innenministeriums, durchgeführt werden, aber er war zu alt und zu wichtig, um noch durchs Moor zu stolpern. Dr. Burns war aber auch erfahren, er hatte schon zahlreiche Untersuchungen am Tatort durchgeführt.

Es dauerte noch einmal zehn Minuten, bis Dr. Burns eintraf. Inzwischen hatte Peter Darby den unberührten Tatort fotografiert. Es war Zeit, die sterblichen Überreste freizulegen. Der Erkennungsdienst arbeitete langsam und vorsichtig, damit keine Beweise vernichtet wurden. Mick Blair hatte ausgesagt, Leanne sei nach der Einnahme von Ecstasy gestorben, aber das konnte gelogen sein. Er könnte versucht haben, sie zu vergewaltigen, und sie erdrosselt haben, weil sie sich wehrte. Jedenfalls konnte es sich die Polizei nicht leisten, voreilige Schlüsse über Leanne zu ziehen. Nicht noch einmal.

Bei Banks schlich sich das Gefühl ein, die Situation komme ihm bekannt vor – hier draußen im Moor stehen, seine Jacke flattert im Wind und Männer in weißen Overalls legen eine Leiche frei. Dann erinnerte er sich an Harold Steadman, den ortsansässigen Historiker, der vor Crow Scar unter einer ähnlichen Trockenmauer verscharrt worden war. Das war Banks' zweiter Fall in Eastvale gewesen, damals gingen die Kinder noch zur Schule, und seine Ehe mit Sandra war glücklich gewesen. Es kam ihm vor, als seien inzwischen Jahrhunderte vergangen. Er fragte sich, was diese Trockenmauer überhaupt hier oben machte, dann vermutete er, dass sie wahrscheinlich einst die Grenze eines Grundstücks markiert hatte. Das Grundstück war inzwischen zum Moor geworden, mit Heide und Ginster überwachsen. Die Naturgewalten hatten sich die Mauer vorgenommen, ausbessern musste sie niemand mehr.

Stein um Stein wurde die Leiche freigelegt. Als Banks die blonden Haare sah, wusste er, dass es Leanne Wray war. Sie trug die Kleidung, in der man sie zum letzten Mal gesehen hatte: Jeans, weiße Nikes, ein T-Shirt und eine leichte Wildlederjacke. Das sprach für Blair, dachte Banks. Auch wenn die Verwesung an einigen Stellen eingesetzt hatte und Insekten und kleine Tiere ihr Werk begonnen hatten – beispielsweise fehlte ein Finger der rechten Hand –, war sie aufgrund des kühlen Wetters noch nicht skelettiert. Banks konnte sogar Leannes Gesicht von den Fotos erkennen, obwohl die linke Wange aufgeplatzt war und Muskelfleisch und Fettschicht zu sehen waren.

Nachdem die Leiche gänzlich freigelegt war, traten alle einen Schritt zurück, als wären sie nicht bei einer Exhumierung, sondern auf einer Beerdigung und erwiesen der Toten die letzte Ehre vor dem Begräbnis. Es war still im Moor, nur der Wind pfiff und stöhnte durch die Mauer wie eine verlorene Seele. Mick Blair weinte. Oder es war der eisige Wind, der ihm Tränen in die Augen trieb.

»Genug gesehen, Mick?«, fragte Banks.

Mick schluchzte, drehte sich abrupt um und erbrach sich geräuschvoll und ausgiebig in den Ginster.

Auf dem Weg zum Auto klingelte Banks' Handy. Es war Stefan Nowak, er klang aufgeregt. »Alan?«

»Was ist, Stefan? Habt ihr das sechste Opfer identifiziert?«

»Nein. Aber ich dachte, ich sag Ihnen sofort Bescheid. Wir haben Paynes Videokamera gefunden.«

»Wo?«, fragte Banks zurück. »Ich bin in null Komma nichts da.«

Maggie war müde, als der Zug gegen neun Uhr in den Bahnhof von Leeds einfuhr. Er hatte eine halbe Stunde Verspätung, weil vor Wakefield eine Kuh im Tunnel gewesen war. Langsam bekam Maggie eine Ahnung, warum die Engländer sich so oft über ihre Bahn beschwerten.

Am Taxistand war eine lange Schlange. Da Maggie nur eine leichte Reisetasche bei sich hatte, beschloss sie, einfach um die Ecke in die Boar Lane zu gehen und einen Bus zu nehmen. Viele Busse hielten nicht weit entfernt von The Hill. Der Abend war angenehm, es sah nicht nach Regen aus, und es waren noch viele Menschen unterwegs. Nach kurzer Zeit kam der Bus, und Maggie setzte sich nach hinten. Zwei ältere Frauen nahmen vor ihr Platz, sie kamen direkt vom Bingo. Das Haar der einen sah aus wie ein bläuliches, mit Glitzer besprühtes Nest. Ihr Parfüm kitzelte Maggie in der Nase. Sie musste niesen und setzte sich noch weiter nach hinten.

Inzwischen kannte sie die Strecke, deswegen las sie während der Fahrt eine weitere Kurzgeschichte in dem Taschenbuch von Alice Munro, das sie in der Charing Cross Road gekauft hatte. Sie hatte das perfekte Geschenk für Lucy gefunden. Es lag in einer kleinen blauen Schatulle in ihrer Reisetasche. Das ungewöhnliche Schmuckstück war Maggie sofort ins Auge gefallen. An einer schmalen Silberkette hing eine runde, silberne Scheibe, ungefähr von der Größe einer Zehn-Pence-Münze. Eine Schlange, die ihren eigenen Schwanz verschlang, bildete einen Ring, in dem Phönix aus der Asche stieg. Maggie hoffte, Lucy würde die Bedeutung verstehen und das Geschenk zu schätzen wissen.

Der Bus bog um die Ecke. Maggie drückte auf den Knopf und stieg am oberen Ende von The Hill aus. Es war still auf den Straßen. Im Westen war der Himmel rot und violett. Die Luft war kühler geworden, stellte Maggie erschaudernd fest. Mrs. Toth, Claires Mutter, überquerte die Straße mit eingewickelten Fish and Chips unter dem Arm. Sie grüßte Maggie und stieg die Haustreppe hoch.

Auf den dunklen Stufen unter den Büschen suchte Maggie nach ihrem Schlüssel. Sie konnte kaum noch den Weg erkennen. Eine perfekte Stelle für einen Überfall, fuhr es ihr durch den Kopf, und sofort verwünschte sie den Gedanken. Bills Anruf machte ihr immer noch zu schaffen.

Das Haus lag in völliger Dunkelheit da. War Lucy unterwegs? Maggie bezweifelte es. Hinter den Büschen sah sie ein flackerndes Licht im großen Schlafzimmer. Lucy sah fern. Kurz hatte Maggie den eigennützigen Wunsch, das Haus für sich allein zu haben. Dass jemand in ihrem Schlafzimmer war, störte sie. Aber sie hatte Lucy gesagt, sie könne dort oben fernsehen, da konnte sie jetzt wohl kaum hineinmarschieren und sie rauswerfen, auch wenn sie noch so müde war. Vielleicht sollten sie die Zimmer tauschen, wenn Lucy ständig fernsehen wollte. Maggie wäre auch ein paar Tage lang mit dem kleinen Schlafzimmer zufrieden.

Sie schloss die Tür auf, trat ein, stellte die Tasche ab und

hängte die Jacke auf, ehe sie nach oben ging, um Lucy zu ver-
künden, sie habe sich entschlossen, früher wiederzukommen.
Als sie über den dicken Teppich nach oben stieg, hörte sie den
Fernseher, konnte die Geräusche aber nicht zuordnen. Es
klang, als würde jemand rufen. Die Tür zum Schlafzimmer
war angelehnt, so dass Maggie sie einfach aufdrückte und
eintrat, ohne vorher anzuklopfen. Lucy lag nackt auf dem
Bett. Nun, das war keine große Überraschung nach ihrer Vorstellung am Morgen. Aber als Maggie sich zum Fernseher
umdrehte, traute sie ihren Augen nicht.

Zuerst dachte sie, es wäre nur ein Porno, auch wenn sie
nicht verstand, warum sich Lucy so etwas ansah und woher
sie das Video haben mochte. Dann registrierte sie die schlechte
Qualität und mangelhafte Beleuchtung. Zu sehen war eine
Art Keller und ein Mädchen, das an ein Bett gefesselt war.
Neben ihr stand ein Mann, der an sich herumspielte und obszöne Dinge rief. Maggie erkannte ihn. Eine Frau lag mit
dem Kopf zwischen den Beinen des Mädchens, und in dem
Bruchteil einer Sekunde, in der Maggie das alles wahrnahm,
drehte sich die Frau um, fuhr sich mit der Zunge über die
Lippen und grinste boshaft in die Kamera.

Lucy.

»Oh nein!«, sagte Maggie und sah Lucy an, die den Blick
mit ihren dunklen, undurchdringlichen Augen erwiderte.
Maggie legte die Hand vor den Mund. Ihr wurde schlecht.
Und sie hatte Angst. Sie wollte loslaufen, hörte aber plötzlich ein Geräusch hinter sich. Dann schien ihr Hinterkopf zu
platzen, und es wurde schwarz.

Der Teich lag im Abendlicht, als Banks eintraf. Er hatte Mick
Blair nach Eastvale zurückgebracht, sich vergewissert, dass
Ian Scott und Sarah Francis hinter Schloss und Riegel waren,
und Jenny Fuller abgeholt. Winsome und Sergeant Hatchley
konnten bis zum nächsten Morgen die Verantwortung in
Eastvale übernehmen.

Der Sonnenuntergang glänzte auf der Wasseroberfläche
wie ein Ölfilm. Die Enten hatten das Treiben der Menschen
bemerkt und waren näher gekommen, hielten aber höflichen

Sicherheitsabstand. Wahrscheinlich hätten sie gerne gewusst, wo die Brotkrümel blieben. Am Ufer lag eine Videokamera vom Typ Panasonic Super 8 auf einer Decke. Das Stativ war noch angeschraubt. Stefan Nowak und Ken Blackstone hatten sie bewacht, bis Banks kam.

»Bist du sicher, dass es die richtige ist?«, fragte Banks Ken Blackstone.

Blackstone nickte. »Einer unserer umtriebigen jungen Constables konnte die Zweigstelle ausfindig machen, wo Payne sie gekauft hat. Bar bezahlt, am 3. März letztes Jahr. Die Seriennummer stimmt.«

»Filme?«

»In der Kamera ist einer«, sagte Stefan. »Aber kaputt.«

»Nichts mehr zu machen?«

»Völlig hinüber.«

»Nur einer? Das ist alles?«

Stefan nickte. »Glauben Sie mir, die Männer haben jeden Quadratzentimeter abgesucht.« Er machte eine ausholende Handbewegung. »Wenn hier Filme drin wären, hätten wir sie inzwischen gefunden.«

»Wo sind sie dann?«, fragte Banks in die Runde.

»Wenn Sie mich fragen«, sagte Stefan, »würde ich sagen: Wer die Kamera in den See geworfen hat, der hat die Filme auf VHS überspielt. Da ist die Qualität zwar etwas schlechter, aber es ist die einzige Möglichkeit, sie normal auf Video zu gucken, ohne Kamera.«

Banks nickte. »Leuchtet mir ein. Bringen wir die Kamera besser nach Millgarth und schließen sie sicher in der Asservatenkammer ein, auch wenn ich nicht weiß, was sie uns noch nützt.«

Stefan nahm die Kamera und wickelte sie vorsichtig in die Decke, als sei sie ein Neugeborenes. »Man kann nie wissen.«

Banks sah ein Pub-Schild in hundert Meter Entfernung: The Woodcutter. Er gehörte zu einer Kette, das konnte man schon von weitem erkennen, aber was anderes war nicht in Sicht. »Es war ein langer Tag, und ich hab noch nichts zu Abend gegessen«, sagte er zu Blackstone und Jenny, als Stefan nach Millgarth aufgebrochen war. »Habt ihr Lust, was trinken zu gehen und ein paar Sachen durchzusprechen?«

»Da sage ich nicht nein«, entgegnete Blackstone.

»Jenny?«

Jenny grinste. »Hab wohl keine Wahl, oder? Du hast mich abgeholt, schon vergessen? Ja, ich komme mit.«

Bald saßen sie in dem fast leeren Pub an einem Ecktisch, und Banks stellte erfreut fest, dass die Küche noch geöffnet hatte. Er bestellte einen Hamburger und Pommes frites mit einem großen Glas Bitter. Die Musikbox spielte so leise, dass sie sich unterhalten konnten, aber laut genug, um nicht von den Nebentischen belauscht zu werden.

»Also, was haben wir?«, fragte Banks, als sein Hamburger vor ihm stand.

»Eine nutzlose Videokamera, wie es aussieht«, erwiderte Blackstone.

»Aber was heißt das?«

»Es heißt, dass sie jemand weggeworfen hat. Wahrscheinlich Payne.«

»Warum?«

»Frag mich was Leichteres.«

»Komm, Ken, du hast doch mehr drauf!«

Blackstone grinste. »Sorry, ich hab auch einen langen Tag hinter mir.«

»Aber die Frage ist interessant«, sagte Jenny. »Warum? Und wann?«

»Das muss gewesen sein, bevor Taylor und Morrisey in den Keller kamen«, antwortete Banks.

»Aber Payne hatte gerade ein Opfer, Kimberley Myers«, wandte Blackstone ein. »Das dürfen wir nicht vergessen. Warum um alles in der Welt soll er seine Kamera wegwerfen, wenn er gerade genau das vorhat, was er so gern auf Film festhält? Und was hat er mit den Videokassetten gemacht, wenn er die Filme tatsächlich überspielt hat, wie Stefan meint?«

»Das weiß ich nicht«, sagte Jenny, »aber ich kann eine andere Theorie anbieten.«

»Ich glaube, ich weiß, auf was du hinauswillst«, meinte Banks.

457

»Ja?«

»Ja. Auf Lucy Payne.« Er biss vom Hamburger ab. Gar nicht übel, dachte er, aber er hatte so einen Hunger, dass er wohl alles verschlungen hätte.

Jenny nickte langsam. »Warum gehen wir immer noch davon aus, dass die Sache mit dem Video nur mit Terence Payne zu tun hat, wo wir Lucy doch schon längst als mögliche Komplizin sehen? Besonders nach dem, was Laura und Keith mir über Lucys Vergangenheit berichtet haben und was diese Prostituierte Alan über Lucys sexuelle Vorlieben erzählt hat. Ich meine, psychologisch gesehen leuchtet es doch ein, dass sie ebenso beteiligt war wie er. Vergesst nicht, dass die Mädchen auf dieselbe Weise getötet wurden wie Kathleen Murray. Sie wurden erdrosselt.«

»Wollen Sie damit sagen, dass *sie* es gewesen ist?«, fragte Blackstone.

»Nicht unbedingt. Doch wenn das stimmt, was Keith und Laura sagen, dann kann sich Lucy als Erlöserin gesehen haben, wie schon bei Kathleen.«

»Ein Gnadentod? Aber vor ein paar Tagen haben Sie gesagt, sie hätte Kathleen aus Eifersucht getötet.«

»Ich habe gesagt, dass Eifersucht durchaus ein Motiv gewesen sein kann. Ein Motiv, das ihre Schwester Laura nicht wahrhaben wollte. Aber Lucys Beweggründe können vielfältig gewesen sein. Bei einer Persönlichkeit wie ihrer ist nichts eindeutig.«

»Aber warum?«, hakte Blackstone nach. »Selbst wenn sie es getan hat, warum sollte sie dann die Kamera loswerden wollen?«

Banks spießte eine Pommes auf und dachte kurz nach, bevor er antwortete. »Lucy hat panische Angst vor dem Gefängnis. Wenn sie geglaubt hat, dass ihr die unmittelbare Verhaftung droht – und nach dem ersten Besuch der Polizei und der Verbindung zwischen Kimberley Myers und der Silverhill-Schule muss sie damit gerechnet haben –, dann hat sie möglicherweise überlegt, wie sie ihre Haut retten kann, oder?«

»Das ist ganz schön weit hergeholt in meinen Augen.«

»Für mich nicht, Ken«, sagte Banks. »Betrachte es mal von Lucys Standpunkt. Sie ist nicht dumm. Schlauer als ihr Mann, wenn du mich fragst. Am Freitagabend entführt Terence Payne Kimberley Myers, er verliert langsam die Übersicht, ist durcheinander. Aber Lucy behält die Nerven, sie sieht das Ende kommen. Als Erstes versucht sie, so viele Beweise wie möglich zu vernichten, unter anderem die Videokamera. Vielleicht ist das der Grund, weshalb Terry wütend auf sie wird und sich mit ihr streitet. Zu dem Zeitpunkt kann sie natürlich nicht ahnen, wie die Geschichte ausgeht, also improvisiert sie und wartet ab, aus welcher Richtung der Wind weht. Wenn wir Beweise finden, dass sie im Keller gewesen ist …«

»Und die werden wir finden.«

»Und die werden wir finden«, stimmte Banks zu, »dann wird sie dafür ebenfalls eine glaubwürdige Erklärung haben. Sie hat ein Geräusch gehört und ist nachsehen gegangen, und große Überraschung, was sie da entdeckt hat. Dass Payne ihr eins mit der Vase übergezogen hat, hilft ihr nur.«

»Und die Kassetten?«

»Die würde sie nicht wegwerfen«, antwortete Jenny. »Nicht wenn sie eine Erinnerung an das sind, was sie – alle beide – getan haben. Die Kamera ist wertlos, nur ein Mittel zum Zweck. Die kann man ersetzen. Aber die Kassetten müssen für die Paynes wertvoller als Gold sein, sie sind einmalig und durch nichts zu ersetzen. Das sind Lucys Trophäen. Sie kann sie sich immer wieder ansehen und die Zeit mit den Opfern im Keller neu durchleben. Abgesehen von der Tat selbst ist es das Zweitbeste für sie. So was würde sie nicht wegwerfen.«

»Wo sind sie dann?«, fragte Banks.

»Und wo ist Lucy?«, ergänzte Jenny.

»Besteht nicht die entfernte Möglichkeit«, sagte Banks und schob den Teller zur Seite, »dass die Antworten auf die beiden Fragen identisch sind?«

Maggie erwachte mit rasenden Kopfschmerzen und einem flauen Gefühl im Magen. Sie fühlte sich schwach und hatte keine Orientierung; zuerst wusste sie nicht, wo sie war und

459

wie lange sie ohnmächtig gewesen war. Die Vorhänge waren zur Seite gezogen, draußen war es dunkel. Langsam dämmerte ihr, dass sie noch in ihrem Schlafzimmer war. Eine Nachttischlampe war angeschaltet; die andere lag zerbrochen auf dem Boden. Damit musste Lucy sie geschlagen haben. Maggie spürte etwas Warmes, Klebriges in ihrem Haar. Blut.

Lucy hatte sie geschlagen! Die plötzliche Erkenntnis machte sie hellwach. Sie hatte das Video gesehen, auf dem Lucy und Terry das arme Mädchen quälten. Lucy hatte den Eindruck erweckt, als würde es ihr Spaß machen.

Maggie versuchte sich zu bewegen und merkte, dass sie mit Händen und Füßen am Messingbett festgebunden war. Sie lag mit gespreizten Armen und Beinen da, genau wie das Mädchen im Film. In Maggie stieg Panik auf. Sie warf sich hin und her und versuchte, sich loszureißen, aber es passierte nichts. Nur die Bettfedern quietschten laut. Die Tür ging auf, und Lucy kam herein. Sie trug wieder Jeans und T-Shirt.

Langsam schüttelte sie den Kopf. »Jetzt guck, wozu du mich gezwungen hast, Maggie«, sagte sie. »Sieh nur, was ich mit dir machen musste. Du hast gesagt, du würdest erst morgen wiederkommen.«

»Du warst das«, entgegnete Maggie, »auf dem Video. Du bist das gewesen. Das war abartig, pervers.«

»Das solltest du ja gar nicht sehen«, gab Lucy zurück, setzte sich auf die Bettkante und strich Maggie über die Stirn.

Maggie zuckte zurück.

Lucy lachte. »Ach, keine Sorge, Maggie. Stell dich nicht so an! Du bist eh nicht mein Typ.«

»Du hast sie umgebracht. Du und Terry.«

»Da irrst du dich«, erwiderte Lucy, stand auf und ging mit verschränkten Armen durchs Zimmer. »Terry hat gar keinen umgebracht. Dafür hat er nicht genug Mumm gehabt. Klar, nackt und gefesselt gefielen sie ihm, sicher. Er hat gerne dies und das mit ihnen ausprobiert. Auch wenn sie schon tot waren. Aber umbringen musste ich sie. Die armen Mädchen. Weißt du, irgendwann konnten sie nicht mehr, dann musste ich dafür sorgen, dass sie einschliefen. Ich war immer ganz sanft. So sanft es eben ging.«

460

»Du bist krank«, sagte Maggie und zappelte.

»Lieg still!« Lucy setzte sich wieder aufs Bett, streichelte Maggie diesmal aber nicht. »Krank? Finde ich nicht. Nur weil du mich nicht verstehst, bin ich doch nicht zwangsläufig krank. Ich bin anders, ja. Ich habe eine andere Sichtweise. Ich habe andere Bedürfnisse. Aber krank bin ich nicht.«

»Aber warum?«

»Das kann ich dir nicht erklären. Das kann ich mir nicht mal selbst erklären.« Sie lachte wieder. »Mir selbst am allerwenigsten. Ach, die Psychiater und Psychologen haben es versucht. Sie haben meine Kindheit auseinander genommen und alle möglichen Theorien ausprobiert, aber letztendlich wissen sie auch, dass es für so was wie mich keine Erklärung gibt. Es gibt mich einfach. Ich bin ein Irrtum der Natur. Wie ein Schaf mit fünf Beinen und ein Hund mit zwei Köpfen. Nenn es, wie du willst. Nenn mich böse, wenn es dir hilft. Aber im Moment ist wichtiger, wie ich aus dieser Sache rauskomme.«

»Wieso gehst du nicht einfach? Lauf doch weg. Ich werde keinen Ton sagen.«

Lucy lächelte Maggie traurig an. »Wenn es so einfach wäre, Maggie. Das wäre schön.«

»Ist es aber«, entgegnete Maggie. »Geh. Geh einfach! Lauf weg!«

»Das kann ich nicht. Du hast das Video gesehen. Du weißt Bescheid. Ich kann dich nicht mit dem Wissen rumlaufen lassen. Hör zu, Maggie, ich will dich wirklich nicht umbringen, aber ich glaube, dass ich es tun kann. Ich denke, ich muss es tun. Ich werde es genauso sanft machen wie bei den anderen, versprochen.«

»Warum ich?«, weinte Maggie. »Warum hast du mich ausgesucht?«

»Dich? Ganz einfach. Weil du so bereitwillig geglaubt hast, dass ich von meinem Mann geschlagen werde, so wie du. Stimmt schon, Terry ist in letzter Zeit unberechenbar geworden, ein-, zweimal ist ihm die Hand ausgerutscht. Es ist eine Schande, dass es Männern wie ihm an Köpfchen fehlt. Kraft haben sie ja genug. Aber egal jetzt. Weißt du, wie ich ihn kennen gelernt habe?«

»Nein.«

»Er hat mich vergewaltigt. Glaubst du mir nicht, was? Na, wie auch? Wie soll das einer glauben. Aber es stimmt. Ich war mit ein paar Freundinnen im Pub und bin zu Fuß zur Bushaltestelle gegangen. Er hat mich in einen schmalen Gang gezogen und vergewaltigt. Er hatte ein Messer dabei.«

»Er hat dich vergewaltigt, und du hast ihn geheiratet? Du bist nicht zur Polizei gegangen?«

Lucy lachte. »Er hatte ja keine Ahnung, auf was er sich da eingelassen hat. Das war die geilste Vergewaltigung seines Lebens! Er hat ein bisschen gebraucht, bis er's kapiert hat, aber ich hab ihn genauso vergewaltigt wie er mich. Das war nicht mein erstes Mal, Maggie. Glaub mir, bei Vergewaltigung macht mir keiner was vor. Ich war bei Profis in der Lehre. Er konnte mir nichts antun, was ich nicht schon vorher erlebt hab, zig mal, mit mehreren Männern auf einmal. Er hat gedacht, er hätte das Heft in der Hand, aber manchmal ist es das Opfer, das bestimmt. Wir hatten eine Menge gemeinsam, das haben wir schnell gemerkt. Sexuell. Und in anderer Hinsicht. Als wir ein Paar wurden, hat er noch andere Frauen vergewaltigt. Ich hab ihn dazu angespornt. Wenn wir gebumst haben, musste er mir immer genau erzählen, was er mit ihnen gemacht hat.«

»Das verstehe ich nicht.« Maggie weinte und zitterte. Sie konnte das Grauen und die Angst nicht mehr verbergen. Sie wusste, dass mit Lucy nicht zu reden war.

»Natürlich nicht«, sagte Lucy besänftigend und streichelte Maggie über die Stirn. »Wie auch? Aber du hast mir geholfen, und dafür möchte ich dir danken. Zum einen konnte ich die Kassetten bei dir verstecken. Außer Terry waren das die einzigen Beweise, die mich belasten konnten. Aber Terry hätte nichts gesagt. Jetzt ist er eh tot.«

»Was meinst du mit den Kassetten?«

»Sie waren die ganze Zeit hier, Maggie. Weißt du noch, dass ich dich am Sonntag besucht habe, kurz bevor es drüben losging?«

»Ja.«

»Ich hatte die Kassetten dabei und hab sie hinter den Kisten oben auf dem Dachboden versteckt, als ich zur Toilette gegangen bin. Du hast gesagt, du würdest nie nach oben gehen. Weißt du das nicht mehr?«

Maggie erinnerte sich. Der Dachboden war ein stickiger, staubiger Raum, wie sie bei ihrem ersten und einzigen Erkundungsgang festgestellt hatte. Dort oben lief es ihr kalt über den Rücken, und ihre Allergie wurde schlimmer. Das musste sie Lucy erzählt haben, als sie sie im Haus herumgeführt hatte. »Bist du deshalb meine Freundin geworden, weil du gedacht hast, ich könnte noch mal nützlich für dich sein?«

»Ich hab gedacht, ich könnte vielleicht irgendwann eine Freundin gebrauchen, ja, vielleicht sogar eine Beschützerin. Und du warst wirklich toll. Danke für alles, was du für mich getan hast. Danke, dass du an mich geglaubt hast. Das hier macht mir keinen Spaß, musst du wissen. Töten bereitet mir kein Vergnügen. Es ist schade, dass es so zu Ende gehen muss.«

»Muss es ja nicht«, flehte Maggie. »Oh Gott, bitte nicht. Geh doch einfach! Ich sag keinen Ton. Ich schwöre es.«

»Ach, das sagst du jetzt, weil du Angst hast zu sterben, aber wenn ich weg bin, hast du keine Angst mehr und erzählst alles der Polizei.«

»Nein. Ich schwöre es.«

»Ich würde dir gerne glauben, Maggie, wirklich.«

»Es stimmt.«

Lucy zog den Gürtel aus der Jeans.

»Was machst du da?«

»Ich hab doch gesagt, ich mach es ganz vorsichtig. Du brauchst keine Angst zu haben, es tut nur ganz kurz weh, und dann schläfst du ein.«

»Nein!«

Es hämmerte an der Haustür. Lucy erstarrte, Maggie hielt den Atem an. »Keinen Ton!«, zischte Lucy und legte Maggie die Hand über den Mund. »Die werden schon wieder verschwinden.«

Aber das Hämmern hörte nicht auf. Dann ertönte eine Stimme: »Maggie! Machen Sie auf, hier ist die Polizei! Wir wissen, dass Sie zu Hause sind. Wir haben mit Ihrer Nachbarin gesprochen. Sie hat gesehen, dass Sie nach Hause gekommen sind. Machen Sie auf, Maggie! Wir möchten mit Ihnen reden. Es ist sehr wichtig.«

Maggie sah die Angst in Lucys Gesicht. Sie wollte schreien, aber sie bekam fast keine Luft.

»Ist Lucy bei Ihnen, Maggie?«, rief die Stimme wieder. Es war Banks, wurde Maggie klar, der Polizist, über den sie sich so geärgert hatte. Wenn er bleiben, die Tür eintreten und sie retten würde, dann würde sie sich bei ihm entschuldigen. Dann würde sie alles für ihn tun. »Ist sie bei Ihnen?«, rief Banks. »Das blonde Mädchen, das Ihre Nachbarin gesehen hat, ist das Lucy? Hat sie ihr Aussehen verändert? Wenn Sie da sind, Lucy: Wir wissen alles über Kathleen Murray. Wir haben eine Menge Fragen an Sie. Maggie, kommen Sie runter und machen Sie auf! Wenn Lucy bei Ihnen ist, seien Sie vorsichtig! Wir glauben, dass sie die Kassetten bei Ihnen versteckt hat.«

»Keinen Mucks!«, befahl Lucy und verließ das Zimmer.

»Ich bin hier!«, kreischte Maggie sofort aus Leibeskräften, wusste aber nicht, ob man sie hören konnte. »Lucy ist auch hier. Sie will mich umbringen! Hilfe! Bitte!«

Lucy kam zurück, Maggies Schreie schienen sie nicht zu stören. »Hinten sind auch welche«, sagte sie und verschränkte die Arme. »Was soll ich jetzt machen? In den Knast gehe ich nicht. Das halte ich nicht aus, den Rest meines Lebens im Käfig zu sitzen.«

»Lucy«, sagte Maggie, so ruhig sie konnte. »Bind mich los und mach die Tür auf. Lass sie rein! Sie haben ganz bestimmt Verständnis für dich. Sie sehen doch, dass du Hilfe brauchst.«

Aber Lucy hörte nicht. Sie lief auf und ab und murmelte vor sich hin. Maggie hörte immer wieder das Wort »Käfig«.

Unten gab es einen unglaublichen Krach – die Polizei brach die Haustür auf. Dann stürmten Männer die Treppe hoch.

»Hier bin ich!«, kreischte Maggie.

Lucy sah sie an und sagte fast kläglich: »Versuch mich bitte nicht zu sehr zu hassen.« Dann nahm sie Anlauf und sprang in einem Scherbenregen aus dem Schlafzimmerfenster.

Maggie schrie.

20

Für jemanden, der Krankenhäuser so verabscheute wie Banks,
hatte er in den letzten Wochen mehr als genug Zeit dort verbracht, dachte er, als er am Donnerstag durch den Korridor
zu Maggie Forrests Privatzimmer ging.
»Ah, Sie sind das«, sagte Maggie, als er klopfte und eintrat.
Sie sah ihm nicht in die Augen, sondern schaute an die Wand.
Die Bandage auf der Stirn fixierte den Verband am Hinterkopf. Sie war schwer verletzt gewesen, hatte mit mehreren
Stichen genäht werden müssen. Und sie hatte viel Blut verloren. Das Kopfkissen war schon vollkommen durchweicht
gewesen, als Banks ins Schlafzimmer gekommen war. Nach
Aussage des Arztes war Maggie jedoch über den Berg und
würde in ein oder zwei Tagen entlassen werden können. Sie
wurde jetzt ebenso auf verspäteten Schock behandelt. Wie
Maggie da so in ihrem Bett lag, dachte Banks an den gar nicht
so lange zurückliegenden Tag, als er Lucy Payne zum ersten
Mal im Krankenhaus besucht hatte. Ein Auge war verbunden gewesen, das andere hatte die Situation kritisch abge-
schätzt, das schwarze Haar war auf dem weißen Kopfkissen
ausgebreitet.
»Das ist der ganze Dank?«, fragte er.
»Was für ein Dank?«
»Dass ich Sie mit meiner Kavallerie gerettet habe? Das war
meine Idee, wissen Sie. Klar, ich hab nur meine Arbeit getan,
aber manchmal haben die Menschen das Bedürfnis, ein, zwei
persönliche Worte des Dankes zu sagen. Keine Sorge, ich verlange keine Belohnung oder so.«
»Sie haben leicht reden, was?«

Banks zog einen Stuhl heran und setzte sich ans Bett. »So leicht auch nicht. Wie geht es Ihnen?«

»Gut.«

»Wirklich?«

»Mir geht's gut. Tut ein bisschen weh.«

»Das wundert mich nicht.«

»Waren Sie das wirklich?«

»Was war ich wirklich?«

Zum ersten Mal sah Maggie ihn an. Ihre Augen waren von den Medikamenten getrübt. In ihnen lagen Schmerz und Verwirrung, aber auch etwas Weicheres, das schwerer zu fassen war. »Der den Rettungstrupp angeführt hat?«

Banks lehnte sich zurück und seufzte. »Ich mache mir Vorwürfe, dass ich so lange gebraucht habe.«

»Wie meinen Sie das?«

»Ich hätte eher drauf kommen müssen. Alle Puzzleteile waren da. Ich hab sie einfach nicht schnell genug zusammengesetzt, erst als die Spurensicherung die Videokamera im Teich unten an der Straße gefunden hat.«

»Da war sie?«

»Ja. Lucy muss sie irgendwann am letzten Wochenende da versenkt haben.«

»Ich gehe manchmal zum Teich, um nachzudenken und die Enten zu füttern.« Maggie sah an die Wand. Nach einer Weile schaute sie wieder zu Banks. »Egal, das ist doch nicht Ihr Fehler! Gedanken lesen können Sie noch nicht.«

»Nein? Das meinen aber manche. Wahrscheinlich haben Sie Recht. Besonders in diesem Fall. Wir haben von Anfang an vermutet, dass es eine Kamera und Kassetten gegeben haben muss, und wir wussten, dass die Paynes sich nicht ohne weiteres von den Bändern trennen würden. Außerdem wussten wir, dass Sie der einzige Mensch sind, der Lucy nahe steht, und dass sie an dem Tag vor dem Polizeieinsatz bei Ihnen gewesen war.«

»Sie konnte doch nicht wissen, was passieren würde.«

»Das nicht. Aber ihr war klar, dass es nicht mehr lange dauerte. Sie betrieb Schadensbegrenzung. Die Kassetten zu verstecken, gehörte dazu. Wo waren sie denn?«

»Auf dem Dachboden«, sagte Maggie. »Sie wusste, dass ich da nicht hochgehe.«

»Und Lucy wusste, dass sie ohne große Probleme wieder drankommen würde, denn Sie waren wahrscheinlich der einzige Mensch in ganz England, der sie aufnehmen würde. Das war der zweite Anhaltspunkt. Eigentlich konnte sie nirgendwo anders sein. Zuerst haben wir mit Ihren Nachbarn gesprochen, und als Claires Mutter erzählte, Sie seien gerade nach Hause gekommen, und eine andere Nachbarin sagte, sie hätte eine junge Frau an Ihrer Hintertür gesehen, da passte plötzlich alles zusammen.«

»Sie denken bestimmt, dass ich unglaublich dumm war, Lucy hereinzulassen.«

»Leichtsinnig vielleicht, naiv, aber nicht unbedingt dumm.«

»Sie wirkte einfach so … so …«

»Hilflos?«

»Ja. Ich wollte das unbedingt glauben, ich musste es glauben. Vielleicht genauso sehr für mich wie für sie. Weiß nicht.«

Banks nickte. »Lucy hat ihre Rolle überzeugend gespielt. Das konnte sie nur, weil es teilweise stimmte. Sie hatte viel Übung darin.«

»Wie meinen Sie das?«

Banks erzählte Maggie von den sieben Alderthorpe-Kindern und dem Mord an Kathleen Murray. Maggie wurde blass, schluckte, lehnte sich schweigend zurück und starrte an die Decke. Es dauerte lange, ehe sie wieder sprach. »Mit zwölf Jahren hat sie ihre Cousine umgebracht?«

»Ja. Das ist ein Anhaltspunkt, der uns auf ihre Spur gebracht hat. Es war immerhin ein kleiner Hinweis, dass sie mehr war, als sie zu sein vorgab.«

»Aber viele Menschen haben eine furchtbare Kindheit«, wandte Maggie ein und gewann wieder etwas Farbe zurück.

»Vielleicht keine so furchtbare wie sie, aber es werden doch nicht alle zu Mördern. Was war an Lucy so anders?«

»Das wüsste ich auch gerne«, erwiderte Banks. »Terry Payne vergewaltigte Frauen, als sie sich kennen lernten. Lucy hatte Kathleen umgebracht. Dadurch, dass sich die beiden zusammentaten, entstand eine besondere Chemie, die wie ein Katalysator wirkte. Wir wissen nicht, warum. Wahrscheinlich werden wir es nie erfahren.«

»Und wenn sich die beiden nie getroffen hätten?«

Banks zuckte mit den Schultern. »Dann wäre vielleicht nie etwas passiert. Gar nichts. Terry wäre irgendwann erwischt worden und ins Gefängnis gewandert, und Lucy hätte einen netten jungen Mann geheiratet, zwei Komma vier Kinder bekommen und wäre Zweigstellenleiterin geworden. Wer weiß?«

»Sie hat mir gesagt, sie hätte die Mädchen umgebracht, Terry hätte nicht die Nerven dafür gehabt.«

»Leuchtet mir ein. Sie hatte es schon mal getan. Er nicht.«

»Sie meinte, sie hätte es aus Mitleid getan.«

»Kann sein. Oder aus Selbstschutz. Oder aus Eifersucht. Man kann nicht erwarten, dass sie ihre eigenen Beweggründe besser versteht als wir oder dass sie uns die Wahrheit sagt. Bei Menschen wie Lucy ist es wohl eine seltsame Mischung aus allem.«

»Sie hat auch gesagt, sie hätte ihn kennen gelernt, weil er sie vergewaltigt hat. Es jedenfalls versucht hat. Das hab ich nicht richtig verstanden. Sie meinte, sie hätte ihn genauso vergewaltigt wie er sie.«

Banks rutschte auf dem Stuhl herum. Er hätte gerne eine Zigarette geraucht, obwohl er sich vorgenommen hatte, noch vor Jahresende aufzuhören. »Ich kann es genauso wenig erklären wie Sie, Maggie. Ich bin zwar Polizist und habe mehr von der dunklen Seite der menschlichen Natur gesehen als Sie, aber so was … Wenn man eine Vergangenheit wie Lucy hat, wer kann schon sagen, wozu das führt? Nach allem, was sie in Alderthorpe durchgemacht hat, und in Anbetracht ihrer sonderbaren sexuellen Vorlieben, kann ich mir gut vorstellen, dass Terence Payne für sie eher ein zahmes Hündchen war.«

»Sie meinte, ich sollte sie mir als Schaf mit fünf Beinen vorstellen.«

Das erinnerte Banks an seine Kindheit, wenn zu Ostern und im Herbst die Kirmes kam und auf dem Veranstaltungsplatz im Ort aufgebaut wurde. Es gab Karussells – Krake, Raupe, Autoscooter und Motodrom –, dazu Stände, an denen man mit beschwerten Pfeile auf Spielkarten werfen oder mit einem Luftgewehr auf Blechdosen schießen konnte und dann einen Goldfisch in einem Plastikbeutel gewann. Es gab blinkende Lichter, Menschenmassen und laute Musik, und dann gab es das Abnormitätenkabinett, ein Zelt am Rande des Festplatzes, das sechs Pence Eintritt kostete. Dort konnte man die Ausstellungsstücke bestaunen. Im Grunde war es eine Enttäuschung, denn man bekam keine Frau mit Bart, keinen Elefantenmenschen, keine Spinnenfrau und keinen Schrumpfkopf zu sehen. Diese Art von Freaks sah Banks erst später in dem berühmten Film von Todd Browning. Zum einen waren die ausgestellten Monstrositäten nicht lebendig. Es waren deformierte Tiere, totgeboren oder bei der Geburt gestorben. Sie schwammen in riesigen Gläsern mit konservierender Flüssigkeit: ein Lamm mit einem fünften Bein an der Seite, ein Kätzchen mit Hörnern, ein Welpe mit zwei Köpfen, ein Kalb ohne Augen – der Stoff, aus dem die Albträume sind.

»Trotz allem, was passiert ist«, fuhr Maggie fort, »möchte ich Ihnen sagen, dass ich dadurch nicht zur Zynikerin werden will. Ich weiß, Sie finden mich naiv, aber wenn ich es mir aussuchen kann, dann bin ich lieber naiv als verbittert und misstrauisch.«

»Sie haben einen Fehler gemacht, der Sie fast das Leben gekostet hätte.«

»Glauben Sie, dass Lucy mich umgebracht hätte, wenn Sie nicht gekommen wären?«

»Was glauben Sie denn?«

»Weiß nicht. Ich muss noch lange darüber nachdenken. Aber Lucy war … sie war auch ein Opfer. Sie sind ja nicht dabei gewesen. Sie haben sie nicht gehört. Sie wollte mich nicht umbringen.«

»Maggie, du liebe Güte, hören Sie sich selbst einmal zu! Sie hat Gott weiß wie viele junge Mädchen ermordet. Sie hätte auch Sie getötet, glauben Sie mir. Wenn ich Sie wäre, würde ich mir das mit dem Opfer schleunigst aus dem Kopf schlagen.«

»Sie sind aber nicht ich.«

Banks atmete tief durch und seufzte. »Da haben wir aber beide Glück, was? Was haben Sie jetzt vor?«

»Was ich vorhabe?«

»Wollen Sie auf The Hill wohnen bleiben?«

»Ja, glaub schon.« Maggie kratzte am Verband und blinzelte Banks an. »Eigentlich kann ich sonst nirgends hin. Und ich hab da meine Arbeit. Außerdem hab ich bei der ganzen Geschichte gemerkt, dass ich auch was Gutes bewirken kann. Ich kann für die Menschen sprechen, die es selbst nicht können oder sich nicht trauen. Die Leute hören mir zu.«

Banks nickte. Er sagte nichts, vermutete aber, dass Maggies öffentliches Eintreten für Lucy Payne ihrer Glaubwürdigkeit als Fürsprecherin misshandelter Frauen geschadet hatte. Vielleicht aber auch nicht. Über die Öffentlichkeit konnte man letzten Endes nur sagen, dass sie sehr launisch war. Vielleicht würde Maggie als Heldin aus der Sache hervorgehen.

»Sie ruhen sich jetzt besser aus«, sagte Banks. »Ich wollte nur sehen, wie es Ihnen geht. Wir müssen uns später noch mal ausführlicher unterhalten. Aber das eilt nicht. Im Moment nicht.«

»Ist es noch nicht vorbei?«

Banks sah ihr in die Augen. Er merkte, dass sie die Episode abschließen, hinter sich lassen und alles gründlich durchdenken wollte, dass sie ihr Leben neu beginnen wollte – Arbeit, gute Taten und so weiter. »Es kann ja noch zum Prozess kommen«, sagte er.

»Zum Prozess? Aber ich …«

»Wissen Sie denn nicht Bescheid?«

»Worüber?«

»Ich dachte … oh, Scheiße.«

»Ich hab nicht besonders viel mitbekommen, bei den ganzen Medikamenten und so. Was ist denn?«

Banks beugte sich vor und legte ihr die Hand auf den Arm. »Maggie«, sagte er. »Ich weiß nicht, wie ich Ihnen das beibringen soll, aber Lucy Payne ist nicht tot.«

Maggie entzog ihm den Arm und riss die Augen auf. »Nicht? Aber das verstehe ich nicht. Ich dachte … ich meine, sie …«

»Sie ist aus dem Fenster gesprungen, ja, aber sie hat sich nicht tödlich verletzt. Ihr Vorgarten ist so zugewachsen, Maggie, dass die Büsche Lucys Sturz abgefangen haben. Bloß ist sie auf der scharfen Kante einer Treppenstufe aufgekommen und hat sich das Rückgrat gebrochen. Es sieht schlimm aus. Sehr schlimm. Das Rückenmark ist ernsthaft verletzt.«

»Was heißt das?«

»Die Chirurgen wissen noch nicht, wie weit reichend ihre Verletzungen sind – sie müssen noch viele Untersuchungen durchführen –, aber sie gehen davon aus, dass sie vom Hals abwärts gelähmt sein wird.«

»Aber sie ist nicht tot?«

»Nein.«

»Muss sie im Rollstuhl sitzen?«

»Wenn sie überlebt.«

Maggie schaute wieder zum Fenster. In ihren Augen schimmerten Tränen. »Dann ist sie jetzt doch im Käfig.«

Banks stand auf. Er konnte Maggies Mitleid für eine Mörderin junger Mädchen nur schwer ertragen. Er befürchtete, dass er es später bereuen könnte, wenn er nun etwas sagte. Als er an der Tür war, hörte er eine leise Stimme: »Superintendent Banks?«

Mit der Hand auf dem Türknauf drehte er sich um. »Ja?«

»Vielen Dank.«

»Alles in Ordnung, Schätzchen?«

»Ja, wieso?«, entgegnete Janet Taylor.

»Nichts«, sagte der Kassierer. »Bloß …«

Janet nahm die Flasche Gin von der Theke, bezahlte und verließ die Spirituosenhandlung. Was hatte der Typ bloß? War ihr plötzlich ein zweiter Kopf gewachsen oder was? Es war Samstagabend, und seit ihrer Verhaftung und Freilassung auf Kaution am vergangenen Montag war sie kaum vor der Tür gewesen. So stark konnte sie sich nicht verändert haben, seit sie dem Laden das letzte Mal einen Besuch abgestattet hatte.

Sie stieg hoch zu ihrer Wohnung über dem Frisör. Als sie den Schlüssel umdrehte und eintrat, fiel ihr zum ersten Mal der Geruch auf. Und die Unordnung. Man merkt es gar nicht, wenn man mittendrin lebt, dachte sie, erst wenn man rausgeht und wiederkommt. Überall lagen schmutzige Klamotten herum, halbleere Kaffeetassen schimmelten vor sich hin, die Blume auf der Fensterbank war eingegangen und verwelkt. Es stank nach ungewaschener Haut, nach faulem Kohl, nach Schweiß und Gin. Und teilweise, stellte sie fest, als sie an ihrer Achselhöhle roch, kam es von ihr.

Janet schaute in den Spiegel. Sie wunderte sich nicht über ihre strähnigen, matten Haare und die dunklen Ringe unter den Augen. Schließlich hatte sie in letzter Zeit kaum geschlafen. Sie machte nur ungern die Augen zu. Denn sofort spielte ihr Kopf den Film ab. Ihr war nur dann ein wenig Ruhe vergönnt, wenn sie genug Gin getrunken hatte, um ein oder zwei Stunden lang wegzudösen. Dann kamen keine Träume, dann war sie im Nichts. Aber sobald sie aus dem Zustand erwachte, waren Erinnerung und Depressionen wieder da.

Eigentlich war ihr egal, was mit ihr passierte. Wenn nur die Albträume – im Schlaf und wenn sie wach war – verschwinden würden! Sollten sie sie rausschmeißen, ihretwegen auch in den Knast stecken. Es war ihr egal, wenn doch nur die Erinnerung an jene Nacht im Keller ausgelöscht würde. Gab es keine Apparate oder Medikamente, die das konnten, oder hatte sie das nur im Kino gesehen? Na ja, immerhin ging es ihr noch besser als Lucy Payne, sagte sich Janet. Den Rest des Lebens an den Rollstuhl gefesselt. Vom Hals abwärts gelähmt, wie sie gehört hatte. Aber das hatte sie sich selbst zuzuschreiben. Janet dachte daran zurück, wie Lucy im Flur gelegen hatte, an die Blutlache unter ihrem verletzten Kopf. Sie erinnerte sich an ihre Sorge um die misshandelte Frau, an ihre Wut auf Dennis' männlichen Chauvinismus. Wie sehr der Schein trügt. Jetzt gäbe sie alles dafür, Dennis zurückzubekommen. Querschnittlähmung schien ihr eine zu milde Strafe für Lucy Payne.

Janet zog ihre Sachen aus und ließ sie auf dem Boden liegen. Sie wollte baden, hatte sie sich überlegt. Vielleicht ging es ihr danach besser. Zuerst goss sie sich ein großes Glas Gin ein und nahm es mit ins Badezimmer. Sie drückte den Pfrop-

472

fen in den Abfluss und drehte die Hähne auf. Als sie die richtige Temperatur gefunden hatte, goss sie eine Verschlusskappe Schaumbad hinzu. Sie betrachtete sich im langen Spiegel an der Badezimmertür. Ihre Brüste waren schlaffer geworden, die bleiche Haut um den Bauch legte sich in Falten. Früher hatte sie immer viel Wert auf ihren Körper gelegt, hatte mindestens dreimal die Woche im Fitnessraum der Polizei trainiert, war gejoggt. Seit ein paar Wochen nicht mehr.

Bevor sie ins Wasser stieg, holte sie schnell noch die Ginflasche und stellte sie auf den Badewannenrand. Sie hätte sie eh bald holen müssen. Schließlich ließ sie sich in die Wanne gleiten und vom Schaum am Hals kitzeln. Wenigstens wurde sie jetzt sauber. Das war schon mal ein Anfang. Dann konnte kein Kassierer mehr blöd fragen, ob alles in Ordnung ist, dann würde sie nicht mehr riechen. Was die Ringe unter den Augen anging, nun, die würden nicht über Nacht verschwinden, aber sie würde was dagegen unternehmen. Und die Wohnung aufräumen.

Andererseits, dachte sie nach einem großen Schluck Gin, lagen im Badezimmerschrank Rasierklingen. Sie musste nichts weiter tun, als aufstehen und sie nehmen. Das Wasser war schön heiß. Sie wusste, dass es nicht wehtun würde. Ein schneller Schnitt an jedem Handgelenk, dann die Arme ins Wasser legen und das Blut herausströmen lassen. Es wäre wie Einschlafen, nur würde sie nichts träumen.

Eingehüllt in den warmen, zarten Schaum, fielen ihr die Augen zu. Sie konnte sie nicht offen halten. Und schon war sie wieder in dem stinkenden Keller, und Dennis' Blut spritzte herum und dieser wahnsinnige Payne ging mit der Machete auf sie los. Was hätte sie anders machen sollen? Das war die Frage, auf die ihr niemand eine Antwort geben konnte oder wollte. Was hätte sie tun sollen?

Sie riss sich aus den Gedanken und rang nach Luft. Zuerst sah die Badewanne aus, als sei sie voller Blut. Janet griff nach dem Gin, stellte sich ungeschickt an und stieß die Flasche um. Sie zersprang auf den Fliesen, der wertvolle Inhalt lief aus.

Scheiße!

Das bedeutete, sie musste vor die Tür und Nachschub holen. Janet nahm den Vorleger hoch und schüttelte ihn kräftig, damit die Splitter herausfielen. Dann stieg sie aus der Wanne. Als sie auf den Vorleger trat, verlor sie das Gleichgewicht und rutschte aus. Es gelang ihr, den Sturz mit dem rechten Fuß abzufangen. Dabei schnitt ihr eine Glasscherbe in die Fußsohle. Vor Schmerz zuckte sie zusammen. Eine dünne Blutspur auf den Fliesen hinter sich herziehend, humpelte sie ohne weitere Verletzungen ins Wohnzimmer. Dort setzte sie sich und zog zwei große Splitter aus dem Fuß, dann schlüpfte sie in ihre alten Pantoffeln und holte Wasserstoffperoxidlösung und einen Verband aus dem Bad. Sie setzte sich auf die Toilette und goss sich, so gut sie konnte, das Desinfektionsmittel über die Fußsohle. Vor Schmerz hätte sie fast laut geschrien, aber dann ließ er nach. Ihr Fuß pochte nur noch. Schließlich wurde er taub. Sie verband ihn, ging ins Schlafzimmer und zog saubere Sachen und extradicke Socken an.

Sie musste raus aus der Wohnung, entschied sie, und zwar nicht nur für den kurzen Weg zur Spirituosenhandlung. Eine schöne Fahrt im Auto würde sie wach halten; offenes Fenster, Wind im Haar, Rockmusik und Witze im Radio. Vielleicht konnte sie bei Annie Cabbot vorbeischauen, der einzigen anständigen Kollegin. Oder sie konnte raus aufs Land fahren und zwei, drei Tage in einem B&B bleiben, wo niemand wusste, wer sie war und was sie getan hatte. Irgendwas, nur raus aus diesem dreckigen, stinkenden Loch. Sie konnte unterwegs eine neue Flasche kaufen. Wenigstens war sie jetzt sauber. Kein eingebildeter Kassierer konnte über sie die Nase rümpfen.

Kurz zögerte Janet, ehe sie zum Autoschlüssel griff, dann steckte sie ihn ein. Was wollten sie ihr schon anhaben? Es noch schlimmer machen und sie wegen Alkohol am Steuer vor Gericht stellen? Scheiß auf die Truppe, dachte Janet und humpelte, in sich hineinlachend, die Treppe hinunter.

Drei Tage nachdem Lucy Payne aus Maggie Forrests Schlafzimmerfenster gesprungen war, saß Banks abends in seinem gemütlichen Wohnzimmer mit der pastellgelb gestrichenen

Decke und den blauen Wänden und hörte sich *Thaïs* an. Seit er Maggie Forrest am Donnerstag im Krankenhaus besucht hatte, war es die erste Pause von der Schreibtischarbeit, die er sich gönnte. Er genoss sie ganz ungemein. Noch immer war er zu keinem Schluss gekommen, was er zukünftig machen wollte. Daher hatte er sich überlegt, zuerst einmal Urlaub zu nehmen und sich alles durch den Kopf gehen zu lassen, bevor er eine so wichtige berufliche Entscheidung traf. Er hatte noch viele Urlaubstage übrig und schon mit dem Roten Ron gesprochen und sich Kataloge besorgt. Jetzt musste er sich nur noch für ein Reiseziel entscheiden.

In den vergangenen Tagen hatte er ziemlich viel Zeit damit verbracht, an seinem Bürofenster zu stehen, auf den Marktplatz hinunterzuschauen und über Maggie Forrest nachzudenken. Er hatte über ihre Einstellung und ihr Mitleid nachgedacht. Selbst jetzt, zu Hause, beschäftigte sie ihn. Lucy Payne hatte Maggie ans Bett gefesselt und sie gerade mit einem Gürtel erwürgen wollen, als die Polizei hereinkam. Dennoch sah Maggie in Lucy ein Opfer und konnte Tränen um sie vergießen. War sie eine Heilige oder eine Närrin? Banks wusste es nicht.

Wenn er an die Mädchen dachte, die von Lucy und Terry Payne geschändet, gefoltert und ermordet worden waren – Kelly Matthews, Samantha Foster, Melissa Horrocks, Kimberley Myers und Katya Pavelic – dann war Querschnittlähmung nicht genug. Sie tat nicht weh genug. Aber wenn er an die misshandelte, gequälte Lucy in Alderthorpe dachte, dann fand er, ein schneller, sauberer Tod oder ein Leben in Einzelhaft sei eine ganz angemessene Bestrafung.

Wie immer machte seine Meinung keinen großen Unterschied, denn die Angelegenheit lag nicht mehr in seinen Händen. Es war nicht an ihm, zu urteilen. Vielleicht durfte er nur mehr hoffen, dass er Lucy Payne eines Tages aus seinem Kopf verbannen konnte. Irgendwann würde ihm das gelingen. Wenn auch nicht vollständig. Sie würde immer da sein – alle waren da, Täter wie Opfer –, aber mit der Zeit würde sie verblassen und ihre Konturen verlieren.

Banks hatte das sechste Opfer nicht vergessen. Die Frau

hatte einen Namen, und wenn ihre Kindheit nicht wie die von
Lucy Payne gewesen war, dann musste jemand das Mädchen
geliebt, es in den Armen gehalten und nach einem Albtraum
mit flüsternden Worten getröstet haben, dann hatte jemand
die Schmerzen weggepustet, wenn sie gestürzt war und sich
das Knie aufgeschürft hatte. Er würde Geduld haben müssen.
Die Forensiker machten gute Arbeit, irgendwann würden die
Gebeine ein Geheimnis preisgeben, das eine Identifizierung
ermöglichte.

Gerade als die berühmte »Meditation« am Ende der ersten
CD einsetzte, klingelte das Telefon. Er war außer Dienst. Zuerst wollte er nicht abheben, aber dann gewann die Neugier
die Oberhand, wie immer.

Es war Annie Cabbot, und es hörte sich an, als stände sie
mitten auf der Straße. Es herrschte ein ohrenbetäubender
Lärm: Stimmen, Sirenen, quietschende Bremsen, Geschrei.

»Annie, wo bist du, um alles in der Welt?«

»Am Kreisverkehr auf der Ripon Road nördlich von Harrogate«, schrie Annie, damit er sie verstand.

»Was machst du da?«

Jemand sprach mit Annie, aber Banks konnte nicht hören,
um was es ging. Sie antwortete kurz angebunden und hielt
den Hörer wieder ans Ohr. »Sorry, ist ein bisschen durcheinander hier.«

»Was ist los?«

»Ich dachte, du solltest Bescheid wissen. Es geht um Janet
Taylor.«

»Was ist mit ihr?«

»Sie ist mit einem Auto zusammengestoßen.«

»Sie ist was? Wie geht es ihr?«

»Sie ist tot, Alan. Tot. Sie bekommen ihre Leiche noch nicht
aus dem Wagen, aber sie ist definitiv tot. Ihre Handtasche haben sie rausholen können, meine Karte war drin.«

»Verfluchte Scheiße.« Banks war wie betäubt. »Wie ist das
passiert?«

»Weiß keiner genau«, erwiderte Annie. »Der Fahrer im Wagen hinter ihr hat gesagt, statt langsamer zu werden, wäre sie
einfach auf den Kreisverkehr zugerast und mit dem Auto zu-

sammengekracht, das drin fuhr. Eine Mutter, die ihre Tochter vom Klavierunterricht abholte.«

»Ach, du meine Güte. Was ist mit denen?«

»Der Mutter geht's gut. Kleinere Verletzungen. Schock.«

»Und die Tochter?«

»Auf der Kippe. Die Sanitäter vermuten innere Verletzungen, aber das kann man erst sagen, wenn sie im Krankenhaus ist. Sie steckt noch im Auto fest.«

»War Janet betrunken?«

»Wissen wir noch nicht. Aber es würde mich nicht wundern, wenn Alkohol im Spiel gewesen wäre. Und Janet war depressiv. Keine Ahnung. Vielleicht hat sie versucht, sich umzubringen. Wenn ja, dann … dann ist das …« Annie versagte die Stimme.

»Annie, ich weiß, was du sagen willst, aber selbst wenn sie das mit Absicht getan hat, ist es nicht deine Schuld. Du bist nicht in diesen Keller gegangen, du hast nicht gesehen, was sie gesehen hat, du hast nicht getan, was sie getan hat. Du hast lediglich eine neutrale Ermittlung durchgeführt.«

»Neutral? Mensch, Alan, ich hab mir fast ein Bein ausgerissen, um ihr zu helfen.«

»Oder so. Es ist jedenfalls nicht deine Schuld.«

»Du hast gut reden.«

»Annie, sie war zweifelsohne betrunken, und sie ist Auto gefahren.«

»Vielleicht hast du Recht. Ich kann mir nicht vorstellen, dass Janet ein anderes Leben mitreißt, wenn sie sich umbringen will. Egal, betrunken oder nicht, Selbstmord oder nicht, passiert ist es trotzdem, oder?«

»Es ist passiert, Annie. Aber es hat nichts mit dir zu tun.«

»Die Politik. Die verfluchte Politik.«

»Soll ich vorbeikommen?«

»Nein, es geht schon.«

»Annie …«

»Sorry, ich muss aufhören. Sie holen gerade das Mädchen aus dem Auto.« Sie legte auf. Banks hielt den Hörer in der Hand. Er atmete schnell. Janet Taylor. Noch ein Opfer der Paynes.

Die erste CD war zu Ende, aber nach diesen Neuigkeiten hatte Banks keine Lust mehr auf die zweite. Er goss sich zwei Fingerbreit Laphroaig ein und ging mit den Zigaretten nach draußen zu seinem Platz am Wasserfall. Während es im Westen orange und violett leuchtete, trank er schweigend auf Janet Taylor und die namenlose Tote in Paynes Garten.

Aber er hatte keine fünf Minuten draußen gesessen, da beschloss er, zu Annie zu fahren. Er musste bei ihr sein, egal was sie gesagt hatte. Ihre Liebesbeziehung mochte zu Ende sein, aber er hatte versprochen, ihr Freund zu bleiben und ihr zu helfen. Wenn sie seine Hilfe jetzt nicht brauchte, wann dann? Er sah auf die Uhr. Für die Fahrt würde er ungefähr eine Stunde brauchen, wenn er sich beeilte. Dann wäre Annie wohl noch am Unfallort. Wenn nicht, wäre sie im Krankenhaus, und auch dort würde er sie ohne Probleme finden.

Er stellte das halbleere Whiskyglas auf den niedrigen Tisch und holte seine Jacke. Er hatte sie noch nicht angezogen, da klingelte das Telefon zum zweiten Mal. In der Annahme, Annie würde ihn mit neuen Nachrichten anrufen, hob er ab. Es war Jenny Fuller.

»Ich hoffe, ich störe nicht«, sagte sie.

»Ich wollte gerade gehen.«

»Oh. Ein Notfall?«

»So ungefähr.«

»Ich dachte nur, wir könnten vielleicht was trinken und ein bisschen feiern, jetzt, wo alles vorbei ist.«

»Das ist eine tolle Idee, Jenny. Aber im Moment kann ich nicht. Ich melde mich später, ja?«

»Wie immer.«

»Sorry. Ich muss los. Ich melde mich. Versprochen.«

Banks hörte die Enttäuschung in Jennys Stimme und kam sich wie ein richtiges Arschloch vor, sie so abzuwimmeln, immerhin hatte sie genauso hart an dem Fall gearbeitet wie alle anderen. Aber er wollte ihr jetzt nicht die Sache mit Janet Taylor erklären, und zum Feiern aufgelegt war er schon gar nicht.

Jetzt, wo alles vorbei ist, hatte Jenny gesagt. Banks wusste nicht, ob das Wüten der Paynes jemals aufhörte, Opfer zu fordern. Ob es jemals aufhörte, seinen Tribut zu fordern. Sechs Mädchen waren tot, eines davon noch nicht identifiziert. Kathleen Murray war seit zehn Jahren oder länger tot. Dennis Morrisey tot. Terence Payne tot. Lucy Payne gelähmt. Jetzt auch noch Janet Taylor tot und ein kleines Mädchen schwer verletzt.

Banks überzeugte sich, dass er Schlüssel und Zigaretten bei sich hatte, und ging nach draußen in die Nacht.

Danksagung

Ich möchte meiner Lektorin, Patricia Lande Grader, danken, dass sie mir geholfen hat, die holprigen ersten Fassungen in eine neue Form zu bringen. Meiner Frau, Sheila Halladay, danke ich für ihre scharfsichtigen, hilfreichen Anmerkungen. Ein großer Dank gebührt auch meinem Agenten Dominick Abel, der so viel für mich getan hat, und Erika Schmid für ihre hervorragende Manuskriptbearbeitung.

Was die Recherche betrifft, haben wieder die üblichen Verdächtigen geholfen: Detective Sergeant Keith Wright, die Detective Inspectors Claire Gormley und Alan Young sowie Area Commander Philip Gormley. Alle Fehler gehen auf mich zurück oder sind den Anforderungen der Spannungsliteratur geschuldet. Vielen Dank auch an Woitek Kubicki für seine Hilfe bei polnischen Namen.

Mehrere Bücher waren von unschätzbarem Wert für das Verständnis des Phänomens »Mörderpaar«. Zu größtem Dank verpflichtet bin ich *Verdammt* von Emlyn Williams, *She Must Have Known* von Brian Masters, Paul Brittons *Das Profil der Mörder*, *Happy Like Murderers* von Gordon Burn und Stephen Williams, *Invisible Darkness*.